楽園に死す

アメリカ的想像力と〈死〉のアポリア

渡邉克昭

大阪大学出版会

楽園に死す――アメリカ的想像力と〈死〉のアポリア

目次

I 喪服の似合うベロー

III　デリーロと「スペクタクルの日常」

Ⅳ　逆光のアメリカン・サブライム

V 〈死〉の時間、時間の〈死〉

はじめに

〈死〉をめぐるアポリア

――「共和国の亡霊」

「不可能なことから始めよう。」
ジャック・デリダ『時間を与える』

死について考察しようとするとき、まずもって立ちはだかる難題は、いずれ死すべき運命を背負ったわれわれが、生きた経験として自らの死を通過することもできなければ、それについて証言することもできないという厳然たる事実である。誰も、かけがえのない自分の固有の死については、経験として語ることなどできないのである。生者が、いかに死の淵に接近しようとも、死はいかなる指示対象をもつのか、秘められたその全貌が明らかになることは決してない。実際に死が訪れた瞬間、その稀有な経験は、主体との紐帯を失うことにより非人称の出来事へと変容し、闇に葬り去られる。そのような意味において、自らの死について語ろうとするいかなる試みも、死の経験を再表象することの不可能性によって必然的に宙吊りにされる運命にある。

言い換えれば、他者の死を通じて事象として理解しているはずの死は、主体的に措定しようとした瞬間、得体が知れず不可知な〈死〉へと異化されてしまう。ちなみに本書では、他者の死、並びに一般的な生命の終焉としての死と区別して、主体自らが関わり、アポリアを孕んだ死、すなわち主体が生きた経験として通過することも証言することもできず、そのエッジに滞留するしかないという意味での死を表すときには〈死〉と表記したい。このように無規定な地平へと後退し、彷徨する〈死〉は、把持不可能であるという意味において、〈不死〉へと逆説的に接合されていく。西谷修は、『不死のワンダーランド』（二〇〇二年）においてそのようにノマド化した不気味な〈不死〉を「終りの喪失」（140）という観点から捉え、他者の中にその「未知の〈開け〉」（140）を探ろうとした。

こうした〈死〉をめぐるアポリアについて、ジャック・デリダもまた、「私の死、それは可能だろうか？」、「私の死について語ることは、私に許されているだろうか？」（*Aporias* 21）という率直な問いかけをもって、鮮やかに問題提起している。デリダの言うように、自らの死が、経験することも横断することも不可能であるなら、生者は死に逝く者に寄り添い、他者の死をあたかも自らの死のごとく擬似体験するより他に、死と向き合うすべをもたないのだろうか。いかに反復されようとも、本質的にシミュレーションでしかない他者の死をめぐるこの営みは、真正な体験へと昇華するはずもなく、「生きられた死の経験」という着地点は永遠に先送りされる。にもかかわらず、このように他者の死をなぞりつつも、自らの死には到達し得ず、いつ果てるともなく〈死〉のエッジに滞留するという、この不完全さの極みにこそ、文学の存在意義があると言うこともまた可能だろう。そうしたアポリアに彩られた〈死〉をフィクショナルにシミュレートしてみせる文学が、古より哲学と並んで「死のレッスン」の場を提供してきたのは、まさにそのような理由によると思われる。

だとすれば、若さと進歩を尊び、「生命、自由及び幸福の追求」の権利を国家の基本理念として掲げたアメリカという文脈において、作家たちは、不死の「楽園に死す」という、さらなる〈死〉のアポリアに対してどのように向き合ってきたのだろうか。圧政や腐敗と無縁の穢れなき新世界を実現すべく、死が隠蔽されてきた「楽園」アメリカにあって、文学者たちは、おびただしい数の死者に取り憑かれた二〇世紀にいかなる葛藤を覚え、どのような「死のレッスン」を提示してきたのだろうか。

ソール・ベローの『雨の王ヘンダソン』（一九五九年）の主人公は、巨万の富を相続しながらも生にあぐみ、人類発祥の地、アフリカへ冒険の旅に出る。その旅の過程で彼は、自らが企てた壮大な旅の目的を従者ロミラユに次のように得意気に語ってみせる。「重要な課題、大いなる征服は、いっさいがぼくらの時代以前に片がついてしまった。その結果、残されているのは最大の問題、死と対決する、というやつだ。こいつを何とかしなくちゃならん。ぼくだけの話じゃないんだ。幾百万というアメリカ人が、戦争以来、現実をとり戻し、未来を発見するために出かけているよ」（276）。先祖に国務長官や駐英大使が名を連ねる名門WASPの末裔である巨漢の富豪ヘンダソンのこの発言ほど、現代におけるアメリカ人の〈死〉のアポリアに対する眼差しを直截に物語る言葉もないだろう。

まずもってヘンダソンは、アメリカ人として「大いなる征服」が既に成し遂げられたことをノスタルジックに言祝ぎ、死を未知の地《テラ・インコグニータ》、すなわち最後のフロンティアとして措定し、解決すべき喫緊の課題として位置づける。だが、ここで注目したいのは、いかにも真摯で善意に満ちた彼の言説においてさえ、死は荒野や先住民と同じく征服されるべきものであり、払拭すべき対象と見なされていることである。そのために「幾百万というアメリカ人が、戦争以来、現実をとり戻し、未来を発見するために出かけている」という彼の証言は、死の超克こそが、アメリカ人が現実を掌握し、人類の未来を手繰り寄せるために不可欠な大事業であることを自ずと示唆している。

対テロ戦争にも匹敵するこの偉業をめぐる彼の言説は、まさにそのレトリックにおいて、九・一一に対する報復の一環としてイラク派兵を正当化したジョージ・W・ブッシュ大統領の言説と奇しくも共鳴する。と言うのも、死の征圧をテロの撲滅へと読み替えれば、それはブッシュ好みの次のような単純明快なメッセージへと容易に転換可能だからである。「大いなる征服は、冷戦終結によりわれらの時代以前に片がついてしまった。その結果、残された最大の問題はテロと対決するというやつだ」。こうして、切迫する最後の難題、死のフロンティアに挑むヘンダソンの気負いは、彼に優るとも劣らぬ名門に生まれたブッシュJr.の気負いとさほど違和感もなく重なり合う。「アメリカ人は、うすのろだと思われているが、この問題と取っ組もうとしているよ。何もぼくだけじゃないんだ」（276）。かくも誇らしげに語るヘンダソンの言葉は、ブッシュ父子政権下においても色褪せることなく、対テロ戦争により「現実をとり戻し、未来を発見しよう」とする合衆国の姿勢を雄弁に予言していたようにも見える。

父に倣って世界秩序の維持に執念を燃したジョージ・W・ブッシュが、『雨の王ヘンダソン』の愛読者であったかどうかはさておき、合衆国には、このうえなく完璧で理想的な世界を保持しようと願うあまり、それを脅かす要因を何としても排除しようとする一途な思考パターンが見られる。そのような思考回路の背景には、レオ・マークスの言う「感傷的な田園主義」(5)の残滓が少なからぬ影を落としている。合衆国は「幸福の追求に専念できるような…清く穢れなき緑の共和国であるというかつて支配的だったイメージ」(Marx 6)は、機械文明によりその相貌を変えつつも、今もってアメリカ的想像力の基盤をなし、重層的に国家のデザインに取り憑いている。旧世界の過去の忌まわしい歴史を清算し、楽園追放以前の根源的な無垢を保持し続ける「アダムとしてのアメリカ」(Lewis 5)には、希望に満ちた未来への展望のみが開けた真新しい地平が必要なのである。

こうした楽園神話の最大の特徴は、自然と人為がほどよく調和した理想郷が、常に既に回復されたエデンとして現前し、すべての脅威は予め取り除かれていることである。地上の楽園としての「アメリカ」は、「今、ここ」において具現しており、そこに変化をもたらす時間や、幸福を脅かす老いや死は駆逐されねばならない。そのような意味において「楽園アメリカ」は、その成り立ちからして、「汝は死を覚悟せよ《メメント・モリ》」に対して先制的に拒否権を発動していると言ってよい。だからこそ、この清らかで自足的な聖域《サンクチュアリ》を脅かす危機が迫ったとき、「アメリカ」はそれを阻止しようと躍起になる。言うまでもなく合衆国は、人類の永遠の避難所を実現すべく、文明の崇高なテクノロジーを崇高な荒野に浸透させるという方法で人為的に創造された。まさにそのときに用いられた奇妙な論理、すなわち、他者としての先住民の殺戮により、完璧なアジールを実現するというイデオロギーにこそ、ヘンダソンの言う二度生まれの「なる人《ビカマー》」の国、合衆国の矛盾が集約されている。

このような視座から、今やグローバルな黄昏の帝国と化しつつある合衆国を逆照射し、ヘンダソン/ブッシュの言説を精査してみると、それがアメリカ的想像力に彩られているのみならず、あまたの問題を提起していることが自ずと明らかになってくる。かくも明快なイデオロギー装置として機能してきたエデン的トポスであればこそ、そこに重低音として流れる「アルカディアにも我はあり《エト・イン・アルカディア・エゴ》」という不気味な死のノイズが、密かに複雑な情念を惹起し続けてきたことは想像に難くない。「田園の理想はその対立項と分かち難く軛《くびき》で繋がっているという複雑な田園主義」（Marx 318）が、「楽園と機械文明《マシーン・イン・ザ・ガーデン》」から「楽園と死《デス・イン・ザ・ガーデン》」へという転移を経験し、さらなる捻りを加えられるのは、まさにこの文脈においてである。急速なテクノロジーの進歩とは裏腹にそうした死の不安が高じた結果、牧歌主義の伝統に依拠する「美徳の共和国」という神話さえもが今や砂漠のように潤いを失い、「共和国の亡霊」に取り憑かれ始めたのではないか。もしそうだとすれば、地上の楽園を実現するために歴史の闇に葬り去られた無数の他者はどのように定位され、彼らの死は、いずれ主体が直面するであろう死にいかなる影を落としてきたのだろうか。

　こうした疑問は尽きないが、時間の刻印を被ることなく、あたかもすべての事象が現前可能な透明な「楽園アメリカ」にあって、もはや「名づけられなくなった死」（Ariès 106）は、まったくもって不透明で不可能な通過を要求するアポリアとして立ち現れる。楽園から排除されたにもかかわらず、現に封じ込められることなく切迫してやまない〈死〉。忌避するからこそ、逆に絡め取られるというダブル・バインドにおいて、〈死〉といかに間合いを取るかということがヘンダソンにとっては切実な問題であってみれば、彼に取り憑く「シタイ、シタイ、シタイ」という幻聴は、「楽園に死す」というアポリアに陥った主体が発する救難信号だったとも考えられる。具体的に何を「シタイ」のかと尋ねても応答せず、死へのオブセッションから逃れるかのように強迫的に「シタイ」を反復するこの虚ろな声の向こうには、配達不能の郵便さながら「楽園アメリカ」に滞留し続ける無数の亡霊の声が共鳴する。テクストにこだまするそうしたか細い囁きを導きの糸として、本書では、ソール・ベロー、ジョン・バース、リチャード・パワーズ、スティーヴ・エリクソン、ドン・デリーロといった現代アメリカ作家たちに焦点を絞り、彼らが楽園に埋もれた〈死〉のアポリアとどのように向き合い、そこからいかなるテクストを紡いできたか、〈死〉をめぐるアメリカ的想像力のしなやかな応答を浮き彫りにしてみたい。

序章
開かない扉、届かない手紙

宙吊りにされる〈死〉――ヘミングウェイとベロー

「はじめに」で触れたように、アメリカ的国家身体とも言うべき『雨の王ヘンダソン』の主人公が発する亡霊めいた解読不能のメッセージは、いつの日か蘇り、「自分の魂の死を認めたくない」(277) 彼のもとに回帰するのだろうか。富を持て余し、死の恐怖に苛まれる彼が、自らの盲目的な欲望の対象を把握し、処方箋を見出すことは果たして可能であろうか。まさにこうした問題を考察しようとするとき、E・H・ヘンダソンが、アーネスト・ヘミングウェイのカリカチュアとして造形されたという事実は重要な意味をもつ。改めて書き立てるまでもなくヘンダソンは、彼と同じイニシャルを賦与されているのみならず、三七五口径H・Mマグナム銃を携え、「年期が入ったアフリカ通」(43) として、人類発祥の地にして新しいフロンティア、アフリカへと赴いたのである。

ベローは、デビュー作『宙ぶらりんの男』(一九四四年) の冒頭の日記において、主人公ジョゼフに次のように語らせ、かの文豪に対する意義申し立てが、自らを執筆に駆り立てた一因であったことを示唆している。「もっと真摯な問題は、ハードボイルド派の知るところではない。この連中は内省の訓練を欠いているので、相手が猛獣のように撃ち倒せず、豪胆な行為でも圧倒できぬものとなると、とたんにその処理に難渋するのだ」(9)。この告白は、一見痛烈なハードボイルド派批判に見えながら、実際のところベローが、ヘミングウェイにアンビバレントな「影響の不安」を感じつつも、同じアメリカ作家として〈死〉のアポリアをめぐる問題意識を共有していることをはからずも暗示している。

言い換えればこのことは、自己実現を阻むものとして死を否定的に捉えがちなアメリカ的主体が、現に存在する死といかに向き合うかという問いかけを自らに突きつけたことを物語っている。絶えず命を危険に曝すヘミングウェイのヒーローたちは言うに及ばず、死の影に脅え続けるベローの主人公たちもまた、死をいかに馴致するかという難問に密かにアメリカ人が苛まれていることに気づいている。性がもはやタブー視されなくなった現在においてなお、隠蔽されているがゆえにいっそう荒ぶる死という最後のフロンティアから、いかに豊饒な文学的鉱脈を探り当てることができるか。肌合いを異にするこの二人の現代作家は、まさにこの点において照応するかのように、文学的想像力をかき立てられたと言っても過言ではない。かつてナサニエル・ホーソンが『大理石の牧神』(一八六〇年)の序文において、またヘンリー・ジェイムズが『ホーソン論』(一八七九年)において嘆いてみせた陰影なき繁栄の国において、忌避された死というアンダーワールドに向き合うことは、アメリカ的想像力の新たな地平を開拓するうえで有効な企てだったのである。

このように、ベローとヘミングウェイという二人の現代アメリカ作家には、それぞれ死と向き合うことを通じて、純粋にして無垢な「アメリカ」という「大きな物語」を根源から問い直すという共通した問題意識があった。ベローにしてみれば、ヘミングウェイ文学は、主体の死から他者の弔いへというパラダイム転換を促す反面教師の役割を果たしていたと言ってよいだろう。しばしばヘミングウェイの小説においては、切迫する「激烈な死」を前にしてこのうえない高揚感と生の凝縮をもたらす儀式が執り行われ、虚無《ナダ》を遮断する聖域が一時的であるにせよ現出する。ここで顕著に見られるのは、死に直面してはじめて主体が本来的な自己を摑み取り、真正な自らの死を全体性のうちに回復しようとする姿勢である。換言すればそれは、誰のものでもない固有の死を自らの手元に手繰り寄せ、またとない自己実現の可能性に賭けようという姿勢でもある。自らの終焉に積極的に関わる主体として、死の不可能性を可能性へと逆転させようとするこの起死回生の戦略は、マルティン・ハイデガーが現存在の死に探り当てた可能性に少なからず通底する。端的に言えばそれは、「死は現存在の最も固有な可能性である」（『存在と時間Ⅱ』318）というテーゼに集約される。ハイデガーによれば、「死亡することは、本質上代理不可能なものとして私のもの」（『Ⅱ』295）なのである。死を主体が担い得る最大の可能性と見なすこのスタンスは、死に臨んでヘミングウェイの主人公たちが自らに課した行動規範と基本的に合致する。『誰がために鐘は鳴る』（一九四〇年）の結末において、死を前にして自らの鼓動を意識するロバート・ジョーダンが暗示するように、死ぬことは各々がそのときどきに自らの責任において引き受けるべき、掛け替えのない企てなのである。

　このように「生ける現在」に固執するヘミングウェイのヒーローたちは、「この死を摑め」と言わんばかりに、自らの死を占有することにより本来性を取り戻し、未来に向かって自己決済することを要求される。その一方で、それが皮肉にも悲劇をもたらす場合も少なくない。「フランシス・マカンバーの短い幸福な生涯」（一九三六年）の主人公は、アフリカでの狩猟を通じてイニシエーションを完遂するために、究極的に妻マーゴットにマリンカ銃で頭蓋を打ち抜かれねばならなかった。死の恐怖が払拭されたあの「真実の瞬間」、まさに生を燃焼し尽くすかに見えた夫に嫉妬した彼女が、「今、ここ」に止めの一撃として死を賦与しなければ、マカンバーの「短い幸福な生涯」は、決して彼自身に現前しなかったに違いない。

　だが、マカンバーと同じくアフリカへの旅を思い立ったヘンダソンにとって、このように実存主義的で投企的な死との間合いの取り方は、必ずしも有効に機能しない。大戦中に「名誉戦傷章」を授与されたほど勇猛果敢でありながら、「人間が外界に出ていって、ただ鉄砲をぶっ放すしか手がない、そんなものだろうか？　これはどこか話がおかしい」(94)と訝《いぶか》る彼は、もはや自分が真正な死を現前する主体として生を全うすることが不可能であることを直観的に悟っている。ライオンならぬ豚の飼育に勤しむヘンダソンは、獰猛にして崇高な動物を完璧に殺害することによって儀式的に死を司ることもできなければ、実存が担い得るまたとない可能性として自らの死を引き受けることもできない。ハイデガーの言う「現存在の死は、もはや現存在しえないという可能性」であり、「死は、現存在であることの絶対的な不可能性という可能性なのである」(『存在と時間 II』288-89)といった「大きな物語」は、もはやヘンダソンの受け入れるところではない。ハードボイルド派を揶揄するベローの主人公にあっては、ヘミングウェイ的な「真実の瞬間」としての死は神話でしかなく、それは揺らぎを孕んだ「亡霊的瞬間」としての〈死〉へと変貌を遂げるのである。

ここに見られるのは、自らの死を純粋で固有のものとして占有することにより自己実現を果たす主体から、不確かな喪を通じて他者としての死者から〈死〉を接種され、揺らぐ主体への転換である。では、このように実存的な意味における最大の可能性としての死から疎外されたベローの主体は、一体いかにして〈死〉という横断不可能な経験へと身を開いていくのだろうか。こうした問いかけに呼応するかのようにベローは、老いた他者の死をめぐる儀式、すなわち葬儀や服喪や追悼といったものに少なからぬ意義を担わせてきた。老いて病に倒れ、息を引き取った他者の死を、もはや若いとは言い難い主人公が悼むという彼の文学の基本構図は、「激烈な死」をもって虚無《ナダ》を払拭しようとしたヘミングウェイ文学への一つの応答でもあったのである。

だがここで強調したいのは、このようにベローが好んで描く喪が、死者を自らの内面に取り込むことによって、死との折り合いをつけようとするフロイト的な喪の作業のように、予定調和的に生へと回収されないということである。彼の主人公たちは、喪という安全装置が約束するように、一連の服喪期間を経て、死者の死を内在化することによって決済し、弁証法的に生に復帰するわけではない。むしろ、彼らが関わる喪は、ジャック・デリダの言う終わりなき「半喪」(PC 335)とも言うべき不完全さと曖昧さを孕んでいる。このような観点からベロー文学における喪を考察するときに、にわかに浮上してくるのが「不可能な喪」というアポリアである。

不可能な喪——「半喪」の詩学

「死すべき者たち、すなわち生ける神ではない生者だけが、死者を葬ることができる」(Derrida, *SM* 174) というデリダの明察は、喪に際して、弔う者が死者と完全に同化してしまえば、死者の他者性はもはや消滅してしまい、必然的に他者としての死者は弔われないというアポリアを的確に言い当てている。死者との埋め難いギャップを孕んだ生者が、死者の他者性の完全な取り込みに失敗する限りにおいてのみ、死者は弔われ浮かばれる。そのような意味において、「死者をして死者を葬らせよ」という、一見もっともらしいテーゼが誤謬を孕んでいることをデリダは暴き出している。

このように、喪の破綻においてのみ喪が達成されるという「不可能な喪」のアポリアは、デリダが言う「不可能な贈与」のアポリアへとさらに位相転換が可能である。すなわち、「贈与は贈与として現れるやいなや交換になり、投資と回収のエコノミーの循環のうちに巻き込まれ、贈与としては廃棄されてしまう」(高橋 225)。だからこそ、互酬性を伴う贈与は、本来の意味において贈与を裏切り、もはや贈与としては機能しない。逆に言えば、真の意味での贈与は、それが贈与として現前することなく、不成立となる地平においてのみ成就する。「究極的には、贈与としての贈与は、贈与として現われないのでなければならない。贈与する側にとっても、される側にとっても」(Derrida, *GT* 14)。デリダのこの言葉は、真の意味での贈与が、交換や反対-贈与や循環といった「円環のエコノミー」(『他者の言語』79) に回収されることなく、ロゴスやノモスを脅かす「忘却の狂気」(『他者の言語』86) によってのみ出来《しゅったい》することを示している。

ベロー文学にあっては、このように相同関係をなす「不可能な喪」と「不可能な贈与」というアポリアが、交換を伴う贈与経済に亀裂を走らせる「死の贈与」というアポリアへと縫合される。喪に際して、他者の死に対して、回収不可能なものとして自らを無条件に差し出すことこそが、不可能なものとしての〈死〉へと身を開いていく有効な方策となり得る。死者と完全に同化することなく、死の淵に限りなく切迫し、見返りを期待することなく自らを到達不能な死者への贈与として消尽すること。ベローは、狂気を孕んだこうした営みを実現すべく、資本主義とは相容れない「死のエコノミー」とも言うべき経済をテクストに導入する。そしてそれによって、いかなる決済も不可能な、生と死が織りなすアポリアのエッジに主人公を宙吊りにする。まさにこの点において、脱構築を通じて「他なるものが到来するに任せる」（Derrida, *P* 39）というデリダの一連の洞察は、ややもすると生と死の弁証法に依拠しがちなベロー批評の地平を新たに切り拓くとともに、彼の小説の結末をめぐる議論においても有効な参照枠を与えることになろう。

以上、概観してきたように、第一部では、ベローが、喪という文化装置に依存しつつも、それを内側から脱構築することにより、生と死という二項対立の形而上学的枠組みを決定不可能にし、いかに〈死〉という横断不可能なものへの横断を試みたかを分析する。その際、焦点化されるのが、固有の自己へと決して回収されることのない〈死〉が、どのようにして表象されるかという問いかけである。敷衍すればこのことは、重ね書き《パリンプセスト》のように、生と死が互いの痕跡を留めつつ重ね刷りされた境界領域に、いかにして主人公たちが召喚され、「不可能な喪」と関わっていくかという論点へと繋がっていく。

このような視点から俯瞰すると、ベローが提示する喪の構図は、複雑にして多様である。第一章で取り上げる『この日を摑め』（一九五六年）における「貨幣」、タムキンのように、「今、ここ」を標榜しつつ、自らは現前しないエージェントがパルマコンとして機能し、経済的に破綻した主人公を喪の空間に誘う場合もあれば、第二章で扱う『サムラー氏の惑星』（一九七〇年）のように、ホロコーストを生き延び、老いを迎えた主人公が、亡霊のごとく彼岸と此岸の境界をさまよい、肉親の死に追悼の黙祷を捧げることもある。さらにまた、第三章で考察する『フンボルトの贈り物』（一九七五年）に描かれるように、死を孕んだ贈与の不可能性が顕在化した結果、交換に回収されない贈与が幽明界を異にする登場人物の間に緩やかに成就することもある。あるいはまた、第四章で論じる『学生部長の一二月』（一九八二年）のように、女性たちの喪のエクリチュールによって空間的に「書き込み」を施された主人公が、互いに照応関係をなす空間において生と死が織りなすアポリアへと身を開いていく場合もある。

いずれにしても、ベローの主人公が関わるそうした喪の営みは、あくまでもリアリズムの手法の枠内で、生と死がウロボロスのよう互いに呑み込み合うことによって生じるアポリアに主人公を宙吊りにする。にもかかわらずそのような戦略は、少し視点をずらせば、多様なテクスト空間に作中人物を宙吊りにするメタフィクションの戦略へと意外にも相通じる要素を孕んでいる。不可能な〈死〉へと身を開くベローの主人公の喪の体験は、不死の迷宮としてのテクストに幽閉され、死ぬことも生きることも許されず宙吊りにされるメタフィクションの作中人物が、存在論的不安へと自ら身を開いていくさまと、次元を超えて共振するのである。

メタフィクショナルな亡霊の旅――〈死〉の郵便空間

こうした考察を踏まえたうえで、第二部では視座を転換し、「亡霊の誕生」という観点から、ジョン・バース、リチャード・パワーズ、スティーヴ・エリクソンといった、ポストモダン・アメリカ作家のメタフィクションに目を転じ、「楽園に死す」というアポリアがいかに多層的に変奏され、かつまたテクストの成立とどのように関わっているかを具体的に検証していきたい。と言うのも、「楽園アメリカ」という言説それ自体が、〈不死〉という虚構性を賦与されているという事実があってみれば、そうした言説をフィクションにおいて炙り出そうとすることは、

「楽園に死す」というアポリアをメタフィクショナルに前景化させることになるからである。

その際、十全に生きることも死ぬことも能わず、テクストを亡霊のように永遠に彷徨し続ける主人公たちが身を委ねるものとして、「旅」のメタファーが浮上する。テクスト空間に幽閉されているのみならず、複数のレベルのテクスト空間に跨って存在する彼らは、ベローの主人公のように死の恐怖に苛まれるというよりむしろ、永遠に死ぬことができないかもしれないというオブセッションから語り続け、いつなんどき複製されたり消去されたりしかねない自らの自意識の痕跡を、「旅」の過程においてテクストに刻印しようと試みる。彼らは、「楽園アメリカ」の創造を反復するかのように、虚構世界の創造を試みる自分たちが、悪夢と化した楽園に亡霊のように絡め取られ、もはや死ねないことを悟っている。そうした意識が刻まれた彼らの〈不死〉の「旅」は、フロンティアの西漸運動のように一定の方向性をもつものではなく、絶えず複数のコンテクストの間を行きつ戻りつし、差異と戯れを孕んだ反復的なエクリチュールの運動によって特徴づけられる。

そのように死から脱却しつつも死に回帰する、言い換えれば死を切断しつつも死を接種する不確定で複数の〈不死〉の「旅」の自意識を考察するにあたり、デリダの郵便論は、有効な準拠枠を提供してくれる。後期デリダが、『絵葉書』（一九八〇年）を中心とする論考において考察したのは、「デッド・レター」、すなわちどこかに滞留する「行方不明の郵便物」の亡霊性をめぐる議論である。彼によれば、「郵送することは、停止、中継、中吊りの遅延、配達人の場、紛失や忘却の可能性を計算に入れて送ること」（PC 65）をとりもなおさず意味する。存在しない宛名や振り分けミスによって宛先に到達しなかったり、転送されたり、誤配されたり、遅配されたり、あるいはまた配達されたとしても、内容の一部または全部が欠損したり滲んで判読不可能の郵便物。あるいはまた、差出人が不明だったり、名を偽ったり、受取人や差出人が既に死亡していたり、受取人に拒否された挙げ句、差出人に返送されたりする郵便物。ひいては、検閲されたり、改竄されたり、遺棄されたりする郵便物。このように多様なレベルで、A地点からB地点への「旅」を全うできない郵便物が日々刻々滞留する郵便空間は、複数の時間相を孕んでいるのみならず、情報が錯綜する不安定かつ魅力的な宙吊り《エポケー》の空間でもある。

デリダは、こうした「郵便的なるものの場」（*PC* 65）に潜在的に取り憑く亡霊について、次のように述べている。「手紙を書くとき、なぜ人はいつも亡霊たちを呼び出すのか？　人は亡霊が到来するままにしておく、と言うよりむしろ亡霊に歩み寄る。そしてまた人は亡霊のために書き、亡霊に手を貸す」（*PC* 34-35）。彼によれば、郵便空間に取り憑くこうしたおびただしい数の「デッド・レター」は、完全に死を宣告されたわけではなく、いつの日か蘇り、使命を果たす可能性を秘めている。それらは、生と死の間をさまよう亡霊さながら、起こり得たかもしれない複数の幻の現実をそれ自体の不可能性の中に死蔵《デッド・ストック》していると言ってよいだろう。こうして現前しないにもかかわらず、「郵便的なるものの場」を生成する「デッド・レター」は、情報伝達の経路で発生するエントロピーの蓄積それ自体を前景化するとともに、直線的な大文字の「歴史」をも脱臼させてしまう。

このように考えてみると、差出人から受取人へと情報が劣化することなく、透明性を保ったまま届けられる郵便システムに疑問符を突き付けるデリダの郵便空間は、時間と死を排除した透明な「楽園アメリカ」のアポリアを探究するメタフィクションのテクスト空間と少なからぬ共通点をもつことがわかる。行方不明の「デッド・レター」がデリダの言う郵便空間に取り憑いたように、そこには楽園に到達することなく埋もれた死者たちが亡霊のように鬱積し、まさしく文字を通して蘇るべく待機している。共和国の理念と現実の乖離を自らの虚構性のうちに内包したまま、独立宣言を発した合衆国という「大きな郵便局」には、ノイズとしての「デッド・レター」がおびただしい数をなして滞留しているのである。

第五章で論じるジョン・バースの『旅路の果て』（一九五八年）の主人公ジェイコブ・ホーナーは、ある意味で、そのように配達不可能な手紙によって機能不全に陥った「大きな郵便局」を表象している。〈死〉の不可能性に宙吊りにされた主体の存在論的真空を敢えて焦点化するこの小説は、固有名と人格を欠いた主人公を、「コスモプシス」と呼ばれる麻痺状態に陥れる。その結果、自らの意志で死のうにも死ねず、生きようにも生きられない彼は、メタフィクショナルな〈不死〉の楽園をさまよい、「アメリカン・アダム」の亡霊と化す。こうしてテクストに幽閉され、固有の死を奪われたジェイクは、メルヴィルのかの有名なバートルビーの末裔よろしく、いかなる働きかけに対しても「自分としてはご免こうむりたい」という姿勢に終始する。バートルビーと同じく配達不可能な郵便と親和性をもつ彼の悲劇は、そうした仮死状態から脱するべく「神話療法」を施されたにもかかわらず、神話創りに失敗し、テクストの余白へと失踪するところからまさしく生じている。

『旅路の果て』から一〇年を経て上梓されたバースのメタフィクションの白眉、『びっくりハウスの迷い子』(一九六八年)において、〈不死〉の「旅」は、極限までそのメタファーの重層性が追求されている。第六章では、作者自らが「シリーズ」と称するこの短編集を取り上げ、出口のない〈不死〉の迷宮に幽閉され、死ぬことも生きることもできない主人公が、旅路の果てに、いかに外枠のさらなるメタ物語へと転生を繰り返し、死を繰り延べにされるかを論じる。まずもって、こうした「旅」の祖型をなす「夜の海の旅」には、死ぬことの不可能性に宙吊りにされた語り手の「旅」をめぐる自意識が、さながら行方不明の郵便物のように堆積している。悪夢のような「旅」の過程で、〈不死〉の「旅」そのものに疑義を抱く泳ぎ手は、今は亡き分身に仮託するかたちで、郵便的不安を増殖させ、「旅」の進行を阻もうとする。だが、既に死亡した者、未だ生まれざる者をも巻き込んだ、苦難の「旅」をめぐる矛盾が極限に達したとき、それを呪い続けてきた彼は皮肉にも彼岸への到達を果たし、さらなる次元へと変容を遂げる。

『びっくりハウスの迷い子』において、「夜の海の旅」が、反復を通じて幾度となく位相転換され、差延を孕んだ自らへの重ね書き《パリンプセスト》により散種されるとすれば、第七章で考察するリチャード・パワーズのデビュー作『舞踏会へ向かう三人の農夫』(一九八五年)もまた、「旅」をめぐる一枚の写真に、同じように重層的に重ね書きされた自意識の迷宮を探り当てている。この小説においては、第一次世界大戦という「死の舞踏」がまさに始まろうとしていた一九一四年に、ドイツの写真家、アウグスト・ザンダーが撮影した一枚の写真に触発され、別次元の三つの物語が、自己増殖を繰り返す「複製された亡霊」（257）をめぐって共振する。「写真とはつねに、芸術におけるT型フォードであった」（253）という言葉に要約されるように、この小説は、大量生産、大量消費される自動車という速度メディアを、写真という複製メディアと接合し、そこにすぐれてアメリカ的なテーマである「自伝」の書き換えの可能性を追求している。撮影者の肩越しに未来へと記憶を送り出す被写体の眼差しは、それを受け止める鑑賞者に「フレームの彼岸にいる無数の人々」（342）との交感を可能にし、「死の舞踏」に翻弄されたあまたの死者たちによる「書き込み」が促される。

『舞踏会へ向かう三人の農夫』においてそのような「書き込み」を促すメディアが写真だとすれば、第八章で分析を試みるパワーズの第二作『囚人のジレンマ』（一九八八年）においては、映画やディクタフォンといった映像・音声記録メディアが重要な役割を果たしている。前作にも増して複雑に構築された三種類のナラティヴによって、家父長エディのミステリアスな病と死に肉薄するこの小説もまた、二〇世紀アメリカにおける〈死〉のアポリアの通過をめぐる家族神話の「旅」物語に他ならない。そこで焦点化されるのは、第二次世界大戦期から冷戦期にかけての、核の恐怖を孕んだ「囚人のジレンマ」的状況である。ニューヨーク万博に感化され、架空の都市開発計画、「ホブズタウン」に没頭するエディは、赤狩りの「移動標的」（88）とされ、有刺鉄線発祥の地に逢着したのち、ニューメキシコの砂漠の彼方へと失踪して死を迎える。進歩と完璧さを信奉し続けた彼の悲劇は、ディズニーの壮大な善意の映画プロジェクトに取り込まれ、ミッキー・マウスが司る禁断の魔法の粉が、放射能の〈フェアリー・ダスト〉へと反転したときに顕在化する。

第九章で論じるスティーヴ・エリクソンの『黒い時計の旅』（一九八九年）もまた、パワーズ同様、錯綜した時空を、反復と複製と同時性の時代、二〇世紀に探り当てている。第二次世界大戦というもう一つの「死の舞踏」の脚本家、ヒトラーが、敗北を喫することなく生き長らえるこの「旅」のパラレル・ワールドには、メタフィクショナルな亡霊たちが幾重にも憑依している。総統の見果てぬ夢の脚本家バニングが、平行して流れる川のごとき二つの二〇世紀の記憶を語り始めるとき、物語はそこに取り憑いた現前せざる複数の歴史として稼働し始める。彼の迸るペン／ペニスが立ち上げるポルノグラフィックな二〇世紀と史実の二〇世紀が交錯するこの「旅」物語は、多次元的な〈死〉へのダイビングの物語でもある。バニングが、ホロコーストの亡霊をデーニアの子宮に注ぎ込み、悪魔の子供を孕ませるというファウスト的企てを出し抜かれ、老総統に重なり合うとき、アメリカニズムに潜む〈死〉のアポリアは、ナチズムを参照点としてさらなる迷宮へと読者を誘う。このようなテーマは、次作『Xのアーチ』（一九九三年）において、「アメリカ」の発明者としてのジェファソン大統領が陥ったアポリアへと先祖返り的に継承されていく。

呼び交わす巨匠たち——ベローとデリーロ

以上メタフィクショナルな「旅」の分析を通じて、〈不死〉の「楽園アメリカ」に幽閉された「亡霊」の郵便空間を論じた第二部の議論を踏まえ、第三部と第四部ではドン・デリーロ文学に焦点を絞り、「楽園に死す」というアポリアが、この現代アメリカ文学の巨匠においていかに中心的なテーマとして措定され、メディアや身体といった問題系とどのように接合されていくか、主要なテクストに即して考察を進めていきたい。

デビュー作『アメリカーナ』（一九七一年）以来一貫して、後期資本主義文化における死の恐怖に鋭い眼差しを注いできたデリーロは、磨き上げられた乾いた文体で、現代アメリカを特徴づける「スペクタクルの日常」に隠蔽された〈死〉のアポリアを「崇高」との関係において巧みに描出してきた。そのような視座に立ち、彼がこれまで異化し続けてきたメディアを挙げてみると、電子・複製映像メディアのみならず、消費、広告、速度、空間、薬物、銃、核、スポーツ、芸術メディアというように、実に多岐にわたる。新作を上梓するたびに小説の新たな可能性を模索してきたデリーロは、〈不死〉性を帯びた多様なメディアの深部へと降り立つことにより、アメリカ的風景に取り憑いた〈死〉への畏れを多角的に炙り出してきたとひとまず言ってよいだろう。

ポストモダン文化における名声と死の表象という観点から言えば、メディアを通して有名性を獲得した歴史上のカリスマ的人物が、死後もなおイメージとして作品世界に妖しいアウラを醸し出しているのも、デリーロ文学の特徴の一つである。彼のテクストには、ヒトラー、ジョン・F・ケネディ、リー・ハーヴェイ・オズワルド、アンディ・ウォーホル、毛沢東など、大衆的なイコンとして一世を風靡した著名な死者たちの似姿がそこかしこに顔を覗かせる。ホログラムさながら変幻自在に相貌を変える彼らの複製肖像は、被写体が没したのちも、亡霊のように封じ込められざるアウラを放ち、転移された無数の時空においてさらなる消費を喚起し続ける。

このように概観してみると、シミュラークルが横溢し、ポストモダン的色彩を濃厚に帯びたデリーロ文学は、伝統的なリアリズムに依拠するベロー文学とはいささか肌合いを異にするように見える。実際のところ、ユダヤ系作家として出発し、二〇世紀アメリカ文学を代表するノーベル賞作家として不動の地位を築いたベローと、今やポストモダン・アメリカ文学のキャノンと見なされ、二〇一〇年にペン・ソール・ベロー賞を受賞したイタリア系作家デリーロの間に補助線を引き、両者を比較しようとする試みはこれまでほとんどなされなかったと言ってよい。(1) しかしながら、文化的背景や作風を異にするこの二人の巨匠のアメリカ的想像力は、「楽園に死す」というアポリアという文脈を得るやいなや、あたかも互いを呼び交わすかのように共振し始める。

例えば、デリーロの代表作『ホワイト・ノイズ』(一九八五年)の主人公ジャックは、死者について次のように語ってみせる。「死者の力は、彼らがずっと私たちを見ているとこちらに思わせるところにある。死者には存在感があるのだ。死者のみによって構成されるエネルギーのレベルなどといったものがあるのだろうか。彼らはむろん朽ち果て眠っているわけだが、地中にもいる。私たち生者は、死者たちの夢なのかもしれない」(*WN* 98)。ブラックスミスの旧墓地に立ち寄った彼が、死者の視線を感じつつ、ふと漏らすこの言葉は、ベローの傑作『フンボルトの贈り物』の主人公シトリーンが発する次の言葉と共鳴し合う。「死者は生きている人間のすべての魂の無意識な部分に働きかける。私たちの最高の計画のいくつかは、死者によって教え込まれる可能性が非常に高いのだ」(*HG* 440)。

生者が死者の夢であるにせよ、死者が生者の魂を育むにせよ、死者をめぐるジャックの感慨は、逆立ちしながら死者への瞑想に励むシトリーンの次の思索とさらにシンクロする。

死者は私たちのまわりに常に存在しているのだが、私たちが彼らを形而上的に否定しているため、私たちの世界から閉め出されてしまっている。だから、毎晩、何十億という人間がそれぞれの領域で眠りについてから、死者たちは私たちに近づいてくる。私たちの思想は彼らの糧とならねばならない。私たちは彼らの生活を支える穀物畑というわけだ(*HG* 141)。

もし二人の言葉の間にわずかな落差があるとすれば、ベローの主人公が記憶の淵を漂う死者たちに想像力を通じて滋養を与えるのに対して、デリーロの主人公は、ホログラムの残像のような「死者たちの夢」として存在する点である。遍在するホワイト・ノイズに集約されるように、「テクノスケープ」と〈死〉の関係を強く意識するデリーロの眼差しは、表象不可能な「崇高」の問題を孕んでおり、死者との関係においても現前へのノスタルジアは忌避される。テクノ・サブライムへの憧憬《フィリア》と畏れ《フォビア》が交錯するデリーロ文学にあっては、生者と死者の関係は言うに及ばず、生者と生者の関係もまた、起源なきシミュラークルが反復的に醸し出す亡霊性に彩られているのである。

そもそもデリーロが、このように無限に複製されるシミュラークルとの関係において〈死〉のアポリアを射程に入れるに至ったのは、広告代理店勤めのコピー・ライターから小説家に転じたという経歴と密接な関係がある。『広告する小説』(一九八八年)においてジェニファー・A・ウィキーは、ディケンズ、バーナム、ジェイムズ、ジョイスを取り上げ、これまで長年にわたって影響し合ってきた文学と広告の関係を論じたが、彼女が言うように、「どこの誰とわかる作家も特定の読者ももたない、広告という新しい文学」(200) は、「常に再生産された複製《コピー》であり、常にその影の兄弟たちの存在をどこでもいついかなるときでも暗示している」(265)。言い換えれば、「本質的にそれ自体がすでにして複製《コピー》であり、それとそっくりの他の広告があることを前提にしている」(266) シミュラークルとしての広告は、いかなる起源にも回収されないそれ自体の反復性によってまさに命脈を保っているのである。

このように、広告という文学の肥沃な後背地から生まれたデリーロ文学が、〈不死〉性を孕んだシミュラークルによって逆説的に前景化される〈死〉を主要なテーマとして措定するに至ったのは決して偶然ではない。消費文化を牽引しつつも、自らは実体の伴わない幽霊じみたシミュラークルとして永遠に市場をさまよい続ける広告は、完璧なまでに死が隠蔽されたエデン的世界を提示し続けることにより、〈死〉への畏れを密かにかき立てる。「アメリカというスペクタクル」(ウィキー 189) を演出する広告は、それが語っていることではなく、むしろ語り得ないことにより、メタレベルで人々に「汝は死を覚悟せよ《メメント・モリ》」と語りかけていると言ってもよいだろう。

シミュラークルと反復のアウラ

デビュー作以来デリーロは広告に対して強い関心を示してきたが、それは、広告という文化装置によって駆動する「スペクタクルの日常」が、「楽園に死す」というアポリアを日々深化させてきたからである。第十章では、このような視点からデリーロ文学の原点『アメリカーナ』を取り上げ、アメリカ文化の一翼を担う広告が、消費文明の「楽園アメリカ」においていかなる〈死〉のアポリアを引き起こし、主人公がそこからどのように脱出をはかるのか、彼のロード・ムービー制作の「旅」を中心に、反復と差異という角度から論じてみたい。

デビュー作において提示されたデリーロの「広告の詩学／死学」は、その後も着実に発展を遂げ、八〇年代半ばに全米図書賞受賞作『ホワイト・ノイズ』として結実する。彼の名声を一気に高めたこの小説で彼は、「ホワイト・ノイズ」という格好のトロープを探り当て、メディアとのインターフェイスに浮上するアポリアを表象する糸口を見出すことに成功した。〈死〉という貫通不可能な「ノイズ」を隠蔽するために、すべてのノイズを糾合したこの究極のノイズは、メルヴィルが「計り知れぬ悪意」を孕んだ「壁」として描いた『白鯨』（一八五一年）的な白さを湛えているのみならず、メディアによって空中に拡散し、馴致不可能な〈死〉がもたらすアポリアを余すところなく捉えている。

第十一章で考察する『ホワイト・ノイズ』で焦点化されるのは、またしてもヒトラーである。主人公ジャックは、ヒトラー学の世界的権威としてアカデミックな世界で商品化に成功した総統のアウラを、〈死〉への防波堤にしようと目論む。ここでも前景化されるのは脱歴史化されたシミュラークルとしての「総統」である。それは死を孕んだキッチュな表象としてメディアに流通し、半永久的に消費され続ける。アメリカの「広告の詩学／死学」が、ナチの「プロパガンダの詩学／死学」と共振するのは、まさにこの点においてである。集団的無意識にノスタルジックに訴えかけ、家庭のテレビに夜ごとに登場する「総統」は、彼が司ったホロコーストの死者を忘却させる一方で、〈死〉を迷宮化する究極の記号として密かにポストモダン・アメリカに君臨していると言ってもよい。この章では、〈死〉の恐怖が、スーパー・マーケットやコマーシャルといった日常的な消費メディアとの関わりによっていかに「ホワイト・ノイズ」化し、どのようなアポリアをもたらすのか、反復のアウラとの関係に注目しつつ、考察を進めていきたい。

第十二章では、デリーロが長年深い関心を抱いてきたJFK暗殺に焦点を絞り、『リブラ』（一九八八年）における「ポストモダン・オズワルド」像を分析することにより、冷戦期アメリカに出現した彼が、メディアの反復を通じて、死後もなおいかにしてアウラを放つに至ったかを検証する。その際着目したいのは、「楽園アメリカ」を〈死〉

の迷宮へと変貌させる「撃つ／写す《シューティング》」という二つのテクノロジーの相関性である。シミュラークルとしてのＪＦＫを狙撃することにより、さらなるシミュラークル、「リー・ハーヴェイ・オズワルド」が生起し、それをまた標的として繰り返される暗殺。そして、撃《ショット》たれたところを撮《ショット》られる自分を思い浮かべ、自分の暗殺シーンを視聴者とともに眺めるテロリスト、オズワルド。このように常に逆転性を孕みつつ、反復される「撃つ／写す《シューティング》」を通じて、無数の分身を散種する「亡霊」、オズワルドのアウラは、次作『マオⅡ』へと引き継がれていく。

テロリストと小説家の奇妙な「ゼロサムゲーム」を描く『マオⅡ』（一九九一年）においては、活字から映像メディアへのパラダイム転換を経た「スペクタクルの日常」において危機に瀕する「作家という種族」（26）そのもののありようが、テロリストとの対比においてテーマ化されている。九・一一のちょうど一〇年前に発表され、ペン・フォークナー賞を受賞したこの小説が、今もってなお注目されるのは、アメリカに取り憑いてきた「熾烈な未来」を、ポストモダン消費・複製文化が惹起する〈死〉の死との関係において根源的に問い直しているからである。第十三章では、テクストに描きこまれた様々な「群衆」と、横溢するシミュラークルとの関係に着目し、自らの肖像写真を撮影させ失踪した隠遁作家が、〈死〉のアポリアに臨んで、いかなるアウラを醸し出すのか、アンディ・ウォーホルのシルクスクリーンを参照点として分析を試みる。

〈死〉の「アンダーワールド」

デリーロ文学の〈死〉への眼差しを考察するにあたり、とりわけ重要な意義をもつ以上四作の分析を踏まえ、第四部では、『アンダーワールド』（一九九七年）に照準を合わせ、この膨大なテクストが、〈死〉のアポリアをめぐる洞察をいかに発展させ、そこにどのような鉱脈を探り当てたかを考察してみたい。第三部の目的が「ホワイト・

ノイズ」に彩られたデリーロの「詩学／死学」を浮き彫りにすることにあったとすれば、第四部は、その延長線上に「逆光のアメリカン・サブライム」という地平を設定し、アメリカ的想像力が、二〇世紀後葉という巨大な地層において、表象不可能な「崇高」といかに向き合おうとしているかを立体的に描出しようとするものである。

このようなデザインのもとに、第十四章では『アンダーワールド』における冷戦の遺物としての廃物が、いかに危うい「崇高な」アウラを帯び、冷戦後の世界に取り憑いているかをまず明らかにしたい。そのうえで、廃棄物のアウラを恭しく封じ込めようとする主人公の使命を考察するとともに、冷戦時代の負の遺産をアートへと転用することにより、禍々しいアウラを封じ込めようとする三人のジャンク・アーティストの営みに光を当てる。これらの考察を踏まえ、エピローグに対置された二つの「キー・ストローク」に焦点を絞り、死を孕んだスペクタクルとスペクターが醸し出す「崇高な」世紀末ファンタスマゴリアの対位法が、どのような意味において〈死〉のアンダーワールドの断層として提示されているのか、探求してみたい。

第十五章では、第十二章の『リブラ』論で言及したアメリカの神話が「撃つ／写す《シューティング》」と織りなす関係を念頭に置き、デリーロが死を孕んだスペクタクルに不可欠な「銃／カメラ」にいかに重層的な表象を担わせてきたかという観点から、『アンダーワールド』を論じる。この章では、クララが訪れるザプルーダー博物館のJFK暗殺実録映像のインスタレーションと、「左手のための挽歌」に描かれたテキサス・ハイウェイ・キラーの挿話を取り上げ、分析を試みる。その過程において、アメリカという文脈において銃に賦与されてきた「即時／即自性」が、銃と映像メディアの視差を孕んだ反復を通じていかに変質を遂げ、亡霊化していくか、解き明かしてみたい。

前二章で展開された考察は、第十六章において、『アンダーワールド』に登場する二つの「ボール」をめぐる考察へと接合されていく。すなわちソ連の原爆実験と共振するホームランボールと、代理父的存在の頭部に誤射した「弾丸《ボール》」によって、敗北と罪のトラウマを抱え込んだ主人公ニックは、神に「にじり寄る」べく、不可知な神の闇へと肉薄していく。名づけ得ぬものを名づけようと究極の言葉を探し求める彼の試みを考察するうえで、重要な手掛かりとして浮上するのが、鬼ごっこの「鬼《イット》」である。「灰色と黒のアレンジメント」が描くように、「鬼《イット》」は、表象不可能な不可知の暗黒の力を感染させるものとして、廃棄物の闇に深く分け入り、神の名を探ろうとするニックの探究に大いなるインスピレーションを与える。本章では彼が追い求めるホームランボールが、同定不可能な「鬼《イット》」の比喩《フィギュール》＝形象として、「楽園アメリカ」に眠る無数の亡霊たちを召喚するいかなる鍵となるのか、その役割を明らかにしたい。

時の深淵――失われたアリアドネの糸

以上の三つの観点から『アンダーワールド』を論じた第四部を跳躍台として、第五部では、〈死〉のアポリアとの関係において後期デリーロがとりわけ関心を深める時間のありようを多角的に考察してみたい。第十七章で扱う『ボディ・アーティスト』(二〇〇一年)は、あらゆる意味において、前作『アンダーワールド』と対照的なテクストだが、夫の喪に服す主人公のボディ・ワークは、死者と完全に同化することなく死の淵に限りなく接近する身振りだからこそ、「不可能な喪」というアポリアを際立たせる。言い換えれば、自らの身体性を極限まで剥ぎ落とそうとする彼女の「ボディ・コズモス」(84)の変容は、終わりなき「半喪」への序曲でもある。彼女は、メディア的特性と零度の身体をもつ「時の異邦人」(99)の出現により、主体崩壊の危機に陥る。この章では、主体構築の反復的な模倣の構造それ自体を炙り出す主人公のパフォーマンスが、他者としての死者にどのように身を開く契機となるのか、考察を進めたい。

第十八章では、デリーロのプレ九・一一テクスト『コズモポリス』(二〇〇三年)を取り上げ、世紀転換期アメリカの「崇高」の寓話の主人公によるマンハッタン横断を、「不可能な死」の横断という観点から分析する。その際問題になるのが、覇者としてサイバースペース上で永遠の生を享受するがごとき彼に賦与された、有限の身体と時間である。「タワー」によって表象される自らに輝かしい未来とサイバー資本の「崇高美」を幻視するエリックは、亡霊のごとく過去から立ち現れるベノの出現により、〈死〉の時間を贈与され、その横断を余儀なくされる。それは彼自身が密かに希求したものでもあったわけだが、本章ではその「旅」の過程で逆照射される「アメリカン・サブライム」をめぐる眼差しが、いかにしてポスト九・一一を見据える導きの糸となるか、「大君《タイクーン》」の運命の一日を丹念に辿ってみたい。

第十九章においては、『フォーリングマン』（二〇〇七年）に照準を合わせ、九・一一の再表象をめぐり多種多様なメディアがいかに亡霊性を孕みつつ、犠牲者と生存者のそれぞれの〈死〉の時間を焦点化するか、「タワー」からラザロのように蘇った主人公と彼の妻について考察を試みる。トラウマティックなポスト九・一一的世界を精緻に描出するこの小説のタイトルが、衝撃的な写真を下敷きにしていることを踏まえ、この章では、永遠の未来を約束する「タワー」から、〈死〉のダイビングを余儀なくされた「フォーリングマン」というトロープそれ自体を、「楽園に死す」というアポリアのメタファーとして捉えてみたい。そのうえで、そうした落下運動をゲリラ的に反復するパフォーマンス・アーティストも視野に入れ、「灰」のエクリチュールがどのように散種されていくか、分析を試みる。

第二十章では、『ポイント・オメガ』（二〇一〇年）に焦点を絞り、九・一一への報復の一環として引き起こされたイラク侵攻の立案に関わった主人公が、この戦争の果てに微かに明滅する核の脅威を感じ取り、いかにそこに進化の極限における人類の絶滅というアポリアを探り当てていくか考察したい。そこで重要な役割を果たすのが、核の温床にして惑星的な「深遠な時間」への思考の回帰を促す砂漠の想像力である。『囚人のジレンマ』のエディさながら、砂漠に行き着いた主人公は、進化の極みに達した文明の「最後の迸り《ラスト・フレア》」として、核爆発の閃光の中に終末的な「人間の意識」の終焉を幻視する。彼は地球カレンダーにおける人類の時間相に思いを馳せ、「オメガ・ポイント」理論における至高の意識点を転倒し、無機物への逆しまの「跳躍」を夢想する。人類の起源と終焉を射程に入れたこの先祖返り的なヴィジョンもまた、通り抜け不可能な〈死〉のアポリアへの、アメリカ的想像力の一つの応答と見なすことができよう。

前章で扱った『ポイント・オメガ』の枠物語に描きこまれたコンセプチュアル・アート『二四時間サイコ』の分析を踏まえ、終章では、ジル・ドゥルーズを援用することにより、デリーロの最新の短編「もの食わぬ人」（二〇一一年）に関する時間論を展開する。とりたてて劇的な事件が起こるわけでもないこの作品は、一見捉えどころのない印象を与えるが、すべてを削ぎ落とした珠玉の短編として一つの到達点を提示していると言ってよいだろう。この章では、この異色作がシネマというメタファーを用いつつ、〈死〉のアポリアの宙吊り状態を逆手に取ることにより、いかにして無限の生成の時間を押し開く契機が生じるのか、第十七章で分析を試みた『ボディ・アーティスト』とも絡めて考察してみたい。

本書の冒頭で述べたように、何人においても〈死〉というものは、通過不可能な経験であり、アリアドネの糸は存在しない。であればこそ、それはいかなる指示対象にも還元できず、そこから引き返すことも、そこに立ち止まることも、またそれを乗り越えることもできない。このように自らの〈死〉を生きることも、その特異な様相を語ることもできない限りにおいて、表象不可能な〈死〉は、デリダが言うようにまさしくアポリアとして立ち現れる。それは、「開かない扉」、言い換えるならば「秘密のもとでしか開くことのできない扉」（*Aporias* 20）として、生者の前に立ちはだかる。常に既に死さえも克服したかに見える「楽園アメリカ」にあって、アメリカ的想像力は、このように「跨ぎ越すことのできない境界の不透明な存在」（*Aporias* 20）とどのように向き合い、その分節化困難なエッジをいかに物語世界の創造に活かしてきたのだろうか。本書を通じて〈死〉が滞留する「楽園のこちら側」を探ることができれば幸いである。

I

喪服の似合うベロー

第一章

この〈死〉を摑め
――『この日を摑め』のパルマコン、タムキン

「どうして沈んでいってしまわないのか。死があなたを落下させるに任せばよいではないか。死の望みどおりに。」

ドン・デリーロ『ボディ・アーティスト』

タムキンの謎

ソール・ベローはあるインタビューで、『この日を摑め』(一九五六年)について、「私の興味を引くのは、センティメンタルなトミーではなく、あのよこしまな詐欺師タムキンの方だ」と述べている(Simmons, "Free to Feel" 203)。この言葉通り、ベローの代表的なこのノヴェラの魅力は、謎めいたタムキンという人物を抜きにしては語ることができない。(1) 彼はテクストの時空を繋ぎ止める蝶番の役割を果たす一方で、それらの時空を自ら解体することにより、主人公を幻惑し死の淵へと誘う。彼こそが、グロリアナ・ホテル、先物取引所、葬儀場という三つの特徴的な空間を繋ぎあわせるとともに、それぞれの空間が含みもつ過去、未来、現在という時間相を撹乱し、ウィルヘルム

に通過不可能な〈死〉の贈与をもたらすのである。

タムキンを論じる際、まず問題になるのが、彼の人となりと言説の間に見られる甚だしい落差である。タムキンは、彼が口にする一見深遠でもっともらしい哲学を体現するには、あまりにも奇矯であり、いかがわしいのである。(2) この矛盾を説明しようとした批評家によれば、この作品でベローは、自分の伝えたい倫理的見解を押しつけがましく説教するのではなく、読者に想像力を用いて発見させるために、敢えてそのような落差を設けたのだという (Morahg 147–59)。

だがタムキンは、そのように作者がマウス・ピースとして自らの思想を偽装すべく考案した饒舌なペテン師にしてはいささか手の込んだ造型が施されている。確固たるアイデンティティを欠いていることが唯一のアイデンティティである彼の最大の特徴は、自らが操作する言説が真実として現前する間もなく姿を消してしまうところにある。ウィルヘルムは、そのように摑みどころのない彼を詐欺師呼ばわりしつつも、彼に不思議な誘引力を感じないわけにいかない。タムキンは「嘘つきなのだろうか」(79)、「狂気なのだろうか」(112) と幾度となく自問しつつも、ウィルヘルムは彼の弁舌に知らず知らずのうちに惹きつけられていく。「滑稽なんだが滑稽じゃない。まことしやかのようで偽り。何気ないようでありながら作為的」(90) と述べられているように、常に両義的なタムキンは、矛盾する「真理」を同時に臆面もなく流通させるからこそ、いかなる真理の現前をも不可能にしてしまう。このように見れば、「まともだとも言えるし、おかしいとも言えますな」(56) という、パール氏のいささか冗談めかしたタムキン評は、存外核心を突いている。

彼の横顔《プロフィール》は、詐欺師、心理学者、精神分析医、催眠術師、魔術師、治療師、詩人、哲学者、詭弁家、宗教家、科学者、発明家、投資家、ブローカーというように、錬金術師とも見紛うばかりの広範な領域に及ぶ。これらに共通するのは、彼が異界との交通を媒介し、生と死、意識と無意識、現実と幻想の交渉を司っていることである。彼は同時にこれらすべての属性を帯びているからこそ、厳密な意味でこれらのどの一つでもない。このように変幻自在に姿を変え、すべてを宙吊りにしたまま主人公の脇を常にすり抜けていくタムキンに、盗み、雄弁、交易、交渉、技能に秀でたヘルメス神や、医療儀式を執り行うトリックスターの神話的特性を探り当てることも可能であろう。[3] 破壊者であるとともに創造者であるトリックスターは、タムキンの容貌に象徴される動物的とも言える彼の卑しい属性と、彼の救済者的役割の矛盾を説明するのに格好のモデルを提供する（Wieting 24）。また、ヘルメスをはじめとするギリシャ神話の枠組みを基にした議論は、この作品の解釈をさらに奥行きのあるものにしている（Birindelli 35–48）。ヘルメスが魂の導者プシューコポンポスでもあり、冥界と現世を媒介する司祭であるということを勘案すれば、万策尽きたウィルヘルムがタムキンの姿を追い求めていくうちに葬儀場へ紛れ込んで泣き崩れるという結末は、この物語に神話的豊饒性を賦与し、タムキン＝ヘルメス説の有力な論拠となろう。

しかしながら、彼が癒しを施すヘルメス的攪乱者であるという予定調和的な図式をもってして、タムキンが司るもう一つの経済、すなわち「死のエコノミー」のダイナミズムを十全に説明するのは困難である。主人公に経済的破綻をもたらすと同時に、回収不可能な〈死〉の贈与を通じて、死者／他者との関係に身を開かせるという彼の役割は、トリックスターにすべてを担わせることができない複雑な次元を孕んでいる。こうした認識を踏まえつつ、本章では、ウィルヘルムを冥界へと誘うタムキンを「貨幣」として措定したうえで、毒を孕んだ癒し手である彼が、いかにパルマコンとして〈死〉のアポリアを主人公に与えるか、考察を進めていきたい。

歪なパートナーシップ

ウィルヘルムのタムキンとの関係は、まずもって先物市場で自分の資金を運用する権限を全面的に委ねる投資上のパートナーとして始まる。長い間考えあぐねた末、幾度となく退けたことを最終的に選択してしまう彼は、物語の始まる四日前にタムキンへの投資委任状に署名し、二人は互いに相手宛てに小切手を振り出している。このときタムキンは、対等の共同出資者であるという前提にもかかわらず、すぐには資金を動かせないことを口実に、自分の出資金の当座の不足分をウィルヘルムに補填させる。ウィルヘルムは、いかにも偽物めいた緑色の額面三〇〇ドルの小切手を受け取り、それと交換に千ドルの小切手を支払日を一日繰り延べにして切る。こうして彼は、なけなしの財産の運用をタムキンに全て委任してしまったのである。あとで不安に駆られたウィルヘルムは、タムキンに対する委任状が自分の他の財産の投資と運用にも及ぶものかどうか、仲買会社の支店長に確かめに行くが、七〇〇ドルが彼の全財産であってみれば、結局のところ彼はタムキンに全てを委託してしまったに等しいことに気づく。

当初ウィルヘルムは、この投資を、逼迫した自らの経済状態を少しでも打開するための、「賭け」(83)であると自分に納得させていた。この時点で彼が気にかけていたのは、家《オイコス》、所得、分配、交換、循環、法といった掟《ノモス》に彩られた「円環のエコノミー」(デリダ『他者の言語』79)である。彼がタムキンへの投資を行うことにしたのは、当然のことながら、見返りを求めてのことである。だが、その一方で直観的に彼が、この投機が無謀であると心のどこかで達観していたこともまた事実である。物語が焦点化する「この日」になってようやく彼は、自分の決断についで次のように悲観的な予感をもつに至る。「けれども今では、彼は自分のそうした思惑を忘れてしまい、自分の賭けた七〇〇ドルを最後の一セントまで失いそうだということしか念頭になかった」(傍点筆者83)。ここにわれわれは、彼の切実な投機の思惑とは矛盾する「忘却の狂気」(デリダ『他者の言語』86)の萌芽を見て取ることができる。思い返せば、彼がタムキンを信用することにしたのは、誤りを犯す機が熟したと感じ、次のように死の影を帯びた宿命をこの男に感じ取ったからに他ならない。

さんざん迷った挙句、彼は、意を決してカネを渡してしまった。実際は、判断停止状態にあったのだ。疲労困憊し、決断というにはほど遠い決断だった。どうしてこんなことになってしまったのだろう。…自分自身、過ちを犯す機が熟したせいなのか。結婚の問題にしてもまた然り。とにもかくにも、こうした決断を通して自分の人生はかたち作られてきた。曰く言い難い宿命的な気配をタムキンに感じとった瞬間から、もはやカネを引っ込めることができなくなったのだ。(79)

このような状況で彼は、タムキンに勧められるままに小切手を振り出したのであるが、この取引において彼は、「白地小切手」を切ったのも同然である。『フンボルトの贈り物』(一九七五年)において、シトリーンが、義兄弟の契の証として「白地小切手」を彼と交換したように、ウィルヘルムはタムキンと小切手を相互に交換し、彼と盟約関係に入る。(4) このとき彼が振り出した小切手の効力は、タムキンの彼宛ての小切手が不渡りではないことを前提としており、彼らは「対等のパートナー」(142)として互いを担保し合っているように見える。だが、彼にとって、互いに交わした小切手の額面の差額は、タムキンへの一時的な貸し付けと言うよりも、回収不能な彼への一方的贈与と言うべきものになっている。家《オイコス》における掟《ノモス》の領域で窮地に陥ったウィルヘルムの贈与は、物語の始まる時点で、既に一定の方向づけがなされていたのである。贈与という点で、彼はまことに皮肉な選択を行ったと言ってよい。別居中の妻マーガレットには幼い子供の養育費の贈与を迫られる一方で、裕福な父アドラー博士から財政的援助の贈与を拒まれた彼は、代理父を演じる得体の知れないもう一人のドクターに全財産を一方的に贈与せざるを得なかったわけである。

はじめの贈与

このように文字通り「父」なる起源、言い換えればロゴスの円環に見放されたウィルヘルムのタムキンに対するこの命がけの跳躍とも言える一方的贈与は、貨幣に対してなされる「はじめの贈与」と相通じるものがある。貨幣の使用者が、貨幣の材質上の実質的価値と名目上の価値との乖離を不問にし、額面通りの価値を認めて流通させなければ、貨幣は機能しない。その際、中央銀行は発券によってその差異を負債として負うわけではないので、まず貨幣を手にする者は、それを保持する間、リスクを負うことを免れない。

岩井克人によれば、このことは「決して返済を期待し得ない貸し付け」であり、貨幣の創造には「一方で等価交換の前提条件としての不等価交換、他方で相互契約（交換）の前提条件としての全面的譲渡（非交換）」（118–19）という逆説的な構造が見られる。しかも、あらゆる法の起源に生じる、「力の一撃」とも言うべき無根拠な暴力を反映するこの一方的贈与は、貨幣が流通する度に繰り返され、「市場で流通している貨幣はすべて、過去になされた一方的贈与の痕跡」（岩井 124）をとどめている。ウィルヘルムのタムキンへの信用は、価値の裏付けを欠く紙幣に対する、このような差延を孕んだ「はじめの贈与」を実は反復したものに他ならない。彼に対するウィルヘルムの信用は、不換紙幣やメタ紙幣としての小切手に対する信用と、本質的に同じ位相をなしていたのである。

タムキンの小切手の不渡りとなりそうな緑の色合いと、ほとんど判別し難い奇怪な筆跡は、彼の見せかけと実体の齟齬を暗示するのに十分である。さらにここに、紙幣の先送りされた信用という問題が浮上する。ただの紙切れに過ぎない紙幣が受け取られるのは、いつかそれを使用するときに、誰か次の人に受け取ってもらうという思惑《スペキュレーション》が働くからである。紙幣を流通させることは、未来へ決済を先延ばしすることにより、現時点で自分が負っている「はじめの贈与」のリスクを、他人に転稼することを意味する。

だが、そのような繰り延べのシステムを停止させる「総決算の日」（130）にあっては、決済を先送りすることはもはや許されない。皮肉なことにウィルヘルムは、「はじめの贈与」が孕みもつ暴力性が可視化されかねない「この日」に、タムキンという怪しげな紙幣を掴んだばかりか、現時点では収穫さえされていない先物商品に自らの命運を託す。先物投資に彼を勧誘するにあたり、タムキンは、信用の未来への先倒しである「投機《スペキュレーション》」の極意について次のように熱弁を揮う。

この型の投資の秘訣は、機敏さに尽きるんだ。敏速に行動しなくちゃならない。買っては売り、売ってはまた買う。しかもさっさとね。窓口に行って、ここぞというときにシカゴに連絡を入れさせる。ガンガン押すわけさ。それでその日のうちに手を引いちまう。ほんのあっという間に、一万五千ドルから二万ドル相当の大豆、コーヒー、とうもろこし、皮革、小麦、綿花なんかを転がすのさ。(14)

このように、わずかな証拠金を元手に巨額のドルを機動的に動かして差益を稼ごうとするタムキンは、差異の媒介を通じて自己増殖し続ける貨幣そのものである。変幻自在に姿を変え、差延を求めてわずかな間隙を縫って出没するタムキンは、最終的な決済を引き延ばし、未来を司るがゆえに、ウィルヘルムを魅了する。だからこそ彼は、タムキンという貨幣が、「何から何まで本人が言い張る通りのもの」(79)であり、額面通りの価値をもっているのではないかという幻想を簡単に捨て去ることができない。

死の接吻――「貨幣」と暴力

ウィルヘルムがタムキンという「悪貨」を受け入れるに至ったのは、見せかけと実体の齟齬ということにかけて、彼自身がタムキンとある種の親和性をもっていたからでもある。彼の中には、タムキンの分身と思しきものが寄生している。「悩みを隠すということにかけては、トミー・ウィルヘルムは、そんなに人にひけを取らない方だった」(7)。冒頭のこの文が示すように、若き日にスカウトされ、ハリウッドで端役を務めたこともあるハンサムなウィルヘルムは、自分の本性を隠蔽することにより、人を欺く術を自然と身につけてきた。俳優となる夢が潰え、のちにロジャックス社のセールスマンへと転じても、彼は表面を取り繕う演技をビジネスにおいても有力な武器にしてきた。

この文脈でタムキンとともに浮上してくるのが、ウィルヘルムをハリウッドへと誘い、人生に大きな転換をもたらしたタレント・スカウトのモーリス・ヴェニスである。いかにも胡散臭い風貌の二人に共通するのは、躍起になってウィルヘルムの信用を得ようと働きかけることである。彼らはいずれも、映画界入りや投機への誘いを通して彼の人生の始点と終点を確定する役割を担っている。彼が父のアドラー姓を捨て、「トミー・ウィルヘルム」という名に改名する契機を作ったのがヴェニスだとすれば、その「トミー」を死の淵へと召喚し、本来の「ウィルキー」へと戻るきっかけを作るのがタムキンである。ウィルヘルムのタムキンとの投資上のパートナーシップは、二五年前に破綻した彼とヴェニスとのパートナーシップを反復したに過ぎない。のちに、売春の斡旋容疑で起訴されるヴェニスとの出会いが、彼にとって最初の「死の接吻」(34)であったとすれば、もう一人の山師タムキンとの出会いもまた、進退窮まった彼に最後の「死の接吻」をもたらすことになる。

タムキンが、ヴェニスよりも格段に優れた資質を持ち合わせているのは、彼の弁術の巧みさに拠るところが大きい。彼が口にするアフォリズムは、そのレトリックとあいまって、「真実」と「虚構」、「見せかけ」と「本質」といった二項対立を易々とすり抜けていくからこそ、かえって鋭く本質を突いた命題として、「人生の奥義」(93)を希求するウィルヘルムを思索へと誘う。このようにタムキンの司る「投機《スペキュレーション》」が、「思索《スペキュレーション》」へと転移したことにより、彼が体現する貨幣性もまた、意味するものとされるものとが乖離する記号の恣意性へと位相転換される。彼の言説は、彼に対する投機上の信用と同じく、「はじめの贈与」を要求するが、タムキン自身がそうした言説を自家薬籠中のものにし、実践しているという保障はないのである。

「心理学的詩人」を自称するタムキンのもう一つの特徴は、彼の言説が、そうした自らの属性に関するメタ的な自己言及となっていることである。カネ儲けは攻撃だ、人々はカネという記号によって象徴的に人殺しをするために取引所にやってくるのだと、彼は投機の心理的メカニズムを得意気にウィルヘルムに説く。実はこうした言葉は、投機性を帯びた「貨幣」、タムキンが先物市場で行おうとしていることを的確に物語っている。はからずも彼が口にしたように、「貨幣《マネー》」と同じようにMで始まる言葉[5]「殺し《マーダー》」、「からくり《マキナリー》」、「害悪《ミスチーフ》」(93)は、本質を欠いた貨幣には、犠牲を要求する秘められた暴力性や死の痕跡が見られるとともに、それらを象徴レベルにかろうじて封じ込める役割があることを示唆している。

　そうしたタムキンの発信する様々な言説の核心をなすのは、「本当の心と見せかけの心」(95)をめぐる物語である。誰にもましてこの物語に精通していると自負するタムキンは、一人の人間の中で展開されるこれら二つの心の葛藤を心理ドラマ風に解説してみせる。彼によれば、基本的に人間には何かを愛するという利他的な欲求と、自分が何者かであるというアイデンティティの欲求があり、自分が何者でもないことに耐えられぬがために人を欺く「見せかけの心」によって、「本当の心」は大きな犠牲を被り、悶絶するという。後者にとって前者は、身中に巣くう「寄生虫のごとき」(97)存在であり、真実を愛す「本当の心」の愛は憎悪へと変貌し、自己の内部の他者に向けた刃が自らに跳ね返るという。「人殺しが殺人を犯すときには、自分を偽り欺いてきた自分の中の心を殺したいと思うものなんだ。自分を憎む者は誰か？　自分だ。じゃあ自分の愛する者は？　やっぱり自分だ。だとすれば、自殺はすべて他殺だし、他殺はすべて自殺ということになる」(96–97)。

　タムキンが説く暴力と死を孕んだこうした二つの心のドラマは、奇妙な懐かしさをもってウィルヘルムの心を捉える。彼は、自分の「本当の心」が、「トミー・ウィルヘルム」に寄生されてきたことにより、いかに辛酸を嘗めてきたかを思い知る。このような図式は、見せかけと本質の乖離を誰よりも具現するタムキンが、「治療」という名目で介入するとき、さらなる複雑な様相を呈する。すなわち、これまでウィルヘルムに分身のように寄生してきたタムキンと、彼の「本当の心」の間に密かに共犯関係が生じるのである。

振り返ってみれば、ウィルヘルムの「見せかけの心」は、多分に父譲りのものである。過去の栄光にすがる老人たちが多く住む、グロリアナ・ホテルの名士であるアドラー博士は虚栄心と自己愛に満ちており、カネが死を遅延する免罪符となるかのように息子への援助を拒む。ウィルヘルムにしてみれば、父は「死のことが自分の心にかかっているばかりか、カネの力でぼくにも死の問題を無理やり考えさせようとする」(77)。ちょうど物語の半ばあたりで、彼が口論の末、父と別れた直後、ドクター・タムキンが入れ替わるように現れ、悩める彼を別の流れに誘導するが、まさにこの場面が象徴的に示すように、アドラー博士は、「本当の心」を説くタムキンの引き立て役《フォイル》として機能している。

〈死〉の贈与

ウィルヘルムが、父に求めて得られなかったものは一言で言えば、〈癒し〉である。医学的な見地からアドラー博士は、救いを求める息子に、自らも実践しているという「水療法」(60)を勧める。ウィルヘルムにとってこの療法は見せかけの〈癒し〉であり、到底自分の苦悩を癒すものではないと直観した彼は「水療法は狂人のためのものだと思ってましたが」(61)と不満を漏らす。ミシェル・フーコーが『狂気の歴史』(一九六一年)において考察したように、「水療法」の歴史は狂気の歴史と同じく古く、一七世紀末頃からは狂気の主たる治療法と見なされてきた(167-68)。水の浄化力によって再生を促し、狂気を癒すという言説が、まことしやかに信じられ実践されてきたのである。アドラーは、はからずも息子から「狂人」という言葉を引き出してしまう。のちに論じる結末の場面において、彼がタムキンによってある種の「水療法」を施されるのはアイロニカルと言うより他ない。

この作品におけるドクター・タムキンの役割は、医学の権威である父アドラー博士のなし得ない死を孕んだ〈癒し〉をウィルヘルムに施すことである。あるとき彼は、「自分の本当の天職は癒し手なんだから」（129）と自負するが、タムキンの施す精神的な〈癒し〉は、経済的な〈騙り〉と不可分に結びついている。「貨幣」、タムキンの〈癒し〉は、〈騙り〉によってウィルヘルムの経済的破綻が確定した瞬間、言い換えれば家《オイコス》への復帰が断たれた瞬間、逆説的に浮上し、反エコノミーとも言うべきもう一つの経済へと彼を誘う。

　暗黙裏に彼らの間には、「癒やす者」と「癒やされる者」、「騙る者」と「騙られる者」という役割演技を互いに演じるという関係が成立している。ウィルヘルムは、タムキンを必ずしも信用していないにもかかわらず、彼が何らかの〈癒し〉を与えてくれることを密かに期待し、それに応えるかのようにタムキンは自らを騙ることによって〈癒し〉を施す身振りを示す。治療師タムキンの奇抜な〈癒し〉の言説は、〈騙り〉と紙一重の際どさゆえに[6]、病めるウィルヘルムの心をかえって捉える。彼にしてみれば、タムキンは、「百嘘をついた挙げ句、最後に一つ真実を」（133）啓示してくれそうな「恵み深い魔術師」（110）なのである。

　彼が「真理」としてウィルヘルムに施す処方箋は、「この日を摑め」という口当たりの良いキャッチ・フレーズである。「カルペ・ディエム」に由来するこの箴言には、タムキンが説く「見せかけの心」と「本当の心」の関係や、投機に見られる人間の罪悪感と攻撃性の問題など、彼の洞察のエッセンスが凝縮していると言ってよい。彼は、自分の与える無償の〈癒し〉こそが、人々を現実に引き戻し、「今、ここ」にをもたらすのだと、次のように語／騙ってみせる。

　　ぼくはね、カネを取らないときが一番いい仕事ができるんだ。ただ愛情からやるとき、金銭の報酬を受けないときがね。そういうとき、ぼくは社会的な力の影響から免れている。とりわけ金銭の影響から。精神的な報酬こそ、ぼくの求めるものなんだ。人々を「今、ここ」にというときへ導き入れることができればいい。本当の世界、つまり現在という瞬間へ。過去はもう役に立たない。未来は不安でいっぱいだ。ただ現在だけが、

「今、ここ」だけが実在のものなんだよ。この日を掴め。(90)

「この日を掴め」という彼の決め台詞は、タムキンが司る投機の利那性を一見よく言い表しているようにも見える。その一方でそれは、刻々と値動きする投機の世界とは無縁の永遠の現在を密かに内包しているようにも見える。「今、ここ」においては、「本当の心」と矛盾するいかなる「見せかけの心」も存在せず、罪悪感もなければ、攻撃も苦しみも犠牲も生じるべくもない。「今、ここ」にしか知るすべを持たない「自然」を引き合いに出して、タムキンはさらに次のように説く。

自然はただ一つのことしか知らない。現在だよ。現在、現在、とこしえの現在。大きく盛り上がる巨大な波のようで、素晴らしく輝かしく、また美しく、生と死に充ち溢れ、空に駆け昇り、海のなかに立つ。君はこと現実のとき、この「今、ここ」に、その栄光のときとともに生きなければならない。(120)

ここで彼が称える現前としての「今、ここ」は、本質が外見と乖離することなく、歪みや差異や逸脱のない自己同一的な世界である。言い換えるならば、「亡霊」が取り憑く余地のない、透明にして完璧な現前の瞬間である。この言説は、過去にも未来にも捕捉されない純粋な主体が、現に目の前でありありと立ち現れ、完全な自己実現を果たすという現前の形而上学を換骨奪胎したものに他ならない。言い換えればそれは、過去も未来もなく、貨幣や記号の媒介も必要とせず、他者も存在しない閉じた楽園的世界である。だがここで強調したいのは、この哲学を標榜するタムキン自身が、あらゆる意味において、彼の言う「自然」な現前の瞬間とは対照的な「不自然」な存在であることである。既に論じたように、貨幣性を色濃く帯びたタムキンの真骨頂は、見せかけと本質の齟齬に乗じて、あぐむことなく差延を媒介するところにある。

このようなタムキンが、ウィルヘルムを「今、ここ」に繋ぎ止めようとすることは、「役に立たない」過去と「不安でいっぱいの」未来の軛《くびき》から彼を解き放つと同時に、彼への投機上の約束を反故にし、掟《ノモス》的な円環としての時間を引き裂くことを意味する。タムキンに託した過去の「信用」と、未来の「配当」を拒絶された結果、ウィルヘルムの経済は完全に行き詰まる。先物市場における「未来からの贈与」である株の値上がりが期待できないばかりか、過去に彼が「はじめの贈与」としてタムキンに与えた元手の七〇〇ドルの回収すら覚束なくなる。タムキンに付き合って昼食に時間をかけている間に、ウィルヘルムが買ったラード株は暴落し、堅調であったライ麦株さえも売る機会を失する。

　昼食を終え、取引場へ戻ろうとするとき、ウィルヘルムは、目が不自由なラパポート老人に通りの向こうの葉巻屋へ連れて行ってくれるように頼まれる。相場の値動きが心配でたまらない彼は躊躇するが、タムキンはこの機会こそ、まさに「今、ここ」にを実践するときであると次のように諭す。「この瞬間もまた、『今、ここ』にの一例だ。君は今、この瞬間を生きなくちゃならない。なのに君は、そうしたくないわけだ。一人の人間が君に助けを求めているんだ。取引市場のことは考えるんじゃない。市場は逃げやしないから」(135)。タムキンは、この言葉にウィルヘルムを繋ぎ止めることにより、未来への思惑が交錯する商品取引所から、「今、ここ」における自己実現が最も相応しくないトポス、葬儀場へと彼を導く。かつて「暗黒街《アンダーワールド》」(91)に身を置いたことがあるというタムキンが、冥界への入り口とも言うべき葬儀場の近くで、ウィルヘルムを見届けるかのように姿を消すことは、「忘却の狂気」を孕んだ〈死〉の贈与が最終段階に入ったことを暗示している。

　家《オイコス》において掟《ノモス》を司る父に見放され、掟《ノモス》を要求する妻にも先日付の小切手をめぐって最後通牒を突きつけられたウィルヘルムは、商品取引所からグロリアナ・ホテルへ、そしてブロードウェイへとタムキンの帽子を追い求めていくうちに(7)、群衆の流れに抗しきれぬまま、見知らぬ男の葬儀に紛れ込んでしまう。彼にとってタムキンの失踪は、とりもなおさず、彼がこれまで行った一方的贈与の忘却を意味する。「贈与はまさにみずからを忘却する瞬間において、エコノミーの外側への通路を穿ち、何か新しいものが到来する場を切り開くのである」(デリダ『死を与える』370)。この瞬間彼は、タムキンからの見返りを微かに期待していた「円環のエコノミー」から切断され、それとは次元を異にする「死のエコノミー」へと導かれていく。ウィルヘルムにとってタムキンとの盟約は、「死との盟約」でもあったのである。皮肉にもこのとき、自己への現前を説く彼の言説「この日を摑め」は、現前不可能な他者をめぐる〈喪〉のアポリア、「この死を摑め」へと反転する。

「現前」から「喪」へというこの転換の予兆は、ウィルヘルムが数日前タイムズスクエアの地下道で唐突に幻視した、不完全で欠点だらけの人間に対する限りない同胞愛に探り当てることができる。自らもその一部であり、老いも若きも、生者も死者も、既に亡くなった者も、未だ生まれざる者もすべての人間を包含する「もっと大きな本体」(113)への無償の愛。彼のこの直観は、すべてを忘却した挙げ句、あらゆる時間相を超えて立ち現れる「もっと大きな本体」への無条件の合体こそが、〈死〉という通過不可能なものへの通過を促す唯一の手立てとなることを示唆している。

「忘却の狂気」――永遠のフォーリングマン

タムキンの帽子を見失い、あたかも死者に召喚されたかのように葬儀場に足を踏み入れたウィルヘルムは、タムキンのこともカネのこともすべて忘却し、どういうわけか豊かな気持ちになり始める。[(8)] 棺に横たわり、もはや現前することなく存在の彼方へと旅立った死者を前にしてすすり泣くうちに、彼は個人の死を遥かに凌駕するさらに深い悲しみの源泉に触れる。いずこともなく流れてくる調べとともに、やがて「もっと深い感情が込み上げてきた」(158)彼は、身を震わせて号泣し始め、あたかも無底の大海原で溺死するかのように、今まで味わったこともない深い恍惚感のうちに沈んでいく。

ウィルヘルムの涙にぬれて見えない目の中で、花と光が恍惚と溶け合った。重々しい海のうねりのような調べが耳に響いてきた。涙によってすべてが幸せに忘却され、群衆のまっただ中にいながら、身を隠してしまった彼の中にその音楽は流れ込んできた。その音を聞きながら、彼はきれぎれの嗚咽と泣きじゃくりの中を、心が究極に求める願望の成就へと向かって、悲しみよりもなおいっそう深いところへ沈んでいった。（傍点筆者 159–60）

かくしてウィルヘルムは、もはや見せかけと本質の齟齬を意識することもなく、過去と未来に囚われることもなく、すべてを「幸せに忘却」し、自らのすべてを大海原に解き放つ。そして彼は、悲しみの淵にとめどもなく深く沈潜し、「もっと大きな本体」へと身を限りなく開いていく。ロゴスと掟《ノモス》の起源である父のもとに戻ることなく、涙の海に投げ出されたこの瞬間、彼は、「この日」を摑むことによって「今、ここ」で自己実現を果したのだろうか。そうではなく、彼はこの日を摑み損ねたにもかかわらず、「この日が彼を摑んだ」（Ciancio 154）のだろうか。あるいはまた、弔いの場で死者と同化することによって彼は「この死」を摑んだのだろうか。だとすれば、「悲しみよりもなおいっそう深いところへ沈んでいった」彼に、「心が究極に求める願望」が成就する着地点は用意されているのだろうか。しばしば議論の別れるところだが、[9] ウィルヘルムは、この結末の意味を摑もうとする批評家を巧みにすり抜けるかのように、[10] 忘却の彼方の底なしの時間相に向かって沈み続ける。このように水中で無条件に永遠の落下運動に身を委ねるフォーリングマン、ウィルヘルムには、もはや回帰すべき安寧の家《オイコス》は存在しない。「円環のエコノミー」から解放された彼は、無時間の淵をたゆたう記憶喪失者のように、何の思惑を抱くこと事もなく、涙の水底に向かって落下姿勢を取り続ける。そのように考えてみると、この忘れ難いシーンは、ウィルヘルムの再生と勝利を物語っているわけでもなければ、彼の挫折と敗北を表象するわけでもなく、かと言ってそれらの弁証法的な合一を示唆しているわけでもないという、さらなる洞察を導き出すこともまた可能であろう。

この結末が読者の心を捉えて離さないのは、彼がまさに無時間的な「忘却の狂気」に身を委ねているからである。言い換えればそれは、贈与が贈与として現前しないタムキンの〈死〉の贈与を通じて、二人の「円環のエコノミー」が破綻し、すべてを忘却した挙げ句、死へのダイビングにウィルヘルムがひたすら身を委ねているからである。全きの他者である死者からの呼び出しに応じ、無償の贈与として自己を差し出したウィルヘルムは、いずこにも到達することなく、永遠に〈死〉の淵へと沈み続ける。タムキンの存在も、自らが行った彼への贈与も、父や妻や子供のこともすべて忘却した彼は、結末において〈死〉に限りなく接近しつつも、それをそれとして経験できないまま、涙の大海原に無限に沈潜していく。こうして姿を消したタムキンによって何の見返りも期待できない「水療法」を施された彼は、〈死〉のアポリアを孕んだ永遠の落下運動に身を投じることよってはじめて、個我の束縛を解かれ、「もっと大きな本体」の一部に包摂されることが可能となる。

ウィルヘルムをめぐるこのような結末からタムキンを逆照射してみると、そこには毒を孕んだ彼のパルマコンとしての役割が如実に浮かび上がってくる。貨幣というものが、それ自身の中に死の痕跡を含みもつと同時に、死が孕む暴力と犠牲を飼い慣らし封じ込める、すぐれて両義的な文化装置であるとすれば、「貨幣」、タムキンは、まさしくその特性を発揮し、「忘却の狂気」を通して、〈生〉と〈死〉が交錯する秘密の地平へとウィルヘルムを誘い出した。富とエントロピーを一身に引き受けるタムキンは、ウィルヘルムを経済的破滅の淵へと突き落とすのみならず、見返りも現前も不可能な〈死〉の贈与を通じて彼にパルマコン的〈癒し〉を施したのである。このように贈与の現前を無化することにより、通約不可能なアポリアに応答しようとするパルマコンの歴史もまた、貨幣のそれと同じく文化の古層にまで遡ることができるのである。[11]

第二章

老人をして死者を葬らせよ
――『サムラー氏の惑星』における「盲者の記憶」

「死は、スワンダイブさながら、水面も乱さず、優雅に白い翼に乗った滑らかな飛び込みであって然るべきか。」

ドン・デリーロ『ホワイト・ノイズ』

老いの風景

「老人とは、自分の背後に多くの死者をもつ者なのだ」(434)。シモーヌ・ド・ボーヴォワールが、『サムラー氏の惑星』と同年に発表された『老い』(一九七〇年)の中でいみじくも述べているように、人は齢を重ねるごとに多くの肉親や友人の死を経験し、故人と分かち合った過去を奪われてこの世に取り残されることになる。そして背後に控える死者の数が増えるにつれ、前方に待ち受けている自分の〈死〉もまた確実に忍び寄る。このように二つの死に挟撃された領域として老いを位置づけてみると、老いには他者の死に対する眼差しと、自身の〈死〉に対する眼差しが分かち難く交錯しているように思われる。だが、そこに紛れもなくギャップが存在することもまた否定し難い。と言うのも、既に到来した他者の死と、未だ到来しない自らの〈死〉は、言うまでもなく質的に全く異なる体験だからである。前者は後者について本質的に何も語り得ない。それどころか、背後に他者の死者が増えれば増えるほど、自らの〈死〉は把持することがますます困難にすらなる。

そのような意味おいて、〈死〉のアポリアを老いほど複雑なかたちで提示しているものもないだろう。接近するにつれ、逆説的に立ち現れる〈死〉の通過不可能性。このようなダブル・バインド的状況を顕わにする老いを単に若さの対立項として措定すれば、老いが含みもつ豊饒な文学的地平を見過ごすことになるのではないか。ソール・ベローのように、老いの向こう側に〈死〉を見据えずにはおれない作家にとって、老いとは彼岸と此岸の間に拡がる緩衝地帯に他ならず、そこに身を置く老人は、他界性を含みもちながらもまだ召喚されていない両義的存在である。ベローはデビュー作以来一貫して、〈死〉の横断を中心的なテーマの一つに据えてきた作家であるが、彼が五〇代半ばを迎える一九七〇年代以降に発表された小説において、視界を過る〈死〉に対する彼の関心は、ますます老いと弔いの意識と密接に絡み合うようになってきた。

『サムラー氏の惑星』には、概ね自分と同年輩の主人公を描いてきたベローが、敢えて自分より齢を重ねた七〇余歳の老人を主人公に設定した異色の思想小説という趣がつきまとう。[1] 公民権運動が高揚し、カウンター・カルチャーに席巻された混迷の六〇年代末のニューヨークを舞台に、サムラー老人の数日間を焦点化したこの小説は、マルカム・ブラッドベリ（81）やロバート・F・キーナン（136）が指摘するように、出版当初、時代に逆行する反動的とも受け取られかねない姿勢が災いしたせいか、失望を隠しきれない批評家も少なくなかった。[2] だが、現時点から逆照射すると、この小説の魅力は、欲望に満ちた若者の放埒なライフ・スタイルが喧伝された六〇年代と、アメリカを終の棲家とするホロコースト生存者との埋め難い径庭から醸し出されているように思われる。本章では、老いと弔いのモチーフを主たる手掛かりとして、ホロコーストから生還した老サムラーが、死に再接近することにより、いかなる眼差しを〈死〉のアポリアに向けたのか、「盲者の記憶」という視座から考察を進めていきたい。

既視感《デジャヴュ》としての〈死〉——内なる他界

「サムラーとは一体何者なのか」（251）というこの小説が絶えず提起し続ける問いかけは、読者のみならずサムラー自身にとっても、永遠の謎を秘めている。自分が「何らかのかたちで断絶しているとまでは言えないにしても、他の人間から何となく離脱している」（43）という感覚に絶えずつきまとわれる彼は、「何らかの改変された意味での人間。つまり、人間であることから解放されようと試みる地点に立つ人間」（251）に他ならない。そればかりかサムラーは、蝶番の外れた時代から疎外された老人であると同時に、ホロコーストから奇跡的に蘇ったディアスポラでもある。故国ポーランドでユダヤ人迫害に曝され、九死に一生を得て甥によりザルツブルグの収容所から救出されたのち、合衆国に逃れたという経歴が、彼のアイデンティティをいっそう複雑なものにしている。

失われた人間性を徐々に取り戻しつつあるとはいえ、背後におびただしい数の死者たちを背負うホロコーストの数少ない生還者の一人として、彼の記憶は、トラウマティックなあの瞬間へと絶えず回帰していく。素っ裸にされ、自分の墓穴を掘らされた挙げ句、銃撃を受けたあの地獄のような瞬間。凶弾に倒れた妻を尻目に、折り重なった屍の山に無慈悲に被せられた土の中から這い出した彼が、息を潜めて数か月間身を隠したメズヴィンスキー家の墓。墓守シェスラキェヴィッチが運んでくれる食料で糊口を凌いだ彼から、時空感覚を奪い去った「あの黄色い絶望」（90）。死に限りなく漸近しつつも、彼は死の関門を実際には通り抜けることなく、生へと帰還したのである。ここで強調しておきたいのは、文字通り地下世界《アンダーワールド》へと限りなく引き寄せられたあの瞬間、サムラーが、自らが体験した大虐殺に表象不可能な「神聖さ」を探り当てたことである。

人が内部から蝕まれてゆく果てしなく平板な時間。蝕まれてゆくのは一貫性が欠けているせいなのだ。恐らくは一貫性を見出し得なかったがための罰として。でなければ、神聖さへの憧れに蝕まれてゆくのだ。そうなのだ、あらゆる人間があらゆる人間を殺害しているときにこそ、神聖さを求めるべきなのだ。アントニーナが殺害されたときに。妻のそばで彼自身も殺されそうになったときに。彼のほか六、七〇人の者たちが素っ裸にされて、自分たちの墓穴を掘らされたあとで、銃火を浴びせられて倒れ込んだときに。死体の山に体が押しひしがれそうだった。亡くなった妻の遺体もどこか近くにあるはずだった。(92)

その一方でサムラーは、武装解除させたドイツ兵を至近距離から銃殺するという拭い難い暗い過去をもつ。殺さなければ殺されたかもしれないという可能性があるにしても、必ずしも極限状況とは言い難い状況で、「殺さないでくれ、何でもやるから…おれには子供もあるんだ」(139)と命乞いをする敵兵を、彼は無慈悲にも射殺してしまう。「サムラーはもう既にその男の顔に土が点々とくっついているのを目にした。彼はその男の皮膚に墓穴を目にした。…サムラーにとっては既にその男は地下に埋もれていた。…その男は死んだものとしてマークされていた。死ぬしかなかった。いやもう死んでいた」(139)。

サムラーが犯したこの殺人は、死を賦与されようとしたまさにその人間が、死を弄ぶがごとくドイツ兵に死を賦与するというアイロニックな意味において、彼のホロコースト体験と表裏一体の関係にある。未だ死んでいないにもかかわらず、もう死んだものとして彼によって葬り去られたドイツ兵。紛うことなく、彼はその瞬間、ホロコーストにも匹敵する「神聖な」快楽を感じ取ったのである。サムラーのこの体験は、彼の頭の中に「おそらく他の者にとっては何の興味も感じられなさそうな、涸れた精神上の水路」(144)を作り出すことになる。自らも固有の死を剥奪され、なおかつ他者からも固有の死を剥奪した彼は、このミステリアスな水路についてさらに次のように思いをめぐらす。「彼の頭の中には、…先入観の絶え間ない浸食作用によって生じた小さな峡谷が、存在していた。

生命を奪うことはその一つだった。まさしくあのことは。彼の生命も危うく奪われるところだった。彼は生命が奪われる現場を目撃してもいた。彼自身も生命を奪ったことがあった。彼はそれが快楽の一つであることも知っていた」（144）。

こうして死との邂逅をほとんど果たしつつも、奇跡的に「あの世から戻った」（224）彼には、常に錯綜した死の記憶が付きまとう。死に弄ばれた彼は、あたかも死の司祭であるかのように今度は死を弄び、死の淵より蘇る。こうして「もとの自分という人間の大部分が姿を消してしまった」（91）サムラーにとって、それは偶然にも「命が続いただけのこと」（91）に過ぎず、新規蒔き直しは到底望むべくもない。事実上、主体を抹消されたに等しい彼は、「コズモポリス」（41）の様相を呈するニューヨークに逃れたのちも、生命の抜け殻として、かつて身を潜めた墓所に取り憑く「サムラーの幽霊」（90-91）であり続ける。

このように狂気を孕んだホロコーストのトラウマにより、歳月を経ても、自らの亡霊性をなおも払拭できないサムラーが、「危機の年、一九六九年」という物語の現在において、いよいよ老境に差し掛かるという設定は、彼の亡霊性をさらに錯綜としたものにしている。ここで焦点化されるのは、新たなフロンティアとしての月への眼差しと、未だに「サムラー氏の惑星」において未知の地《テラ・インコグニータ》であり続ける死への眼差しの対比である。アポロ11号の月面着陸に象徴される新フロンティア開拓の年に照準を合わせた物語の現在において彼は、死からの偶然の解放と、老いによる死への再接近という、振り子運動を体現している。ポーランドで死の淵から蘇った彼が、新天地ニューヨークで生活に適応しようとする道程は、かつて垣間見た冥界《アンダー・ワールド》へと再び回帰していく道程でもあったのである。死にこのうえなく接近しつつも、未だに死を許されないサムラーは、自らの〈死〉のアポリアを具現するかのように、生きた屍のごとき同定困難な存在として読者の前に立ち現れる。

基本的にこの小説には、ホロコースト以前のサムラーと、ホロコーストの死の淵から蘇ったサムラーという、二人のサムラー（J. Harris 242）が存在する。前者の経歴から言えば彼は、「ポーランド＝オックスフォード出身」（41）

であり、二〇年代から三〇年代にかけてロンドンのブルームズベリ地区でジャーナリストとして活躍し、H・G・ウェルズとも親交があった。彼は、言わばイギリス仕込みのインテリ紳士であり、六〇年代のニューヨークにおいては紛れもなく「二重に異邦人」(41)である。のみならずサムラーは、既に述べたホロコースト体験と老いによって、デリダの言う〈死〉という「〈つねに既に過ぎ去ってしまったもの〉の未-来からの切迫」(『滞留』206)に曝される異邦人でもある。デリダが、モーリス・ブランショの『私の死の瞬間』の考察において示唆しているように、サムラーもまた、銃殺の恐怖によって「『すでに死んでいる』私が、『まさにやって来ようとしている』死に出会い、死ぬことを妨げられてしまう」(林、廣瀬『デリダ』155)。老いてなおこのような不可能な瞬間に滞留を余儀なくされる彼は、「自分の外にある死と、自分の内ですでに死にゆく死との出会いが延滞《モラトリアム》されているなかで、その出会いのうちに留まっている」(デリダ『滞留』145)と言ってもよいだろう。サムラーは、「ときには自分がここで、他の人たちに混じって、何らかの場を得ているのかどうか疑わしくなるのです。恐らく私もあなたがたの一員なのでしょう。けれども同時にそうではない面もあるのです」(230)とラル博士に語り、自分が通常の人間存在から逸脱しかねない〈内なる他界〉を抱え込んでいることを自覚している。かつて「死の内側にいた体験」(273)をもち、現在老いを迎えた彼は、自らの身に生起するはずだった〈死〉が、既視感《デジャヴュ》をともなって未来から切迫するという、錯誤的な時間の淵をさまよう亡霊的存在に他ならない。

今となっては一三世紀の宗教家マイスター・エックハルトの著作ぐらいしか読まなくなったと言う彼は、このように、死に手招きされたにもかかわらず、結局は召喚されなかったからこそ、黒々とした闇の広がる「向こう側」を逆説的に垣間見ることができた。爾来彼は、魂の本来の欲求に従って霊的なるものへの傾倒を示し、死の存在など忘れ去ったかのような「今の世の浅薄さから、われわれを救い出してくれる偉大なる永遠性」(89)を希求するようになる。こうして永遠に回帰する魂の後背地に身を開く彼は、「非常にしばしば、ほとんど毎日のように、私は永遠について強い印象を感じ取ります。これも人とは違った体験のせいか、老齢のせいかもしれません」(237)

と、ラル博士に漏らす[3]。

惑星の「向こう側」——神の陰影

第五章の大半を占めるサムラーとラル博士の深遠な会話は、ある意味でこの小説の一つの核をなす重要な場面であるが、ここで博士が熱心に説く月への植民計画は、〈死〉のアポリアをめぐるサムラーの見解を引き出す触媒の役割を果たしている。二人の会話によって提示されるのは、宇宙空間と死という真空を孕んだ二つの「向こう側」に投げかけられた対照的な眼差しである。人口過密状態にある地球の矛盾を解決すべく、月を新たなフロンティアと見なすラル博士の植民計画は、死というもう一つのフロンティアを見据えるサムラーの思索を際立たせるのに一役買っている。ベロー自身の言葉に拠れば「気分的に惑星的な性質を帯びた」（Kulshrestha 85）サムラーは、博士の学識に敬意を表しつつ、次のような彼なりの「惑星思考」に誘われる。

> われわれの生命は地球の要素によって貸し与えられているものなのであり、返さねばならないのだ。単純な要素が複雑な生活様式から解放されることを憧れ求めているように思えるときが、あらゆる細胞のあらゆる要素が、「もう十分！」と叫ぶときが来ているのだ。この惑星はわれわれの母であるとともに、われわれの埋葬地でもある。…死の恐怖《ティモル・モルティス》によって引き起こされた無限を求める情熱は、効果的な鎮静を必要としているのだ。（182）

「人間は現在全世界的な死のドラマを演じているわけです」（220）と述べるサムラーにしてみれば、「月に向かって自分を放り投げる」（211）この企ては必ずしも否定されるべきものではない。「恐らく月の世界への植民地が、地球の熱狂や腫れものを減退させてくれるだろうし、無限にして完全無欠な状態への情熱も、より効果的な鎮静を見出すかもしれない」（182）からである。だが、そのような彼の期待とは裏腹に、月への植民それ自体が、「鎮静」をもたらすどころか、「完全無欠な状態」への強迫を助長しかねない錯乱の《ルナティックな》企てとなる可能性もまた否定できない。地球から月への脱出は、アメリカ人の、ひいては人類の「死の恐怖《ティモル・モルティス》」によって引き起こされた無限を求める情熱」をいっそうかき立てかねないのである。「閉ざされている宇宙をこじ開けたいという魂の渇望」（219）に理解を示しつつも、サムラーは、次のようなラル博士の言葉にいささか抵抗を覚える。

> われわれが溢れ出ることのできる宇宙が現にあるのです。たった一つの惑星ではどうにもやってゆけなくなっていることも明らかです。…この機会を受け入れないなら、この地球はますます牢獄じみてくるでしょう。飛び立てるにもかかわらず飛び出さないとなると、われわれは自らを咎めることになるでしょう。今まで以上に人生に苛立つに相違ないのです。現状では、人類は自らを食い荒らしているのですから。そして今は、あの世がわれわれの真上に覆いかぶさっていて、終局的な爆発の断片を浴びるのを待っている始末。月の方がずっとましですよ。（219）

ここにデザインされているのは、牢獄じみた地球と「あの世」から逃れるために、新たなフロンティアである宇宙に乗り出し、そこに新たな楽園の建設を目論むという見果てぬ夢である。アポロ宇宙船の月面着陸を契機に一気に高まったこのような未来への眼差しが、お馴染みのアメリカ例外主義的発想の延長線上にあることは改めて指摘するまでもないだろう。「人間の行けるところに行かないということは、進歩の阻害になりかねません」（217）というラル博士の発言に象徴されるように、彼のプラグマティックな進歩観は、死という牢獄を既に垣間見た老サムラーの死生観と相容れるものではない。彼は、自分が「毎日のように様々なかたちで感じ取っていた神の陰影」(237) について、博士に次のように告白する。

説明が不可能だということが信じないことの根拠にはなりません。…神は生きている者たちの噂話に過ぎないのでしょうか。生きている者たちが、小鳥たちのように、水面の上をすいすいと飛んでいくのを見守っていると、一人が潜るなり飛び込んで、二度と浮かび上がってきません。もう二度と姿を見せることがないわけです。そのうちに順番が回ってきて、われわれも一旦その水面を通り抜けてしまうと、二度と姿を見せなくなることでしょう。けれども、だからと言って、その水面の下には何の深みもないという証拠もないのです。死に関するわれわれの知識は、浅薄なものだとすら言えないわけです。(236)

彼のこの省察には、現世の裏地の役割を果たしている水面下の他界の闇こそが、人間の営みに「深み」や「陰影」を与え、逆説的に生を担保しているという、死を繰り延べにされた者ならではの死生観が窺える。そのような観点から、「工学上の計画としての宇宙への植民には…私は真の意味での関心をほとんど抱けません」(237) という彼の告白は、「向こう側」をめぐる眼差しにおいて、二人の知識人の関心のありようがいかに異なるかを象徴的に物語っている。ここでサムラーが、人間がいずれ到達する「向こう側」への越境を、ラル博士が主張するような進歩をもたらす「工学上の計画」とは対照的な、不可知の「水面の下」へのダイビングとして捉えていることは注目に値する。博士との会見を終えたサムラーは、この章の結末において、「自分はなんという奇妙な種に属していることか。彼らはこの惑星をこんなにまでも組織化してしまっているとは」(254) と述べ、この惑星が人類によって二四時間、不夜城のごとく運行されていることに戸惑いつつ、やがて眠りへと誘われていく。

虚栄の市、ニューヨーク

このように自らのうちに「向こう側」への回路を温存し、永遠性に強く惹かれる彼とは対照的に、「サムラー氏の惑星」の住人たちは相も変わらず狂態を演じ続ける。彼と比較的年齢が近く、死期が迫っている甥のグルーナーは別にして、文明の頽廃が極みに達したニューヨークで彼を取り巻く若者たちは、暴力と犯罪と性的放縦さを助長する「暗きロマンティシズム」に突き動かされ、「深み」や「陰影」とは無縁の存在である。ガラクタ集めに余念のない彼の奇矯な娘シューラ、彼女の暴力的な夫アイゼン、グルーナーの身持ちの悪い娘アンジェラと放蕩息子ウォレス、野心家の大学院生フェファー。サムラーが日常接するこうした若者たちは、「ソドムとゴモラ」(304)に喩えられるコズモポリスで醜態を演じるばかりで、「向こう側」への眼差しを全くと言ってよいほど欠いている。だが、数奇な運命に翻弄され、死を垣間見たサムラーといえども、こうした終末的狂気を多分に孕んだ「荒れ地」にあって、現実と没交渉の立場を堅持することはもはやできない。ある意味でこの小説は、時代を見据えるサムラーという亡霊が、狂気じみた現実を突き付けられ、やむなく手探りの一歩を踏み出していく物語でもある。(4)傍観者的立場から彼を否応なく引きずり出し、現実と関わらせるのは、同じ日に彼が遭遇した次のような二つの衝撃的な事件である。

フェファーの依頼に応じてサムラーは、コロンビア大学に足を運び、H・G・ウェルズを中心に三〇年代のイギリスの状況について講演を行う。ところが、講演が佳境に入った頃、ある学生に「おい、皆な、何だってこんな老いぼれの話なんか聞いてんだ。こいつに聞かせてもらうことなんかあるもんか。こいつの金玉、乾からびちまってるぞ。棺桶に足を突っ込んで、射精もできやしない」(42)と面罵される。ここでサムラーを不意に打ちのめしたのは、「個人的な屈辱感というよりは、屈辱を与えようとする意志」（43）であり、「これらすべての混乱した性的、排泄物的、戦闘的爆発性、罵詈雑言癖、バーバリ猿さながらの歯を剥き出しにした咆哮」（43）によって表象される時代の悪意である。芝居がかった「お粗末な感情のサーカス」（"The Old System" 82）を演じるこの悪意こそ、「陰影」に富んだサムラー氏の亡霊性を白日のもとに曝し、死亡宣告を下そうとするものに他ならない。ちなみにこの事件は、アンドルー・ゴードンが、ジェイムズ・アトラスの伝記、並びにマーク・ハリスへのベローの書簡に依拠しつつ、検証しているように（159）、一九六八年にサンフランシスコ州立大学で開催された講演の質疑応答において、ベローがフロイド・サラスから罵声を浴びたという実体験を虚構化したものである。

サムラーは、この事件に追い打ちをかけるように、コロンビア大学からの帰り道に、以前、犯行現場を目撃したことを察知されている貴公子然とした黒人スリと再び遭遇する。彼はこのスリに自宅のアパートまで追い詰められた挙げ句、無言のうちに堂々たる男根を見せつけられる。高級ファションに身を包み、優雅な身のこなしで悪びれるふうもなく犯行に及ぶこの黒人に、かねがねサムラーは、ニューヨークという無法のジャングルを支配するピューマのごとき「崇高さ」を感じてきた。ところが、エピファニーのようにこれ見よがしに超然と「今、ここ」に現前する彼のファロスは、サムラーに改めて自らの存在の希薄さを思い知らせる。「実際自分の年齢を、でなければ自分が生涯のどの時点にさしかかっているかを自覚していないような」（6）彼は、こうして究極のシニフィアンとも言うべきファロスを誇示され、いかなるアイデンティティももちあわせない自分が、虚栄の市、ニューヨークを漂流するノマドに過ぎないことを思い知る。一連のこれらの出来事は、劇的なかたちで彼に否応なく老いの事実を突き付けるというよりはむしろ、この世離れした「深み」や「陰影」の淵から、ニューヨークという野放図なジャングルの奥地へとサムラーを引き戻し、彼の異界性を祓い除けようとする芝居がかった身振りだったのである。

とは言え、サムラーに対するこれらの狂気を孕んだ悪魔祓いは、彼に必ずしも決定的な打撃をもたらしたわけではない。実際のところ、彼が強烈な無力感に襲われるのは、死に瀕したグルーナーの待つ病院へ急ぐ途中、くだんの黒人スリが、犯行の瞬間を盗撮したフェファーに暴行を加えているところを目撃し、それを制止できない自分に苛立つときである。乱闘を止めるどころか、流血の惨事を期待する野次馬越しに、サムラーは、あたかも亡霊のように無重力の中に身を投げ出し、奇妙な姿勢で浮遊する自分の横顔のシルエットを幻視する。(5)

亡霊の横顔《プロフィール》

彼はあちらから戻ってきた人間だった。人生に復帰したわけだ。他人のそばにはいたが、本質的なところで彼はまた、道連れのない人間でもあった。彼は老いていた。…サムラーは無力だった。これほどまで無力であるということは、死んでいるも同然だった。不意に彼の目には、自分というものが、立っているというよりも、不自然な格好でもたれかかっている人間のように映った。横顔だけが見える妙な姿で何かに寄りかかっている人間、過去の人間のように思えた。あれは自分じゃない。誰か別人なのだ。ここで彼はハッとした。貧困なる魂。人間と非人間との間、内容と無内容との間、充満と空疎との間、意味と無意味との間、現実世界と無世界との間。重力から解き放たれ、解放感と不安で身も軽く、行き先も知れず、受け止めてくれるものとてないと恐れつつ、宙を飛んでいるのだ、あれは。(289–90)

生ける現在を脱臼させるこの瞬間、生きているわけでもなく、死んでいるわけでもなく「重力から解き放たれて」

浮遊するサムラーは、現前せざる亡霊として「身も軽く」浮遊しているに過ぎない。もはや歴史の闇へと退いた「過去の人間」として、あるいは役立たずな「廃物人間」（136, 307）として、現世にかろうじて「もたれかかっている」亡霊の自画像は、彼岸に跨るその特異な存在を暗示するかのように、風変わりな「横顔《プロフィール》」しか見えない。そして、「現実世界と無世界との間」を漂う彼は、既に死した者や、未だ生を受けざる者たちさながら、現実とは異次元の無重力の世界を漂流するより他ない。

このように宙吊り状態になって[6]自らの亡霊性に目覚めたサムラーは、眼前の暴力になすすべもなく、偶然現場に居合わせた娘婿アイゼンに仲裁役を買って出るよう助けを求める。しかしながら彼は、自分が制作した鉄のメダリオンが入ったバッグで黒人スリを滅多打ちにし、瀕死の重傷を負わせる。このサディスティックな暴力は、三〇年前に銃の台尻で片目に受けた残忍な一撃をサムラーに想起させる。と同時に、戦時中彼が、命乞いするドイツ兵を弄ぶように銃殺することで生気を取り戻したあの酷い瞬間をも蘇らせる[7]。ここで、ドイツ語でアイゼンが「鉄」を意味し、サムラーが「蓄電池」を意味するということを思い起こせば[8]、サムラーの片眼を失明させたナチの暴力は、痕跡として彼の中に蓄えられ、時を隔ててアイゼンを通して放電されたことがわかる。

その一方で、光を失ったサムラーの片眼が、「蓄電池」のごとく「魂のうちにある火花」を、暗闇にスパークさせることもまた指摘しておかねばならない。常人がもち得ない彼のこの特殊な盲目の視力こそ、彼を「審判者や司祭」（91）、もしくはプロスペローのような「魔術師」（115, 226）といった、異能の仲介者に仕立て上げていると言ってよい。事実、「ニューヨークの常軌を逸した連中の腹心の友、気違いじみた男女の副牧師であり先輩格の指導者、狂気の記録係」（118）と目される彼のもとには、若者たちが引きもきらず訪れ、自分たちの奇矯な性癖や突拍子もない計画を告白していく。

このことは、片眼を盲いているという彼の身体的特質が、聖痕として、異界と人間の仲立ちを行う異能力の証左になっていることを物語っている。神話的世界や民俗的想像力においては、何らかの身体的特徴をもつ異形の者たちが頻繁に登場するが、彼らが日常世界と異界の仲介を果たすことはつとに知られている(9)。片眼という異形に身をやつした老サムラーもまた、こうした聖なる媒介者の系譜に連なる。現実から一定の距離を保ち、真空性を孕んでいるからこそ、感覚を研ぎ澄まして現実を観照できる彼のヴィジョンは、盲いた予言者のそれをどことなく想起させる。彼の右の晴眼が冷徹に文明の退廃を見据え、光を失った彼の左眼が魂の「深み」や「陰影」に向かって見開かれているとすれば、生と死を架橋する司祭として彼は、二つの異なった領域を繋ぎ止める複眼的視力を有していると考えられる。

「半喪」の祈り——漂流するカッディーシュ

このようなサムラーを尊敬する伯父としてのみならず、他界へ通じた魔術的な力の持ち主とみなしてきたグルーナーは、死を前にしてこの世とあの世の絆を確認する手掛かりを、彼に何らかのかたちで啓示してもらうことを願う。自分自身、成功した外科医であるグルーナーは死期を悟り、ホスピス・ケアーとでも言うべき終末医療を、死に無頓着な自分の子供たちに代わって年齢の近い肉親のサムラーに期待する。死に臨んで彼は、サムラーの盲いた左眼に備わった他界への視力に身を委ねたのである。

それに応答すべく「老魔術師」サムラーは、たびたび病院を訪れ、能うる限り彼のそばに居て残された時間を充実させようとする。有能な医者グルーナーがこれまで巧みに生き抜いてきた現実世界は、あまりにも死に対して寡黙であったが、サムラーは死と向き合い、死を前にしたグルーナーと意志を通じ合わせようと努める。サムラーが言うように、死に逝く者と看取る者との間に、永遠なるものをめぐって生死の秘密を開示するコミュニケーションの回路が開けるとすれば、最期の瞬間は、死を迎える者が「自分の最高の資質を喚起できる」(81)契機を秘めているはずだ。だからこそサムラーは、「君にしてもぼくにしても、お互いにどれほど現実的な存在のように見えようとも、われわれはそれほど現実的な存在ではないのだよ。お互いいずれ亡くなるにしても、絆はあるのだよ。絆はあるのだよ」(261) というメッセージを、暗黙のうちにグルーナーに伝えようと決心する。

にもかかわらずサムラーは、結局甥の臨終に立ち会うことができず、グルーナーが自らの最期において「最高の資質を喚起」する機会は、永遠に失われてしまう。黒人スリとフェファーの乱闘騒ぎで病院への到着が遅れた彼は、居合わせたアンジェラに素行を改めて瀕死の父と和解するように説得するが、時代遅れの仰々しい臨終場面は求めるところではないと一蹴されてしまう。「伯父さんは死のことしか考えられないの?」[10](306)と問いかける彼女が最後にサムラーに対して投げかけた罵倒は、コロンビア大学で彼が投げつけられた罵声と同じメッセージを発していたと言ってよい。二人がこのように不毛な議論を戦わせている最中、折り悪くグルーナーは息を引き取り、訃報を聞いた彼は、医師の制止を振り切って、検死室に横たわる甥のもとへ駆けつける。曲がりくねった地下道を急ぐ途中、サムラーは存在を根底からゆさぶるような強烈な感覚に身を振るわせる。

> いずれにしても、自分があれほど強烈な関心を抱いてきた、誰知らぬ者とてない真実を今、自分は体験しているわけだ。というか体験させられているわけだ。彼は、自分というものが、自分のうちの残された部分が、壊滅していくような気がした。彼は心の中で泣いた。…今にも崩れそうで、自分の中にあるあの不規則な大きな塊の破片が、苦痛に煌めきながら溶解し、漂い去っていくような気がした。いずれにしても、イーリアは逝ってしまった。これで自分はまた一つ奪い去られ、また一人、人間を剥ぎ取られてしまった。生きていくわけが、またもや滴り出てしまったわけだ。(312)

かくしてサムラーは、かつてそこからなんとか逃れ去った「誰知らぬ者のない真実」である死の影に再びめぐり会う。わずかに自分に残った生命の残滓さえ奪われたかのように、悲嘆に暮れる彼は、自分を死から蘇らせてくれた最愛の甥の死によって、存在の「もっと大きな本体」から「また一人、人間を剥ぎ取られ」、自らも死の深淵を再度覗き込む。そして彼は、『この日を摑め』の結末において悲しみの水底に沈んでいくヴィルヘルムさながら、[11]自分の内部が「溶解し」、「漂い去り」、生存する理由すらもが「滴り出てしまった」ように感じる。わずかに残った視力をも失ったのも同然、涙に盲い、サムラーはなおも死という盲点を凝視し、暗闇へと身を投じて光を失った死者の目に自分の目を重ね合わせようとする。『盲者の記憶』（一九九〇年）においてデリダは、盲者の「無視力」に湛えられた無底の涙の水源について、次のように述べている。

最良の視点（**視点すなわち無視力**こそわれわれの主題にして主体となるだろう）とは一つの源泉であり水源であって、それは涙へと立ち返るのである。目を開くこの盲目は、視覚を闇に沈める盲目ではない。啓示的盲目、黙示録的盲目、目の真理そのものを啓示する盲目とは、涙に覆われた眼差しだということになるだろう。この眼差しは見るのでもなく、見ないのでもない。それは曇った視界には無関心である。それは哀願する。まず第一に、この涙はどこから降りてきたのか、誰から目へと到来したのかを知るために。この喪は、あるいはこの喜悦の涙は、どこから、誰から到来したのか？　そして、この目の水は？（155）

サムラーの半眼の視力は、ここに至って涙のヴェールに覆われた「半喪」の「無視力」へと反転し、彼が哀願しつつ死の回廊を手さぐりで進むのを導く記憶の杖へと変貌していく。このようにわずかに残された自らの視野をすべて涙で覆うことにより、彼は、従前の亡霊めいた傍観者的立場から一歩踏み出し、自ら滴り出た無底の水源に身を委ねる。この小説は、記憶の淵からグルーナーを蘇らせ、さまよえる手で死者の肖像を素描しようとする老サムラーの次のような黙祷で終わっている。

神よ、イーリア・グルーナーの魂に思し召しあれ。かの者は、可能な限り自らの意志で、能う限り力を尽くし、耐え難き限度に及んでさえも、息も絶え絶えになり、死が切迫しているときでさえも、おそらくは子供っぽいとも思える態度でもって（どうかこのような言葉づかいをお許し下さい）、ある種の忍従を尽くしても、自分に求められていることを成し遂げようと努力してまいりました。このうえなく素晴らしかったとき彼は、私が同様のときに到達した、あるいはまた到達することができる以上に遥かに親切でした。彼は自分が義務を果たさなければならないことを自覚していましたし、現に果たしてもきました。私どもが大急ぎで駆け抜けていますこの世の一切の混乱と堕落した道化ぶりにもかかわらず、彼は自分の契約の条件を果たしてきました。その条件を、誰しも人間は内奥で知っているのです。私が承知していますように。皆が承知していますように。それこそ誰もが知る人生の真実に他ならないからです。神よ、われらはそれを承知しているのです。承知しているのです、承知しているのです、承知しているのです、承知しているのです。（313）

サムラーの内奥に沸き起こるこのモノローグは、まずもって死者の記憶を蘇らせ、その偉業を称えることから始まる。彼は、盲者が真っ白《タブラ・ラサ》の紙に手探りで大胆な素描を施すように、涙に失われた視力の暗闇から生前のグルーナーの肖像を浮かび上がらせる。逝く者が生前、人間として神との「契約の条件」を果したことを詳らかに証言したのち、彼は「神よ、われらはそれを承知しているのです。承知しているのです、承知しているのです、承知しているのです」という、呪文めいたフレーズを反復し続ける。[12] この哀悼とも哀願とも判別し難いリフレインは、一見事実確認的に見えながら、神への取りなしによって死者を宥め、自らもその条件のもとに〈死〉に対して身を開くという意味においては、すぐれて行為遂行的である。

だが、死者が死者を悼むことができないという喪のアポリアの視座に立てば、瀕死体験と迫る老いにより、二重の意味で死に取り憑かれた半眼の魔術師サムラーが司る喪は、まさにその行為遂行性が達成される保証がどこにもないことによってのみ達成される。くどいほどに繰り返される「承知しているのです」という連祷じみたサムラーの台詞は、反復されるほどに、〈死〉のアポリアの通過がいかに困難であるかを逆に物語っている。生者でもなく死者でもない彼が司る喪が「半喪」である所以でもある。そもそも彼のモノローグは、不可視の神と、もはやこの弔いの言葉を聞けぬ死者という、不明の宛先に向かって放たれたメッセージに他ならない。

届くでもなく届かぬでもなく、自らに回帰することを前もって運命づけられたこのメッセージは、郵便的不安を抱えたまま中空を浮遊し、予定調和的な喪の作業の終了を際限なく遅延させる。死者をして死者を葬らせる喪が不可能であるとすれば、此岸の「亡霊」でもあり、彼岸の「亡霊」でもある老サムラーが執り行う弔いは、先に述べたように喪には到達し得ない「半喪」であると言ってよいだろう。他者の死を昇華することなく永遠に含みもつ彼のそうしたスタンスは、死者との親和性を維持しつつも、かろうじて保たれる死者との間合いにより、弔いのアポリアを緩やかに脱する可能性を逆に秘めている。言い換えれば、ミステリアスな〈死〉の郵便空間を彷徨するサムラーの弔辞は、現前しないにもかかわらずどこかに堆積する「デッド・レター」のように、いつの日かどこかで思いがけず蘇る可能性を潜在的に秘めているのである。

異邦人として常に〈生〉と〈死〉の秘儀に対して身を開こうとするサムラーのこうした姿勢は、この小説の三年前に発表された習作ともいうべき短編「古いやり方」（一九六八年）の最後の場面を想起させる。老化学者ブローンは、あくまでも古きユダヤ人の生き方に忠実であろうとした従兄弟のアイザックを偲び、長年不仲であったアイザックと妹のティーナが老いて彼女の臨終を前にやっと和解した経緯を想い起こす。そして、なぜ生があり死があるのか、またなぜアイザックとティーナという人間がこの世に存在し、また逝くのかと、激しく自らに問いかける。目を閉じた彼の脳裏には、太古の昔に神の射精によって散種された星屑のごとき分子の蠢きが浮かび上がり、天空を見上げた彼は、不気味な暗黒の宇宙と星のコントラストに何らかの手掛かりが隠されているように感じる。

サムラーが「即興で唱えたカッディーシュ」（Siegel 133）もまた、これと同じように彼岸と此岸の間の耐え難い断裂をかろうじて繋ぎ止めようとする試みと目される。「お粗末な感情のサーカス」の群れを離れ、今まさにこの世とあの世の接点に独り佇むサムラーは、この静謐な祈りにおいて、[13]「契約の条件」を着実に果たしたグルーナーの営みを証言することで、不確かな〈死〉の郵便空間へと自らを解き放とうとする。かくして、死の淵に滞留する彼のメッセージは、〈死〉のアポリアを前にして立ちすくむわれわれに、頼りの杖として「生来魂に備わった独自の知識」（3）を提示し続けるのである。

第三章

贈与の死、〈死〉の贈与

――蘇る『フンボルトの贈り物』

「死亡記事を読むと、いつも決まって故人の享年に目が行く。自動的にその数字を自分自身の年齢と関連づけてしまう。」

ドン・デリーロ『ホワイト・ノイズ』

贈与のエコノミー

ベロー文学の大きな魅力の一つは、宗教的とも言える精神的な探究が、それとは著しい対照をなす世俗的な現実との交渉によって生じ、高次元でそれらのすり合わせがはかられているところにある。(1) 従来のベロー批評においては、ともすれば主人公の探究の行方に関心が集まり、濃密なリアリティーを帯びて描き出される経済的営みや富の変転といった事柄は、必ずしも綿密な分析の対象にならなかった。だが、〈死〉のアポリアに向き合おうとするベローの主人公の精神的探究は、資本主義の根幹をなす富に対する彼らのアンビバレントな意識と意外にも深いところで絡み合っている。『この日を摑め』(一九五六年)に見られるように、先物市場における投機は物語の単なる背景ではなく、未来に向かって自らを投企する主人公の精神的渇望の有効なメタファーとして機能している。ベローは、永遠の未来を前提として稼動する後期資本主義経済の中にノイズとしての死を敢えて注入し、「円環のエコノミー」に回収されることのない贈与のエコノミーをしばしばテクストに導入する。

もっとも、ベローの富に関する関心については、スティヴン・T・ライアンが、「魂の夫、『フンボルトの贈り物』におけるお金」において、この小説の主人公シトリーンをめぐる経済と、アイデンティティを追求する彼の魂の探究との最終的な調和を論じている。だが、「魂」の対立項として「富」を措定するこの論文において、両者は弁証法的に止揚される二項対立として図式的に捉えられるにとどまり、この小説を特徴づける贈与のダイナミズムについてはまだ十分な解明がなされていない。幽明界を異にする二人の文学者の間に展開される友愛と脅迫を孕んだ贈与を分析するには、アポリアに彩られた贈与と〈死〉が織りなす錯綜した関係を射程に入れた、さらなる思考の枠組みが欠かせないように思える。[2]

このような観点から、ベローの作品を振り返ってみると、何らかのかたちで不可能性を孕んだ贈与と死というモチーフが、『モズビーの思い出』（一九六八年）あたりから重要なテーマの一つとして浮上してくることがわかる。例えば、「黄色い家を残して」（一九五八年）は、死を意識せざるを得なくなった老女が、かつて人から譲り受けた黄色い家を、死に逝く自分自身に遺言で遺贈しようとする、不可能な贈与の物語に他ならない。「グリーン氏を捜して」（一九五一年）もまた、郵便的不安を伴う贈与の袋小路を描いている。この物語においては、恐慌期に失業救済用の小切手を配達する救済局の職員が、緑色のドル紙幣を想起させる人物を捜し求め、配達不能の葉書さながらスラム街を彷徨する。「古いやり方」（一九六八年）においては、死に瀕したティナが、最期の面会に応じる交換条件として、不仲だった富豪の兄アイザックに理不尽な面会料を要求し、死に逝く者への富の贈与という状況が一時的にせよ生じる。また、これらの短編とは趣を異にするが、遺贈すべき遺産も何ら持ちあわせない老父が、若き日に自分が演じた失態を息子に問わず語りで伝え、それをもって贈り物とする晩年の短編、「思い出してほしいこと」（一九九〇年）なども、こうした物語の系譜に連ねることができよう。

　このように、ベローが好んで描く贈与は、それ自体がしばしば宙吊りとなるアポリアに行き着くことが多いが、そのような視点に立てば、相手に一方的に負の贈与を行う「盗み」もまた、贈与交換に回収されることのない贈与の一種と見なすことができる。「銀の皿」（一九七八年）や『盗み』（一九八九年）といった例を出すまでもなく、ベローにおいては、銀の皿や指輪の盗難というモノの転移が、プロットを牽引するとともに、記憶と忘却を通じて主人公の心情に様々なかたちでフィードバックされていく。こうした負の贈与をさらに先鋭化させたのが信用詐欺である。第一章で見たように、『この日を摑め』においてタムキンは、ウィルヘルムに何ら見返り給付を行うことなく、物語の結末で忽然と姿を消し、冥界へと彼を誘導する。このように贈与の死がもたらされた瞬間、逆説的に〈死〉の贈与がもたらされるというパターンがベローには往々にして見られる。

フンボルトの死

　以上の議論を踏まえ本章では、『フンボルトの贈り物』（一九七五年）に焦点を絞り、等価的な交換に回収されない差延を孕んだ贈与が、生死を隔てた二人の文学者をいかに接合し、彼らが〈死〉のアポリアにどのように身を開いていくか分析を進めていきたい。それに先立ち、まずはこの小説の背景について少し触れておこう。そもそもベローが、フンボルトという作中人物を創造するにあたり、失意のうちに亡くなったユダヤ系詩人、デルモア・シュワルツをモデルにしていたことは周知の事実である。(3) とは言え、レスリー・フィードラーが言うように、フンボルトは「結局のところ、ある特定の個人ではなく、ある世代のユダヤ系アメリカ人の敗残者すべての肖像である」（LL 10）と見なすことも可能であろう。確かにこの小説には、短篇「ゼットランド」（一九七四年）のモデルとなったアイザック・ローゼンフェルドをはじめとする、挫折して早世した同世代のユダヤ系知識人すべてに捧げられた鎮魂歌《レクイエム》という趣がつきまとう。だとすれば、フンボルトの死後、彼の亡霊に語りかけ、語りかけられるこの作品の趣向それ自体が、彼らからの得難い着想の贈り物であったようにも見える。さらに言えば、この作品が上梓された翌年に、ベローがこの作品によってピュリッツアー賞を受賞し、さらにノーベル文学賞受賞の栄誉に輝いたことは、文学をめぐる生者と死者の贈与交換を象徴する出来事なのかもしれない。

だが、挫折して死へと追い込まれたユダヤ系作家たちと、この世で成功を収めたノーベル賞受賞作家ベローが交わす眼差しは、かくも予定調和的な贈与交換に回収されてよいものだろうか。生者にとって達成不可能な死者との贈与関係は、序章で触れた贈与と〈死〉のアポリアについてのデリダの考察が示すように、亡霊の呼びかけに無条件に自らを差し出すことをもってしか実現しない。この二つのアポリアを巧みに包摂した『フンボルトの贈り物』を読み解く鍵は、まさしくここにあるように思われる。死を孕んだこうした贈与の経済を描くにあたり、ベローは、文学の生産と消費に深く関わる市場経済を克明に描き込む一方、それとは対照的なもう一つのエコノミーを巧妙に導入している。(4) 互酬的な交換へと回収することが不可能なこうした贈与のアポリアと向き合ってはじめて、冥界のフンボルトと主人公との間に思いがけないシナジー効果が生じるのである。(5)

そのような二人の関係の構築において原風景をなすのが、シトリーンが街角で目にした晩年のフンボルトの零落した姿である。「フンボルトがいわば墓場から働きかけて、私の生活に根本的な変化をもたらしてくれた」(6)と告白する彼の回想は、この衝撃的な光景に繰り返し立ち戻っていく。名士たちの昼食会に出席するためにニューヨークを訪れていたシトリーンは、「死にかけて年とった雄のバイソン」(341)のように死相の現れたフンボルトが、四六丁目の路上でプレッツェルを噛っているのを偶然目撃する。あの世での再会を期して思わず物影へ身を隠してから二ヵ月後、シトリーンは、かつて自分の師であり盟友であったこの偉大な詩人の死亡記事を目にすることになる。のちになって、フンボルトがバワリー街の安ホテルでひっそりと息を引き取ったこと、そして彼が人知れず葬られたことが判明するが、シトリーンの脳裏にしっかりと焼き付いた畏友の変わり果てた相貌は、幾度となく彼の物語の現在を脅かし続ける。

シトリーンの回想を通じてわれわれは、フンボルトが、三〇年代に発表したバラッド集『道化師のバラッド』によって世の脚光を浴び、若くして一躍文壇の寵児となった才気煥発な詩人であったこと、その才能に魅了されて彼に師事したシトリーンが、その引き立てによって作家として不動の地位を築いたこと、そしてそれと軌を一にしてフンボルトが没落し始め、不遇をかこった晩年はシトリーンを妬んで彼と不仲になっていたことを知る。このように見れば、栄枯盛衰を一身に具現した天才詩人も晩年は、今を時めくシトリーンにとって、もはや過去の存在になっていたことが窺える。彼が墓場から蘇ったかのようにシトリーンの生活に闖入し、にわかにその影を落とし始めるのは、没後ようやく六、七年を経てからのことであり、この空白の期間中シトリーンのフンボルトに対する関心が日々薄れていたことは想像に難くない。

ところが、シトリーンが齢五〇半ばを越え、フンボルトがかつて味わった晩年の想像力の枯渇と老いの兆しに脅えるようになり始めると事態は一変する。「今では老人といってもよい私」(3)を取り巻くあらゆるものが停滞の様相を帯び始める。「倦怠について」と題する著作の執筆は行き詰まり、私生活においてもやくざまがいのカンタービレに絶えず悩まされ、妻デニーズからは離婚訴訟を起こされ、愛人のレナータにも見離されかねない八方塞がりの状態に陥った彼は、老いさらばえて車椅子に押されるもうろくした将来の自分の姿をときおり幻視する。そればかりか彼は、自らを「捨てられた瘋癲老人」(433)、「間抜けな老人」(434)と自嘲して憚らない。

このような彼が、「剥製の動物のような顔」(171)をした「余命一〇年を残すばかり」(405)の自分と、晩年のフンボルトを重ね合わせたときはじめて、今は亡き詩人は彗星のごとく他界から蘇り、彼に決定的な影響を及ぼす。瞑想を通じて死者との交感を求め、フンボルトの足跡をたどるようになったシトリーンは、やがて「自分がフォン・フンボルト・フライシャー風の変人になり始めていること」(107)に気づく。そして彼は、「生前の彼が私の代弁者を務めていたという」(107)確信をもつに至る。シトリーンもまたフンボルトと同じく、「圧倒的な現実、すなわちアメリカの現実に直面したメタフィジカルな意味でのロマンティックな探求者の一人」(Schraepen 206)だったのである。

義兄弟の契り――マモン・ミューズ・名声

そもそもフンボルトとシトリーンのこうした分かち難い関係は、彼らが、義兄弟の契りの儀式として無条件で白地小切手を交換したことに遡る。いつなんどきも無条件で、相手から思いのままの金額を引き出すことを互いに担保し合うこの行為は、彼らの友愛と精神的絆を象徴する出来事であるように見えながら、実は、同意なしに無条件で相手から贈与を引き出すという意味において、すぐれて攻撃的である。言い換えれば、互酬性を断ち切り、脅迫を孕んだ白地小切手の交換は、彼らの友愛を脱構築すべく、見返りを期待できない理不尽で一方的な贈与として、当初より機能していたのである。

ここで注目したいのは、二人が白地小切手を交わしたのが、文壇の寵児であったフンボルトの勢いに翳りが見え始め、シトリーンが劇作家として世間の耳目を集め、両者の力が拮抗し始めた時期と符合するという事実である。パトロンとプロテジェという関係が事実上消滅し、逆転が決定的となったとき、白地小切手は、フンボルトによって無断で現金と交換され、シトリーンは金銭的にも精神的にもトラウマティックな打撃を被る。この白地小切手の現金化という負の贈与は、一見、彼らのパートナーシップの一方的な解消と見えるが、実際のところこの事件は、長大な時間を孕みつつ彼岸と此岸の間で展開される彼らの錯綜した贈与関係の始まりに過ぎない。

もっとも、彼らの贈与関係が交換に回収されることなく、真の意味において達成されるには、この世における両者による過剰な富の消費、すなわちバタイユの言う〈呪われた部分〉の蕩尽を経なくてはならない。彼らがともに文学を生業とする文士であり、彼らの富が基本的に後期資本主義における文学の商品化の産物であるという事実が、ここに至って重要な意味をもつ。文学が彼らにもたらした富は、フンボルトの成功と没落を経て彼の手中を通り抜け、シトリーンへとまず移行する。ところがそれは、彼を取り巻く他者への回収不可能な贈与として消尽されてはじめて、真の意味でフンボルトの贈り物としてシトリーンの前に立ち現れる条件が整う。

このようなダイナミックな富の循環をさらに詳細に追跡していくにあたり、詩人フンボルトの収めた文学的成功それ自体が、富と名声と切っても切り離せない関係にあることを指摘しておく必要があろう。パワー・ブレーキ付きの車を乗り回す最初のアメリカ詩人フンボルトは、アメリカにおける詩人と富という、まことに似つかわしくない取り合わせを見事に具現している。談論で彼が好んで口にしたのは、金持ち、成功、ビジネスといった話題であり、「カネは、脳の組織を浸している血や液体みたいに絶対不可欠な代物だ」(242) と公言して憚らない彼にとって、マモンは詩神《ミューズ》の良き伴侶であった。それればかりか彼は名声欲も旺盛で、財団の援助によりプリンストン大学詩学講座のチェアーの獲得をも目論む。だがシトリーンによれば、本来アメリカにおける芸術は、富と名声に彩られた「ビジネス・アメリカ」の男性原理に対抗すべきものでありながら、詩神《ミューズ》はその呪縛から解き放たれることはなかったのである。

結局のところ、フンボルトというスターは、アメリカ資本主義によって祭り上げられた挙げ句、ポーやクレインやシュワルツのような文学者の「偉大なる破滅」を反復したもう一人の詩人として、「アメリカ文化における女性的なるものの失敗の象徴」(Cronin 113) として、消費されることになる。「芸術家を資本家に仕立て上げるというのは、ちょっと意味ありげで、ユーモラスな考えですねえ」(388) と語るシトリーンが、たびたび思いをめぐらすのが、創造力が枯渇するとともにカネや名誉や才能といった過剰なる富を消尽し、没落していくフンボルトの姿である。晩年の彼は、狂気を帯びながらも詩人としての信用を利用して、あらゆる人物を相手に訴訟を起こすが、結果的に彼の財は、弁護士、精神分析医、探偵などによりほとんど食い潰されてしまう。彼が白地小切手を用いてシトリーンの口座から引き出した大金で購入した高級車が、混乱のうちに行方不明となったことは、彼の過剰な富の散逸を何よりも物語っている。

このようにフンボルトのエントロピーが限り無く高まると、それと軌を一にするかのように、「極度に男性的なアメリカの文化変容」（Cronin 113）の〈呪われた部分〉としての富は、はけ口を求めてシトリーンのもとへと移行する。こうした富の変転にも、フンボルトの影がつきまとう。「［フンボルトの］亡霊がブロードウェイのスターとなっていた」（340）という言葉通り、『フォン・トレック』の興行的成功によってシトリーンが手にした富は、フンボルトのシミュラークルによってもたらされたと言っても過言ではない。それを糾弾するかのようにフンボルトは、シトリーンが『フォン・トレック』の主人公を創造するにあたって、彼のパーソナリティを盗んだことに対する懲罰として、彼から莫大な金額を収奪する。

一方、ブロードウェイで大ヒットしたシトリーンの戯曲の台本は、ディレクターの意向にそって原形をとどめぬほど修正を施され、彼自身は、今やお金という「絹糸を吐き出すカイコ」（371）と化す。そして、興行的に大成功を収めたこの芝居は映画化され、原作者である彼の手を離れれば離れるほど、莫大な富をもたらすことになる。「私の稼いだカネにしたところで、ひとりでにたまったものだ。資本主義そのものの、わけのわからない滑稽な理由でたまったに過ぎない」（3）という言葉に集約されるように、資本主義のシステムに一旦組み込まれた彼の著作は、たちどころにカネへと姿を変える商品として市場を流通し始め、彼はやがてフンボルトに勝るとも劣らぬ富と名声を手に入れる。「五〇年代はじめには、逆に私自身が有名になった。カネをたんまり儲けさえした。ああ、カネ、そのカネが問題なのだ。フンボルトはカネのことで私を恨みつづけていた」。（2）

かくしてシトリーンは、二度にわたるピュリッツアー賞やレジョンドヌール勲章を受賞した、いかにも羽振りの良い作家らしく、洒落た服に身を包み、ジャーナリスティックでカネになる仕事に励む。ニューヨークの街角で、零落したフンボルトの姿を見かけ、あわてて物影に隠れたときも、彼は『ライフ』誌の依頼でケネディ上院議員の取材に来ていたのである。片や、「文学界の葬儀屋や政治屋ともいうべき連中」（5）によって葬り去られた詩人、フンボルトは、『ニューヨーク・タイムズ』の死亡欄に登場するに及んで、束の間の名声を博する。「彼の文化的ダウ平均はふたたび上昇し、偉大なる失敗者としての名声を、束の間、楽しむことができたのだった」（120）。人格の剽窃と小切手の現金化という負の贈与交換によって、パートナーシップが破綻したかに見える二人は、ここに至ってともに、あの世とこの世で名声という「文化的ダウ平均」の上昇を享受することになったのである。

消尽される富――友愛《フィリア》のポトラッチ

やがてフンボルトの死亡から六、七年経過した物語の現在において、今度はシトリーンのエントロピーは最大に達し、フンボルトが彼の富を瞬く間に消尽したように、シトリーンもまた、文学によってもたらされた余剰の富を次々に消尽し始める。その際、重要な役割を果すのが、カンタービレ、デニーズ、レナータ、サックスターといった、シトリーンを取り巻く狡猾なマキャベリアンたちである。彼らは、シトリーンに対して愛憎入り混じった感情を抱きつつ、入れ替わり立ち替わり彼の富を浪費しようと働きかける。これに対してシトリーンは、「フンボルトの亡霊」（340）によってもたらされた富を、彼らに協力するかのように求められるまま差し出す。

まず前妻のデニーズは、文学者としてのシトリーンのカネを稼ぐ能力を当て込み、裁判で彼から絞り取れるだけ絞り取ろうとするが、彼は財産をスイスの銀行へ隠匿することもなく、易々と彼女と弁護士たちの餌食となっていく。また、「カネが目当てのあばずれ女」（191）である愛人レナータに対しても彼は惜し気もなくカネを貢ぎ、ニューヨークでは「クロンダイクの金鉱主」（357）さながら散財することにより、一二〇年代の「浪費者的症候群」

ターに財政的援助を続けるが、これも実際のところ何ら見返りが期待できない彼への贈与といっても差し支えない。

（318）を再現する。のみならず彼は、いつまでも出版される目処が立たない文芸誌『アーク』の編集者、サックスターに財政的援助を続けるが、これも実際のところ何ら見返りが期待できない彼への贈与といっても差し支えない。

こうした一方的な贈与を彼から引き出すマキャベリアンの筆頭格が、カンタービレである。シトリーンに八百長賭博の負債の支払いを拒否されたカンタービレが、腹いせに彼のベンツに狼藉の限りを尽くした挙げ句（この破壊行為は彼の「親愛の情」（Fuchs 243）の現れでもある）、彼を脅して建設中の高層ビルの最上階へ登るシーンは圧巻だ。この場面でシトリーンは、彼と共犯関係を結ぶかのように、自分が手渡した五〇ドルの新札をカンタービレが次々と紙飛行機に折って夕闇へと落下させていくのを、胸のすくような気持ちで見守る。「カンタービレの緑色の紙幣はどれもこれもユリシーズ・S・グラント大統領の肖像をつけて、スズメかツバメのように、そしてまたチョウのように飛び去って、通りの人々に黄昏どきの幸運をもたらしていた」（102–03）。このシーンには、どこかコミカルに「審美化された残忍性」（Fuchs 243）とでもいうべき軽やかさがつきまとう。ここで彼らは、必ずしも見返りを求めることなく自らの財を差し出し、その破壊を競い合う贈与、ポトラッチを繰り広げていると言っても過言ではない。脅迫されたとはいえ、シトリーンが本来支払う必要のないいかさま賭博の負債を払うことは、カンタービレに対する対抗贈与であり、カンタービレもまた、ポトラッチにおけるがごとく自らの威信を賭けて、下界へ「贈り物を返すことによってこの力を打ち破ることを余儀なくされる」（バタイユ 93）。

このように、シトリーンを取り巻くマキャベリアンたちは、彼の富を収奪する一方で、それを浪費することによって、彼との永続的な交換関係を維持しようと努める。のみならず、彼らは積極的にシトリーンにカネ儲け話を持ちかけ、友愛と脅迫が絡んだパートナーシップの絆を強化しようとすら目論む。シトリーンが述べているように、シカゴにおいては、人をカネ儲けに誘うことは「友愛《フィリア》」（177）の最も顕著な現れなのである。カンタービレは、「あんたはおれにいろいろしてくれたから、おれもあんたにいろいろしてやろうと思ってさ」（183）と述べ、シトリーンのベンツを破壊した代償に彼に富をもたらすべく、自分が投資している先物取引に加わるよう幾度となく勧める。「文化というものに憧憬の念を抱く」（Fuchs 242）カンタービレはさらに、アメリカにおいては運さえよければ作家が錬金術師となり得ることを察知し、シトリーンの強力なプロモーター役を演じようとする。彼は、作家という商売が、実体を必ずしも伴わない記号と戯れ、フィクションを商うことによって利潤を生み出す点で、先物取引と通底する部分があることを本能的に見抜いている。次の引用が示すように、カンタービレにしてみれば、元手もなく「自分の作品の原稿用紙と金銭を取り換えよう」（Shell 8）とする物書きという商売は、まさしく現代の錬金術だったのである。

　いずれにしても、チャーリーは手を上にあげるだけで、一財産つくることができるんだ、まえに一度、ブロードウェイのヒット作を書いて映画で大当たりに当てたこともあるからさ。そこらへんにころがってる紙を見てみな。こんなロクでもない原稿が大金になるかもしれないんだぜ。この部屋には金鉱があるんじゃないかな。（179）

　このように無から有を生ぜしめる彼の原稿は、ちょうどそれと同様に、兌換性が無いにもかかわらず市場を流通する紙幣へと容易に変貌を遂げる。自分には何も資産がないと法廷で主張するシトリーンに対して、アーヴァノヴィッチ判事は、「インテリの特殊な考えごとも案外カネ儲けになるかもしれないというわけですな」（231）と述べ、富を紡ぐ彼の頭脳を法外に高く算定する。このように、シトリーンの富の源泉が、原稿を紙幣に変える作家という特殊な才能にあることを悟ったデニーズやレナータもまた、彼から富を奪いつつ、パートナーと称して彼の錬金術に積極的に干渉を繰り返す。ジャーナリストである友人サックスターはとりわけその傾向が強い。シトリーンの富を消尽する一方、彼は、文化人としての彼の名声を当て込み、文化産業に絡むカネ儲けのプロジェクトを次々に彼に紹介する。その一つは、独裁者への独占インタヴューの企画であり、もう一つは世界の各都市を舞台にして、ベデカーの姉妹版とも言うべき文化案内書を発刊しようというものである。(6)

結局のところマキャベリアンたちは、シトリーンがフンボルトから継承した富を「カンニバル」のように食いものにしつつも、彼に反対給付を行うという身振りを保つことにより、負の贈与を交換へと回収しようとする。だが、彼らが持ちかける儲け話もまた実効性をともなわないため、此岸のシトリーンから彼岸のフンボルトへ託された富は、象徴的な意味においても現実的な意味においても、可視化されることなく霧散したかに見える。

死者の「歓待」

こうした贈与のアポリアに宙吊りにされたシトリーンの消尽した富が、究極的に何の見返りもなく真の意味で死者フンボルトへの贈り物となるには、現世のマキャベリアンたちとの互恵的なパートナーシップが一時的にせよ解消されねばならない。その機会は、マドリッド滞在中に彼の経済が完全に破綻をきたすというかたちで訪れる。フンボルト経由で文学がもたらした富を消尽し、破産状態に陥ったシトリーンは、世慣れたマキャベリアンたちに今や背を向け、シュタイナー式瞑想を通じて死者たちと交感を深めていく。

彼のこのような死者たちとの親密な関係は、実際のところ、彼とカンタービレの関係の深化と裏腹の関係にある。彼を食いものにする「カンニバル」の代表格であるカンタービレによって私生活を脅かされればされるほど、シトリーンの関心は俗事から離れ、フンボルトをはじめとする死者たちの方へと向かう。(7) 第二章で考察したように、ニューヨークの異邦人、老サムラーが、彼岸と此岸を繋ぎ止める媒介者たろうとしたように、シトリーンは、「カンニバル」どもが横行するシカゴにあって、奇人さながら緑色のソファの上で瞑想に耽り、死者たちと親密な関係を築いていく。亡霊さながら夜な夜な生者のもとを訪れる彼らを、シトリーンは次のように「歓待」する。

> いや、死者は私たちのまわりに常に存在しているのだが、私たちが彼らを形而上的に否定しているため、私たちの世界から閉め出されてしまっている。だから毎晩、何十億という人間がそれぞれの領域で眠りについてから、死者は私たちに近づいてくる。私たちの思想は彼らの糧とならねばならない。私たちは彼らの生活を支える穀物畑というわけだ。(141)

霊界から働きかけてやまない死者たちに対する生者の豊饒な思いこそが、彼らを生かしめる滋養となるという彼の死生観は、存在の次元を異にしつつも、両者は共生可能であるという直観に基づく。こうした観点から、「死者と生者がまだ一つの社会を形成している」(405)と公言して憚らないシトリーンの瞑想に応答するかのごとく、フンボルトは、時を経て発見された遺書というかたちで、亡霊のようにテクストに蘇る。すなわち、老人ホームに彼の叔父ウォールドマーを訪ね、自分宛のフンボルトの遺書を手渡されたシトリーンは、時空を隔てて蘇ったフンボルトに不意に召喚される。あてどなく彷徨した挙げ句、ようやくシトリーンのもとへ届いたこの遺書において、末期の明晰さを取り戻したフンボルトは、生前の自分の非を詫び、義兄弟に「約束手形みたいなイカレタやつ《プロミッソリー・ナッツ》」(340)と親しみを込めて呼びかける。

> 義兄弟の誓いだって、君がきっかけを作ったのだ。確かに、ぼくは興奮していたけれど、君から発散してきている提案に基づいて行動したまでの話。ともあれ、流行歌の文句じゃないけれど、「君にはいろいろと欠点があるけれど、それでも君が好きなのさ」というわけだ。君はなにかいいことを期待させる約束手形みたいなイカレタやつだったよ。ただそれだけさ。(339)

墓場の彼方から届いた愛憎の念が入り混じった呼称、「約束手形《プロミッソリー・ナッツ》みたいなイカレタやつ」は、言うまでもなく「約束手形《プロミッソリー・ノート》」のもじりである。このように死してのちも茶目っ気たっぷりに語りかけることにより、フンボルトは、白地小切手の交換に端を発する彼らの義兄弟関係のさらなる強化を求める。「ぼくの亡霊がブロードウェイのスターになったのだ」(340)と、シトリーンの成功を妬みつつも、フンボルトの亡霊は、それを逆手に取るかのように、今度はシトリーンのパーソナリティを剽窃し、彼が過去に被った被害の何百倍も金銭的価値があると信じる『コーコラン』の脚本の梗概を彼岸から彼に託す。

チャールズ、これが君にあげるぼくの贈り物だ。これはぼくが現金にかえた小切手の百倍もの値打ちがあるよ。こんな映画はなん百万ドルもの収益をあげ、三番街には一年間、長蛇の列が並ぶことになるにちがいない。総売りあげのなんパーセントかを支払ってもらえるように頑張れよ。
この梗概を書きながら、ぼくはずっと君のことを思い出していたが、君もぼくのことを思い出しながらやれば、これをもとにしていい台本を書きあげることができるよ。君は『トレンク』を書くさいに、ぼくのパーソナリティを思うぞんぶんに利用してくれた。ぼくは君から材料をとって、このコーコランという人物を創ったのだ。(346–47)

フンボルトは、シトリーンをモデルとするこの脚本の中で、家庭と愛人のいずれをも失いながらも、(8) 皮肉にも成功を収めるに至る作家コーコランを創造する。このような相手のパーソナリティの盗用による富の対抗贈与には、依然として不可分に混じり合った友愛と攻撃の痕跡が認められる。流転の末、死の淵より到来したフンボルトの遺言は、そのような意味において、まさしく毒を孕んだパルマコンとして作用している。さらにここで注目したいのは、『コーコラン』の脚本の梗概という彼のペーパー・ワークもまた、「約束手形《プロミッソリー・ノート》」の一種に過ぎず、富の裏付けが必ずしも担保されているわけではないことである。それゆえ、他界からの援助を約束し、「ぼくらは自然的存在ではなく、超自然的存在であることを忘れるなよ」（347）という決め台詞で終わるこの遺書は、破産の危機に瀕したシトリーンにとって、必ずしも事態を劇的に好転させる奇貨とはなり得ない。

マドリッドに死す

それどころか、愛人レナータが彼に見切りをつけ、葬儀屋フロンザリーのもとへ走ったことで、シトリーンの私生活は一気に破綻へと突き進む。レナータと再会すべくマドリッドを訪れたシトリーンは、彼女に身捨てられたのみならず、金銭的にも進退窮まり、約二ヵ月間、彼女の息子ロジャーとペンシオンに引き籠ることを余儀なくされる。このマドリッド滞在中、シトリーンの思索は、出版市場の需要とはほど遠い、神秘的色彩の強いものへと変貌していくが、その過程で彼は、有名作家として自分が言葉を紡いで手にした富が、シミュラークルに過ぎなかったことを自覚する。〈言葉〉が貨幣や株券のように「ハイブラウな通貨」（390–91）として流通するようになった結果、シトリーンは、自分が、〈言葉〉を〈紙幣〉と交換する「ペイパー・テイキング」（390）というゲームに翻弄されていたことに思い至る。

あたかもフンボルトから通約不可能な〈死〉を接種されたかのように、このマドリッド滞在中、妻に先立たれたやもめ男になりすましたシトリーンは喪服に身を包み、一日の大半を部屋での瞑想に費やす。自らの喪に憑かれたかのように彼は、シュタイナーの教典を低い声で唱え、(9)死者たちの魂と親しく交わる。ロジャーの面倒を見る彼は、子供時代に失った真の自己を取り戻すべく、脱ジェンダー化され、自己欺瞞を行う必要のない「修行僧」のように「彼自身も子供に戻る」（Cowles 216–17）。かくして、シカゴから遙かに離れた異郷で、俗世間から完全に隔絶されたシトリーンは、死者たちがこの世を霊界から眺めるように、自分を客観的な視座より観照することになる。

私が私自身の弱さや私の性格の愚かさを客観的にみることができるようになったという事実は、私自身がすこし死にかけていることを物語っているのかもしれない。この傍観者的になるという経験は、人を厳粛な気分にさせる経験だ。苦しい死の門をくぐり抜けるとき、死者たちはひどく厳粛な気分になるにちがいない、と私はときどき考える。(439)

このように冬のマドリッドの二ヵ月間、自ら亡霊と化したかのように、シトリーンは、死者たちに最接近を試みることにより、不可解な〈死〉の地平へと次第に身を開いていく。だが彼は、他者としての死者たちと完全に同化してしまったわけではない。彼は、踏み越えることのできない彼我の境界線上で、生者と死者の差異を残したまま、差し出す富がないにもかかわらず、自らのすべてを死者たちに差し出す。こうして、見返りを何一つ期待せず、また期待もできない死者たちへの贈与を通して彼には、逆説的に贈与というものを蘇らせる契機が生じる。

フンボルトとの関係において言えば、このことは経済的にも精神的にも死に瀕した彼が、遥か昔になされた冥界からの詩人の贈与をすっかり消尽し、忘却し、もはやそれを贈与として意識しなくなったときにはじめて、贈与がそれ本来の姿で立ち現れることを意味する。言い換えれば、贈与のアポリアが極限に達したとき、これまで蓄積されたシトリーンのエントロピーはようやく減少に転じ、交換へと回収されることのない真の意味での贈与への回路が死者フンボルトとの間に通じることになる。そのような意味においても、この冬の彼のマドリッド体験は、フンボルトとの義兄弟の契りをあたかもクーリング・オフするかのように棚上げしたうえで忘却し、死者たちに寄り添うまたとない機会となったのである。

蘇る「約束手形《プロミッソリー・ノート》」

ここで、再び脚光を浴びるのがカンタービレである。『フンボルトの贈り物』における技法上の課題の一つは、冥界のフンボルトと、彼を悼むシトリーンの物語の現在との時空の隔たりをいかに無理なく架橋し、なおかつ差延を孕んだ両者の交感をいかに説得力をもって読者に提示するかということにあった。フンボルトの肉声を冥界から蘇らせる方策として、ベローは、フンボルトをめぐるシトリーンの回想を頻繁に折り込むとともに、フンボルトの遺言をテクストに挿入する一方で、フンボルトのエイジェントとしてカンタービレに重要な役割を担わせている。ロドリゲスが指摘するように、カンタービレは、「フンボルトが躁病的に顕現」(250) した、現世における彼の化身に他ならない。そのようなカンタービレに絶えず付きまとわれ、攪乱されてきたシトリーンは、ここに至って彼によって現実世界へと連れ戻され、再び富を手にすることになる。

すなわち、フンボルトとシトリーンが、生前戯れに共同執筆したカルドフレッドの脚本が無断で映画化され、大ヒットしていたことが判明し、それを嗅ぎつけたカンタービレは、あたかも冥界よりフンボルトから遣わされた使者であるかのように、シトリーンをマドリッドからパリへ呼び寄せ、侵害されていた著作権を興行主に支払わせるのに大いに貢献する。富は、フンボルトもシトリーンも予期しなかった意外なところからめぐってきたのである。それとともに、フンボルトが遺言で「約束手形《プロミッソリー・ノート》」として彼に託していたコーコランの脚本の梗概もまた、映画制作者たちによって高値で買い取られる運びとなる。

このようにフンボルトによる友愛と脅迫を孕んだ贈与を通じて、贈与のアポリアが前景化され、贈与が立ちいかなくなった瞬間、〈死〉の贈与を通じて、二人の文学者の間に逆説的に交感が生じる可能性が浮上する。このとき彼らが創作した文学テクストが、実際に富として流通する回路が必ずしも閉じられていないことは注目に値する。それらは、再び資本主義の回路を経ることによって商品化され、世俗的な富へと還元されていく。考えてみれば『フォン・トレック』、『カルドフェルド』、『コーコラン』という、これまで二人に富をもたらした彼らの作品の成功にはすべて、芝居や映画といった興行が関与している。しかも、原作が無断で盗用されたり、義兄弟の人格が剽窃されたりするこれらの作品においては、複製がオリジナルを出し抜くかたちで、商業的成功がもたらされている。このことはとりもなおさず、後期資本主義の論理が、文学の生産と消費の場においても深い影を落としていることをアイロニックに物語っている。

このように際限のない富の「蓄積によって死をなくそうとする」（ボードリヤール 305）資本主義と文学の関係を詳細に描き込む一方で、ベローは、それとは対照的なアポリアに彩られた〈死〉のエコノミーとも言うべきもう一つの経済を巧みに導入し、両者をめぐって死者と生者が織りなす交渉を、複雑な時空相のもとに巧みに描き出している。死を隠蔽するシミュラークルに再回収されつつも、贈与と〈死〉という二重のアポリアが共振することにより、シトリーンとフンボルトの間に時空を経て思いがけず迂遠な交通が生じる。

あたかもそのことを示すかのように、小説の結末において、最終的にシトリーンのもとに転がり込んできた富により、長い間ニュージャージー州のデスヴィルに放置されていたフンボルトの墓の改葬が実現する。シトリーンによれば、この儀式を立派に執り行うことは「悲しみのきわまった喜び」（438）であり、のどかな春の日差しの中、シトリーン、ウォールドマー、メナーシャといった老人たちが列席して、フンボルトと母親の改葬が悠然と営まれていくところで、この小説は穏やかな結末を迎える。こうして物語の結末においてシトリーンは、長い間現前することのなかった「フンボルトの贈り物」を富に変え、彼を埋葬し直すことによって、まさしく「約束手形《プロミッ》みたいなイカレタやつ《ソリー・ナッツ》」としてようやく約束手形の履行を果たす。語源的に見ても、債権者を宥めるという意味合いにおいて重なり合う「支払い」“payment”と「鎮魂」“pacification”は[10]、このように常に差延を孕みつつ、テクストの結末にて交差する。このことは、〈死〉のアポリアによって隔てられた二人の文学者が、互いに時を求め、時を与え合うことを通じて、現前をすり抜けてきた贈り物を死の淵から蘇らせたことを物語っている。

生と死に隔てられながらもフンボルトとシトリーンは、贈与のアポリアが孕む差延を逆手に取って、あるときは富を循環させ、あるときは富を消尽し、あるときは死の淵に宙吊りになり、「ビジネス・アメリカ」を内破しようと腐心してきたと言ってよい。アメリカ最後のフロンティアである死と富の関係に鋭い洞察力を発揮するベローにとって、真の意味で立ち現れる富とは、他者の死によって回収不可能な回路へと誘われ、自らを消尽したとき、現前《プレゼント》しない贈与《プレゼント》として彼岸の淵より到来するものであったのである。

第四章

「重ね書き」される身体
――『学生部長の一二月』における喪のエクリチュール

「母が死んだとき、おれは徐々に時間をかけて拡張されていくような気がした。彼女の真実によって充たされ、引き伸ばされていくように感じた。」

ドン・デリーロ『アンダーワールド』

三つのトポス

ソール・ベローの『学生部長の一二月』（一九八二年）は、批評家の指摘を待つまでもなく、シカゴとブカレストを舞台にした二〇世紀の「二都物語」(1)であるが、物語の背景となる二つの都市空間が必ずしも克明に描き込まれた作品ではない。この小説の主要な舞台となっているのは、前作『フンボルトの贈り物』（一九七五年）において喜劇的なタッチで描出されたシカゴではないし、ましてや『オーギー・マーチの冒険』（一九五三年）の主人公が若き日に闊歩した大恐慌下のシカゴとはほど遠い。現代版「二都物語」を執筆するに際し、ベローは、自らが精通する大都市シカゴではなく、あらゆる面で対照的な東欧の社会主義国ルーマニアの首都を敢えて中軸に据え、それとの対比においてシカゴを遠景に浮かび上がらせようとしたのである。[2]

この小説においてブカレストは、現実味を帯びた都市空間というよりもむしろ、不意に死が前景化される喪の空間のメタファーとして捉えられている。主人公コルドはブカレストの市街を好んで足の赴くままに散策するわけでもなく、都市を特徴づける街並みや建造物が緻密な筆致で描出されるわけでもない。その結果、読者はいくら読み進んでも、彼の逗留するアパートがブカレストのどの界隈に位置し、何という街路に面しているのかということすら的確に把握するのは困難である。物語の舞台をバルカン半島の他の東側衛星諸国の首都に置きかえたところで、小説の構造それ自体にはさほど影響がないように見える。

だがそれだけの理由で、『学生部長の一二月』が空間的な構造を備えていないという判断を下すのはいささか早計であろう。詳細な都市空間の描写こそ欠落しているものの、この作品は、義母の死をめぐって主人公によって個人的に体験されることにより、濃密な意味を帯びた三つのトポスを軸に成立している。すなわち、コルドがブカレストで閉じ籠る妻ミナの小部屋、義母ヴァレリアが葬られる火葬場、そして結末で彼がミナに誘われるカリフォルニアのパロマ天文台という、主人公を「歓待」する三つの特異な場所が、学生部長の日常を根幹から揺るがす一続きの重要な運動空間を構成している。

コルドをめぐる女性たちの刻印をそれぞれ色濃く帯びたこれらの空間は、死者ヴァレリアに召喚され、それに応答を余儀なくされる彼の外的空間であるにとどまらず、それが内在化された心象風景として彼の内的な思考空間を少なからず規定している。したがって、これら三つのトポスにおける彼の空間感覚の変化と運動の軌跡を辿ることは、とりもなおさず彼が、喪を通じていかに女性たちによって重ね書き《パリンプセスト》的に空間的「書き込み」を施されたかを検証する有効な手がかりとなろう。そうした視座から本章では、『学生部長の一二月』を女性たちの身体性が色濃く影を落とす喪のエクリチュールとして捉え、主人公コルドが、自らの身体へのそれらの上書きを経て、いかにして、〈死〉のアポリアと向き合ったかを考察していきたい。

女たちの館——独房としての小部屋

議論を進めるにあたって、まずはブカレストにあるコルドの義母のアパートの小部屋のもつ意味に焦点を絞ってみよう。と言うのも、小説の前半部分は、ブカレストの都市空間でもなくシカゴの都市空間でもなく、古びたアパートの一室という極めて閉鎖的な空間を軸に生起しているからである。シカゴのとある大学の学生部長コルドは、唐突に彼の日常に闖入してきた義母危篤の報に接し、妻とともに遥かブカレストまで飛び、彼女が少女時代を過ごした部屋を宛がわれる。生活の本拠地から遠く離れ、言葉も不自由なまま、義母の死を前になすすべもなく、古色蒼然としたアパートの一室で陰鬱な日々を送る彼は、ほとんど外出することもなく、千々に乱れる想いに身をまかせる。「ミナの昔の部屋にあまりにも長く閉じ込められていた」（70）という言葉が端的に示すように、アメリカの日常とはかけ離れた異郷において、窓から荒涼とした風景を眺めて無為に時を過ごす学生部長は、義母の死を待つ間、そこに幽閉されているに等しい。アパートの至る所に盗聴機が仕掛けられ、常に監視されているという状況下で彼は、妻と義母の痕跡が過去の遺物にさながら沈潜したような「死の家」に閉じ籠り、「心臓がキリキリ痛み声も出ない麻痺状態」（61）に陥る。

このようにミナの小部屋は、まずもって牢獄じみた空間として彼を包摂するが、ベローの主人公たちはみな何らかのかたちで意識の囚人であると言ってよいだろう。私室もしくは小部屋が、主人公たちが逼塞《ひっそく》する独房である。デリーロの主人公、オズワルドやビル・グレイと同様、ベローの主人公もまた部屋に閉じ籠る男たちなのである。デビュー作『宙ぶらりんの男』（一九四四年）の主人公ジョゼフは、軍隊への志願届けが受理されるのを待つ間、自らを幽閉するかのように部屋に籠り、自意識の虜となる。次作『犠牲者』（一九四七年）のレベンソールは、アパートの部屋に侵入してきたオールビーと同房者のごとく確執を続ける。『オーギー・マーチの冒険』においても、個人が本来心の中にもっている秘密の小部屋が独房として捉えられている。『この日を摑め』(一九五六年)の舞台となるグロリアナ・ホテルや、短編「黄色い家を残して」の主人公ハッティーが誰にも遺贈しようとしない黄色い家もまた、出口のない牢獄の様相を少なからず呈している(Malin 158-59)。

このような傾向は、中期以降のベローの作品においても顕著に見られる。ヘンダーソンは、ワリリ族の村で捕えられ死体の放置された部屋に幽閉されたかと思えば、ライオンの住む地下牢で試練にあう。ハーツォグがニューヨークのアパートの一室に引き籠って書き始めた無数の投函されない手紙は、獄中の手記を思わせるし、亡命者サムラーは、第二章で考察したように、第二次世界大戦中、ポーランドで墳墓の中に身を潜めて迫害をかろうじて生き延びた経験の持ち主である。前章で論じた『フンボルトの贈り物』のシトリーンもまた、死者たちと交感を図るべく部屋に閉じ籠り、ソファで瞑想に耽る。

ベロー文学を特徴づけるこうした牢獄のモチーフが、『学生部長の一二月』においてひときわ異彩を放つとすれば、それは、コルドの幽閉空間が、ミナの小部屋を中心に、ブカレスト市街、ひいてはルーマニアという国家全体へと、同心円を描くかのように反復されていくからである。言い換えれば、秘密警察が暗躍するブカレストという都市自体が牢獄であり、ひいては独裁者が支配するこの社会主義国家そのものが、生を閉じ込める病んだ監獄なのである。コルドは「この精神病院のような国」(78)からミナを守るために同行してきたわけだが、実際肌で感じる「監獄社会特有の精神異常」(61)に当惑を隠せない。とりわけ彼は、集中治療室に入れられた瀕死のヴァレリアを見舞おうと共産党病院を訪問したとき、自分を束縛する国家権力が小部屋の外の社会の隅々にまで浸透していることを痛感する。この病院では秘密警察の大佐が実権を握っており、彼は厳格な規律を盾に、肉親のミナとコルドに面会を容易に許可しようとしない。

皮肉なことに、精神分析医にして失脚した元閣僚である義母ヴァレリアは、息を引き取るまで、自ら創設したこの病院に監禁されることになる。ちょうどコルドが彼女の小部屋で足留めを食らったように、ヴァレリアがこの「監獄病院」（63）の集中治療室に閉じ込められているという事実は、死に至るヴァレリアの空間を追体験するコルドが、やがては彼女を通して出口のない〈死〉のアポリアへと誘われることを予示している。このようにアメリカ人学生部長を幾重にも閉じ込める「牢獄」のメタファーは、死を孕んだ「墳墓」へとさらに連鎖的に繋がっていく。地中海性気候のロココ風の街を思い描いてきたコルドが、実際目にしたブカレストは、オスマン風建築の古い街並みが無残にも地震により倒壊し、埋れた遺体が死臭を放つネクロ・ポリスだったのである（107）。

以上見てきたように、ブカレストにおいて異邦人、コルドを外側から閉じ込める空間は、「監獄」、「精神病院」、「墳墓」といった東側国の全体主義的な幽閉空間へと重層的に連なっていく。これらの空間の遠心的な繋がりを踏まえたうえで、次に彼が直接体験する小部屋の内部空間に焦点を絞り、女性性を帯びたその私的空間により、いかに彼が身体的「書き込み」を施されていくかを考察してみたい。小部屋の内部を分析するのに先立ち、それを包含するアパートがいかなる表象性を帯びているか、まず見ておこう。

パリのブルジョア的生活の痕跡を留めているとは言え、このオスマン風の古風なアパートは、電気、水道、トイレ、エレベーターといったインフラのいずれを取っても、欠陥だらけであり、過去の栄光をしのばせる豪奢な調度品や陶器類は、革命や地震で大かたは失われてしまっている。また、かろうじて客間に残る古びた家具、骨董品、ラルース事典、医学書なども、大して価値のあるものではない。にもかかわらず、これらは家族にとっては疑いもなく聖なる品々であり、コルドはこの生きられた空間にいかほどの情念が潜んでいるか、思いを馳せる。アパートを取り囲むブカレストの市街が、平板で生活感のない無機質的な「牢獄」として捉えられているのとは対照的に、ここには女たちの私的な日常生活のエッセンスが密かに堆積し、豊饒な意味を醸し出す空間が現出している。さながらこのアパートは、共産主義のもとに抑圧されてきた女たちの互助的なコミュニティーを形成しており、「家族を超えた女性のハイエラルキーの中核」（72）をなすヴァレリアは、女たちの館の「家母長」（72）だったのである。

だとすれば、コルドが宛がわれた「家母長」ヴァレリアの私室は、女たちのコミュニティーの心臓部をなす聖域と見なすことができる。言い換えればコルドは、女たちの記憶と濃密な感情が宿る私的空間に突如として招き入れられたことになる。そもそもこの手狭な部屋は、ミナのかつての勉強部屋であり、彼女の昔の机、教科書、ノート、卒業証書などがきちんとヴァレリアの手によって保存されている。現在この部屋はヴァレリアのお気に入りの私室となっており、義母はここで読書や編み物や手紙を書いたりしていたのである。このように生きられた空間として、彼が愛する二人の女性がこれまで最も深く関わってきた部屋において、コルドが少しずつ彼女たちの身体空間へと身を開いていき、それによって知らず知らずのうちに「書き込み」を施されていくことは注目に値する。彼はまず、自分を取り巻くミナの少女時代の遺物と親和的な関係を結び、書棚からワイルドを取り出して読んでみたり、アルバムや小学校の教科書を眺めてみたりする。それにとどまらずコルドは、この生きられた空間を維持してきた義母の姿が不可視であるにもかかわらず、彼女の不在の身体が愛用の家具と一体化して、周りから彼を取り囲んでいるような気持ちに襲われる。どこに身を置いても、ヴァレリアの痕跡が、亡霊のようにそこかしこに空間的エクリチュールとして刻印されているように思われたのである。

彼はまた腰を下ろしたが、そのとき突然自分が敷いている椅子のクッションがヴァレリアの体型になっていることに気づいた。衣装入れの中の服も同じことだ。彼女が与えたかたちでそこに下がっていた。もし暖まろうとベッドに入れば、それも彼女のベッドだろう。こういう思いが重なり合って、彼はその場に釘づけになった。(157)

かりに、ヴァレリアを頂点とするこの古びたアパートを、彼女の老いた肉体と重ね合わせるならば、小部屋の寝椅子のクッションの間に身を横たえるコルドは、今や死に逝く彼女の胎内に位置していると考えることもできる。

彼女の身体空間に組み込まれたコルドは、毎日、朝食後これといってなすこともなく、胎児のようにヴァレリアのベッドに潜り込んでついうとうとと仮眠してしまう。このとき小部屋は、彼を閉じ込める独房であると同時に、彼が外界から逃避する安全な隠れ家にもなっている。そして、この母胎回帰の願望をも想起させる退行的な身振りは、毎日小部屋で過ごす彼の長い日々を「奇妙な状態の連続」(51)にしたのである。以前から植物に特別な興味を抱いてきた彼は、小部屋にあるシクラメンの花弁の襞を食い入るように凝視して思いをめぐらせていくうちに、催眠術にかかったように、夢かうつつか判断し難い意識の薄明へと後退していく。

このように日常と非日常が奇妙に混交し、過去と現在が交錯する夢想状態にあって、コルドの脳裏には、彼があとにした都市シカゴが蜃気楼のように浮かび上がる。ブカレストのアパートの閉ざされた空間の内へ内へと籠るにしたがって、遠く離れたシカゴという都市がかえって鮮明に逆照射されてくる。そのとき、彼の想念をシカゴへと誘う直接の媒介となるのは、『ハーパーズ』誌に幾度となく掲載された彼の過去の論文のコピーである。元ジャーナリストであったコルドは、犯罪が蔓延る大都市シカゴの戦慄に満ちた現状を憂い、シカゴの恥部を敢えてえぐり出すような記事を相当数執筆したことがあった。義母は、彼の人柄を知る手がかりとして、必ずしも世評の芳しくないこれらの辛辣な記事を取り寄せ、小部屋でアンダーラインを施しながら熟読していたのである。今また同じ部屋でコルドは、蒐集された過去の自分の記事を、彼女が読んだ痕跡を辿るかのように読み返し、彼女と密かに親密な関係を構築していく。このように女たちの空間において、自分のエクリチュールに上書きされたさらなるエクリチュールの痕跡を辿ることにより、彼はかつて取材相手と交わした会話を反芻し、自らの論述を検証するまたとない機会を得たのである。

遠景のシカゴ

そこでコルドの心に憑依したように浮かび上がるシカゴは、彼がかつて足を運んだ陰惨な郡刑務所であり、古びた郡立病院であり、麻薬中毒者救済センターであり、荒涼たるスラム街である。監獄都市ブカレストのアパートの一室に幽閉されたにも等しいコルドは、性質は異なるものの、おぞましさゆえに同様に忌避され(3)、負の烙印を押されたこれらのシカゴの空間をそこでまざまざと蘇らせる。東側の全体主義的国家体制が、ブカレストのような監獄社会を生み出しているとすれば、野放図な快楽の追求に取り憑かれた西側の自由主義体制は、シカゴのような大都市をまた別種の巨大な監獄にしてしまったことに彼は改めて思いを致す。

シカゴについてのコルドの思索は、裁判沙汰になっている彼の大学の学生リッキー・レスターの死亡事件に対し、学生部長として自分の取った処置について想いをめぐらせることから始まる。八月の耐え難い暑さの夜、何らかの事件に遭遇し窓から転落死したレスターの身元確認の任に当ったコルドは、病院の安置所で見たその学生の死体に鮮烈な衝撃を感じ、自分でも驚くほど積極的に奔走し、報奨金まで用意して犯人逮捕に尽力したことがあった。ところが、前科のある二人の黒人容疑者が逮捕されるに及んで、人種差別、人権蹂躙、性犯罪の可能性など様々な問題が表面化し、大学当局と容疑者支援の学生たちとの対立にまで事態は悪化するに至った。事件は裁判に持ち込まれ、膠着状態に陥ったところで、コルドは義母危篤の報を受け、急遽ブカレストへと赴いたのである。

このようにしてコルドは、レスターとヴァレリアという二人の死に対し、それぞれ深く関わり合っていくが、考えてみればこの二人の死ほど対照的なものはない。片や欲望の渦巻くシカゴの真夏の夜、事件に巻き込まれて転落死した若者であり、もう一方は、監獄じみたブカレストの病院に軟禁され、亡命することもままならず、年も押し詰った一二月に死期を迎える老女である。しかしながら、コルドの意識のうえで二人の死が重ね書き《パリンプセスト》のように符合するところがあるとすれば、それは、二人とも彼らを取り囲む牢獄としての都市の呪縛から死ぬまで逃れられなかったことである。レスターが、欲望の充足を妨げるもののないシカゴで放恣な生活に浸りながら、なおも満足を得られず、部屋から「フォーリングマン」として死を遂げることによってしか脱出できなかったとすれば、共産国家の集中治療室に幽閉された元閣僚ヴァレリアもまた、最期までそこから解放されることはなかったのである。

こうした意味において、コルドの本拠地シカゴは、暗黒の政治都市ブカレストの陰画を思わせる無秩序な牢獄であると言ってもよい。かつてシカゴにおいて体験した地獄めぐりを反復するかのように、過去の自分のエクリチュールをブカレストで丹念に辿ることにより、彼は犯罪都市シカゴの実相をまざまざと脳裏に蘇らせる。囚人のボスと政治家に牛耳られた想像を絶する暴力と悪徳の蔓延る郡刑務所。これを改革しようとして逆に追放の憂き目にあった黒人所長リドパスと彼の弁護士クィットマンとのインタヴュー。彼が通いつめた裁判所の刑事犯たちの表情と罪状。老朽化した郡立病院の腎臓透析室。麻薬患者救済センターをスラムの一角に開設した黒人の元ヘロイン中毒者ウィンスロップとの会話。残虐極りない強姦事件の弁護士ヴァレネスとの会見の模様。

眼下に果てしなく広がるシカゴを見渡しながら、裁判所の高層ビルにあるヴァレネスの事務所でコルドが交わした会話が示すように、このような「牢獄」都市のおぞましい現状は、そこに住まう者の内的空間が現実の風景に転移したものと見なすことができる。殺人、強盗、暴行、麻薬、性犯罪、放火、売春といった犯罪が頻発する無秩序な大都市シカゴにおいて、人々を脅かすのは、「都市内部のスラム」(201)ではなく、むしろ人間の「存在内部のスラム」(201)なのである。人間が、その思考の内部空間にもはや構造を与えられなくなったとき、「存在内部のスラム」化が始まり、「場所」はエントロピーが蓄積されていく単なる「状態」へと変質してしまう。この点に関してコルドは、ブカレストのホテルで幼馴染みのコラムニスト、スパングラーと次のような会話を交わしたことを思い出す。

「いろいろ発見したけれども、特にシカゴがもはやシカゴでないことを発見したよ。場所の概念をもたない何十万という人たちがあそこに住んでいる…」

「うん、そうだ」とスパングラーが言った。「その点は君と同意見だ。もはや場所でなくて、単なる状態なんだ。サウス・ブロンクス、クリーヴランド、デトロイト、セントルイス、ニューアークからワットまで、すべて同じ、場所ならざる場所だ。」(237)

シカゴであれどこであれ、「すべて同じ、場所ならざる場所」となったアメリカの都市は、場所との紐帯を失って根なし草となった住民が右往左往する巨大な煉獄《れんごく》と化す。破滅的な危機に瀕して、「アメリカ資本主義は今や緩慢な自殺を犯しつつある」(Chavkin 263) と言っても過言ではない。そういった意味で、コルドが記事にした郡刑務所は、行き場を失った魂の亡霊がさまようネクロ・ポリスの縮図と化していたのである。だが、かくも殺伐とした死都シカゴを記事にするにあたって、コルドは、専門的な見地から理路整然と議論を展開していったわけではなかった。熱にうかされたように、ときには直情的で黙示録的な言葉が、彼の論文を埋め尽していた。混沌とした牢獄としてのシカゴを客観的に論評するつもりが、彼自身、混濁した意識の牢獄に絡め取られていたことが(4)、異国の小部屋での瞑想を通じてようやく明らかになってくる。

このように見てくるとコルドは、ディアスポラとして監獄都市ブカレストに二重三重に幽閉されているのみならず、そこでの追憶において亡霊的に回帰するシカゴという牢獄にも取り憑かれていたことがわかる。ブカレストが外なる監獄であるならば、そこで逆照射される遠景のシカゴは、混濁した意識とエクリチュールが交錯する彼の内なる牢獄だったのである。かくして、死に逝くヴァレリアの身体と女たちの空間は、自らの主体のありように疑問を抱くことのなかった大学教授コルドを内なる牢獄へと誘い、彼の内的空間に上書きが施される準備が整うことになる。

死のリハーサル――冥府への通路

これまで論じてきた部分について、小部屋に閉じ籠るコルドを運動という観点から見れば、それは静止という一語に尽きる。とは言え彼は、部屋から一歩も外出しなかったわけではない。彼はアメリカ大使館を訪ね、義母との面会が実現するよう裏工作を行ったり、旧友スパングラーと久しぶりに再会を果たしたりもする。とりわけ彼にとって重要な外出は、義母との最初で最後の面会のため病院に出かけたことである。このとき彼は、もはや口をきくこともできないヴァレリアの手を握り締め、敬愛する義母を感動させる。

死を迎えつつも彼女の意識ははっきりしており、それゆえコルドは死を目前にした彼女の意識を、死の直前のリッキー・レスターの意識と対比する。窓を突き抜け、自分が確実に死に向かって落下しつつあると悟ったレスターの死の直前の二、三秒間の覚醒は、死を前にした老女の意識とは実際無関係でありながら、死者へと身を開き始めたコルドの意識のうえで両者は重なり合う。この時点において、コルドにとって死とは、何にもまして不意の降下なのである。それまで小部屋に閉じ籠っていた彼が、死の床にある義母と対面し、死のダイビングを行うレスターの意識を思い描いたこの瞬間、コルドの内的空間は、静止から下降へと微妙な変化を見せ始める。

これに呼応するかのように、小説のちょうど半ばあたりに配置されたヴァレリアの死を境にして、コルドの周辺にはあわただしい動きが見られる。訃報が伝えられると、彼は、クリスマスの翌日と定められた葬儀(5)の手はずを整えるために奔走を余儀なくされる。とりわけ彼に鮮烈な印象を与えた空間は、丘の上に立つ壮大なドーム形の火葬場である。手続きを行うために火葬場を訪れたコルドとミナは、葬儀の執り行われる大広間の中央に案内され、そこから、氷のように冷たい暗闇に包まれた、並外れて大きい円形の建造物の内部を観察する。建物の中心に位置しているのは、ドームの真下にある縦長で樽状の棺架である。この金属製の棺架は、柩を入れると樽が両側から閉じ、死体は焼却炉へと自動的に沈んでいく仕組みになっている。コルドは凍てつく寒さに震えながら、棺架のある場所の下方からだけ焼却炉の熱気が昇ってくるのを感じて、思わず身を背けようとする。

常に鋭い観察力を発揮せずにはいられないコルドは、下降運動を要求するこの火葬場の空間構造をすぐに見抜く。一般的に火葬場は、屍を炎で焼き処理するという実際的な機能と、死者を彼岸に送り出す葬送の場としての機能を兼ね備えているが、彼が訪れた火葬場の場合、二つの機能は死体の下降という直線的な垂直運動によって結びつけられている。子宮を思わせる巨大なドームの真下にしつらえられた下降装置は、冥府への通路であり、下方の炉から伝わる熱は会葬者の立つ床のすぐ下に、冥界への入り口が開いていることを示唆している。ここで視覚的に演出されるのは、此岸に立つ生者に見守られつつ、死者が厳かに彼岸へと身を沈めていくという構図である。

大広間をあとにしたコルドは、カーブした廊下の奥まった場所に案内される。その一角には遺体がところ狭しと安置されており、そこを通り過ぎようとしたとき、死者の足が体をかすめ、彼は震撼する。こうして、死に彩られた果てしない暗闇のドームからやっとの思いで逃れたコルドは、自分の小部屋へと逃げ帰る。このとき彼の独房は、彼を外界から保護する避難所になる。そこでコルドは、毎日飽きることなく眺めていたシクラメンの花が火葬場にも咲き乱れていたことを思い出す。唯一の慰めと言ってもよかったシクラメンさえもが、彼の聖域にも侵入し、逃れ得ぬ「死のリハーサル」(216)へと彼を導くのである。

葬儀の当日コルドは、小部屋から火葬場へと、静止する瞑想空間から下降する儀式空間へとヴァレリアによって呼び出される。親族が詰め掛けるさなか、葬儀はくだんの火葬場で執り行われる。ミナの選んだベートーベンの第三交響曲が流れ、凍てつく寒さの中でおびただしい数の献花が捧げられ、やがて長い演説が終了する。そしていよいよ柩が焼却炉に向かって下降する段になって、コルドは後ろから妻の従姉妹ディンクツァに囁きかけられる。規定に則り、家族の一員が火葬の前に死者の最終確認のために死体に付き添って斎場の下へ降りて行き、最後の正式な手続きとして署名を済まさなくてはならないというのである。

下へ行くという考えは、獣のように毛を逆立てて彼を抑えこんだ。彼は行かねばならないだろう。別の策はないではないか。老婆は慰めるように、あたかも何も怖いものはないのだと告げるように、彼の腕を取った。…今ベートーベンの大和音が震えながら終了した。樽状の円筒が閉じると同時に、棺が下降し始めた。花があとを追って穴に転がり落ちた。動きは素早かった。重い円筒がきしり音を立てて閉じた。ヴァレリアは下へ降りていった。…彼はダイバーのように空気を吸い込み、だんだんと強まる熱気の中を小走りに降りて行った。濃くなった熱が彼を囲んだ。下に着くとイオアナが柩の傍らにいた。（212）

この場面では、あらゆるものが彼を下へ下へと引きずり込もうと働きかける。ディンクッァは彼の手を取り、壮重な交響曲は彼を促すがごとく鳴り止み、柩の降下に伴い花は後を追うように棺架と床の裂け目に転がり落ちていく。ヴァレリアの柩が沈んでいくのを見届け、ダイバーのように深呼吸をして、次第に強まる熱気の底へと階段を小走りに駆け降りていくコルドの下降体験は、今まさに焼却炉で焼かれようとしているヴァレリアに付き従って、死の淵へダイビングすることを意味する。ここで彼は、要請されるまま、通過不可能な冥界への誘いに自らを差し出し、彼女の最期のダイビングを反復することになる。

厳寒のドームの内部から、異界を具現したように焼却炉の炎が燃えさかり煙の充満した灼熱地獄へと下降する「フォーリングマン」、コルドは、あまりの熱気と煙に思わず息を詰まらせ咳こみ、体のすべての器官がめらめらと燃えるのではないかと危惧する。大急ぎで登録簿に名前を書き殴ったコルドは、周囲から抱きかかえられるようにして窮屈な階段を登り、この灼熱地獄からかろうじて逃れる。だが、上に戻った彼を待ちうけていたのはあの冷え冷えとした巨大なドームであり、階下の極度の熱気と階上の極度の寒気に宙吊りにされた彼は、生と死の狭間で体を真っ二つに叩き割られたような感覚に襲われる。

以上が、死者／他者ヴァレリアを完全に自分の内部に取り込むことなく、喪の空間から逃げ帰ったコルドが火葬場で体験した「死のレッスン」である。母胎のような小部屋での夢想からドーム型の葬儀場の奈落への下降により、彼は身体感覚のみならず自らの主体のありようすら攪乱され、当惑を隠せない。このように、主人公が回避し難い苦境に追い込まれ、非日常と遭遇するのが、ヒュー・ケナーの言う「ソール・ベローの決定的瞬間」(65) に他ならない。死者に求められるまま、自らを無条件で差し出したこの瞬間こそ、主体を己の拠り所としてきた彼が、自らを脱臼させ、亡霊化した自己へと身を開いていく瞬間である。だが、それはあくまでも「死のレッスン」でしかなく、決して自らの〈死〉の横断ではないという意味において、〈死〉のアポリアが露わになる瞬間でもある。次の引用が示すように、火葬場をあとにしてもなお彼がそこで接種された死の痕跡を払拭し、自分を取り戻すことは容易ではない。「彼は完全には正気でなかった。内部の熱、体内の氷、彼は意識がはっきりしていないと思った。しかしなぜ正気でいるのを期待するのか？　火葬場で彼は死のリハーサルをやったのだ。無償で死のリハーサルというわけには行かない。何がしかの代償は払わなくてはならない」(215–16)。

エリアーデが『生と再生』(一九五八年) において指摘したように、生きながら大地の深淵に降下していくことは、地母神の体内への下降によるイニシエーションに準《なぞら》えることができる (130–31)。コルドが家母長ヴァレリアの私的空間を追体験し、胎内に取り込まれる徴候は、彼が小部屋に閉じ籠っている段階で既に見られた。だが、小部屋での彼の胎内回帰的な静止が現実逃避的であるのに対し、母胎を思わせる巨大なドーム形の火葬場での下降は、死者／他者へ無条件で自己を差し出すという意味において、彼にイニシエーション的試練を与えるものである。とは言え、この「死のリハーサル」は、黄泉の国への下降という神話的モチーフを反復しつつも、主体の蘇りを予定調和的に約束するものではなく、進退窮まった彼は、生と死の秘密が交錯するノーマンズ・ランドに宙吊りにされる。このように義母によって通約不可能な〈死〉を贈与されると同時に、贈与不可能な自らを差し出したコルドは、非日常的な生と死の狭間に追いやられたまま、ネクロ・ポリス、ブカレストをあとにすることになる。

不可能な通過――照応し合うドーム

『学生部長の一二月』は、火葬場の場面を経て、墓地での納骨の儀式が完了した時点で、クライマックスへ向かって大きな転換がはかられている。まず一年の死を思わせるように、暗鬱な一二月が去り、年が更新されて一月を迎える。それにともない、舞台もブカレストからシカゴへと移動する。シカゴの高層アパートに一人戻った彼は、長年慣れ親しんだはずの空間に違和感を覚え、ブカレストの小部屋でいつもしていたように、ベッドの端で窮屈な姿勢で眠る。徐々に落ちつきを取り戻した彼は、シカゴの都心部に立ち並ぶ高層建築群やスラムに背を向け、何一つ遮るもののない無限の自然空間を孕んだ湖と向き合うようになる。

この変化に呼応するかのように一月の晴天の雪解けの日の午後、コルドはある幻想的な空間体験をする。風が凪ぎ、冬にしては暖かく、湖面も穏やかなその日、一六階のベランダから鉄柵越しに静かに輝く湖面を眺めていた彼は、自分が湖水の上空を越え、遙かなる色彩の彼方へ運ばれていくのを感じる。彼は、五感に頼らず知覚の境界線を危うく踏み越えそうになりながら、恍惚として眼前の空間を通過していくとき、色彩、空間、重量といった次元では捉えきれない解放感を経験することになる。ベランダの柵が此岸だとすれば、そこを越えて遙か地平線の彼方へぐんぐん展開していく運動は、肉体が滅んでもなお魂が出口を見つけ出して悠久の彼方へとまっしぐらに向かっていく運動を想起させる。ここで死は、彼を下へ引きずり降ろす炎熱空間ではなく、易々と超えられる柵にすぎない。だが、この無限の地平線への飛翔は、火葬場での彼の下降体験と比較するにはあまりにも幻想的に過ぎよう。彼が再び空間軸を垂直方向に立て直し、「死のリハーサル」を代補するもう一つのリハーサルを体験するには、天文台というさらなるトポスが必要となる。

ミナの健康が回復するのを待ってコルドは、かねてからの妻の希望をかなえるべく、彼女に導かれロサンジェルス郊外にあるパロマ天文台を訪れる。ミナは高名な科学者であり、犯罪や都市問題に明るいコルドとは対照的に、天文学を専門にしている。(6) 寒さに震えながらコルドは妻に付き添い、天文台の巨大なドームの内部へと招き入れられる。一歩足を踏み入れると、コルドは、壮大なモスクや大聖堂を遙かにしのぐ、気の遠くなるような広漠とした崇高な暗闇の中に自分がいることに気づく。

極度の寒さにもかかわらず彼は、暖かい階下の娯楽室へ案内されるのを断り、リフトに乗せてもらうように自ら申し出る。人間の卑小なる存在を遙かに超越した星々の輝く天空を、このドームの内側から一目見ようというのである。コルドが乗るとリフトは、ドームを支えるアーチに沿って上昇し始め、やがて頭上のドームが鋭い弧形の透き間を切り取ったかと思うと天空が招き入れられ、星が燦然ときらめく夜空へと彼は吸い込まれるように昇っていく。この瞬間、果てしない星座の彼方へとそのまま運ばれていきそうな感覚に襲われながらもなお、仄暗く浮かび上がる天文台の広大なドームと猛烈な寒気のために、彼が火葬場で見た光景が亡霊的に回帰し、彼の脳裏を過ぎる。


もしこの現在のモーションがどんどん続くなら、まっすぐ外へ旅立つことになるだろう。昇って星々の中に入る。彼は開いたドームの端をなおも見わけることができた。そしてドームがあったから、また寒さは容赦なく絶対的だったから、彼は否応なしに火葬場へ戻った。あの丸みのついた頂き、その広大な円形のフロア、カーテンから突き出た死者たちの足、彼らが処理される地階の劫火、戻ったとき斧で頭を真二つに割られていると思った殺人的な寒さ。しかしあのドームは決して開かなかった。煙となる以外に通過することはできない。(310–11)

コルドの意識においてここではじめて火葬場と天文台というトポスが、重ね書き《パリンプセスト》のように互いの痕跡を留めつつ、呼び交わし始める。[7] ともに巨大な子宮を思わせる薄暗い円形の空間を備えた二つの非日常的な場所は、それぞれの内部における彼の運動が、上昇と下降というように対極をなすものでありながら、横断不可能な〈死〉のアポリアをコルドに開示する場であることにおいては共通している。このような観点から、空間構造を詳細に検討してみれば、両者はコルドに重ね書きを施す空間的エクリチュールとして、あらゆる点で照応するよう描かれていることがわかる。火葬場では、ドームの真下にある棺架に死体が乗せられると、その部分の床が機械仕掛けで下へ沈み、柩は灼熱の焼却炉へと下降する。一方、凍てつく寒さの天文台では、ドームの真上が開き、天空が切り取られながら拡大し、永遠の輝きを放つ星に向かってリフトが上昇していく。

このように照応関係にある二つの対照的な空間は、互いに代補し合い、一対のものとして体験されねばならない。火葬場での下降が、完遂不可能な「死のリハーサル」だとするならば、それに対置される「別の種類のリハーサル」（311）としての天文台での上昇もまた、永遠には持続不可能であるという意味において、火葬場における〈死〉のアポリアの痕跡を留めている。だからこそコルドは、火葬場のみならず天文台においても、極度の緊張を強いられるのである。

> このパロマ山の寒さの具合は死の家の寒さと比較することはできなかった。ここでは生きている天空がこちらを吸い込もうとするかのように見えた。別の種類のリハーサル、とコルドは思った。空は星で張りつめていたが、彼の胸の中ほど張りつめていなかった。頭上のあらゆるものは均衡状態にあり、相互の緊張によってしかるべき場所に保たれていた。彼の緊張がしかるべき場所に保っているのは何であろうか？（311）

このように火葬場と天文台においてコルドが経験した一対のリハーサルは、それぞれの空間における運動の鮮やかな照応性ゆえに共鳴し合い、生と死は一対の秘儀としてウロボロスのように互いを包摂し合う。言い換えれば、焼却炉への下降が示唆する〈死〉の極と、星への上昇が暗示する〈不死〉の極は、互いの内奥に抹消不能なものとしてそれぞれを内包することにより、安易な分節化を拒むのである。そのような意味において、喪の儀式が執り行われる火葬場での彼への空間的「書き込み」は、満天の星を臨むパロマ天文台におけるそれの中に、亡霊のごとくすり込まれていたのである。

　そのように考えると、「彼の緊張がしかるべき場所に保っているのは何であろうか?」というテクストの問いかけには、弁証法による止揚ではなく、デリダが『火ここになき灰』（一九八七年）において提起する決定不能性を孕んだ「半喪」（34）をもって応答するのが相応しいように思える。喪の作業によって死者を取り込むのではなく、死者を「まるで命令ででもあるかのように口の中に含みもっていながら、他なるものとしてそれを保持することも放棄することもできず、自分に引き取ることも外に打ち捨てることもならず、吐き出しも消化もできず、現実化も概念化もできない」（Derrida 516）「半喪」のスタンスこそ、コルドを然るべき場所に保つのである。

　火葬場での下降後、再び上へ戻ったのと同じように、天文台のドームの上方で「別の種類のリハーサル」を終えたコルドはリフトでゆっくり下降していく。大きな円形のフロアの方へ下降しながら、コルドが天文台の若い助手に、寒さがそんなに身にこたえますかと問いかけられて、「ええ、でも下へ降りていくほうがもっとこたえますね」（312）と答える台詞で小説は終わる。この謎めいた台詞は、喪を経てコルドが再び日常世界へ戻っていくというよりもむしろ、彼を天空へ引き寄せる〈不死〉の反重力に対して、下へ引き戻す〈死〉の重力が常に働き、彼がそうした錯綜した〈死／不死〉のアポリアに宙吊りになっていることを暗示している。[8] このように独房、火葬場、天文台という、コルドを「歓待」する三つのトポスにおける彼の運動の軌跡を辿ってみると、それぞれの空間が、「死のレッスン」として彼の身体に重ね書き《パリンプセスト》を施す喪のエクリチュールを生成する場となっていることがわかる。女性たちによって多重に空間的な「書き込み」を施されたコルドは[9]、死者からの／への不可能な〈死〉の贈与を通して、シカゴの内なる牢獄を脱し、通約不可能な〈死〉のアポリアへと身を開いていったのである。

Ⅱ

メタフィクショナルな「亡霊」の旅

――バース、パワーズ、エリクソン

第五章

「神話」仕掛けのアダム
──楽園の『旅路の果て』

「それは無。それこそ彼のすべて。」

ポール・オースター『消失』

『水上オペラ』から『旅路の果て』へ

「ある意味で、ぼくはジェイコブ・ホーナーだ」という奇妙な書き出しで始まる『旅路の果て』（一九五八年）は、ジョン・バースの作品の中で、最もリアリズム的色彩が濃い虚無主義的な小説としてこれまで位置づけられてきた。次作の『酔いどれ草の仲買人』（一九六〇年）や『やぎ少年ジャイルズ』（一九六六年）などと比較してみても、まだこの時点でバースは、リアリズムの残滓を完全には払拭していないように見える。それゆえ、この初期の代表作が、「イリアリズム」的手法を用いて物語の虚構性を意識的に際立たせてきたバースらしからぬ印象を与えても驚くにはあたらない。だが、主体の存在論的真空を敢えて前景化したこの小説に、「可能性の尽きた文学」をめぐる状況を逆手に取り、「補給の文学」の可能性を追求しようとするメタフィクショナルな衝動が宿っていることは否定し難い。主人公ジェイクが陥った麻痺「コスモプシス」からの脱却の試みに、死ぬことも許されず、テクスト空間に永遠に幽閉された「作中人物」の自意識を読み込むのは、決して深読みではないだろう。

　こうした論点に向き合う前に、まずもってこの作品と姉妹篇『水上オペラ』（一九五六年）との関係を手短に考察しておこう。一九五五年にデビュー作『水上オペラ』を三ヵ月で仕上げたバースは、同年に『旅路の果て』を同じく三ヵ月で一気呵成に書き上げた。「虚無的な喜劇」と「虚無的な悲劇」としてしばしば比較対照されてきたこの二作は、バース好みの「双子」のような関係にあり[1]、前者のトッド＝ジェイン＝ハリスンという三角関係が、後者のジェイク＝レニー＝ジョーという三角関係に引き継がれていることは改めて指摘するまでもない。むしろここで注目したいのは、両者の語りに見られる技巧の対照性である。出版後、約三〇年を経て合本して上梓されたダブルデイ・アンカー版『水上オペラ、旅路の果て』への序文においてバースは、語りの技巧への注意を改めて読者に喚起している（viii）。『水上オペラ』は、テクストそれ自体が、物語の虚構性を反復してやまない技巧の宝庫であるのに対し、『旅路の果て』には逆にそれらの技巧を削ぎ落とした観がある。虚構性をめぐる過剰な仕掛けと、隠蔽された仕掛け。このような一見全く逆方向とも思える一対のテクストの語りを蝶番で繋いでいるのは、テクストに封じ込められ、固有の〈死〉を奪われた語り手の強烈な自意識である。

　トッドが語る『水上オペラ』では、テクストそれ自体が「水上オペラ」号というショーボートに喩えられ、読者は、船上の舞台で繰り広げられる浮き世の「見せ物」、すなわち「テクスト」を河岸から観覧するという仕掛けが施されている。読者は、甲板で催されるパフォーマンスの断片を想像力で補いつつ注意深く繋ぎ合わせ、それぞれの「水上オペラ」号を組み立てていくという趣向である。趣味のボート造りに余念がないトッドにとって、自殺未遂に至った自分について書くという新たな冒険的試みは、自前の書物『水上オペラ』号を進水させることを意味する。彼は、アダム船長が得意気に彼を水上オペラ号に案内したように、読者を自らの「船」に誘い歓待する。

そこに見え隠れするのは、彼の「演じて見せる」ことへの徹底したこだわりである。オペラの開幕と同時に舞台に登場するT・ウォレス・ウィッティカーは、「すべてこの世は舞台」という『お気に召すまま』の第二幕でジェイキーズが口にするあの有名な台詞を朗読し始める。『水上オペラ』の脚本家でもあり役者でもあるトッドは、このとき、オペラの観客の一人として、彼が罵倒されて舞台から退場するのをつぶさに観察する。そしてクライマックスでジェイムズ・B・テイラー号の大爆発が舞台で演じられる一方、彼の「水上オペラ号」爆発計画は、ジェインとの肉体関係と同じく、自意識に呪縛されたかのように不発に終わり、彼は自殺の計画を断念する。その結果、テクスト『水上オペラ』号もまた語り手自身による爆破を免れ、自爆の決意と翻意の顛末が物語化される。

こうしてトッドは、舞台で死を演じながら、演じ損なった自分の姿を見せ物として客席から見届けるが、彼の自意識的な語りは、『旅路の果て』において注目すべき変奏がなされている。「『水上オペラ』では、目標があるにもかかわらず始点を確定しえなかったのに対して、『旅路の果て』では肉体的麻痺という負の終点にゆきつかないために、始めることを繰り返さねばならないのである。この作品では、始めることは無限に自由であるのに、終えることは許されていないのである」(富山 162)。姉妹作の対照性を鮮やかに描出したこの指摘は、〈死〉のアポリアを意識しつつ、アメリカ的文脈に引き寄せて『旅路の果て』を読み解こうとする際、重要な導きの糸となる。

そのような視点に立てば、ジェイクは、「始めることは無限に自由であるのに、終えることは許されていない」エデン的世界にあって、死ぬことも止まることもできないよう運命づけられていると言っても過言ではない。新大陸において「宇宙の創り方」を模索するアメリカのアダムよろしく、ジェイクは、死という終点に逢着しないために幾度も始動を繰り返し、「神話療法」を試行する。その挙句、「ターミナル」(197)とタクシーの運転手に行き先を告げて彼は、読者の前から姿を隠す。物語の結末《ターミナル》において〈死〉の淵を垣間見たジェイクは、「楽園に死す」というアポリアをまさに具現するかたちで、固有の〈死〉を奪われた「作中人物」として、テクストの闇の中へと再び退いていくのである。

小人の「ホーナー」

このようなメタフィクショナルな意味合いにおいて、〈死〉のアポリアを経験するジェイクの物語は、割り当てられたどのような役柄もそれなりに演じおおせるが、何者にもなり得ない男の自意識の物語と見なすことができる。変幻自在に姿を変える主人公ジェイクは、何にでも身をやつせる「すべて」であると同時に、亡霊のように死ぬことも生きることもできず、存在感が極めて希薄な「無」でもある。レニーの次の言葉が何よりも雄弁に、彼の存在につきまとう真空性を言い当てている。

> 私がどういう結論に達したと思う？　あなたは存在もしないんだって思うようになったの。あなたがたくさんいすぎるのよ。かぶったり、脱いだりする仮面なんてものじゃないの――仮面なら、だれだってあるわ。でも、あなたの場合、ずっといつでも変わるのよ。自分を消しちゃうの。まるで夢の中の人間みたい。あなたは強くもなければ弱くもない。あなたはいないの、無なの。(67)

ジェイクが、まるで「夢の中の人物みたい」に捉えどころのない人間としてレニーの目に映るのは、まさしく彼が、たびたび自分を初期化し、気分に応じて多様な存在へと変転を繰り返すからである。彼の中には、おびただしい数の非人称としての「小人」(30) の「ホーナー」たちが棲むばかりで、固有の「ホーナー」は恒常的に不在なのである。

このことを裏づけるかのように、物語の冒頭でジェイクは、開口一番「ある意味で、ぼくはジェイコブ・ホーナーだ」と述べ、自分がいかなるアイデンティティをも欠いた特異な存在であることを宣言する。今まさに生まれたばかりの未分化の存在のように、彼は自分の名前に留保条件を付けることにより、それが物語内に幽閉されている彼に便宜上与えられた記号に過ぎないことをさり気なく読者に示している。[2]「今日はどこにもジェイコブ・ホーナーなんていないみたいだ」(35)とか、「電話が鳴り、はっとしてジェイコブ・ホーナーなる人物に戻り」(37)などという叙述もまた、彼が固有名もパーソナリティも欠いたメタフィクショナルな「紙人間《ペイパー・パーソン》」であることを示唆している。

パトリシア・ウォーによれば、「多くのメタフィクションに共通しているのは、登場人物が自分は存在していないこと、死亡できないこと、生まれたことのなかったこと、行動できないことを、突如として理解していることである」(91)。読者との関係において郵便的不安に取り憑かれたジェイクは、『旅路の果て』のテクストに閉じ込められた自分が「死亡できない」存在でありながら、テクストを離れては「存在していない」ことを直観的に悟っている。ダブルディ・アンカー合冊版の序文における作者自身の言葉を借りるまでもなく、彼は自他ともに認める「存在論的真空の具現者」(viii)なのである。[3]

メタフィクションの「作中人物」の定めとも言うべき不死性を孕んだ真空性を考察するうえで、ある日ジェイクが見た夢は一つのメタファーとして重要な役割を果たしている。すなわち、その夢の中で彼は、どういうわけか翌日の天気予報を無性に知りたくなる。新聞もラジオも予報案内も要領を得ず、思いあまって気象観測主任の自宅に電話をかけ直接問い質したところ、観測官が不機嫌に「あしたは天気なし」と言うところで彼はこの不思議な夢から目覚める。と同時に彼は、天気のない日などというのは考えられないが、少なくとも自分には何の気分もない非人称の日がしばしばあることに思い当たる。天候と気分の相関関係に鑑み、彼はそのような呆然自失の虚ろな状態を「天気なし」(36)と表現する。「そういう日にはジェイコブ・ホーナーは、無意味な新陳代謝的な意味を除いて完全に存在をやめた。なぜならぼくにはパーソナリティがなくなってしまうのだから」(36)。顕微鏡の標本が染色されてはじめて可視化されるとの同様に、彼は「ジェイコブ・ホーナー」に何らかの気分的色づけが施されなければ、一切のパーソナリティを喪失し、単なる生理的存在へと退行しかねないことに思い至る。

こうした「天気なし」状態に陥るとジェイクは、完全な肉体的麻痺に襲われ、硬直姿勢で椅子に座り続ける。その症例は、彼がまだ大学院生の頃、自分のあらゆる活動を一瞬たりとも継続するに足る理由がないことを悟り、「誕生日」に当てもなく旅に出ようとしたときに起こる。どこへ行く理由も何をする動機も見出せずに、彼はペン・ステーションの構内で唐突に身動きが取れなくなる。ちょうど人形師に放置された操り人形のように、彼は翌朝ドクターなる人物に遭遇するまで微動だにせず、一晩中駅のベンチで麻痺状態を余儀なくされる。かくして、「誕生日」に仮死状態に陥ったジェイクは、自分を振り付け、再始動させてくれるドクターとターミナルで運命的な出会いを果たす。

物語の原風景をなすターミナルでのこのトラウマティックな出来事は、第六章になってはじめてジェイクの口から語られるが、実際のところジェイクの物語は、この事件を起点にして、あらゆる方向にいかようにも進展してもよいように、彼自身に対して開かれている。『水上オペラ』においては、トッドが自殺を目論み思いとどまった一九三七年六月二一日が、物語が収束していく終点として予め用意されていた。それとは対照的に、『旅路の果て』においては、ジェイクの二八歳の誕生日である一九五一年三月一六日の夜から一七日の朝にかけての身体硬直をめぐる挿話が、「ホーナーなる人物」の物語がリセットされる始点として設定されている。

このことを裏づけるかのように、ジェイクは、架空の存在である自分自身が、物語内世界における彼の誕生日と言うべき一九五一年三月一六日以前には、あたかも存在せず、過去の影を背負わない人物であるかのように振る舞う。彼の履歴や過去には何の興味も覚えないと言うドクターの言葉に象徴されるように、この日に至る彼の経歴は、口頭試問にパスしながら英文学の修士号を取り損ねたということを除いては、何一つ語られることはない。

このように、首尾一貫したアイデンティティのみならず過去をも欠いたジェイクは、一旦「天気なし」の麻痺状態に陥ると、始源的なカオスを孕んだ宇宙に虚ろで抽象的な眼差しを向けるより他ない。駅のベンチで瞳孔も動かさずに「永遠を凝視し、究極を見据える」(74) ジェイクが取りつかれた病は、彼自身が命名するところによれば、「コスモプシス、すなわち宇宙観の病」(74) である。あたかも死が訪れたかのようにジェイクを硬直させる「コスモプシス」は、宇宙の本質は無だという虚無的な認識によって引き起こされる単なる虚脱状態ではなく、その内奥に宇宙の「究極的流動性」(120) を秘めている。この状態に陥った彼に決定的に欠けているのは、こうした生成変化の胎動から一つのベクトルを抽出し、自らの言語宇宙において自分の役割を明確に方向づけることなのである。

「神話療法」——振り付けの旅の始まり

このことについてドクターは、ペン・ステーションでの出来事を振り返って、次のように述べている。「ベンチに腰をかけていたあのとき君は主役でも脇役でもなかった。役が何も無かったんだ」(89)。この言葉が端的に物語るように、「コスモプシス」に取り憑かれたジェイクには、物語作者によって生を吹き込まれる以前の混沌として未分化の「作中人物」をどことなく暗示するところがある。言わば彼は、配達されることなく永遠に彷徨い続ける手紙さながら、テクストの前史《プレ・ヒストリー》において宙吊りの存在だったのである。だとすれば、誕生日にパーソナリティを喪失したジェイクを再生し、「作中人物」として蘇らせるドクターとは一体何者なのだろう。本名が伏せられ、常に「ドクター」としか呼ばれないこの黒人の正体は、(4) ジェイクに劣らず謎めいている。だが、少なくとも確かなことは、仮死状態に陥ったジェイクが、魔神のごときこの人物の指導のもとに「神話療法」を実践し、「作中人物」として動くすべを身につけたという事実である。

ペン・ステーションで偶然彼に見出され、麻痺状態から生還したジェイクは、その日のうちにドクターの私設療養所、「再生始動院」に収容され、カウンセリングを受け始める。そこでドクターは、「動くこと！　動くこと！　いつでも動くことを意識していなければならない」（84）と叱咤激励し、ジェイクに「もし選択物が左右に並んでいたら左のを取ること。時間的に並んでいたら早い方を選ぶこと。これがだめならアルファベット順で早い方の文字で始まる名前の選択物を選ぶこと」（85）という〈左側原則〉、〈先行原則〉、〈アルファベット順原則〉を授ける。[5]当初は反発を感じつつも、やがてジェイクはドクターとの間に奇妙な「同盟」（78）関係を育み、定期的に彼の診療所へ足を運ぶようになる。

　精神分析医と患者を思わせる二人のセッションは、合衆国を駆動してきた「人類の未来への前進」というスローガンを反復するかのように、「再生始動院」の「進歩指導室」という密室にて膝詰めで行われる。専らこの部屋を舞台とする第一章と第六章は、断層をなすがごとくテクストに挿入されているが、そこでの二人のやりとりは、彼とモーガン夫妻との関係を描く他の章に対してメタ的なレベルにおいて作用している。つまりこの部屋は、作者がドクターを介して、ジェイクに真新しい「宇宙の創り方」を教示し、物語内世界で作中人物としていかに振る舞うべきか、演技指導を施すワークショップに他ならない。「コスモプシス」から覚醒したばかりで当惑気味のジェイクは、ここでドクターによって振り付けられ、ジョーやレニーのいるエデン的神話世界へと送り込まれていく。そのためにドクターは、彼にメリーランド州ウィコミコ州立教育大学の規範文法の教職に就くよう説得する。これを契機として、彼と同僚ジョー・モーガンとその妻レニーとの交際が始まる。夫妻と彼が織りなす〈物語の中の物語〉についてはのちほど考察することにして、ここではまずドクターが伝授した「神話療法」なるものがいかなるものか概観しておこう。

　ドクターの説明によれば、基本的に「神話療法」は、「人間の実存は人間の本質に先行し…人間は自分の本質を選択する自由のみならず、それを意のままに変える自由がある」（88）という実存主義的な前提に基づいている。そもそも実存が本質に先立つとすれば（このことはまさしく、「コスモプシス」に陥りつつも実存するジェイクの置かれた状況に他ならないが）、必然的に誰もがライフ・ストーリーという自前のドラマにおける主人公として、自分自身を未来に向かって投企することになる。このことに関してドクターは、次のように『ハムレット』を引き合いに出して力説する。「人生においては本質的に主役や脇役の区別がない。その点、小説や伝記は全部、歴史の大部分というものが嘘だ。誰だって当然、自分のライフ・ストーリーの主人公さ。『ハムレット』はポローニアスの視点から語って、『デンマークの宮内長官ポローニアスの悲劇』と呼ぶこともできるだろう。彼は自分が、何かの脇役だなどとは思っていなかっただろう」（88）。

逆に言えば、仮に主人公が脇役に回っているように見えることがあったとしても、それは彼が一歩退いて脇役を演じたり、変装したりするのをわざと選択しただけのことに過ぎない。したがって、麻痺状態に陥らないために人は、ライフ・ストーリーの主人公として現実を自分の方へ手操り寄せなくてはならない。「この意味において小説は全く嘘ではなく、誰もが人生をひん曲げる、そのデフォルメの真実の表現」（88–89）なのである。

ここで言う「人生をひん曲げる」とは、自らの実存を損なわないために、言い換えれば死へと逢着しないために、主体が自分の役柄にうまく合致するよう想像力を働かせ、自分の人生のドラマを再構築し、明確に物語化していくことを意味する。このことは紛れもなく、一方的に自己をドラマ化し、歴史化する神話作用に他ならない。本質に先行する実存を保持すべく、主人公は他者に脇役を振り当てるのみならず、自分の役どころと脇役の役どころに常に再検討を加え、刻々変化する状況に適応するよう物語の脚本を書き換えなくてはならない。このような「役の割り振り」が自意識的な「神話創り」なのだが、そこでは、演じつつその演技をフィードバックし、台本を書き直していくという臨機応変さが要求される。神話が神話であり続けるためには、一つの神話が崩壊する前に予め素早く別の神話に乗り換え、それに応じた仮面を素早く付け変える必要がある。そのために主人公は、この世という舞台で演じる主役でありながら、その舞台に留まるべく、脇役の振り付けも行う「舞台監督」（28）もこなさねばならないのである。

こうした「神話療法」を実践させるにあたってドクターは、いかにもプラグマティストらしく、最後にジェイクに次のような処方箋を与える。

こうした仮面を心から信じて身につけるのを学ぶこと。これは非常に重要だ。仮面の後ろに何かがあるなんて思っちゃいけない。…もし自分の仮面が偽善的——ありえない言葉だ！——だと感じることがあるとすれば、それは単に、君の仮面の一つが他の仮面と調和しないってことなんだ。一度に二つの仮面をつけてはいけない。衝突のもとだ。仮面と仮面の衝突は、仮面が存在しないのと同じで、固定症状のもとになる。自分の状況を鋭くドラマ化すれば、また、自分の役割、他人の役割を鋭く決めておけば、それに比例して、安全の度が増す。（90）

ドクターがこの「宇宙の創り方」において強調するのは、同時に二つ以上のシナリオで事に臨んだり、シナリオなしに事に臨んでみたりすべきではないということである。そのためには、自分が振り当てた役柄から逸脱する要素は潔く切り捨て、演技に没入しなくてはならない。経験を言語に変換するのと同じく「神話創り」においても、現実がいかに恣意的に歪められようとも、「神話合成樹脂のカミソリを鋭く砥ぎ澄まし」（119）、巧みに現実を切り取っていく必要があるのだ。

モーガン夫妻の失楽園

以上の〈枠組みの物語〉においてジェイクは、振り付け師としてのドクターから「神話療法」という自意識的な役割演技の指導を受ける。だがドクターは、彼に「宇宙の創り方」の要諦を伝授したまでで、実際に彼が作品で演じる脚本そのものを手渡したわけではない。したがって、自らが演じるべき〈物語の中の物語〉の主役として、自分を具体的に神話化していく作業は、ジェイク自身の裁量に委ねられる。ここに至って、物語宇宙において自分の神話を創作し自作自演する彼は、にわかに「物語の語り手」（28）にも匹敵する地位を獲得する。

実際のところジェイクは、自伝的な「筆記療法」（84）の一環として、事件が起こってからおよそ二年の歳月を経た一九五五年一〇月四日の夜からこの物語を書き始めているが、[6] 彼は、現実に起こった出来事の忠実な記録者でもなければ再現者でもない。彼が目下ドクターの指導のもとで実践している「筆記療法」は、かつて彼を規範文法の教師に仕立てあげた「神話療法」の延長線上にあり、言語の自立性を尊ぶ「物語の語り手」として彼は脚色を施し、ときには自らの語りに言及することにより物語と戯れさえする。[7] そのような意味において、『旅路の果て』のテクストは、「コスモプシス」へ陥らないための「神話療法」と「筆記療法」という二つの療法によって歪曲され、潤色されている。だが『旅路の果て』がプレ・テクスト『水上オペラ』に依拠している以上、ジェイクは三角関係から姦通へというモチーフから基本的に逃れることはできない。「ホーナー」という名前がまさしく暗示するように彼は、妻を寝取られた夫に「嫉妬の角《ホーン》」を生やす間男の役柄を予め作者によって押しつけられているのである。

ここで視野に入ってくるのが、〈物語の中の物語〉におけるホーナーとモーガン夫妻との関係である。互いに全幅の信頼をおき、完璧な愛によって結ばれていると自負する夫妻には、楽園喪失前のアダムとイブを思わせる神話性がつきまとう。〈物語の中の物語〉の主要な舞台となる夫妻のシンプル極まりない居間は、死や穢れが入り込む余地のない無垢を表象している。トニー・タナーが指摘するように、「バースの初期作品には環境がほとんど存在しない」（240）という事実は、まさにこの文脈において意味をもつ。人間的営みの痕跡をリアルに留める雑然とした「環境」は、無時間的な楽園の寓話には似つかわしくないのである。

このような無垢の楽園に闖入するまで、「神を演じようとする」（Fogel 55）ジェイクの神話創りはかなり順調に進んでいたと言ってよいだろう。あるときはおずおずと就職の面接に臨む好青年、あるときは年増の女教師を誘惑するプレイボーイ、またあるときはティーチング・マシンを思わせる有能な文法教師という具合に、彼はドクターの指示通り、場面に応じて台本を書き改め、比較的うまくそれを演じ分けてきた。モーガン夫妻との交際が始まってもしばらくの間、ジェイクは、次のように状況を巧みに脚本化することに成功している。

ジョーは〈理性〉ないし〈存在〉で(レニーの秩序体系を使わせてもらえばの話だが)、ぼくは〈不合理〉ないし〈非在〉で、ぼくたち二人は全力を尽くしてレニーを我が物にしようと戦っている。神とサタンが人間の魂を争うようなものだ。このようにかなり存在論的、善・悪マニ教主義は厳密な吟味に耐える代物ではないことはもちろんだが、こうするとレニーに〈人間的パーソナリティ〉という以上の特殊な本質を賦与しないですむ。さらにぼくは、言わばメフィストフェレス的な貪欲さをもって彼女と姦通できる。そして最後に、ぼくのやることはぼくの本質中の本質なのだから、動機など問題にしなくてよくなる。(人はサタンに内省など求めるだろうか?)以上、三つの長所があるわけだ。(129)

このように、「悪魔の代理人」(63)を自認するジェイクが、「神」の仮面を被ったジョーと熾烈な覇権争いを演じ、「人間」であるレニーの「神」への信仰を試した挙げ句、彼女の魂を堕落させるという彼の筋書きは、楽園喪失の神話を反復しており(Smith 72, Bowen 17)、彼がようやく「神話療法」を自家薬籠中のものにしたことを示している。ここで注目したいのは、理知性の権化とも言うべきジョーと、不条理極まりないジェイクの見事なまでの対照性である。『水上オペラ』の主人公トッドの二つのペルソナを発展させた二人は、双子のように相互補完的な関係にある(Walkiewicz 31)。二人の狭間で宙吊りの状態を強いられるジョーの妻レニーは、いみじくもジェイクに次のように告白する。「私がときどき怖いと思うのは、いろんな面であなたが完全にジョーと違ってるわけじゃないってこと。あなた、彼にそっくりよ。同じ文句を聞いたことだってあるわ。あなたがた二人から、別なときに。あなたは、いろいろ彼と同じ前提からものを始めるの」（64）。

二人は、同じテーマについて同じ前提から議論を出発させながら、いつも正反対の結論に辿り着く。ジョーが、絶対的な価値に取って代わる相対的倫理観に基づき、世界を体系化し理路整然と説明し尽くすと、ジェイクは同じ基盤に立脚しつつ、彼の主張をことごとく論理的に切り崩し反駁を加える。このように彼らの舌戦は、あたかも一人の人間の中に内在する二つの矛盾したペルソナがせめぎ合う声であるかのように聞こえる。人間に潜む複数の自我に魅了されるバースは、自分の小説に幾度となく出てくるイメージの一つは相反するものの組み合わせであり、触媒役の女性を挟んで三角関係をなす二人の男たちはたいてい正反対の関係にあると、あるインタヴューで告白している（Prince 56）。『酔いどれ草の仲買人』の主人公エベニーザー・クックとヘンリー・バーリンゲームなどもその好例であろうが、ジェイクとジョーの場合、ネガとポジの対照があまりにも鮮やかで徹底している。その結果、彼らの白熱した議論は、ジェイク自身の心の中で密かに進行する「心理ドラマ」の様相さえ呈してくる。(8)

このように「一つの主題について少なくとも両極の意見を同時にもつ」（120）ジェイクの心理空間が、モーガン夫妻の居間というエデン的神話空間へと転移されたとき、ジェイク自身が今度は夫妻にとって現実味の乏しい異邦人となる。「あなたはジョーみたいな現実の存在じゃないわ」（68）というレニーの言葉に象徴されるように、〈物語の中の物語〉における彼は、異界から姿を現した亡霊を思わせる。自室でラオコーンの胸像を前に揺り椅子に腰かけ、無天気状態に逆戻りしそうなジェイクを、彼らの楽園的世界へと誘うのは、レニーからの電話である。彼が通される必要最小限の家具しか見あたらないモーガン夫妻の居間は、ドクターの殺風景な「進歩指導室」を想起させる（Walkiewicz 35）。ジェイクが神話療法を授けられた部屋は、こうして装いも新たに彼のアレゴリカルな神話空間の中に組み込まれ、反復的にレニーの「進歩指導室」として蘇ることになる。

この部屋において、ジェイクがジョーに、「君の話を聞いていると、彼女はまるで君の患者みたいだな」（44）と言う場面がある。だが、ジェイクもまた「完全に白紙の」(58)レニーを、ドクターよろしく振り付けようと試みる。ジョーの提案で彼女に乗馬の手ほどきを受けることになり、遠出して二人きりで会話を交わす機会を得たジェイクは、「私は自分ってものを完全に消し去って無になってしまったの、ジェイク。再出発できるように」(62)と漏らすレニーについて次のように述べる。「彼女の選択が、ぼくの進歩指導室における自分の立場の選択に似ていると思われた」(62)。かつてドクターから伝授された「宇宙の創り方」を、ジェイクが「患者」レニーにすり込もうとするとき、〈枠組みの物語〉で起こったことは、それ自身の構造を模倣しつつ〈物語の中の物語〉において再利用されるのである。

しかしながら、このように順調に推移していた彼の「神話療法」は、ある日ジョーの実像を垣間見たレニーとの姦通を契機に変調をきたし、彼女の妊娠に及んで決定的に頓挫する。神話創りがそのように破綻していく経緯と、パフォーマーとしてのジェイクの揺らぎは軌を一にしている。自分を主人公とする物語作者として主導権《オーサーシップ》を失いつつある彼は、苦悶する「ジェイコブ・ホーナー」を外部から眺める余裕がないばかりか、『旅路の果て』の一作中人物として再びテクストに回収されていく。このことは、楽園における「人間」の堕落を描いた彼の脚本が、それ以降の事態の推移にもはや対応できなくなったことによる。姦通を再演させるべく、レニーを彼のもとへ通わせるジョーは、「神」というよりはサディスティックな悪魔に近く、自責の念に苛まれつつ彼女との関係を続けるジェイクもまた、「悪魔の代理人」とはもはや言い難い。その一方で、唐突に懐妊という肉体的事実を突き付けられたレニーは、イブのごときアレゴリカルな存在から、姦通の代償を身籠る肉体的存在へと劇的な変貌を遂げることになる。それにともない、ジェイクが司ってきた〈物語の中の物語〉それ自体もまた、彼の手を離れて一つの生命を宿したかのように、制御不能になり、あらぬ方向へ自走し始める。

ドクターが現れるまで

ドクターが危惧した通り、ジェイクが矛盾する意見を同時に併せもち、「気乗りしないで」演技しがちである以上、このような中途半端なドラマの展開は予測できなかったことではない。ジェイク自身が悟っているように、「困ったことに、一定の人間について知れば知るほど、ある情緒的な状況において効果的に処理できるような性格を振り当てることが難しくなる。…だから一人の人間をよく知って、その人間について相矛盾する意見をもつようになってしまうと、神話療法などはおしまいになってしまうのだ」(128)。その結果、ジョーとジェイクの役割演技の区分は錯綜し、彼らに振り付けられるレニーに至っては、かつてのジェイクさながら「もうほとんど麻痺症状と言える状態に陥る」(129)。このとき、三人の真ん中に置かれた四五口径のコルト銃が彼らに不気味な影を投げかける。

こうした膠着状態を打開すべく、レニーの堕胎を思いついたジェイクは、手はずを整えるために一人で東奔西走する。皮肉なことにここに至ってジェイクは、かつてないほど手際よく神話創りを遂行し、周到に役割演技の脚本を創作する。中絶医を信用させるために、まず偽名を騙って鬱病の妊婦の夫を演じ、次に妻の精神分析医の声色を使って中絶医を欺き、挙げ句の果てには堕胎を要請する分析医の宣誓供述書さえでっち上げてしまう。にもかかわらず、あまりにも完璧な彼の演技と虚言は、かえってレニーの拒否するところとなり、彼の努力は水泡に帰すことになる。「ドクター」と「患者」というお馴染みの素材を転用しつつ彼が書いた最後の台本は、こうして結局のところ上演を見送られ、ジェイク自身も再び「コスモプシス」の脅威に曝され始める。

ここでにわかに脚光を浴びるのが、くだんのドクターである。当初バースは、『旅路の果て』を上梓するにあたり、『ドクターが現れるまで』というタイトルを第一候補としていたが、ダブルデイ版の序文で述べているように、出版社から応急手当ての解説書と紛らわしいという指摘を受け、現行のタイトルに変更している（vii）。この逸話は、本来バースが作品の結末におけるドクターの再出現を、プロットの重要な転換点として意図していたことを窺わせる。ジェイクが「物語の語り手」として自由な裁量を与えられていたのは、あくまでも「ドクターが現れるまで」に過ぎず、彼の再登場によりジェイクは非人称の「患者」に逆戻りし、物語の結末を司る主導権《オーサーシップ》を失うことになる。

脚本家としても作中人物としても万策尽きたジェイクは、自室の揺り椅子の上で軽い麻痺に襲われ、急遽「再生始動院」へ駆け込む。この時点でジェイクは、八方塞がりの〈物語の中の物語〉から抜け出し、ドクターと善後策を協議する。悪漢役に徹し切れずに、場違いな懺悔人の役を演じ続けたジェイクのお粗末な演技を叱責したのち、ドクターは、自らが中絶医となってレニーに堕胎手術を施すことを引き受ける。さらに、このとき既に〈物語の中の物語〉の破綻を見越したかのように、ドクターは、二つの事柄を彼に申し渡す。すなわち、「再生始動院」を引き払い移転することと、「ジェイコブ・ホーナー」なる人物を自分の療養所に再び引き取ることである。

一方、楽園を追放されたアダムのごとく、ジェイク自身も『旅路の果て』の主人公としての自分の命脈が尽きたことを悟り、次のような夢想に身を委ねる。「ぼくはウィコミコとモーガン夫妻のもとを去る気持ちになっていた。新しい町へ行って、新しい友だちを作って、名前だって新しくしてもいい—そうすれば首尾一貫性のあるふりをして、世の中を人間らしく生きられるかもしれない。もし十分経験を積んだ俳優ならば…」（186）。この台詞が示すように彼は、ウィコミコの神話世界が崩壊しつつある今、心機一転して新たな名前で、新天地を別の物語に求める可能性を模索する。さりとて彼は、「ジェイコブ・ホーナー」という名前と役柄を解消することができても、果てしなくテクストの地平をさまよう「作中人物」という性《さが》から逃れることはできないのである。

イブの堕胎

物語はいよいよ大詰めへと向かう。最終章においてジェイクは、「戯画化された神」（Bowen 18）とでも言うべきドクターを伴って、レニーとジョーが待ち構えている神話世界へもう一度立ち戻る。だが、物語の主要な舞台は、もはやモーガン家の居間でもジェイクの部屋でもなく、ドクターの「再生始動院」の中の手術室へと移行する。この瞬間、今まで内側の〈物語の中の物語〉であったはずの世界は、メビウスの輪のように反転し、外側の「再生始動院」での〈枠組みの物語〉へと回収されてしまう。こうして、ドクターの介入により中断されたジェイクのエデン的神話世界は無惨にも崩壊し、「宇宙の創り方」を彼に伝授されたレニーは、あたかもその報いを受けるかのように惨たらしい中絶手術を受け、胎児のみならず自らの命までも失う。

チャールズ・B・ハリスは、レニーの堕胎と死を描写するこの章が、文体的にも技巧的にも他の章とはかなり異質であると指摘している（42）。すなわち最終章では、虚飾を剥ぎ取った自然主義ばりの冷徹かつリアルな筆致によって、「メフィストフェレス的なドクター」（Bowen 19）に掻爬されるレニーのグロテスクな肉体が、詳細にわたってあからさまに描き立てられているのである。その結果、苦痛のあまり悶絶するレニーは、かつて彼女が演じた「人間」の魂とは似ても似つかぬ肉の塊になり果て、読者の目に曝される。ここに見られるレニーの急激な変容は、何よりもジェイクの神話世界の内破をグロテスクに物語っている。診察台の上で嘔吐物にまみれ横たわる彼女の死体は、ジェイクが仮構した神話的宇宙の最期の断末魔の姿でもあったのである。

このように、「ホーナーの脱構築的な耽美主義」（Conti 106）の犠牲となったレニーの死により〈物語の中の物語〉としてのエデン的トポスは完全に消滅する。悲劇の責任を一身に負う懺悔人の役柄さえ奪われたジェイクは、恐るべき不完全さに身を苛まれながら、「抽象的で焦点の定まらない」(196)「コスモプシス」のカオスにまたもや飲み込まれる。この非人称の空間に逆戻りした現在、もはや彼もジョーも、演じるべきいかなる脚本も持ちあわせていない。今後の身の振り方を打診してきたジョーに対して彼は、「どこから手をつけたらいいのか、何をしたらいいのかわからない」(197)という苦渋に満ちた言葉を繰り返すばかりで、電話の向こうのジョーの声も言葉にはならない。

かくして彼らは、役柄演技の破綻とともに、言語世界の住人である彼らの存在基盤とも言うべき語る言葉の喪失に至る。トニー・タナーが言うように、「ジェイコブ・ホーナーは、言語表現を行っている間しか存在しない」(239)とすれば、テクストにおけるジェイクの命脈は、もはや尽きてしまったのも同然である。ドクターの知遇を得る前のようにすっかり「天気がなくなってしまった」(197)彼がタクシーに乗り込み、ただ一言「ターミナル」と告げるところで、(9)『旅路の果て』は無明の結末に向かって投げ出される。このように終焉なき終焉に向かって開かれたテクスト空間に滞留し続ける「小人」、ジェイクは、もはや十全に死ぬことも生きることも能わず、「コスモプシス」の袋小路へと再び退いていく。

以上見てきたように、ジェイクの遍歴の軌跡を辿っていくと、『旅路の果て』は、テクストに閉じ込められた「作中人物」という郵便的不安を孕んだ存在それ自体をテーマ化し、「宇宙の創り方」を模索する彼が、内破した神話的世界に絡め取られていく過程を物語化したメタフィクション仕立ての物語であったことが明らかになる。「進歩指導室」においてドクターに「神話療法」を授けられたジェイクは、「仕事中の芸術家のような高揚に胸を躍らせて」(119)、完全無垢なエデン的世界の構築に邁進するものの、演じ手としての自意識を棄て切れないまま、進退窮まって横断不可能な自らの〈死〉のアポリアの前に再び立ちすくむ。〈死〉へと限りなく身を開きつつも、永遠にそれを享受できないジェイクは、外枠と内枠の物語がメビウスの帯のごとくねじれ合うメタフィクショナルな構造それ自体に、楽園「アメリカ」の旅路の果てを幻視するより他なかったのである。

第六章
〈不死〉の迷宮にて
――「夜の海の旅」から『びっくりハウスの迷い子』へ

「夜は繰り返す。声がわたしに語りかけるが、それはささいなことばかり。」

ポール・オースター『壁の文字』

「七」の迷宮

ジョン・バースの『びっくりハウスの迷い子』(一九六八年)は、「作者の覚え書き」によれば、通常の短編集ではなく、一四編の物語群からなる「シリーズ」であり、「『同時に』そしてまたここに配列されているように受容されるべく意図されている」(xi)。その言葉通り、この書物は、技巧の粋を凝らした精巧な一つの「宇宙」を総体として構成しており、読者を幻惑する「びっくりハウス」さながらの趣向が凝らされている。バースがこのテクストを構築するにあたり重要な役割を担わせているのが、「七」という数である。『金曜日の本』(一九八四年)において彼が「結構な神話的な数」(45)であると言う「七」は、無限性を孕んだ数であり、随所に合わせ鏡を思わせる仕掛けが施されたこの「シリーズ」において、主人公は転生を繰り返すばかりで、固有の〈死〉というものを全うすることができない。

このことを何よりも象徴的に物語っているのが、テクストの折り返し地点に位置する七番目のタイトル・ストーリー、「びっくりハウスの迷い子」である。結末において鏡の迷宮に絡め取られ、進退窮まった主人公アンブローズは、一転して今度は自分が「複雑精巧を極めたびっくりハウス」の「秘密の操作係」(97) へと変身する決意をする。そして、生まれ変わった彼がその決意を実行に移す八番目以降の物語では、先行するテクストの構造を反転しつつ反復するかのように、失踪後のアンブローズとおぼしき作家の創作過程における悪戦苦闘ぶりが神話的モチーフと絡めて前景化される。

アンブローズが紡いだと思われる神話的な物語の中で、とりわけバロック的技巧が顕著に見られるのが「メラネウス譚」である。章番号とその章で進行する物語のレベルの数が、ぴったりと符合するように仕組まれたこの物語においては、第一章から第七章へと進むにつれて、引用符も一重から七重に重層化していき、七重の引用符がまた元の一重へと戻るとともに、章番号それ自体も減少に転じていく。宇宙の生成と関わる「七」という神話的な数の反復的な戯れという点から言えば、テクストの最後尾に位置する「無名抄」もまた、ヘッドピースとテイルピースに挟まれた七つの章より構成され、第二版からは、巻末に「七つの追加的な作者の覚え書き」なるものが添えられている。

このように「七」を基数とする高度に人工的な言語構築物としてのメタフィクション、『びっくりハウスの迷い子』の作品構造をさらにメタ的に明示しているのが、冒頭の物語「フレイム・テイル」である。そこで読者は、「昔々、お話がありまして、そのお話の始まりというのが、昔々、お話がありまして…」という循環するメタ言語が両面に印刷されたページの端を裁断し、それに捻りを加えて「メビウスの輪」を作るよう指示される。こうして、創作の館、『びっくりハウス』への「切符」を手にした読者は、閉ざされた〈不死〉の迷宮へと足を踏み入れることになる。

変幻自在に反転を繰り返すこのような「メビウスの輪」が、ある意味で、死を喪失した悪しき円環であり、枯渇の危機に瀕した文学が入り込んだ袋小路のメタファーとなっていることは否めない。しかしながら、「尽きの文学」（一九六七年）においてバースが力説したように、彼の戦略が、そのような閉塞状態それ自体を逆手に取って、創造力を活性化するところにあるとすれば、『びっくりハウスの迷い子』は、その可能性を究極まで追求した「補給の文学」（一九七九年）の実践と捉えることができよう。『金曜日の本』においてバースは、この作品の目ざすところについて次のように述べている。

…こうした短編の多くについて、一つの目標は―ぼくにとって最も重要なことであるが―芸術的な究極の感じ、行き詰まりの感じが、それに相反する活用の仕方によって、正当な新しい作品になるかどうか試そうということです。たとえば、創作力を失わせるような矛盾がエスカレートして、あるいは悪化して、かえって創作力を与えるような逆説になるものかどうか、ということです。（79）

ここに、袋小路に陥った文学が、あたかも祝祭において自らの再生をはかるかのように、逆境を逆手に取ってアポリアの横断を試みるという視座からこの作品を読み解く地平が開ける。ミハイル・バフチンが論じたように、カーニバルが、広場の民衆を巻き込んですべてを転倒し、肉体的下層へ引きずり降ろす装置だとすれば、『びっくりハウスの迷い子』は、それとは対照的に、孤独な自意識が紡ぐ悪夢の連鎖としての〈逆しまの祝祭〉に他ならない。そこでは、テクストに幽閉され、死ぬことも生きることも許されない主体の自意識が、行方不明の郵便さながらさまよい、存在論的懐疑が悪夢のように増殖を繰り返す。

そのことを何よりも如実に物語っているのが、オープニング・ストーリー、「夜の海の旅」である。生と死の狭間に宙吊りにされた自意識が延々と書き連ねられたこの短編は、既に死亡した者、未だ生まれざる者をも射程に入れ、「シリーズ」に収録された物語群すべてに祖型を提供している。逆に言えば、この物語と基本的に相同関係をなす後続の物語は、何らかのかたちで「夜の海の旅」を反復し、そこに新たな〈旅〉物語を重ね書きすることになる。本章では、重層的に差延を孕んだこうした「夜の海の旅」の反復が、〈不死〉の迷宮としてのこの短編集の生成にいかに関わり、そこに痕跡を留める主人公たちの郵便的不安が、楽園アメリカに取り憑く「亡霊」といかなる関係にあるのか、〈死〉のアポリアという視座を導入することにより考察を進めていきたい。

アポリアとしての「夜の海の旅」

バースの小説は、『酔いどれ草の仲買人』(一九六〇年)あたりから、主人公の行動の軌跡が、神話における英雄的冒険譚のパターンと符合することが指摘されるようになった。(1)『千一夜物語』の愛読者であり、『イリアッド』、『オデュッセイア』、『デカメロン』、『話の大海』をはじめ古今東西の物語に通暁する彼は、ラグラン、ランク、ユングなどを意識的に読み漁った結果、神話的英雄の行動に一定のパターンがあることを突き止める。そして彼は、『金曜日の本』の「神秘と悲劇」において、キャンベルの『千の顔をもつ英雄』(一九四九年)を基にして、自前の図式を提示するに至る。(2)それによれば、神話的英雄の行動パターンは、四等分される円環として構成される。この図式が、太陽の運行、季節の変化、国家の栄枯盛衰、人間の一生や一日のサイクルと照応関係にあることは改めて指摘するまでもないだろう。英雄の生涯を表す円環の前半部は「出発」と「イニシエーション」からなる神秘の領域であり、後半部は「帰還」及び「君臨と死」からなる悲劇の領域となる。左回りの円環の四分の一のところで英雄は冒険への入り口を越境し、イニシエーションの迷路に足を踏み入れる。そして円を二分割する世界軸で、啓示もしくは反対物の統合を体験し、四分の三の地点で冒険の出口に到達する。

英雄のライフサークルの中でも、この非日常的な冒険の部分が英雄に神話性を賦与するが、とりわけ「イニシエーション」における一連の試練は、英雄が再生を果たすための欠くべからざる要素としてこの図式の中核をなす。英雄は夜の海を旅し、地獄の門を通って暗黒の大地の底へ降下したり、竜や鯨の腹の中に飲み込まれたりする。こうしたプロセスにおいて彼は、迷路や謎や託宣に惑いながらも、怪物と戦うことによって得難い宝を手中に収め、最終的にイニシエーションを達成する。

ところがバースの「夜の海の旅」は、このようなユング心理学のイニシエーションの祖型としての「夜の海の旅」(3)(Jung 111) に依拠しつつも、旅そのものに疑義を抱き、旅の進行を何とかして阻もうとする冒涜的巡礼者の自意識に焦点を当てた〈反〉英雄神話へと変質している。ミルチャ・エリアーデが『永遠回帰の神話―祖型と反復』(一九四九年)において論じたように、イニシエーションにおける神話的英雄の試練が、祝祭においてしばしば儀式的に再演され、周期的に世界を更新するのとは対照的に、バースの短編の主人公の試練は、決して繰り返されるべきものではなく、英雄は何の啓示を受けることもなく生き延び、テクストの迷宮に幽閉される。彼は、アポリアに満ちた英雄神話を脱臼させようとするにもかかわらず、悪夢的な〈旅〉をはからずも完遂してしまい、そのような自分を素直に受け入れることもまたできない。

このようにアポリアの虜となった巡礼者の〈反〉英雄性は、〈夜の海の旅〉が、人生の旅を模しながら、メタファーの第一のレベルで、「不本意にも受精を果たすことになる精子の自意識の物語」として受容できることにも窺える。『オデュッセイア』のような壮大な英雄叙事詩的スケールを備えているはずの〈夜の海の旅〉が、ここでは、矮小な精子による矛盾に満ちた自らの存在をめぐる堂々めぐりの瞑想の物語へと反転している。しかもこの巡礼者は、自発的に泳ぐことを厭い、流れに身をまかせて思索に耽るおよそ精子らしくない精子である。逆説を好む彼は、語りの直線的な時間の流れに抗するかのように幾度となく自家撞着に陥り、波のまにまに漂う。

だが、名前さえ明らかではないこの泳ぎ手は、英雄さながら危険極まりない試練を乗り越え、向こう岸の「彼女」と結合し受精卵に変身するように運命づけられている。そして〈不死〉の恐怖に宙吊りにされた彼は、永遠にさまよえる手紙のように郵便的不安を払拭できないまま、呪わしい〈旅〉について語り続けることにより皮肉にも命脈を保つ。そのプロセスにおいて彼は、自分だけが死を免れ、唯一の生存者となるのではないかという危惧のもとに、「世代の語り部」(9)としてこの残酷な〈旅〉の「歴史」を語り継ごうとする。

〈旅〉の瞑想、迷走の〈旅〉

「夜の海の旅」は、まずもって次のような語り手／泳ぎ手の自己言及的な言葉で始まる。「あれやこれや、ぼくたちの旅について、どの理論が正しいにせよ、ぼくが話しかける相手はぼく自身だ」(3)。この冒頭の一文は、これから自分の語る〈旅〉物語が、送信者のもとに返送される宛先不明の手紙のように、彼自身を唯一の受け手として、虚しく放たれるものであることを示唆している。そのうえで語り手は、「他人に対するようにぼく自身に対して、ぼくたちの過去、ぼくたちの状態をありのままに述べ、ぼくの密かな希望を口外し、そのために沈んでもかまわない」(3)と宣言する。

しかるのち彼は、自分が身を委ねるこの〈旅〉それ自体が、そもそも自分が創り出した虚構ではないかという疑念を自らに突きつける。〈夜の海の旅〉は夢か幻か、はたまた現実か。自分は実在するのか、しないのか。もし実在するとすれば、自分は遺伝子形質のような「メッセージ」としての「中身」なのか、それともそれを運ぶ「容れ物」に過ぎないのか。シニフィエとシニフィアンの関係にも似て、同定不可能なこの命題はさらなる疑念を生み、実存をめぐる彼自身の謎は深まるばかりである。次に、泳ぎ手はなぜおびただしい数をなして先へ先へと否応なく泳ぎ続けるかという疑問をめぐって、巷で囁かれているいくつかの仮説が検証される。すなわち、創造主がある目標に向かって放出したという起源説は、創造主の意図が計り知れない以上、意味をなさない。栄光の「向こう岸」に到達して、「中身」を渡すためという目的説もまた、誰の形質を誰へと渡すのか、「向こう岸」に到達した暁にはどうなるのかというさらなる疑問を生じさせるだけである。また、泳ぐのに適しているという身体適合説は、泳ぎ上手が一心不乱に泳ぎ、次々に溺れていくという否定し難い事実を前に説得力を失う。さらに適者生存説もまた、類語反復を犯しているに過ぎないとしてこれも退けられる。最後に、「愛」に駆りたてられてという一見もっともらしい説にも、確証なしという反駁が加えられる。このように、不条理極まりない巡礼の旅をめぐる泳ぎ手の思索は、互いを打ち消し合い、彼を思考の袋小路に追い込むばかりで、議論は虚しく振り出しへと戻る。

　そこで語り手は、泳ぎ続ける究極的な理由が不可知である以上、泳ぐのをやめて溺れ死ぬか、それとも泳ぎ続けるかという実存的な二者択一を迫られる。だが彼にしてみれば、前章で論じた『旅路の果て』のジェイクや『水上オペラ』のトッド[4]と同じく、そのいずれの選択も受け入れ難い。彼は、ひたすら泳ぐ仲間を羨みつつ、適宜泳ぎを中断して〈旅〉についての瞑想に耽るが、そうしたインターヴァルでの休息こそが皮肉にも体力の消耗を防ぎ、彼の語りを持続可能にするのである。

　やがて語り手の思弁は、自らをこの〈旅〉に差し向けた創造主の実存や、その意図へと向かう。ここで語り手は、自分の所見を直接述べるのではなく、今は亡きあるシニカルな仲間による奇想天外な言説の数々を想起する。みなの嘲笑の的だったこの道化じみた泳ぎ手は、神をも恐れぬその言動が災いしたのか、〈旅〉が始まると真っ先に命を落としたという。だが物語も佳境に入ったところで語り手は、「ぼくは実は、溺死したあの友人に他ならないと思うこともある」(10)と漏らし、この冒涜的な友人がそもそも投函されなかった手紙のように虚ろな存在であり、幻想が生み出した自分の分身である可能性に言及する。さらに言えば、配達不可能な手紙のように彷徨するこの名もなき殉教者が、おぞましい〈旅〉の歴史の闇からときおり顔を覗かせる過去の亡霊たちや、未だ生まれざる未来の泳ぎ手たちの虚ろな声を反響させている可能性もまた否定できない。

いずれにしても、このような郵便的不安を具現するこの亡霊じみた友人の直観は、彼の斑気な気分と相まって常に揺れ動く。彼は、創造主が泳ぎ手たちの存在すら意識していないと主張するかと思えば、こちらの存在には気づいてはいるものの、その動静には一向に無頓着であると言い張る。そうかと思えば彼は、創造主というものは何らかの理由で泳ぎ手が彼岸に到達するのを妨げると公言して憚らない。そして、この絶対的な他者は尾もなく泳ぐことすらできない化け物かもしれず、愚かで悪意に満ちた夢想家であり、泳ぎ手を「夜の海」へ放り出した動機さえいかがわしいという仮説が提示される。その挙げ句この仲間は、創造主が生涯に何千という数の「夜の海」を生み出し、それぞれの海には別の泳ぎ手たちが存在する可能性すら示唆する。そこで、創造主の一生を通じて、一人の巡礼者が目的地に到達する確率の算出が試みられるが、創造主の生殖能力もまた泳ぎ手の遊泳能力と同様に千差万別であり、創造主の知性とは必ずしも相関性がないという推論が導き出される。

このように、泳ぎ手と類比しつつ創造主を措定することにより、語り手の〈夜の海の旅〉は、一回限りの現実としての絶対性を失い、創造主の生涯において反復される現象として相対化されていく。さらにこの発想は、創造主と泳ぎ手が互いを生み出し、「永遠の命の鎖」(9)を形成しているという奇想に繋がる。すなわち、創造主はより高次の「創造主」によって創造された「泳ぎ手」に相当し、その「創造主」もさらなる『創造主』によって生を賦与された『泳ぎ手』に相当するという、果てしない入れ子構造のバロック的宇宙観が披露される。[5] こうした道化じみた友の憶測は、奇抜であるにもかかわらず、〈旅〉が進むにつれて奇妙な懐かしさをもって語り手の心を捉える。夭折した仲間の戯言という偽装を施されているものの、彼の託宣は、ホロコーストさながらクラスターをなして死へと追いやられた無数の仲間たちを尻目に続行される〈旅〉において、語り手の意識に拭い難く取り憑き始める。

楽園の向こう側——愛を囁く球体

物語の転機は、やがて周囲の海流に微妙な変化が生じるときに訪れる。海の塩分が除々に薄くなり、凪は凪ぎ、上流から誘いかけるような甘い歌声が聞こえ始める。こうした環境の変化が、老いて変調をきたし始めた自らの幻想ではないかと訝る語り手は、自分こそがあの道化のように旅の始まりに溺死し、死の深淵から見果てぬ〈夜の海の旅〉を思い描いているのではないかという疑念を払拭できない。にもかかわらず彼は、紛れもなく自分が、「彼女」とでも呼ぶべき巨大な他者に引き寄せられているという予感に襲われる。あの道化じみた仲間によれば、「彼女」は泳ぎ手と全く異なる自律的な球体でありながら、彼らとの邂逅に専ら依存しているという。そして、「彼女」とめぐり会うことは、「同時に旅の終わりであり、中間地点であり、また出発点」（10）であり、自分たちの「死となるものだが、自分たちを救い復活するものでもある」（10）という。あるいはまた、創造主を代補するものとして「彼女」を捉えると、前者は海と泳ぎ手を創る「運命」に相当し、後者は旅路の果てに用意された「目的地」に相当するらしい。

こうした奇抜な思索を経て、あの亡霊めいた仲間の洞察は、いよいよ巡礼の旅の終焉へと向かう。まずもってそれは、「〈完成〉、〈変容〉、〈反対物の合一〉、〈範疇の超克〉」（11）といった抽象概念として措定される。しかるのちに彼は、その可能性は著しく低いものの、泳ぎ手の一人が〈旅〉を完遂し、最終的には「彼女」と接合して「英雄」になる運命にあるかもしれないと予言する。だが、この衒学的な道化にしたところで、「〈彼女〉と〈英雄〉、〈彼岸〉と〈泳ぎ手〉が互いの本質を融合させて、そのいずれでもあり、いずれでもないものになったのち、どうなるのかは予測し難い」（11）。ここに至ってすべての懐疑は、旅路の果てに出現する楽園において、〈旅〉の記憶が消去されてしまうのではないかという大いなる恐怖へと収斂する。

かりに首尾よく輝ける楽土に逢着したとしても、記憶が剥ぎ取られるとすれば、英雄がなし遂げる不滅性というものも案外つまらないものでしかない。あの道化によれば、〈旅〉の始まりと同時に命を断つ者こそが英雄なのである。それが不可能なら、〈旅〉の終点で「〈彼女〉の差し出す『不滅性』を拒絶し、そのようにして少なくも一回りの大惨事に終止符を打つ泳ぎ手」(11)こそが、英雄の中の英雄である。遺言めいたこの言葉を最後に、反復的に語り手に取り憑いてきた亡霊的マスコットは、テクストから姿を消す。

こうして、苦難の〈旅〉についての郵便的不安が極限に達したとき、この短編それ自体も最終段階を迎える。かろうじて生き残っていた泳ぎ手たちも最後の大波に飲み込まれて海の藻屑と消え、語り手の命運も尽きたかと思われたまさにその瞬間、海が一瞬のうちに静まり、潮の流れが変わる。と同時に、楽園のように暖かくやさしい流れが心地よく語り手を包み込み、彼方へと運んでいく。安堵してそれに身を委ねる彼は歓喜すら覚えるが、これが「彼女」の仕業であり、甘く囁きかける「彼女」の魔法によって誘惑された自分が、既に変容を起こしつつあることに気づく。そこで、唯一の生存者として「彼女」との遭遇が目前に迫ったことを悟った彼は、自分がこれからまさしく変貌を遂げようとする未知なる「君」に向かって、最期の嘆願を行う。

ここで自らの亡霊と化した彼が、さらなる自分の化身である「君」に遺贈するのは、彼が体験した陰惨な巡礼の〈旅〉の記憶、すなわち郵便的不安を綿密に書き綴ったこのテクストに他ならない。泳ぎ手としての主体をほとんど失いつつも彼は、反復的に繰り返される〈夜の海の旅〉を呪うことをもって、悪夢を反復し続ける自らの営みへの差延となす。そして彼は、自らの証言がいかに歪曲されようとも、いつかは「君」がそれを受け止めてくれることを願いつつ、「彼女」の中へ身を沈める最期の瞬間まで、〈旅〉の中断を願う悲痛な叫びをテクストに刻み続ける。「誰であれ、これらの想いをこだまする者たちよ、もっと勇気を持て。それらを生み出した私よりも。夜の海の旅を断ち切るのだ。もうやめるのだ」(13)。

かつて溺死した自らの姿を幻視した語り手は、こうして大西洋を渡る中間航路の奴隷のごとく〈旅〉を呪い、向こう岸という「〈つねに既に過ぎ去ってしまったもの〉の未-来からの切迫」（デリダ、『滞留』206）に身を開く。そうすることにより彼は、〈旅〉の横断が固有の体験として自らに現前することを願う。だが次の瞬間、語り手の怨嗟の声は「愛！　愛！　愛！」（13）という受胎の歓声にかき消される。そして語り手は、「彼女」への没入により、〈死〉の経験を奪われるというアポリアをまさに具現しつつ、事切れることなく事切れる。

このとき、テクストの最後に添えられた「愛！　愛！　愛！」という非人称の署名には、二重の意味で決定不可能性がつきまとう。合衆国の独立宣言よろしく、事実確認的でありながら、行為遂行的でもあるこの署名は、エロスとタナトスを同時に希求し、死と誕生という差延を孕んだ二つの別個の事象を縫合するという意味において、語り手をさらなる迷宮へと誘う。かくして、泳ぎ手／語り手は、既に亡霊と化した自らの変容の記憶を未来の「君」に託すとともに、未来の死者の記憶をも一身に引き受けつつ、虚しくテクストの闇へと退いていく。

転移する〈旅〉物語――アメリカン・アダムの憂鬱

以上、祖型としての〈夜の海の旅〉を詳細に辿ってきたが、この短編を「シリーズ」全体に差し戻してみると、たちどころに他の物語群と共鳴し、さらなるメタファーの連鎖が生まれる。そのような視点から、この作品を、この短編集がテクストとして胚胎するプロセスを物語化した物語として読み解くことも可能であろう。「文学作品の懐胎の状況を作品自体が一人称で語っている」（志村 325）「夜の海の旅」により、『びっくりハウスの迷い子』は、言わば受胎告知をされたのである。

それを裏づけるかのように、生まれ変わった語り手は、それに続く「アンブローズそのしるし」において、主人公／語り手として、自分の無名性と命名の由来について解説する。さらに次の「海の便り」では、成長して小学生になったアンブローズ少年の姿が三人称で描かれ、タイトル・ストーリー「びっくりハウスの迷い子」においては思春期のアンブローズが再び主人公として登場する。〈夜の海の旅〉を経て「彼女」と合体した泳ぎ手の「尻尾《テイル》」が、「君」なる受精卵の「物語《テイル》」へと位相転換されたわけである。作者の脳裏にストックされた無数の主人公の一人に過ぎなかった泳ぎ手は、「海の便り」において瓶詰めの手紙が海を「否応なく漂流して」(55)アンブローズに発見されたのと同様に、作家の創造力の岸辺に漂着したのである。そのような意味において「夜の海の旅」は、作家が無限の可能性の中から主人公を探し当て、次なる物語を胚胎させる前史《プレ・ヒストリー》としても措定できよう。

　こうして次なる主人公として抜擢されたアンブローズは、あくまでも物語の枠内に閉じ込められ、テクストのうえでしか生き長らえない「紙人間《ペイパー・パーソン》」に他ならない。[6] アメリカン・アダムさながら無限の可能性を秘めた彼は、見知らぬ「創造主」の手を離れ、未知の読者と遭遇するまで、宙吊りの真空状態に置かれていると言ってよい。彼は、既に「創造主」作者によって書き込みを施される一方で、やがて「彼女」を彷彿させる読者との邂逅によって豊饒なる変容を遂げることになる。そのような二重の意味で固有の生をもたない彼は、読者の読みによって変貌していく未来の自分に向かって、自らの痕跡を残すようテクストの内側から懇願する。このような次元で考えると「夜の海の旅」は、テクストに幽閉され、死を許されない「紙人間《ペイパー・パーソン》」が、読者と邂逅するまでの自意識の物語としても解釈可能である。

　いずれにしても、アンブローズの役回りは、既に「夜の海の旅」に予型として書き込まれている。一三歳になった彼が、折しも「独立記念日」七月四日に、家族でオーシャン・シティーを訪れ、びっくりハウスの鏡の中に失踪することは、彼が泳ぎ手だった頃の〈夜の海の旅〉の郵便的不安を反復している。さらに思春期に達したアンブローズは、泳ぎ手が「彼女」との邂逅により本質的に変容を遂げたように、物語の結末で「独り立ち」を宣言する。[7] すなわち彼は、びっくりハウスの迷い子から操作係へと、言い換えれば、作者によって操られる受信者から物語を操る発信者へと大胆な転身をはかる。それに先立ち彼は、未踏の地を思わせるこの鏡の迷宮で、物語を紡ぎ続けて死に至った自分の姿を幻視する。

彼は死んだ。暗闇の中で自分自身に物語を語りかけながら。年月が経ち、存在すら知られていなかったびっくりハウスの途方もない空間が明るみに出たとき、まず足を踏み入れた探検隊は、迷路のように入り組んだ通路の一つで彼の白骨を発見し、びっくり仕掛けの一つと誤解したのだった。彼は餓死したのだ。暗闇の中で物語を自分自身に語りかけながら。だが、あろうことか人知れず、びっくりハウスの操作係の一人が、偶然彼の声を漏れ聞き、ベニヤの仕切板のすぐ後ろに身を潜め、一言一句書き取ったのだ。(95)

「夜の海の旅」の語り手さながらアンブローズは、びっくりハウスの孤独な暗闇の中で専ら「自分自身に語りかけ」、死を願うが願いはかなえられず、彼は作中人物から物語作者へと転生することにより、自らの物語を後世に残すことになる。メタフィクショナルな迷宮に足を踏み入れてしまった以上、彼がそこを抜け出す方法は、自らが〈旅〉を紡ぐ「創造主」へと変容するより他ないのだ。

アンブローズは、そこで次のように決心する。「びっくりハウスなんかに入るんじゃなかったと、彼は思う。だが入ってしまったのだ。じゃあ死ねたらと思う。だが、そうもいかない。だったら、他人のためにびっくりハウスを作って、秘密の操作係になってやろう」(97)。とは言え、びっくりハウスの「秘密の操作係」として蘇生した物語作家アンブローズが新天地にて歩む道も平坦ではない。と言うのも、少年を当惑させ、混乱に陥れた鏡張りの部屋が、今度は自己言及的な「創作の館」とでも言うべき別次元の空間へと変転し、彼を翻弄するからである。前史《プレ・ヒストリー》において悪夢的な〈旅〉を経験し、また作中人物として〈びっくりハウス〉をさまよったように、アンブローズとおぼしきアメリカ作家は、「創作の館」において悪戦苦闘し、書けないでいることを書く。泳ぎ手が泳ぐことを呪ったように、彼は今や書くことについて書くことを呪う。そうした彼が、激しい自己嫌悪に陥りながら、郵便的不安を克明に書き綴った結果、「ライフ・ストーリー」、「無名抄」といったさらなるメタフィクションの「受精」がはからずも完了する。(8)

既に述べたように、こうして「泳ぐ」ことが「書く」ことへと位相転換された「ライフ・ストーリー」には、「夜の海の旅」の痕跡が随所にすり込まれている。泳ぎ手が「この旅はぼくが考え出したものか」(3)と自問したのと同様に、この物語の主人公もまた「自分自身の人生はもしかするとフィクションかもしれない」(116)という疑義を抱く。かの泳ぎ手と同じように彼もまた、自分にとって何が「容れ物」で、何が「中身」であるのか煩悶する。さらに彼は、「この世は小説」(119)に他ならず、自分が作者のペンによって生を受け、虚構という媒体を介してのみ命脈を保つ「虚構の人物」(120)であることに気づく。そして、物語作者としての自分が、「テクストの言語を産出するのと同じく、テクストの言語によって自分が産出されていることを発見」(Waugh 133)した彼は、作中人物を意のままに操る「主導権《オーサーシップ》」を失い、一介の作中人物へと転落していく。

と同時に彼は、自分を生み出した真の「作者」の存在を意識し始める。彼が相談を持ちかける文学者仲間のB氏が、それらしき存在として暗示されているが、バースを思わせるこの作家に対する彼の思索は、泳ぎ手の「創造主」に対する瞑想を彷彿させる。彼は、作者としての自分がこの「ライフ・ストーリー」に幽閉されているのに対し、彼を創造した「作者」は、複数の「夜の海」を創造する「創造主」さながら、別の物語をいくつも創作することが可能であり、彼の「読者」もまた別の物語の読み手となるのではないかと訝る。

こうして、より高次の存在である「創造主」としての「作者」と、「彼女」としての「読者」の間を浮遊する彼は、この物語の最終章において、そこまで読み進んできた読者を、「このおぞましいフィクションの内側から」(127)敢えて挑発する。その一方で、「彼の作者こそが、彼の唯一の疲れを知らない読者ではないか」(127)と邪推する彼は、「ある意味で彼こそが、自分自身の作者に他ならず、自らの物語を自らに語っていたのではないか」(127)と、堂々めぐりのアポリアに陥る。

ここで、彼の言うように、彼の「作者」と「読者」と彼の三者が重なり合うとすれば、「作者」も「読者」もまた、〈びっくりハウス〉の鏡に映し出された自分の似姿ではないかという疑念が生じる。言わば彼は、「アメリカ」というメタフィクショナルな〈びっくりハウス〉において、自分自身を創造すると同時に、それを演じ、かつまた読むことによって、生き長らえてきたのである。「彼は今、自分がこのような文章を読んでいるか、もしくは創作しているがゆえに、誰かが、このような彼の文章を読んでいるか、もしくは創作していると思えてくるのだった」(128)。このような自意識に苛まれる彼は、固有の〈死〉を望んでも許されない自伝の「作中人物」として、自らの「読者」と「作者」に対して、自分を読んだり、書いたりすることを止めるように懇願する。

結局のところその願いは聞き届けられず、「夜の海の旅」と同じように、物語は、他者としての「彼女」との交接によって結末を迎える。すなわち、真夜中過ぎに彼の妻(彼のフィクションにおいては愛人)とおぼしき人物が、「お誕生日、おめでとう」と言いつつ、彼を誘惑するために書斎へ闖入してきたことにより、彼の書いていた物語それ自体も中断を余儀なくされる。そして、セックスが語りに取って代わり、ファロスがペンに取って代わったとき、「作者」としての彼も、「作中人物」としての彼も、「読者」としての彼もすべて霧散し、書けない作家の自伝的「ライフ・ストーリー」が誕生することになる。

さまよえる葡萄酒甕——自らに回帰する物語

「ライフ・ストーリー」が、物語の創作過程それ自体を描出した〈夜の海の旅〉だったとすれば、「シリーズ」の最後を締め括る「無名抄」は、出来上がった物語が文字通り海へ解き放たれ、見果てぬ読者を求めて漂流する〈夜の海の旅〉に他ならない。九つの葡萄酒甕とともに、楽園の果ての絶海の孤島に流された吟遊詩人は、それらを九人の詩神《ミューズ》と見立て、葡萄酒を飲み干すたびに霊感を得て羊皮紙に物語を書きつける。そして、それを空甕に詰めて流すことによって「海に孤独の子らを種蒔く」（193）詩人は、自分が散種した物語が誰かのもとに漂着し、解読されて後世に伝えられることを夢見る。だがその一方で彼は、それらが結局は誰にも発見されないか、あるいはまた発見されたとしても解読されないのではないかと懸念する。かと思えば彼は、自分の書いた物語が既に誰かによって書かれたものではないかという疑念にも取り憑かれる。こうして、自らの物語の生産と受容の可能性を模索し尽くした吟遊詩人は、既に自分が八つの物語を海に解き放っており、最後に残った甕に詰めるべき物語が枯渇してしまったことに気づく(9)。

折しも島へ葡萄酒甕とおぼしきものが漂着し、彼は羊皮紙に書き付けられた物語らしきものを発見する。だがそれは、「海の便り」においてアンブローズが海辺で拾った空白のメッセージさながら、インクが滲み、解読不能であることが判明する。発信者も宛先も内容も不明なまま、郵便的不安を抱えて漂流するこの便りに誘発され、語り手は、自分以外にも楽土を追われ孤島へ流された吟遊詩人たちが数多く存在し、彼らの幾多の物語があてどなく海を放浪するという夢想に身を委ねる。このように瓶詰めの「物語が互いに音を立ててひしめく海」（196）を幻視した吟遊詩人は、自分の手元へ漂着した物語が、「海が言わばぼく自身の種子でぼくに受胎させた」（196）物語である可能性に言及する。この言葉通り、彼が海へ放った甕が世界をめぐり、再び彼のもとへ戻ったとすれば、このディアスポラ詩人は、既に書かれ、かつまた抹消されたテクストの作者であるとともに、唯一の読者ということになる。

こうした想いの「合間に泳ぎを独習した」（200）吟遊詩人は、テクストの旅路の果ての「君に到達すべく、あるいは溺れるべく、水をかいだり、休んだり、葡萄酒甕のように漂いながら」（200）、消滅する運命にある物語を自らに向かって放ち続ける。ここに至って、「ぼくが話かける相手はぼく自身だ」（3）という、「夜の海の旅」の語り手の冒頭の宣言が、テクストの彼方よりエコーとして蘇る。七つの章をヘッドピースとテイルピースで挟むことにより、無名の泳ぎ手の形状を模した「無名抄」は、こうしてメビウスの輪のように「夜の海の旅」へと反転し、〈不死〉の迷宮としてのテクスト、『びっくりハウスの迷い子』が完成する。

「死記《タナトグラフィ》」の旅

「シリーズ」全体から言えば、この時点でわれわれはメビウスの輪の起点に立ち戻ったわけだが、このことは必ずしも出口のない悪しき円環を意味するわけではない(10)。確かに〈不死〉の迷宮としての『びっくりハウスの迷い子』が、固有の〈死〉が許されず転生する主人公を生かさず殺さず滞留させる幽閉空間であることは否定できない。だが「シリーズ」全体にわたって幾度となく繰り返された〈夜の海の旅〉は、別の〈旅〉へと転移するたびに、捻りを加えられ、重ね書きされた〈旅〉の間に錯綜した間テクスト性が生じていることもまた事実である。その結果、拡張されたメタファーのそれぞれのレベルにおいて共鳴し合う〈旅〉は、先行する〈旅〉を反復しつつ、差延を孕んで増殖していく。「夜の海の旅」から短編集全体へと、幾多のアポリアの通過をめぐって集積された重層的なテクスト間に生じる径庭にこそ、「死記《タナトグラフィ》」を紡ぐ「泳ぎ手」たちの亡霊は取り憑くのである。

既に見てきたように、〈夜の海の旅〉は、メタフォリカルな意味において「精子の卵子への旅」、「物語が胚胎する以前の前史《プレ・ヒストリー》」、「読者との邂逅を前にした作中人物の自意識」、「びっくりハウスにおける主人公の失踪」、「書けない作者のライフ・ストーリー」、「海に流された物語の旅」、ひいては「作品を読み進む読者の自意識」としても解釈可能である。しかも、それぞれの〈旅〉の意義は、目的地に到着し変容を遂げることよりもむしろ、その過程で逡巡し、漂流し、〈旅〉の内側から〈旅〉そのものを呪うところにある。終着点での変容は、「夜の海の旅」の語り手がいみじくも言明しているように、別の〈旅〉の始まりを意味するに過ぎない。だからこそ、溺死した無数の仲間たちの亡霊として、あるいはまたこれから生まれ出る仲間たちの幻影として、「泳ぎ手」は、自らの〈旅〉の歴史を、未だ見果てぬ読者に散種し続ける。

このような「泳ぎ手」の亡霊的営みが、アメリカという文脈において意義を有するとすれば、それは本章で考察してきた重層的な〈旅〉の道程が、「アメリカ」というフィクションの創造において生じるメタフィクショナルな亡霊の有効なメタファーとして機能しているからである。〈旅〉の進行を阻もうとする亡霊たちが体現するアポリアは、無垢な楽園に「自らの物語を書き込む」というアメリカ的衝動の向こうに微かに明滅する〈死〉のアポリアと共振する。そのような状況で、作者、作中人物、テクスト、読者が、それぞれ自らの郵便的不安と向き合うことは、とりもなおさず、新天地に書き込みを施すアメリカ的想像力の不安のエントロピーを減少させることを意味する。このように見れば、「創造力を失わせるような矛盾がエスカレートして…かえって創造力を与える逆説」を追求したバースの戦略は、〈死〉のアポリアを逆手に取ることにより、『びっくりハウスの迷い子』という豊饒な宇宙の創造において、新たな水脈を探り当てたのである。

第七章

複製という名の「亡霊」
――〈死〉の『舞踏会へ向かう三人の農夫』

「写真を必要としているのは、君よりもむしろぼくの方だと思うんだ。」

ドン・デリーロ『マオII』

途中下車

「三分の一世紀のあいだ、私はデトロイトなしで十分やってきた」(9)。リチャード・パワーズのデビュー作、『舞踏会へ向かう三人の農夫』(一九八五年)は、開口一番、自動車の街デトロイトを揶揄するこのようないささか逆言法めいた「私」の述懐より始まる。シカゴからボストンへ列車で向かう途中、乗り換えのためデトロイトで途中下車した「私」は、時間つぶしにデトロイト美術館へ足を運び、グランド・ホールを飾るメキシコの画家ディエゴ・リベラの巨大な壁画にいきなり頭を殴られたような強烈な衝撃を受ける。と言うのも、エドセル・フォードの援助を受け、デトロイトの偉大さを称えるべくリベラに委ねられたこの壮大な画業が、一見、自動車工場の日常的な流れ作業ラインそれ自体に叙事詩的崇高性を賦与し、大量生産を可能にした機械的複製のヴィジョンへの余すところなきオマージュとなっていたからである。機械に恋した人々。部品のようにいつでも取り替え可能な人間が、官能的とすら言ってよい曲線美を備えた鋼鉄製の機械に傅《かしず》き、無限に自己増殖を繰り返してやまないベルトコンベアーという輝かしい祭壇に跪《ひざまず》く。ところが、このような寓意が込められた聖なる図柄のさらに向こうに、画家が、製造ラインから次々に産み出されるかつてない速度テクノロジーの本質を見抜き、幾何級数的に加速するその恐怖の未来さえも幻視していることに思い至ったとき、「私」の動揺は極限に達する。

こうした反応を引き起こしたリベラの力技が、単に作業効率の観点から人間と機械の主従関係の逆転を肯定的に描いたものでもなければ、流れ作業ラインを他に先駆けて導入したフォーディズムの先見性を素朴に称えたものでもないことは明白であろう。リベラの壁画が「私」を震撼させたのは、A地点からB地点への移動をいとも容易く実現してしまう自動車というかつてない速度術《ドモロジー》を、画一的かつ大量に、しかも低価格で生産する機械的複製のシステムそのものに含意された、途方もなく強烈な二〇世紀的意義に「私」が直観的に感応したからに他ならない。一つのモノが瞬時にして別の場所に移行するという意味において、そしてまたそれを可能にする速度メディアが短時間で再生産され大量に流通するという意味において、溶解した風景や労苦とともに液状化した時空は、未曾有の強度とスピードをもって融合し、際限なき自己拡張に身を委ねる。未来派の「より速く」というマニフェストが究極的に志向する「すべて同時に」(82)というテーゼこそ、圧縮された機械的反復が必然的に逢着せざるを得ない見果てぬユートピア、いやディストピアではなかったのか。

加速する反復と複製と同時性の時代、二〇世紀をめぐるこのような「私」の洞察は、次の瞬間「私」の視界に飛び込んできた、「舞踏会へ向かう三人の農夫、一九一四年」というキャプション付きの一枚の写真によって見事にスパークし、「私」はさらなる思索と探求の長い旅路に赴くことになる。実質的に二〇世紀の到来を告げたと言ってよい第一次世界大戦が勃発したまさにその年、かつて人類が経験したこともない悲惨極まる死の舞踏が始まろうとしていた一九一四年に、ドイツの写真家、アウグスト・ザンダーが撮影したこの写真を軸に、小説『舞踏会へ向かう三人の農夫』は、交互に順を追って提示される別個の三つの物語が、読者の想像力によって徐々に縫合されていくかたちで展開する。すなわち、先導役を果たす「私」の物語と、「三人の農夫」の物語と、しんがりを務めるコンピュータ雑誌編集者ピーター・メイズの物語。言うまでもなく、こうした「視差」(350)を孕んだ立体的な三部構成の繰り返しそのものが、「私」が言及するステレオスコープの効果である「奥行きの幻想」(334)を生み出すのに一役買っていることは疑いない。だが、何と言ってもこれらの共振する物語を大胆に貫いているのは、写真が仮構する同時性を敢えて逆手に取って折り返し、その時間的、空間的ギャップを自らの営みに引き受けつつ、刻々自伝を書き換えていく、伝記物語という、すぐれてアメリカ的なテーマである。[1][2]

ザンダーと時代の振り子

写真というメディアと、〈生〉と〈死〉の遠近法に密接に関わるこうした伝記物語が、一枚の写真から触発された「私」の精緻な思惟のみならず、「三人の農夫」のその後の生涯、ひいては、赤毛の女に執着するメイズの自己探求といかに関わっているかについてこれから考察を進めていくにあたり、まずは「終端速度」なるものについての「私」の省察に耳を傾けてみよう。第一次世界大戦開戦前夜の一九一三年にして既に、「世界はこの三〇年間でイエスの死からそれまでより大きく変わった」(80)と言ってのけたシャルル・ペギーを引用しつつ、「私」は、一つの文化的、技術的システムが自己複製的に発展していく際、無限に加速的に進化することはなく、いずれは「引き金点」と呼ばれる一定の「終端速度」(81)に達すると主張する。そして、そのシステムを内側から変化させようとする自己修正的な力が、システムそれ自体の土台にフィードバックし、質的変化がもたらされるのではないか[3]

と推論する。彼の言に拠れば、「引き金点において現れるのは、一つのプロセスの発展の仕方がプロセス自体にはね返り、おのれの起源に対して自分を適用するに至るという現象」である（81）。

ここで「私」がとりわけ問題にするのは、量的変化が質的変化へと変貌を遂げるそのようなパラダイム転換が、自伝のように自らを作り直し、自らに注釈を加えるという、システム自体に振り向けられたメタ的な自意識によって惹起されるということである。逆に言えば、システム変化は、自らが塗り替えられいずれ交換され得る身であることを自覚するシステム内部の自意識が、一定の飽和状態に達し、自らに向けて折り返されることによってしか実現しない。次なる爆発と躍動を孕んだ、超新星出現前夜にも似た不気味な静謐。それこそ、リベラの壁画の衝撃からさめやらぬ「私」の足を引き止めたフォトプリントの三人が、フレームの彼方を見据え、微かに予感したものではなかったのか。「私」の思考が示すとおり、「あまりにも速く走るため自分自身を追い越してしまう走者」（82）よろしく、加速度的に自己複製を繰り返し疾走する二〇世紀は、ソニック・ブームのように「自らに追いつく手段」（83）として、大戦という内破的痙攣を必要とし、それ自身に向かって折り返されたのである。

とは言うものの、「私」の推察するところによれば、スーツ姿の三人の農夫にレンズを向けた当のザンダーに、二〇世紀が二〇世紀に追いつくなどということが必ずしも実感できたわけではなかった。[4] もとより一九世紀的人間であったザンダーが、『二〇世紀の人間たち』と題する「写真という普遍言語で書かれた、膨大かつ包括的な、人間たちのカタログ」（39）の製作を思い立ったのは、あくまでも科学的な記録として、新世紀を彩る多様な人間を網羅的にフィルムに定着させ、その類型を骨相学的見地から範疇化することで、全体の見取り図の中に収めたかったからである。その性質上、精緻であろうとすればするほど挫折を運命づけられた、[5] この時代錯誤の壮大なカタログは特異な構造をもっている。すなわち、その縮図とも言うべき第一巻、『時代の顔』においてそれは、これまで被写体となることのなかった農民や労働者や犯罪者や疾病者から始まり、写真というメディアを享受してきた裕福なブルジョア層や上流階級へと登りつめ、やがてまた陰欝な前者の肖像へと振り子のように回帰していく。そして何よりも注目すべきは、このカタログの臨界点をなす極め付きが、『二〇世紀の人間たち』の第四五番目のポートフォリオに入った、「物質」というキャプションが付いた老婆の死に顔だったことである。まさに通過不可能な〈死〉のアポリアを湛えたこの死に顔は、「無数の顔を凝視し続けたザンダーの眼差しそのものの消失点を示している」(小林 105)。と同時にそこには、生と死が交差する身体の「物質性の強度」(小林 109)を捉えようとした彼の姿勢もまた示されている。

このような事実に照らし合わせば、「ザンダーの作品は、たんなる写真集以上のものである。これは演習用の地図帳に他ならない」(42)という、「写真小史」におけるベンヤミンの言葉は、確かに言い得て妙である。ザンダーと同様、ナチから迫害を被ったベンヤミンならではの、政治と美学の相関関係に関する鋭い嗅覚がここにも窺える。カメラを野外へ運び出し、プリントにアラビアゴムの手法で修正を施すこともなく、あらゆる社会的階層の身体を「演習用の地図帳」に並置したザンダーの試みは、写真をノスタルジックな肖像画の伝統から脱却させ、その可能性を未来の「演習」の地平に向かって広げたという点でまことに画期的であったと言わねばならない。

見返す被写体、書き換えられる自伝

しかしながらこのことは、写真家の作為をできる限り排除し、レンズと一体になることを選択したザンダーが、写真というメディアに本質的に内包されている、奥行きの深さと欺瞞性に十分気づいていたことを必ずしも意味するものではない。はじめての撮影旅行で彼が撮った風景写真の雲に、ある村が蜃気楼として映っていたという事実が示すように、人間の眼と似て非なるカメラは、撮影者の意図を超えて被写体と観賞者を結びつけ、時空を異にする両者の間に従前存在しない秘密の回路を切り拓いてしまう。そのような意味において、不意にやってきては、見る者を共犯的に巻き込み、シャッターが切られた瞬間の再構築を必然的に迫る写真にわれわれが惹きつけられるのは、「私」が力説するように、撮影者の肩越しに「写真がわれわれを見返す」(258)からである。言い換えれば、写真が、生死さえも超越して、忘却の彼方からわれわれに一体化を迫る記憶は、「シャッターの押された瞬間から、見る瞬間と合体する機を待って未来へ送り出された記憶」(257)でもあるのだ。そのように時空を超えて、過去と未来を縫合するという意味において、アンカ・クリスフォビッチが言うように「写真は時間の旅の道具」(48)であり、「期待を込めた記憶」(49)を紡ぐ装置と呼ぶことも可能だろう。

ではこのことは、観賞者の側における自伝の書き換えという行為といかなる関わりをもつのだろうか。なるほど、無限に機械的複製が可能だからこそ、「プリントは本来的にプリントでしかなく、他のどのプリントとも交換可能である」(291)ので、われわれは真の意味でプリントを所有できないのかもしれない。もしそうだとすれば、そこになにがしかの自己の物語を重ね書きしたり、それによって逆に自らの伝記を書き換えたりする余地はないのではないか。

だが、話はそう単純でもない。「写真とはつねに、芸術におけるT型フォードであった」(253)と断言する「私」によれば、準拠となる唯一無二のオリジナルがなく、同時に二つ以上の場所に並存し得るからこそ、逆説的ながら写真は、個人的に「所有し、改変し、愛好し、支配し、保管することができ」(253)、見る者はそこにおのれの痕跡を刻み込むことで「自伝への欲求」を満たすことができる。逆に言えば、プリントという「複製された亡霊」(257)の「仲間」たちの存在こそが、見る者に、稀有な礼拝的なアウラではなく、自由な書き込みと捏造と改竄と編集と再解釈を許すのである。そして、心のスクリーンに転写され現像し直された写像は、見る者の現在にフィードバックし、それによって更新された観賞者は、これまで紡いできた自分の伝記の書き換えを迫られることになる。

いかに技術が進歩しようとも、それぞれのプリントが、現像の色合いや陰影において微細な差異を孕んでおり、完全に符合するものがないのと同じように、プリントを見る者は、このように見る行為を通しておのれ自身を巻き込み、そこに固有の刻印を施すことによってプリントにさらなる「修正」を加えていく。それによって観賞者は、これまでの自己の物語を再構築し、新たな「自分を創造すること」を促されると同時に、時代に即してそのように書き改められた「自分を説明すること」（206）をも求められる。こうした意味において、写真を見るという行為は、「私」が言うように、時空を越えて「前に向けて送り出された」被写体の眼差しを十全に受け止め、それによって自分という伝記の書き直しに手を染めることを意味する。被写体によってフレームの向こうに投げかけられた眼差しは、観賞者に対して「前向きに思い出す」（209）ことを要求しているのであり、それは、目配せした記憶によって「未来を組み直せ」（209）と行動を呼びかけているのである。

複製された亡霊とその「仲間」たち

ここで見逃してはならないのは、リベラの壁画に端を発し、農夫たちの写真によってスパークしたこのような「私」の洞察が、ヘンリー・フォードの伝記を詳細に辿り、それを自らの自伝とともに書き換えていくまさにそのプロセスにおいて熟成されてきたということである。T型フォードに表象される大量生産、大量複製、大量流通がもたらす功罪をめぐり、芸術作品のアウラの消失と、芸術的価値の大衆化もしくは民主化という対極的な二つの立場のいずれにも安住することなく、「私」の思索は、私的貨幣の鋳造と平和船の派遣という、フォードの生涯において最も奇矯な行動へと焦点化されていく。

博愛主義者にして距離の偉大な解放者を自負するフォードが、「われら神を信ず」という銘が刻まれたリンカーン一セント貨幣を模して自分の肖像を彫らせた銅貨には、それぞれ、「仲間を助けよ」という文字が刻まれていた。まさしくその精神を実践するかたちで、未曾有の殺戮をもたらす大戦を停戦に持ち込もうとする平和船が大西洋を渡ったことを、「私」は伝記的文献を逍遥するうちに知る。このような彼のドン・キホーテ的振る舞いが、「私」の想像力を刺激したとすれば、それは、「仲間を助けよ」という呼びかけが、「どこかの未来に向けて、いまだ姿の見えざる『仲間』に向けて記憶を送り出す営みでもあった」(210) からに他ならない。

とは言えそれは、「仲間」の大量生産という原理を自ら作動させてはみたものの、無限に反転するメビウスの輪に絡め取られてしまったフォード自身の矛盾を物語っていることもまた確かであろう。既に指摘されているようにこの小説においてパワーズは、「フォードが、資本主義下における、進歩というものの可能な限り否定的かつ肯定的な特質を具現していることを暗示している」(Dawes 44)。「仲間を助けよ」というスローガンを掲げ、「愚者の船」を想起させる平和船の試みにおいて挫折を味わったフォードが、アメリカが参戦するやいなや自動車工場を兵器工場へ転用し、大量殺傷兵器を生産する死の商人へと一気に変貌を遂げたという「私」が注目する事実には、大量複製がもたらす差異と同一性をめぐるフォードの微妙な立場の揺らぎが見て取れる。A地点からB地点への人間の速やかな移動を実現する個人主義的平和機械の大量生産から、A地点からB地点への砲弾の瞬時の移動を可能にする国家主義的戦争機械の大量生産への思い切った転換。「汝行きて仲間を殖やせよ」という聖書的テーゼ、もしくは博愛主義的殖産興業のテーゼから、「汝行きて仲間を殺せよ」という非人道的無差別殺戮のテーゼへのスムーズな移行。このようなおびただしい数の「仲間」の命運を賭けた物語を孕みつつ、写真「舞踏会へ向かう三人の農夫、一九一四年」は、新世紀の幕開けを告げる歴史のぬかるみより視線を投げかけ、未来に向かって行動を呼びかけていたのである。

そうした呼びかけに応答するかのように、「私」は、職場の掃除婦ミセス・シュレックとふとしたきっかけで言葉を交わすようになり、たどたどしい英語を話す彼女がこの写真に写った農夫の一人と少なからぬ縁があり、そのプリントさえも所持していることを知る。むろんのちに彼女自身が告白するように、エリス島でシュレックという名前を一方的に我が物とし占有し続けてきた彼女にしても、被写体の農夫たちと何ら血縁関係があったわけもなく、写真屋から直接譲り受けたその写真と自分を架橋する幾多の物語を勝手気ままに捏造してきたに過ぎないことが判明する。しかしながら、旧大陸から持ち込んだ一枚の写真によって触発されたこうした彼女の自伝の捏造行為こそ、「私」がこれまで展開してきた写真をめぐる思索を裏書きし、差異を孕んだ伝記のさらなる上書きを実践したものではなかったか。あたかもそれを実証するかのように、芳醇な匂いが立ち込めた彼女の生活空間に足を踏み入れた「私」は、立体幻燈機を始めとする無数の骨董品の中からフォード車を歌った複製ピアノロールを譲り受ける。そして、仲良く自動ピアノに向かった二人は、お決まりのメロディーを彼らなりのテンポで即興的に「再生」してみせる。(6)

「私は可能性に住む」

ところで、こうした顚末を迎える一連の「私」の探求と相同関係をなすのが、会社の窓からふと目撃したパレードの赤毛の女を追い求めるピーター・メイズの探求譚である。歴史の隘路からこちらを見返す一枚の写真に誘われるかたちで、「私」が省察を深め、自伝の書き換えを行ってきたのと同じように、メイズもまた、蜃気楼のように視界に立ち現れた赤毛の女をストーカー的情熱をもって追跡するプロセスにおいて、自分のルーツと向き合うことになる。メイズの運命を変えた復員軍人のパレードの遥か彼方に、アドルフが恍惚として臨んだ大戦下のドイツ軍の閲兵場が幻視されることはさておき、ようやく正体を突き止めたこの赤毛の女優、キンバリー・グリーンは、写真をめぐる「私」の洞察といささかなりとも共振するところがある。まさにこのことは、カリスマ有名女優サラ・ベルナールに扮した彼女が演じる『私は可能性に住む』と銘打ったパフォーマンスに拠るところが大きい。

エミリー・ディキンソンの詩の一節をタイトルに借用したこの一人芝居は、キンバリーが、歴史を彩ってきた有名女性に次々と扮装し、スクリーンに映し出されたノスタルジックな写真のモンタージュを背景に、それぞれの声色を使い分け、架空もしくは編集された偉人の台詞を独白していくという趣向が凝らされている。このようなペイジェントのハイライトをなすのが、奔放極まりない若き日々から老醜の日々に至るまでを迫真の演技で再現してみせたサラ・ベルナールのシーンである。三人の農夫と同時代を生きた「偉大なるサラ」が、黄金の柩に死者さながら身を横たえた姿を写真に撮らせたことがあるばかりか、並外れた奇行とスキャンダルの伝説に彩られた当世一の有名人であってみれば、「写真」、「偉人」、「伝記」という、共犯の三角形をめぐる「私」の思索は、「フォード」と相まって格好の素材を探り当てたことになる。

T型フォード車のように「機械的に複製されたサラ」（174）と、彼女への加速度的な崇拝熱との相関関係をめぐる一連の考察を通じて、「機械的複製の時代は、有名人崇拝のありようを変える」（165）と述懐する「私」をよそに、メイズは、ガールフレンドのアリソンとともにユア・ムーヴ・シアターに足を運び、キンバリーのパフォーマンスに魅了される。そして彼は、キンバリーが、赤毛のサラのノスタルジックで確信犯的な演技をさらに演じ直すとともに、それを歴史的文脈の中に相対化し、なおかつそこに自らの再解釈を忍ばせることによって、「可能性に住む」ことの可能性を具現していることに気づく。既に見たように、写真というものが「未来へ送り出された記憶」（257）であり、撮影者の肩越しに「われわれを見返す」（258）ことで自伝の書き換えを促すのと同じように、伝記的衝動に満ちた彼女の一人芝居もまた、複製された似姿によって一世を風靡したサラを自分なりに捏造することによって、メイズに自伝の見直しを迫る。

さらにそれと呼応するかのように、パフォーマンスとシンクロするかたちでスクリーンに投影された一枚の写真が、メイズに自伝への衝動を抱かせるのに決定的な役割を果たす。「世界有数の富豪の跡継ぎ？」（201）という見出しの付いた新聞写真に、フォードとともに納まった若者が自分と酷似していることに驚愕したメイズは、「偉人」中の「偉人」であるフォードと凡人の自分が一体どのように結びつくのか、あるいはまた自分はいかなる意味において彼の相続人なのかと自問しつつ、自分の出自を遡求する作業に没頭し始める。そして、実家に舞い戻り、屋根裏部屋の探索に励んだ彼は、そこにうずたかく堆積したメイズ家の遺物を掘り起こしていくうちに、かつて大量に複製され流通した、死のポーズを取るマダム・サラの手札型写真を見つけ出す。それぱかりか彼は、ぬかるみを歩く三人の農夫の写真を発見し、その一人がフォードと一緒に写真に納まったくだんの若者であり、その人物、テオ・ランゲルソンことペーター・シュレックが、あろうことか自分の曽祖父に当たることを突き止める。

ここに至って、内省的な「私」の語りと対極をなす、「軽いロマンティック・コメディー」（Hurt 26）風に描かれたメイズの探求譚と、「ブリューゲルの絵画」（Hurt 26）を想起させるコミカルな三人の農夫のドタバタ劇は、にわかに接点をもち始め、メイズの自伝への衝動は、アドルフ、ペーター、フーベルトという、歴史の後方へ退いた三人の農夫のその後をめぐる伝記的叙述へと巧みに接合されていく。(7) その際、メイズを末裔とする無学なタバコ屋ペーターの数奇にして痛快極まる生涯が、大戦を前線で取材するジャーナリストへのなりすましという偽装と粉飾に満ちたものであることは、自伝の重ね書き、捏造、「伝記の虚偽性」（204）という点でとりわけ注目に値する。ひょんなことで、新聞記者テオの身代わりとしてフランス前線に赴くことになったテオ／ペーターが、あやふやな情報をもとに戦局をでっち上げ、もっともらしい記事を捏造して従軍記者として成功を収めたばかりか、前線に箱型カメラを持ち込むことにより戦時報道写真の先鞭を着けたこと自体、偽装性を秘めた「真実」と彼の親和関係を物語っている。それに加えて、記者会見でフォードと意気投合し、知遇を得たペーターが、将来複利的に増殖する信託基金をフォード貨幣にて贈与されたという事実もまた、「写真」、「偉人」、「伝記」という、増殖する欲望の三角形と彼の密接な関係を自ずと示している。

フォードの遅配された贈り物

曽祖父ペーターを介してフォードから贈られた思わぬ遺産に翻弄され、「空売り」ならぬ「空振り」に終わったメイズの物語の顛末は、コミカルにして反クライマックス的ご愛嬌といったところだが、テクストはこれまで述べてきた三つの物語のいずれの結末においても、「過去と現在が交差する瞬間」、言い換えれば惨劇に彩られた「過去の平面が現在の平面に切り込み、両者が横に並ぶ」空間（350）を強調することを忘れてはいない。パワーズはあるインタヴューで次のように述べている。「私のフィクションに対するヴィジョンは、相互連関性という概念と、『長大な時間』とでも言う考え方に基づいていると断言することができる。そこではすべての瞬間が、多変数の過去から出現し、かつまた遡及的にそうした過去をすべて変えてしまうのである」（Burn 169）。

過去と現在が相互に干渉し合いシンクロする、こうした時空の現出を可能にしているのは、まさしく写真という「未来に向けて投函された記憶」（350）に他ならない(8)。フラッシュの燐光に一瞬浮かび上がる被写体とそれを眺める観賞者は、見交わしたそれぞれの視線の向こうに、それぞれ、何十億という未だ見果てぬ末裔たちと、既にこの世を去った先達たちの幻影を追い求める。「彼ら［被写体］の眼差しは、未来の観賞者たちの数と苦しみに捉えられている。彼らは未来を見ている。そして見返している」（340–41）。ちょうどそれと同じように、観賞者の眼差しもまた、今は亡き被写体の数と苦しみに捉えられ、過去を見返しているのである。

このように見てくると、フォードからの贈り物が増殖する「仲間」を産もうが産むまいが、メイズは、過去から自分を見返してやまないペーターの眼差しに答えたことにより、「ひとつの世界の形見」（343）を買った他の二人の農夫とも、さらには彼らの「仲間」として同じように死の舞踏を踊ることになった無数の死者たちとも視線を交差させたことになる。少なくともそのような文脈において、「過去に隠された生存のコードをわれわれは拡張する」（336）ことができる。と同時に、「個人の体験というるつぼの中で遺伝子がふたたびテストされるのと同じように、写真のコードもまた、見られるつど再解釈されねばならない」（334）のである。写真「舞踏会へ向かう三人の農夫」もまた、メイズの身体を通り抜けることによって、自らのコードを書き換えるとともに、彼の「遺伝子」にもなにがしかの書き換えを施したと考えてよい。[9] つまるところ、「死を遠ざける癒しの護符」（256）である一方で、死を近づける「複製された亡霊」（257）でもある写真は、「見る者一人ひとりの想像力という、それぞれ勝手に改変を加える暗室」（306）にて現像されるプロセスを通じて、「フレームの彼岸にいる無数の人々」（342）との交感を可能にし、両者の「生存のコード」を拡張する。

以上、考察してきたように、複数の「仲間」をもつ写真「舞踏会へ向かう三人の農夫」は、逆説的ながら、目的地へ一直線に瞬時にして到達する反復可能な速度術《ドモロジー》ではなく、むしろその移動のプロセスにおける反復不可能な自意識の迷宮にこそ、豊饒な揺らぎと差異と陰影が孕まれていることを示唆している。そこに密かに生じる「誤謬もまた生産的であり、しばしば真実を生み出す」（Dawes 48）のである。寸分違わぬ「仲間」を大量複製するとともに、より速く「仲間」を出し抜くよう人間を駆り立て操作してやまない速度術《ドモロジー》内部に、密かに芽生えた脱構築的衝動としての伝記行為。速度術《ドモロジー》にひたすら身を委ねるわけでもなく、そこからさらなる遁走を企てるわけでもなく、そのシステムそのものが究極的にシステム自体にはね返り、内部から質的変化が起こるのを待つ差延の戦略。それこそ、もはや死者となった人々を、あるいは未だ生まれざる生者を、〈死〉と〈生〉のアポリアの向こう側から緩やかに立ち上げ、限りなく慈しむ何にも増して有効な手段だったのではないか。そのような視座に立てば、それぞれの物語において、「終端速度」での折り返しと自伝の書き換えを促すあの写真は、「仲間」思いの偉人フォードが、デトロイトで途中下車した「私」のみならず、舞踏会へ向かう三人の農夫と、遺産を手にし損ねたメイズのもとへ届けた「ゆっくりとした恩寵」[10]（142）だったと言えよう。

第八章

ホブズタウンより愛をこめて
——『囚人のジレンマ』における「爆心地《グラウンド・ゼロ》」への旅

「死とマジック、これがマッシュルームだ。あるいは死と不死の生命。」

ドン・デリーロ『アンダーワールド』

三つのナラティヴ

リチャード・パワーズの第二作『囚人のジレンマ』（一九八八年）は、前章で論じた『舞踏会へ向かう三人の農夫』と同じく、次元を異にして交互に提示される三つの物語によって基本的に成り立っている。すなわち、（1）章番号が割り振られている二一の章、（2）章番号がなく、タイトルに年号が付され、現在形で記述されているイタリック体の章、（3）何らかのフレーズをタイトルとするイタリック体の章の三つがそれにあたる。これらの外枠に、変則的な「カラマイン」という一ページにも満たない短い章が存在し、さらなる捻りが加えられている。視差を孕んだ三種類のナラティヴが共振し、徐々により合わされていくデビュー作と比較すると、この作品の三つのナラティヴは、前作の構造を反復しつつも、ウロボロスのように互いが飲み込み合い、解き難くより合わされているがゆえに、よりいっそう複雑な様相を呈している。この小説の「唯一の本当の地図は、この小説そのものである」(Birkerts 54)と言われる所以でもある。

ホブソン家の家父長エディ・シニアのミステリアスな病と死を前景化する(1)のナラティヴは、まずもってこの家族物語の主旋律を奏でていると言ってよいだろう。このセクションは、末っ子の誕生日を祝うために集う四人の子供たち、アーティー、リリー、レイチェル、エディ・ジュニアと妻アイリーンが、いかにエディの入院、失踪、死と向き合ったかを、ジュニアの一一月の誕生日の週末からクリスマス後の数日間までのタイムスパンにおいて鮮やかに描出してみせる。そこで、家族によって幾度となく言及されるもう一つの重要なトピックは、エディが長年にわたって「ホブズタウン」という得体の知れない架空のプロジェクトに没頭し、テープに録音を繰り返していたことである。

一方、タイトルに年号を冠したイタリック体の章、例えば、「ホブズタウン　一九三九年」をはじめとする(2)のセクションの章は、(1)のエディがテープに吹き込んだ物語のうち、消去を免れ、子供たちが聞くことのできた物語である。しかも、最終章「一九七九年」を除けば、事実上(2)のナラティヴの最終章にあたる「V-J」の結末のシーンが示唆するように、(1)のナラティヴは、(2)のナラティヴのヒーロー、「エディ」が、自らが立ち上げた架空のウォルト・ディズニーのオフィスに迷い込み、ディクタフォンに吹き込まれたメッセージ(『デカメロン』の冒頭部)を、さらに上書きするかたちで吹き込んだものである可能性が強い。もしそうだとすれば、「小説的な家族物語のセクションを書いたのは、ある意味で、イタリック体のセクションに登場する想像上のエディ・ホブソンということになる」(Hurt 32)という主張も、あながち的外れとは言えない。

では、このように複雑な入れ子構造にある(1)と(2)のナラティヴに対して、(3)は、一体いかなる位相を占めるのだろうか。(2)において、「家族自身がいつしか引き継ぐ」(333)ことを望みつつ、自らナラティヴを始動し、(1)で失踪したエディ・シニアが遺した録音テープを聞き終わったアーティーは、テープを巻き戻し、「どこかで、父が僕たちの星座の名前を教えている」(344)と吹き込み始める。この文句が、(3)のセクションの最初の章「なぞなぞ」の冒頭の一節であり、かつまたテクスト全体の冒頭の一節であることに思いを致すならば、そこから次のような推論を導き出すことも可能である。すなわち、(3)のナラティヴは、兄アーティーに倣って、子供たちが一人ずつ、エディがしばしば言及するアメリカ先住民よろしく「みんな一列に」(344)なって、父への思いを順に吹き込んでいったものであると見なすこともできよう。

バイオ・ポリティクスの「移動標的」

以上のように複雑な三つ巴のウロボロス的構成をなす『囚人のジレンマ』にあって、三つの物語を蝶番のように繋ぎ止め、それでいて中心の空白とでも言うべき奇妙な位相を占めるのは、言うまでもなくエディ・シニアである。一家に君臨する家父長でありながら、赤狩りの名のもとに体制から「移動標的」(88)にされてきた彼は、奇怪な病に悩まされつつ、西へ西へと移動を繰り返し、有刺鉄線発祥の地、イリノイ州ディカブルに絡め取られるように流れ着いた挙げ句、やがてはニューメキシコの砂漠の彼方へと失踪してしまう。エディの病状がいよいよ悪化するにつれ、妻アイリーンと四人の子供たちは、これまで直視することを避けてきた彼の病と真剣に向き合うことを余儀なくされる。だが、「放浪と発作」(57)を繰り返し、「ゆっくりと自分を始末し自分自身をこの世から消していく」(51)エディの人生を解きほぐし、再構築することは、家族にとっても決して容易なことではない。

さらにこうした状況に輪をかけているのが、自らの病に対する彼自身の態度である。「医者嫌い、組織的な健康管理への反感、あるいは人体機能への敬意は、父さんの超合理主義を彩る奇妙なねじれのひとつだった」(34)という叙述が示すように、自らの病に対するエディの態度には、誕生から死まで、人間の生と身体をすべてにわたって徹底的に管理しようとする「生-権力《ビオ・プヴォワール》」に対する嫌悪が顕著に表れている。

ミシェル・フーコーが論じたように、こうしたバイオ・ポリティクスを司る「生-権力」とは、「生命に対して積極的に働きかける権力、すなわち生命を経営・管理し、増大させ、増殖させ、生命に対して厳密な管理統制と全体的調整とを及ぼそうと企てる権力」(『性の歴史I』 173)に他ならない。王のような絶対君主が人民の生殺与奪の権をすべて握り、残忍な刑罰を通じて最終的に生命を剥奪し、「死に至らしめる」かつての権力とは異なり、顕現しない「生-権力」は、生命を慈しみ「生きさせる」権力である。言い換えれば前者が、「作為(faire)によって死をもたらし、その逆に不作為(laisser)によって生をもたらす」とすれば、後者は逆に、「不作為によって死をもたらし、作為によって生をもたらす」(市野川 96)ことになる。「生-権力」は、まずもって生を管理し育むことを何よりも優先し、それから外れた生命を「死の中に廃棄する」(『性の歴史I』 175)という権力なのである。

こうした「生-権力」は、フーコーによれば、個人の身体を管理育成し、調教し、飼い馴らすことによって服従させていくミクロ的な「身体のディシプリン」と、出生率、死亡率、健康水準、寿命、公衆衛生、住居、都市計画、進化といったマクロ的な生命のプロセスを管理・調整する「人口のレギュラシオン」の二極によって展開される。このように両極から生に働きかける権力テクニックをうまく稼働させるのが生のイデオロギーなのだが、その言説は、あたかも水が染み通るように、身体、健康、衣食住、性、福祉といった生活に密着した日常の隅々に至るまで、自然極まりないものとして浸透していく。そのような意味において、「生-権力」それ自体は、あたかも存在しないかのように不可視であり、顕在化することがないからこそ、メディア、学校、軍隊、役所、病院、監獄、家庭などといった組織を通じて密かに効率的に作動するのである。

こうした観点から逆照射すると、文字通り軍隊、学校、病院という制度に絡め取られ、病みつつも、家庭にあっては、ホブズタウンと命名された架空の都市計画に没頭し、子供たちを「囚人のジレンマ」(1)の迷宮に追い込む高校教師エディは、まさにバイオ・ポリティクスと抜き差しならぬ関係にあったことが窺える。『囚人のジレンマ』をめぐるジレンマは、このようにバイオ・ポリティクスの申し子とも言うべきエディが、自由と進化を求め、束縛を振りほどこうとすればするほど「生-権力」に侵食されていくという逆説に集約される。この点については、のちほど詳しく論じることにして、まずはエディが、一体いかなる意味において「えり好み不可能《ホブソンズ・チョイス》」（173）なバイオ・ポリティクスと共犯関係を結び、「反ディカブル的ユートピア」（Saltzman 105）、ホブズタウンを構想するに至ったのかを見ていこう。

ニューヨーク万博と〈進歩〉病

彼の「お気に入りの都市開発計画」（57）、ホブズタウンについて考察を始めるにあたり、その雛型として、ニューヨーク万国博覧会が果たした決定的な役割についてまず言及しておく必要がある。ナチの台頭により世界情勢が風雲急を告げ、第二次世界大戦の火蓋がまさに切られた記念すべき年、一九三九年から四〇年にかけて開催されたこの万博は、六年前にシカゴで開催された「進化の一世紀」展の理念を継承し、「明日の世界をつくろう」（42）というテーマを高らかに謳い上げていた。ヘンリー・ドレフュスがデザインしたテーマ館、「未来都市デモクラシティの精緻なジオラマ」（42）や、ノーマン・ベル・ゲデスがGMの展示館に具現してみせた〈フューチャラマ〉を呼び物とするニューヨーク万博は、科学とテクノロジーによって稼働するデモクラシーと資本主義を称揚し、ユートピア的なアメリカの消費都市の未来図を移動式のジオラマとして提示した点において、まさに「政治的プロパガンダ」（柏木 18）の様相を呈していた。フォーク・T・キルステッドが指摘するように、「博覧会の主催者たちは、大恐慌のさなかにあって、いかに合衆国が、台頭しつつあったコミュニズムとファシズムの脅威に対してデモクラシーを堅持するとともに、個人と共同体の間の疎外を是正し、すべての人々に豊かさを与えることができるか」(100)、そのヴィジョンを自国民のみならず世界に向かって可視化する必要に迫られていたわけである。

このヴィジョンを何よりも端的に具現しているのが、ニューヨーク万博のそこかしこに取り入れられた流線型のデザインである。「あらゆるムダと障害因子を排除するのに、もっとも効率的な手立ての総体を表象する記号」(原 227) として機能するこのスピード感溢れるデザインは、「アメリカのデモクラシーがつくり出すユートピア的な生活様式を象徴するデザイン」(柏木 19–20) であると同時に、「進化論と優生学を成立させる言説の枠組みにおいて語られた」(原 269) こともまた否定できない。大手家電メーカー、ウェスティングハウス社が、万博の自社パビリオンの着工時に地中に埋め込んだタイムカプセルは、まさに「流線型ミサイル」(41) を模しており、当時多大な影響力を揮った進化論と優生学に裏打ちされた文明観を余すところなく表象している。五〇〇〇年後まで密封されることになっているこのカプセルの中には、アメリカ的日常を物語る種々様々な物品が封入され、将来、地球文明が万一危機に瀕するような事態が起こっても、優生学的に進化の先端をいく一九三〇年代のアメリカの生活様式がそっくり移植継承されるよう、未来に向かって文明の「ミサイル」が撃ち込まれたのである。

こうした国家的要請に応えるべく、くだんのウェスティングハウス社によって創造された架空のミドルトン一家は、この万博のプロモーションにおいて絶大な力を発揮する。メディア・イベント的に多様なメディアを巧みに絡め実現したこのプロジェクトは、未曾有の宣伝効果をもたらしたが、なかんずく映画『ミドルトン一家、ニューヨーク万博に行く』(一九三九年) は、国民をこぞって万博へ誘導する起爆剤となる。「ミドルトン」一家とは、その名が如実に表すように、中西部、中流階級の白人アメリカ人家族の典型であり、一家の息子、バド少年こそ、科学が約束するユートピア的未来へとエディを誘う水先案内人だったのである。

このように、万博のシミュラークル的産物であり、輝かしい未来の萌芽《バド》とも言うべきバド少年と共鳴するかのように、多感な一〇代のエディは、未来のヴィジョンによって初期化され、根本から造り直される。「この年に開かれた万国博覧会の純粋な産物たるエドワード・ホブソン」(47-48) の誕生である。「テクノロジーの進歩と有用性を祝う前例なきこの祭典」(82) は、彼に「秩序への激しい熱意」(82) をかき立て、あたかもウイルスに感染したかのようにエディは、アメリカが誇示する〈進歩〉の呪縛力に囚われる。「そこは〈進歩〉病の病原菌の温床であり、父さんはたちまちそれに感染した」(82) のである。〈トライロン〉、〈ペリスフィア〉といった万博の象徴とも言うべき奇抜な建造物や、数あるパビリオンの中で、彼を虜にしたのは、一九六〇年の未来都市をミニチュアレプリカとして可視化したゼネラルモーターズ社の〈フューチャラマ〉である。この精巧なレプリカによって、「現実世界の未来が決定されていく」(83) ことに感服したエディは、「わずか二一年後の完璧な世界像」(83) を自ら実現したいという思いに取り憑かれ始める。

彼のこの衝動は、「進化に求愛する者」(84) として、「混沌から秩序を抜き出し、ものごとをあるべき場所に導いてエントロピーを減少させたい」(83) という願望を生み出すが、そのとき焦点化されるのが、無駄のない効率至上主義、言い換えれば「工学的完璧さの感覚」(84) である。ダンケルクの奇跡や、日系アメリカ人の強制収容、ひいてはナチのホロコーストといった第二次世界大戦中に生起した極度に効率化された事件を、当時の彼はまだ知る由もない。だが、彼を感化した〈進歩〉と〈完璧さ〉への偏愛には、いくつもの陥穽が潜んでおり、それこそがその後の彼の人生を決定づけ、彼を苦しめる元凶となる。「日々触れるすべての事物を、最大限かつ最適に利用したいという欲求に父さんは感染していた。その欲求が、父さんを死なせる一因となったのだ」(82)。逆説的ながらエディは、あらゆる束縛を解き放ち、〈進歩〉を信奉するアメリカの理想主義的な未来の虜となり、その罠から死をもってしか解放されることはなかったのである。

ホブズタウンという名の牢獄

家族を尻目にエディは、長年にわたって一人でテープに吹き込み続けることにより、「こっそりと、都市計画の真似事」（200）を遂行するが、その一環として密かに立ち上がるミステリアスな幻想都市ホブズタウンは、まさしくそうした彼のナルシシスティックで理想的な進歩観を表象するメタファーとなっている。こうした彼のユートピア的理想主義の向こうに、「丘の上の町」を建設しようとしたピューリタンたちや、自作農による美徳の共和国アメリカの理想を探り当てることはさほど難しくないだろう。確かに、「ホブズタウンとは、完全な自給自足の原則を実践する唯一の独立国」（124）であり、「すべてを捨て去り、削ぎ落とし、残ったのはもう、いっさい邪魔もなく、自分たちだけで、自分たちを相手に、自分たちのために生きていくという神秘だけ、という状態」（124）を希求する。そのような意味において、ホブズタウンは、「彼の修道院であり、聖骨箱、聖廟であり、余計なものはなしで済ませるという美徳の礼拝堂」（124）だったのである。

にもかかわらず、それは、〈進歩〉がもたらした「幽霊たちとの格闘」（142）を余儀なくされるという意味において、彼を深刻なジレンマに陥れる牢獄の格子《マトリクス》にもなりうる。「ホブズタウンという名の、あの架空の腫瘍」（172–73）は、「自らの完璧主義に囚われた父」（81）が、密かにマゾヒスティックな喜びと苦しみに身を震わせつつ、退行を繰り返す「父の真の牢獄」（153）なのである。(2) しかも、「進化という名の、暴走を始めて久しい動物」（170）とエディの格闘は、謎めいた彼の病と相まって密かに行われるからこそ、かえって家族の意識を研ぎ澄まし、一家を外界から孤立させる遠因ともなる。彼の病が「家庭において持続的に現在時制を生み出していた」（Grausam 129）所以でもある。病をおして、彼が現実逃避的にホブズタウンのプロジェクトにのめり込めばのめり込むほど、家族もまた現実との接点を断ち切られ、彼が司る家族ゲームに絡め取られていく。「父さんのミニチュアの教室それ自体が、囚人の網目《マトリクス》なのだ」（72）というアーティーの言葉通り、四人の子供たちは、ホブズタウンに自らを幽閉するエディのさらなる虜囚でもあったのだ。(3)

とは言え、こうした「家族神話」（McFarland-Wilson 110）の頂点に君臨する「エイハブたる父さん」（24）が、子供たちに揮う権力は、必ずしも専制的なものではなく、むしろ牧人型権力に近い。一言で言うならば、家庭でも「教師」として子供たちを熱心に訓育し、真理へと導こうとするエディと彼らの濃密な家族関係は、羊飼いと羊の関係に似ている。彼らの関係は、フーコーがバイオ・ポリティクスとの関係において論じた「司牧システム」を想起させる。フーコーによれば、ヘブライ社会における「羊飼いの権力は、固定した領土においてよりも、ある目的に向かう多様な移動において発揮される。羊飼いの役割は、自分の率いる群れにその糧を供給し、日常的に見守り、その安泰（＝救済）を保証することである。そして、最後に、本質的なパラドックスだが、それは、たった一匹の羊と群れの全体を等価とすることによって、個人化をもたらす権力なのである」（『思考集成Ⅷ』365）。キリスト教の導入により、さらにこの図式には、「個人に救済を義務として強制することのできる」〈牧人＝司祭〉は、「絶えざる監視と管理の力を個人の行動すべてに及ぼし得る」（『思考集成Ⅶ』150）という、権力のテクノロジーが付け加わる。

赤狩りの標的として、歴史教師エディがマッカーシー委員会の査問を受け、家族という「群れ」を率いて「大西洋と太平洋のあいだを、動く標的のように進み」（14）、有刺鉄線発祥の地、ディカブルに逢着したことは既に述べた。まずもって、献身的な羊飼いとして羊を飼い馴らす彼の役割は、子供たちに教育という日々の糧を与え、自らの思考によってこの世をマッピングしていく知力を育むことにある。テクストの冒頭に配置された「なぞなぞ」の章は、地面に寝転がり、懐中電灯を夜空の星座に向けて熱心に子供たちを果てしない宇宙に向き合わせようとするエディの姿を象徴的に描き出している。彼は子羊たちに安易に知の糧を与えることなく、「すべてを意味するとも言えるし何も意味しないとも言える決まり文句《クリシエ》」（54）や格言でもって、彼らを常に煙に巻く[4]。その一方で、「歪められ病んだ世界を癒すカラマイン」（215）のエピソードが示すように、アプトスの海辺での休暇のある日、波にさらわれ擦り傷を負った子供たちが「現世における救済をあきらめたころになって」（25）はじめて彼は、「外国の岸から流れ着いた」（25）瓶[5]入りの妙薬「カラマイン」を「絶好のタイミングで」（25）発見し、「海はもたらしたもう」（25）と、群れに安寧をもたらす。このことは、難題を吹っ掛けつつも、群れをなす四人の子供たちにそれぞれ愛情を注ぐことによって、彼らを徐々に飼い馴らしていくエディの手法を雄弁に物語っている。かくして、核時代の「典型的な『核家族』」（Grausam 127）、ホブソン家の子供たちは「牧人羊」（63）を合唱し、まさに「父の授業の総計」（16）として、彼の「司牧システム」の中に組み込まれていくのである。

「監獄製のワールド・ワールド」

ところが、そのような「司牧」エディは、皮肉にも、自らが立ち上げたホブズタウンのプロジェクトにおいて、ディズニーが独裁的に司る壮大な映画プロジェクト、『君が戦争だ』のヒーローとして、「監獄製のワールド・ワールド」（217）に取り込まれていく。バドがガダルカナルにて戦死したのに伴い、エディ少年は、ディズニーに半ば拉致されるかたちで、この遠大なプロジェクトのヒーローに抜擢され、収容所から解放された日系人とともに、地図上の空白地に現出したスタジオに事実上収容されることになる。はからずもこのことは、エディのホブズタウンのプロジェクトと、架空の戦時版ディズニーランド、「監獄製のワールド・ワールド」が、完全な都市計画のうちに個人を管理統制するバイオ・ポリティクスという一点において、通約可能であることを示唆している[6]。

アイディアが浮かぶとすかさずディクタフォンに口述《ディクテイト》し、パノプティコンさながら一望監視のファンタジーの帝国に「恵み深き独裁者《ディクテイター》」（100）として君臨するディズニー。この「独裁者《ディクテイター》」に振りつけられる若き日の自分を、架空の物語としてホブズタウンのテープに吹き込み続けるホブソン家の「独裁者《ディクテイター》」、エディ。この物語内物語において、エディ少年は、ディズニーのディクタフォンに自らの物語をさらに上書きする。かくもウロボロス的に包含し合う二人の独裁者《ディクテイター》／口述者は、現実の出来事と捏造された虚構の境界線をいとも簡単に越境し、自らが君臨する「収容所」を想像力によって統括するという点においても、少なからず共通点をもちあわせている。

ここで強調しておきたいのは、映画や吹き込みといった映像・音声記録メディアが、「カウンター・ヒストリー」（Grausam 126, 138）を創造するこの二人の独裁者《ディクテイター》／口述者の共通の基盤をなしていることである。「〈グレン・ミラー探知機《テイラー》〉」（74）という渾名の通り、「一九三九年から一九四六年までのポピュラーソングが流れているのを感知する能力」（74）を有するエディは、ポピュラーソングのみならず無類の映画好きであり、戦意高揚映画のマチネーで、妻アイリーンと運命的な出会いを果たしたことは、何よりも彼と映画の親和性を物語っている。だが、ヒトラーがポーランドに侵攻した一九三九年という文脈にハリウッド映画を位置づけてみると、ここに奇妙な逆説が浮上する。すなわち、第二次世界大戦の火蓋が切られたメルク・マールとなるこの年、オスカー賞を受賞した『風と共に去りぬ』をはじめ、『オズの魔法使い』、『駅馬車』、『嵐が丘』、『チップス先生さようなら』、『スミス都へ行く』など、映画史上に残る錚々たる名作を生み出したハリウッド映画産業は、「絶頂に達するさなかにも病んでいく」（44）兆候が見られるのである。ホブズタウンのテープにおいて一三歳当時の自分を振り返ったエディは、ファシズムの台頭によって時局が悪化し、現実がますます受け入れ難いものになるにつれ、逃避手段として「映画はなぜか、現実に取って代わっていた」（44）ことに愕然とする。

このような戦時下の文脈において、ハリウッド映画は、国家総動員体制のもとに、国内戦線《ホーム・フロント》において戦意高揚を担う欠くべからざる重要なメディアとして、プロパガンダ映画の色彩を帯びるようになる。三〇年代に、『三匹の子ブタ』、『白雪姫』のようなヒット作に恵まれたディズニーもまた、陸軍長官ヘンリー・スティムソンの要請を受け、『空軍力の勝利』や、ドナルド・ダックの短編『総統の顔』といったプロパガンダ・アニメの制作によって戦時体制の一翼を担い始める。このことは、『舞踏会へ向かう三人の農夫』に描かれたように、合衆国の第一次世界大戦への参戦に伴い、フォードが自動車工場を兵器工場へ転用し、大量殺傷兵器を生産する死の商人に変貌を遂げたという事実とまさにパラレルをなす。

だがフォードが、「仲間を助けよ」というスローガンを掲げ、「愚者の船」を想起させる平和船の試みにおいて挫折を味わった末、そのような大胆な方針転換を行ったのに対して、『囚人のジレンマ』に描かれたディズニーは、逆に、戦意高揚アニメの制作に一旦は手を染めながら、自らの手でそれを脱構築しようとしたに等しい。エディが語る架空のホブズタウンの物語において、ディズニーがスティムソンの協力を取りつけ、収容所に連行された日系人を総動員して遂行する壮大な映画プロジェクトの名は、『君が戦争だ』。この映画は、合衆国の戦時プロパガンダの枠組みを踏襲しつつも、それを内側から変質させてしまい兼ねない両義性を孕んでいる。換言すれば、この映画プロジェクトは、プロパガンダ映画の体裁を保ちつつも、合衆国が敵性人と見なし収監した日系アメリカ人に大きく依存しているという点において、強制収容という非情なバイオ・ポリティクスの矛盾を炙り出す、メタ・プロパガンダとしての機能を内包している。

この点についてさらに考察を深めようとすれば、有刺鉄線に囲まれた日系人たちの「囚人村」(131)を、地図上の空白地へそっくり移行したかのようなこのプロジェクトの映画セット「ワールド・ワールド」が孕む二重性について、ここで少し触れておく必要があろう。ホブズタウンの物語において、自分の有能な部下の日系人が収容所送りになったことに憤慨したディズニーが、新たに現出しようとするこの「膨張していく魔法の王国」(185)は、「囚人のジレンマ」とは無縁の相互信頼の善意が勝利を収める「理想郷《シャングリラ》」(264)に他ならない。ディズニーは、そのような現代版「丘の上の町」を創造するにあたり、「模範的な国家を零から設立しすべてを再始動させるのにうってつけの地勢」(213)を探り当てる。すなわち彼は、合衆国の各個人の一票一票が同じ重みをもち、その総和が究極的に物を言う民主主義の理想を具現するかのように、「すべての平凡なきみから等距離にあるアメリカの人口重心たる町」（181）にスタジオを定め、プロジェクトの指令本部を有刺鉄線王の邸宅に置いたのである。このことは、「かつて零記号だった土地」（185）から新世界を立ち上げるという意味で、「ワールド・ワールド」が、「収容所のない世界の実現を早める映画」（183）制作の最適地であることを物語っている。と同時にそれが、「人口のレギュラシオン」の要とも言うべき「人口重心たる町」にあるという点で、依然としてバイオ・ポリティカルな呪縛に満ちた「監獄製のワールド・ワールド」（217）であることを示している。

このように、ホブズタウンの物語においてディズニーが創造する世界内世界としての「ワールド・ワールド」の二重性は、「政治学とお伽噺とのあいまいな境界」（267）の現出と深く関わっており、そのありようを探ることは、ディズニーが陥った陥穽、ひいてはエディが陥った陥穽を考察するうえで大いなる意義を有する。『君が戦争だ』において、こうした二重性は、「典型的アメリカ少年」（213）、バドの衣鉢を継ぐエディと、ミッキーマウスという稀代のナイスガイの協働という映画手法と決して無関係ではない。生身の人間とアニメのキャラクターが互いに言葉を交わしつつ絡むという、当時としてはまさに画期的な手法を、ディズニーは既に一九四〇年の『ファンタジア』において確立しており、「出来事と捏造とのあいだのあらゆる境界は、両者の出会いによって、いともあっさり無化されてしまう」（99）のである。

パルマコンとしての〈フェアリー・ダスト〉

このとき少なからぬ役割を果たすのが、おぞましい現実に生気を吹き込み、一瞬にしてユートピア的世界を現出する〈フェアリー・ダスト〉である。フェアリー・ダストとは、「心のプリズム、…具現された想像力」（256）の謂いに他ならない。ディズニーの魔法の箒が撒き散らすこの粉は、「一票に生命《アニメーション》を与え」(100)、「世界を浄化したいという衝動」(207) をたちどころに具現する一方で、その並外れた威力ゆえに、扱い方を少しでも誤れば有害な毒としても作用しかねないパルマコン的性質を帯びている。ディズニーの歓心を買うために、『君が戦争だ』のスタッフがスタジオとセットが完成するまでを撮影した試作フィルムにおいて、この魔法の粉は、あたかも放射性物質のように厳重に幾重にも筒の中に密封されるべき物質として登場する。物々しい防護服を着た人間がそれを開封した瞬間、「アニメーションの妖精たち」(214) が一気に飛び出し、今まさに炎に包まれ、失われようとしている世界に善意を撒き散らすという趣向である。このように危険かつ魅惑的な〈フェアリー・ダスト〉をめぐる両義性は、病に冒されたエディがうわ言のように口にする万能薬、カラマインのパルマコン性と深層において通底する。すなわち、〈フェアリー・ダスト〉は、「歪められ病んだ世界を癒すカラマイン」(215) であると同時に、エディの体を蝕み、最終的に彼を死に至らしめる放射能被曝のメタファーとしても躍動するのである。

もっともエディは、そのような〈フェアリー・ダスト〉の魔性に最初から気づいていたわけではない。と言うのも、『君が戦争だ』における〈フェアリー・ダスト〉の役割は、基本的に「相互善意の清い世界に通じる唯一の道」(269) へとエディ少年を、ひいては国民を導くことであり、しかもそのような理想世界への水先案内人は他ならぬミッキーマウスだったのだから。エディの物語はすべて白黒で撮影され、彼が歴史に巻き込まれ危機に陥ると、いずこからともなくミッキーマウスが現れ、〈フェアリー・ダスト〉の鮮やかな色彩の施された「未来を見る旅」(274) へと彼を導き、危機を乗り切れるよう講釈を垂れる。だが、このように「ミッキーマウスが戦争に行くのだ」(103) という戦争アニメの手法を踏襲しつつも、この大規模プロジェクトにおいてアニメと実録フィルムを限りなく洗練されたかたちで接合させたディズニーは、自らの意図を遥かに超えて、この戦争が孕む矛盾を曝け出すことになる。「映画産業は…セルロイドの戦争を量産して」(218) おり、そのような「つくり物によって「戦争に」誘い込まれたからには、同じ出入り口を通して戦争を把握するほかない」(219)。こう考えるディズニーは、自らが精通するアニメに対するメディアの政治的利用を逆手に取り、相互善意に満ちた世界の実現を模索しようとする。にもかかわらず、彼の試みは、〈フェアリー・ダスト〉という禁断の魔法の粉を用いたことにより、戦争の大義を破綻させ、忍び寄る核被曝の脅威によってエディをさらなるバイオ・ポリティクスの虜としてしまうのである。

このことをこのうえなく不吉なかたちで描出しているのが、『君が戦争だ』のクライマックスをなす第五リールである。そこで、ミッキーマウスという善良なる「漫画のキャラクターはつま先で立って背伸びし、粉をエディ・ホブソンの髪にふりかける」（308）。だが、ミッキーマウスに導かれ、エディが終戦から戦後世界を俯瞰するこの未来への旅において提示される世界像は、まさに「信頼の欠如が信頼の欠如を生む」（311）冷戦の「囚人のジレンマ」的世界に他ならない。日系人の収容所送りは合憲との判断が下され、かつて連合国として戦争をともに戦った米ソ両大国の猜疑心が際限なく募っていくこの悪夢的世界において、〈フェアリー・ダスト〉はユートピア的世界への導きとはもはやならず、いつ炸裂しても不思議ではないまばゆい核の閃光を表すメタファーへと反転する。原爆の放射性降下物、すなわちフォールアウトとしての〈フェアリー・ダスト〉の誕生である。アニメの「悪い魔女が聖なる脅威を撒き散らす場面」（308）を遥かに凌駕し、「不定形の亡霊たちがかたちをなして画面から飛び出し……いくつもの大陸じゅうにはびこる」（308–09）とき、〈フェアリー・ダスト〉の亡霊は、「触れようものなら、間違いなく自分が消えてしまう」（309）放射性〈ダスト〉へと変貌を遂げる。

「ここから出してよ」（310）というエディの願いも虚しく、これまで水先案内人を務めてきたミッキーマウスは、この時点でもはや使命を終えたかのように、空中に姿を消す。そしてついに、運命の日は一九四五年七月半ばにやってくる。ニューメキシコ州アラモゴード近郊のホワイトサンズの空軍基地に配属されたエディは、気晴らしに兵舎の外に出て、ラッキー・ストライクを一服吸い終わった瞬間、砂漠で「神々しい日の光に出会う」（312）。「ホブソンの白黒世界が初めて、彼がどこかへ連れていかれることなしにカラーになった」（312）のはまさにこのときである。ミッキーマウスに頼ることなく、〈フェアリー・ダスト〉が炸裂したこの瞬間、「昼間より三倍明るい」

(321)閃光に幻惑され、何が起こったのか皆目見当もつかないエディは、「フェアリー・ダスト、ひたすら信じるんだ」(321)と呟く。にもかかわらず、その「明るさはそのままいつまでも浮かび続け…永久に明るいまま」(322)、トラウマとして生涯彼に取り憑く。「ポストモダンのイコンとも言うべき偽りの薄明が、時を脱臼させてしまったのである」(Grausam 128)。

かくして、「歪められ病んだ世界を癒す」(215)ために、秘薬「〈フェアリー・ダスト〉を放出せよ」(217)というディズニーのプロジェクトは自家撞着に陥り、彼の「カラマイン」とも言うべきミッキーマウスの〈フェアリー・ダスト〉は、正義のためには大虐殺も厭わない核の「魔法の虹色の粉」(329)へと変質してしまう。エディがテープに吹き込んだホブズタウンのプロジェクトは、このように暗転したディズニーのプロジェクトにさらなる上書きを施し、核の恐怖に取り憑かれた悪夢的世界を更新しようとする企てだったのである。

「零からもう一度はじめよう」

原爆という「魔法の虹色の粉」が振り撒かれたことにより、大戦が終結するとともに、日系人スタッフもすべて解放された今、もはや人影もない「ワールド・ワールド」を彷徨するエディは、ディズニーの事務所に侵入し、彼が吹き込んでいたディクタフォンを再生する。そして、『デカメロン』の一節の引用をもって締め括られたディズニーの最後のメッセージに落胆したエディは、彼のメッセージの上に次のようなメッセージを吹き込んでいく。「零からもう一度はじめよう。小さな世界を作ろう。ミニチュアのミニチュアを、そう、人口半ダースくらいの…」(333)。このような出だしで始まる彼のメッセージは、やがて世界の「ミニチュア」としての「人口半ダース」で構成されるホブソン家の物語へと折り返されていく。こうしてディズニーのディクタフォンを占有し、彼のメッセージに上書きを施して誕生したエディの私家版「ワールド・ワールド」こそ、章番号が割り振られたホブソン家をめぐる章を構成していると考えられる。

以上見てきたように、「歴史の病をめぐる物語から、まさにその病を病んでいる父親の物語へと変わっていった」(317) ホブズタウンのプロジェクトは、(7) 主人公が原爆の〈フェアリー・ダスト〉を浴びることにより袋小路に陥った瞬間、ディズニーの「ワールド・ワールド」をメビウスの輪のように反転させたホブソン家の「ファミリー・ワールド」として蘇る。「名高き完璧主義者たる父さん自身が──名高き囚人が」(317)、「四半世紀かけて丹念に作業を重ね、追加し、修正し」(315)、「納得するまで録音し直す」(317) ことも厭わなかったのは、まさにこの起死回生の反転のためだったと言ってよい。彼の〈フェアリー・ダスト〉被曝により、ディズニーのプロジェクトが「惨事《カラミティ》」と化したとき、エディは、さらなる解毒薬「カラマイン」として、自らの吹き込みを、一家の絆となる物語としてホブズタウンより愛をこめて家族に遺したのである。

そのような反転を可能にするパルマコンとしてのディクタフォンの改竄、上書きにこそ、失踪したエディをめぐる錯綜した〈死〉のアポリアを解きほぐす鍵が隠されている。郵便的不安を覚えつつ、彼が命と引き換えに放出したこの秘薬としての録音との関係において、再び焦点化されるのが、家族の物語を彩る〈フェアリー・ダスト〉である。ホブズタウンの物語の結末において、ディクタフォンに吹き込まれた彼の声を聞く家族には、「エディが語るとともに、メタリックな緑や紫が機械から放射され、家中に彼の語りが満ちていく」(333) のがわかる。そして、エディの語りという〈フェアリー・ダスト〉を浴びた家族自身が、「いつしか物語を引き継ぐ」(333) という自覚のもとに、エディの物語を受容するとともに、新たな発信に積極的に身を委ねていくことになる。こうした受容と発信の蝶番の役割を果たすのが、ホブソン家の物語を締め括るエディの次の言葉である。「それは五月のなかばの、二度と繰り返しようのない日で、まだ家に残っている者たちはみな夕食の席につく」(333)。家長父エディが最後に吹き込んだこの言葉は、最後から二番目の変則的な章「カラマイン」と、最終章「一九七九年」の冒頭の文言として、子供たちによって継承され、エコーとなってテクストにこだまする。

こうしてあたかも肉体を喪失したかのように専ら声として家族に取り憑き、物語の継承を求めるエディは、章番号が割り振られたセクションの終盤においても同様に身体性が希薄となっていく。やっとのことで入院することに同意した退役軍人病院を抜け出してからというもの、彼は専ら電話の声としてのみ存在し、家族を翻弄し続ける。その結果、「家から消えたばかりの亡霊」(299)を欠いたまま、クリスマスを祝った一家は、父の失踪に居ても立ってもいられなくなり一人で捜索に乗り出したエディ・ジュニアに、すべての望みを託すことになる。父からかかってくる電話のわずかな情報を頼りに、レンタカーを借りて旅に出たジュニアは、「アメリカのフロンティアがいまや観光客目当ての罠に成り下がり」(335)、合衆国そのものが、「文化や歴史の無菌化プロセス」(Ross 134)を経て、ディズニーランドや万博のような奥行きを欠いた「巨大なテーマパーク」(335)と化してしまったことに当惑を隠せない。「レジデンス・ワールド」、「ドライバーズ・ワールド」、「マーク・トウェインの故郷ワールド」、「フード・ワールド」といった具合に小奇麗に区分され、牢獄さながら外部から遮蔽されたあまたの「ミニ・ワールド」を経て、ようやく彼は一年の最後の開館日にロスアラモス国立研究所の博物館に辿り着く。

散種されるフェアリー・ダスト・メモリー

自らの被爆体験の原点とも言うべきトリニティー・サイトの「爆心地《グラウンド・ゼロ》」(337)に立ち戻った亡霊を追跡するかのように、父の足跡を辿るエディ・ジュニアは、そこに父が立ち寄ったか、あるいはまだそこにいるかもしれないことを暗示する奇妙な悪戯に出くわす。まずもって入場料を払おうとしたとき、彼は、レジに「エド」という名前が書かれたネズミの耳が一組放り込まれていることを目ざとく見つける。さらにまた、映写室で映し出されるはずのニューズリールの代わりに、『総統の顔』を思わせるナチの軍服姿のドナルド・ダックが、一瞬、スクリーンに浮かび上がる。そうかと思えば、いずこからともなく聞き覚えのある声がスピーカーから響き、アメリカ民謡「新しい牢屋」の古いブロードウェイ・ヴァージョン、「囚人の歌」を歌い出す。「誰か愛してくれる人がいたら／俺のものと呼べる誰かがいたら／誰か信じられる人がいたら／一人の暮らしはもう疲れた」(340)。このようなフレーズで終わる歌の最後まで、父と思しき声を聴き届けたエディ・ジュニアは、この辺鄙な砂漠で、「四〇年ほど前になかば開始したおのれの火葬を、父がようやく完了した」(340-41) ことに気づく。

　こうして砂漠への巡礼の旅路の果てに、エディが人知れず自らの「火葬」を完遂したに違いない「爆心地《グラウンド・ゼロ》」に到達したジュニアは、ダストを握りしめ、一家を代表して息子として亡父の追悼《メモリー》の儀式を忠実に執り行おうとする。すなわち、「あとは家族の一員が、灰を撒くことでそれをまっとうな儀礼に仕立て上げるのみ」(341) と悟った彼は、「砂に向かって何かをささやき、灰を宙に投げ上げる」(341)。かくして、終生エディを翻弄し続けた放射能の〈フェアリー・ダスト〉と、ミッキーマウスのファンタジーの〈フェアリー・ダスト〉は、ふたたび妖しく重なり合い、エディの形見《メモリー》である遺灰《ダスト》として地球の周りをめぐる。「二〇世紀の爆心地《グラウンド・ゼロ》」(Dewey 41) から舞い上がった瞬間、「白い砂はひゅうっと、驚くほどの速さでまっすぐ上がっていき、貿易風に乗って、たちまち地球を三周分、見えない薄帯に包まれて広がっていった。ふたたび地面に落ちてきたとき、いまや無数となったそれらの粒は、眠る王国の人々の目の中に入っていき、何百年ものあいだそこに垂れこめていた呪縛を解いた」(341)[8]。結局のところ、ジュニアのこの散灰の儀式によって、エディの命を蝕んだ死の灰は、遺灰《ダスト》として地球を悪魔払いしたのち、無数のダストとなって地上に降下し、そこに長年巣くってきた宿痾とも言うべき「呪縛」を解くに至る。それにともない、〈彼〉と〈われ〉の猜疑心のゲームにあぐんだ囚人たちは牢獄から解放され、「〈われわれ〉に回帰」(313) していくことが可能となる。

　このように最期の瞬間、お伽噺のようにすべてを解決してしまうエディの遺灰《ダスト》は、ホブソン家の人々のみならず、

「囚人のジレンマ」に陥ったすべての人々の「欲望の網目《マトリクス》」(321)を打ち破る秘薬「カラマイン」として読者の前に立ち現れる。短いながらも重要な役割を担い、テクストを締め括る二つの章「カラマイン」と「一九七九年」は、エディが「爆心地《グラウンド・ゼロ》」から子供たちに託した脱「囚人のジレンマ」のポリティクスが移植されていく基盤を新たな可能性として提示している。アーティーとジュニアに加え、「僕ら息子たちは、三人とも」(345)と述べられているように、パワーズ自身と思しきさらなるもう一人の兄弟が語る「カラマイン」の章は、言わばテクストに挿入されたメタ・テクストとして、読者が紡いできた複雑な三つのナラティヴの基盤を内破し、それを開かれた外部へとさらにリンクしていく。「父を亡くしたことをどう受け止めたらいいのか、糸口のようなものが見えたのだ。戻ってくるすべを知るためにじっくりと隠れていられる場所の見取り図が。それをパワーズ・ワールドと呼ぼう」(345)。この言葉に象徴されるように、この変則的な章は、『囚人のジレンマ』というテクストそれ自体が、作者自身にとって、亡父への追悼《メモリー》の糸口となる「カラマイン」であり、かつまた彼が読者に処方する「カラマイン」であることを示唆している。

以上辿ってきたように、フェアリー・ダスト・メモリーを通じて、ディズニーの「ワールド・ワールド」は、エディが構築したホブズタウンの「ファミリー・ワールド」へと反転し、さらにまたそれは「パワーズ・ワールド」へと接続され、ひいては読者の「リーダーズ・ワールド・ワールド」へと継承されていく。差異を孕みつつ、それでいてゆるやかに同心円状に広がるこの脱「囚人のジレンマ」の基盤をなすのは、あくまでの一粒の砂に過ぎない「ダスト」としての個人である。核の脅威の名のもとに、専ら〈われ〉の生のみを徹底して管理し育もうとするバイオ・ポリティクス。その一方で、エディのように一旦それから外れた生命を「死ぬに任せる」(市野川　90)「生-権力」。究極的に、このシステムを内側から脱構築できるのは、何をおいても「ダスト」としての個人より他にない。エディの遺灰《ダスト》が「ふたたび地面に落ちてきたとき、いまや無数となったそれらの粒」(341)は、「自分を解放するために自分を閉じ込めるという、現代史の特別な時間」(250)から彼をようやく解放したのである。そして、永遠に骨抜きにされ、喪失したかに見える「歴史」に赦しを乞い、「歴史」と和解を果たした彼は[9]、自らが生まれ落ちた歴史の扉を開く鍵が、「報復を旨とする脅威」（250）のポリティクスにあるのではなく、ノマドのようにさまよえる「一握りのフェアリー・ダスト」（274）としての個人の中に潜んでいることを、身をもって示したのである。

であればこそ、ジュニアの葬送儀礼によってエディの遺灰《ダスト》を散種された子供たちは、父のフェアリー・ダスト・メモリーを語り継ぎ、さらにまたそのうえに自らの物語を織り込むことにより、「計り知れない『トリクル・アップ』効果」（Morrow n. pag.）の可能性に賭けることができる。このとき、「自分たちには誰にでも自分たちが思っている以上のものがあるのだ。だが、われわれはときに、自分の意思で行動するように他人にけしかけてもらう必要がある」（348）というエディのお気に入りの箴言は、アイロニックに反転を遂げる。「あらゆるインディアンは一列で歩く。少なくとも私の見た一人はそうだった」（55）という、もう一つの彼の十八番と同じく、そのアフォリズムは、自己矛盾をきたしつつ、メビウスの輪のように裏返しになる。そこから導き出されるのは、自明の言説として浸透する冷戦期の「生-権力」さながら、「われわれはときに、自分の意思で行動するように他人にけしかけてもらう必要がある。だが、自分たちには誰にでも自分たちが思っている以上のものがあるのだ」という命題である。ここに至って、「えり好み不可能《ホブソンズ・チョイス》」（173）だったはずのホブソン家の囚人たちは、エディの遺灰《ダスト》によって解放されるとともに、自由と自らが体現する一票の重みに耐えねばならないのである。

それを見届けるために、最終章においてエディは、亡霊となってホブソン家の「ファミリー・ワールド」に再び舞い戻る[10]。一家が一同に会する「五月のなかばの、二度とくり返しようのない日」（347）、「玄関ポーチの窓から、前にもどこかで見た顔が中をのぞき、亡霊が自分でドアを開けて入ってくる」（348）。かつて「セカンドストリートの亡霊」（197）だった彼は、今や「マッカーシズムのマトリクスから解放され」（73）、悪戯っぽく何食わぬ顔で家族のポーカー・ゲームに加わろうとする。かつて〈進歩〉と〈完璧さ〉の呪縛に囚われていたホブズタウンの囚人は、今や一票に生命を吹き込む遺灰《ダスト》となり、自らが命を賭して散種したフェアリー・ダスト・メモリーの中に身を解き放ち、「家族神話」の新たなゲームの可能性に賭けるのである。

第九章

Zの悲劇
——浮浪者の『黒い時計の旅』

「ヒトラーは自分のことを無からさまよい出た孤独な放浪者と呼んでいた。」

ドン・デリーロ『ホワイト・ノイズ』

歴史の亡霊としての浮浪者／総統

「おれの名前はバニング・ジェーンライト、とひとつの声が一五年後に彼女に語る。だがそれは結局のところ、彼女の頭の中の声にすぎない。彼にその名を与えたのも彼女自身なのだ」(315)。スティーヴ・エリクソンの『黒い時計の旅』(一九八九年)は、主人公バニングが、埋葬されたのち幽霊として、死者デーニアの前に立ち現れ、平行して流れる川のごとき二つの二〇世紀の記憶を語り始める。そこで幻視されるのは、浮浪者バニングがヒトラーの意を受けて執筆するポルノ小説が駆動するもう一つの二〇世紀と、そこに取り憑くメタフィクショナルな亡霊たちである。彼らは、マークを除いておしなべて死へと誘われ、作家バニングのみならず彼が描く作中人物にも亡霊性が賦与されている。かくも重層的にテクストに憑依する亡霊たちの影に彩られたこの小説は、まずもってアメリカを追放された「亡霊の、亡霊による、亡霊のための」記憶の物語と言ってよいだろう。

物語の起点からほどなく、ソール・ベローのヘンダソンさながら「アメリカ」の化身とも言うべき巨漢バニング(1)は、自らが書き込んだヒロイン、デーニアの足元にひれ伏して絶命した匿名の死体として、名指しされることなく読者の前に姿を現す。それから一五年後、彼女が亡くなると、バニングは、いかにして自分が総統に取り憑いた亡霊Zを占有し、耄碌《もうろく》して「生きた化石」(155)となり果てた彼と流浪の末、死に至ったか、幽霊の声として自らの記憶を虚空に解き放つ。メディアを駆使して二〇世紀の歴史の絶対的な脚本家として君臨し、ホロコーストというシステマティックな死のファクトリーを稼動させるも、歴史によって葬り去られたナチス総統ヒトラー。彼が敗北を喫することなく生き長らえるという、史実の二〇世紀から分岐したパラレル・ワールドを内包しつつ、『黒い時計の旅』は、総統Zの見果てぬ夢の演出家、バンニグの封じ込められざる想像力によって駆動する。

この幻影に満ちた「旅」の原点は、バニングの出生の秘密にまで遡る。合衆国が第一次世界大戦に参戦した激動の年、一九一七年に、ペンシルヴァニア西部の牧場の三男として生まれた彼は、一六歳のとき兄たちに誘われ、先住民の血をひく雑用係の女ゲイラの小屋を訪れる。そして今まさに性的関係を結ぼうとした瞬間、父や兄たちに陵辱され続けてきたこの女こそが、自分の母に他ならないことを直観的に悟る。危うく産みの母を犯すところだった彼は、激情に駆られ、自分を唆した腹違い兄の一人を惨殺し、もう一人の兄と父と義母に瀕死の重傷を負わせた挙げ句、屋敷に火を放ち、行方を眩ます。先住民の母を弄んだ横暴な白人の肉親に向けられたこの桁違いの暴力は、ジェファソンたちが建国以来標榜してきた(2)「幸福の追求」にアポリアを突き付け、歴史の亡霊を蘇らせずにはおかない。実際のところ、バニング自身がそうしたアポリアを受肉化した存在であり、禁止、非難、破門、呪いを含意する彼の名前には、まさにそのような楽園「アメリカ」から追放された亡霊たちが無数に取り憑いている。

こうして、フォークナーの『八月の光』(一九三二年)の主人公ジョー・クリスマスよろしく、自らの人種的アイデンティティを揺るがす「アメリカの悪夢」に突き動かされ、巨人バニングのディアスポラとしての長い放浪の旅が始まる。炎上したジェーンライト家を出奔し、浮浪者となった彼が行き着いた先は、失業者が溢れる恐慌下のニューヨーク。もとより文才に恵まれ、途方もない創作エネルギーを持て余していた彼は、糊口を凌ぐために暗黒街で大衆雑誌向けの官能小説の執筆に手を染めるようになる。残虐極まりない罪を犯し、逃走中のお尋ね者であるにもかかわらず、彼は敢えて実名を名乗り、猛烈な勢いで執筆に勤しむ。ポルノ作家「バニング・ジェーンライト」の誕生である。

資本主義の需給関係の論理に則り、彼のチャンスはほどなく訪れる。まずもって一ページにつき一ドルという破格の稿料で、彼に特注の物語の執筆を依頼する代理人が現れる。さらなる好機は、折りしも探偵にアメリカを追われたバニングが、「ヨーロッパとアジアが縫い合わされる、歴史のちょうど縫い目」(108)、ウィーンに逃れたときに訪れる。すなわち、クローネヘルム、ホルツ大佐、ナチの高官X、翻訳者ペイターといった媒介者たちを介し、彼が最終的に到達したパトロンZこそが、ナチス総統であることがのちに判明する。自分の姪であり恋人でもあったゲリ・ラウバルの死により悲嘆に暮れるヒトラーは、彼女を彷彿させるヒロインを描出するこの三文文士に満たされぬ欲望を仮託し、お誂えの官能小説の執筆を請け負わせたのである。

依頼人と請負人の妄想をともに充足させるこの雇用契約は、本来対極をなす匿名の権力者Zと無名の浮浪者バニングの間に秘密めいた紐帯を生じさせるが、奇しくも彼らには共通点がある。「ウィーンの浮浪者を目にするとき、おれはその一人ひとりの中に二人の男を見る。一人は総統、一人はおれだ」(122)。彼の告白が暗示するように、権力を掌握する以前の若き日の総統もまた、浮浪者同然の姿でこの街を彷徨していたとすれば、彼らはともに、それぞれの二〇世紀の書き手となる前に、不可視のノマドとして歴史の淵に佇んでいたことになる。バニング自身がある種の共感を込めて言うように、「浮浪者たちは歴史をもっていない。歴史を知りもしない。奴らは歴史に恐れ入ったりはしない」(123)。だからこそ逆に彼らは、幽霊のように時空を脱臼し、歴史に取り憑き、複数の歴史を架橋することができるのである。

引き裂かれた二〇世紀

そうした浮浪者から身を起こし、「あらゆる絶対を書き去ってしまった」（168）総統[3]ゆかりの地ウィーンにおいて、バニングは、自らのヒロインと運命の邂逅を果たす。ナチの突撃隊が狼藉の限りを尽くす蝋燭店の窓から身を乗り出したデーニアを目撃し、割れた窓ガラスの破片が彼女の唇をかすめた瞬間、バニングは彼女に取り憑かれ、メタフィクショナルなもう一つの二〇世紀が引き裂かれる。このような瑣末な偶発的な出来事によって歴史に亀裂が生じ、ヒトラーが覇権を握る「二〇世紀がまっ二つに切り裂かれた瞬間」（122）、二〇世紀それ自体に潜在的に取り憑く、現前することのないもう一つの二〇世紀が亡霊のように立ち現れたのである。

　おれが窓から見たのは、おれの二〇世紀と並んで、ちょうどひとつの川が　細長いナイフ形の島によって二つに裂かれるように、その隣を流れていくもうひとつの二〇世紀だった。同じ川、だが別の川辺、別の土手のかたわらを通り過ぎていく。それはあのときに分岐した二〇世紀の川だった。蝋燭店の向かいの家の窓に、おれがお前の姿を見たときに。お前の下であの乱痴気騒ぎが起こっていたときに。（167–68）

次元を異にして併存する二つの二〇世紀の蝶番をなすこの「ナイフ形の島」こそ、デーニアが漂着し、バニングが死に場所と定めたダヴンホール島である。本土の船着き場との間を行き来する渡し船がある地点にさしかかると、すべてが消滅する亡霊的瞬間を孕んだこの謎の島は、雨が降ると墓地が水没し、埋葬されていた死者たちの記憶が川面に漂う。「平行して流れる二〇世紀のふたつの川」（311）の分岐点でもあり、合流点でもあるこの島は、言うまでもなく、封じ込められざる歴史の亡霊が行き交う交通の要衝をなす。五〇年後、彼女に赦しを請うべく、バニングが一七年間さまよい、身元不明の死体として木に吊されたこの島は、いずれの世界にも属さないノーマンズランドであると同時に、テクストの随所に穿たれた「窓」さながら、時間を超越した異界への回廊でもあったのである。

ときとして、これらのテクストの「窓」の向こうをすべて同時に幻視することができるバニングが、蝋燭店の窓の向こうを見据え、怒張したペニスよろしく猛烈な勢いで創作に励むとき、デーニアは、彼の御用ポルノの作中人物ゲリとして彼に憑依する。そして、彼の妻でも娘でもなく、かつまたそのいずれでもあるメタフィクショナルな亡霊デーニア／ゲリは、彼と夜ごと逢瀬を重ねる。ゲリ風に眼と髪の毛の色をも改変され、依頼人好みの欲望の対象へと変容していく彼女は、自分たちの痴態を窃視するもう一人の幽霊じみた「新しいお友だち」（142）Ｚの寝所へのお相伴を受け入れる。「いまやおれの中には、まったく違った種類の幽霊が住んでいる。お前と、その幽霊とが一緒に」（143）。ここに、作中人物ゲリと読者Ｚを巻き込んだメタフィクショナルな欲望の三角形が完成する。デーニア／ゲリを頂点とする三角関係の共犯者である彼らの虚構世界は、すべて、今や超越論的シニフィアン＝ファロスと化した彼のペンにかかっており、彼が描くデーニアとの激しい情交は、代償的にＺにゲリとの交合の快楽を与える。

だが、バニングが圧倒的な描写力で濡れ場を書き込めば書き込むほど、二〇世紀の歴史の絶対的な書き手であったはずの独裁者ヒトラーは、私家版ポルノグラフィーの消費者Ｚへと転落し、歴史を下僕として意のままに操作する総統から、バニングに陵辱されるゲリにひれ伏すフィクションの下僕Ｚへと凋落する[4]。このことは、とりもなおさず、アメリカニズムに取り憑く亡霊バニングによる、ナチズムの亡霊Ｚの権力の簒奪《さんだつ》を物語っている。

このパワー・シフトの分岐点となるのが、皮肉なことに、史実においてヒトラーの命脈を致命的に絶つことになるソ連への侵攻、バルバロッサ作戦の中止である。もう一つの二〇世紀が自走する端緒となるこの無謀な作戦の取りやめにより、Ｚは軍事的損失を被ることなく政治生命を取り留め、バニングは彼に代わって歴史の書き手としての地位を不動のものとする。とは言え、歴史的に「誤配」されたこの事件は、バニングに不幸なかたちで跳ね返る。すなわち、彼が提供するゲリの物語に惑溺するＺがもはや統治能力を失ったことを危惧する側近Ｘの計略により、バニングは、妻メーガンと幼い娘コートニーを窓から投げ出され、最愛の家族を一瞬のうちに失う。

この癒し難いトラウマを転機として、バニングの「旅」は、さらなるメタフィクショナルな展開を見せる。妻子を奪われた復讐として、彼は再びペンを執り、ヒトラーが犯した悪行の限りを子種としてデーニア／ゲリの子宮に注ぎ込むことにより散種し、悪魔のようにおぞましく邪悪なヒトラーの子供を彼女に孕ませようと企む。絶頂期の総統の映像をシミュラークルとして流通させることによりかろうじて維持されるこの世界帝国の覇者Ｚが、記憶喪失と失禁を繰り返す慌惚の人と成り果てた今、バニングはペンで彼への復讐を誓う。「私は神の神である。だからいかなる快楽の行為も必要としない。ペニスもなし、花粉もなしで彼女の卵に触れることができる。ペンによって、文によって、彼女の卵に触れることができるのだ(5)」(258)。

今は亡きゲリとの子供を望む総統の虚しい欲望を逆手に取って、彼を震撼させるべく意図されたこの目論みは、バニングをヒトラー顔負けの絶対的な悪を反復する歴史の書き手へと変貌させる。物語が進展するにつれ、彼とＺの間を取りもつ媒介者が一人また一人と死に追いやられ、Ｚとの距離が縮まるとともに、復讐に飽くなき執念を燃やすバニング自身が、「歴史の地獄神」(267) ヒトラーと際限なく重なり合い始める。「私はいまや、彼以上に彼になっている…Ｚは私のものなのだ。どう扱おうと私の自由なのだ」(258)。こう豪語するバニングは、究極の記号、Ｚへの最後の橋渡し役であった翻訳者ペイターが非業の死を遂げると、さらにドイツ語で執筆を続け、ここに彼のペンによるＺの占有が完全に実現する。

このようにヒトラーの覇権を内側から転覆し、それを自らのペンに憑依させようとするバニングの試みは、まさに悪魔的と言うより他ない。彼は、ガス室で虐殺されたおびただしい数のユダヤ人は言うに及ばず、ジプシーや浮浪者や、彼に命を奪われたすべての名もなき死者たちの躯体を大釜に注ぎ込んだ「悪の残飯」（263）から「千の黒い目」（263）をもつ悪の幼虫を孵化させ、デーニア／ゲリの子宮に着床させようと日夜画策する。収容所においてナチが大量生産した「他者」としての犠牲者の亡霊を総動員し、ゲリとの愛の結晶である鬼子を懐胎させるという、神をも恐れぬ悪の錬金術は、Zの息の根を止めるまさにとどめの一撃として意図されたのである。

舟守の誕生――出産《デリヴァリー》／配達された命

だが、この小説の最大のアイロニーは、Zを占有し、悪魔の子の出現を目論んだ彼のファウスト的企てが、現実世界を生きるデーニアにより、ものの見事に脱臼され、バニング自身が逃げ場のないアポリアに直面するところにある。「Zの卵から孵った子が、彼女の体をもぞもぞと噛むように進んでいく。その後ろ脚に、おのれの父の悲惨を感じた一二〇〇万の顔の後産を引きずりながら」（275）。自らが仕組んだかくもおぞましい光景を幻視することを密かな悦びとしてきた彼は、デーニアが、彼の意図に反し、愛らしい赤ん坊を産み落としたのを見て愕然とする。齢五〇に達したにもかかわらず彼女は、自分の中に散種された悪夢の種子に、まっとうな命を与えることを選択し、誤配された郵便物よろしく、送り手の意志を裏切って出産《デリヴァリー》／配達したのである。この行為こそが、男たちの性的妄想を断ち切り、全く異なる次元へと変容を促す重要な契機となる。その結果、そのような「変容は相対性を帯びた風景」（Acker 29）となって現出することになる。すなわち、彼女が産み落としたマークという名の白髪の男の子は、自らの出自と密接に関わるパラレル・ワールドの結節点に立ち戻るべく、やがてダヴンホール島への連絡船の舟守となり、殺意を抱くバニングの手をすり抜けていく。

こうして、かつてウィーンの蝋燭屋の窓辺でバニングが見そめてもう一つの二〇世紀へ拉致したはずのデーニアは、ヒトラーの君臨する二〇世紀をたくましく生き延びていたばかりか、彼女に悪の種子を胚胎させようとするバニングの策略を出し抜くことに成功する。長年、男たちの欲望の対象として、次元を異にする二つの世界を幽霊のように行き来することに疲れた彼女は、このときはじめて自らの意思で自分に向き合う。こうして作中人物として自律性を獲得した彼女の出産は、作者バニングの覇権を必然的に脅かさずにはおかない。歴史を出し抜こうとした彼は、この事件を契機として、自分こそが何かに操られているのではないかという漠然とした疑念を抱き始める。Zを占有し、デーニアを操作しようとすればするほど、逆に彼は、自らの物語世界に対する覇権を失い、自分を操作する何かに身を委ねる不安に脅え始める。このように、メタフィクションの亡霊を操作する側からされる側へと転落した彼は、「世紀の黒時計が、針を剥ぎ取られ数字を剥ぎ取られた」(168) もう一つの二〇世紀の旅路の果てへと放逐され、もはや記号でしかないZと彷徨を余儀なくされる。

　ただひとつだけ言えるのは、自分が何かに突き動かされているということだけだ。たぶん私は、あの青い沈みゆく都市で書くことをやめて以来、ずっと何かに突き動かされてきたのだと思う。あの出産によって、われわれは二人とも解放されたのだ。私にとって書くべきことはもう何もないし、彼にとっても読むべきものはない。われわれは、私が書き彼が読むものから自由の身になったのだ。(286)

自らがペンで懐胎させた悪魔の子の出現を阻まれた彼が、しみじみと述懐するこの言葉が如実に物語るように、デーニアによるマークの出産は、ポルノ作家バニングにとって、創作活動の臨界点であると同時に限界点を意味していたのである。

この地点から逆照射してみると、バニングが「書く」ことによってヒトラーを圧倒していくプロセスは、とりもなおさず彼自身が、ゲリに惑溺するヒトラーの亡霊Zに限りなく重ね合わされていくプロセスに他ならないことが明らかになる。バニングは、ヒトラーがゲリの幻影を追い求めたように、自分のフィクションのヒロインであるデーニアの幻影を現実世界に追い求めようとして、結局のところ、Zと同じ運命を辿らざるを得なかったわけである。ともに暴力的で、浮浪者同然のところから出発した彼らは、歴史／フィクションを自分の下僕としようとしながらその下僕とならざるを得なかったという点でも共通している。そのような意味においてこの物語は、亡霊バニングが、決して現前することのないもう一つの二〇世紀において、亡霊じみたパートナーZに限りなく重合していく物語でもあったのである。(6)

踊るデーニア、スピンする歴史

デーニアの愛児マークに殺意を抱きつつも、良心が咎め断念したバニングは、やがて筆を折り、老醜を曝すZとともに文字通り「ぼろ着の浮浪者」(303)に戻り、敵国アメリカへの逃避行に身を委ねる。彼は、かつて探偵に追われながらも奇跡的にアメリカから脱出できたときと同じように、摩訶不思議な力に再び突き動かされ、難なくヨーロッパを脱出し、作家「バニング・ジェーンライト」誕生の原点とも言うべきニューヨークの部屋へと舞い戻る。こうして「はじめて愛のアヴァンチュールを書き綴ったあの小さな部屋」(303)に立ち戻った二人は、あたかも自らの夢路を辿るがごとく、妄想の工房に帰還したことになる。「かつての犯行現場」(304)を見定めたのち、Zがその部屋で長い生涯にようやく終止符を打ち、往生を遂げると、バニングは、滞留する差出人不明の白紙の葉書の消印を頼りに、デーニアを追ってダヴンホール島へと流れ着き、彼女の足元にひれ伏すがごとく息を引き取る。

ここに至って、二つの二〇世紀は再び縫合される。だが、ヒトラーが滅亡する史実の二〇世紀を生きるデーニアにしてみれば、パラレル・ワールドに彼女を取り込み、執拗に操作を試みるバニングこそ、自分に取り憑いて離れない幽霊に他ならなかった。バニングのペンが立ち上げるデーニアが、彼と交わる妖艶な「約束の亡霊」（242）だったとすれば、彼女の二〇世紀から垣間見えるバニングは、「アメリカのように勃起」（51）する彼のファロスさながら、不意に立ち現れ、身体を裂く亡霊じみた巨大な暴力そのものだった。名前のみならず、目や髪の色も改変され、子宮の中にZという「自分の友人の一部を置いていった」（245）この幻の恋人の侵入を、彼女は、あたかも不透明の皮膜がかかったかのように、朦朧とした心持ちで受け入れてきたのである。

その一方でこのように互いに存在の次元を異にしつつも、「歴史はあたしたちの愛のしもべだったのよ」（245）とバニングに語りかけるデーニア自身が、「歴史と交わり歴史を所有しているこの部屋」（210–11）において、暗黙裏に彼と共犯関係を結び、歴史を翻弄していたこともまた否定し難い。そのとき重要な役割を果たすのが彼女のダンスである。バニングの迸るペン／ペニスが、二〇世紀に亀裂を走らせたのと同じように、「歴史にとっての女悪霊」（210）、デーニアの踊り狂う身体は、それを見た男たちを次々に死へと追いやり、歴史を意外な方向へとスピンさせていく。トマス・ピンチョンの『重力の虹』（一九七三年）に登場するタイローン・スロースロップさながら[7]、身体性を孕んだ不可解な偶然の中の必然により死を振り撒くデーニアは、自分のダンスに見入る男たちの視線を振りほどくかのようにスピンを繰り返し、彼らを次々に歴史の文脈から切り離し、歴史を翻弄し続ける。

このように男たちの欲望をブラックホールのように吸引し、かつまたそれを死へと投げ返す彼女のダンスに、鬼気迫るものがあるとすれば、それは、その犠牲者の一人、ホアキン・ヤングが直感的に見抜いたように、彼女が「歴史に抗して踊っている」（201）からである。どこかに「良心」（203）が隠蔽された二〇世紀の見取り図とも言うべき青写真を携えた彼女の父が、世紀の外に通じる秘密の部屋を探りつつ、歴史を出し抜こうと歴史に飛び込んでいったのと同じように、デーニアもまた、「あらかじめ永久に排除された可能性に合わせて踊っている」（227）。だからこそ、「コントロールを失おうと努めている」（201）かのような彼女の身体パフォーマンスは、時の蝶番を外し、排除されていた「良心」の瞬間を貫入させることができるのである。

幽霊たちの記憶のアーカイヴ

このようなデーニアが、時の流れから隔絶された秘境、ダヴンホール島を終の棲家としたのは、決して偶然ではない。振り返ってみれば、彼女が流浪してきた史実の二〇世紀もまた、バニングのペンが生起させたもう一つの二〇世紀にまさるとも劣らず、幻想と現実が混在し、時空が錯綜する流浪の旅に彩られている。ロシアから亡命し辿り着いたスーダンのプヌドゥール・クレーター。そこで謎の洞窟から走り出た野牛に踏み潰され、母と弟を失った父娘が向かったウィーン。そしてアムステルダムを経て、ダンサーとしての彼女の死を孕んだ才能が開花するニューヨーク。バニングとZが浮浪者として流れ着いたこの街で、ライメス、ホアキン、ポールをはじめとする男たちを死に追いやった彼女は、やがて「平行して流れる二〇世紀のふたつの川」（311）の分岐点、ダヴンホール島のホテルの一室に流れ着く。そこで彼女は、バニングと落ち合うかのように最期のランデヴーを成し遂げ、彼の葬送において決定的な役割を果たす。

デーニアを追ってこの島に上陸したバニングの分身を思わせる巨漢の探偵ブレーンが死亡したのち、この地に逢着したバニングは、一七年間に長きにわたり亡霊のように彼女のホテルに取り憑き、赦しを請う機会を窺い続ける。だが結局のところ、その願いも虚しく、彼女の足元に崩れ落ち、最期を迎えた彼の巨大な屍は、この島の中国農民たちの奇習に従い晒し者となる。身元不詳の死者バニングは、生と死の間をさまよわぬよう、誰かがその名を口にするまで墓地の木に吊され、この世に留め置かれるのである。かくして彼は、死してのちも、デーニアの赦しが得られる確証がないまま、まさに〈死〉のアポリアを体現するかのようにテクストに宙吊りにされ、川向こうに拡がる複数の歴史を鳥瞰することになる。

死者が死者として自らのアイデンティティを自覚し、黄泉へと旅立つこの儀式を完遂させるのが、他ならぬデーニアである。「あの男の名前はバニング・ジェーンライトだったのよ」(314)と、やがて彼女が重い口を開いて言い放ったとき、死者バニングは命名を施されたに等しい。シニフィエを剥奪された究極のシニフィアンZと限りなく重合してしまったこの匿名の死体を、彼女は、自分を支配してきたポルノ作家「バニング・ジェーンライト」ではなく、一人の人間「バニング・ジェーンライト」として同定したのである。これは、恣意的に自分をゲリと命名し、ペンで陵辱し続けてきた男への逆名指しのように見える。しかしながら、一見彼を逆占有するかのような彼女のこの命名行為は、同じ固有名を反復しつつも、文脈を断ち切り、位相を転換しているがゆえに、彼への復讐ではなく、赦しと見なさねばならない。と言うのも、冒頭に掲げた引用が示す通り、彼女の名指しが完了してはじめて、「おれの名前はバニング・ジェーンライト」で始まる、亡霊バニングの問わず語りが始動するからである。(8)

バニングの死後、一五年を経て、デーニアは、「もうみんなを許したのよ…今度はみんながあたしを許してくれる番よ」(317)と言い残し、長い流浪の生涯に終止符を打つ。こうして「踊りながら家路についた」(317)彼女を、今度は息子のマークが、死者たちがひしめくダヴンホール島の墓地に眠るバニングの傍らに合葬し、テクストの旅路の果てに二人は、エミリー・ディキンソンの詩「わたしは美のために死んだ」(四四九番、一八六二年)に登場する死者たちのように、とこしえに墓所で対話を重ねることが可能となる。

そののち黒い時計のさらなる旅は、「われわれの恐ろしい力に真っ向から挑んだ彼女「デーニア」の強烈な意志、その意志に貫かれた愛、それがかたちとなって現われた白い髪の少年」(308)、マークへと引き継がれていく。「自分が生まれて出てきた暗闇、彼の髪の色を吸い取った暗闇と向き合う覚悟でいる」(188)彼は、自分の出生の秘密を握るバニングの死体が母の部屋に横たわるのを見て以来、長い間、渡し守として島と本土の往復を繰り返した挙げ句、二〇世紀が残り少なくなった今、ようやく島に帰還を果たす。

母デーニアと「代理父」バニングの埋葬を終えたのち、「決して死なない運命を背負い込んでいる」（188）アルビノの息子は、青いドレスの謎の少女カーラを追って旅を重ね、彼女の住み込む天文台の壁の外で、彼女の眺める星を眺める。やがてカーラが、自らに向いた望遠鏡から「彼女を観察し返しているみたい」（319）な星たちに看取られ、天文台の「開いたままの丸屋根の下」(9)（319）で息を引き取ると、彼は、銀色の野牛たちと北を目ざしてさらなる放浪に身を任せる。このように、唯一人永遠の生を授けられテクストを駆け抜けるマークは、結末において、北極の洞穴を通過し、熱気漂うジャングルへと抜け出ることにより、「一方の端から世紀を出…もう一方の端から再び世紀に入って」（320）いく。(10)

かくしてあたかも二〇世紀を還流するかのように、一九〇一年の北アジアの村から北極海に向かい、そこで流氷に乗ってまた南下する彼は、「来るべき年月の様々な出来事を」（320）思い出し、そこに潜在的に取り憑く幾多の亡霊たちの記憶に身を開く。このとき、亡霊バニングの声は、〈死〉のアポリアを突き切って、届くかもしれないし届かないかもしれない、二〇世紀の郵便空間としての幽霊たちの記憶のアーカイヴ(11)へとフィードバックしていく。「やがてとうとう、氷は完全に海の一部となった。最期の息の暖かい霧を通して、彼は、百の幽霊たちの記憶がふわふわと漂うように空へ上がってゆき、ついには空しく破裂するのを見守った」（320）。旅路の果てにこだまするこの言葉が示すように、亡霊の渡し守マークは、さまよえる記憶を携える郵便配達夫のように、重ね書きされた死者のエクリチュールを散種し続け、二〇世紀の岸辺にて「亡霊について、さらには亡霊に向けて、亡霊とともに語る」（Derrida xix）のである。

Ⅲ

デリーロと「スペクタクルの日常」

第十章

広告の詩学／死学

——差異と反復の『アメリカーナ』

「広告に終わりはない。」

ジェニファー・A・ウィキー『広告する小説』

既視感《デジャヴュ》としての未来

ベンジャミン・フランクリン以来連綿と続く「セルフメイドマン」の営みが自己実現の歴史であったことは紛れもない事実だが、アメリカ人が二度生まれの「なる人」として新たに生の目標を設定し、自助努力を行おうとする前に、広告という文化装置は常に既に自己実現が達成されたかのような言説を臆面もなく流通させ続ける。そこに、アメリカン・ドリームの達成を脱臼させるアメリカ資本主義の逆説を探り当てることは、あながち的外れではないだろう。このような「実現されてしまった自己」とでも言うべき幻想が生じる背景には、広告の言説が現実に取って代わり、未来さえもがそれによって占有されてしまうという、すぐれてポストモダン的な消費文化の現況が存在する。

『偉大なるギャッツビー』（一九二六年）を持ち出すまでもなく、かつては一人称としての自己（ギャッツ）と、実現すべき三人称としての理想像（ギャッツビー）とのギャップは顕著であり、両者の落差こそが人々をアメリカン・ドリームに駆り立てる誘因となっていた。ところが、現実に先行するシミュラークルが、迫真のリアリティをもって大量に生産、流通、消費される後期資本主義にあっては、一人称の自己は三人称の「自己」へと限りなく手繰り寄せられ、自己の内的世界とそれが働きかける外界との境界線もまた揺らぐ。多様なメディアの効果により、自らの中に〈不死〉性を帯びた楽園の実現を幻視するアメリカ的自我は、自己実現を追求する間もなく、シニフィアンの戯れの中に拡散し、イメージへと変貌を遂げる。そこでは、あらゆるものがそれ自身のイメージの中に取り込まれ、逃げ水のように永遠の未来に退いていく。それにともない死を欠いた透明な皮相が、実相に取って代わる。「新たな深みの欠如」（Jameson 6）の誕生である。フランクリンの末裔たちは、今やイメージの民と化し、起源も歴史も欠いた「永遠の現在」に浮遊することを余儀なくされている。

このような文化的状況は、人間の死生観にもパラダイム転換を引き起こさずにはおかないが、デリーロは、そこから新たに生じる〈死〉の恐怖とメディアの共犯関係に鋭くメスを入れることにより、作家としての基盤を確立した。彼が『アメリカーナ』（一九七一年）によって本格的に職業作家としてデビューする前に、かのサルマン・ラシュディも一時在籍していたニューヨークの広告代理店、オグリビー・アンド・マザーにコピーライターとして勤務していたことは比較的よく知られている。概してデビュー作は、作家がのちに開花させる様々なテーマを萌芽として内包し、中心的な問題意識を凝縮していることが多いが、彼の場合も例外ではない。テレビ・ネットワーク業界に身を投じた『アメリカーナ』の若き主人公デイヴィッド・ベルと、執筆当時のデリーロの間には、当然のことながら距離がある。にもかかわらず、デビュー作の主人公の家業が広告業であり、彼の家庭環境がその強い影響下にあるという事実は、広告文化こそが、デリーロ文学を育むマトリクスとなっていたことを暗に物語っている。

こうした事柄を踏まえ、彼の『ホワイト・ノイズ』（一九八五年）を読み返してみると、メディアとの関係において〈死〉のアポリアを浮き彫りにするこの小説には、言わば「脳内ホワイト・ノイズ」（Cowart 85）のように、不気味な広告のリフレインが何の脈絡もなく表出していることがわかる。「ダクロン、オーロン、ライクラ・スパンデックス」（52）、「マスター・カード、ヴィザ、アメリカン・エクスプレス」（100）、「クライロン、ラストオウム、レッド・デヴィル」（159）というように、小気味良いジングルとなって唐突にテクストに浮上する「三位一体」の商標名。パティー・ホワイトは、『ギャッツビーのパーティー』（一九九二年）において、『ホワイト・ノイズ』に頻出する三点セットの商標名のリストについて、「ノイズ」と「情報」という二つの観点からその機能を指摘している。それによれば、商標名のリストは、言わば中毒性を孕んだ「ノイズ」として、システマティックなナラティヴを中断することにより、そうした状況そのものを焦点化する。と同時にそれらは、本文中の挿話との関連において「情報」として解読されることにより、「ノイズ」がナラティヴにメタ・システマティックなかたちで再利用されていくプロセスを読者に提供しているという（White 14–15）。

　このような例は、そのバリエーションも含めると無数に存在する。すなわち、「コークは最高、コークは最高、コークは最高、」（57）と、呪文《マントラ》のように繰り返しテレビから垂れ流されるコカ・コーラのコマーシャル。あるいはまた、グラッドニー家を震撼させたあの空媒中毒事故《エアボーン・トクシック・イベント》のさなか、「バラ十字団の広告に出てくる人物」（154）さながら安らかに眠るステッフィーの口から、お守り言葉のように突如として漏れる「トヨタ・セリカ」（155）という広告のジングル。そうかと思えば、どこからともなく聞こえてくる「四〇万ドルのナビスコ・ダイナ・ショアで」（239）というコマーシャルの断片。不意にテクストに顔を覗かせる「小切手の宛先はウェイブフォーム・ダイナミックス宛てにお願いします」で始まる広告の指示文（231）や、キャッシュ・カードの取り扱い説明文（294–95）。こうした例が示すように、『ホワイト・ノイズ』のテクストは、それらから逃れられる場所などどこにも存在しないかのように、濃密な呪術性を帯びたコマーシャルのリフレインによってそこかしこで寸断され、浸食を受けている。ポール・オースターの『最後の物たちの国で』（一九八七年）が、文字通り限りなくモノが減少していくディストピア小説であったとすれば、広告に席巻された『ホワイト・ノイズ』は、モノ自体が広告に取って代わられるという意味において、もう一つの「最後のモノたちの国」を描出していると言ってよいだろう。

テクストの随所にこのように挿入され、今やデリーロ文学の商標《ホールマーク》と化した観さえある広告の横溢は、コマーシャルなしにはもはや稼働しない後期資本主義の現況を忠実に反映しただけなのだろうか。それらは、生活の隅々にまで浸透した商品化とポストモダン消費文化の「あざとさ」を示すとともに、文体上の異化効果を高める奇抜なトロープとして機能しているのだろうか。あるいはまたそれらは、デリーロ文学を植民地化し、際限なく増殖する広告なしには成立しない消費文化のありように警鐘を鳴らしているのだろうか。デリーロ文学には、こうした一見もっともらしく聞こえる仮説に必ずしも回収しきれない視座が確かに存在する。広告が風景であり、風景が広告と化したアメリカの「スペクタクルの日常」において、広告という文化装置がいかに彼の文学の成立と発展に関わり、〈死〉のアポリアとどのような関わりをもつのか。そのような問題意識のもとに、本章では彼のデビュー作をまず参照点とし、本書で主として扱うデリーロのテクストとの連関性を炙り出すことによって、第三部への導入としたい。

『アメリカーナ』を起点とする広告をめぐるこうした問題系は、これから各章で論じるように、『ホワイト・ノイズ』、『マオⅡ』（一九九一年）、『アンダーワールド』（一九九七年）において、さらなる複雑な展開が見られる。すなわち、それは、シミュラークルとしての広告が主体形成といかに関わり、隠蔽された死との関係においていかなる亡霊性をもたらすかという、中・後期デリーロ文学の重要なテーマへの導きの糸ともなる。ボードリヤールが言うように、あらゆるものを飲み込み、自らを除くすべてを溶解させる「絶対広告」としての「零度の広告」（87）は、ホワイト・ノイズさながら、まばゆい白さの向こうに通過を阻む不気味さを湛えているからこそ、作家が何よりも格闘を挑まねばならない現代の「白鯨」だったのである。

広告のモノたちの国で——三人称への跳躍

『アメリカーナ』を、広告が織りなす「スペクタクルの日常」という視座から論じる際、まず言及すべき人物は、ハーカヴェイ・クリントン・ベルである。主人公デイヴィッドの父方の祖父である彼は、広告の時代とも呼ばれる一九世紀の黎明期の広告業界においてその名を馳せた神話的人物の一人であり、新聞広告にクーポン券を採用した二番目の男という設定になっている。この祖父と並んで、デイヴィッドの人生にさらなる影響を与えた大きな存在として父クリントンも挙げねばならない。巨額の取扱高を誇る大手広告代理店のやり手の重役、クリントンは、自宅の地下室に無数のテレビ・コマーシャルのリールを蒐集している。彼は、夜ごと儀式のように子供たちを誘っては、プロジェクターでスクリーンにコマーシャルを映し出し、優れた広告の効果の分析に余念がない。

こうした家庭で育った広告業の申し子とも言うべきデイヴィッドは、のちに自分の過去を振り返って、次のように広告の言説の家庭への浸透ぶりを回顧する。「子供の頃も、それからあとになっても、それもずっとあとになってからも、僕はそんなのを全部信じていた。ある団体が流すメッセージや、聖歌や、プラカードや、絵や、宣伝文句なんかをね。『化学を通してより良き物を、より良き生活のために』なんてのとか、シアーズ・ローバックのカタログとか、アントジェマイマとか。ありとあらゆるメディアのありとあらゆる衝動が、僕の夢回路を駆けめぐるんだ、こだまみたいに。イメージやイメージの似姿の中に作られたイメージみたいに」(130)。こうしてデイヴィッドは、物心がつく前に、広告がイメージを通して惹起する欲望のイデオロギーを「夢回路」に植えつけられ、無条件にそれらを「現実」として受容していたことになる。

就職の際も、父から広告代理店二社とテレビ・ネットワーク一社への斡旋をもちかけられ、いずれかを選択するように迫られたデイヴィッドは、あまりにも忠実に父の足跡を辿ることを恐れ、結局はテレビ業界に身を置くことにする。いずれにしてもこの決断は彼にとって、シミュラークルの先行を助長するメディアと職業的に関わるという点において五十歩百歩の違いでしかない。「ゴダールとコカ・コーラの子供」(269)であることを自認する彼は、自分が「あたかもテレビの欠くべからざる一部をなしていて、自分の分子がこれら画面の何百万という点と番《つが》うかのように」(43)感じ、社内で頭角を現し始める。にもかかわらず、彼のアメリカ消費文化に対する意識は、広告マンである父に対する意識にも似て愛憎入り交じったものであり、それが彼を世界に二つとない自前のフィルム製作へと駆り立てる。

ジョイスばりのビルドゥングスロマンの系譜に連なるこの小説は、若き芸術家、デイヴィッドによる芸術的フィルム製作の顛末を、「オン・ザ・ロード・ノベル」(LeClair 34)の形式を模して記すという趣向が凝らされている。そこで広告についてのメタ言説として展開される父クリントン・ベルの辛辣な広告談義は、洞察の鋭さにおいて異彩を放っている。グレン・ヨスト扮する父によれば、「テレビってものは［商品の］パッケージなんだ。そこには、洗剤だの、自動車だの、カメラだの、朝食のシリアルだの、別のテレビやなんかがわんさと詰まっている。番組がコマーシャルに中断されるんじゃなくて、本当はその全く逆なんだ。…教育テレビなんてのは笑わせるよな。コマーシャルがなかったら、誰がテレビなんか見るもんか、このアメリカで」(270)。

こう啖呵を切ったのち彼は、「一二〇秒間のアート・フィルム」(271)であるコマーシャルには、予め人々の欲望を規定し、現在の生活様式の改変を迫るという意味において、視聴者の意識を現実の一人称から理想の三人称へと跳躍させる力があると[1]分析してみせる。「この国には、普遍的な三人称ってやつがあるんだ。みんながなりたがってる人間さ。広告はこうした人間を発見したわけだ。…アメリカにおいて消費するってことは買うことじゃない。夢見ることなんだ。広告は、この三人称単数の世界に入るっていう夢がひょっとすればかなうんじゃないかって暗示してやるわけさ」(270)。こう語る彼は、広告イメージが誘惑するフィクショナルな三人称への憧憬に関して、アメリカ性を強調しつつ、次のように言い放つ。「広告は三人称のもつ価値を発見したけれど、その三人称ってものを発明したのは消費者なんだ。この国それ自体が発明したって言ってもいい。メイフラワー号に乗ってそいつはやってきたんだ」(271)。

彼のこの指摘は、アメリカ人の誕生、もしくはアメリカという国家の歴史的な成り立ちのプロセスそのものが、広告が呼びかける三人称への変身《メタモルフォシス》と相同関係をなすことを示唆している。クリントンのこの卓見を敷衍すれば、その昔大西洋を横断したということそれ自体が、一人称から三人称への大胆な投企と変身《メタモルフォシス》を物語っており、アメリカ人には生まれながらにして、「永遠の現在」に生きる「三人称単数」なるDNAが組み込まれていることになる。このことは、ポストモダン・アメリカ消費文明が展開する日常の地平において、広告によって手繰り寄せられた未来が、アプリオリなものとして現前していることを意味する。

このように考えてみると、『アメリカの魔力と怖れ—ドン・デリーロの文化との対話』(二〇〇〇年)においてマーク・オスティーンが述べた次のような指摘は傾聴に値する。彼によれば、もはや「広告はアメリカの単なる一つの形式なのではなく、アメリカそれ自体が広告に他ならない」(25)。と言うのも、歴史的に見て、ジョン・スミス船長の『ヴァージニア、ニュー・イングランド、ならびにサマー諸島総史』(一六二四年)や、クレヴクールの『アメリカ農夫の手紙』(一七八二年)をはじめとする初期アメリカ記録文学の伝統には、新大陸の宣伝効果を狙ったパンフレットとしてのプロパガンダ性が透けて見えるからである。[2]「広告はすべてを自身の概念で説明し、世界を解釈する」(184)というジョン・バージャーの言葉に準《なぞら》えて言えば、入植者を誘う「広告」としての「アメリカ便り」は、未だシニフィエを欠く新世界を、既に実現した魅惑的な地上の楽園として提示してみせたのである。そして、未踏の新大陸の原型《プロトタイプ》として定着したこうした「広告」の言説こそが、「新しい始まりとしてのアメリカの神話」(Marx 228)を起動し、アメリカ人の思考回路を今日まで規定し続けてきたわけである。

このような意味において、アメリカにおける広告は、現実と虚構の区別をなし崩しにするシミュラークルの流通装置としてのみならず、国家的集団的無意識として日常の隅々にまで浸透した「夢」装置としても機能していた。広告とは「集団の夢の形象の帰結」(7)であると言ったのはヴァルター・ベンヤミンだが、アメリカにあって広告とは「集団の夢の形象のマトリクス」であると言った方がむしろよいかもしれない。アメリカではコマーシャルなしのテレビはあり得ないと豪語するクリントン流に言えば、いかなるシニフィエにも還元されない過剰なイメージとして広告は、三人称を一人称に先行させることにより、楽園的な永遠のスペクタクル空間に欲望の主体のありようを予め書き込んでしまっているのである。

「生きながらの死」

こうした「夢」装置を日夜稼働するテレビ業界に身を置いてきたからこそ、主人公デイヴィッドは、逆にそうしたヴァーチャルなメディア空間からの脱却を模索する。だが彼が、自分の姓をもじって「ベル・システム」と揶揄するネットワークから逃れるのは決して容易ではない。まずもって、コマーシャルが浸透した彼のオフィスには、〈死〉の死によって逆説的にもたらされる〈死〉への恐怖が蔓延している。遍在する不気味なホワイト・ノイズのようにそこに取り憑いた畏れを暴き出すのが、「狂気じみたメモ・ライター」(21, 99)、テッド・ウォーバートンである。言わばネットワークの「部族意識」(62)の語り部的存在である彼は、オフィスの各デスクに次のような匿名のメモを人知れずに置いていく。「死それ自体が不死性を帯びるときほど、人間が破滅的に死に絡め取られるときもない」(21)。聖オーガスティンの『神の都市』から引用されたこのメッセージは、死の隠蔽に加担するテレビ・ネットワーク人間に「汝は死を覚悟せよ《メメント・モリ》」と警告を発し、偽装された〈不死〉こそが、終りなき〈死〉の恐怖をもたらすと説いている。

のちにテッドがデイヴィッドに敷衍するところによれば、「人間は、生まれた瞬間に死へと向かい始めている」からこそ、「永遠に死につつある」（100）と言っても過言ではない。よって「生のプロセス」はとりもなおさず「死のプロセス」であり、そのような「死のプロセスが未来永劫続くとすれば、われわれは死を待っているなどと言えるはずもなく」（100）、常に既に自らの死の渦中にある。彼が聖オーガスティンの言に仮託して言わんとしたのは、結局のところ、日常において平準化された「死は死ぬことがなく、人間は永遠に死の状態を免れない」（101）というテーゼに他ならない。

このメッセージは、テレビ局で「生きながらの死」に苛まれていたデイヴィッドに強烈な印象を与えるが、その一方で彼は、自分たちがネットワーク上から瞬時にして消去されてしまうのではないかという、別の意味での存在論的な不安にも直面する。かつてデイヴィッドは、ネットワークで働く人間がみな、実際はビデオテープ上の磁気的存在に他ならず、永遠の生を享受しているように見えながら、いつ永遠に抹消されてしまっても不思議ではないという妄想に駆られたことがあった。

> ネットワークの人間がみな、ビデオテープ上にのみ存在しているんじゃないかって思った頃もあった。ぼくたちの言葉とか振る舞いには、厄介なことにいつか消え去ってしまうようなところがあった。前に言ったりしたりしたことが全部、しばらくの間凍結されて、音声室のちっちゃなビデオに収められ、適当な時間枠が取れたら、放送もしくは再放送されるのを待っている。それで、誰かの薄気味悪い小指がボタンにちょっと触れた瞬間、みな、永遠に抹消されてしまうんじゃないかって気がしたものだった。…ぼくたちは電気信号に過ぎず、機関銃さながら連発されるテレビ・コマーシャルの幻影の狂気のうちに時空を移動していくのだ。（23–24）

こうして彼は、テレビ局で未来永劫「生きながらの死」に呪縛される恐怖と、そこからいとも簡単に電気信号のように抹消されてしまうという恐怖に取り憑かれ、出口の見えない閉塞状態へと追い込まれていく。彼が懸念するように、ネットワークの住人は、今や「交換可能」（100）な〈生〉と〈死〉が織りなすアポリアの前に立ちすくむ。彼らは、抹消可能な「夢でもあり、フィクションでもあり、映画でもある」。言い換えれば彼らは、映画というフィクショナルな夢装置のスイッチを切れば、一瞬にして暗闇の中に消失してしまう『カイロの紫のバラ』の劇中劇の登場人物さながら、「技術的に遍在する亡霊と幻影」（263）でもあるのだ。

このように、亡霊さながらネットワーク上をさまようという幻影に取り憑かれたデイヴィッドは、「テレビ・コマーシャルの幻影の狂気」がもたらすこうした「生きながらの死」からの脱却を大胆にも試みる。すなわち彼は、自分の半生を振り返り、決してテレビ・コマーシャルのように消費されることない、真正なるイメージのみに立脚したフィルム製作を思い立つ。デイヴィッドを通してデリーロは、シミュラークルの氾濫に蝕まれた「アメリカ」ナの背後に潜む［真の］アメリカを探求しようとする」（Cowart 132）。そこで彼は、何ものにも媒介されず、オリジナリティに富んだ「反イメージ」としてのイメージを創造すべく、西部へと旅立つ。かつてフロンティアであった広大にして無垢な空間へと再び立ち戻ることにより彼は、「ポストモダン・オデュッセウス」（Cowart 138）として、メディアによる反復と複製の産物「アメリカ」を逆照射し、そこに彼ならではの差異を織り込もうとしたわけである。そのために彼は、客観的に「自らを三人称単数」（Schuster 36）として措定し、両親との愛憎入り混じった葛藤を解きほぐそうと試みる。

にもかかわらず、結局のところそれは、無垢へのノスタルジアに彩られたナルシシステックな彼の不毛な努力に過ぎないことが判明する。レオ・マークスが論じた「アメリカのパストラル・デザイン」（265）に依拠しつつ、この小説がアメリカの「ポストモダン・パストラル」（Martucci 40）として解釈できる所以である。世紀末の近未来の時点からデイヴィッド自身が回顧するように、この旅路において読者に提示される彼のフィルムと回想は、まさしく「彼自身のコマーシャルであり、人生の内なる人生」（317）でしかなかったのである。皮肉なことに、三人称を用いつつも、自分というかけがえのない一人称によって生きられた偽らざる「生」の復権を目論んだはずの彼は、所詮独りよがりな自分の「コマーシャル」しか作れなかったという点で、父クリントンの営みを不完全なかたちで反復したに過ぎなかった。別の言い方をすれば彼は、「自分自身を消費から解放しようとしながら、その自分自身を商品へと再包装し、自己宣伝を行うと同時に自己消耗してしまった」（Osteen 28）のである。(3) 磁気から永遠に抹消されかねないメディア空間から逃れようと、自らの内面に対してインタヴューを試みた彼は、自主製作フィルムという名の迷宮の中に、あえなく自己消失を遂げたのである。

こうして、「スピードと、銃と、拷問と、レイプと、乱交と、アメリカにおけるセックスのヴィジョンを作り出す消費パッケージのモンタージュからわが身を振り解こうとした」デイヴィッドの壮大にして無垢な企ては、見事に失敗に帰する。そして彼は、そのようなまばゆいアメリカ文化のマトリクスに差異を突き付けるはずの固有の自己が零に等しいことを発見する。結局のところ彼は、「生活全体がスペクタクルの膨大な蓄積として現れ」（33）「かつて直接に生きられていたものはすべて、表象のうちに追いやられてしまった」（ドゥボール 129）「スペクタクルの日常」へと再び回収されてしまう。(4) このことは、幼少時から彼が親しんできた広告システムのイデオロギーが、いかに彼の中に深く浸透していたかを逆に物語っている。

「反イメージ」としての「生／死の断面」

とは言え、彼が自らの無謀なプロジェクトの失敗を逆手に取り、その顛末を物語るという手段によってシミュラークルの反復からかろうじて距離を保ち、一人称としてそこに差異の楔を打ち込もうと試みたこともまた事実である。その際、焦点化されるのが、コマーシャルの受け手に親近感と現実味を醸し出すために、イメージの世界に密かに挿入される「反イメージ」(271)としての「生の断面」である。「臭気、苦痛、老化、醜さ、悲嘆」(272)といった、隠蔽すべき生の負の側面を、敢えてコマーシャルに織り込むこの手法について、グレン／クリントンは、「近頃のスマートなコピーライターなら、アメリカの本当の内面的なミステリーを感じ取って、生の断面から枝分かれした手法を編み出すかもしれん。つまりは死の断面ってことだがね」(272)と、皮肉な調子でその効用に疑問を投げかける。

この文脈においてクリントンは、かつて自分が請け負った家庭用衛生用品の大手ニックス・オリンピカ・コーポレーションのマウス・ウォッシュのコマーシャルの制作にまつわる挿話を披露する。自動車レースのチャンピオンに、ビューティー・クイーンが祝福の接吻をしようと駆け寄るものの、口臭のために顔を背けるという広告コンセプトそれ自体は好評だったが、出来上がった映像の片隅にどういうわけか正体不明の東洋人の老エキストラが映っているという理由でこのコマーシャルは依頼主の不興を買い、お蔵入りとなる。清潔で健康的で幸福なイメージを何よりも尊び、アメリカ的生活様式を喧伝するこの会社にとって、コマーシャルに亡霊のように紛れ込んだこの男こそ、洗い残された穢れそのものだったのである。

だが、この小柄な東洋系の老人が、デイヴィッドの自作フィルムにおいて幾度となく言及される黒澤明の映画『生きる』(一九五二年)の主人公、ワタナベと重ね合わされるとき、「反イメージ」としての彼は、新たな文脈において新たな記号性を獲得する。と言うのも、自作フィルムにおいてデイヴィッドは、死期を悟ったワタナベを、同じように癌を患って亡くなった自らの母へと重ね、彼女を演じるサリヴァンにかの有名なブランコの場面を再演させているからである[(5)]。癌のために余命いくばくもないことを知り、小役人としてのこれまでの生きざまを悔い改め、夜の公園でブランコに揺られながら哀歌を口ずさむ黒澤のワタナベは、まさしく生に挿入された「死の断面」でありながら、死によって生を「生きる」という逆説を体現している。このように切迫した死によって逆照射されるワタナベの生がデイヴィッドを限りなく魅了するとすれば、それはこの老人が、デイヴィッドを出口なきアポリアに陥れたネットワーク上の「生きながらの死」から解放する可能性を秘めているからに他ならない。

デイヴィッドのフィルムにおいて、こうしたワタナベのイメージは、母のみならず父クリントンにも重ね合わされていく。第二次世界大戦中フィリピンで日本軍の捕虜となり、「バターン、死の行進」を生き延びたクリントンは、文字通り「生きながらの死」を味わった経験の持ち主である。抑留地の場面でデイヴィッドは、父に、ブランコを微かに揺すって悲しげな歌を口ずさむ日本軍の老将校の幻影じみた姿を目撃させる（296）。今や死など存在しないかのように、セックスと暴力と消費に彩られた広告界で辣腕を揮う父の過去を遡及し、そこにさり気なくワタナベを挿入したデイヴィッドは、父が語ったニックス・オリンピカ・コーポレーションの挿話を、自作フィルムにおいて換骨奪胎したと言ってもよいだろう。

再び「二〇秒間のアート・フィルム」

このように忌避され隠蔽されてきた「死の断面」を敢えて反転させることにより、オリジナリティに富んだ「真正なるイメージ」を追求し、スペクタキュラーな「アメリカ」を内破させようとした彼の試みは、一時的に成功するかに見える。しかしながら既に述べたように、アメリカの安全弁とも言うべきかつてのフロンティア、西部におけるフィルム制作の旅を通して自らの起源の回復を目指す彼の目論見は、世界に取り憑くイメージを払拭できると信じる彼の無垢さゆえに、破綻する運命にある[6]。

何よりもそのことを象徴的に示しているのは、この小説の結末の場面である。ダラスを訪れた彼が、ケネディ暗殺の舞台、ディーリー広場へと至る道筋を大統領のパレードを反復するかのように車で辿るという趣向は、彼自身が「スペクタクルの日常」へと回収されていくことを暗に物語っている。クラクションを鳴らしながら広場を通り抜けたデイヴィッドは、再びニューヨークに戻るべく機上の人となり、彼のことをセレブと見紛った女性にサインを求められる。このことも、有名性がメディアと共犯関係を保ちつつ、「スペクタクル」として貪欲に消費されていく後期資本主義文化の断面を鮮やかに提示している。『リブラ』（一九八八年）と『アンダーワールド』においてさらなる探求がなされるように、合衆国の国家身体にして至上のシミュラークル、「ＪＦＫ」に死を賦与したこの暗殺事件は、映像公開後メディアによって繰り返しイメージとして流布され、惨劇スペクタクルとして消費されてきた。このような視座より『アメリカーナ』の結末を顧みるとき、デイヴィッドによるカリスマ大統領への旅路の果ての巡礼は、デリーロの主人公とメディアの分かち難い共犯関係をまさに予示している。

　ここで注目したいのは、このようにディーリー広場を換喩として微かに暗示された国家身体の「死の断面」が物語全体に暗い影を落とすとき、デイヴィッドの自主制作フィルムが、ＪＦＫ暗殺の瞬間を捉えたザプルーダー・フィルムと共振し始めることである。アメリカを震撼させたこの実録映像には、標的となったＪＦＫのリムジンを捉えた場面が二〇秒足らず映っており、長さにおいてその映像は、デイヴィッドを育み翻弄し続けたコマーシャルという彼自身の「二〇秒間のアート・フィルム」（271）と奇しくも暗合する。

　このように、デイヴィッドが自作フィルムにおいて回復しようとした真正な歴史や因果律はまたもや骨抜きにされ、死を無化しかねない「永遠の現在」の迷宮に再び彼は絡め取られてしまう。このような意味において、『アメリカーナ』は、広告という合衆国の集団的な「夢」装置の地平そのものを炙り出し、その反復性に差異を反復的に差し挟もうとする悪夢の物語として位置づけることができる。そこには起源を欠いた広告の連鎖に対して、同じくシニフィエを欠いた〈死〉のアポリアを同種療法《ホメオパシー》のように対置し、反復を断ち切ろうと苦悩する若き主人公の姿が、新進作家デリーロ自身の姿と重なりつつ浮かび上がる。

　以上見てきたように、デビュー作において重要な位置づけをなす広告をめぐるデリーロの問題意識は、作家としての方向性を決定づけると同時に、後続のテクストにおいても想像／創造力を育むマトリクスとして、引き続き追求され続ける。そのような視点から、『アメリカーナ』の主人公の末裔たちが、広告という「アメリカ」的な文化装置に対していかなる間合いを取り、それをさらなるテーマへとどのように発展させることが可能なのか、第三部の後続の章への導入としてここで大まかにマッピングしておくことは、デリーロ文学の見取り図を俯瞰するうえで、有意義であるように思われる。

冷戦ナラティヴと広告の詩学／死学

彼の文学における広告スペクタクルが果たす役割を考察する際、前述の『ホワイト・ノイズ』に続いて言及しておきたいのが、『マオII』である。この小説においても、ブロードウェイを彩る「ミタ、ミドリ、キリン、マグノ、サントリー」(48)など日系企業の名前を連ねた広告看板や、ホメイニ師の死を伝えるタイムズスクエアの電光塔の描写など、テクストに埋め込まれた広告メッセージは枚挙のいとまがない。その中でとりわけ印象的なのが、エピローグにさり気なく描き込まれたある情景である。すなわち、ベイルートにて女性写真家ブリタが、テロリストの写真撮影のために訪れた逗留先で、「ミドリ」という商標のメロン・リキュールを見つけ出し、驚きを禁じ得ないという場面がある。激化する内戦により瓦礫の山と化した街にあって、ブリタは、広告板に描かれた製品がほとんど奇跡のように眼前に存在することに、次のように感嘆する。「こんなものが本当にあるとは、ほとんど信じられない気がする。世界中のあちこちの空港や会議場や通り抜けの通路で、その宣伝を見かけたことはあったが、それが身振り以上のものであり、流れるような光を浴びて地平線に浮かび上がる看板以上のものであるとは思ってもみなかった」(238)。モノとは無関係に広告がそれ自体として存在するという彼女の認識は本末転倒だが、不滅の広告の地平における「身振り」を現実としてすり込まれてきた彼女を、誰が非難することができるだろうか。ベイルートの瓦礫に埋もれたメロン・リキュールに、どことなくシュールで夢想的な意味合いがつきまとうのは、まさにそれが商品としてではなく、神話的な商標《ホールマーク》そのものとして、夢回路を駆け抜けてきたからである。

『アンダーワールド』の主人公ニックの友人で、廃棄物処理会社の同僚、ブライアンもまた、「流れるような光を浴びて地平線に浮かび上がる」広告板に既視感《デジャヴュ》に満ちた不可解な感慨を抱く人物の一人である。「ハーツとエイヴィスとシェヴィー・ブレイザーの広告板が目に入った。マールボロとコンチネンタルとグッドイヤーの広告板が目に入った。彼は自分のまわりのものすべてが…周囲の広告板上にあることに気づいた。あたかも広告板が現実を生み出しているかのように、どこか神経症的な緊密さと不回避性をもった何か自己言及的な関係の中に系統的に結ばれて…」(183)。ここで彼が示唆するように、広告が予め「現実」なるものを生成し(10)、自己言及的な関係の中に歴史までをも絡め取っているとすれば(7)、冷戦期を射程に収める『アンダーワールド』が、冷戦ナラティヴを補強する広告言説の宝庫であっても不思議ではない。その先駆けとも言える象徴的な広告は、一九五一年一〇月三日、ポロ・グラウンドで行われたジャイアンツ対ドジャースのプレイオフ最終戦を描くプロローグの中に早くも登場する。歴史に名を留めるこの試合を観戦していたFBI長官エドガー・フーヴァーは、球場を舞うおびただしい量の紙屑に混じって偶然飛来した『ライフ』誌の広告ページを手にし、それがピーター・ブリューゲルの絵画、『死の勝利』の複製であることに気づき愕然とする。

ここで強調しておきたいのは、『ライフ』誌に『死の勝利』が載っているというアイロニーもさることながら、死を描いた中世の巨匠ブリューゲルの傑作が複製され、『ライフ』誌を飾る「ベビーフードや、インスタントコーヒーや、百科事典や、車や、ワッフル焼き器や、シャンプーや、ブレンドウィスキー」(39)など、アメリカの快適な大量消費生活を約束する豊かなモノの広告ページに紛れ込んで流通しているという事実である。「ルーベンス、ティティアン、プレイテックス、モトローラ」(39)という表現が如実に示すように、プラド美術館において無二のものとしてアウラを放っていた名画も今や、日用品の商標《ホールマーク》に紛れ、新たな文脈で新たなアウラを醸し出すのである。

このことは、ジャイアンツの劇的勝利によって恍惚感に包まれる球場でエドガーのもとに舞い込んだ「死の勝利」のイメージが、まさに冷戦の開幕を告げ、ザ・デイ・アフターを予示していることと決して無関係ではない。と言うのもこの複製広告には、終末論的な核の脅威と、冷戦によって保たれる煌びやかな消費生活という一見矛盾した状況が、表裏一体をなして共存しているからである。換言すれば、アメリカの消費生活を忠実に映し出す『ライフ』誌から破り取られたのとまさに同じページに、冷戦期アメリカを規定する「ブランドネームと兵器が分かち合う未来の言語」（Knight 825）が立ち現れているのである。

軍事技術の転用による消費文化の興隆ともあいまって、システムを通じて大量生産・大量消費される兵器と商品の相関関係がここに浮上する。こうした冷戦期の「軍事／消費文化」を表象するうえで、テクストを通じてしばしば言及される煙草、ラッキー・ストライクの商標とその宣伝文句もまた、皮肉な役割を果たしている。そもそもこの煙草は、ニックの父ジミーのお気に入りの銘柄であり、それを買いに行ったきり帰らぬ人となった父は、アンラッキーなことにギャングの標的となったのではないかという疑念をニックは拭い去ることができない。だがそうした個人的なレベルにとどまらず、「L. S.／M. F. T.」（809）として親しまれたこの煙草の標的を思わせるロゴマークと、「火をつけよう、ラッキーに。ライト・アップ・タイム」（304, 333）という宣伝文句は、冷戦という文脈においては核攻撃の標的を容易に想起させ、「世界が火に包まれ燃え上がる」（613）黙示録的様相を自ずと幻視させる。

それればかりか『アンダーワールド』には、冷戦下において弾薬の生産と消費物資の生産に同時に深く関与した化学会社のコマーシャルが、「軍事／消費文化」の表象としてふんだんに埋め込まれていることも忘れてはならない。第五部のタイトルにも採られている「化学を通してより良い物を、より良い生活のために」（602）と甘い声で囁きかけるデュポン社と、「当たり前じゃない化学はもう当たり前」（601）を標榜するダウ・ケミカル社が、より豊かな生活のために化学製品を大量に供給する化学会社であると同時に、ヴェトナム戦争で大量に投入されたナパーム弾や枯葉剤の製造に手を染めた死の商人の顔を併せもっていたことは改めて書き立てるまでもない。とりわけ第五部、第六章の一九六七年一〇月一八日の記述は、六〇年代に頂点に達した反戦運動の高まりを背景に、ダウ・デイに象徴される化学会社に対する抗議運動を若き日のマリアンの視点から描くことにより、当時流通した化学会社のコマーシャルの言説と、ヴェトナムの現実との埋め難いギャップを鮮やかに浮き彫りにしている。

こうした事柄を踏まえたうえで、冷戦ナラティヴと広告との共犯関係についてさらに考察を進めるうえで、もう一人忘れてはならない人物がいる。彼の名はチャールズ・ウェインライト。コッター・マーティンの父マンクスから記念すべき試合のホームランボールを三二ドル余りで譲り受け、のちにヴェトナム戦争でB-52爆撃機ロング・トール・サリー号の乗組員となる息子チャッキーに譲り渡す役回りを演じる広告屋である。聖杯のごとくそのゆくえが注目されるホームランボールの中継者として、彼もまたそのメモラビリアに神話性を賦与するのに一役買うことになるが、そうした神話の仲介人という彼の役どころは、広告屋という彼の職業といかにも相性がよい。

マディソン街の広告代理店に勤めるチャールズの広告哲学は、「眼球を制する者こそが世界を制する」(530)という、彼自身の言葉が何よりも雄弁に語っている。かつて、化学会社の肥料の広告コピー「芝生爆撃作戦」(528)に難色を示した彼ではあるが、ソ連を表象する黒い車とアメリカを表象する白い車がスピードを競い合う冷戦の構図そのものを再生産したかのような、エクイノックス・オイルの広告を彼が策定したという事実は、無意識的のうちに彼が冷戦ナラティヴと共犯関係にあったことを物語っている。端的に言えば、このやり手の広告屋チャールズは、本章で論じた『アメリカーナ』の広告屋クリントン・ベルの紛うことなき末裔と考えてよい。

このように『アンダーワールド』から逆照射してみると、デリーロ文学には、作家がデビュー作において広告の反復を逆手に取って提起した問題意識を、異なった文脈において反復的に変奏することによって射程を拡げ、さらなるテーマへと重層的に接合しようとする姿勢が窺える。『ホワイト・ノイズ』、『マオII』を経て、この大作においてデリーロは、広告というイメージ工房に照準を定め、『アメリカーナ』の主人公を苛む「生きながらの死」を、冷戦における「生きながらの死」というアポリアへと位相転換してみせたのである。そうすることで彼は、シミュラークルが横溢する反復の楽園に寄り添いつつも、同種療法《ホメオパシー》を施すかのようにそこに自らの詩学／死学を接種し、さらなる反転攻勢の契機を模索し続けたのである。

第十一章

〈死〉がメディアと交わるところ

——ノイズから『ホワイト・ノイズ』へ

「もし死が音そのものだったらどうかしら」

「電気的なノイズだろうな」

「永遠に耳にするのよ。そこら中で聞こえるの。恐ろしいことだわ」

「一様に、真っ白にね」

ドン・デリーロ『ホワイト・ノイズ』

「ノイズ」としての〈死〉

『ホワイト・ノイズ』（一九八五年）の主人公ジャックが、妻バベットと交わしたこの会話ほど、表象不可能な〈死〉をメタフォリカルな方法で的確に表象しようとした言葉もないだろう。ここで暗示されるのは、間断なく不気味な「ノイズ」[1]を放つ〈死〉が、飼い慣らされることなくアメリカ的日常に浸透し、サブリミナルな畏れを惹起し続けるという恐怖の構図である。いかなる手段をもってしても払拭し難いそうした「ノイズ」を究極的に束ねたこの小説のタイトルは[2]、〈死〉の恐怖に脅えるポストモダン・アメリカ文化の闇を、秀逸な広告コピーさながら、巧みに言い当てている。

そもそもホワイト・ノイズとは、短時間に不規則に変化する振幅をもつ信号を意味するが、その結果としてあらゆる周波数成分を等しい密度で含みもつ。人工的に生み出されたこの持続音は、すべての色が溶け合った透明な白色光と同じスペクトルを呈するがゆえに、不必要なノイズを中和するのにも用いられる。ノイズを隠蔽するためにあらゆるノイズを束ねたこの究極のノイズこそ、電子メディア時代における〈死〉の死を焦点化するのにうってつけのトロープだったのである。デリーロはこの作品において、消費生活に彩られた快適なアメリカ的日常に浸透するホワイト・ノイズによって、〈死〉の恐怖が助長されるさまを余すところなく描いている。あるインタヴューにおいて彼は、消費メディアが醸し出すアウラと〈死〉への畏れが奇しくも表裏一体の関係にあることついて、次のように発言している。

特に『ホワイト・ノイズ』において、私は日常性の中に一種の輝きを見出そうとした。ときとしては、そのような輝きはほとんど恐ろしいものになり得るが、また別のおりにはほとんど神々しく神聖なものにもなり得る。…そのようなところにかつて足を踏み入れたこともない第三世界の人間が、いきなりオハイオ州、シャグリン・フォールのA&Pへ連れてこられたときのことを想像してみるとよい。まばゆい光の真っただ中で、その人は気分が高揚するだろうか、それとも恐怖に駆られるだろうか。この世のものとは思えない何かが自分の身にまさに降りかかろうとしていると感じはしないだろうか。…われわれは内奥で恐怖にとらわれているからこそ、それを避けようとする。だから強烈な軋轢が生じるのだ。…私は『ホワイト・ノイズ』において、そうした恐怖心を、それとはまた別の、われわれの手の届かない超越的なものに対する感覚と結びつけようとした。こうした事柄についての途方もない驚異の念は、途方もない恐怖心、つまりわれわれが知覚の表面下にとどめておこうとする死の恐怖と、どういうわけか結びつくのである。(Champlin 7)

こうした煌びやかな消費メディアと〈死〉の恐怖の奇妙な交錯というテーマは、デビュー作『アメリカーナ』において既に萌芽が見られる。前章で論じたように、「死それ自体が不死性を帯びるときほど、人間が破滅的に死に絡め取られるときもない」(21)という警句《アフォリズム》は、メディアが死と織りなすアポリアを鋭く浮き彫りにしている。多様なメディアの作用により、〈死〉それ自体が自己完結することなく拡散し、際限なく人々を恐怖に陥れることを告発するこの言説には、『ホワイト・ノイズ』の主人公たちが陥るアポリアが予示されていたのである。このような文脈を踏まえ本章では、〈死〉の恐怖がいかにメディアと交わり、「ホワイト・ノイズ」と共振することによって、さらなるアポリアがどのように生じるのか、ナチの美学という補助線を引きつつ、考察を進めていきたい。

主人公ジャック・グラッドニーは、人々に仰ぎ見られる「丘の上の町」ならぬ「丘の上の大学《カレッジ・アポン・ヒル》」に勤める大学教授である。この小説は彼の家庭、大学のキャンパス、スーパー・マーケットといった、死とはおよそ縁遠い三つのトポスを基点として展開する。ジャックと妻バベットは、一見満ち足りた何不自由のない家庭生活を営んでいるが、彼らの日常には、デジタル化されたコードとメッセージのシステムの集積とも言うべきホワイト・ノイズが深く浸透している。「『ホワイト・ノイズ』の登場人物たちは、スーパー・マーケットの商品を消費するように、音を消費する」(LeClair 230)と言い換えてもよい。電波をはじめとするありとあらゆる波動やエネルギーの放射や、色のスペクトラム。コンピュータ、電話、ラジオなどすべての家電器具の発する音や人工的な音声。ひいては死者の呟きを思わせるハイウェイの車のタイヤ音。そうした不気味なノイズには、「鯨の白さについての瞑想において、メルヴィルが視覚的に追い求めたものと奇妙なアナロジー」(Weinstein 303)が見られる。

そのような「白さ」がとりわけ濃密に立ち現れているのが、モノが満ち溢れたスーパー・マーケットやショッピング・モールであり、日夜シミュラークルを流通させ続けるテレビである。清潔で照明の行き届いた巨大な消費の殿堂と、居ながらにして世界を手近に手繰り寄せる文明の利器。消費とメディアという点で、二〇世紀後葉の生活様式を決定づけたこれらアメリカ文明の申し子は、今や日常的に消費されるスペクタクルとして遍在し、歴史を脱臼させる。そのような意味において、『ホワイト・ノイズ』は、「永遠に現在になり損ねた、永遠の現在に舞台設定されており」（Boxall 111）、「資本主義的な差異化されざる風景の移ろいやすさにジャックは屈してしまう」（Harack 315）。だが、それによって日常から駆逐された死は、家庭に密かにフィードバックし、彼らを孤独な恐怖へと陥れる。何事も包み隠さず話し合うこの夫婦にとって、死の話題はタブーではないものの、どちらが早く死ぬかということに強い関心を抱く二人は、それぞれ〈死〉への畏れに取り憑かれている。こうして忍び寄る死の影は、ジャックの視野を横切る不気味な斑点さながら、「宇宙の暗さ」（100）を帯び、夫婦の間にいつしか亀裂が生じ始める。

「ポストモダン・ヒトラー」――ナチの崇高美学へのノスタルジア

そもそもジャックが、「丘の上の大学」においてヒトラー学なる「キッチュ」（Goodheart 122）な学問領域を開拓し、世界中から仰ぎ見られる権威になろうと思い立ったのは、このように彼を執拗に悩ます死恐怖症《デス・フォビア》から逃れるためである。「ヒトラーは死を凌駕する」（287）という同僚マレイの言葉が端的に示すように、ジャックは、死を思いのままに司り歴史を我が物にした超越的なイコン、「アドルフ・ヒトラー」を歴史の文脈から切り離し、絶対的な護符として再生しようとしたのである。言い換えれば彼は、〈死〉の「恐怖を吸収してくれる」（287）「ヒトラー」という「ノイズ」と限りなく同化することにより、自分を苛む〈死〉という「ホワイト・ノイズを色づけし」（Conte 120）、その恐怖から脱却をはかろうとしたのである。

このようにアカデミックな市場の隙間《ニッチ》を開拓し、ヒトラーという二〇世紀最大の「ノイズ」の商品化を通じて〈死〉への畏れを払拭しようとする彼の戦略は、「たちまち電撃的な成功を収め」（4）、彼は、「総統」というシミュラークルを演じきったヒトラーのさらなるシミュラークルとなりおおせる。大学ではサングラスにガウンといった物々しい風体で、『我が闘争』を肌身離さず持ち歩く彼は、今や「ヒトラー産業」の頂点に君臨していると言ってよい。「総統」の「キッチュ」なコピーとなった彼は、「死が究極のシニフィエであり、シミュラークルやモデルやコードに究極的に組み込むことができない自然事象である」（Wilcox 113）というテーゼを覆そうとしたに等しい。言い換えれば彼は、本来いかなる記号とも交換不可能であるはずの死を、「総統」という破滅的な死の美学に彩られた「キッチュ」な記号へと昇華しようとしたのである。かくして、「死との不可能な交換」（ボードリヤール 24）がまがりなりにも実現し、究極のシニフィエから究極のシニフィアンへと位相転換された死は、消費の対象として文化市場を流通し始める。

ポール・A・キャンターが指摘するように、そのようにアカデミックな装いを施された「ジャックによるヒトラーの占有」（56）は、「アメリカに特徴的な現象」（55）である。と同時にそれは、広告のレトリックを通じてすべてを消費する後期資本主義の文化論理に見事に貫かれている。「ポストモダン・ヒトラー」とでも呼ぶのが相応しいアウラをアメリカにおいて蘇らせ、再生利用しようとするジャックの試みは、彼自身の告白するところによれば、一九六八年にまで遡る。ちなみにこの年は、デリーロが作家として立つにあたり決定的な影響を受けたケネディ大統領暗殺の五年後であり、キング牧師とロバート・ケネディが暗殺された年に当たる。あたかもＪＦＫの衣鉢を継ぐかのように、Ｊ・Ａ・Ｋ・グラッドニーという大仰な名前に改称したジャックは、学長の勧めに従い、ヒトラー学の創始者に相応しい威厳に満ちたペルソナを演じ始めたのである。

それとともに、ヒトラーが司った死の政治学もまた、操作可能なアカデミックな概念へと還元されていく。このことは、ジャックが会長を務める国際ヒトラー学会や、彼のシラバスに何よりも現れている。「ナチズム上級、週三時間、有資格の最上級生に履修限定。パレード、集会、制服に特に重点を置き、ファシスト専制政治がいかに大衆的アピールを維持したかについて、歴史的視座を養い、厳密に理論的で熟慮した洞察力を涵養する。三単位。レポート提出」（25）といった具合に、[3] もっともらしく体系化されたヒトラー学の授業において彼は、「権力と狂気と死をめぐるプロフェッショナルなアウラに守られた」（72）権威として、従順な学生の群れを独裁者のごとく支配する。エルビス・プレスリー学を講じるマレイの講義にも顔を出し、死に彩られたヒトラーの逸話をプレスリーの逸話と絡ませて披露する彼は、二〇世紀を代表する二人のカリスマたちのアウラを占有する自分に、次のように酔いしれる。「ここでは死は厳密な意味でプロフェッショナルな事柄だった。そこに君臨する私としては、それが心地よかった」（74）。

このように「世界で最も写真に撮られた大虐殺者」と「世界で最も写真に撮られたロカビリー歌手」（Duvall 181）のアウラを利用することにより、「アメリカで最も写真に撮られた納屋」（12）さながら、「アウラの一部となった」（13）ジャックは、「マオⅡ」ならぬ「ヒトラーⅡ」への道を着実に歩んでいく。その際、彼が執着するのが、ナチ賛美のプロパガンダに群衆が酔いしれるスペクタクル映像である。メディア・イベントとして巧妙に演出された民族の祭典や党大会やパレードなど、疑似宗教的なナチの祭典[4]の実録映像に彼もまた魅了されてしまう。光線銃のごとくサーチライトに照らし出された神殿のようなスタジアム。林立する鉤十字の旗を背景に、一糸乱れぬ足取りで行進する制服姿の兵士たち。絶叫調の演説を行う総統への大仰な敬礼と、熱狂的な群衆のシュプレヒコール。レニ・リーフェンシュタールの映像に見られるような、躍動感溢れるナチの様式美に魅入られたジャックは、選りすぐりのシーンをコラージュ風に繋ぎ合わせて編集し、それを自分の授業のプロパガンダとして再利用することも厭わない。

そこで彼が強調するのは、「幾何学的願望」（26）に突き動かされ、巧みに映像化された群衆の存在である。ジャックによれば、群衆は他者に死を賦与し、同胞の死を悼む耽美的なナチのスペクタクルの観衆であるのみならず、スペクタクルそれ自体の欠くべからざる一部として死を放逐する。群れなすヒトラー学の学生を前に、彼は、殉教者をめぐるナチのパフォーマティヴな供儀を引き合いに出し、群衆と死の関係について次のような見解を示す。

こうした群衆は死の名のもとに集まっていた。彼らは死者への賛辞を捧げるためにここに参集したわけだ。行進に、歌に、演説に、死者との対話に、死者の名の詠唱。彼らは火葬用の薪と、燃えさかる花輪と、死者に敬意を表する何千という旗と、何千という制服姿の哀悼者を見るためにここに集った。そこには兵士の隊列、飛行編隊、凝った意匠の垂れ幕、深紅の軍旗、漆黒の制服があった。群衆は自分たち自身の死に楯を作るためにやってきた。群衆に飲み込まれることは死を閉め出すことであり、群衆から離れることは、個人として死の危険を冒し、一人で死に直面することなのだ。群衆は何にもましてこの理由のためにやってきた。つまりは、群衆になろうとしてやってきたわけだ。(73)

このように死と密接な関係にある群衆の生成は、ベンヤミンが「複製技術の時代における芸術作品」の中で「政治の耽美主義」(107)と呼ぶファシズムのマトリクスをなす。ナチズムがジャックの無意識を虜にしたとすれば、それはナチズムが二重の意味でノスタルジックであり、かつまた破滅への予感を秘めていたからである。テクノロジーを信奉し、メディアを最大限に活用する一方、今は廃墟としてしか存在しない古代ローマ帝国へのノスタルジアを通じて、破滅の美学を内包していた「第三帝国」。未来を拓くアウトバーンの建設に邁進する一方で、古代「ローマの遺跡」(257)さながら「ロマンティックに崩れる」(258)よう、滅亡のヴィジョンを国家デザインに組み込んでいた「第三帝国」。そうした廃墟幻想に取り憑かれたナチの祭儀空間に対して、さらなるノスタルジーを覚えるジャックは、先祖返り的に「心の原初的な層へと入り込み」(Cantor 61)、彼らのノスタルジックな部族的紐帯に自らを繋ぎ止めようとしたのである。

ここで脚光を浴びるのが、ヒトラーの意を受け、ナチの政治スペクタクルの演出家として辣腕を揮った御用建築家アルベルト・シュペアである。『光の影のドラマトゥルギー』(一九九二年)においてシヴェルブシュが詳細に論じているように、彼は、「光の大聖堂」と称される光の効果を計算し尽くした演出により、ニュルンベルクのツェッペリン広場を崇高なナチの祭儀空間へと変貌させたのみならず、「第三帝国」の都市設計にも深く関与したナチ・テクノクラートである。ジャックは、シュペアが唱えた「廃墟価値の理論」(257)を引き合いに出し、ナチズムがノスタルジックに憧憬する自壊性について次のように述懐する。「私はマレイに言った。アルベルト・シュペアは、ローマの遺跡のように、栄光のうちに華々しく朽ちる建造物を造りたかったのだ。…彼はロマンティックに崩れることを計算に入れて、特別な素材を使って『第三帝国』の図面を引いた。…廃墟が創造物に組み込まれているからこそ、権力原理の背後に一種のノスタルジア、つまり来るべき世代の願望までも組織する傾向がそこに発現するわけだ」(257–58)。

このように、永遠の未来への幻想と、栄光の過去へのノスタルジックな幻想が、その名も象徴的な「第三帝国」という政体に奇妙なかたちで縫合され、破滅性こそが帝国の神話性を担保するというアポリアを踏まえ、マレイは次のように応答する。「ノスタルジアは不満と憤りの産物さ。それは現在と過去の間の鬱屈が満ちた場なんだ。ノスタルジアが強烈になればなるほど、暴力的になっていくわけさ」(258)。耽美的なノスタルジアが引き起こす暴力性に関する彼のこの指摘は、「政治の耽美主義をめざすあらゆる努力は、一点において頂点に達する。この一点が戦争である」(107)というベンヤミンの言葉を想起させる。他者を殲滅《せんめつ》するのみならず、最終的に「自身の絶滅を美的な享楽として体験」(109)する戦争への衝動こそが、軍事テクノロジーに耽美的に依拠する「第三帝国」の原動力だったのである。

こうした自滅への衝動が、戦争用インフラとしてのアウトバーン建設にも密かに折り込まれていたことは想像に難くない。そこに含意されているのは、銃弾さながら不可逆的にクラッシュすることによってのみ永遠性を獲得するナチの速度美学である。しかも興味深いことにこの死の美学は、「第三帝国」崩壊後も廃ることなくアメリカのハイウェイへと転移し、カー・チェイスというかたちでB級映画やテレビ番組に不可欠の見せ物として定着する。マレイが主宰する「自動車衝突セミナー」(217)は、西部劇と並んで大衆を魅了してきたアクション映画の大惨事《カタストロフィ》映像を、おびただしい数の自動車衝突シーンの分析を通じて解明しようとするものである。アウトバーンを突き抜け、ハイウェイへと移植されたこうした自己破壊的パフォーマンスについて、彼は次のように、そのアメリカ的「祝祭」性を強調する。「あれは伝統的な価値だとか信念を再確認するお祭りみたいなものなんだ。感謝祭や独立記念日のような祭日みたいなものと結びつけて考えるわけさ」（218）。

ここから透視できるのは、一見対照的に見える「ドイツ・ファシズムと現代アメリカ文化の間にみられる類同関係」（Cantor 62）である。死と破滅衝動を秘めたナチの耽美主義は、対極をなすアメリカ的大衆娯楽と密かにエールを交わし、銃とともに「アメリカ楽観主義の長い伝統の一部をなす」（218）自動車衝突シーンにすり込まれていく。まさにこの文脈において、アメリカ大衆文化のカリスマ的「キング」としてのプレスリーは、ナチの「総統」を参照点として定立可能となる。(5)「ヒトラーはいつも［テレビに］出ているさ。彼がいないとテレビは始まらないからね」（63）というジャックの言葉に示されるように、死を孕んだキッチュなシミュラークルとしてメディアに流通する「総統」は、プレスリーとシンクロしつつ、ナチの「プロパガンダの詩学／死学」を、アメリカに君臨するコマーシャルの詩学／死学」に密かに接ぎ木していたのである。そのような意味において、アメリカの「ポストモダン・ヒトラー」は、商品と銃が氾濫する「耽美化されたアメリカ消費文化に見られる原初的なファシスト的衝動」（Duvall 170）の表象でもあったのである。

呪文《マントラ》と反復の美学

この文脈において強調したいのは、死を忘却させつつもノスタルジックに死を指向するナチの耽美的な集団的儀礼が、(6)テレビとスーパー・マーケットという消費メディアによって定式化されたポストモダン・アメリカの大衆美学へと巧みに接合されていることである。制服に身を包み、銃を携え整然と隊列を組んで大量動員されたナチの軍隊が、ホロコーストを指向する一方、自らを破滅に導く死の匂いをどこか漂わせているのと同じように、テレビで宣伝され、スーパーの棚に整然と並ぶ大量の煌びやかな商品もまたイメージとして消費され、廃棄される運命にある。眼球に絶え間なく快楽を与え、死とは無縁の二つの消費空間は、こうして自らを消尽するナチのスペクタクル美学と重なり合うまさにこの瞬間、商品が群れをなして葬られる墓場として幻視される。「ホワイト・ノイズ」に満ちた情報と商品のパレードには、ナチの軍事パレードと同じく、見かけとは裏腹に前近代的な儀式性が刻印されていたのである。

さらに言えば、このようなスペクタキュラーな二つの消費メディア空間は、互いに補完関係をなすかのように、相同関係をなしている。このことは、テレビのチャンネルを流れるコマーシャルを、スーパーの通路を流通する商品へと読み替えれば明らかであろう。両者は共通してシステム内部で充足する自律性を持ち、商品と情報の連鎖を無限に維持することにより、「今、ここ」にという時空の超越を可能にする。ブライアン・マックヘイルが言うように、現実とパラレルをなしつつも、現実とは別の秩序によって成り立つこれらの二つのシステムを支えているのは、利便性《アヴェイラビリティ》と潤沢性《アバンダンス》という幻想である。すなわち、ショッピングの流通網やテレビのネットワークを通して、あらゆるモノや情報にいつでもどこでも何度でも接続ができるという幻想である。そのように「密閉され」、「自足し」、「時を超越した」(38, 51) 二つのシステム内部では、ジャックはガウンもサングラスも必要としない。それどころか彼は、テレビが映し出す自分とは無縁の災害の映像を楽しみ、ショッピングのためのショッピングを通じて、「生のクレジット」(290) を貯め込んだかのように永遠の生を謳歌する。ヘミングウェイの「清潔で明るい場所」(一九三三年) に描かれた、自殺し損ねた老人が深夜に通いつめるカフェの儀式空間は、今やスーパーやテレビという、遍在するもう一つの「清潔で明るい場所」に取って代わられたのである。

この新たな「清潔で明るい場所」が、シュペアが光を用いて演出したナチのスペクタクルとノスタルジックに共振するとき、そこには疑似宗教的な畏怖の念とカルト的な神話が発生する余地が生じる。マレイの解説によれば、照明の行き届いたスーパーの自動扉に足を踏み入れるとき、人々は、チベット人が輪廻を体験するように倦《う》んだ生をリセットし、新たに精神的エネルギーを補給する。量産されたおびただしい種類の商品を彩る音と光のスペクトラムに曝され、人々は買い物という儀式を通じて永遠の生を謳歌すべく、転生に先立って一時的に死を体験する。そのような秘儀空間について、彼は次のように熱弁を揮う。

この場所はぼくたちを精神的に再充電し、次へと準備をさせる関門か道筋みたいなものなんだ。ここがどんなに輝いているか見てみるがいい。心霊的なデータがわんさと詰まっている。…あらゆる文字と数字がここにある。あらゆる色のスペクトラムと、あらゆる声や音と、暗号の言葉と、儀式的なフレーズ。…ぼくたちはただ自動扉の方へ歩んでいく。波動と放射の世界。何もかもどんなに照明が行き届いていることか。そこは密閉され、自足していて、時を超越しているんだ。こうしたことが、チベットのことを想い起こすもう一つの理由なんだ。チベットにおいては死ぬことはアートなのさ。…ここではぼくたちは死ぬんじゃなくて、買い物をする。けれど、両者の違いは君が思うほど歴然としているわけじゃないんだ。(37–38)

このようにスーパーは、チベットの『死者の書』を典拠とする「死ぬことはアート」というマレイの論評を経由して、ファシズムの様式化された死の美学と結びつく。彼の台詞は、ショッピングを通じてサブリミナルな欲望を充足させる消費の殿堂が、「あらゆる色のスペクトラムと…儀式的なフレーズ」で大衆を洗脳したナチの美学と通底することをはからずも暴露している。

実際、ミッド・ヴィレッジ・モールで、無防備な姿を同僚に見咎められ、「無害に見える」(83) と言われたジャックは、不安を紛らわすべく、ショッピングのためのショッピングに依存する。そして、買うつもりもなかったモノを次々に気前よく買うことにより、恍惚として自己拡張感に浸る彼は、「ヒトラー」に代わる消費の魔力について次のように語る。「私の価値と自尊心が膨らみ始めた。自己を満たし、自分の新しい面を発見し、存在することすら忘れていた人間を突き止めた。…私はカネを商品と交換した。使えば使うほど、カネはどうでもよく思えてきた。というのも私自身が、使ったカネの合計よりも大きくなっていたからだ。…実際のところ、使ったカネはそっくり、生存のクレジットとして自分のところに戻ってくるのだ」(84)。

このようにポトラッチを思わせる消尽を通じて生のクレジットを貯え、死への魔除けとするジャックの身振りは、死の象徴交換とも言うべき呪術性を多分に孕んでいる。消尽をめぐるこうした思考は、『この日を摑め』でタムキンが示唆したように、買うことが殺すことと同義だとすれば、ホロコーストを遂行したナチの崇高美学の残滓をとどめていると言ってもよいだろう。同様のことが、テレビにもまたあてはまる。コマーシャルやジングルもまた、死を中和する呪文《マントラ》を無意識に浸透させ、反復の美学に彩られた空間を現出する。生死の感覚を麻痺させ、人々を「思考停止」(66)に追い込む現代の「祭壇」とも言うべきテレビについて、マレイは次のような洞察を披露する。

[テレビという]メディアは、アメリカの家庭において根源的な力となっていることがわかるようになったんだ。密閉され、時を超越し、自足していて、自己言及的で、まさしく居間から神話が生まれるようなものさ。夢のような前意識的な方法で何かが生まれるみたいなもの。…テレビは信じられないくらい膨大な心霊的なデータを提供してくれる。…画面のグリッドに隠された豊富なデータを見たまえ。煌びやかな包装、小気味のよいジングル、生活の断面を垣間見せるコマーシャル、暗闇からこちらへ押し付けられる製品、「コークは最高さ、コークは最高さ」と、お題目や呪文《マントラ》のようにコード化されたメッセージとその際限のない反復。テレビというメディアには、聖なる文句が溢れかえっている…。(51)

彼が言うように、スーパーと同じく「膨大な心霊的なデータ」に満ち溢れたテレビのコマーシャルは、チベット仏教の聖なる経典さながら反復され、「前意識的な方法で」消費の神話を生み出していく。指示機能を喪失したかのように、「コークは最高さ、コークは最高さ、コークは最高さ」と、呪文《マントラ》のように囁きかける心地よいジングルは、「ハイル・ヒトラー」式のナチの敬礼のように、空疎なシニフィアンとして識閾《しきいき》下に浸透し、憧憬と畏怖の念が入り混じった崇高さを演出する。就寝中の娘ステッフィーの口から譫言《うわごと》のように漏れ出る広告ジングル、「トヨタ・セリカ」（155）に象徴されるように、無意識に浸透するテレビのリフレインは、「サブリミナルなものがいかに崇高《サブライム》なものと密接に関係しているか」（Duvall 176）を雄弁に物語っている。

音声のみならずメディア空間を亡霊のようにさまよう映像もまた、既視感《デジャヴュ》をもたらすばかりでなく、「今、ここ」に現前する起源のアウラを骨抜きにすることにより、逆説的に新たな複製のアウラの発現を助長する。スクリーン上に電子と光子が織りなすバベットの画像が示すように、電子的映像は、実物とコピーの区別、過去、現在、未来の区別のみならず、生者と死者の区別すら曖昧なものにしてしまう。

> 画面に映った彼女の姿は誰か遠い過去の人のように思えた。昔別れた妻か今は亡き母のように、死者を包む霧の中を歩いている人のように思えた。彼女が死んでないとすればこっちが死んでいるのだろうか。…白黒の彼女の顔は本物そっくりであったが、それでいて生気が乏しく、よそよそしく、画面に閉ざされ、時を隔てた感じがした。それは彼女でありながら彼女ではなかった。…笑ったり話したりして顔の筋肉が動くたびに電子の点々が群がり、際限なく彼女の姿はかたち作られてはまた作り変えられた。（104）

こうして存在論的不安すら覚えるジャックは、ホワイト・ノイズに未だ侵されていない幼子ワイルダーが、バベットの画像をそのまま母として受容するのとは対照的に、時空を超越して彼の眼前に生起する妻の似姿に、亡霊のような不気味さを感じ取る。「それがただのテレビであり…生とか死から抜け出す旅でもなく、摩訶不思議な離脱でもない」（105）と彼は自らに言い聞かそうとするが、モンタージュ化された彼女の映像は、彼のサブリミナルな不安に働きかけ、彼の意識に異化効果を生じさせる。

そもそも彼にとって居間のテレビは、非日常的な崇高性が密かに立ち現れる「祭壇」に他ならない。彼は、災害とは無縁のハイブラウな大学教授として、テレビの前に安閑と腰掛け、航空機の墜落事故や地震や大災害などの映像を崇高な様式美として享受してきた。「あらゆる災害は、それ以上のものを期待させる。もっと大規模で、もっと壮大で、もっと広範な災害を」（64）。不遜にもこのように言い放つジャックは、実際のところ、自らに死が及ばないメディア空間という繭に籠ることで、崇高な大惨事《カタストロフィ》を消費してきたわけである。ところが、そのような彼自身が、あろうことか当事者として生身で死と向き合わねばならない事態がやがて生じる。

転倒した祝祭――「ホワイト・ノイズの祭典」

第二部で描写される有害化学物質ナイオディンDの流出に伴う巨大な雲の発生は、アメリカ消費文化の基盤を揺るがす「転倒した祝祭」とも言うべき様相を呈している。第一部と第三部がそれぞれホワイト・ノイズに満ちた平均五、六ページの二〇余りの章から成るのに対し、「空媒中毒事件《エアボーン・トクシック・イベント》」と名付けられた第二部は、ほぼ一〇倍の長さの第二一章が単独で割り当てられている。このようにテクストを銃弾のように貫く第二部は、明らかに他とは異質の断層をなしており、テクストに亀裂を生じさせる「ノイズ」として機能している。冬休みの最後の日に起こったこの災厄は、グラドニー家の平穏な日常を揺るがす一大スペクタクルであり、彼らの「脱出劇《エクソダス》」（120）は、やがて「叙事詩的」（122）壮大さを帯び始める。

チェルノブイリやスリーマイル島の原発事故を思わせるこの惨事は、時の経過とともにメディア・イベント性を賦与され、華々しいスペクタクルへと仕立て上げられていく。「北欧伝説に出てくる黒い舟さながら」（127）移動するこの巨大な塊は、メディアによって与えられた呼称一つを取ってみても、「羽毛状の煙《フェザリー・プルーム》」、「黒い渦巻き雲《ブラック・ビロウイング・クラウド》」、「空媒中毒事件《エアボーン・トクシック・イベント》」というように進化を遂げ、[7] ニュースとしての消費価値を高められていく。こうして、ヘリコプターのサーチライトに照らし出され、「音と光のショーの一部であるかのように」（128）スポットライトを浴びてショーアップされたこの雲塊は、「凄まじい出来事の華々しい一部をなすスペクタクル」（127）へと演出され、観る者に「終末的な気分の高揚」（123）さえもたらす。

このように死を孕んだ音と光の饗宴のスペクタクルの向こう側に、またしてもナチの崇高美学とポストモダン・アメリカの広告美学のコラボレーションが透けて見える。「国をあげての死の宣伝、すなわちラジオのスポット広告や、おびただしい印刷物と告知板や、これでもかと言わんばかりのテレビ放映が後押しする何百万ドルものキャンペーン」（158）へと昇華されたこの惨劇には、どことなくキッチュでノスタルジックな死の崇高美学の残滓が見られる。そればかりか、このスペクタクルの依拠するシナリオが、神話的な「王殺し」（128）であろうと、死に傾倒するナチの耽美主義であろうと、死さえも貪欲に消費するマディソン街の無意識であろうと、ショーアップされたこの「国をあげての死の宣伝」には既視感《デジャヴュ》がつきまとうのである。

この惨事の渦中にあるグラドニー家は、事故が惹起するとされる症状、既視感《デジャヴュ》によって混乱をきたす一方で、このスペクタキュラーな「キャンペーン」の傍観者として、崇高美学へといつの間にか回収されていく。自らの生命を脅かしかねない「崇高な」暗雲に対して名状し難い畏怖の念を抱き始めたジャックは、このノスタルジックな脅威／驚異に、宗教的とも言える力の本源を探り当てる。「われわれの恐怖は、宗教的なるものと紙一重の畏怖の念をともなっていた。自分たちの生命を脅かすものに畏怖の念を抱き、それを、始源的で意図的なリズムによって創造される、自分たちよりも遥かに大きく遥かに強力な宇宙的な力と見なすことだってできるのだ」（127）。

だが、このような「宗教的なるものと紙一重の畏怖の念」は、かつて祝祭が定期的にもたらした世界更新の高揚感とは似て非なるものであり、スーパー・マーケットやテレビに秘められた「心霊的なデータ」の延長線上に捉えることができる。すなわち、汚染物質に対して畏怖の念を喚起するこのスペクタクルは、ホワイト・ノイズが浸透した日常を一新する祝祭だったのではなく、逆にそれが一気に表出した「ホワイト・ノイズの祭典」だったのである。メディアによって「空媒《エアボーン》」され「中毒《トクシック》」を孕んだ「出来事《イベント》」というこの事件の呼称は、まさにこのホワイト・ノイズの属性を的確に言い当てている。

この事件は、ジャックにとって無縁であったはずの死が、にわかに体内に埋め込まれたという点で大きな意味をもつ。脱出の際、ほんのわずかの間、中毒物質に曝された彼は、コンピュータにより死を半ば公に告知される。この不慮の出来事を契機に、彼の「平穏無事だった人生に終止符が打たれ」（151）、「このうえないエントロピーに満ちた」（Conte 120）ホワイト・ノイズの不気味な「白さ」が彼の身体を浸潤し始める。彼のこの災厄は、「死に対する不安を、毒をもって和らげようとする」（Cowart 79）ヒトラー療法という「同種療法《ホメオパシー》」の前提が崩れたのみならず」（Cowart 80）、毒としての死が彼を蝕み始めたことを意味する。今やデジタル化された死が「星雲状の塊」（280）のように体内に巣くい始めたことを知った彼は、やがて「自分の置かれた状態と自分自身の間に不気味な乖離を感じ」、「自分が死ぬというのに部外者のような気分になってしまう」（142）。かくして、自らに接種された死との関係において肉体がシミュラークルと化し、奇妙な疎外感に苛まれるジャックは、どこにも身の置き所のない〈死〉のアポリアへと、文字通り身を開くことを余儀なくされる。彼がこれまで漠然と感じていた〈死〉の恐怖は、今や彼自身の身体感覚とは無関係に、さらに捉え難くデジタル化された《死》の恐怖へと位相転換され、よりいっそう不気味なかたちで彼のもとにフィードバックしてきたのである。

銃弾《ビュレット》と錠剤《タブレット》――「ホワイト・ノイズ」の詩学／死学

このように第二部において、「死の恐怖を、死の恐怖への恐怖に置き換えて」(Holland 48) しまうホワイト・ノイズは、さらに第三部において、レントリッキアが言うようにダイラーといういかにもアメリカ的な「究極のポストモダン・ドラッグ」(T 87) へと昇華していく。ちなみにこの第三部の表題は、「ダイラー」という架空の薬の名前にスペクタクルという意味の接尾辞 "ama" を添えた "Dylarama" となっている。死の不安を司る脳の神経中枢をピンポイントで標的にして〈死〉の恐怖を除去するという触れ込みのこのスペクタキュラーなパルマコンは、死という究極のノイズを遮蔽するようデザインされているからこそ、非服用時にかえって〈死〉の恐怖をかき立て、ホワイト・ノイズを増幅させてしまう。そのような意味において、この白い「不死」薬には、死の克服に取り憑かれた「ダイラー効果の文化としてのアメリカ」(Lentricchia, T 87) が陥ったアポリアがはからずも凝縮されている。作中人物たちが熱い眼差しを注ぐダイラーは、まさに「おぞましい死の代わりに立ち現れたアポリア」(Cowart 75) に他ならなかったのである。

この「ポストモダン・ドラッグ」と、直接接点をなすのがバベットである。人間を神経細胞の間でやりとりされる化学的信号の集積と捉え、あらゆる問題には必ず合理的かつ実際的な解決法が見出せるというアメリカ的価値観を信奉する彼女は、癒し難い〈死〉の恐怖を鎮めるためにこの怪しげな薬の服用を思い立つ。「バベットは死の恐怖を除去するために、死の危険を冒すことも厭わなかった」(Pifer 228) のである。ニューロン間の化学的信号を人為的に操作しようとする彼女の即物的な思考は、「人間とはその人間をめぐるデータの総計である」(141) という、ジャックを震撼させたコンピュータの託宣にも通底するところがある。彼女は、現代のカルト神話の源泉とも言うべきスーパーに置かれたタブロイド紙（Conroy 166）を通じてこの怪しげな薬の存在を知り、万能風邪薬を気軽に買い求めるように、生体実験の被験者を募る広告に応募したのである。だがその代償として彼女は、この薬物の開発に携わった謎の人物グレイ氏こと、ウィリー・ミンクと密通を重ねることとなる。

期せずしてデータとしての「死」を体内に埋め込まれたジャックが、義父のヴァーノンからドイツ製の二五口径の自動拳銃、ツムウォルトを譲り受けたのは、ちょうどその頃である。ダイラーを入手するためグレイ氏と不倫関係に陥ったことを妻から告白され、嫉妬を覚えつつも、この薬物に魅了され始めた彼は、早朝、庭に死神のごとき不審人物がいるのを発見し、言いようのない恐怖に襲われる。護符のように『我が闘争』を握りしめるジャックを震撼させたヴァーノンだが、彼は娘に内緒で拳銃の譲渡を申し出る。護身用とはいえ、実弾装着済みの銃を渡された彼は、他者の死を司り自らの〈死〉の恐怖を麻痺させるという意味で、ダイラーに優るとも劣らぬ強力なツールを手に入れたと言ってよい。

義父の真意を訝りながらも、銃をはじめて手にした彼は、たちどころにその魔力の虜となる。「なんと素早く私の気持ちに変化が生じたことか。見つめているだけで手がしびれ、名前さえも与えたくはなかった」（253）。このように告白する彼は、「それを使いたくなるのは時間の問題さ」（253）という義父の言葉通り、銃を所持することの密かなる悦楽に次のように思いを馳せる。

> これこそが、この世における人間の能力を決定的なものにする究極の装置なのだという考えが浮かんだ。掌の上でそれを上下に揺らし、銃口の鉄の匂いを嗅いでみた。自分の能力や幸福や個人的な価値の感覚を越えて、致命的な武器を携え、うまくさばき、いつでもそれを使う準備と意志を備えていることは、いったい何をその人間に意味するのだろうか。隠し持った致命的な武器。それは秘密であり、第二の生であり、第二の自我である。それは夢であり、魔法であり、陰謀であり、譫妄《せんもう》状態なのだ。（254）

あたかもナチの死の美学が凝縮したかのようなドイツ製の精巧な銃を秘密裏に譲り受けたジャックは、自らの直観通り、「秘密」と「陰謀」に満ちた「第二の生」が、死の宣告を受けたはずの自分に新たに芽生えたことを知る。「空媒中毒事件《エアボーン・トクシック・イベント》」によって自らに接種された死を、たちどころに無化するかのようなドイツ製の拳銃による対抗ワクチンとしてしての「第二の生」。寝室に隠した銃のことを考えただけで、「悦びとも畏れともつかない」(274)強烈な感覚に身を貫かれる彼は、世界中からヒトラー学会に集まった学者たちを尻目に研究室に籠り、甘美な秘密を宿すこの小銃について次のように真情を吐露する。「ピストルとは何と卑怯な装置なのだろう。とりわけこれほど小さい代物は。人目につかず狡猾で、持ち主の密かな歴史を湛えている。何日か前、ダイラーを見つけ出そうとして感じたことを私は思い出した」(274)。他者を標的にするか、死の恐怖を司る自らの神経中枢を標的にするかという違いはあれ、彼が隠し持つ銃は、バベットが人知れず服用していたダイラー錠と同じく、死を一時的に無効にしてしまう。

やがて銃を大学に密かに携行するようになった彼は、致死的なパワーを人知れず占有する自分に酔いしれる。「銃は、私が住まうもう一つの現実を創り出した。…名状し難い感情で、私の胸はわくわくと高鳴った。それは私がコントロールできる、密かに支配できる現実だった」(297)。こうしてジャックは、「巧妙に設計された」(253)ツムウォルト銃をしげしげと眺め、発砲という目的にすべてが収斂する銃という武器の即物的な美に改めて酔いしれる。そして、「この武器が紛れもなく銃のかたちをし、先の尖ったちっぽけな投射物が紛れもなく弾丸のかたちをしていることに安らぎを覚える」(297)彼は、いかなる代理表象も拒むこの崇高な武器にフェティッシュな欲望を抱き始める。

ここで注目したいのは、残った「ダイラー錠《タブレット》四錠に、ツムウォルトの銃弾《ビュレット》三発」(297)という、韻を踏んだフレーズが端的に示すように、〈死〉の恐怖を麻痺させるこの二つのテクノロジーを、ジャックが互いに連関するメディアとして捉えていることである。時間が来れば成分を発射し、「錠剤そのものは密かに小さな爆発を起こして静かに自己破壊する」ダイラー錠の「慎重かつ正確に仕組まれたポリマーの内破」(211)は、指摘するまでもなく、自爆テロを想起させる。言い換えればそれは、高度のナノテクノロジーを駆使した見事なまでに美しい〈死〉の暗殺に他ならない。しかもその薬物的な「銃撃」の美学には、〈死〉への畏れを粉砕する「銃弾《ビュレット》／錠剤《タブレット》」そのものが狡猾にも内破し、秘匿された「暗殺者」の暗殺が予めプログラミングされている。

だが、それほど精巧にデザインされたダイラーが、バベットに薬効をもたらすどころか、副作用として健忘症をもたらしているという否定し難い事実は、この薬物の不完全な内破性を逆に物語っている。こうした矛盾が一気に噴出するのが、『ホワイト・ノイズ』における反クライマックス的修羅場としての第三八章である。そこで詳細に描写された暗殺者ジャックによるミンク襲撃の場面ほど、「銃弾《ビュレット》／錠剤《タブレット》」という極小メディアの不完全な内破性が、銃撃をめぐる彼の視差を通して、効果的に提示されている場面もないだろう。

ジャック自身が学生たちに得意気に語ったように、「陰謀というものがすべて死に向かう傾向がある」(26)とすれば、「秘密」と「陰謀」に満ちた「第二の生」を駆動するツムウォルト銃を所持した瞬間から、妻を寝取ったグレイ氏ことミンクを標的とする暗殺は彼の無意識にすり込まれていたと言ってよい。彼は、ミンク襲撃に先立ち、まずこれまで家庭に蓄積された大量のモノを処分し、これまで自分が依存してきた「ホワイト・ノイズ」に対して果敢にも異議申し立てを行う。この内向きの異議申し立てが、ミンク殺害のプロットへと大胆に転換されるのは、マレイの唆しによるところが大きい。

何としても生きたいと相談をもちかけるジャックに対して、マレイは、(1)テクノロジーを信じる。(2)再生、輪廻、死者の復活など、死を超越する信仰体系や儀式に精通する。(3)暗殺計画や瀕死の事故を生き延び、カリスマ性を獲得するという処方箋を示したうえで、次のような悪魔的な理論をジャックに囁く。「『ホワイト・ノイズ』における本当の意味での悪党」(Duvall 180)とも言うべきマレイは、ジャックに対して、理論上と断りつつも、世の中には「殺す者」と「死ぬ者」の二種類の人間がおり、前者が後者を殺せば殺すほど、前者の「生のクレジット」

(290) が蓄積され、死に対する免疫力が増すと主張する。「相手が死んだら、君は死ぬことができないんだ。と言うのも相手を殺すことは、生のクレジットを獲得することになるからね。人をたくさん殺せば殺すほど、クレジットを貯め込むって寸法さ。…理論的に言うと、殺す者は、他者を殺めることによって自分自身の死を克服しようとするんだ」(290-91)。彼に言わせれば、ヒトラーのアウラにあやかろうとするジャックは、それを自らのアウラに転化しようとして窮地に陥ったに等しい。そこから脱出するには、殺すことによって「生のクレジット」を増大させるという単純な脚本が必要であり、それには洗練された殺しの美学が必要なのである。「このうえなく野蛮で無差別な殺戮にさえ、緻密な力が密かに働いているものだよ」(291)。かく述べるマレイは、「陰謀を企て、何かに狙いをつけ、時間と空間をかたち作ること。そうやってこそわれわれ人間は、意識のアートを高めていくわけさ」(292) と、殺しの美学を吹聴する。

結果的に言えば、ジャックによるミンク暗殺の企ては、横溢する「ホワイト・ノイズの、ホワイト・ノイズによる、ホワイト・ノイズのための」茶番劇《ファース》として内破する。だが、少なくともその試みにおいて彼は、降り頻る雨の中、自らがこれから手を染める優雅な殺害風景を、映画スター気取りで幾度となく頭の中でシミュレートする。「ここに私の計画がある」(304)、「私の計画はこうだ」(305)、「これが私の計画だ」(306, 310, 313)、「私の計画は入念だった」(311)、「私の計画は洗練されていた」(309) というように、執拗に繰り返される前口上のあとに、彼は、ビデオ映像を再生するかのように、完璧な暗殺風景のシミュレーションを儀式的に幾度も脳裏に思い描く。『ロリータ』(一九五五年) においてキルティーを襲撃したハンバートを意識するかのように (Barrett 107, Pifer 229)、精緻に殺害計画が事前に反芻された結果、読者は、ジャックが実際に引金を引く前に、ミンクの殺害が完遂されたかのような幻想にとらわれる。

既に生起した出来事も、これから生起する出来事も、時空を超越した一続きの甘美な殺害計画のシナリオの一部として思い描く彼は、この時点でもはや抜き差しならぬほどホワイト・ノイズと同化しつつあると言ってよい。ミンクは、自分を襲撃に来たジャックに、「お前さん、やけに白いな」（310）と声をかけるが、この言葉は、いみじくもそれを言い当てている。とは言え、ミンクが身を潜めるモーテルの真っ白な「部屋のノイズの強度が、あらゆる周波数において均一であり」（312）、「いたるところにホワイト・ノイズ」（310）が充満していることもまた事実である。その部屋の「濃密にして透明な高められた現実」（307）に絡め取られた暗殺者ジャックの目には、すべてが「光沢を帯びた表面」（307, 312）と化し、「ものごとが新鮮に立ち現れ」（304, 308, 312）始める。

このように濃密なホワイト・ノイズに満ちた銃撃空間において、テレビを付け放し、ダイラー錠をキャンディのように頻繁に口に含む標的ミンクもまた、生身の人間からは程遠い混成主体として描写されている。そもそも彼は、「複合体、グレイ氏」（241, 268）として、ジャックの心象風景の中に朦朧と立ち現れたホワイト・ノイズの権化に他ならない。そのような「亡霊」としてのミンクは、グローバル化した多国籍シンジケートの申し子のように国籍不詳であり、人種的にもハイブリッドであることが示唆されている。アメリカのテレビで英語を習得したと告白する彼は、アメリカニズムに再占有されたポストコロニアル的主体であるのみならず、ポストモダン消費文化の申し子よろしく分裂症的でもある。ジャックが殺しの美学に陶酔し、現実を顧みないのと同じように、ミンクもまた会話の端々に脈絡のないコマーシャルやジングルを唐突に織り込み、自らのホワイト・ノイズ性を臆面もなく曝している。

その結果、銃撃空間にそれぞれのかたちで惑溺《わくでき》する両者の間には、極めて変則的なかたちでしか、コミュニケーションが成立しない。それを何よりも示しているのが、ジャックのミンクに対する言葉による攻撃である。「言葉とそれが指示する事物の混同をもたらすのみならず、ある種の定式化されたかたちで服用者に行動を取らせる」（310）ダイラーの副作用により、ジャックが「雨霰と浴びせられた弾丸」、「一斉射撃」（311）という言葉を発すると、それを現実と取り違えるミンクは、実際に銃弾を浴びたかのようにのたうち回り、「定式化された」反応を示す。こうした先制攻撃により、彼を恐怖に陥れたジャックは、銃の引き金を引く前に、そのようなミンクの擬態《ミミクリ》を通じて、自らが行おうとする銃撃がもたらすであろう充足感に惑溺する。そして、ミンクの前に「殺す者」として尊大に立ち現れる自画像を、標的の視点から幻視するジャックは、「彼の恐怖は美しかった」（312）と述懐する。

このように彼らは、それぞれが「銃弾《ビュレット》／錠剤《タブレット》」という、ホワイト・ノイズと密接に関わる極小メディアを占有しようと競い合うが、彼らの現実感の希薄な対決それ自体も、異次元の迷宮の出来事であるかのように朦朧とした意識に彩られている。実際にミンクに銃弾を撃ち込んだあとも、この混濁した既視感《デジャヴュ》は払拭されることがない。殺しの美学を極限まで追求した緻密なシナリオ通りに、ミンクを至近距離から銃撃したジャックは、「彼の苦痛は美しくも強烈だった」（312）と述べ、その感触を再確認すべく、再度銃弾を彼に撃ち込む。ところが彼が「生の力を獲得し、生のクレジットを貯える」（312）殺しの美学に酔いしれたのも束の間、自殺を偽装すべくミンクに銃を握らせた結果、射殺したはずの標的から彼は逆襲される。

想定外のこのアクシデントは、不可逆的に死をもたらす銃の直線的な遂行性を、言わば内側から脱構築してしまう。腕に銃弾を浴びたその瞬間、魔法が解けたかのように、ジャックの耽美的「世界は内側に崩壊し…超次元的で、知覚を超越したものは、眼前の支離滅裂で無意味な混乱した光景へとしぼんでしまった」（313）。あたかも紐帯を確かめ合うかのように、相手の身体に痛みを与えた二人は、やがて、互いの傷を嘗め合う双生児のように身を寄せ合う。こうして視差を解消されたジャックは、そこで「はじめてミンクを一人の人間として見ている自分に気づく」（313）。なおもダイラー錠を口に運ぼうとする彼に、大いなる慈悲心をもって傷の手当てを施すジャックは、未だ意識が混濁した彼に、二人が負った銃創はすべてミンクの発砲によるものであると言い包める。

この顛末が示すように、濃密なホワイト・ノイズ空間においてジャックとミンクが演じた自傷的な茶番劇《ファース》は、ダイラーに始まり、ダイラーの特性である内破をもって終わる。言い換えれば、それは銃撃に始まり、撃つ者と撃たれる者が瞬時に逆転することにより、直線的に遂行されるはずの死の美学が内破し、宙吊りになることをもって終わる。このことは、遍在するホワイト・ノイズを外部から払拭することはもはや不可能であり、それが凝縮された極みにおいてのみ、内側から自壊することを物語っている。のみならずこの反クライマックス的結末は、ジャックを突き動かしてきたナチの死の美学と、グローバル化された帝国アメリカの美学が互いに陰画をなし、内破する姿でもあったとも言える。かくして、ナチの「プロパガンダの詩学／死学」とポストモダン・アメリカの「広告の詩学／死学」は、「銃弾《ビュレット》／錠剤《タブレット》」の自爆的な放出により、共鳴する神話的な基盤を喪失したのである。

日はまた沈む、「ポストモダン・サンセット」

しかしながら物語は、以上のようなジャックの陰謀の破綻をもって終わるわけではない。悪夢的なこの事件を遠景化し、中和すべく、デリーロは、後日談として、なおも日常に浸透してやまないホワイト・ノイズに対する非日常的な「ノイズ」を二つばかり、さり気なくハイウェイと絡めて挿入している。一つは、グラッドニー家最年少の二歳児ワイルダーの三輪車による無謀なハイウェイの横断であり、もう一つは、ハイウェイを跨ぐ高架橋から人々が眺める異様に美しい「ポストモダン・サンセット」である。いずれの珍事も、第一章で言及されている一家の近くのハイウェイから漏れ聞こえるホワイト・ノイズに対する「ノイズ」として機能していることは注目に値する。

死の恐怖に苛まれる両親にとって常に安らぎの対象であったワイルダーは、神秘的なまでに言葉の発達が遅いばかりでなく、その名の通りワイルドに、さしたる理由もなく七時間ぶっ通しで泣き続けた逸話の持ち主である。「堕罪以前の言語」（Holland 48）に未だに取り憑かれているかのような彼の号泣を通してジャックは、「自分自身の悲しみを表現する媒体を見出した」（Pifer 226）と言ってよい。息子がやっと泣き止んだとき、ジャックは、彼が「どこか遠くの聖なる場所をしばらくさまよった挙げ句、生還したかのように」（79）感じる。そして彼は、「このうえなく崇高で困難な偉業を称えるためにとってある、畏敬と驚異が入り混じった」（79）情念に捉えられる。この逸話に象徴されるワイルダーの崇高な「ノイズ」性は、三輪車に乗った彼が、ホワイト・ノイズに満ちたハイウェイに侵入し、唖然とするドライバーをよそに事もなげに横断を果たすとき、さらに劇的なかたちで再現される。[8] この幼子は、死とは無縁なノスタルジックな楽園《エデン》的世界に生きており、ホワイト・ノイズに満ちた死の「インターフェイス／インターステート」を易々と横断してみせるこのスペクタクルに、目撃者は畏怖の念を抱いて立ちすくむ。

ジャックとバベットは、このように未だホワイト・ノイズに毒されていない自然児ワイルダーを連れて、「ポストモダン・サンセット」を見物するために、ハイウェイの陸橋の上に足を運ぶ。そこは、えも言われぬほど鮮やかに輝く日没を見物する格好の場所として、人々が集うにわか仕立ての観光スポットとなっている。一時間に及ぶこの壮麗な夕日のスペクタクルは、先日の事故の残存物質によるものだという説がまことしやかに囁かれるが、真相は藪の中である。ところが、その不気味さが、かえってこの夕日のスペクタクルに近寄りがたい崇高さを醸し出していることもまた否定し難い。実際のところ人々は、「いま、ここ」に燃え尽きようとする鮮烈なオレンジ色の天体ショーにいかに反応してよいのかわからないまま、ある者は畏怖し、ある者は高揚感に身を委ねる。人々はその意味を探りあぐねるかのように終始無言で、尋常ならざる美を湛えた太陽が沈むのを恭しく眺め、恥じらうように三々五々その場所をあとにする。[9] この光景を、ポストモダン・アメリカが幻視するノスタルジックな祝祭的スペクタクルの残滓として捉えることも可能だろう。疑似イベント化された「空媒中毒事件《エアボーン・トクシック・イベント》」の残像に、既視感《デジャヴュ》を伴って微かに感じられる本来の祝祭的スペクタクルへの憧憬。だが、はっと息を飲む夕日というこの崇高な「ノイズ」もまた、絵葉書に転写され、「アメリカで最も写真に撮られる納屋」（12）さながら、シミュラークルに加工され、消費されてしまう日もそう遠くない。そしてワイルダーもまた、彼の「ノイズ」の源泉とも言うべき無垢なウイルダーネスを成長とともに早晩失うことは想像に難くない。そのとき、ワイルダーのこの無謀な横断は、「象徴的な意味でのミニマリスト的な人生の旅」（Cowart 90）、言い換えれば「死者たちが集う大いなる世界へと危うくも運命づけられた生者の横断のメタファー」（Cowart 81）へと容易にすり替わる。

結末においてこのように揺らぎを孕みつつも、かつてのコピー・ライター、デリーロの面目躍如たる「ポストモダン・サンセット」というキャッチ・コピーが色褪せることはないだろう。なぜならそこには、いずれ人生の黄昏《サンセット》において浮上するまばゆい〈死〉のアポリアにたじろぎ、ホワイト・ノイズのスペクタクルに翻弄され続けるポストモダン・アメリカの揺らぎが巧みに捉えられているからである。ホワイト・ノイズと同じく差異化も分節化もできない「波動と放射の言語」(326)としてのこの夕日もまた、「死者が生者にいかに語りかける」(326)かを、[10]テクストの旅路の果てに、無言のうちに読者に提示しているのである。

第十二章
シミュラークルの暗殺
――『リブラ』の「亡霊」、オズワルド

「死者なお死す――そして死者のうちには生者が。」

ポール・オースター『発掘』

「ポストモダン・オズワルド」

デリーロはメディアの前に姿を現すことを極力忌避し続けてきた作家だが、ことＪＦＫ暗殺事件に関しては、積極的に踏み込んだ発言が目立つ。アンソニー・ディカーティスとのインタヴューにおいて彼は、次のように述懐している。「『リブラ』を執筆していたとき、自分のこれまでの八つの小説に見られる傾向の多くは、ケネディ暗殺という暗い中心のまわりに集まってくるような気がした。もしあの暗殺事件が起こらなければ自分は、今日あるような作家にはなっていなかったかもしれない」（DeCurtis 48）。実際この言葉を裏づけるかのように、暗殺事件の翌年に彼は、それまで勤務していた広告代理店を退職し、本格的に執筆活動に専念し始める。

このようにJFK暗殺事件は、デリーロ文学の原点と言っても過言ではなく、首尾一貫した「現実」や「歴史」とされているものが根源的に揺らぎ、変質し始めたということに彼は大きな衝撃を受けたのである。彼によれば、JFK暗殺は、「現実のまっただ中で起こった逸脱」そのものであり、「制御可能な現実感」(DeCurtis 48) が麻痺したという感覚は、すべてダラスのあの一瞬に収斂するという。そのような意味において、世界を震撼させたあの惨劇は、大統領暗殺というアメリカの悪しき伝統に連なる政治的事件であるばかりか、本格的なメディア時代の到来と現実感の揺らぎを表象する文化史的メルクマールでもあったのである。

この「最初のポストモダン的歴史的事件」(Carmichael 207) に関してデリーロが並々ならぬ関心を抱いてきたのは、何よりもそれがメディア・スペクタクルとしての暗殺に先鞭を着けたからである。五〇年代にアメリカ的生活様式の象徴として家庭で大きな影響力を持ち始めたテレビを駆使して大統領の座を射止めたJFKの暗殺の模様は、「アメリカの世紀の屋台骨を挫いたあの七秒間」(*Libra* 181) として、偶然にもザプルーダー・フィルムに収録された。オズワルドの暗殺もまた、メディアが注視するさなかに敢行され、その映像は連日繰り返し全米で放映された。さらにまたJFKの葬儀を伝える映像も世界中の人々をテレビの前に釘付けにし、五年後の一九六八年には、公民権運動の旗手キング牧師と大統領候補ロバート・ケネディを標的にした暗殺事件が立て続けに起こった。(1) あたかもJFK暗殺が引き金となったかのようなテロの連鎖は、(2) 死を孕んだ暴力がメディアと共犯関係を結び、負のアウラの消費を喚起するメカニズムが確立したことにより引き起こされたと言ってよいだろう。

この点に関してデリーロは、『リブラ』(一九八八年) に先だって『ローリング・ストーン』誌に発表されたエッセイ、「アメリカの血—ダラスとJFKの迷宮への旅」(一九八三年) において既に、JFK暗殺に端を発する要人暗殺事件が何よりも「テレビ・イベント」に他ならないことを指摘している。インタヴュー、「この社会のアウトサイダー」においても彼は、テレビの影響力により、自己言及的な要素が生活に深く浸透した結果、犯行者は自分の行いがメディアを通して人々にどのように受容されるかについて多分に敏感であると述べている (DeCurtis

48-49)。そのような顕著な例として、一九七二年に起こったアラバマ州知事ジョージ・ウォーレス狙撃事件の犯人アーサー・ブレマーと、一九八一年のレーガン大統領狙撃事件の犯人ジョン・ヒンクリーの名前が挙げられている(3)。デリーロによればブレマーは、「歴史日記」なるものを付けていたオズワルドに倣って犯行日記を記し、後世に読まれることを強く意識して暗殺計画を詳細にシミュレートしていたという。一方、ヒンクリーは、自分が熱烈なファンであった女優、ジョディー・フォスターの愛を勝ち取るべく、アカデミー賞発表の当日、彼女の出演映画『タクシー・ドライバー』の大統領候補狙撃未遂事件のシーンを地で行くかたちで、元映画俳優の大統領の暗殺を目論んだとされる。さらに、ダグラス・キーシーの指摘するところによれば、ブレマーの日記からは、彼が映画『時計仕掛けのオレンジ』に強く感化されたことが読み取れ、ヒンクリーがフォスターに宛てた手紙には、「この歴史的な偉業」という、「歴史日記」に記されたオズワルドの文言がそっくり引用されているという（171）。

そのオズワルドもまた、犯行を前にして、フランク・シナトラ主演の主人公がアイゼンハワー大統領暗殺を企てる映画『三人の狙撃者』をテレビで観ていたという事実があってみれば、ブレマーとヒンクリーは、パフォーマティヴな暗殺者、オズワルドの忠実な息子たちだったと言えよう。時空を超えて現実と映画が交錯して織りなされる暗殺の間テクスト性とでも言うべきこの文脈において、彼ら暗殺者の姿は幾重にもオズワルドに重なり合う。こうして死後もなお増殖を重ね、亡霊めいた似姿の中に命脈を保つ複数のオズワルドたちこそ、デリーロに『リブラ』の執筆を促した「オズワルド」なのである。

『リブラ』は、ハードカバー版の巻末に付された「著者のノート」に明記されているように、年を経るごとに昏迷の度合いを深めるJFK暗殺の謎を解明すべく、新たな見解や真相を提示するものではなく、それ自体一つの世界として完結したフィクションとして意図されている(4)。デリーロは、『ウォーレン報告書』をはじめとする膨大な量の資料に目を通すことによって史実を踏まえつつ、エヴァレットがこの小説の中で企んだように、「リー・ハーヴェイ・オズワルド」なる人物像を立ち上げ、この暗殺が含みもつ意味合いを重層的に探究しようと試みたのである。したがって彼の描くその人物像は、相矛盾するおびただしい資料によって金縛りになった歴史上のオズワルドではなく、この作品が執筆された当時、すなわち冷戦の終焉が誰の目にも明らかになった八〇年代末という観点から逆照射され、妖しい光彩を放つシミュラークルとしての「オズワルド」に他ならない。

フランク・レントリッキアは、「ポストモダン批評としての『リブラ』」において、このように変幻自在に姿を変え、メディアに投影される自画像を演出することによって自己実現をはかろうとするオズワルドを「ポストモダン・オズワルド」(197)と命名し、首尾一貫性を欠くそうした人物像こそが、ポストモダン・アメリカの産物であることを指摘した。「オズワルドはわれわれなのだ。おどろおどろしく大仰に描かれているにしても、彼は紛れもなくわれわれなのだ」(205)。かく主張するレントリッキアによれば、『リブラ』は、その舞台となった六〇年代の文脈ではなく、むしろそれが書かれた八〇年代の「ウォータゲート後のアメリカのレンズ」(200)を通して読まれるべき小説なのだという。こうした視座を踏まえ、本章では、多様なメディアと死が織りなす関係において「オズワルド」像を明らかにしたうえで、冷戦期アメリカに出現した彼が、反復と差異を通じていかに亡霊性を孕んだアウラを放つに至るか、「シミュラークルの暗殺」という観点から検証を進めていきたい。

消費文化に秘められた暴力

「ポストモダン・オズワルド」の誕生を考察する際、見逃すことができないのは、オズワルドが彼個人のイデオロギーよりもむしろ、メディア、広告といったものによって強く影響される消費文化の申し子であったという点である。彼が生きた冷戦期アメリカは、対外的にはキューバ危機によって頂点に達したソ連との軍事的緊張を孕みつつも、国内的には本格的な消費社会が実現し、国民が消費する喜びを実感し始めた時代であった。それは、「忍びの魔女」（75）の異名を取る超低空偵察機U2に象徴されるように、冷戦の諜報戦が際どく展開する一方で、煌びやかなパッケージに彩られた商品が、照明の行き届いたスーパー・マーケットに溢れ、人々が新しい生活様式にアメリカの夢の実現を重ね合わせた時代でもあった。オズワルドのテロリズムは、デリーロ自身が鋭い洞察を示しているように、消費生活が約束するそのような何不自由ないアメリカ的日常への一つの逆説的な反応として捉えることができる。

現代の暴力は、アメリカの消費者に約束された充足感を嘲弄する反応の一種として捉えることができる。ここでまたわれわれは、小部屋の男たちに立ち戻る。彼らは外出することもままならず、自らの絶望や孤独を組織し、それに運命を与えなくてはならない。しばしば彼らは、暴力を通じてそれをやってのける。私は、こうした絶望を、煌びやかなパッケージや製品や消費者の幸福感の背景に感じ取る。われわれがどこへ行こうと、アメリカ的生活が、日ごと、刻一刻、約束するあらゆる希望の背景にそうしたものを感じるのだ。（DeCurtis 57–58）

そうした「小部屋の男たち」(5)の典型とも言えるオズワルドについて、デリーロは、「小部屋での彼の生活は、アメリカが市民に約束するように見える生活、すなわち消費者を満足させる生活の対極に位置する」（DeCurtis 52）と述べ、小部屋に閉じ籠って密かに暗殺計画を練るオズワルドの生活が、あらゆる夢の実現を約束するアメリカの消費文化を強く意識したものであることを指摘している。このことは、消費生活に無縁だった彼が、暴力的に拒絶反応を示したことを意味するのではなく、逃れることのできない消費生活という背景があればこそ、そこに暗殺という秘められた暴力がマグマのように鬱積したことを意味する。メディアによる〈有名性〉の生成と、暗殺という暴力による名声の消費は表裏一体をなしており、〈有名性〉の暗殺こそが、消費「社会のアウトサイダー」としての彼を〈匿名性〉から解き放つ究極の消尽となるのである。

そのような観点から見ると、標的ＪＦＫは、オズワルドによる究極の消尽の対象となる資質をすべて備えていたと言ってよい。ケネディが大統領選に出馬するにあたり、銀行家の父ジョゼフは、息子をコマーシャルの商品に準《なぞら》え、「石鹸粉みたいにジャックを売り出すんだ」（Berry 43）と、檄を飛ばしたと言われる。この言葉通り、史上初のテレビ大統領ＪＦＫは、当時最高の知名度を誇る「商標《ホールマーク》」に他ならなかった。「キャメロット神話」に彩られた彼は、暗殺の前年に出版された『幻影の時代』（一九六二年）においてブーアスティンが論じた「人間疑似イベント」そのものだったのである。『リブラ』においても彼は、生身の人間というよりはむしろ、メディアに媒介された至上のシミュラークル「ＪＦＫ」として描かれている。「ケネディのような人間はちゃんと写真に撮れる。ケネディみたいなやつは写真に撮られるためにいるのだ。機密を握っている者は輝きを放つ」（141）。この言葉が如実に示すように、彼は中心に大いなる秘密を孕みつつ、無限に増殖する無数の「ケネディ」を束ねる虚点として存在する。

彼は専ら写真に撮られるために存在し、カメラのレンズの中でカリスマ性を帯びて光り輝く。若き日の自分を描いた映画に登場する「ＪＦＫ」。あらゆる雑誌を飾る颯爽とした魅力を湛える「ＪＦＫ」。テレビやラジオを通して自由に各家庭に入り込み、夢や幻想や夫婦の愛の営みの中にまで侵入する「ＪＦＫ」（324）。一ダースにも及ぶ替え玉を付き従え、各地を遊説して回る「ＪＦＫ」。そして運命のあの日、ダラスのディーリー広場に「写真そっくり」（392）の輝かしい姿を現し、フラッシュを浴びる「ＪＦＫ」。こうして「最も写真に撮られた大統領」は、まさにシミュラークルとして、零度の身体をもつサブリミナルな広告イメージさながら、アメリカ人の集団的無意識にすり込まれていったのである。

増殖する分身、増殖する自意識

それとは対照的に、「システムにおいては零」（40）に等しい母子家庭でテレビに浸って育ったオズワルドにとって、大統領との距離は一見限りなく遠い。とは言え、彼とＪＦＫの間にはいくつもの符合が見られる。彼はケネディと同じく悪筆で綴りが苦手であり、常に二、三冊の本を平行して読む癖があり、ともに太平洋で軍務に服した経歴をもつ。また妻が同じ時期に懐妊し、ロバートという兄弟がいる。ところがこうした暗合は、彼が「ＪＦＫ」狙撃犯として「リー・ハーヴェイ・オズワルド」という記号へと変貌を遂げるプロセスで浮上してくる表面的な事実でしかない。オズワルドは、「ＪＦＫ」の対極に位置する「零」であるからこそ、誰にも憚ることなく自らのシミュラークルを流通させることができるという点で、「ＪＦＫ」と奇妙な相同性が見られるのである。(6)

こうして徐々に「ＪＦＫ」の相関物へと変貌を遂げるオズワルドは、あらゆる機会を捉えてアイデンティティを偽り、写真や書類を偽造することにより、「彼自身の分身」（"American Blood" 24）を増殖させようとする。『旅路の果て』（一九五八年）の主人公ジェイクさながら、彼は「ある意味でリー・ハーヴェイ・オズワルド」に他ならず、彼には無数の分身が取り憑いている。エヴァレットが訝るように、「オズワルドは、既に複数の名前をもっている。自分で考え出した名前や、いろいろな変名をもっている。書類も偽造していた…オズワルドには自分なりの複製法があり、自分自身の偽造用具をもっている」（180）。彼は、ミノックス・カメラや、習いたてのタイプライターや、ネガの修整用具によって次々に自分のシミュラークルを生産するとともに、アイデンティティの攪乱を目論み、「剥ぎ取るべき一ダースもの層」（407）を顕す。彼が通販で銃を購入する際に用いた「ハイデル」という偽名をはじめ、ソ連時代の呼称「アレク」や「オズワルドヴィッチ」。あるいはまた「オズボーン」、「レスリー」、「アレクセイ」、

「O・H・リー」、「D・F・ドゥリクタル」といった変名。ひいては、フェリーがトロツキーにちなんで命名した「レオン」という渾名や、彼がその名で葬られる「ウィリアム・ボウボウ」など、彼の名称は枚挙のいとまがない。

このように彼が、無数の「シミュラークルとしてのオズワルド」(Johnston 202)を流通させようとする営みは、彼自身に刻印された強烈なメディア性と深い関わりがある。「われわれは映画を創造するとともに、映画もまたわれわれを創造する」(Parrish 212)のである。幼少よりテレビ映画に親しみ、映画館にも足繁く通った彼は、「世界の中にまた一つ世界がある」(13, 47, 277)という錯綜した世界観に染まっており、ヴァーチャルな映像をいとも容易く「現実」として受容することができる。常に自分が盗み撮りや盗聴をされているという強迫観念を抱く一方で、オズワルドは、近未来の自分の姿を劇的にシミュレートし、カメラを前にして演技する俳優のように脳裏に映し出す。彼にとって、自分の姿を思い浮かべることは、映画の主人公のごとく演技し、それを自らの脳のスクリーンに活写することを意味する。(7)

かくも強烈な「映画的自意識」(Lentricchia 208)をもつ彼は、しばしば白昼夢に耽る。彼は、モスクワで手首を切って死んでいるところを発見される場面を想像するかと思えば、アメリカへの帰国を夢見つつ、「ソ連の中心部に入り込んだ元海兵隊員」(206)として、体験談を書いて『ライフ』や『ルック』に得意顔で売り込もうとする自分を想起する。またあるときは、裏庭で撮影した自分の肖像が『タイム』誌に掲載されることを想像し、ウォーカー将軍の狙撃を前に、新聞のトップ記事の写真を眼前に思い浮かべる。JFKを銃撃したあとですら彼は、早くも弁明に終始する自分の姿を想像せずにはいられない。

このような「映画的自意識」に貫かれた彼は、実際にメディアに積極的に自分のシミュラークルを流通させようと目論む。(8)ここでは、彼が裏庭で新妻マリーナに撮らせた肖像写真と、一九六三年夏に彼が出演したニュー・オリンズのラジオ番組について簡単に触れておこう。オズワルドを創造するにあたり、現存する肖像写真と肉声がデリーロの想像力を刺激したことは想像に難くない。黒ずくめの服に身を包み、リボルヴァーを腰に差し、片手にラ

イフル、もう一方の手に左翼誌をこれ見よがしに持ってポーズをとるオズワルドの写真は、ヴァイキング版『リブラ』のカバー・ジャケットを飾ることになるが、その姿をデリーロは、さながら「ジェイムズ・ディーンもどき」(DeCurtis 56) と評している。これまでも米ソ両国の公安当局や諜報機関によって幾度となく写真を撮られ、盗聴され、そのことに少なからぬ陶酔感を覚えてきたオズワルドだが、こうした肖像写真は、彼のメディアとの親和性を暗示している。さらにこのスター気取りの写真が、ウォーカー将軍を襲撃する前日にモーレンシルツのもとへ郵送されていることは、それに予めメディア・イベント性が賦与されていることを窺わせる。

テープに残されたオズワルドの肉声もまた、メディアと彼の相性の良さを示唆している。実録テープを聴いたデリーロは、彼の話しぶりが、彼の稚拙な「歴史日記」の記述からは想像できないほど知的で、明快で、受け答えも巧みであったと述べている (DeCurtis 53)。読字、書記能力という点で大いに問題があったはずの失読症のオズワルドは、マイクの前では雄弁なイデオローグに変身を遂げたのである。かつてブロンクスの街角で隣人として遭遇していたかもしれない彼の肉声を歴史の闇から見出したデリーロは、そこに「彼の思考の音」と「内的生活」を探り当てる。そして、彼の発する言葉それ自体が「この小説の辿る道筋を示しているのみならず、それを発した彼自身を駆り立てるこのうえなく深い動機となっている」(DeCurtis 55) ことに気づく。

このように彼の人生は、言語という不透明で「朦朧とした距離感」(211) のある記号との葛藤によって駆動しており、そこから生じる彼の意識と思考と行動の錯綜した関係を記述すべく、デリーロが編み出した「ポストモダン・リンガ・フランカ」

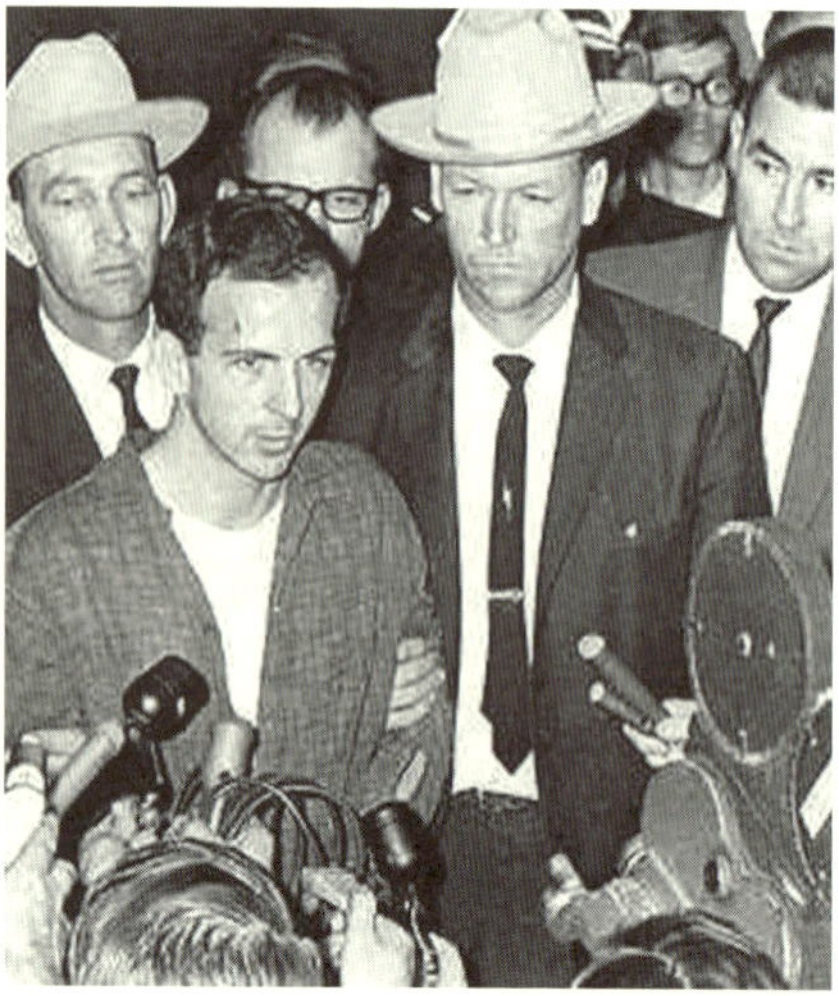

(Cowart 92) は、掴みどころのない「ポストモダン・オズワルド」の真骨頂を余すところなく示している。その甲斐あってオズワルドは、ニコラス・ブランチが嘆くように[9]、変幻自在に姿を変え、「写真によっては別人のようにすら見える」(300)。と同時に彼は、「誰にでも似ているように見える」(300)。もし彼にアイデンティティというものがあるとすれば、確固たるアイデンティティがないということにしか、彼のアイデンティティは存在しない。マルクスを愛読する元海兵隊員オズワルドは、天秤座《リブラ》生まれにふさわしく常に左右に揺れ動き、いかなる定義をもすり抜ける「複数のオズワルド」(300) の集積なのである。

それを実証するかのように、かつて「本物の亡命者を装う偽りの亡命者のふりをした本物の亡命者」(162) になろうとしたオズワルドは、メビウスの輪のように目まぐるしく反転に次ぐ反転を繰り返す。亡命先のソ連から祖国アメリカへ再亡命を果たすと彼は、今度は、親ソ・親カストロ的立場を取る対キューバ公正促進委員会ニュー・オリンズ支部を設立する一方で、反カストロ運動の拠点であるガイ・バニスターの事務所に、FBIから送り込まれた密告者として出入りする。このように彼は、冷戦の枠組みそれ自体を内側から幾重にも脱構築することで突き崩してしまう。そのように「左が右になったり、右が左になったり」することで、「鏡遊び」（303）を演じるオズワルドを、いみじくも妻マリーナは、「彼は決して丸ごとそこにいない」（241）と表現する。

「槍騎兵《ランサー》」と「対象《サブジェクト》」

一方、ウィン・エヴァレットにとっても、オズワルドは、彼が入手した指紋や筆跡や写真をもとに、鋏とセロテープで立ち上げた薄っぺらな「紙人間《ペイパー・パーソン》」に過ぎない。失敗に終わったビッグズ湾事件を指揮した元ＣＩＡエージェント、エヴァレットは、反カストロ感情を再燃させるために、カストロが仕組んだように見せかけ、ケネディを狙撃し損なうという策謀をＴ・Ｊ・マッキーやパーミンターらと共謀する。そうした衝撃的なシミュレーションを実行に移すにあたって彼らは、プロット上に際どく浮上するシミュラークルを実行犯として策定し、自らの物語の中に書き込もうとしたのである。

ここに、本来ならば邂逅するはずもないオズワルドとケネディが補助線で結ばれ、ある時空において交差するように仕組まれた筋書きが完成する。(10) のちにケネディが狙撃されたとき、オズワルドが姿を現す教科書倉庫を前に、フェリーは彼に次のように漏らす。「あの建物は、ケネディとオズワルドがそこに収斂するのを待ってあそこにじっとしてたんだよ」（384）。エヴァレットたちにとって二人はともに、謀略の必要欠くべからざる「シミュラークルのエージェント」（Johnston 338）に他ならない。「彼らは大統領をシークレット・サーヴィスが使う暗号名で『槍騎兵《ランサー》』と呼ぶのと同じ伝で、オズワルドのことを話すのに対象という言い方をした」（137）。両者は、暗殺を成就させる一対のパートナーとして、等しく記号性を賦与され、相関的に指示される必要があったのである。

エヴァレットはまず、偽造された旅券や、修整を施された写真など、無数の偽りのアイデンティティの断片を寄せ集めることによって、怪しげな「対象《サブジェクト》」、オズワルドをでっち上げ、「槍騎兵《ランサー》」、ケネディに対置させる。彼は、「槍騎兵《ランサー》」に何人もの影武者が存在するように、「対象《サブジェクト》」にも替え玉を用意し、暗躍させることとさえ厭わない。エヴァレットは、これらの一対の駒を巧妙に配置することにより、すべてが暗合し、数学的とも言える均整のとれた完璧な物語を密かに書き込もうと意気込む。

誰かをでっち上げ、身元を、はなはだ摑みどころのない信条と習慣のからみあったものをこしらえあげよう。信憑性のある奇癖の持ち主が望ましい。…人生は、その密接な関係やつながりを隈なく丹念に調べてみれば、暗示的な意味に富み、われわれがこれまでまともには見ないようにしていたテーマや複雑な場面転換に富んでいる。漠として捉えどころのない人生に内在する密かな均整美をこの手で見せてやろう。(78)

ところが、彼の策謀は物語の進展とともに彼の手を離れ、「相互に連動するシステムのループ状のパターン」(Courtwright 87) に絡めとられるかのように制御不能に陥っていく。(11) 彼は、自分の筋書き《プロット》/陰謀の主役である「リー・オズワルドが例の陰謀とは関わりなく実在しているという事実」(178) にまず愕然とする。そして、本来「対象《サブジェクト》」であったはずのオズワルドが、「主体《サブジェクト》」的に自分のシミュラークルを巧妙かつ大量に流通させ、彼の脇をすり抜けていこうとしていることにエヴァレットは少なからず動揺する。「リー・H・オズワルドはたしかに実在した。…ウィンはお株を奪われたと感じた。自分が考案中だった虚構、時期尚早に世に出ている虚構を垣間見させられて、奇怪千万な狼狽の気持ちを味わわされた」(179)。彼にとってオズワルドは、様々な偽名を用いて立ち現れては消え、わざと自分の足取りを辿らせるべく痕跡を残すという点では確かにシミュレーション通りの人物だった。しかしながら彼は、いつしか彼の企てを突き抜け、暴走しかねない「虚構」へと変貌していたのである。

そう思い至ったエヴァレットは、自分が極秘裏に立案した計画が、大統領を見事に撃ち損なうというシナリオの枠組みにもはや収まることなく、自らの筋書き／陰謀《プロット》の外側に明滅し始めた死へと必然的にオーバーランするのではないかと密かに危惧する。

陰謀というものはそれ自体の筋道をもっている。陰謀には死に向かう傾向がある。死という観念があらゆる陰謀《プロット》の本質に織りこまれているとウィンは信じた。物語の筋書き《プロット》も武装した男たちのはかりごとに劣らない。物語の筋書が緊密であればあるほど、死に至る公算が大になる。フィクションにおける筋書とは、彼が思うに、死の力の源をその本の外に突きとめ、それを操り、制する手段なのだ。古代人は模擬戦を演じて自然の猛威と対比し、天上で戦っている神々への恐れを和らげた。ウィンは自分の陰謀の死へと向かう筋道を気に病んだ。（221）

『ホワイト・ノイズ』の主人公ジャックが指摘するように、陰謀というものには、すべからく死に向かう傾向がある。「死というものは、皆が署名すべき契約書のようなものだ。陰謀の標的のみならず、陰謀を企む者もまた署名すべき契約書のようなものだ」（*WN* 26）。この洞察に違うことなく、『リブラ』においても、この策謀に加担した者たちは、一定の役柄を演じ終えると、自ら署名した「契約」を忠実に履行するかのように早過ぎる死を遂げる。

このように見てくると、死を孕みつつ盲目的にテクストの闇を自走する陰謀《プロット》／筋書きそれ自体が、『リブラ』のテクストを駆動していたことがわかる。銃弾のようなその直進性は、轟音を立てて暗闇を全速力で疾走する冒頭のニューヨークの地下鉄のシーンを想起させる。行く当てのない少年オズワルドは、火花を散らして暗黒の地下を疾走する弾丸列車の最前部に陣取り、振動と騒音とスピードが醸し出す死と隣り合わせの陶酔感に酔いしれるのが常だった。テクストを牽引するかのように、冒頭に配置された地下鉄という速度メディアは、盲目的な「秘密と力」

（13）によって、出口なき〈死〉の迷宮へと暴走する筋書き／陰謀《プロット》のメタファーでもあったのである。(12)

ディーリー広場にて——レンズ越しの「ＪＦＫ」

デリーロは、「アメリカの血」において「アメリカ人は、彼ら自身のもっともな理由により、孤独なガンマンを信じる傾向がある」と述べたことがある。さらにあるインタヴューで彼は、「テクノロジーと暴力は相互依存関係にある」（Sjöholm n. pag.）とも述べている。この発言は、「撃つ／写す《シューティング》」という二つのテクノロジーの類同性を強く意識したものであるが、『リブラ』に描かれた「ＪＦＫ」暗殺と、それに続く「リー・ハーヴェイ・オズワルド」暗殺のシーンほど、歴史の表舞台に躍り出た「孤独なガンマン」とメディアによる「シミュラークルの暗殺」を鮮やかに浮き彫りにしている場面もないだろう。そこでまず、一九六三年一一月二二日、ダラスのディーリー広場という時空に焦点を絞り、それがいかにメディア・イベント性に彩られているか検討してみよう。そこで「ＪＦＫ」に課せられた役割は、広告される「商品」さながら、多くの群衆の視線にその雄姿を曝すことにあった。「群衆に彼を見る機会を与えることが大事だった。宣伝マンの言う最大露出度ってやつ」（393）。この言葉を裏づけるかのようにテクストは、事件当日の街の雰囲気について、次のように「ＪＦＫ」と「一つの意識になるために」やってきた群衆に共通する衝動を強調する。

通りを一つ進むごとに、群衆はなぜこの場に集まっているのか理解し始めた。そのメッセージはひしめき合う一つの群れから次の群れへと空隙を飛び越えていった。彼らをここに来させたのは伝染性のもの、共通の衝動というなにか不可思議なものであり、存在のあまたの歴史と仕組みから、前夜のなんらかの経験や夢の集合から抜け出て、何十万という人々が、リンカーンの通過の際いっしょに立って叫ぶために集まってきているのだ。彼らは行事に、一つの意識になるためにここに来ているのだ。(393-94)

こうして、写真から抜け出てきた「ＪＦＫ」に感染したかのように、多様なメディアを通して熱い視線を送る様々な人々がディーリー広場に集う。彼らはイベントの傍観者であると同時に参加者でもある。エルム通りをオープンカーでパレードする大統領を撮影《シュート》しようと、カメラや八ミリ撮影機のファインダーを覗き込む、熱狂的で暴力的ですらある群衆。次に、銃を大統領に向け、照準鏡を覗く狙撃犯たち。そして、ケネディが撃たれるやいなや、速報を打電し、テレビやラジオで第一報を流そうとする記者たち。

ここで注目すべきことは、このように視覚／殺傷／報道メディアと関わる人々が共通して、この衝撃的な出来事に既視感《デジャヴュ》を抱き、交錯する複数の眼差しによって生じる視差に翻弄され続けるということである。その最たるものが、ＪＦＫに向ってカメラを構えていたある女性である。ファインダーを覗いていたその女性は、大統領が撃たれた瞬間、ふと振り返り、写真を撮っていたはずの自分が写真に撮られていることに気づく。黒っぽいコート姿のまた別の女性が、彼女にポラロイドを向けていたのである。奇妙なことに彼女は、そのコートの女が実は自分自身であると思い込む一方で、撃たれたのも自分だと錯覚し、芝生の上に力なく座り込む。閃光が走った瞬間、彼女の眼差しは、カメラというメディアを挟んで、撮る者と撮られる者、撃つ者と撃たれる者の間に宙吊りとなって行き場を失ったのである。さらにまた別のある女性は、「写真を撮らせて」(398) と叫びかけると同時に、大統領がそれに応えるかのように、ひどく当惑気味に首を片方に傾げ、崩れ落ちていくのを目の当たりにする。

照準鏡を覗き込む狙撃者たちもまた、腕に伝わる発砲の衝撃と、照準鏡の中に垣間見る「ＪＦＫ」の映像の間に少なからぬギャップを感じる。撃たれる「ＪＦＫ」をイメージしながら引金を引き、撃ち損ねたと思った瞬間、大統領が現に銃弾に撃たれて血塗れになっているという奇妙な光景を、彼らは皮膜がかかったようなレンズ越しに目撃する。記者たちもまた例外ではない。彼らは、取り乱しながら電話で事件の速報を伝える一方で、情報を得ようと今しがた自分たちが送信したばかりのニュースに聞き入る。オズワルド自身もまた、容疑者として自分のフルネームがメディアによって囁かれるのを耳にし、その語感に限りなく違和感を覚える。

やがて、映画館という濃密なメディア空間において逮捕され[13]、独房に収監されたオズワルドは、自分の犯行の軌跡をビデオ映像さながら頭の中で繰り返し反芻する。脳裏を掠めるそれらの映像のスピードを速めたり緩めたり、力点を変えたり、陰影を見つけ出すことにより、彼はあらゆる角度から事件を再構築しようとする。かねがね、アメリカの現代生活を題材に短編小説を書いてみたいと思っていた彼は、ようやく自分という格好の主題を見出したのである[14]。「彼の人生には今やリー・ハーヴェイ・オズワルドという唯一のはっきりとした課題があった」(435)。

このとき彼は、「リー・ハーヴェイ・オズワルド」と「JFK」が、メディア・イベントを成就させた一対のシミュラークルとして、分かち難く重なり合ったことに気づく。「彼とケネディは相棒だった。窓に現れた狙撃者の姿は被害者とその経歴から切り離せない。このことが監房でのオズワルドを支えた」(435)。やがて、メディアが注視するさなか、標的にされたケネディに代わって、一躍メディアの脚光を浴びることになったオズワルド自身が、今度は銃撃されるべきシミュラークルへとすり替わる。大統領暗殺未遂という、筋書き《プロット》／陰謀が制御不能に陥り暴走し始めたとき、自ずと死を指向するスペクタクルは皮肉にも反転し、狙撃者を標的として反復されることになるのである。

反転する銃口

ダラスのナイト・クラブ経営者、ジャック・ルビーは、大統領が狙撃されるとの報に接するや、慌ただしい動きを見せる。ユダヤ人の彼は、「ミスター・ケネディ、ダラスへようこそ」という、黒枠で囲った署名入りの新聞の意見広告と、街で見かけた「アール・ウォーレンを弾劾せよ」という看板の出所が同じかどうか確かめようと、看板をポラロイド写真に収める。そして、大統領を哀悼するラビの説教をテレビで聴いた彼は、地元のラジオ局のDJ「髭の怪人」を電話口に呼び出す。悲嘆に暮れる大統領の家族を映し、事件現場で惨事を再現してみせようとするテレビを見て、彼は磔にされたキリストの死の再演のようだと思う（428）。このようにメディアに翻弄されつつもジャックは、暗殺者を標的にする者こそが一躍メディアの寵児となるという囁きに突き動かされるかのように、移送の一瞬の隙を突いてオズワルドの暗殺を目論む。

オズワルドと並ぶもう一人の天秤座《リブラ》の男によるこの第二の「シミュラークルの暗殺」にも、大統領暗殺に劣らぬメディア・イベント性が演出されている。予め現場にはテレビカメラが用意され、連行されるオズワルドの一挙一動を注視しようと、大勢の記者たちが彼の現れるのを今か今かと待ち構えている。「タイミングは絶妙、位置は絶好だった。テレビのスポットライトが灯った」（437）。そこに意を決して姿を現したルビーは、やってくるオズワルドに向けて記者たちが発した「ほら、くるぞ、くるぞ」という声が、自分に向けられたものであると錯覚する。その瞬間彼は不思議な既視感《デジャヴュ》に不意に襲われる。「記者たちの動きがあった。つづいてフラッシュ、壁に反響する叫び声、それらすべてがジャックには奇妙な前に見た情景のような感じがした」（437）。オズワルドに銃を放つ前に、既にルビーはこれから起こる出来事の一部始終を幻視していたのである。「ジャックはいろんなことが起こるのをすべて予見して、人だかりから抜け出した」（437）。

一方、撃たれたオズワルドは、激痛に苛まれながらも、狙撃された自分の姿をあくまでもメディアが捉えた映像として脳裏に思い浮かべようとする。「リーはカメラが捉えた自分の撃たれた姿を目に浮かべることができた。苦痛を手掛りにテレビの映像を思い浮かべた」（439）。彼は、自分の暗殺を目撃する全米のテレビの視聴者とあたかも一体となって、「メディア・スターとしての自分自身の誕生」（Lentricchia 207）を見届ける。カメラを意識し、撃たれた《ショット》ところを撮られる《ショット》自分を思い浮かべるオズワルドと、『ホワイト・ノイズ』のジャックさながら、銃撃を敢行する前にそれを完遂したかのような既視感《デジャヴュ》を覚えるもう一人のジャック。標的と暗殺者という立場の違いこそあれ、彼らは、視差を孕みつつメディアに映し出される自画像に酔いしれ、惨劇のスペクタクルに希薄な現実感しか覚えないという点において共通している。

間もなくジャック・ルビーは、かつてオズワルドが「ＪＦＫ」と同化したように、自分自身が、オズワルドと分かち難く融け合い、見分けがつかなくなり始めたことに気づく。「ルビーはオズワルドに同化し始める。お互いの区別がつかなくなる。…ジャック・ルビーは大統領暗殺者を殺した人間ではなくなっている。大統領を殺した男になっている」（445）。暗殺によって「ＪＦＫ」に取って代わったオズワルドを撃ったルビーは、さらなる〈有名性〉の消費を渇望する「欲望への欲望」に突き動かされたと言ってよい。しかしながら彼は、「ＪＦＫ」を暗殺したもう一つのシミュラークル、「リー・ハーヴェイ・オズワルド」を暗殺することにより、オズワルドのさらなる神話化に皮肉にも手を貸すことになったのである。

亡霊と見交わす眼差し

オズワルドが真の意味でアウラを放ち始めるのは、撃たれた瞬間というよりもむしろ、死後しばらく経過してからのことである。デリーロは、パーミンターの妻、ベリルが夜一人で見る居間のテレビの中に彼を不死鳥のように蘇らせる。既に幽明界を異にしているにもかかわらず、シミュラークルとして流通し始めた彼は、遍在する広告のように視聴者の無意識に浸透していく。オズワルドが撃たれた映像を、さながらウォーホルの映画のように延々と流し続けるテレビ局に対して、ベリルは、「どうしてテレビ局は繰り返し同じものを流し続けるのだろう？　千回放送すればオズワルドが永久にどこかへいってしまうとでもいうのだろうか?」(446)と、不快感を抱きながら、いつまでもテレビの前を離れることができない。現前するわけでもなく、かといって全く存在しないわけでもなく、「リー・ハーヴェイ・オズワルド」は、まさにメディアの亡霊として夜な夜な生起し続ける。無数の眼差しが凝視するこの映像には、ザプルーダー・フィルムと同じくどこか恐ろしく欠損したところがあるようでありながら、新たに映し出されるたびにこれまで気づかなかった細部がまた一つ顔を覗かせる。

新聞のニュース記事を切抜き、それを友人に送りつけることをもって文通の手段としていたベリルにとって、否応なく自分の居間に侵入してくるオズワルドの画像は、彼女が親しんできた活字メディアとは全く異質の、封印を施されたあの世からの映像のように思える。そして、ホログラムのように不気味な映像が機械的に何時間も執拗に繰り返し放映されるにつれ次第に恐怖感は麻痺し、酷使されるフィルムの中の人物たちは、おしなべて幽鬼のごとき様相を呈し始める。「それは画面の中の男たちから生命を抜き取って、彼らをフィルムのコマの中に封じ込める過程だった。男たちは時間を超越して、一様に死んでいるようにベリルには思えた」(447)。

にもかかわらずベリルが、テレビカメラに向けられたオズワルドの眼差しに抗い難く魅せられるのは、撃たれながらも、その映像を自分たちと一緒になって眺めているもう一人のオズワルドがそこに紛れ込んでいることを発見したからである。「リーは薄暗い部屋、誰かの家のテレビ室でテレビを見ていた」(440)。ベリルは、映像を見ている自分の側にもまた、視聴者に見られることを見ているメディアの亡霊が潜んでいることに気づいたのである。

もとよりケネディを敬愛していたにもかかわらず、彼女はこのようにテレビ画面を通してオズワルドと視線を交わし、宙吊りにされた彼の死に何度も立ち会うことを余儀なくされる。

だが何かが彼女をそこに引き留めていた。恐らくそれはオズワルドだった。オズワルドの顔には彼をこうして視聴者の中に、自宅で眠れずにいる他のみんなの中に入りこませる何かがあった。撃たれる前のテレビ・カメラへの一瞥があった。あんたらがどういう人間で、どう感じているかわかっている、あんたらの認識や見方は犯行についての自分の意識に取りこんである、というような一瞥が。その目つきに込められた何かが…自分はこの瞬間の外にいて、あんたらといっしょに見ているのだと告げている。…彼はその記録映画が撮影されているそばからそれの批評をしているのだ。次いで本人が撃たれ、撃《ショット》たれたところを撮《ショット》られると、その表情がこれまた別の情報になる。だが彼はみんなを自分が死ぬことに関わらせてしまっている。(447)

ここに垣間見えるのは、シミュラークルとしての「ＪＦＫ」を銃撃し、自らもまたシミュラークルとして銃撃／撮影《シュート》された「ポストモダン・オズワルド」の不滅の自画像である。オズワルドはアメリカ中の居間に侵入し、自分の映像を眺める名もなき視聴者すべてを巻き込みつつ、彼らを共犯者としてポストモダン・アメリカという「文化的マトリクス」(Civello 155, 159) へと回収されると同時に、それを補強する。カメラを一瞥する彼は、〈死〉のアポリアに今まさに没入しようとする自分が、無限に増殖を繰り返すメディアの迷宮において永遠の生を受け、さらなるアウラを放つことを視聴者に目配せして伝える。こうして無数の分身を散種するオズワルドは、シミュラークルの亡霊として彼らの無意識へと縫合されていく。このとき、銃／カメラをめぐって交錯する複数の眼差しは、どこへも収斂することなくテクストの余白に宙吊りとなり、さらなるアウラの消費を渇望する。かくして、メディアの亡霊「リー・ハーヴェイ・オズワルド」は、「ＪＦＫ」の死をも上書きし、永遠にテクストに憑依し続ける。

あるインタヴューでデリーロは、シミュラークルが醸し出すこのような妖しいアウラについて、ベンヤミンが指摘したアウラの喪失を引き合いに出し、次のように述べている。「彼［ベンヤミン］は、絵画が、例えば写真によって複製されればされるほど、芸術作品のアウラは衰えると示唆している。だが、それは一昔前の話である。私の信じるところによれば、今日われわれは、現実それ自体が消費され消尽され、アウラだけが残されているような時点にさしかかっている。われわれは、何らかのアウラのうちに生きているのであり、現実の方が奇妙なかたちで消えつつあるのだ」（Desalm n. pag.）。この発言を敷衍すれば、起源としての一回きりの現実ではなく、メディアを通して無限に複製され、消費される亡霊的シミュラークルにこそ、アウラが宿るという逆説が成り立つ。そのような意味において、本章で分析を試みたメディアの亡霊としての「オズワルド」像は、反復可能な新たなるアウラの時代の不吉な幕開けを物語っていると言えよう。

　まさにこの文脈において、〈死〉のアポリアと〈歴史〉のアポリアは共振し始める。『リブラ』が、両者が含みもつ問題系を射程に入れたメタ・ナラティヴとしても機能しているとすれば、それは歴史家ニコラス・ブランチによるところが大きい。JFKとオズワルドの〈死〉をめぐる通約不可能な〈歴史〉のアポリアの前に立ちすくむ元FBI情報分析官は、一連の事件の痕跡を追い求め、客観的な秘史の完成を目指そうとするが、増殖の一途を辿る膨大なデータの前に立ちすくむばかりである。彼にとってオズワルドは、「専門的な図表か歴史の密かな改竄の実習の一部」（377）のような、謎めいた存在と化す。「歴史もまた言語と同じように構造化されている」（Cowart 94）のである。

　シミュラークルの暗殺の反復を通じて、死後もなお差延を孕んだ肖像を散種し続けるオズワルドは、このように『ウォーレン報告書』をはじめとする〈歴史〉の重力の軛《くびき》を逃れ、歴史の闇の迷宮に「遠心的」（Boxall 151）に解き放たれる。ブランチの悪戦苦闘ぶりは、散在する死者の残存物《リター》の痕跡から文字《レター》を通じて〈歴史〉を立ち上げる行為に他ならない。ジョイスばりの「メガトン級の小説」へと変貌し始めたブランチのこの壮大なプロジェクトは、歴史記述に付きまとう決定不可能性を皮肉にも焦点化している。[15]「過去というものがラカンの言う現実界のようなもの」（Cowart 94）だとすれば、ブランチの営みは、それ自体が指示対象といつまで経っても完全に符合することなく繰り延べにされ、永遠に完結することのないプロセスであることを如実に物語っている。

　そのような意味において、ドゥルーズの次の言葉は、無尽蔵の死者のアーカイヴを前にして立ちすくむ「歴史家」、ブランチにまさに向けられた言葉でもある。「書くことは、つねに未完成でつねにみずからを生み出しつつある生成変化にかかわる事柄であり、それはあらゆる生き得るあるいは生きられた素材から溢れ出す。それは一つのプロセス、つまり、生き得るものと生きられたものを横断する〈生〉の移行なのである」（『批評と臨床』一二）。こうして無名の暗闇から歴史の表舞台に躍り出て、再び闇へと姿を隠したカリスマ・テロリストのアウラは、いかなる〈歴史〉にも回収されることなく、書くという営みが含みもつ生成変化のダイナミズムを前景化しつつ、次作のカリスマ隠遁小説家の肖像写真へと引き継がれていくのである。

第十三章

内破する未来へようこそ
——九・一一・『マオⅡ』・「コークⅡ」

「いちばん美しい写真は『野蛮人』をその自然な環境において撮ったものだ。
と言うのも『野蛮人』は常に死に直面しているからである。」
ジャン・ボードリヤール　『透きとおった悪』

「崩れ落ちた未来にて」

ペン・フォークナー賞受賞作『マオⅡ』（一九九一年）の出版からちょうど一〇年を経た二〇〇一年末、九・一一の余燼《よじん》が燻り続けるさなか、デリーロは、『ハーパーズ』誌一二月号に、エッセイ「崩れ落ちた未来にて—テロ、喪失、九月の影に覆われた時間」を寄稿し、小説家の使命について次のように心情を吐露した。「ブッシュ政権は冷戦にノスタルジアを感じていた。今やもうそれも終わり、多くのことが終焉を迎えた。物語は瓦礫の中で潰え、それに対抗する物語を創ることがわれわれに委ねられた」（34）。彼によれば、テロリストが追い求める「新たなる悲劇的物語」（*Mao II* 157）のみならず、ブッシュが反撃を行う口実として蘇らせた冷戦ナラティヴをも乗り越える

「対抗物語《カウンター・ナラティヴ》」（“Ruins” 35）を紡ぐことが、作家に課された使命として新たに浮上したのである。

そうした使命感からデリーロは、「崩れ落ちた未来にて」、あの大惨事のさなか「世界中で、おびただしい数の物語が飛び交った」（34）ことに思いを馳せる。と言うのも、そうした物語群は、この悲劇に対して個人がいかなる反応を示したかを語るとともに、それらを参照点としてわれわれが自分自身にどのように向き合ったのかを改めて浮き彫りにするからである。こうして作家は、まだ白煙が立ちこめる瓦礫の中から、「ジハド対マックワールド」（Barber n. pag.）というような硬直した大きな物語から抜け落ちた「周縁的な物語」（35）を蒐集しようとする。命からがら走って逃げる無名の男女。手に手を取り合ってツインタワーから落下する人々。医者の予約が入っていたために偶然、惨事を免れた患者。ハイジャックを知らせ、さらなる攻撃を抑止した携帯電話。そして極めつけは、「二機の飛行機にそれぞれ乗っていて、タワー1とタワー2とに別れながらも、一緒に死んだ親友同士の女性たち」（34）。こうした物語を耳にしつつ、彼はロワー・マンハッタンの死臭を吸い込み、犠牲者の多様な文化的背景を反映するかのようにそこかしこに行方不明者の写真が掲げられるのを目の当たりにする。

『マオⅡ』に顕著に見られるように、テロリストが企む破滅のスペクタクルに並々ならぬ関心を示してきた作家の一人として、デリーロは、何よりも人々が経験した危機的瞬間を想起し蘇らせることにより、「対抗物語《カウンター・ナラティヴ》」を「書き返す《ライト・バック》」ことを模索する。そのために彼は、瓦礫の山に埋もれた遺品のかけら一つにも注意を払い、過去のアーカイブへの入り口《ポータル》（Yaeger 192）となる失われた記憶の痕跡を丹念に拾い集めようとする。インターネットに流通する怪しげな言説も含め、こうして紡ぎ出された間に合わせの物語は、「誤った記憶や想像上の喪失から作られる幻の歴史」（“Ruins” 35）による脚色がなされている可能性も否定できない。同様のことはＪＦＫ暗殺事件のときにも起こったという。[1] だが、このような虚実入り混じった証言から彼が抽出しようとするのは、事の真相というよりもむしろ、不意を突かれたアメリカ的想像力の「ミステリアスな残響」（“Ruins” 35）とでも言うべきものである。

ＷＴＣの崩壊によってもたらされたこうした「残響」は、陰影に満ち、深い含蓄に富んでいるが、これまで可視化されなかったアメリカの暗部を炙り出したこともまた事実である。と言うのも、九・一一がJFK暗殺という惨劇に匹敵するとすれば、それは、ツインタワーへ相次いで突入した旅客機がJFKに向かって撃ち込まれた銃弾と同じく、「現実のまっただ中で起こった逸脱」（DeCurtis 48）を突如として露わにしたからである。繰り返し放映されたこの常軌を逸した暴力は、シミュラークルが横溢するアメリカの深部で密かに何が進行していたか、その断面を鮮やかに曝け出す。前章で見たように、標的となったJFKが人々を魅了するシミュラークルとして機能していたのと同じく、四半世紀に渡ってニューヨークの地平線を支配してきたWTCもまた、「熾烈な未来」（"Ruins" 34）を表象するシミュラークルとして捉えることができる。そうした未来こそ、後期資本主義アメリカが、テクノロジーと共犯関係を結ぶことによって、先取りしようとしていたものに他ならなかった。輝ける広大な壁面に互いの似姿を映し合うツインタワーは、紛れもなく「最新テクノロジーの象徴であるだけでなく、その正当化でもあった。ある意味でそれは、理論的に許されることは何でもかたちにせずにいられないテクノロジーの抗し難い意志を正当化していたのである」（"Ruins" 38）。

バベルの塔を思わせるこの傲慢な建造物の運命を幻視するかのように、デリーロは、『アンダーワールド』（一九九七年）の折り返し地点において、ストライキの結果放置されたゴミ袋の山と、建造中のWTCを併置するという忘れ難い場面を挿入している（372-76）。フレッシュ・キルズ廃棄物処理場から遠景に望む建造中のツインタワーとあいまって、シュールな景観をなすこの幕間劇は、「テクノロジーの抗し難い意志」が加速度的に突き進む「熾烈な未来」の彼方に明滅する破局《カタストロフィ》を暗示している。市街に堆積するゴミ袋の山はやがて、九・一一のバリケード封鎖されたグラウンド・ゼロの周囲で作家が目撃した瓦礫の山ともオーバーラップし始める。そして未来を先取りするビッグ・アップルのランドマークと、過去の清算を迫る廃棄物の山は、いつしか互いを呼び交わすようになる。まさにそのような意味で、あの運命の日に作家が既視感《デジャヴュ》のように目撃したのは、アメリカが発明した「熾烈な未来」が内破した姿だったのである。

デビュー作より一貫してデリーロは、遍在するメディアとテクノロジーが織りなす「熾烈な未来」を内側から突き崩すことにより、それらに取って代る「対抗物語《カウンター・ナラティヴ》」の可能性を追求してきた。神託のようにそれらが約束する途方もない光輝に満ちた未来こそ、まさにアメリカを呪縛し続けてきた宿痾《しゅくあ》だと言ってもよいだろう。その呪縛を解くために、デリーロは敢えてその罠に一旦は身を委ね、それを内側から換骨奪胎する戦略を選んだ。マーク・オスティーンが指摘するように、彼は、「すべての作品において、自分が脱構築を試みる言説を模倣する。そうすることによって彼は、そのような文化形式がもたらす結果を批判すると同時に、それらの文化形式の優位性を換骨奪胎してしまうような対話を生み出す」(193) のである。

このような戦略は、両刃の刃となる危険を常に孕んでいる。にもかかわらず彼は、『ホワイト・ノイズ』において、環境テロにも匹敵するスペクタキュラーな災厄に脅えるアメリカの日常を「文化それ自体の内側から」(Osteen 193) 転覆してみせた。『リブラ』においても彼は、テロリストの物語の覇権を争う陰謀家とオズワルドとの共犯／相反関係を冴えた筆致で描出した。テロリストがスペクタクルを占有し、新たな恐怖の物語を紡ぎ始めるという、デリーロが長年暖めてきたテーマは、彼の名声を一気に高めたこのベストセラーに触発されたかのように、次作『マオII』(一九九一年) においてさらなるテーマ的発展を見る。

そこでも、消費文化が約束する煌びやかな未来の鬼子、オズワルドの「小部屋」のモチーフは継承され、私室で筋書き／陰謀《プロット》を企むテロリストと小説家が織りなす危うい関係が重要なテーマとして浮上してくる。九・一一が起こったときに、この小説が再び脚光を浴びたのは、アメリカが取り憑かれた「未来の全面的な内破という破局《カタストロフィ》」(80) をテロリズムとの関係において物語化していたからに他ならない。今やシミュラークルさながら商品化され、消費されることを免れない作家が、影響力において彼らを凌駕するテロリストとの対比において、新たに勃興する顔なき「群衆」といかなる関係を切り結ぶのか。本章では、作家ビル・グレイの肖像写真撮影と脱神話化の身振りが、どのような意味で逆説的にポストモダン消費文化と関わり、新たなアウラを生成することになるか、カリスマ作家が〈死〉と織りなすアポリアという視座から考察を進めていきたい。

「群衆」の誕生

デリーロ自身が語るところによれば、『マオⅡ』は、彼が新聞でふと目をとめた二枚の写真に触発されて誕生したのだという（Leith 18）(2)。一枚は、ソウルで撮影された統一教会の合同結婚式の写真。もう一枚は、パパラッチに不意を襲われたJ・D・サリンジャーの驚愕と憤怒の入り混じった顔写真。カリスマ的教祖のもとに個性を溶解させ渾然一体となって群がる群衆と、ひたすら群衆から遁走《とんそう》しようとするカリスマ作家の姿。一見無関係でありながらどこか対照の妙を感じさせる一対の写真に、デリーロは一枚のコインの裏表のように背中合わせの奇妙な連関を見て取ったのである。だが、この小説が焦点化するのは、テロリストと「ゼロサム・ゲーム」（156）を演じ悪戦苦闘する一作家の創作過程などではなく、活字から映像メディアへというパラダイム転換を経て絶滅の危機に瀕した作家という「種族」（26）のありようである。

実際のところ、冷戦終結の年、一九八九年を舞台とする『マオⅡ』には、多種多様な現代的な「群衆」がひしめいている。ヤンキー・スタジアムを席巻する合同結婚式の新郎新婦たちと、それを不安そうにカメラに収める観衆。テレビ画面に映し出される天安門広場を埋め尽くす群衆と、そこへ雪崩込む兵士たち。ホメイニ師の死を悼み彼の肖像を掲げ暴徒化する群衆と、それを必死で妨げようとする革命警護隊。死へひたすら殺到するシェフィールドのサッカー場のフーリガンたちの宗教画のような静止画像と、惨事を傍観するウォーホルの絵画「群衆」。ブリタの写真に写し出された難民キャンプの飢えた群衆と、ニューヨークのトンプキンズ広場を占拠する浮浪者の群れ。

テクストの随所に顔を覗かせるこれらの没個性的な「群衆」の生成と増殖には、何らかのかたちで映像／空間メディアが深く絡んでいる。一般的に、カリスマ的指導者の葬儀や合同結婚式など、生死を孕んだ危機的な状況や祭典を契機として、人々が恐怖や陶酔感に一様に染まると、今村仁司が『群衆―モンスターの誕生』(一九九六年)において考察したように、全体として一つの巨大な身体性を備えた怪物じみた人の塊が出来上がる。しかもそれは、それ自体で一つのメディア・スペクタクルをなし、特定の時空に限定されることなく地球規模で増殖を繰り返す。「群集」でも「民衆」でも「大衆」でも「フラヌール」でもなく「群衆」。今やそのように視覚的《ヴィジュアル》にして仮想的《ヴァーチャル》ですらある「群衆」は国境を越え、いたるところに生起しつつある。『マオⅡ』のテクストは、やがて人類の未来が、このようにメディアを通して一瞬にして膨張し続ける「群衆」を抜きにしては語れないことを予示している。デジタル化された「群衆」は、後期資本主義を駆動するシミュラークルの大量生産の産物であると同時に、新たなカリスマ的指導者を生み出す温床でもあるのだ。

主人公ビルが背を向けるように見えるのは、まさにこのようにイメージの操作を通じて増殖を繰り返す「顔の見えない」(70)「群衆」である。肖像撮影に応じた小説家ビル・グレイは、ポストモダン消費文化とアンビバレントな共犯関係を結びつつも、[3] 書くことを通じて「崩れ落ちた未来」から救出された「対抗物語《カウンター・ナラティヴ》」を散種しようとする身振りを少なくとも保持している。だが、この小説に描き込まれたグローバルなマルチメディアの影響力は圧倒的であり、増殖するイメージの氾濫によって、すべてがシミュラークルに取って代わられたかのように見える。ホログラムのように不気味に立ち現れる「熾烈な未来」とは、シニフィエなき記号が半永久的に滞留し続ける逃げ水のような場なのである。

と同時にそこはまた、テロリストやカルト主義者たちが、躍起になってテロリズムや千年至福の黙示録的世界の実現へと突き進む温床でもある。今やメディアとテクノロジーは彼らの大義のために供され、これからの世界の物語は、すべからく彼らの手中に落ちたかのようである。プロローグを締め括る「未来は群衆の手に」(16)というジングルは、『マオⅡ』の底流を流れる重低音を奏でているが、そこで描写された合同結婚式は、群衆に向かって

「崩れ落ちるがごとく押し寄せる」（7）未来が、彼らに先取されていることを物語っている。

このように未来を占有しようとする環境にあって、ビルが、デリーロ自身がなり得たかもしれないカリスマ隠遁作家として創造されていることは注目に値する。作中人物を作者自身と安易に重ね合わせることは慎むべきだが、「ビル・グレイに名前を変えて、姿を消してみたいと昔よく友達に言っていたものだ」（Passaro 79）という作者の発言には一定の重みがある。ニューヨーク郊外の人里離れた隠れ家で隠遁生活を営むビルは、数冊の小説で世に認められたのち、二三年の長きにわたってある作品を断続的に書き続けているものの、未だそれを発表することなく、公に姿を現さないことでかえって名声と神話性を享受している。(4) にもかかわらず、その隠遁生活もいよいよ限界に近づきつつある。神のごとく姿を隠すことによって神秘化され崇められる一方で、常にカメラマンに追いかけ回され、いつ素顔を暴露されても不思議ではないという不安と恐怖。人目を避けるあまり強いられる宗教儀式のような息詰まる私生活と、薬と酒に彩られた孤独な小説家の澱んだ時間。その中心にあるのは、果てしない推敲の末、自分の体細胞の組織片が染み着き、それでいてもはや自分のものとは言い難いまでに去勢されたおぞましい未発表の原稿の群れである。(5)

このように「神のみに許されたトリック」（37）を用い、自らの聖域へ退行しようとするカリスマ作家の選択は、スペクタクルを目論むテロリストが顔なき「群衆」の中に潜伏することと、一見無関係であるように見えながら通底する部分を含みもつ。〈有名性〉と〈匿名性〉は、ビルにとってもテロリストにとっても表裏一体の概念なのである。「有名な世捨て人という役割」（Keesey 188）を演じてきた殉教者ビルは、フードを被ったテロリストさながら自らの個性を拭い去ることによって、カリスマ性を高める一方で、私生活では惨めにも錯綜する創作の袋小路に陥っていたのである。

（脱）神話化の身振りとしての肖像写真

こうした矛盾にもはや耐えられなくなったとき、ビルは隠遁生活にようやく終止符を打とうと決心する。少なくともその意図において、彼の肖像写真撮影は、創作をめぐるこうした閉塞状況を一挙に打破しようとする身振りであったことは疑いない。いずれパパラッチによって素顔が暴露される日も近いと恐れる彼は、敢えて女性写真家ブリタ・ニルソンを隠れ家に招き入れ、肖像写真の撮影を許可する。とは言え、このような隠遁作家の「カミング・アウト」の身振りによって含意されることは見かけほど単純ではない。

ビルが複製・視覚メディア時代の作家である限り、肖像写真公開というこの脱神話化の身振りは、それが本質的に死の兆しを含んでいるからこそ、よりいっそう堅固な神話化への第一歩となる。彼が、作品の構想図や無数の草稿やゲラが集積した「創作の館」とでもいうべき隠れ家の内奥に、これまで忌避してやまなかった外部の「群衆」の代理として、愛読者ブリタのカメラを招き入れたことは、作家と視覚メディアとの潜在的な共犯関係、ひいてはカリスマ的作家と「群衆」の相互依存性を前景化している。マスコミのカメラに撮影《シュート》されることを熱狂的な読者によって拳銃で狙撃《シュート》されることに準《なぞら》え、あれほど恐れていたビルは、今や女性写真家の被写体となり下がることにより、見果てぬ死を演出し、自らの遺影をシミュラークルとして流布させることになる。一九六八年に起こった女性ファン、ヴァレリー・ソラナスによるアンディ・ウォーホルの狙撃事件を反復したかのような、疑似イベントとしてのこの写真撮影は、実は「シミュレートされた死」（140）による再神秘化を孕んだ儀式でもあったのである。

その際、カメラを間に挟んで交わされるブリタとビルの洗練された会話は、「作者であること《オーサーシップ》」をめぐる撮る者と撮られる者によるメタ・ナラティヴになっている。そこでビルは、言葉よりもイメージが偏重される時代に姿を隠す作家は、崇められると同時に汚されるものであり、小説家は、文化や精神生活の先導役としてかつて保持していた力をテロリストに奪われてしまったと嘆く。「小説家とテロリストには互いを結びつける奇妙な接点があると思うんだ。…以前、ぼくは、小説家ってものが文化の精神生活のありかたを変えられるって思ってたことがあったけれど、今じゃその領域は爆弾を作ったり銃をぶっ放す連中に奪われちまったよ。やつらは、人間の意識の中にまで侵入してくるんだ。それこそぼくたち作家が、ごっそり社会に組み込まれてしまうまで、ずっとやってきたことなんだけれど」(41)。もはや牙を抜かれ、名声と消費のシステムに組み込まれてしまった結果、小説家の紡ぐ物語は、テロリストが「主導権《オーサーシップ》」を握る壮大にしてリアルな新たな悲劇的物語に日々圧倒されるというわけである。

こうした悲観的な見解が示されるにもかかわらず、ブリタが司る写真撮影の場面そのものは、死の兆しを含みつつも、相反するベクトルの奇妙な均衡によって特徴づけられている。すなわちそこには、「個」を擁護する小説家として自らの肖像を開示する力学と、テロリストさながら「群衆」に紛れ、筋書き《プロット》／陰謀を練るべくさらなる潜行を模索する力学が拮抗している。こうした矛盾に満ちた彼の衝動を読み解く重要な鍵は、機械的複製が無限に可能な「写真のイメージは、それ自体一種の群衆である」(Nadott 88) という、デリーロの鋭い洞察の中に潜んでいるように思われる。

そこで浮上してくるのが、顔を反復的に流通させる肖像写真と、顔なき「群衆」の出現の間に見られる相関性である。この文脈において、ウォーホルの有名な「マオ」シリーズが表紙を飾るこの小説において、写真とアートを用いたパラテクスト的な枠組みの工夫がなされていることは注目に値する。ローラ・バレットが論じているように、この小説は、「ヤンキー・スタジアムにて」という人目を引くプロローグと、「ベイルートにて」と題されたエピローグという「二つの短い章が、写真のフレームのように枠組みとなって構成されている」(799)。それとともに、現在時制で語られるこれら二つの章においては、写真が付き物の「結婚式」が至極対照的なかたちで描かれている。それにもまして着目すべき点は、テクストそのものが、それぞれのセクションの間に挿入された、「渾然一体とした人の塊」を捉えた何枚かの不鮮明な写真によって視覚的に区切られていることである。立錐《りっすい》の余地もなく広場を埋め尽くす天安門事件の群衆、合同結婚式の新郎新婦たち、死へと突入するフーリガンたち、肖像を掲げてホメイニ師を悼む葬儀の群衆という具合に、テクストには意図的に焦点をずらされた群衆の視覚イメージが、各セクションの冒頭に配置されている。

このようなパラテクストは、機械的に複製された写真と、「個人ではなく集団として生き残る」（89）群衆のイメージの不気味な親和性を想起させる。その一方で、それらのイメージは、写真家の肩越しに被写体が見据える、未来の観賞者の差異を孕んだ眼差しも潜在的に内包している。確かにビルは、ブリタの処理液によって印画紙に定着する「物質」（44）になり果てた被写体としての自分について、「ビュイックに落ちた鳥の糞よろしく、ぺしゃんこになっちまった」（54）と、自嘲気味に言及する。そのような彼にしても、「この摩訶不思議な交換」（43）が、死後いかなる効果をもつか、思いが至らないわけではない。彼は、自らの肖像がやがて奥行きをもち、後世の観賞者にいかなる意味を醸し出すか十分意識している。複製可能な亡霊としての彼の肖像は、被写体が消滅したのちも、新たに到来する世代によって重ね書きされ、書き換えられていくのである。この写真撮影を自らの通夜に喩えるとともに、ブリタを「死に化粧を施す」（42）葬儀屋に準《なぞら》える彼は、自分の肖像写真が放つ神秘的なアウラについて、次のように思いをめぐらす。

こんなふうに撮られてると、何だか自分の通夜に居合わせたみたいな気がするな。写真のモデルになるなんて、因果な話だよ。肖像写真ってものは、被写体が死んではじめて意味を持ち始めるんだ。そこが肝心なところさ。こうしてぼくたちが肖像を残すのは、来るべき何十年先の人間のために一種のセンチメンタルな過去を創ってやるためなんだ。ぼくたちがここでこしらえているのは、そういう人々の過去であり、そういう人々の歴史なんだ。だから今ぼくがどう見えようとそんなことはどうだって構やしない。問題は、二五年ほどして服装や顔かたちが変わって、写真自体も変わったときにぼくがどう見えるかってことさ。ぼくが死の中へ埋没すればするほど、ぼくの写真は強烈さを増すことになる。だからこそ、写真撮影ってものは儀式ばったものになるんじゃないのかな、通夜みたいに。てなわけで、ぼくは死に化粧を施された役者なんだ。（42）

ビルは、自分を意のままに操る女性写真家が、隠遁作家の脱神秘化を促す一方で、その神秘化にも少なからず手を貸すことを直観的に悟っている。「ぼくが本当に死んだときには、連中は君の写した写真の中にぼくが生きていると思うだろうな」（44）と呟く彼は、自分の死亡告知欄を飾る彼女の写真が醸し出すアウラをも予知している。彼がこのように死と絡めて、写真というイコノグラフィーにおける神話作用に言及するとき、ふと漏らす「写真を必要としているのは、君よりもむしろぼくの方だと思うんだ」（44）という台詞は、はからずも彼の本音を物語っている。被写体となることは、彼が自らを「前向きに思い出す」と同時に、アウラを帯びた死後の肖像が影響を及ぼす未来へと旅立つ第一歩に他ならない。このように「シミュレートされた［自らの］死」（140）をめぐるビルの直観を知る由もないスコットは、次のように思いをめぐらす。

ひょっとしたら写真のせいで彼は老けて見えるかもしれないと、スコットは思った。写真に写った彼が老けて見えるというのではなく、写真を撮らせたという事実のせいでビル自身が老けたように見えるかもしれないのだ。あの写真は、彼が変容を遂げる手段となることだろう。それは、世間の目に彼がどのように映るかを示すとともに、そこから彼が旅立つ基点を与えることになるだろう。似姿が宿る写真は、こちらに選択を迫るものなのだ。そちらへ旅立つのか、それともそこから旅立つのか。（141）

ビルの熱狂的なファンであり、執事役を自任するスコットは[6]、主人が、「身を曝すという危機」（140）に自らを追い込むことにより、「自分が世間から引き籠る条件を見直したかった」（140）のではないかと薄々感じてはいる。にもかかわらず彼は、ビルが差異を孕んだ自らの肖像を未来の観賞者に向けて投げ出そうとしているのか、忘却の彼方へと消失しようとしているのか、まだ見極めがつかない。

この点については、ブリタもまた然りである。ビルは、孤独に書き続ける自分のような作家が、博物館入りがふさわしい絶滅寸前の珍獣であるかのように、彼女の仕事を茶化して次のように言う。「それにしても君は利口だよ。ぼくたち作家が姿を消す前にカメラにしっかりと収めておくんだから」（42）。スーザン・ソンタグが言うように、写真というものが全世界をイメージのアンソロジーとして捉え、写真を蒐集するということが世界を蒐集するということを意味するとすれば（3）、進行中の仕事と称して素顔を知られざる世界の作家たちを専ら撮り続けてきた写真家ブリタは、失われつつある作家という「種族」（26）を世界中から蒐集し、そのアンソロジーを編んでいることになる。彼女が考えているように、それらの肖像写真をコンセプチュアル・アートとして美術館に展示しようが、記録として図書館の地下室に保存しようが、ブリタが撮った写真は、ビルをはじめとする隠遁作家が葬られる「死者の博物館」を飾るのにふさわしい。ロラン・バルトの言に拠れば、一瞬にして現在を切断し過去に変容させてしまう写真は、主体である被写体を「博物館にあるようなもの」（22）へと変容させる。それはまたシャッターを切った瞬間に生を切断し死へと変質させるからこそ、撮られる者を「死の化身」にするとともに「完全なイメージ」（24）にしてしまう。それにともない被写体は、「小さな死を経験し、幽霊になる」（23）のである。

こうして、絶滅の危機に瀕した作家を、印画紙に定着させようとするブリタは、ある意味でアウグスト・ザンダーのポストモダンの娘に他ならない。第七章で論じた『舞踏会へ向かう三人の農夫』（一九八五年）が描くように、「写真という普遍言語で書かれた、膨大かつ包括的な人間たちのカタログである、『二〇世紀の人間たち』と題すべき壮大な写真集のアイデアを思いついた」（*TF* 39）ザンダーが世紀転換期に着手し挫折した試みを、ブリタは世紀末に限定的な規模で行ったと言ってよい。彼女が自らに課した使命は、作家という絶滅危惧種のマッピングを行うことであり、ビル・グレイこそがそのプロジェクトを完遂するのに不可欠な作家だったのである。

以上の文脈を踏まえて考察すると、写真撮影後の最初にして最後の晩餐は、物語を統括する神のごとき作者の死に、ビル自身と彼をめぐる人物たちが立ち会っているという図式が成り立つ。彼の小宇宙である「創作の館」で一堂に会する四人の人物、すなわち館の主人ビル、彼の忠実な秘書スコット、彼の作品から抜け出してきたような娘カレン、客人であり稀人《まれびと》であるブリタはそれぞれ、「作者」、「エージェント」、「作中人物」、「読者」というテクストの生産と流通と消費に欠かせない四要素に対応している。本来次元を異にするこれら四者が、今や怪物と化した作品原稿を尻目に、「創作の館」の内部で交感することによってはじめてビルは、「作者であること《オーサーシップ》」のイデオロギーとその占有物である「作品」から解放される。このような観点に立てば、彼の写真撮影は結局のところ、小説家である彼が自らを初期化し、表層的なイメージへと変換するとともに、それをフィルム上に宙吊りにする儀式であったと見なすことができる。かくして「作者」という起源から解き放たれたビルは、シミュラークルと化した肖像と原稿を残して、「昼下がりの雑踏」（103）へと足を踏み入れた瞬間、多様な「群衆」がひしめくテクストの迷宮へと失踪を遂げるのである。

異国にて死す

しかしながら興味深いことに、そののちもまた彼は、肖像写真の撮影を決意したときと同じように、自分がこれまで忌避し続けてきた選択肢に向かって一気に突き進んでいく（Bizzini 114）。ニューヨークでスコットを出し抜いて姿をくらましたビルは、新たに彼のエージェント役を務めようとする旧知の編集者のチャールズ・エヴァーソンに懇願され、ベイルートでテロリストの人質となっている若い詩人を救出するために計画されたメディア・イベントに参加することに心ならずも同意する。そしてロンドンへ飛んだ彼は、テロリストの妨害により詩の朗読会が中止になったのちもそこに留まり、詩人を誘拐したテロリスト集団のエージェントと称するジョージ・ハダッドからさらなるメディア・イベントを持ちかけられる。それを拒むわけでもなくアテネへと赴いた彼は単身キプロス島へ渡り、テロリストの首領アブ・ラシッドと直接渡り合うためにベイルートを目指す。

こうしてメディア・イベントに際どく身を委ねつつ、ニューヨーク近郊の隠れ家からベイルートのテロリストの隠れ家へと東方へ向かう彼の旅の軌跡は、小説を生産する西洋世界の作家の書斎から、群衆国家を生み出す非西洋世界のテロリストの本拠地への越境を物語っている。それはまた、彼がテロリストと競おうとすればするほど、小説家としての「主導権《オーサーシップ》」を喪失し、一介の作中人物として「群衆」の中に書き込まれていくプロセスでもある。

しかしながら彼は、そのような過程において、「スペクタキュラーな主導権《オーサーシップ》」（Osteen 193）を占有するテロリストに絶望的な戦いを挑む作家として最後の抵抗を試みなかったわけではない。くだんの人質は、ストックホルム症候群の常として、生殺与奪の権を握る少年に無意識に自らの意識を重ね合わせていくが、今度はビルが、同じ物書きとして書くことを渇望する囚われのスイス詩人の心情に思いを馳せ、彼の苦境に自らの意識を重ね合わせていく。覆面に閉ざされた視界、時折感じられる戦闘の気配、見張りの少年によって繰り返される拷問、癒し難い傷の痛み、動かぬ蜥蜴《とかげ》が象徴する凍りついた時間。想像力たくましく思い浮かべた情景を有り合せの紙に鉛筆で走り書きする彼は、久々に書きたいという欲求に駆られる。この瞬間人質は、もはや全知の視点から客観的に語られる物語の主人公ではなく、ビルが息を吹き込んだ彼自身の作中人物として立ち上がり始める（Smith 138–39）。

こうして創作意欲をかき立てられたビルは、手元にタイプライターがないことを嘆きつつも、囚われの詩人の麻痺した感覚に表現を与え、彼の沈黙に声を与えることにときとして成功する。「彼があの地下室を想起して書く文章には、ただならぬ気配が漂っていた。そこには、彼がようやく理解し始めた沈黙や不安な空白が捉えられていた。首尾よく書けたとき、彼の文には危険な感じが滲み出ていた。一歩間違えばもう少しでページに定着し損なうような感じが滲み出ていた」(167)。そもそもビルが、このように人質の意識の内奥まで入り込もうとするのは、人質ジャン・クロード・ジュリアンがニュースとして「加工処理される格子画面上のデジタルのモザイク」(112)となって周波帯の中に失踪し、世間にその肉体的存在を忘れ去られてしまったからである。人工衛星によって宇宙空間を縦横に飛び交い、コンピュータ網を通じて処理されるデジタル「情報」へと変換された人質は、肖像写真へと変換される運命にあるビル自身の謂いでもある。通信信号へと変換され、巨大なシステムの中に不気味な不滅性を帯びて溶解してしまったジュリアンに、ビルは自らの似姿を幻視したのである。

だが、ビルがかろうじて紙の上に定着させた「危険な」文章とともに、彼が未来の物語の「主導権《オーサーシップ》」をめぐってジョージと交わした白熱した議論は、作家として彼が譲ることのできない一線を示している。マオが人民に強要した「変わらざる物語」(162)を擁護するジョージは、次のように彼に言い放つ。「人民には何でも書き込むことができるのです。…それで彼［マオ］自身が、大衆のうえに書かれた中国の歴史となったわけです。その結果、彼の言葉は不滅のものとなり、人民すべてによって学習され、復唱され、暗唱されたのです」(161)。こうして「歴史が群衆の手に移りつつある」(162)と主張するジョージに対し、彼は、テロリストが人民のうえに一様に書き込み、虚しく反復される思想こそが、歴史を骨抜きにしてしまったと反論する。なぜならそれらは、「他人に真似のできない自分だけのテーマ、紛うことのない自分だけの声。そういうところから生まれる曖昧さや、矛盾や、囁きや、暗示」(159)といったものをことごとく粉砕してしまうからである。それとは対照的に、ビルにとって小説というものは、マオが人民に施した全体主義的な「書き込み」とは本質的に相容れない、誰にでも発しうる「民衆の叫び」(159)なのである。[7]

ビルにしてみれば、テロリストの台頭は小説家の物語に取って代わる「新たなる悲劇的な物語」(157)の台頭を意味する。マオが何億という人民に自分の物語を絶対的な歴史として「書き込み」、『毛語録』を振りかざす「群衆」を生み出したのに対して、作家というものは、陰影に富んだ「民衆」のポリフォニックな声を重ね書き《パリンプセスト》的にテクストに流し込み、多様な意味の流れを促進しようとする種族なのである。ビルは、ジョージと別れた後、彼と交わした熱い論戦を思い起こし、もっと直截《ちょくせつ》に反駁しておけばよかったと次のように後悔する。

君たちはこの世から意味を抜き取って、孤立した別の精神のありようを構築し始めようとしているのだ。それは、自分とは異質なものを貪り尽くし、陰謀と虚構によって本当のものに取って代わろうとする心情なのだ。片や、それ自身の中に世界を窮屈に押しこめる虚構もあれば、社会秩序を志向し、その中へと自らを開示しようとする虚構だってあるのだ。彼はジョージに言ってやりたかった。作家というものは、意識を顕在化させ、意味の流れを増大させるために登場人物を創造するものなのだと。そういうふうに、意識の振幅と人間の可能性を拡大することによって、われわれは権力に応え、恐怖をはね返そうとしているのだと。(200)

小説家ビルは、ジョージに言っておくべきだったまさにこのことを、ベイルートへの旅路において試練として自らに課す。テロリストにハイジャックされた意味を奪回すべく彼は、命尽きるまで人質の「意識を顕在化させ、意味の流れを増大させ」ようと腐心する。だがこの小説の醍醐味は、そのような意図に反して、失踪中のビルが、ニューヨークの書店でスコットが目撃したホームレスよろしく(21)、浮浪者然とした「群衆の人」へと変貌していくところにある。(8) アテネの路上で交通事故に遭遇したビルは、ベイルート行きのフェリーボートの船上で人知れず息を引き取り、彼が密かにしたためた文章は永遠に歴史の闇に葬られてしまう。死を前にして薄れ始めた彼の意識に、いずこからともなく囁きかけるのは、シアーズ・ローバックの通販広告の謳い文句である。「注文前に、ちゃんと測ろう、頭の寸法」(216)。こうして遠い記憶の淵から蘇る宣伝文句に最期の意識の余白を占有された挙げ句、ビルはついに不帰の人となる。掃除夫にパスポートを奪われた彼は、文字通り身元不詳の死体となり果て、テクストから永久に姿を消す。こうした彼の凋落ぶりは、物語作者が作中人物に強いる理不尽な試練を思わせる。交通事故で負傷したビルは、旅の途中知り合った獣医たちに、作中人物のことと偽って自らの容態について相談をもちかけたことがあったが、今や彼は物語に書き込まれる矮小な存在になり下がり、小説の大義に殉じるかのように異国にて逝ったのである。

アウラのゆくえ

一方、残されたスコットたちは彼の死を知る由もない。だが、彼の失踪が長期化するにつれ、ブリタが撮った肖像写真は次第にアウラを帯び始める。ビルがマオさながら「自らの手で、死と再生のサイクルを演出している」（141）と考えるスコットは、彼の未完の草稿ではなく、写真を公表することを検討し始める。「いずれ写真は公表されるだろう。それも丹念に選び抜いたわずかばかりの写真だけが。しかも一度限りという条件で。噂が噂を呼び、巷に広がることだろう。だが、あの小説自体はまさしくここに眠ったまま、永久に滅びることなく、そのアウラと魅力をますます湛え、ビルの神話をいっそう深めることになるのだ」（224）。

こうした思惑を抱きつつ、ブリタからビルの肖像写真のべた焼きを入手したスコットは、ライトボックスに透かし、カレンと二人で詳細に精査を始める。そこで二人は、一コマごとに同じようなビルの肖像が、ほとんど知覚できないほど微細な差異を孕みながら、無数に広告ビラのように並んでいるさまに釘づけになる。「ある意味で、そして一瞥したところ、一コマごとの差異があまりにも微少であるからこそ、一二枚のべた焼き全体が、ほんの一瞬人目を引くだけの、視野に訴えるたわいもないおびただしい数の広告ビラみたいに、一枚の反復された肖像写真のように見えても不思議ではなかった」（222）。無限に反復された一枚の肖像を思わせるこれらのイメージの連鎖は、これまで小説家ビルが積み重ねてきた歴史と個性を見事に骨抜きにしているように見える。まさにその点において、ビルの肖像写真のべた焼きは、ウォーホルのマオ・シリーズを彷彿させる（Keesey 189）。この伏線としてテクストに埋め込まれているのが、第一章においてスコットがブリタを迎えにニューヨークを訪れた際、ウォーホル美術館に立ち寄り、マオ・シリーズを見て奇妙な解放感を味わうシーンである。

　さらに行くと彼は、マオ主席の肖像がところ狭しと並んだ展示室にようやく立った。フォトコピーされたマオ、シルクスクリーンのマオ、壁紙に転写されたマオ、合成ポリマーのマオ。一続きのシルクスクリーンが壁面のセリグラフの広大な表面を被うように設えてあり、ここではパンジーのような紫色を帯びた主席の顔が、もとの写真からほとんど解き放たれて空間を漂っていた。歴史など無頓着といったところがスコットの気に入った。（21）

このようにキッチュの極みとも言うべきマオ・シリーズに彼が魅せられたのは、大量のコーク瓶やキャンベル・スープ缶を並べたウォーホルのシルクスクリーンと同じく、シミュラークルの連鎖によって、歴史の重みから解放され、資本主義と全体主義が互いを呼び交わす奇妙な領域に宙吊りにされたからである。そこでは、前者の広告イメージと後者の大衆プロパガンダが、ウロボロスのように互いを飲み込み、分かち難く絡み合っている。広告はそれ自体、互いの似姿である同志《コムレード》／兄弟なくしては存在し得ないとすれば、広告から産声を上げたウォーホルのアート[9]は、マオの肖像の増殖を通して、全体主義のマス・プロパガンダとも共振する。ビルの肖像は、このようにウォーホル経由で、後期資本主義のシミュラークル、「コークⅡ」と、全体主義のシミュラークル、「マオⅡ」を縫合するかたちで、グローバリズムというさらなる文脈へと接合されていく。

ちなみに、大量消費される日用品や、自動車事故などの惨事や、有名人の死を好んで題材としたウォーホル[10]は、この小説において遠近法の消失点のように、「死」、「肖像」、「群衆」、「消費」という四つのキー・コンセプトを虚空の一点に収斂させる不在の中心として機能している。アメリカン・ポップアートのカリスマ的存在であった彼は、中国共産党のカリスマ的指導者の肖像写真を、対角線上に反転することによって新たなイコンとして占有し、ファクトリーから大量生産されるフォト・シルクスクリーン上にそれを転写した。そればかりか彼は、そうした皮相的な没個性性を巧みに演出することにより、自らがリサイクルしたマオに劣らぬ神話性を獲得し、死後、自分自身もグローバルなイコンとなることに成功した。ブリタの写真が展示されているウォーホル肖像展では、アンディ自身の肖像群が、ありとあらゆる方法で多様な素材に転写されている。それらは、カリスマ作家ビルの肖像群もまた、神話性を孕んだ文化的イコンとしてグローバルに消費されていく可能性を暗黙のうちに物語っている。

だがその一方で、ビルの肖像群が、ウォーホルのシルクスクリーンと同じく、微妙な配置と陰影の変化を孕んでいることもまた事実である。一見、起源なきシミュラークルの反復とも見紛うビルの肖像の一二枚のべた焼きは、「だからこそ余計、分析する必要があった。実際のところ、手の位置だとか、煙草の持ち方だとか、むろん差異はあるわけで、それらを全部視野に入れて精査しようと思えばかなりの時間を要することだろう」(222)。一見したところ「一枚の反復された」広告ビラのように見えるビルの連続肖像写真にも、写真家ブリタの思考の軌跡を示すかのように微妙な差異が刻まれていたのである。

入れ替わり立ち代わり、二人はべた焼きを眺めた。撮影された順にそれぞれコマが並んでいたので、ブリタがどのようにして撮影のリズムを摑み、主題を定めていったかがわかった。彼女は、ある兆しを読み取っては、ビルの顔に現れたわずかな変化を追い求め、それを拡大したり説明したりしようとすると同時に、それに真実味を与え、彼をそれに創り上げようとしていた。ビルの肖像には、ブリタの思考の跡が垣間見えた。それは、心と目を使ってなされるちょっとした解剖みたいだった。スコットには、彼女の望んでいる写真が、わざとらしくない、何気なく出会ったような、言わば親しみやすい普段着のビルであるように思えた。彼は一コマずつ順に拡大鏡をあてがい、そこに、自分の被写体を、それ自らが選んだ人生に付きまといかなる神秘性からも解き放とうとする写真家の姿を認めた。彼女は、ビルの隠遁生活を払拭し、二度とそういうことが起こらぬように彼を創り直し、われわれがみなこれまで知っている顔を彼に与えるような肖像を撮ろうとしていた。(221)

こうした微細な差異を孕んだビルの肖像は、ブリタのレンズを通すことにより、「作者であること《オーサーシップ》」の起源を脱構築するかのように、構図と陰影の巧妙な差異化がはかられている。ブリタのカメラワークは、このように反復の中に密かに差異を埋め込むことにより、作者の重荷から解放された「普段着のビル」をポリフォニックに浮き彫りにしていたのである。

女性たちに託された物語

実際のところ、こうした写真家ブリタの役割は、エピローグにおいてさらにもう一捻り加えられている。そこで反復される写真撮影の被写体は、テロリストの首領、アブ・ラシッドであるが、この場面は、差異化されたはずのビルの肖像群が、全体主義的なアウラを放つラシッドの肖像群と重なり合う危険性を暗示している。そもそも、マオII世たらんとするテロリストの肖像と、ウォーホルさながらのカリスマ性をもつ不在の小説家の肖像はともに、「マオ」、「ウォーホル」というシミュラークルのさらなるシミュラークルであるという点でも共通点がある。このような視座に立つと、ニューヨークのウォーホル美術館を飾るマオ・シリーズと、ベイルートのスラム街に溢れるアメリカ消費文化のイコン、「コークII」の文化大革命を思わせる赤色ポスターがシンクロするのは象徴的と言うより他ない。そこでは、西洋と非西洋が、グローバルに包摂されたかのように互いの文化的イコンを交錯させ、死と消費を通じて新たな神話をすり込んでいく。その結果、ポリフォニックにして個性豊かな「民衆」と、モノフォニックで顔なき「群衆」の境界線は限りなく揺らぎ始める。

ビルがテクストから姿を消した後、この境界線上をさまようのがカレンとブリタである。この二人の女性は、ビルの隠匿された物語を言わば外部に開放し、まっとうな評価に曝す可能性を探求する役割を担っている。「二人は彼の物語を、ビルの部屋から、様々な声がせめぎ合い多様な人々が混じり合う領域へと、ひいてはテロリストも含め未だ覇権をもたざる集団へと持ち出す」(Tabbi 202)。失踪したビルが、彼女たちに託したかのようなこうした使命は、彼がジョージとの白熱した議論において力説したポリフォニックな声の追求とも符合する。

あたかもビルの小説から抜け出てきたかのような元統一教会の信者カレンは、そもそもメディアと濃密な親和性をもつイメージ志向の娘である。音声なしにテレビのニュースを見ることに魅せられる彼女は、アナウンサーが次に口にする言葉を予測できるのみならず、不気味なくらい上手に物真似をやってのけることができる。スクリーンと彼女の「境界は希薄」であり、彼女は「ありとあらゆることを取り込み、信じた。…彼女は未来のウィルスをもってるんだとは、ビルの謂い」(119)。このように未来から迷い込んだメディアの申し子のような彼女が、常にメディアを介して生と死を孕んだ「群衆」の中に溶け込んでいることは注目に値する。合同結婚式の花嫁の一人であったカレン。ブリタの写真の群衆を凝視するカレン。広場のホームレスの群れに分け入るカレン。テレビに映し出されるフーリガンや天安門広場の群衆やホメイニ師の葬儀の群衆を見つめ、[11] 画面の人々とすぐさま一体感を覚えるカレン。こうして「群衆」が醸し出す危険なアウラにいとも容易く幻惑される彼女は、見るもの触れるものすべてに感化され、「熾烈な未来」を彩る視覚的な非言語の世界に生きていると言っても過言ではない。

ビルの失踪後、ニューヨークを彷徨し続けるカレンの振る舞いは、テロリストに対して「対抗物語《カウンター・ナラティヴ》」を蘇らせようとする彼の物語哲学が既にカレンに対して影響力を失いつつあること物語っている。「ビルが失踪した今、カレンの生活は中心を失った。彼女はふらふらさまよい、きりきり舞っていた」(142)。こう述べられているように、結局のところカレンは、自らが完全には脱却しきれないカルト宗教のモノフォニックな大きな物語と、ビルが彼女に注入したポリフォニックな小さな物語の間で翻弄され、広告ビラさながら彷徨する破目になる。だがここで強調しておきたいのは、差し掛け小屋のホームレスたちの外部から隔絶された領域に足を踏み入れようと試みた彼女が、「強烈な存在感をもった世界がここにあった」(149)ことを少なくとも自覚していることである。

彼らとの危うい「接触」(179)を通してカレンが感じ取ったのは、「あらゆるものが別のものの中に入り込み、際限なくものを折り込んでいく生存のシステム」(152)のようなものである。彼女は、「永遠に歩みを止めない聖なる巡礼者みたい」(148)にショッピングカートを押すホームレスたちが、持ち物をすべて詰め込んだ「ポリ袋の中にまたポリ袋という具合に、囁くこともできない秘められたものの宇宙」(145)に暮らしていることに興味をそそられる。このように無限の襞を折り込んだ不可知の奈落の淵に佇みつつ、カレンは、ポリフォニックに「様々な英語が入り混じった」(149)彼らの不可解な言語に、独自の深遠な詩学が宿っていることに気づく。「それは、文字に書き表わすことのできない、内なる全く異なる言語だった。それはショッピングカートとポリ袋の中から漏れ聞こえる言葉の屑であり、そこには煤がしみついていた」(180)。しかしながら、そうした直観を得たにもかかわらず、ビルという求心力を失ったカレンは、それを「対抗物語《カウンター・ナラティヴ》」に仕立て上げる手立てもなく、結局のところまた、ニューヨークの雑踏をさまよい続け、新たな「父」なる救世主の出現を期してカルト宗教の黙示録的な世界へと再び回帰するより他ないのである。

「コークⅡ」――ベイルートの袋小路にて

一方ブリタは、カレンとは対照的に、新たな使命を遂行すべくベイルートへと赴く。長年にわたる内戦の結果、ベイルートは、それぞれの武装集団が互いの指導者の肖像を撃ち合うという、内破した「千年期のイメージ工房」(229) として描かれている。ビルの失踪後ブリタは、彼の遺志を継ぐかのように、ラシッドを撮影するためにベイルートへと渡るが、彼女が足を踏み入れたスラム街には、その荒廃ぶりとは対照的に派手な広告ビラがひしめき合い、互いの領分を主張している。とりわけ目を引くのは、既に述べたように一様に世界全体を塗り込めるかのような鮮烈な赤色の「コークⅡ」のビラである。それらは、中国の文化大革命の壁新聞と見紛うばかりに空間を占拠している。

ここには「コークⅡ」という新しい清涼飲料の広告が、セメントのブロック塀にべったりと何枚も貼られている。こうした広告ビラは、この先に毛沢東主義を信奉する組織が存在することの先触れなんじゃないかしらと、突拍子もない考えが彼女に浮かぶ。と言うのも、広告の文字が鮮烈な赤色だったからだ。車が窮屈極まりない路地を奥へ進んで行けば行くほど、広告ビラの寸法は大きくなっていく。…こうしたビラは、警告し、脅迫し、自己批判を迫る中国の文化大革命の頃の大きな壁新聞そっくりだわと、また別の突拍子もない考えがブリタに浮かぶ。と言うのも、見たところどことなく似たところがあるからだ。場所によってビラは、縦に十枚も連ねられ、二階の高さを越えるところまでひしめき合っていた。押し合いへし合いしながら互いの領分を主張し、「コークⅡ」のロゴの文字とローマ数字の間隙を縫うように踊る、何千というアラビア文字。(230)

荒廃したスラムの奥へ進めば進むほど大きさを増し、自己増殖するポスターの反復は、精緻極まる地図そのものが領土を被い尽くしてしまうボルヘスのお伽噺さながら、[12]「広告の、広告による、広告のための世界」が現実に取って代わりかねないことを雄弁に物語っている。

このように、デリーロが描く荒廃したベイルートは、本来なら対極にあるはずの文化が奇妙により合されたイメージが氾濫し、典型的な「コカ・コロナイゼイション植民地化」(Scanlan 246) とも言うべき様相を呈している。『帝国』(二〇〇〇年) においてハートとネグリが指摘するように、「第三世界の中に第一世界を、第一世界の中に第三世界を常に発見し」(xiii)、「差異化と均質化、脱領土化と再領土化という、新しくも複雑な体制によって規定されるような世界」(xiii) がここにも現出している。そのように見れば、九・一一のグランド・ゼロを幻視したかのように、ニューヨークの街角で人々から漏れる「ベイルート。ベイルート。これじゃまるでベイルートじゃないか」(173) という叫びはまさに、ニューヨークとベイルートが互いに代補関係をなしていることを端的に物語っている。[13]

さらにここで強調しておきたいのは、デイヴィッド・コワートが言明するように、デリーロが「ベイルートそれ自体を言語として描いている」(113) ことである。彼は、「そのむさ苦しさも、苦悩も、苦痛も、内戦も、果てしない暴力に満ちた死も、これらすべてが『どこにも属さない』人々の惨めさに言葉を与えている」(Cowart 113)。いかにブリタが、イメージが氾濫するベイルートという迷宮に絡め取られようとも、ラシッドの隠れ家があるスラムに足を踏み入れた彼女が、撮影を済ませて彼の息子と対決する場面においてものを言うのはカメラではなく言葉である。

そのような意味において、テロリスト集団の指導者ラシッドとの彼女の舌戦は、「破壊され尽くした街を駆けめぐる」(239) ラジオの声のポリフォニックな響きへの序章でしかない。戦禍に巻き込まれたすべての人質たち、子供たち、難民たち、死者たちに呼びかけ、祈る不滅のラジオの声は、雑多極まりないが、「哀調を帯びた迫力で、ぐいぐいと彼女のところへ押し寄せ」(239)、ブリタを虜にしてしまう。戦火の合間にベイルートの街を盛んに飛び交うこうしたポリフォニックな声は、まさしく混淆《こんこう》的であり、カレンを魅了したホームレスたちの煤《すす》がしみついた不可解な言葉のもつ力強さを想起させる。結局のところそれらの声を集約することは不可能であり、それらは、「われらが交わす言語はただ一つ、ベイルート」（239）というメタ言語によってしか回収されない。

　ベイルートの破壊し尽くされた瓦礫の街で交わされるこのように弾力性《レジリアンス》に富む言語活動の価値を認めるブリタは、深夜物音で目覚め、多様な陣営の手に渡った旧式の戦車を付き従えてバルコニーの下を行進する結婚式の行列に[14]、祝福の言葉をマルチ・リンガルに投げかける。こうして新婚の二人を彼女がヘテログロシア的に言祝ぎ、それに応答するかのように戦車がユーモラスに砲身を上下させる場面は、この小説で最も忘れ難い情景の一つをなしている。この束の間の高揚は、デリーロが「崩れ落ちた未来にて」において高く評価した、庶民の慎ましやかな日常的な物語への揺るぎない信頼を裏書きするものであろう。いかにテロリストが未来を占有しているように見えようとも、決して「生きた言葉が縮小したわけではない」（"Ruins" 39）のだ。オサマ・ビン・ラディンが挑発したように、「世界のあらゆる場所で発話される他のすべての言葉に暗雲を投げかけるために」（"Transcript" n. pag.）九・一一が企てられたとしても、『マオII』は、グラウンド・ゼロにおいて「生きた言葉」が直面するトラウマティックな〈死〉のアポリアを解きほぐすべく、廃墟の淵よりメタフィクショナルな「対抗物語《カウンター・ナラティヴ》」として蘇るのである。

Ⅳ

逆光のアメリカン・サブライム

第十四章

廃物のアウラと世紀末
——封じ込められざる冷戦の『アンダーワールド』

「ゴミの方がぼくらをかたちづくっていく。」
ドン・デリーロ『アンダーワールド』

ノスタルジアとしての冷戦

一九九一年、一〇月のある朝、新聞を読んでいたデリーロは、ふとある記事に目をとめた。一九五一年一〇月三日、ポロ・グラウンドで行われたニューヨーク・ジャイアンツ対ブルックリン・ドジャースのプレイオフ第三戦の四〇周年記念に関する記事だった。九回にボビー・トムソンがラルフ・ブランカから奪った起死回生のホームランが勝敗を決したあの名試合のもつ意味を、数週間後、歴史という文脈で考え始めた彼は、図書館で試合翌日の『ニューヨーク・タイムズ』紙のマイクロフィルムを捜し出す。

ジェラルド・ハワードとのインタヴューにおいて、デリーロは、そのときの状況を次のように告白している。「自

"All the News That's Fit to Print"

The New York Times.

LATE CITY EDITION

GIANTS CAPTURE PENNANT, BEATING DODGERS 5-4 IN 9TH ON THOMSON'S 3-RUN HOMER

MEET YANKS TODAY

Third Baseman's Clout Sends Giants Into the World Series

AFTER THE GAME WAS OVER

It's Like a Wake in Brooklyn As Fans 'Replay' Fatal 9th

GEN. HUGH A. DRUM

NEW CHIEF ORD[...] INQUIRY ON INCOM[...] OF U.S. TAX OFFICI[...]

[...]N. UNITS ADVANCE A 40-MILE FRONT; [...]UCE SHIFT UPSET

SOVIET'S SECOND ATOM BLAST IN 2 YEARS REVEALED BY U. S.; DETAILS ARE KEPT A SECRET

ANSWERING CHARGES BY McCARTHY

SPEED HERE URGED

White House Says Event Discounts Peace Aims Voiced by Stalin

Jessup Denies Any Red Ties, Calls McCarthy Charge False

BRITISH EVACUATE STAFF FROM IRAN

分でも何を捜しているのかよくわからなかったが、見つかったのは、均等に割り振られた二つの見出しだった。何だか古代の壺の二つの破片がぴったり符合したみたいだった。一方の見出しは、『ジャイアンツ、ペナントを制す』といった類いの野球についてのもので、もう一方はソ連がカザフスタンで開始した原爆実験に関するものだった。詳細は明らかではなかったが、肉太の活字の釣り合いの取れた二つの見出しは、私をはっと立ち止まらせた。そこには歴史の力を感じさせる強烈な感覚がみなぎっていた。というわけで、それ以来冷戦について考えるようになった」(Howard par. 8)。さらにその後、時のFBI長官エドガー・フーヴァーがその試合を観戦していたという、願ってもない事実をつかんだデリーロは、「そこに何か啓示的な力が働いているような印象を受けた。と言うのも、カザフスタンで起こった出来事と直接関係のある人物をポロ・グラウンドにおいて押さえたわけだから」と、物語が胚胎する幸運な瞬間を振り返っている。

『アンダーワールド』(一九九七年)は、歴史に語り継がれてきたこの試合の模様を冴えわたる筆致で描いたプロローグから始まる。試合も佳境に入った頃、フランク・シナトラら名士の居並ぶボックス席で観戦していたフーヴァーのもとへ、ソ連がカザフスタンの砂漠で原爆実験に成功したという一報が密かに入る。世界を震撼させたこの核実験と球史に残るトムソンの渾身の一打は、「世界中に響き渡った一撃[1]」として翌日の新聞を賑わせることになる。折しも球場を舞う大量の紙屑に混じって飛来した『ライフ』誌の広告ページを手にしたフーヴァーは、それがブリューゲルの『死の勝利』の複製であることに気づき愕然とする。(2)ジャイアンツに勝利をもたらしたこの一打は、観客席へと弾道を描く間にも核弾頭へと変貌を遂げ、球場全体を包む無垢な至福感《ユーフォリア》をよそに、国家的危機をもたらす痛恨の一撃として黙示録的な脅威を唐突に彼に突き付けたのである。(3)

こうして、劇的なホームランと核実験という二つのスペクタクルを重ね合わせて始動する『アンダーワールド』は、広大なテクスト／歴史空間を横切るウイニングボールの行方と忍び寄る核の影を巧妙に絡めながら、冷戦期を貫くように展開する。冷戦下の日常生活史の記述の厚み(4)を備えたこの小説の魅力は、何をおいてもまず、今やノスタルジックな陰影を帯び始めた冷戦期を反芻することにより、再検証を試みたところにある。デリーロは、考古学者が古代遺跡を発掘するように、冷戦期のポピュラーカルチャーの地層を掘り下げ、埋もれた個人史の断片や廃物を丹念に拾い上げ繋ぎ合わせることによって、これまで冷戦の名のもとに封じ込められてきた歴史の深層を鮮やかに浮かび上がらせようとしたのである。冷戦開始を劇的に描き出したプロローグ「死の勝利」と、冷戦終結後の世界を提示したエピローグ「資本論《ダス・キャピタル》」に挟まれた膨大なテクスト空間を緩やかに遡行するこの物語の構造それ自体、秘められた歴史《アンダーヒストリー》に肉薄しようとする考古学的手法を物語っている。

プロローグを仕上げたのち、デリーロは、試合の翌日のブロンクスの街に物語を設定してしばらく快調に筆を進めてみたものの、結局それは間違いだということに気づいたという。一二〇ページ余り書き終えたところでようやく、プロローグからおよそ四〇年経過した時点から始まる現在の第一部の構想が浮かび、そこからあの試合当日へと時間を遡って書かなくてはならないことを悟った彼は次のように述べている。「ほとんどの読者にとっては自明に思えるかもしれないが、あのとき私にはそれはものすごい啓示のように思えた」(Howard par. 14)。この時間構成は、核実験のカウントダウンを想起させるのみならず、世紀更新のカウントダウンとも共鳴し合い、封じ込められざる冷戦の暗部《アンダーワールド》を世紀末の九〇年代から逆照射するのにこのうえなくふさわしい手法だったと言えよう。

そのような世紀末意識を考察するうえで、「未来は群衆の手に」(16)という文句でプロローグを締め括る前作『マオⅡ』（一九九一年）は、有効な手がかりを与えてくれる。前作が、ベルリンの壁崩壊という冷戦終結を象徴する極めて意義深い年、一九八九年に照準を合わせているという事実は、二一世紀が実質的にこの年に始まっていたというデリーロの歴史認識を窺わせる。(5) ちょうど世紀の折り返し点に当たる一九五一年(6)からポスト冷戦期まで、半世紀にも及ぶ長大なタイムスパンを有し、われらの時代を掘り下げた『アンダーワールド』は、歴史の分水嶺を間に挟んだ世紀転換期テクストでもあったのである。

　この小説は、冷戦期のパラノイアを描き出すというよりは、そのような冷戦期の安定したパラノイアに対して世紀転換期の人々が感じるノスタルジアを重要なテーマの一つとして提示している。確かに、冷戦の論理と心理が私生活の隅々にまで影を落としていた冷戦期は、「われら対彼ら」というように明快な二項対立の思考回路が日常の隅々にまで浸透していた時代であった。「冷戦の神話」においては、「オール・オア・ナッシング・ゲーム」（172）の一環として、あらゆる事象の輪郭は明確に規定され、すべての問題には正解が存在した。「黒か白、イエスかノー、零か一、ヒーローか悪玉という、二項対立」（466）の図式に人々は安住することが可能であり、その限りにおいて自らの座標を即座に確認できたのである。

　そのような意味において、核戦争の恐怖に常に曝されていたはずの冷戦期は、意外にも、敵の脅威という安定した「信頼に足る」（170）対立の構図に専ら依存していたと言ってよい。冷戦時代に限りないノスタルジアを覚えるマーヴィン・ランディーがふと漏らす、「冷戦はあんたらの友人だったんだ」（170）という言葉は、人々を型通りの思考回路に陥れることにより、不安を思考停止させてきた「冷戦神話」の逆説を的確に言い当てている。

　こうした揺るぎない冷戦思考が、二人のエドガー、すなわちFBI長官エドガー・フーヴァーと、「冷戦の尼僧」（245）シスター・エドガーに投影されていることは改めて指摘するまでもないだろう。他者への極度の警戒心と、自己を脅かす「黴菌《ばいきん》」に対して極度の潔癖症を示す彼らは、冷戦の枠組みを特徴づける二項対立的思考の体現者であるという点で共通しており、国家と宗教という枢要な分野において、秩序を乱しかねない異分子の「封じ込め《コンテインメント》」

に辣腕を振るう。[7] 彼らの度し難い頑迷さは、冷戦期特有の揺るぎないパラノイア信仰に裏打ちされた「安定したパラノイア」（Knight 814）に他ならない。そうした観点に立てば、敵対者に対する彼らの容赦のないサディスティックな攻撃性は、「核爆弾という信頼に足る脅威」（O'Hagan 10）へのマゾヒスティックな精神的依存と表裏一体をなしている。

こうした安定思考に彩られた冷戦の終焉が、封じ込められていた歴史というパンドラの箱を開け、悪夢の始まりを告げることは想像に難くない。資本と情報の自由な流れによって国境が意味を失い、あらゆるものの境界と輪郭が溶解し、すべての価値観が液状化した真空世界の出現について、マーヴィンは次のようにその息苦しさを訴える。「冷戦が終わっていくんだ。そのために、あんたらは息もできないくらいになる」（170）。こう呟く彼は、冷戦という国家間の大きな物語の喪失が、個人の小さな物語のありようにまで深刻な影響を及ぼし、もはや個人がいかなる思考の枠組みにも依存できない〈死〉のアポリアに満ちた時代の到来を自覚している。「緊張と拮抗の関係が崩れたら、そのときこそ最悪の悪夢が始まる。国家のもつ権力や脅威がすべてあんた個人の血管から染み出してしまうだろう」（170）。

マーヴィンが抱くこのような悪夢の予感は、冷戦構造の崩壊によってもたらされる従来の政治体制や境界線の揺らぎにとどまらず、措定可能なありとあらゆる二項対立の揺らぎへと波及していく。主体と客体、本物と偽物、現実と幻、生と死、内と外、男性と女性、清らかさと穢れ、製品とゴミなど、これまで疑問視されることのなかった二項対立の神話が冷戦の終焉とともに封印を解かれ、混沌としたカオス状態が生じる。その結果、すべての領域は、分節不可能な砂漠のように無定形のインターフェイスと化し始める。ニックと砂漠で久しぶりに再会を果たしたクララが言うように、「ソ連とわれわれを一つにまとめ、恐らく世界をも一つにまとめていた」確固たる冷戦の軛《くびき》から解放された「現在、すべての物事には限界がなくなってしまった」（76）のである。

廃棄物の司祭

「信頼に足る」システムとして機能していた二項対立的な冷戦ナラティヴの枠組みが瓦解すると、そこに生じたイデオロギー的真空にまっ先に貫入してきたのは、封じ込められざる冷戦の遺物だった。それまで隠蔽され続けてきた「悪魔の双児」（791）としての「兵器」と「廃棄物」が、減圧された「封じ込め《コンテインメント》」の間隙を縫って地中から顔をもたげ、その処理を迫るという厄介な構図がここに出来上がる。[8] すべてのテクノロジーが究極的に核開発を指向し（467）、それがまた転用されることにより、未曾有の消費文化が開花した冷戦時代。その負の遺産である核廃棄物、軍事廃棄物、産業廃棄物、家庭ゴミという一連の階層的連鎖をなす廃棄物が、長年蓄積された高エントロピーとして一挙に噴出し、埋め尽くされた空間が出口のない掃き溜めの迷宮と化したのである。

まさしく「ゴミは押し戻す」（287）としか言いようのないこのような世紀末の危機的状況を考えるとき、主人公ニックの職業が、現在繁栄を極める廃棄物処理会社、ウェイスト・コンテインメント “Waste Containment” 社の重役であるという設定は、少なからぬ意義を孕んでいる。業界では “Whiz Co.”、すなわち「やり手」として通っているこの処理会社は、その名の通り、表象不可能な冷戦の「排泄物」（76）を「封じ込める」ことにより莫大な収益を上げている。原爆の生みの親オッペンハイマー博士が、開発当初フランス語で「糞」を意味する “merde” としか呼びようのなかった核兵器の残存処理をはじめ、あらゆる廃棄物を司ることこそ、「廃棄物の未来」（282）を担うこの会社の使命なのである。ここで強調しておきたいのは、ニックたちが、ランドフィルを設計、管理したり、廃棄物を輸送、処理したりする、すぐれて実際的な処理業者であると同時に、畏怖の念をもって恭しく廃物を取り扱う「廃棄物のコスモロジスト」（88）でもあるということである。言うなれば彼らは、この惑星に堆積した

“merde”に奉仕する「廃棄物の司祭」(102)に他ならない。

今や「核爆弾によって空いた深淵の中にあるランドフィルとしてのアメリカ文化」(LeClair par. 9)において、廃棄物は、それを垂れ流した人間の身体性と依然としてどこかで繋がっている。まさにその理由で、廃棄物は既視感《デジャヴュ》にも似た一種のノスタルジアを人々に感じさせる。冷戦期に一気に開花した過剰な消費文明において、製品とゴミの境界は、食物と排泄物との関係にも似て限りなく曖昧であり、常に揺らぎを孕んでいる。廃棄物ゲリラ、デトワイラーが看破したように、廃棄物はみなどこか親しみ深く見覚えのある「ノスタルジアを誘う遠景」(286)をなしているのである。

それればかりか、文明が排泄する“merde”には、異化された己自身の痕跡がしっかりと刻まれているからこそ、おぞましきものとして忌避される一方で、聖なるものとしてのステイタスが賦与され、「廃物のアウラ」と言うべき崇高さが宿る。汚辱と穢れに塗れて見捨てられしものは、ノスタルジアを誘うのみならず、クリステヴァが『恐怖の権力―〈アブジェクシオン〉試論』(一九八〇年)で論じたように、「主体でも対象でもなく」(1)、「崇高なるものに縁取られている」(11)[9]。ニックは、「崇高なる排泄物」(Kavadlo par. 10)であるがゆえに聖性を帯び、触れ難い「ホット・スタッフ」(285, 286)としてアウラを放ち続ける廃棄物について、次のように宗教的とも思える思索をめぐらせる。

> 廃棄物というものには宗教的なところがある。だからわれわれは、汚染された廃棄物を畏敬と畏怖の念をもって葬る。棄てたものは尊ばなくっちゃならない。…われわれは廃棄物の管理者にして、廃棄物の巨人企業といったところ。どんな廃棄物でも処理してしまう。今や、廃棄物には厳かなアウラが宿っている。手を触れることもできないアウラが。(88)

廃棄物処理業者として、あたかも死者を丁重に悼むかのように廃棄物を葬るニックが、広大なランドフィルにうずたかく堆積するゴミの山にイメージするのは、地面を突き破って地上にせり出してくる聖なる墳墓としてのピラミッドである。「人間は地上にも地下にもピラミッドを造った」(106) と考える彼にとって、「明白な運命《マニフェスト・デスティニー》」として地中から文明を押し戻してやまない廃棄物という現代のピラミッドは、封じ込められざる逆しまの摩天楼とも言うべき、文明のもう一つの記念碑に他ならない。

ニックのみならず、彼の同僚ブライアンが、スタテン島にあるフレッシュ・キルズ・ランドフィルを訪れ、その壮大さと迫力に感服する場面においても、眼前に広がる「ユニークな文化的堆積物」(185) としての廃棄物の山は、遠景に望む現代消費文化の記念柱、WTCにいささかもひけをとらないギザのピラミッドとして幻視される。

> 彼［ブライアン］は、あの偉大なギザのピラミッドが建造されていくのを自分が眺めているところを想像してみた。むろんその規模は二五倍も大きいわけだが…そびえ立つワールド・トレード・センタービルを遠景に臨み、彼は、あのような代物を造るという発想と、眼前に広がる光景に詩的なバランスを感じた。…廃棄物は生成し、膨張し、姿を変えつつあった。…彼の仕事は人間の営みを処理することだった。人々の性癖や衝動、押え難い欲求や罪のない願望、それればかりかもしかして彼らの熱情や、おそらくは乱行や耽溺まで処理し、その一方で人々の優しさや寛大さをも取り扱うのだ。いずれにせよ問題は、いかにしてこの膨大な新陳代謝が、人間を圧倒しないようにしておくかということだった。(184)

かつて万博を「商品という物神の巡礼場」(13) と呼んだのはベンヤミンだが、『アンダーワールド』にあっては、このギザのピラミッドのごとく、神々しくも、大量の廃棄物が堆積するランドフィルこそが、廃物という亡霊の集う霊場となる。かつてのエンポリアムは今や、巨大で危険なランドフィルというジャングルへと相貌を変えて人間を押し戻し、無気味なアウラさえ帯びた廃墟のスペクタクルとなって見る者を再び圧倒する。だがその一方で、廃棄物の「ピラミッド」は、連綿と続いてきた人間の根源的な営みの本質について、眺める者を常ならず深い思索へと誘う。

なぜなら、「すべてが最終的にそこに行き着く」（185）廃墟の地層としてのランドフィルには、濃密にして豊潤な無数の時空と記憶が堆積し、過去と未来の、生と死の、生産と廃棄の新陳代謝《メタボリズム》が交錯するインターフェイスが存在するからである。このように時空を隔ててスパークを放ち合う文明の諸相を逆照射するものとしてランドフィルを捉えるなら、廃棄物から文明を規定することも可能であり、ゴミ処理のために文明は勃興した（287）という、デトワイラーの見解もあながち荒唐無稽とは言えない。

すべてはゴミから始まったという、こうした文明史観は、暗黙のうちにニックたちの職業倫理を形成しているだけでなく、日常の消費生活や家庭でのゴミ出しというささやかな儀式めいた身ぶりにも忠実に反映されている。「まだ買いもしない製品が店の棚で光沢を放っていてもゴミのことを思ってしまう」（121）ニックは、それらが廃棄物となったときいかなる末路を辿り、どのようにリサイクルされていくかを考えずには、ショッピング・カートに入れることができない。彼は、半ば呪文《マントラ》のように家庭の分別ゴミ収集のルールを唱え、その遵守に神経質なまでに気を遣う。こうして彼は、家庭においても古代エジプトの「ファラオの死と埋葬を準備するみたいに」（119）厳かに、ゴミ処理という秘儀を怠りなく執り行おうと努力する。

異化される冷戦――ジャンク・アーティストたちの試み

以上、見てきたように「廃棄物の司祭」、ニックは、アメリカの崇高性の言説とは本質的に相容れない廃棄物を、宗教的とすら思える畏怖の念を抱きながら恭しく封じ込めようとする。このような彼の試みとはまた別に、この小説には、冷戦時代の負の遺産をラディカルにアートへと回収しようとする、三人の野心的なジャンク・アーティストが描き込まれている。

砂漠に廃棄されたB-52爆撃機の群れに鮮やかな彩色を施すランドスケープ・アーティスト、クララ・サックス。清涼飲料水の瓶など何の変哲もない日常廃棄物を再利用し、カリフォルニアにワット・タワーズなる壮大な建物を長年にわたって黙々と一人で造り上げたサバト・ロディア。ニューヨークのインフラをなす地下鉄の車両という車両に、スプレー・ガンで華麗なグラフィティ・ペインティングを施すムーンマン（157）ことイスミアル。こうした根気を要する手仕事を通じて、意外な素材を彩り豊かなアートへと仕立て上げていくこの三人に共通して見られるのは、「落書き本能」（77）と言うべきものである。彼らは、軍産複合体の生産物に落書きアートの「猛爆」を加えることにより、兵器と商品の画一的な生産システムを根底から覆し、そこに紛うことのない個人の生の痕跡を刻み込もうとする。

専らがらくたアートを追求した時期があったことから、「バッグ・レイディー」（70）と渾名されたクララは、第一章において、もはや無用の長物と化したB-52長距離爆撃機二三〇機をカラフルなペイントで塗り込めていくという壮大なプロジェクトに取り組んでいる。ストラトフォートレスの異名をとるB-52が、冷戦初期の一九五二年に核攻撃用の戦略爆撃機として開発され、ヴェトナム戦争において絨毯爆撃のために延べ一二〇〇〇回以上出撃したという事実は、合衆国にとってこの重爆撃機が、冷戦期における熱い戦いの象徴そのものであったことを物語っている。繰り返し核実験が行われた砂漠を借景に、廃棄されたB-52の機体の群れをランドスケープ・アートへと変貌させようとする彼女の営みには、冷戦の悪夢を逆手に取って、負の遺産を清算しようとする大胆な思惑が秘められている。

彼女がまずもってこのプロジェクトを始めようと思い立ったのは、魔除けのために爆撃機の機首の部分に施された、ノーズ・アートと呼ばれるペインティングに興味をそそられたためである。クララは、ある日ふと目にした古ぼけた爆撃機に描かれた、「ロング・トール・サリー」というセクシーな女性の剥げかけたペインティングに魅せられ、そこに、サリーを「命を落さぬためのお守り」(77)に見立てた無名の兵士たちの日常が昇華されていることに気づく。死に脅えつつも、冷戦ナラティヴに封じ込められてきた人々の思いを蘇らせようと、彼女はその名をプロジェクトに冠し、「落書き本能」溢れるノーズ・アートに込められた人々の「生存本能」(77)に、再度息吹を吹き込もうとする。

彼女は言った。「ほらね、見ての通り、私たちはペイントを施しているわけだけれど、場合によっては手にペンキを塗って、途方もない武器のシステムにちっぽけな手形を付けていくの。ファクトリーや組み立て工場から、何百万という部品が可能な限り同じように打ち抜かれ、それが際限なく繰り返されていくシステムってものがあるじゃない。私たちはそんなのを繰り返すのを拒んで、そこに人間が生きて感じる生の要素を見出そうとしているわけ。まあそこには、生き残り本能みたいなものがあるかもしれないわね。落書きの本能とでも言うのかしら。無断で立ち入って、自分たちが何者でどんな人間なのか宣言するみたいなところが…」。(77)

この言葉が端的に示すように、彼女は、冷戦体制を下支えした巨大にして没個性的な兵器システムの表象B-52を、個性溢れるハンド・ペインティングのパッチワークによって包み込もうとする。色彩に酔いしれるアーティスト、クララは、重厚な機体にカラフルなペイントを奔放に炸裂させることで、そこに搭載されたかもしれない核爆弾を象徴的に内破させたと言ってもよいだろう。その意味においても、このランドスケープ・アートは、まさしく空中から愛《め》でるのが相応しいスペクタクルであり、その舞台には、長らく軍事機密システムの温床であり続けた砂漠が何よりも似つかわしい。

クララが、廃物アートの延長線上に、格好の素材として究極の「廃棄物」である「兵器」を発見したとすれば、サバトが廃棄された種々様々な日用品をモルタルとセメントで固めて営々と築き上げてきたワット・タワーズは、日々どの家庭からも排出される廃品を利用した廃物アートの極みと言ってよい。空き瓶をはじめとする廃物を間に合わせのブリコラージュ風に仕立てたこの塔の群れには、歳月とともに「いかなる範疇にも属さないごちゃ混ぜアート」(276) 特有のアウラが醸成されていく。デフォルメされたゴシック建築のように屹立するこの塔は、過去の廃物が地中から噴き出して堆積したかのように隆起し、言わば異なった音色が反響し合う空間を生成する。そのようにポリフォニックな性質を帯びたワット・タワーズは、WTCとは対照的に、廃物の新たなアレンジメントによって創造された「ランドフィル・アート」として、考古学／考現学的価値さえ生み出している。

この塔を訪れたクララは、そこに集積した雑多な廃物が醸し出す「叙事詩的性質」(492) に激しく心を揺さぶられたばかりか、自分が目指すべきジャンク・アートの方向性を決定づける霊感を得て、この「エピファニーに満ちた謎めいた場所」(492) をあとにする。のちにそこを訪れたニックもまた、失踪した父ジミーと同じく貧しいイタリア移民だったサバトの孤独な営みに父を重ね合わせる。彼は、あたかも失われた魂を解き放つかのように即興的に多様なジャンクの「音色」がこだまするこの「ジャズ大聖堂」(277) に、ギャングに殺害され遺棄されたかもしれない父の幻影を追い求めたのである。

このようにワット・タワーズが、訪問者にとって個人的に忘れ難い濃密な意味を帯びたトポスをなすのは、製品がジャンク・アートとして蘇ることで、大量生産、大量消費という画一的なシステムから解放されたからである。個別のモノとしての使用価値を超越して、ブリコラージュされることにより、豊饒にして類を見ない「マルチカルチュラル的混淆」(Osteen 255) がハイブリッドなタワーとして実現したのである。そのような意味においても、奔放にそこかしこに彫り込まれたサバト・ロディアのイニシャル「SR」は、地上に二つとないこのがらくた聖堂に残された創造主の聖痕でもあったのだ。

冷戦仕掛けのオレンジ

サバトが、自ら築いた塔にそのように署名を刻印したとすれば、イスミアルは、ニューヨーク中を駆けめぐる地下鉄車両をカンバスに見立て、躍動感溢れる鮮烈な色彩の落書きを描いては、ムーンマン（157）というネーム・タッグを添える。一見蛮行《ヴァンダリズム》とも思える彼のアートには、都市の基盤をなすライフラインが敷設された地下に潜り込み、侵犯を繰り返すことによって、消費システムに風穴を開けようとする身振りが垣間見える。匿名の有名性を獲得した彼のゲリラ性は、盗んだ塗料で描いたアートをインフラ内部にパラサイト的に流通させるという点に遺憾なく発揮されている。目も覚めんばかりの色彩が活き活きと踊り、流麗に文字と文字が重なり合い、3－D効果さえ狙った彼のアートは、疾走する車両の表面で、チャーリー・パーカーが奏でるジャズのように即興的に共鳴し、飛び跳ね、叫ぶ。彼のペイントを施した車両が、轟音とともに地下の漆黒の闇の中から鮮やかに抜け出てくるとき、イスミアルは広告さながら「人々の頭の中に飛び込み、眼球に蛮行を働く」（435）。

このように不意に人々の意識を急襲する彼のアートは、画廊や美術館に封じ込められるべきものではなく、地下鉄という速度メディアを乗っ取り、人々の目を奪うダイナミックな「動画」であることを運命づけられている。多様な民族が混在する地下鉄を活動の拠点とする彼のアートは、スラムという猥雑なサブ・カルチャー性に満ちた土壌から滋養を得ており、その真価は、列車が地下を抜け出て高架に上がり、彼が生まれ育ったブロンクスのスラム街の頭上を駆け抜けていく瞬間に最大限に発揮される。色鮮やかな落書きペインティングを施した車両が、巡回アートのように、日光を浴びて誇らし気に故郷に凱旋するとき、荒廃したスラムの殺風景な横丁はにわかに華やぎ、活気を取り戻す。

こうして散種される彼のアートは、掃き溜めみたいなスラムを一時的に活性化させるだけではない。ムーンマンのタッグは、ニックの弟マットがヴェトナムで目にした補給庫の壁にスプレーで吹き付けられた謎めいた落書きのように、「一種の呪文《マントラ》」（462）として、巨大な軍産複合体を呪い、嘲り、翻弄する。クララと同じく彼もまた、「冷戦という文脈の内側から」（Parrish 76）抵抗を試みていると言ってよい。真の意味での彼の仮想敵は、警察や市当局などではなく、彼のアートを消し去る溶剤を開発したCIAや、ダウ・ケミカルといった化学会社によって代補される「システム」（433, 435）それ自体なのである。

　このようにアートによって見る者を挑発し、「爆撃」し、冷戦によって馴致された彼らの「眼球に蛮行を働く」ムーンマンの戦術を考察する際、広告マン、チャールズ・ウェインライトは注目に値する。彼はホームランボールをB-52爆撃機ロング・トール・サリー号に乗り組む息子に譲り渡すという中継役を担っているが、その一方で彼は、ムーンマンの引き立て役《フォイル》をも演じている。プロットの展開上、彼とイスミアルの軌跡が交差することはないが、奇しくも二人はオレンジジュースとの関わりにおいて対照的な関係にある。あるとき彼は、長年培ってきたマディソン街の論理を総動員し、オレンジジュースの有名ブランドの広告を制作するという夢想に陶酔する。彼は、いかにデザインを工夫して、全米の「女性たちの眼球」（532）を虜にし、「オーガズムを与えるほど視覚的」（533）に魅惑的な商品にミニッツメイド・オレンジを仕立て上げることができるか秘策を練る。

　一方、イスミアルにとってオレンジジュースは、その酸を利用して彼の落書きアートを拭い去るのに格好の除去剤として転用されるとき、侮り難い脅威となる。広告を通じて大量消費される没個性的なオレンジジュースの酸が、封じ込められざるアーティストの個性の証とも言うべき「落書き本能」を払拭してしまうという極め付きのアイロニーがここに見られる。さらにオレンジジュース缶が、ヴェトナム戦争で悪名を馳せた枯れ葉剤エージェントオレンジのドラム缶とオーバーラップするとき（465）、オレンジ色は、消費と化学兵器という冷戦期の光と翳を表象するシステムのシンボルカラーと化す。

第十章で言及したように、かつてチャールズが、ソ連を表象する黒い車とアメリカを表象する白い車がスピードを競い合う冷戦の構図そのものを再生産したかのような広告を考案したという事実は、彼と冷戦ナラティヴとの共犯関係を物語っている。(10) チャールズの広告が冷戦の構図を利用してブランドを消費者に浸透させようとするのに対して、イスミアルのアートはそうした画一的なブランドに反旗を翻し、そこに落書きアートという奔放な個の痕跡を刻むことで、冷戦／消費システムからの脱却を目指そうとするものである。

イスミアルのこうした姿勢は、八〇年代に入って彼が成年に達し、落書きアートが全盛期を過ぎてもなお堅持されていく。彼は、尼僧たちと密接な協力関係のもとに、南ブロンクスのスラムを日々巡回し、乗り捨てられたポンコツ自動車をはじめ、あらゆる廃品を意欲的に回収し、その再生の方途を探ろうとする。それにとどまらず、スラムにアートを散種しようとする彼は、人間ランドフィルとも言うべきスラムにて、遺棄されたも同然に命を失った多くの子供たちの再生をもはかろうとする。近隣で不幸にして子供が死亡すると彼は、配下のアーティストを指揮して、廃屋ビルの壁面に天使の絵を色鮮やかに描かせ、その子を偲ぶメモリアル・ウォールを創り上げていく。行き交うドライバーの目を奪うこの壁画は、広告看板にも勝るとも劣らぬ視覚効果を発揮し、ウォール(11)と呼ばれるこの界隈をスラム・ツアーの名所とするのに貢献することになる。その一方でそれはまた、彼のアートが皮肉にもダークツーリズムによって再回収されかねない危険性をも示唆している。

逆光のアメリカン・サブライム

以上、概観してきたように、三人のジャンク・アーティストは、ともに「落書き本能」の命ずるままに、それぞれが、忌むべき冷戦の双子の孤児である兵器と廃棄物をアートとして異化し、その危険なアウラを封じ込めることに腐心してきた。しかしながら、彼らが展開してきたこの新たな封じ込め戦略は、廃棄物処理業者ニックが司る「現実」へといかにフィードバックされていくのだろうか。こうした問いかけに、エピローグで点描されるポスト冷戦期の世紀末風景は、かつてハドソン・リヴァー派が光の効果を駆使して描いた崇高なアメリカ的景観の言わば陰画《ネガ》として機能している。とりわけ、その結末を飾る二つの「キー・ストローク」は、封じ込められざる廃物スペクタクルのサイバースペースへの発現という点で、特筆すべき世紀末ファンタスマゴリアの対位法をなしている。

そもそも「キー・ストローク1」が伝える怪奇現象は、南ブロンクスのウォールと呼ばれるスラム地区で、エズメラルダというホームレスの少女が何者かによってレイプされた挙げ句、ビルの屋上から突き落とされ死亡したという痛ましい事件に端を発する。ニューヨーク中の廃棄物や浮浪者の吹き溜まりとも言うべきこの界隈で、イスミアルが活発に廃品の「救済」活動を繰り広げてきたことは既に触れた。だが、廃墟と見紛うばかりに荒れ果てたウォールの街には、瓦礫の街特有の「アウラ」（811）が立ちのぼり、老尼僧エドガーに、なんだか「自分が違う世紀に戻ってしまったように」（811）思わせるほど、妖しい虚脱感が漂っていることもまた否定し難い。「こんなことして何になるって思ってるんでしょ。事によると、今世紀の最後の一〇年が、最初の一〇年よりひどいみたいだなんて解せないのね。どこか違う国の違う世紀にいるみたいで」（811）。エドガーがスラムでの救貧活動に無力感を感じ、グレースにふと漏らすこの言葉は、世紀転換による世界更新を信じることができず、廃墟へと退行する自らの姿をはからずも暗黒の中世に幻視したものに他ならない。

エメラルドを思わせるその名にふさわしく少女エズメラルダは、そのような退嬰《たいえい》的な世紀末スラムを颯爽と駆け抜ける、緑の森の妖精のような存在として描かれている。誰にも妨げられることなく、神々しいまでに軽やかな身のこなしで廃墟を疾走するこの浮浪児に、エドガーが、スラムを「浄化」（813）するような希望の源泉を見出したことは注目に値する。この聖少女の訃報は、エドガーに限りない喪失感をもたらし、彼女は、今や信仰を失いつつある「自分が危機に陥り」（817）、怪しげなカルトに身を委ねてしまうかもしれないという予感に怯え始める。冷戦という「大いなる恐怖が去った」（816）今、自分が依拠してきた紋切り型のボルチモア教義問答集はもはや用をなさず、「すべての恐怖がローカルなものとなり…古の不安が再び甦ってくる」（816）のではないかと彼女は危惧する。

エドガーを苛むこうした不安とカルトへの期待は、のちにエズメラルダの亡霊の出現という噂によって一気に現実味を帯びてくる。だが、その間にもウォールにおいては、死者のイコンをめぐって、イスミアルとメディアの間で激しい鍔《つば》迫り合いが繰り広げられていた。非業の死を遂げた少女のために彼は、メモリアル・ウォールにピンクの天使を描かせ、逃げ足の速かった彼女を偲んで、ナイキのロゴ入りの白のエア・ジョーダンズを履かせる。こうして落書きアートが広告を出し抜いたかと思えた瞬間、ウォールは、CNNテレビの全国ネットで放映され、一躍脚光を浴びたその映像には編集が施されていく。メディアによるこのようなイメージの占有に対しイスミアルは、廃棄された発動機に繋いだ自転車のペダルを子供たちに漕がせ、人力で中古テレビを作動させるという方法で、彼女のイコンを再び自分たちの手に取り戻そうと試みる。

だが、こうしたせめぎ合いは、のちにミニッツメイド・オレンジの広告看板上で展開される光と翳のファンタスマゴリアへの序曲でしかない。通過する列車のヘッドライトに照らし出されると、宗教的イコンのようにエズメラルダの似姿が亡霊のように浮かび上がるというその照明広告は、文字通り彼女を偲ぶ「メモリアル・ウォール」となる。不気味なこのスペクタクルのスクリーンには、そもそも廃墟的な揺らぎと陰影が潜んでいる。マンハッタンと郊外を結ぶ通勤列車の乗客を目当てに、ブロンクスの最深部の寂れた湖畔に立つこの広告板は、『偉大なるギャッツビー』（一九二五年）に登場する眼科医エックルバーグ博士の広告板さながら、塵埃風景の境界的ランドマークをなしており、高速道路や鉄道が通り抜ける緩衝地帯《ノーマンズ・ランド》に位置している。

そのような異境に掲げられた広告板に出現するエズメラルダを見ようと、狭隘な交通島を埋め尽くす観衆は、『ホワイト・ノイズ』（一九八五年）の最終章に描かれた異様に鮮やかなオレンジ色のポストモダン・サンセットを高速道路の高架橋から眺める観衆とどこか重なり合う。口コミで集まった見物客が噂するように、ポストモダン・サンセットが、空媒中毒事故《エアボーン・トクシック・イベント》の結果生じた残存化学物質の浮遊によるものだとすれば、遺棄されたエズメラルダの幻影もまた、エージェントオレンジのドラム缶と見紛うオレンジジュース缶がいくつも描かれた広告板にホログラフィック・アートのように無気味に浮かび上がる。資本主義の「アメリカ的崇高美」（ウィキー 196）を湛える、スペクタクルとしての広告板に、亡霊《スペクター》が重ね書き的《パリンプセスト》にすり込まれることで生じる妖しい光の効果。それは、本来スペクタクルをなしていた夕日が、『ホワイト・ノイズ』において「これまでの畏怖の念の範疇を凌駕する」（324）新たな「スペクタクル」、「ポストモダン・サンセット」へと変貌を遂げていくさまと確かに通底する。

　こうした「スペクタクル」は、システムが稼動させてきた広告に亀裂を走らせるという意味で、「宗教的とも言える広告のアウラに挑戦する真のアウラをもつイメージの可能性」（Duvall 565）を少なくとも内包している。ドゥボール流に言えば、ミニッツメイドの照明広告のスペクタクルは、少女の亡霊《スペクター》という「スペクタクル」に「転用」されたのである。こうした括弧付きの「スペクタクル」は、世界を覆い尽くすスペクタクルとはかろうじて一線を画すものであり、そこでは、見栄えのする商品へのフェティシズムではなく、廃棄されたものへのノスタルジックなフェティシズムが作動することにより、幻影《アパリッション》が不意に立ち現れる。

　このようにして、ミニッツメイド・オレンジの照明広告が、聖母エズメラルダの「降臨」により、逆光のアメリカン・サブライムとも言うべき、前時代的な光学が織り成すファンタスマゴリアへと変貌していくさまは圧巻というより他ない。広告屋ウェインライトの白昼夢を具現したかのように、滝のごとくアーチをなして対角線上に注がれたオレンジジュースを精緻に描くこの看板に、エドガーは、「中世教会建築にも匹敵する」（820）崇高美を見出す。そして彼女は、この光の聖堂の奥にほんの一〇秒たらずミステリーの古層から甦る少女に、かつてのカメラ・オブスキュラの夢幻効果にも似た妖しいアウラを感じる。

　これを「最悪のタブロイド紙的迷信」（819）と見なすグレースは、広告の下地が光に透けた幻影として退けるが、

「アンジェラスのような紛うことなき法悦」（822）を感じるエドガーは、この聖なるスペクタクルに陶酔し、一様に畏怖の念に打たれた群衆の中に個我を溶解させていく。このとき、観衆の中に、アートによって「眼球に蛮行を働く」側から、「スペクタクル」を傍観する側へと回ったイスミアルの姿が垣間見えることは注目に値する。観衆と同化し、オレンジジュースのように「液状化して群衆に注ぎ込まれた」（823）冷戦の尼僧エドガーが、はじめてラテックスの手袋を脱いで、エイズと思しきイスミアルを抱擁したとき、真の意味で彼女の冷戦は終焉を迎える。こうしてエドガーは、「自分の娘でもあり、自分と双子の聖母」（824）でもあるエズメラルダの残像を、オプトグラムのごとく網膜にしっかりと刻み、間もなく眠るように死に赴く。

一方、この不可解なファンタスマゴリアのマトリクスとなった広告板は白塗りに戻され、「空きスペース有り」（824）という無味乾燥なメタ広告へと接収されていく。それと同時に、エズメラルダの光学的「スペクタクル」自体もまた、“dot com miraculum”（807）という、驚異現象専門のウェブ・サイトに取り込まれ、サイバースペースへと回収されていく。その結果、ファティマの奇蹟を思わせるこの怪奇現象が、いつでもどこでもコンピュータ上で閲覧可能なスペクタクルとして、再びシステムに馴致されていくことは避け難い。

とは言えこのことは、広告のアウラが覇権を取り戻し、廃物スペクタクルの「封じ込め」が成功したことを必ずしも意味するものではない。エズメラルダの「メモリアル・ウォール」は、「白塗り」に戻されることによって一時的に祓い除けされたに過ぎず、塗り込められたのはむしろ広告板の方であったという事実を忘れてはなるまい。その証拠に彼女の幻影はミュータントのように変異を遂げ、「キー・ストローク2」において崇高なるアウラを放つ核爆発シミュレーションとして甦り、シスター・エドガーの眼球を再び陵辱するに至る。

「キー・ストローク1」が、広告という消費のマトリクスに浮上する遺棄された少女のファンタスムの物語とすれば、死後サイバースペースに闖入したエドガーが逢着する「キー・ストローク2」の水爆サイトは、核兵器の崇高美を網羅的にシミュレートした破局《カタストロフィ》の黙示録に他ならない。冷戦終結ののち、人類に取り憑く核兵器と廃棄物を対置させた二つの「キー・ストローク」は、究極的に「ゴミは押し戻す」という、この小説の基調をなすテーゼへと収斂していく。一見古めかしい亡霊譚と、サイバースペース上に展開するテクノスケープは、対照的に見えながら、その名が暗示する通り、ヴァーチャル空間において宗教的／テクノサイエンス的な照応関係[12]をなしている。両者は、さながら世紀末の祭壇を飾るヴァーチャルな二枚折りのディプティックのように、一対として読まれるべくテクストの末尾に併置されているのである。

「見るという疫病」（812）が蔓延する世紀末、フェティッシュな惨事の幻影を現前させるこの二枚折りの蝶番となっているのは、言うまでもなく冷戦の尼僧エドガーである。彼女は、死してなお時空を超越し、あらゆるものが際限なく繋がり（825）、関係性のみが意味をもつサイバースペースに身を曝す。そして、クリック一つでいとも簡単に世界中の核実験データを呼び出し、次々に核爆発シミュレーションをスクリーンに現出させていく。えも言われぬほど美しく衝撃的なその映像と音響に酔いしれ、恍惚として身を震わす彼女は、自走するこのホロコースト・スペクタクルを眼底に焼きつけ、そこに神を見たような錯覚に陥る。こうして宗教的幻想を抱きつつサイバースペースで溶解し果てた彼女は、あろうことかもう一人のエドガー、つまりエドガー・フーヴァーとハイパーリンクし、冷戦のブラザーとシスターは、炸裂を繰り返す核スペクタクルをよそに幻の交合を果たすことになる（826）。

だが、「自分の終焉に五感無事なまま向き合いたいと思っていた」（245）シスターにしてみれば、サイバースペース上のこの体験はまさに幻覚でしかなく、死の瞬間に「死を摑み、それを究極において知る」（245）という『骸骨シスター《スケリー・ボーン》』（717）の切なる願望は、皮肉にもかなえられることはなかったのである。死という「誰もがグロテスクで語り得ぬものと誤解してきた神秘に対して己を開く」（245）ことを望みつつも、ヴァーチャルな核の崇高に魅せられて彼岸へ旅立った冷戦の尼僧、エドガーもまた、〈死〉のアポリアに絡め取られた一人だったのである。

新世紀への祈り

サイバースペース上での二人の冷戦の戦士の邂逅は、ポスト冷戦時代の幕開けを象徴しているが、「現実を転倒するスペクタクルは、現実に生産されている」（ドゥボール 16）とすれば、デリーロは、このエピローグの彼方にどのようなスペクタクルの未来像を透視したのだろうか。その手掛かりは、ニックが最後に訪れるカザフスタンの核実験場に求めることができる。デトワイラーが言うように、ランドフィルが「未来の風景、それも究極的に残された唯一の未来の風景」（286）であり、現代版廃墟カルトのトポスをなすならば、金のために世界中の核廃棄物を引き受け、核でもって核を破壊するカザフスタンの砂漠は、世紀末スペクタクルの究極の相を暗示している。

ここに浮上してくるのは、国境を越えて流動化する“merde”としての資本と奇妙なかたちで共振するノスタルジックな廃墟ツアーへの予感である。積年にわたる核実験の結果、奇形児の博物館さえ存在するカザフスタンの実験場を訪れたニックは、ロシアの同業者チャイカの社員ヴィクターが次のように呟くのを耳にする。「驚いちゃいかんよ、いつかここにも観光客が訪れるようになるさ」（792）。この言葉は、ランドフィルを前に、かつてデトワイラーが口にしたいささか謎めいた予言を想起させる。「この厄介な代物。化学廃棄物に核廃棄物。そいつはノスタルジアを誘う遠景なんだ。本当だよ、バス・ツアーとか、絵葉書なんかになる」（286）。「危険になればなるほど、廃棄物は英雄的になるんだ。そして光輝を浴びるってわけ。今この土地をインディアンたちが崇めているみたいに、ぼくたちは来世紀ここを聖地として崇めるようになるわけさ。プルトニウム国立公園としてね。白人の神々が集う最後の場所。観光客はみんな呼吸マスクを付けて防御服に身を包むって寸法」（289）。彼のこの言葉は、コロンブスの新大陸発見から五〇〇年を経て、土地を奪われた先住民ではなく、「白人の神々が集う」この地図の空白地帯にこそ、「過ぎ去った未来」が幻視され、ノスタルジアに満ちた廃墟巡礼が成立する可能性を示唆している。

こうしてデリーロが、デトワイラーを通して、世紀転換期の彼方に戯画的に示す廃墟スペクタクルは、異界体験としてのスラム・ツアーではなく、身体を巻き込んでアメリカの世紀を振り返る「過ぎ去った未来」への巡礼に他ならない。そこでは、イメージによって駆逐されたはずの「現実」が危険な廃棄物になって押し戻す一方、廃物のアウラがヴァーチャル・ツアーへと取り込まれ、システムに再回収される可能性も否定できない。今ここでしか味わえない廃棄物の危険な観光地《サイト》と、いつでもどこでも何度でも立ち上げることのできるヴァーチャル・サイト。両者が共犯関係を結ぶとき、未来の廃墟ツアーは、ウォールを訪れる観光バス・ツアー、「サウス・ブロンクス・シュールリアル」（247）のように、現実空間とヴァーチャル空間の双方に跨がるシュールリアルな様相を帯び始める。[13]

このように見てくると、ランドフィル・ツーリズムというかたちでしか新世紀を提示しない『アンダーワールド』は、いかにも未来への展望を欠き、専ら過去へと退行していくペシミスティックなテクストに見えるかもしれない。だが実際のところ、この小説には、ノスタルジックな冷戦の過去を指向するベクトルと、過去から未来に向かって押し戻す廃物のアウラを帯びたベクトルの間に働く、ダイナミックな力のせめぎ合いが見られる。安定した冷戦期のパラノイアへのノスタルジアと、それを許さない眼前に突きつけられた不安定な廃棄物の山。その危険なアウラを何とか封じ込めようとする未来指向のジャンク・アーティストたちの「落書き本能」と、さらにそれを突き破って広告板やサイバースペースに浮かび上がる廃物のスペクタクル。浮遊する永遠の現在としてメディアに回収されていく死者のスペクタクル映像と、実際には簡単に処理することのできない廃棄物が眠る未来の「プルトニウム国立公園」。

これらの力が拮抗し合いながらも、互いを突き抜けようとする微妙な力学のバランスの上に、『アンダーワールド』のテクストは成立している。[14] それを一点に収斂しているのが、長大なテクスト空間を締め括る最後の言葉として、水爆スペクタクルのサイトに現れ出る“Peace”（827）の文字である。かりそめに二〇世紀を総括するこの言葉をヴァーチャル空間に華やかに踊らせながらも、デリーロは窓越しに、路地裏で昔ながらの遊びに無心に興じる子供たちに言及し、新世紀への祈りとしている。

ここに至って、プルトニウムの語源でもある冥界の王プルートが支配する冷戦の広大な闇空間をようやく抜け出た読者は、〈死〉のアポリアを孕んだこの現代版冥府探訪譚が、新世紀を展望するうえで必要にして不可欠な検証手続きだったことに思いをいたす。ノスタルジアを感じさせる冷戦の過去に向き合い、核弾頭と見紛う野球のウイニングボールを追って過去へと遡行することが、既に始まっているかもしれない二一世紀へのカウントダウンとなる。そのような意味において、『アンダーワールド』のテクスト空間に漕ぎ出すことは、もう一人のニックが見たギャッツビーのように、未来を夢見ながら過去へ過去へと押し戻されるのではなく、二〇世紀と確実に地続きの未来探訪に乗り出す第一歩だったのである。

第十五章

蘇る標的

――「撃つ／写す《シューティング》」の『アンダーワールド』

「私たちは恐ろしいと思えば銃を撃ち、懐かしいと思えば写真を撮る。」
スーザン・ソンタグ　『写真論』

アメリカの神話と銃

「アメリカ人の心の中には、広大な風景の中に佇む孤独な個人がいる。馬に乗っているにせよ、車を運転しているにせよ、いずれも銃を携えている。これこそアメリカの神話の本質的なイメージの一つだ」（Moss 97）。デリーロは、あるインタヴューでアメリカの神話において銃が果たす役割をかくも鮮明なイメージにより前景化する。この言葉に集約されるように、そもそも銃は、孤独なアメリカ人が茫漠とした荒野を征服するのに不可欠な、速度メディアと密接な関係を結んでいたと考えられる。決して後戻りすることなく直線的に時空を超越し、瞬時にして欲望を実現するこの致命的《リーサル》なテクノロジーこそ、「明白な運命《マニフェスト・デスティニー》」を標榜するアメリカ的想像力の守護神だったのである。

無垢なエデン的世界を構築するため、自らは手を汚すことなく、いとも簡単に他者に死を賦与する銃には、畏れと恍惚感が入り混じった「崇高さ」が付きまとう。であればこそ銃は、広大無比な空間に徒手空拳で挑まなくてはならない個人の護符となると同時に、彼らの不可逆的な征服それ自体を表象する格好のメタファーになり得たわけである。西部開拓における実用性もさることながら、生死を意のままに司る銃は、馴致不可能に見える空間の征服を可能にする文化表象としても十分機能していたと言ってよい。

だが、このように銃によって裏書きされてきたアメリカの神話は、JFK暗殺事件に象徴されるように、めぐりめぐって合衆国の国家身体の中枢を標的とするとき、脆くも自壊し、新たな神話へと組み替えられていく。その際、銃に優るとも劣らぬ重要性を帯びて浮上するのが映像メディアである。大統領の頭部を狙い撃ちにしたあの衝撃的な暗殺事件において、引き金を引くだけで途方もない匿名の暴力を行使した銃は、カメラという有名性を孕んだもう一つのシューティング・テクノロジーによって代補されることになる。(1)

かの有名な『写真論』(一九七三年)においてスーザン・ソンタグが指摘するように、「銃はカメラに変身した」(15)のであってみれば、銃弾を装填し、照準鏡を覗き、引き金を引くガンマンと、フィルムを装着し、ファインダーを覗き、シャッターを切るカメラマンとの間には明らかに類同性が見られる。このように考えると、「ちょうどカメラが銃の昇華であるのと同じで、誰かを撮影することは昇華された殺人」(14-15)に他ならない。「昇華された殺人」を惹起するまさにこのメディア空間にこそ、ノスタルジックな亡霊が取り憑く。「私たちは恐ろしいと思えば銃を撃ち、懐かしいと思えば写真を撮る」(15)というソンタグの言葉は、この文脈においてとりわけ含蓄に富むように思われる。と言うのも、恐怖とノスタルジアが表裏一体となった「撃つ／写す」《シューティング》という行為は、標的をこの世から「抹殺する」と同時に、フィルム上に痕跡として「蘇らせる」という、相反する欲望をそれ自体に内包しているからである。

このことを何よりも如実に物語っているのが、暗殺の瞬間を捉えたカメラであろう。カメラは、狙撃を可視化することにより、「昇華された殺人」へと一瞬のうちに変貌させ、標的の姿を亡霊のごとく蘇らせる。のみならずそうした亡霊は、メディアの反復を通じて第二の生を賦与されたかのように増殖し始める。こうして、死をもたらされたはずの標的は、「撃つ／写す《シューティング》」を通じて、妖しいアウラを放つシミュラークルへと姿を変えていく。その結果、撃つ者と撃たれる者、写す者と写される者という区分は融解し、錯綜した悪夢的連鎖が生じる。そのような揺らぎは、九・一一におけるように、放たれた銃弾と同化した撃ち手が標的と合体するかのように死に向かって自らを放擲《ほうてき》するときにも生じる。弾丸と化した二機の旅客機が、自爆テロとして相次いでツインタワーに突入し、アメリカの神話の崩壊をまざまざと示す鮮烈な映像が反復的に流布されたことはまだ記憶に新しい。

本章では、アメリカの神話が「撃つ／写す《シューティング》」と織りなすこのような錯綜した関係を射程に入れ、デリーロが「銃／カメラ」にいかに重層的な表象を担わせてきたかという観点から、『アンダーワールド』（一九九七年）の二つの挿話に主として照準を合わせて分析を行う。八〇年以降の彼の文学の軌跡を踏まえつつ、即時／即自性を帯びた銃が、視差を孕んだメディアによる死の反復を、いかに亡霊的に自らへとフィードバックしていくのか考察してみたい。こうした作業を通じて、内側から捻りを加えたアメリカの神話のスパイラル上に、〈死〉のアポリアがいかにループ構造をなして回帰するかといったこともまた、自ずと明らかになっていくはずである。

(2)(3)

テクストを貫通する銃弾

第十二章で論じたように、デリーロは、ＪＦＫ暗殺の翌年に本格的に執筆活動に専念し始める。だが、彼がＪＦＫ暗殺をテーマとする『リブラ』（一九八八年）を世に問うたのは、それから二〇年余り経過してからのことである。

このことは、視差を孕んだ二つの「撃つ／写す《シューティング》」が互いに織りなす関係が、いかに小説家の想像力を刺激し続けてきたかを物語っている。この問題系をめぐる彼の関心は、その萌芽を『アメリカーナ』（一九七一年）に見出すことができる。このデビュー作において彼は、ＪＦＫ暗殺の悪夢が煌びやかな広告や映像の消費と表裏一体をなしていることを見抜いている。この作品を『リブラ』へと架橋するうえで重要な役割を果しているのが、『ホワイト・ノイズ』（一九八五年）である。二つのシューティング・テクノロジーの貫通が孕む問題を掘り下げたこの小説が照準を定めるのは、ナチの死の美学とアメリカの消費美学との関係であり、死を孕んだ銃弾《ビュレット》と死の恐怖を麻痺させる錠剤《タブレット》との関係である。両者がシンクロすることにより、シューティングの地平は薬物により脳内へと拡がり、その直線的な実効性がまたもや宙吊りにされていく。

『マオⅡ』（一九九一年）においても、ファンに銃撃されることを危惧する作家とテロリストの関係が、女性写真家による肖像撮影と絡めて浮き彫りにされている。「一体いつから女が男を撮るようになったんだ」（43）というビルの台詞には、女性ファンに銃撃され、銃創を公開したアンディ・ウォーホルが紛れもなく影を落としている。『アンダーワールド』では、主人公が犯した誤射事件が、核弾頭にも比されるホームラン・ボール[4]の行方とあいまって物語の駆動力となっている。代理父的人物の頭部を銃撃してしまったニックは、愛用の煙草ラッキー・ストライクを買いに行ったきり失踪した実父もまた、ギャングに頭部を銃撃されたと信じてやまない。「世界中に響き渡った一撃」という新聞見出しから着想を得たこの作品には、公私に跨る多様なレベルにおいて「アンラッキー・ストライク」が影を落とし、それらによってもたらされたトラウマを少しずつ埋め戻していくことが大きなテーマの一つとなっている。

『ボディ・アーティスト』（二〇〇一年）では、拳銃自殺を遂げた映画監督の夫の喪に服する主人公が、生前の夫や自分たちの声を再現する謎の人物に触発され、一人芝居を行うことにより、時空を攪乱する。『コズモポリス』（二〇〇三年）の主人公にとっても、銃は因縁を秘めた殺傷メディアである。サイバー市場の覇者である彼は、音声識別装置付きの拳銃のコードネームを聞き出し、自分のボディガードを殺害するが、旅路の果てに暗殺される運命にある。自らの手を拳銃で撃ち、暗殺者に介護される彼が、腕時計の画面に映し出される自分の死体を幻視しつつ、とどめの一撃を待つところでこの作品は事切れている(5)。

このように見てくると、「撃つ／写す《シューティング》」というテーマが骨太に貫通するデリーロのフィクションに一つの共通項を探り当てることができる。すなわちそれは、瞬間的に自己実現を可能にし、力を現前させる「銃」の神話を内破することにより、差延を孕んだアメリカの神話の「亡霊」と向き合おうとする姿勢である。それは、死へと逢着し、また死から旅立つ多次元的な複数の時間によって、征服された時空を解体しようとする試みでもある。こうした視座に立てば、「撃つ／写す《シューティング》」が孕む問題系は、直線的に死を指向する「銃撃」が、差異を孕みつつ反復をもたらす「撮影」によって脱構築されるだけでなく、他者に対する応答の問題へと必然的に波及していくことがわかる。肥大化したアメリカ的自我が陥ったアメリカの神話の「亡霊」というアポリアへと身を開くためには、銃が葬り去った標的に再び向き合い、その眼差しにまずもって応答せねばならないのである。

ザプルーダー博物館にて――脱／再魔術化されるフィルム

二〇世紀後葉の秘められたアメリカ文化史の発掘に挑んだ野心作『アンダーワールド』において、デリーロは、敢えてJFK暗殺事件を直接描写するのではなく、その瞬間を偶然捉えた実録フィルムのインスタレーションへの眼差しをもって、映像が含みもつ無限の効果を浮き彫りにしている。物語のちょうど半ばあたりでクララが訪れるザプルーダー博物館の場面がそれにあたる。百台はあろうかというモニターテレビを床から天井まで積み上げたこの博物館では、歴史の闇に葬り去られたほんの二〇秒の映像を、ヴィジュアル・アートとして様々な趣向を凝らして上演している。

いくつかのセットでは普通のスピードでフィルムが映し出されている。別のところではスローモーションで。車がエルム通りをやって来る。そしてフリーウェイの標識を通り越し、頭がフレームからはみ出し、また現れる。銃撃など予想もつかない。

別のスクリーンではこのシークエンスの異なる段階が映し出されている。したがって聴衆の目はザプルーダーの二三九コマ目から一八五コマ目へと戻ったり、あるいは被弾シーンに移ったり、冒頭のフレームに戻ったりできる。そしてテレビの壁では一コマ一コマが噛み合って、様々な文様を織りなしている。テレビの壁は対角線や垂直線などからなるゲームボード、運命の基本形の印されたタロットカードの組み合わせ、あるいは同一の映像が描くXの形になる。そしてこの壁を制御する算術が何であれ、とにかく百ほどの映像が同時に再生されている。（495）

訪問者は、崇高な景観を愛でる観光客さながら、畏怖の念に打たれつつ、拙いホームムービーが織りなす多様な映像のインスタレーションの間を巡礼していく。スローモーションや、時系列に関係なくジャンプするコマの配列に加え、「ゲームボード」や「タロットカード」を思わせる意味ありげな文様を織りなす映像それ自体が、遊戯的もしくは魔術的な全く別コードの図柄へと変貌を遂げ、歴史に刻まれた暗殺事件を換骨奪胎する。そこでは、（1）エルム通りを一行が進む、（2）銃弾が大統領の頭蓋を撃ち抜く、（3）なおも進むオープンカーという一連のシークエンスは、新たな審美的文脈の中で解体され、組み替えられていく。その結果、ＪＦＫ暗殺を決定不可能なリゾーム状の断片へと変えてしまうこのアートは、「キャメロット神話」を解体することで、「暗殺のアウラ」(6)を逆に強化することになる。

こうした脱／再魔術化の背景には、「不明確さと混沌の主たる象徴」（*Libra* 441）だったこのフィルムが、一二年の長きに渡って一般公開に制限が加えられていたため、当初は動画ではなく、断片的な静止画像として流通したという事実が少なからず影を落としている。微妙な差延を孕みつつ切り離されたコマとコマの空隙には、フィルムそれ自体の証言性をはぐらかすかのように、膨大な書き込み空間が内包されている。マリタ・スターケンが指摘するように、「ザプルーダー・フィルムは、空想とノスタルジアに満ち、回顧されるたびに書き込み直され続ける」（29）運命にあったと言ってよい。そうした「書き込み」の最たるものとして、時間的・空間的視差そのものをアート化したこのインスタレーションは、常に反転性を秘めた神話のスパイラルを駆動する一方で、意識がフィルムといかなる共犯関係を結んでいるかを自ずと露わにする。つまりそれは、観る者の意識を通して自らの有りようについてメタ的に「書き込み」を施さずにはおかない。銃撃の撮影というシューティング・テクノロジーの重層的反復を通じて、画面に朦朧と映し出されるシーンにノスタルジアを覚えるクララは、次のように、自分の「意識の亡霊」（496）が、フィルムの感光乳剤と密かに反応したかのような感覚に襲われる。

しかし実のところ、このフィルムははなはだしくオープンだ。露出過多で、稚拙で、完全にありのまま、フィルムのままであろうとしている。それはある種の内なる生命をもち、我々が現象と呼ぶようなものと関わりのない何かをもっている。この映像はフィルム自体の性質に関する議論を提出しているようにも見える。エルム通り上の車の前進、カメラ本体内のフィルムの動き、両者が分かち合う闇――それは心の淵を流れる残骸から湧き出るかのような死。精神の夜からやってくるもの。フィルムの感光乳剤にはあるトリックが施されていて、意識の亡霊を露わにする。というか、このようなことを彼女は考え、さらに疑問が湧いてきた。このホームムービーは精神自体のテクノロジーの生硬な似姿なのではないか。精神の中にうごめくある種の死の陰謀。なぜなら、それは実に馴染み深いものに思われたからだ。その映像が、である――それはよく見かけるもの、

> いや、見るというより知っているもの。自分自身の死と親密な時を過ごす夜の原型ではないか？（495–96）

リールの暗闇の中に潜伏する死が、こうして「時代を通じて浮遊してきたあらゆる譫妄を抱えながら」（496）、クララの脳の表層を流れるフィルムへと転写されるとき、彼女は「意識の亡霊」と密かに目配せし、そこに「自分自身の死と親密な時を過ごす夜の原型」を見出す。言い換えれば、銃が瞬時にして頭蓋骨を砕くのとは対照的に、精神それ自体の「生硬な似姿」であるもう一つのシューティング・テクノロジーは、「内なる生命」をもち、微かな死の胎動を探り当て、観る者の頭蓋の内側にゆっくり浸潤していく。このような意味において、ザプルーダー博物館のインスタレーションは、視差を利用して、ＪＦＫ銃撃の弾道を観る者の自らの意識へと折り返し、反復と差延のうちに彼ら自身の〈死〉へと縫合する。

〈死〉のアポリアとの関係においてここで注目したいのは、「撃つ／写す《シューティング》」と「精神の夜」が織りなす密かな交合を自らの体験として受容したクララが、このアートから強烈な霊感を受け、それがジャンク・アーティスト、クララ誕生の動因となっていることである。かくして、国家的危機をもたらしたＪＦＫ暗殺の実録映像は、時を経て、登場人物たちの意識の深淵を逆照射するインスタレーションへと転用され、前章で論じたように、砂漠に廃棄されたB-52爆撃機にスプレー・ガンで彩色を施す壮大なランドスケープ・アートとして結実する。まさにこうした長大な歴史のスパンを孕んだ脱文脈化を通してのみ、致命的《リーサル》な武器が歴史に穿った穴の掘り起こし、ひいてはその埋め戻しは、緩やかに遂行可能となるのである。そのような意味においても、「ザプルーダー・フィルムは、二〇世紀の欠くべからざるシネマ・テクストと見なすべきであり、それは暗殺事件以前、以後の無数のシネマ・テクストと無数の方法で交差するのである」（Lubin 37）。

「左手のための挽歌」――テキサス・ハイウェイ・キラーの「アンダーワールド」

以上概観してきたように、二つのシューティング・テクノロジーが共振しつつ駆動するダイナミズムは、メディアと死の共犯関係に対するデリーロの登場人物たちの眼差しを異化し、彼らの意識の深淵を垣間見せる。それをさらに速度メディアと関連づけて追求しているのが、『アンダーワールド』の第二部「左手のための挽歌」の冒頭に挿入されたテキサス・ハイウェイ・キラーの逸話である。高速道路を弾丸のごとく疾走する車から、猟奇的にドライバーの狙撃を繰り返す殺人鬼、「テキサス・ハイウェイ・キラー」が悪名を轟かせるようになったのは、犯行の一部始終を、少女が先行する車の後部座席から偶然ホームムービーで撮影していたからである。「この殺人が有名なのは、それがテープに撮られたためであり、殺人犯が既に度重ねて犯行に及んでいたためであり、それがひとりの子供によって記録されたためである」(159)。

被写体が次の瞬間銃撃されることも知らず、無邪気に後続車にレンズを向ける少女。殺人鬼と少女によって二方向から照準を定められる犠牲者。ビデオが銃撃の衝撃に共犯的に反応するさま。一転して犠牲者に同化する少女。やがて失速していく犠牲者の車から次第に遠ざかる少女の車。このように人が何の前触れもなく狙撃される瞬間が撮影され、弾道すら辿ることもできそうな映像には、複雑に絡み合う視線のそこかしこに微妙な視差が埋め込まれ、互いにフィードバックする一連のシークエンスが、荒っぽい「重ね塗り」(157)のかたちで刻印されている。その一方で、「テロリズムそのもののアウラ」(Mexal 322)を感じさせるこの映像にはどこか無遠慮で無慈悲な力が働いており、テレビで執拗に放映される惨劇の映像は観る者を麻痺させ、シュールな浮遊感を引き起こす。「この映像は現実を越えている。というか、現実の下に潜っているとでも言いたくなる。これこそ重ね塗りした層をこすりとって、その底に横たわるもの。これこそ君がこの映像から目を離せないもうひとつの理由。そのテープには見る者を麻痺させるような現実感がある」(157)。

このように、朦朧とした意識の多重な重ね書き《パリンプセスト》として立ち現れるこのビデオは、畏怖の念と好奇心を同時に喚起し、崇高性を醸し出すことによって、すべての登場人物を匿名のセレブの亡霊へと変貌させてしまう。「このテープも少女もどちらも有名になった。名前が戦略的に伏せられている人々と同様に、彼女も極めて現代的な流儀で有名になったのだ。彼らは名前も顔も知られていない有名人であり、肉体から避難した幽霊であり、犠牲者であり、証人であり、未成年犯罪者であり、どこか知覚の境界線上をさまよっている」(159)。

メディアによってビデオ・キッドと命名された少女が撮影したこのビデオは、エピローグに登場する広告板上に浮かび上がる少女の亡霊さながら有名性を賦与され(7)、キッチュなものとして消費の回路を循環し始める。と同時に、事件に関与した人物すべての「肉体から避難した幽霊」が宿るこのビデオは、ザプルーダー・フィルム同様、幾度放映されても人々の視線を釘付けにし、「ひとたびテープが回り始めれば、必ず結末まで突き進む」(160)。

しかもこの猟奇的事件は、クララがザプルーダー博物館で目撃したインスタレーションさながら、スーパー・マーケットの複数のテレビ・モニターに一斉に映し出され、反復的に消費される。さらに言えば、犯行の舞台であるテキサスというトポス、並びに頭部を狙った銃撃であるという点において、この事件にはJFK暗殺事件と通底する部分が少なくない。デリーロは、注目すべきこの事実について、次のように執筆当時を振り返っている。

この小説を執筆しているときにふと頭を過ったのは、頭部への銃撃がでてくるシーンがあるということだ。ニックが、自分の父は誘拐され、殺されたと思うとき、彼はいつも親父が頭部を撃たれたと信じる。ニックは、ある人物[ジョージ]の頭部を撃ってしまう。テキサス・ハイウェイ・キラーもまた、ドライバーを撃つとき、間違いなく頭部に狙いを定めている。どうしてこうなったのか定かではないが、このことはケネディ暗殺と関係があると思う。なぜかこうした傾向は文化に流れており、この本にも流れている。というわけで、ザプルーダー・フィルムをもう一度見て、それについて書かねばなるまいと思った。（Moss 99）

この発言が示すように、ＪＦＫ暗殺が合衆国の国家身体とも言うべき大統領の神経中枢を直撃する公的事件だとすれば、それを私的に模倣したこの殺人鬼は、ＪＦＫ暗殺とまさしく同一の文化的マトリクスから生じている。そのような意味で、テロリスト、オズワルドの末裔とも言うべきテキサス・ハイウェイ・キラーの挿話は、興味深いいくつかの事象を浮き彫りにしている。まず、ハイウェイという速度メディアにおいて、走行中の車から同じく走行中の車のドライバーの頭部へ正確に撃ち込まれた致命弾が、もう一つのシューティング・テクノロジーにより、その決定性を骨抜きにされるということ。次に、犯行を重ねてきた殺人鬼ギルキーの犯行映像が、時空を隔てて反復再生されることにより、連鎖的にさらなる模倣犯《コピー・キャット》の犯行を助長すること。そして究極的には、これらの一連の反復が、あたかも共振するかのように有名性を伴って増幅され、狙撃犯、少女、視聴者、ひいては映像それ自体へとフィードバックし、多重な「意識の亡霊」を生み出すということ。

こうした三つのレベルにおいて重合し、既視感《デジャヴュ》をもたらすこの一連の事件に関してもう一つ見逃してはならない事実がある。それは、左の運転席から犠牲者の頭部に狙いを定めるギルキーが右利きであるにもかかわらず、敢えて左手で狙撃するという行為そのものに、ナチの殺しの美学にも一脈通じる耽美性を見出していることである。犯行を偽装するという意図があるにせよ、彼は「依然として左手で撃つことにこだわっていた。彼は右利きなのだから、左手でハンドルを握って右手で撃った方がよっぽど自然なのだが」（268）。この事件が犯人の「頭部への外傷経験」（216）、もしくは自尊心の低さに起因するという憶測に対して、彼は自らの銃の腕前に言及し、次のように反論を試みる。「これほどの証明済みの精度をもって、走行中の車に乗った標的を撃ち、しかも片手で運転しながらもう片方の手で拳銃を発砲しているのに、そんな人物が自分の腕前に鈍感なわけないでしょう？」（216）。

時空を圧縮する速度メディア上で、銃という殺傷メディアを用いて成し遂げられた高度に洗練された犯行に耽美性を見出す彼の犯行は、さらにビデオという映像メディアによって回収され、編集されると同時に、彼自身へと反復的に折り返されていく。常に微妙に変動し続ける標的との間合いを克服することにより完遂された彼の連続殺人と、録画テクノロジーが織りなす関係について、語り手は次のように自問を繰り返す。

テキサス・ハイウェイ・キラーによる一〇件目か一一件目の殺人。数字が不確かなのは、警察の方ではこの銃撃事件のうちのひとつは模倣犯による犯行かもしれないと考えていたからだ。そして、このビデオテープには何かおかしなところがある。そうじゃないかい？　特にこの連続殺人に関しても？　これは、無作為の録画と即座の再生を念頭に着想された犯罪なのだ。君は腰を下ろし、考えずにいられない。こうした録画と再生の手段がより広く行き渡ったがために、この手の犯罪が発生しやすくなったのではないか？　出来事を録画し、途中のプロセス抜きに、時空の均衡を無視して即座にそれを再生するような手段が広く人々の手に渡ったために？　録画と再生は事件を圧縮し、その緊張感を高める。それは、もう一度繰り返したいという欲求を人の眼前にちらつかせる。君はそこに座って考える。連続殺人鬼がそのメディアを発見したのか、あるいはその逆か——影に潜んだテクノロジーの仕業、圧縮された時間と反復された映像の仕業。荒涼としていて、ギラついていて、なおかつ凡庸な映像。（159）

ここでは、狙撃犯の正確無比な銃の腕前と「凡庸な」映像の奇妙な相補関係が強調されているが、犠牲者の車中に主人公ニックが聖杯のように追い求めるホームラン・ボールが存在していたことにより、この挿話にはさらなる捻りが加えられている。すなわち、プロローグ「死の勝利」において、ソ連の核弾頭さながら観客席に撃ち込まれたホームランボールが、ヒットマン、ギルキーの銃弾《ボール》と一瞬ニアミスしたことにより、ニックとこの殺人鬼の間に密かな回路が開ける。その結果、ジョージの頭部に銃弾を撃ち込んだニックの過去が微かに仄めかされる一方で、ギルキーの密かな犯行は、球史に残るホームランを介していつしか歴史の文脈に繋がることになる。

　直接出会うことのない二人の銃撃者をめぐるこのような対位法は、彼らが自らの行為といかに向き合っていくかという姿勢にも微妙な影を投げかけている。廃棄物処理という天職を探り当て、長い歳月をかけて自らの罪を埋め戻そうとするニックの贖罪の身振りを、短い挿話の主人公ギルキーに求めるべくもないが、彼もまた自らの犯行を顧みなかったわけではない。彼は、公開されたビデオ映像に不意に自分が顔を覗かせるのではないかと危惧しつつも、CNNのニュース・キャスター、スー・アンのライブ番組に電話を入れる。犯行の一部始終を写した映像が繰り返し放映され、それを見た彼が危険を冒してまでスーと接触するに至ったのは、自分の目とカメラ・アイとの視差に異議申し立てをしたいという誘惑に抗えなかったためである。


　それから画面は例のテープに切り替わった。彼はそのテープを疑いの目で見ていた。というのも、そこに写っている景観は自分の経験とずれていたからだ。そして、その少女がカメラの向きを変えて自分の姿を画面に捉えるのではないか、とそればかり考えていた。彼は苦痛に苛まれた親父と一緒に腰を下ろしながらそのテープを何度となく見たが、そのたびに自分がこの居間にひょっこり姿を現すのではないか、と考えてしまった。自分の存在から切り離された自分が、小型車のハンドル越しにこちらに一瞥をくれるのではないか、と。

　その後スー・アンには二回電話をかけたが、交換手が回線を繋いでくれなかった。…彼は自分がバラバラに分解してしまわないために彼女が必要だった。彼女に実名を告げたってかまわないとさえ思えてきた。無数の日々にわたって無数の電話を繰り返し、彼女にスクリーン越しに見つめられていたら、彼は落ちてしまったかもしれない。彼、リチャード・ヘンリー・ギルキーは、まばゆい照明に照らされながら彼女に降伏してしまったかもしれない。そしてステットソン帽をかぶった男たちに囲まれ、スー・アンを傍らに従えて、揉み合うよ

うに廊下を先へと急いでいたかもしれない。(270)

この引用が示すように、「ステットソン帽をかぶった男たち」に連行されたリー・ハーヴェイ・オズワルドさながら、セレブ気取りの「リチャード・ヘンリー・ギルキー」は、スー・アンに実名を明かすこともやぶさかではないと考える。だが、その機会はあえなく潰える。時の経過とともに彼は、犠牲者の「ナラティヴ」に入り込み、自らを溶解させていく。「リチャードは彼らの中に生きることになった。彼らの歴史、新聞に載った彼らの写真の中に生き、家族の記憶の中に生き続ける。犠牲者とともに生き、生き続け、混じり合い、よじれ合い、四分五裂し、二重の人格に変容していく」(271)。父から譲り受けた古びた三八口径銃で連続殺人を犯し続けた彼は、今や老父を介護しつつ、犠牲者に穿った孔から溢れ出る彼らの生の記憶に身を委ね、「二重の人格」として重ね書きを施されていく。

その一方で模倣犯の存在は、彼の心の中でますます大きな位置を占め、挑発的な存在となっていく。「彼は車の中に銃を隠していたが、眠りに滑り込もうとする彼の脳裡にこのことが浮かんできた。そして自分がドライバーを殺害した一日後に、まったく同じ高速道路で別のドライバーを殺害したもうひとりの人物について考えた。いわゆる模倣犯による犯行。あまりいい気持ちがしなかったが、最近になってますます、その人物が心の中で挑発的な存在になってきた」(272)。こうして、語られざる自らの犯行告白に犠牲者の「ナラティヴ」の重ね書きを許す一方で、彼は、自らの犯行を骨抜きにする模倣犯の「ナラティヴ」にも取り憑かれ始める。かくして、彼が放った銃弾は、ビデオ・キッドの映像を通じて無限の揺らぎを孕みつつ、屈折を繰り返した挙げ句、あたかも弾道を逆回転するかのように他者を介してギルキー自身へと回帰していく。

「左手のための挽歌」に描かれた銃撃者と犠牲者と模倣犯が織りなすこのような緩慢なループ運動に、重ね書きされた「ナラティヴ」による、「銃」が穿った穴の掘り起こし、埋め戻しという、カウンター・ヒストリーのダイナミズムの萌芽を見出すことはさほど困難ではないだろう。『リブラ』が描くように、未だ現前しない痕跡としての「ナラティヴ」は、「銃」がもたらす現前性を内側から突き崩し、正史をも揺るがしかねない。そのような意味において、銃撃を捉えた映像メディアを、言葉というさらなるメディアによって捉えようとする「ナラティヴ」は、歴史に一方的に書き込みを施す「銃」声に対するエクリチュールの逆襲と見なすことができよう。

神話のスパイラルからの脱却

このような文脈においてデリーロが、暗殺者の手記、もしくは暗殺史の執筆という営みを意識的に焦点化してきたことは注目に値する。ギルキーは、他者として亡霊化した犠牲者たちへの応答として、「ナラティヴ」を頭の中で反芻するにとどまるが、デリーロ文学には、暗殺について実際に手記をしたためようとする登場人物も少なくない。例えば、『コズモポリス』の暗殺者ベノは、自伝的手記の執筆に執念を燃しており、旅路の果ての暗殺へと一直線に向かうテクストに、異質なディプティックとして挿入された彼の二つの告白それ自体が、自伝的重ね書きの紛うことのない実践となっている。第十二章で論じた『リブラ』を一連の事件の「表象についての表象」(Cowart 98) という視座から逆照射してみると、オズワルドが「歴史日記」を記していたばかりでなく、現代のアメリカ生活を描いた短編小説の執筆を目論んでいたという事実もまた、少なからぬ意味合いを帯びてくる。彼のみならず、テクストに忘れ難い声を留める母マルガリートもまた、手記を出版しようという強い意欲を幾度となく表明する。さらに言えば、ウォーレン報告書に記された無数の無名の人々の陳述さえもまた、この事件により定点観測された個人ナラティヴの断面の集積として捉えることが可能である。

このようにどこへも収斂することなく無限に増殖し続けるテクストの迷宮に埋没するのが、ＪＦＫ暗殺秘史の執筆に取り組む元ＦＢＩ情報分析官ニコラス・ブランチである。言わば彼は、「銃」が直線的に起動する暗殺の歴史と、ループ状にフィードバックを繰り返す歴史記述の「ナラティヴ」との間に生じたアポリアに陥り、身動きの取れなくなった哀れな歴史家である。ＪＦＫ暗殺の神話化と脱神話化が交錯する無数のテクストのインターフェイスに佇むブランチは、文字通り自らの試みから永遠に分岐《ブランチ》を繰り返す。

以上考察してきたように、デリーロにおいては、「銃」と「ナラティヴ」というアメリカ史を特徴づけるお馴染みの道具立ては、あたかも視差を調整するかのように接合され、重層的に紡ぎ出されるカウンター・ヒストリーを成立させる要件へと巧みに組み替えられていく。むろん本来それは、銃身の内部に刻まれた螺旋を反転させるかのような脱アメリカ神話のスパイラル上に定位されるべきものである。その一方でアメリカ的想像力を下支えしてきた直線的な「銃」の審美学を、ループをなす「ナラティヴ」の審美学で脱構築しようとするこのような試みは、ブランチが示すように、書き手の内奥で展開される堂々めぐりの「セルフ・スパイラリング」（DeLillo, “Power” par. 5）に絡め取られる危険性を常に孕んでいる。

デリーロ研究の嚆矢《こうし》とも言うべき『イン・ザ・ループ』（一九八七年）においてトム・ルクレアーは、システム理論を援用しつつ、彼の文学に見られる特質の一つとして、「相補的なループ」（x）構造を挙げ、ルース・エンドにもデッド・エンドにも通じるそのアンビバレントな円環性について次のように指摘する。「デリーロのフィクションの基本的な主題、すなわち、生物的なものからテクノロジー的なものにまで及ぶコミュニケーションのループ、言い換えれば、人間を取り巻く環境的なものから、個人的、言語的、前言語的、ポスト言語的なものにまで及ぶコミュニケーションのループ。このループこそ、救済的であると同時に破壊的でもあり、進化のスパイラルであると同時に悪循環でもあり、フィードバックがもたらす変異であると同時に機械的な反復でもあり、洗練された省略であると同時に喧しい錯綜でもある」（xi）。

このような両義的な振幅をもつループ構造を利用しつつ、デリーロは、アメリカの神話を彩る「銃」の直線的な弾道を内側から突き崩すとともに、なおかつ「捻れと回旋」（LeClair xi）に満ちた悪しき円環としての歴史の迷宮をも脱し、歴史の闇から「ナラティヴ」を救出しようとする。(8)「銃」に対抗する「ナラティヴ」の可能性と限界を熟知したデリーロ文学の弾道からは、そのように揺らぎを孕みつつフィードバックを繰り返すポリフォニックな「ナラティヴ」を再生しようとする試みが読み取れる。それはまた、「写《シューティング》す」をもってしても代補しきれない「撃《シューティング》つ」を、エクリチュールの重ね書きによって迎撃しようとする試みでもある。この戦略こそ、エクリチュールというパルマコンをもって標的を蘇らせ、モノフォニックな「銃」声が支配する神話のスパイラルから身を振り解こうとするアメリカ作家の迂遠な「遊撃の技法《アート・オブ・シューティング》」だったのである。

第十六章

敗北の「鬼《イット》」を抱きしめて
――『アンダーワールド』における名づけのアポリア

「神について考えることは、神の名前が名ざしするノットについて考えることである。」

マーク・C・テイラー『ノッツ』

二つの「ボール」

『アンダーワールド』（一九九七年）は、次元を異にする二つの「ボール」によってもたらされたトラウマといかに向き合い、衝撃の零地点《グラウンド・ゼロ》に回帰してやまない表象不可能な「残余」にいかに名づけを試みるかというアポリアの物語に他ならない。長大な歴史的パースペクティヴを横切る最初の「ボール」は、言うまでもなく、プロローグに描かれたジャイアンツ対ドジャースのプレイオフ第三戦を決定づけた球史に残るホームランである。広大なテクスト／歴史空間に一気に躍り出たウイニングボールは、学校を怠けて球場に紛れ込んだ黒人少年コッター・マーチンが家へ持ち帰って以来、あの試合の「神話の一部」（96）として聖杯のごとく追求され、数奇な運命を経て最終的に主人公ニック・シェイの手元に納まる。だが、原子爆弾の「放射性核とまったく同じサイズ」（172）のこのホットなボールは、熱烈なドジャースファンだった彼にとって、勝利とは無縁のトラウマティックな「敗北の記念品」（97）に他ならない。だとすればなぜニックは、「不運というものにつきまとう神秘」（97）に魅せられ、敗北を抱きしめるかのように、恥辱のメモラビリアを三四五〇〇ドルもの大金と引き替えに手に入れようとしたのか。

　そこで焦点化されるのがもう一つの「ボール」である。父ジミーが失踪中の若き日のニックが、代理父とも言うべきジョージ・マンツアの頭部に放った「弾丸《ボール》」である。戯れにジョージの銃を手に取ったニックは、「弾丸《ボール》」は装填されていないという彼の言葉を真に受け、引き金を引いてしまう。彼の人生に一大痛恨事をもたらす「エディプス的衝動」（Wilcox 125）に彩られたこの一撃がもとで、ニックは更生施設に入所を余儀なくされ、もう一人の父、パウルス神父の導きにより、自らが内に抱える〈現実界〉、言い換えれば「象徴化を拒み、常に忘れられるにもかかわらず、常に回帰してやまない」（Žižek 69）「残余」と向き合うことになる。「楽園追放」にも相当するこのトラウマティックな銃撃事件は、反復強迫的に彼に取り憑くが、事件の顛末は、過去へと遡るテクストの地層の最深部、第六部の結末まで明らかにされることはない。

　ここで強調しておきたいのは、二つの「ボール」が醸し出す対照の妙である。トムソンのホームランは、審美化された野球という国民的神話を通じて大衆的な至福感《ユーフォーリア》を醸し出し[1]、多民族国家アメリカを束ねると同時に、その陰画とも言うべき核の恐怖を為政者に密かに突きつける。だが試合後、歴史の闇に紛れ、蒐集家たちの垂涎の的となったウイニングボールは、結局ニックの手元に私物として退蔵される。一方、彼がジョージの頭部に撃ち込んだ「弾丸《ボール》」は、未必の故意が微妙に絡む密室殺人に彼を巻き込むことにより、至福感《ユーフォーリア》に満ちた彼の青春の「無秩序な日々」（810）を一撃のもとに壊滅させ、法という公の国家権力の介入を招く。このように軌道を交差させる二つの「ボール」は鮮やかな対照をなすが、両者は、象徴化しきれない「現実界の回帰」（Wilcox 121）といかに向き合い、トラウマティックな沈黙をいかに言葉によって解きほぐしていくかという難題を彼に突きつける。

そのようなニックの試練を考察するうえで、先ほど述べた二つの弾道とはほとんど交わることがないにもかかわらず、重要な参照点となる人物が存在する。アルバート・ブロンジーニである。かつてニックが性的関係をもったクララ・サックスの夫であり、弟マットにチェスの手ほどきをした高校の物理教師、ブロンジーニほど、忘れ難い名脇役もいないだろう。彼が真価を発揮するのも、第六部「灰色と黒のアレンジメント」である。一九五一年秋から翌年夏というタイムスパンにおいて、ブロンクスのイタリア系居住区を中心に展開するこの部分は、伝記的に言ってもデリーロ自身の実体験を少なからず反映しているが、アルバート・アインシュタインと同じファースト・ネームをもつブロンジーニの時間をめぐる思索は、この小説に独特の風合いと奥行きを与えている（234–35）。

本章では、彼の視点から頻繁に言及される路地裏の子供の遊びに着目し、“it” と呼ばれる鬼ごっこの「鬼」を手掛かりに、不可知の暗黒の力をめぐるニックの名づけのアポリアを考察することにより、いかに彼が表象困難な〈死〉の地下世界《アンダーワールド》へと降り立っていったかを探ってみたい。

路地裏の「鬼《イット》」

第六部の冒頭から読者は、散歩好きのブロンジーニを水先案内人として、ノスタルジックな五〇年代初頭のイタリア系居住区へと誘われる。まずもってブロンジーニは、ストリート・ウォッチャーである。「散歩がアートだと考える」（661）彼は、放課後日課のようにその界隈を彷徨し、猥雑で活気に満ちた市井の人々と気さくに言葉を交わす。さながら街の考現学者とでも言うべき彼をとりわけ魅了したのが、路地裏を占拠して子供たちが興じる多種多様な遊戯である。あるとき彼は、こうした冷戦期のホモ・ルーデンスたちが眼前に繰り広げる至福の光景が潰え、過去の遺物として審美的価値を賦与されて博物館に収まる未来を幻視する。「彼はこんな未来を想像した。白墨の図柄が残る路面がきれいに切り取られ、丁寧に梱包されて、カリフォルニアのとある博物館に運ばれる。そして古代の大理石彫刻の脇で生ぬるい日光のおこぼれにあずかる。街角の落書き、石蹴り遊び、アスファルトの路地と白墨、ブロンクス、一九五一年」(662)。

幼い頃病弱で、路地裏の遊びにほとんど縁がなかったブロンジーニは、子供たちが間に合わせの物を用いてブリコラージュのように編み出した遊びについて、その呼び名と囃し歌を反芻し、時空を超越した彼らの遊戯を愛《め》でる。"patsy" もしくは "potsy" と呼ばれる石蹴り、"buck-back" という呼称の馬跳び、女の子が興じる "jacks" や "double dutch"、男の子が打ち込む "boxball" というボール遊びやビー玉遊び。とりわけ彼の興味を惹きつけたのは、"ringolievio" と呼ばれる鬼ごっこである (662)。五人の少年が、中国、ソ連、アフリカ、フランス、メキシコと書かれた円を五等分した扇形に片足を置き、中心の円には鬼《イット》がボールをもって宣戦布告の文句を唱えていく。冷戦の陣取りゲームを装いつつも、日常からは隔絶され、「歴史も未来もない」(666) この遊戯空間は、聖性を帯びた一種の聖域《アジール》と化す。文字通り外部との交通を遮断し、「遊び場となった路地に流れる満ち溢れた時間」(666) にノスタルジックに浸るブロンジーニの関心は、やがて鬼《イット》という摩訶不思議な存在へと向けられていく。

鈍重さゆえにいつも鬼《イット》にされてしまう小太りの少年に目をやりながら、彼は、「これが鬼《イット》の意味なのだろうか。中性化されたと言おうか、性徴がないと言おうか、非人格的な存在」(675) と、人的属性によっては分節化できない鬼《イット》というものの魔性について思いをめぐらせる。そこで彼を震撼させたのが、「あまりにも力に満ちているので名前さえ口にすることが憚られる邪悪な存在」(677) としての鬼《イット》の特性である。単音節の普通名詞にして、代名詞の匿名性をなおも痕跡として留める鬼《イット》。誰しも潜在的に自らのうちに含みもち、現前を恐れる鬼《イット》。彼の直観によれば、鬼《イット》になるということは、とりもなおさず自らの「名前を失い、悪魔と化すということ」(677) を意味する。名状し難いこの "it" という呼称には、「名に屈することなく、取り込むことも思考することもできない闇、つまり名づけることのできない他者として言語それ自体に取り憑く死」(Boxall 194) のように、表象を拒む恐ろしい力が宿っている。「いったん鬼《イット》になってしまうと、つまり名前を剥ぎ取られ、少年でも少女でもなくなってしまうと、おまえは恐怖の対象となり、路地裏の暗黒の力となる。こうしてある種の魔性を感じたおまえは、ほかの子供たちを追いかける。骸骨のような手でタッチし、穢れを、呪いを伝染しようとする。できるなら、"it"という音節をゆっくり発音してみるがいい。死の囁きのように聞こえるかもしれない」(677)。

　ここで彼の意識に浮上するのは、野球がもたらす至福感《ユーフォーリア》によって審美化された五〇年代の古き良きアメリカと対極をなす、中世的な不可視の地下世界《アンダーワールド》への畏れとでも言うべきものである。名を剥奪され、"it"としてのみ立ち現れる「真夜中の皮膚の下を這うような中世の畏怖、いやそれよりももっと古代の畏怖にまで達する」(678) 暗黒の力こそ、核と廃棄物を射程に収めたテクストの深層を貫通するもう一つの比喩《フィギュール》＝形象に他ならない。

　ちなみに、歴史に語り継がれるあの名試合の翌日、ブロンジーニは、「世界じゅうに響き渡った一撃」について話を向けたパウルス神父に、「野球の試合にはまったく関心がないんです」(670) と言い放つ。「野球ってものはなんとも簡単だ。タッチする。それで相手はアウト。タッチされて鬼《イット》になるのとは大違い」(678)。こう考える彼にとって、鬼ごっこの鬼《イット》は、野球を遥かに凌ぐ深遠な歴史性を帯びている。ボールをタッチされた瞬間、アウトになった選手の動きが止まり、それまでのプレイが清算される野球とは対照的に、鬼ごっこは、鬼《イット》という封じ込められざる感染力が伝染することによって成立する。まさにそこにブロンジーニは、不気味な「崇高さ」を感じる。彼は、宇宙を支配する名状し難い不可知の闇をめぐる人間のアンビバレントな畏怖の念が、鬼《イット》という困難な名づけに集約されていることを直観的に見抜いている。

　そのような鬼《イット》が路地裏から姿を消しつつあると嘆くブロンジーニに対して、パウルス神父は、ピーター・ブリューゲルの『子供の遊戯』を引き合いに出し、四〇〇年ほど前に描かれたにもかかわらず、この絵画には、自分たちもやったことがあり、今もって見慣れた遊びがたくさん描かれていると応じる(673)。ブロンジーニは、この絵画が話題になったことを帰宅後妻クララに報告するが、まだ駆け出しのアーティストだった彼女は、一六世紀に描かれたその「退廃的な」（682）絵画から醸し出される黙示録的な不気味さを理由に、そこに描かれた子供たちが決して無垢な存在ではないことを指摘する。「美術史的にあの絵がどう言われているか知らないわ。でも私に言わせると、あれはほかの有名なブリューゲルの絵とたいして違わないの。大地を横切って死の軍勢が行進してくる絵とかね。あの子供たちってみんな太っちょで、愚鈍で、ちょっと不吉な感じがするの。ある種の脅威っていうか、愚かさっていうか。『子供の遊戯』って絵。小人がなんだか恐ろしいことをやってるみたいに見えるじゃない」（682）。

かく言う妻に触発され、ブロンジーニは、『死の勝利』と二つ折りのディプティックのように対をなす『子供の遊戯』において、広場を埋めるおびただしい数の子供たちが様々に興じる「鬼ごっこにはどこか亡霊性がつきまとう」（Boxall 182）ことに思い至る。言うまでもなく、この文脈において逆照射されるのは、プロローグに描かれたポロ・グラウンドでブリューゲルの複製画に文字通りタッチされたエドガー・フーヴァーである。潔癖症の彼は、皮肉にも『ライフ』誌から剥ぎ取られたカラー刷りの『死の勝利』が、貴賓席の自分の肩の上に舞い降りたとき、「まずもってこんなものが自分の体と接触してしまったことに当惑する」（41）。

にもかかわらず彼は、密かにもたらされたソ連の核実験の第一報と相前後して飛来したこの絵画に魅せられ、鬼気迫る黙示録的な絵柄を食い入るように眺める。冷戦時代の核への恐怖と中世の黒死病への恐怖が奇妙に重なり合い、タナトスへの渇望を感じるフーヴァーの脳裏に再形象化される地獄絵図。経帷子《きょうかたびら》を着た骸骨どもが、死神と化した鬼《イット》の軍勢さながら跳梁《ちょうりょう》跋扈《ばっこ》し、生者を拷問にかけ、狼藉の限りを尽くす『死の勝利』の図柄は、はからずも彼に〈享楽〉を与えずにはおかない。ここで彼は、死と穢れを免れていたはずの楽園「アメリカ」が、共産国の核という鬼《イット》／糞《シット》に触れ、コード化され得ない〈現実界〉の暗黒世界《アンダーワールド》へ一気に引きずり込まれていく予感に戦慄を覚える。その一方で彼は、まさにそこに悦楽を覚える。核という究極のシニフィアンは、「ラカン的な意味でファルスとの親近性」（Wilcox 126）を賦与されているものの、「命名を免れている」（77）からこそ崇高にして無であり、

ＦＢＩ長官の無意識を虜にしたのである。

興味深いことに、プロローグにおいてこのようにエドガー・フーヴァーに突然接種された冷戦の「鬼《イット》」は、彼の幻の兄妹《シスター》とも言うべきもう一人のエドガーへと必然的に伝染していく。「一六世紀の巨匠の絵画の片隅から抜け出してきた脇役と言ってもおかしくない」（232）シスター・エドガーは、偏狭にして頑迷な冷戦の尼僧として教室に君臨し、教条主義的なボルチモア教義問答集を唯一の拠り所とし、学童たちを恐怖政治で慄《おのの》かせる。「彼女は、痩せぎすの顔の輪郭と真っ白な肌の色のせいで、『骸骨シスター《スケリー・ボーン》』として学校中に知れ渡っていた。彼女の痩せ細った手に触れられると、とんでもない宿命を背負わされたように思えた。冷たく骨ばったタッチが、永遠に相手を『鬼《イット》』にしてしまうのだ」（717）。ＦＢＩ長官フーヴァーが、個人の秘密に触れ、それらをファイル化することによって長年権力を維持してきたのと同じように、[2]ラテックスの手袋の愛用者である彼女もまた、病的に他者との接触を忌避しつつも、恐怖の接触《タッチ》によって権力を保持してきたと言ってよい。あたかも中世からタイム・スリップしたかのようなシスターは、こうして冷戦ナラティヴを背景にブリューゲルの絵画を媒体としてブラザーと共振し、[3]名づけ得ぬ「鬼《イット》」のエージェントとして子供たちに死の政治学を司ってきたのである。

名づけのアポリア

そのような「骸骨シスター《スケリー・ボーン》」から厳格な鉄拳教育を施されたのが、ニックの弟マットである。彼は、シスターに文字通りタッチされた証として核戦争用の標識《タッグ》を付けられ、最も多感な時期に「鬼《イット》」としての彼女の影響をまともに受ける。だがニックは、弟とは違ったかたちで中世的なるものと運命的な出会いを果たす。それは彼が、イエズス会の更生施設で、ある書物をパウルス神父から与えられたときに遡る。黒死病が猛威を振るっていた一四世紀頃、不詳の神秘家によって書かれた『未知の暗雲』について、彼は、行きずりの関係をもった女性に赤裸々に信仰告白を行う。「その本のせいでおれは、神のことを一つの力として考えるようになったんだ。おれたちから自分の姿を包み隠しているある力としてね。なぜなら、隠されていることこそが神の力の源泉なのだから」(295)。この書物がまさしく自分に直接語りかけていると感じた彼は、決して姿を見せぬ不可知の存在としての神にいかに切迫するか、さらに次のように説明する。

そこでおれはこの本を読んで、神のことを一つの秘密、光に照らされることなく延々と続いていく長いトンネルのようなものだと思うようになったんだ。…神は秘密を守るんだ。そしておれはその秘密を通して、その不可知性を通して神に近づこうとした。…知性を通じて神を知ることは不可能だ。『未知の暗雲』はこのことを教えてくれる。それでおれは、秘密がもつ力を尊ぶようになったわけさ。人間は作られる。創造される。でも神は創造されない。こんな存在を知ろうとするなんて試すだけ無駄というもの。人間は神を知らない。われわれは神を肯定しない。その代わりわれわれは神の捉え難さを大切にするんだ。われわれ惨めな弱者はね。それで神という観念に自分たちを縛り付けるような剥き出しの意志を育もうとする。『未知の暗雲』は、この意志を一つの単語に基づいて育て上げるように勧める。その単語が単音節の語ならなお良い。…この一語が見つかれば、雑念は消え去り、神の不可知な存在までにじり寄ることもできるんだ」。(295–96)

ニックのこうした思考回路は、一見不可知論のように見えながら、認識不可能なものの前で立ち止まるのではなく、「長いトンネルのような」神の秘密に向かって「にじり寄って」いくという姿勢において、不可知論とは一線を画する。彼自身が、「神の神秘ってものはロマンチックなものだ」(296)と述べているように、究極の単音節の言葉を見出し、それにすがって神の神秘に肉薄しようとする彼の試みが、ロマンチックな彩りを帯びていることは否定し難い。その一方でこの試みは、彼がイタリア語で「ディエトロロジア」と言う「物事の背後にあるものを研究する学問」（280）、言い換えれば「暗黒の力関係の学問」（280）として位置づけることもまた可能である。現前することのない「未知の暗雲」としての神を名づける、言い換えれば、名づけ得ぬものを名づけるという文脈において、ここで浮上してくるのが否定神学をめぐる議論である。

「神は〜ではない」という否定命題の陳述を重ねることによって、究極的に神の至高性を肯定しようとする否定神学は、「神は〜である」というように、名づけの対象である神を言葉によって明確に名づけられないことこそが、神の至高性を担保するというアポリアを孕んでいる。自己同一的な主体として神の中心にぽっかりと空いた虚無に漸近するというまさにその点において、否定神学は無神論へと限りなく傾斜していくように見えるが、両者は最終的に指向するところにおいて本質的に位相を異にする。その限りにおいて、ニックが心酔した『未知の暗雲』のアプローチは、神の言述不可能性によって特徴づけられる否定神学とも、父なる神そのものを措定できない無神論とも一線を画する。ここで注目すべきは、殺人を犯し無明の世界でもがくニックが、神に「にじり寄る」べく、究極の単音節の言葉を模索するプロセスにおいてまず向き合ったのが、不可知な闇に働く暗黒の力だったことである。

ニックにしてみれば、ハデスが支配する冥界に立ち込める「未知の暗雲」を貫き通す「強度」（539）をもつ言葉でない限り、神の闇への切迫もまた不可能なのである。その言葉が単純極まりなく、単音節であらねばならない理由は、まさしくそこにある。彼はさっさと英語に見切りをつけ、闇を突き破る言葉として、まずイタリア語の「助け《アイウート》」にその可能性を探る。試行錯誤の末、彼が何とか見出したお守り言葉は、スペインの神秘家、十字架の聖ヨハネ《サンファン・デ・ラ・クルス》の言葉、「全と無《トド・イ・ナダ》」（297）である。「その冬じゅう、おれはこの文句を抜身の刃に見立て、暗黒のなかに、神の秘密の中に切り込んでいった」（297）。ここで強調したいのは、更生中の彼が、「神の秘密」をまず「暗黒の中に」と表現し、「未知の暗雲」への切り込みを、「全《トド》」のみならず「無《ナダ》」をも意識しつつ行おうとしたことである。彼にとっては、神の名を希求する神学と、神の名が欠如した否定神学は、一枚のコインのように表裏一体をなしていたのである。

このように自らが犯した罪の償いとして、得体が知れず危険極まりない「鬼《イット》」、すなわち廃棄物の処理を天職とするニックが、生涯をかけて名づけ得ぬものを名づけようと究極の言葉を探し求めるようになったのは、パウルス神父との会話が大きな契機となっている。観念論に陥りもがき苦しんでいたニックに、神父は、「物自体を見なかったというのは、どう見ていいかわからなかったからでしょう。またどう見ていいかわからないというのは、そもそも名前を知らないからでしょう」(540)と諭し、日常品の代表格とも言うべき靴の細かな部分の名称を矢継ぎ早に問いただす。「最も見過ごされがちな知識は、ありふれた事物にこそ宿る」(542)と主張する神父は、一見神学とは懸け離れた「平凡極まりないもの《クォティディアン》」の名をめぐる即興の教義問答を通じて、日常的なるものを異化し、アダムの昔よりそこに秘められた命名の神秘に彼の目を向けようとする。[4]

ここに見て取れるのは、ありきたりな物の名づけを積み重ねることにより、名づけが困難な「奥行きと幅」(542)を備えた超越的なるものに迫り、それを言葉で捕捉しようとする強靭な意志である。こうした言語観は、デリーロ自身の言語観をかなり忠実に反映していると考えられる。そもそも言葉によって現実というものが形づくられ、そこからカウンター・ヒストリーが生まれるという立場に立脚する彼の文学においては、名づけこそがすべての導きの糸となる。『ドン・デリーロ―言語の物理学』(二〇〇二年)においてデイヴィッド・コワートは、「我々は言語の物理学をやっているのですよ」(542)というパウルス神父の言葉を副題に採り、デリーロは、「何であれ名づけに抵抗するもの、あるいは名づけをすり抜けるものへ特別な感性を示す」(182)作家であると指摘する。さらにコワートは、「ここに、言葉になるものとならないものとの間に繰り広げられるある種のアゴン、言い換えれば、名づけられるからこそ馴致される一方の経験と、既定の承認済みの語彙目録の埒外にある他方の経験の間に、ある種のアゴンが存在する」(182)とも述べている。

だが、ここで彼の言う「アゴン」を、二項対立的な闘争の場として捉えるのは必ずしも適当ではないだろう。と言うのもデリーロの真骨頂は、名づけられるものと名づけ得ぬものを対比させ弁証法的に止揚させるのではなく、そもそも名づけ得ないものに名を賦与するという不可能な命名行為のアポリアにニックを追い込んだところにあるからである。ニックがかりそめに探り当てたお守り言葉「全と無《トド・イ・ナダ》」は、あくまでも「全《トド》」と「無《ナダ》」であり、「全《トド》」か「無《ナダ》」ではなかったはずである。だとすれば、「言葉になるものとならないもの」の関係は、相反対立というよりは、ダイナミックに反転する「メビウスの輪のように」(Boxwall 184) 表裏一体の様相を呈する。このように名づけ得ぬものに名づけることで生じるアポリアは、逆に言えば、名づけ得るものには名づけが必要ないというアポリアに繋がる。この点に関してデリダは、「名を救う」において、次のように述べている。「名が必要であるということは、名が欠けているということを意味する。すなわち、名は欠けていなければならず、欠如している名こそが必要なのである。こうして、自らを消失させることで、名そのものは救われることになるだろう。名そのものを除いて」(68)。

命名をめぐるデリダのこのような脱構築的な洞察は、ニックが「光に照らされることなく延々と続いていく長いトンネルのような」(295) 神の闇をめぐって行う名づけを考察するうえでも有効な指針となる。と言うのも、彼が生業としてきた「ホット・スタッフ」(285, 286) としての廃棄物の闇もまた、神の闇に劣らず名を欠き、同定し難い秘密であるからである。名もなき人々の日常史の残滓とも言うべき膨大なゴミが、「明白な運命《マニフェスト・デスティニー》」として神々しくもギザのピラミッドのように迫り出した廃棄物処理場。原爆の生みの親、オッペンハイマー博士が、開発当初、フランス語で「糞」を意味する "merde" としか呼びようのなかった核兵器。神々しいアンダーワールドとして「隠されていると同時に、目に見えぬかたちで顕現する」(O'Donnell 110) 冷戦の遺物は、固有名を欠いた表象不可能な「鬼《イット》」さながら、地表を「押し戻し」(287)、生者に亡霊のごとく取り憑く。穢れと崇高性を帯びた「悪魔の双子」(791) には、「手を触れることもできないアウラ」(88) が宿っているからこそ、古代エジプトの「ファラオの死と埋葬を準備するみたいに」(119) 恭しく取り扱わねばならないのである。

このように見てくると、「廃棄物の司祭」（102）であるニックの畏怖に満ちた振る舞いは、神の闇、言い換えれば神の名をめぐる彼の探究と深いところで通底していることがわかる。冷戦という「安定したパラノイア」（Knight 814）が液状化した今、廃棄物の闇に深く分け入ることは、彼にとって、神のアンダーワールドである「鬼《イット》」の闇に徒手空拳で「にじり寄り」、名づけ得ぬものの名づけを試みることを意味する。神のごとく全能でありながら、悪魔のように穢れた『核』という存在自体が、絶対的・象徴的な『父』として、アメリカの言語能力《ポテンシャル》を去勢していた」（下河辺 148）とすれば、父も代理父も失ったニックによる「鬼《イット》」の名づけは、まさにその去勢された言語能力《ポテンシャル》と向き合い、検証する行為として理解されねばならない。いかなる言葉をもってしても名づけ得ないジョージへの銃撃により、「鬼《イット》」となってしまった彼が、敗北の象徴としてボールを護符のように手元に置いたのは、自らに課した神の闇への名づけを想起するためである。敗者である彼に買い取られたことにより、ホームランボールは、野球という共同幻想のアウラを取り除かれ、彼に「鬼《イット》」の名づけの使命を喚起する私的なメモラビリアへと変貌を遂げたのである。

「路上へ」――「幽霊」の開かれた名前

エピローグ「資本論《ダス・キャピタル》」は、物語の核心をなすジョージへの銃撃をもって終わる第六部と断層をなすかのように、一気に九〇年代へと折り返される。そこに浮上するのは、ある種の諦念と静謐さを湛えた初老のニックである。この章では、まず彼が視察したカザフスタンの旧核実験場で見世物として行われる核廃棄物爆破実験が前景化され、次に二つの「キーストローク」の逸話が提示される。こうしたスペクタキュラーでキッチュなパフォーマンスとは裏腹に、フェニックスに居を構えるニックの日常は、平穏無事でありながら、それなりに「奥行きと幅」が備わっている。彼は、「本物の路地を歩き回った無秩序の日々」(810) を懐かしみ、路地裏に今もさまよい続ける死者たちに思いを馳せる。

母ローズマリーの死後、「彼女の真実によって充たされ、引き伸ばされているように感じた」(804) ニックは、「母はおれをさらに大きくし、人間であるということがどういうことであるのかという感覚を増幅してくれた。今や彼女はおれの一部でありすべてであり、慰めにさえなっている」(804) と打ち明ける。また彼は、父ジミーについても、ギャングに抹殺されたというトラウマティックな妄想に取り憑かれてきたにもかかわらず、「ファミリー・ミステリー」(87) としての父の失踪をようやくシンプルに受け止めるようになる。「地面が開け、彼は内部へと足を踏み入れた。…彼は沈んでいったのだ。…あの人は地下に潜りたかったのだと思う」(808-09)。こうして、「ジェイムズ・ニコラス・コンスタンザ」という父の固有名を若くして奪われたニック・シェイは、廃棄物《シット》という「幽霊の文明」(810) を取り扱うことを通じて、路地裏の「鬼《イット》」よろしく廊下をさまよう「のっぽの幽霊たち」(804) への名づけを引き受けたに等しい。「廊下には幽霊が歩いているのを知っている。だがこの廊下、この家のことじゃない。幽霊たちはあの安長屋に戻ったのだ。夜の果ての隘路に建つ安長屋に」(810)。かく語る彼は、シミュラークルの氾濫によって歴史が無化され、「テクノロジーが記憶に取って代わる」(Parrish, FH 703) ポストモダン的状況下で、敢えて路地裏の幽霊たちに向かって身を開き、彼らの記憶を神の闇への灯明とする。

そのような意味で彼のボールは、闇の彼方へと後退していった同定不可能な「鬼《イット》」の比喩《フィギュール》=形象としての死者たちや、打ち棄てられし物たちを彼に繋ぎ止めるのに大きな役目を果たしている。母が鬼籍に入ったのち、本棚を整理し始めたニックは、くだんのボールを手に取り、しみじみと次のように述懐する。

おれはそれを見つめ、きつく握りしめ、それから本棚に戻す。斜めになった本と直立した本の隙間に押し込む。美しくも高価なこの物体をおれは半分だけ隠れるような場所に置いている。それはおそらく、どうしてそれを買ったのかを忘れてしまいそうだからだろう。はっきりとその理由を覚えていることもあるのだが、忘れていることもある。スポルディングの商標近くが緑色に滲み、半世紀弱にもわたる土や汗や化学変化を経てブロンズ色に変色した美しき記念品。そしておれはそれをもとのところに置き、次にまた出会うときまでその存在を忘れる。（809）

この言葉が暗示するように、日常と非日常、此岸と彼岸の挟間に位置するかのように、「半分だけ隠れるような場所に」安置されたボールは、彼のお守りとして、日常的でありきたりなものを手がかりに、神の闇を名づけるという重大な使命があることを密かに彼に思い起こさせる。やがてその名は、神の闇にも喩えられるテクストの「長いトンネル」の向こうに、光明のように浮かび上がる。「暫定的な希望」（Osteen 259）として「神々しい単語が一つ。君はクリック一つでその単語の起源、発展、最初の使用例、言語間での転移を追い…その生成の根源の地下《アンダーワールド》トンネルにその単語を追うことができる」（826）。この前置きに続き、唐突に挿入されるジングル「締める、密着させる、束ねる」（827）は、ニックが、ゴミ出しのときに唱える呪文《マントラ》に他ならず、彼の名づけ行為が、廃棄物処理という彼の天職と通約可能であることを示唆している。

このジングルに導かれ、長大な一文からなる次の段落で読者は、死後サイバースペースに闖入したシスター・エドガーが行き着いた水爆サイトから目を転じ、窓の外の近くの庭で遊びに耽る子供たちへと誘われる。クリック一つで現出する核爆発の崇高美に神を幻視し、フーヴァーとハイパーリンクしたシスターをよそに、だしぬけに二人称で語りかけられた読者は、プロローグのコッター・マーチンさながら「君の言葉で話し」（11, 827）、即興の遊びに興じる子供たちの肉声に心惹かれていく。そして語り手とともに「君」の視線は、異化された眼前の「平凡極まりないもの《クォティディアン》」へと注がれていく。「光を受ける机の木目の模様の生々しさ」、「昼食の皿の上でセピア色に変色していく林檎の芯」、「電話機の斜面に反射する修道士の蝋燭」、「蝋の光沢と編まれた灯芯の曲線」、「コーヒーカップの欠けた縁」、「そこに勝手な方向を向いて挿し込まれた君の黄色い鉛筆」、そして「その黄色い鉛筆の黄色さ」（827）等々。

こうして「単純至極な表層のもとに幾重にも折り畳まれた人生」（827）を感じさせる日常の詩学を手がかりに、「君」の名づけはいよいよ最終段階に差し掛かる。「君は画面上の単語が現実世界で物象化することを思い描く─そのあらゆる意味、その静謐さと充足感をどうにか路上へもち出し、和解の囁きを伝えること、絶え間なく外部に向けて拡張していくその単語、…希求をぞんざいにひろがる都市のスプロールに行き渡らせる単語、そしてその外の夢見心地な小川や果樹園を越えて孤独な丘陵地帯まで行き渡らせる単語とは」（827）、"Peace"の一文字。

冥界の王プルートが支配するテクストの長いトンネルの闇から浮上したこの名を、こうして「君」は、ミニッツメイドの広告板とコンピュータの水爆サイトから、ホモ・ルーデンスが戯れる「路上へ持ち出し…外部に向けて拡張していく」。(5)だが、それ自体サイバースペースから浮かび上がったこの名は、確定された名ではなく、さらなる上書きへと開かれた「幽霊」的名づけであることもまた事実である。そこには、無数の名が亡霊のように取り憑き、「いつもばらばらになって意味をなさない名前」（Taylor 27）までもが包含されている。祈祷の言葉でもある"Peace"という名は、(6)コーヒーカップに挟まれた「君の黄色い鉛筆」によってエクリチュールとして刻まれるたびに、そこに潜む無数の「鬼《イット》」によって裏書きされると同時に、別の名へとずらされ、上書きされていく可能性をも含みもつ。(7)こうして、勝者なき冷戦の敗者となることを甘受したニックは、敗北の「鬼《イット》」を抱きしめてはじめて、「われら自身をわれらから隔てる、死すことのない死」（Boxwall 193）のアポリアに身を開き、二〇世紀アメリカに取り憑いた「幽霊」の開かれた名前を、「君」とともに再び「路上へ」と誘うことができるのである。

V

〈死〉の時間、時間の〈死〉

第十七章

喪の身体
――『ボディ・アーティスト』における時と消滅の技法

「私はローレン。でもだんだんとそうじゃなくなっていく。」
ドン・デリーロ『ボディ・アーティスト』

女性アーティストの系譜

『ボディ・アーティスト』（二〇〇一年）は、『アンダーワールド』（一九九七年）とはおよそ趣を異にする、いささか小振りのゴシック仕立てのノヴェラである。膨大な時空を孕み、重厚な歴史の厚みを備えた前作と、ボディ・アーティストが贅肉を削ぎ落としたかのように余剰を切り詰めたこの小品との対比に、批評家が少なからず戸惑ったことは否めない。だが、両者の対照性を敢えて際立たせたことそれ自体、デリーロの戦略的なデザインを物語っているようにも思える。(1)

『アンダーワールド』が、二〇世紀後葉の歴史のメルクマールとなる大事件と、アメリカ人の日常が、その暗部においていかに関わるかを描いた射程の大きい作品だとすれば、本作は、一人の女性アーティストに照準を合わせ、彼女の「ボディ・コズモス」(84)の変容に、喪のアポリアと(脱)主体化のプロセスが孕むパフォーマティヴィティをめぐる問題系を巧妙にリンクさせた野心作だと言える。ジョイスを彷彿させる前者から、ベケットを思わせる後者への思い切った転換は、核に脅える冷戦期アメリカの国家身体から、喪に服する女性アーティストのドメスティックな身体への反転として捉えることもできよう。

このような視座から九〇年代のデリーロ文学を振り返ってみると、顕著な特徴として、女性アーティストの際立った存在感が浮き彫りになる。『マオⅡ』(一九九一年)の主人公ビルをして、「一体いつから女が男を撮るようになったんだ」(43)と言わしめた女性写真家ブリタ・ニールソン、『アンダーワールド』の準主人公ともいうべきジャンク・アーティストのクララ・サックス、『ボディ・アーティスト』の主人公ローレン・ハートキというように、そこには、生と死の二項対立、及び固定されたジェンダー規範を攪乱する女性アーティストの系譜が確かに存在する。[2] こうした文脈を踏まえ、本章では、服喪中のローレンの身体パフォーマンスが、時間との関係においてメディアといかに関わり、主体の反復的な模倣の構造それ自体をどのように炙り出していくか、喪の身体の他者への開きという観点から考察していきたい。

「ボディ・コズモス」の変容

『ボディ・アーティスト』を論じようとするとき、作品全体を縮図のように凝縮した冒頭の一節が、主体の生成と時間の関係について明澄なイメージを提示していることは注目に値する。『アンダーワールド』が、ポロ・グラウンドを舞台に華々しく展開された球史に残る試合から始まったのに対し、この作品の書き出しは静謐な詩情に満ちている。そこでは、風に揺られながらも巣に貼りついて時を紡ぐ卑小な蜘蛛に仮託して、[3]生と死をめぐる深遠な哲学的思考が喚起される。

時は流れているように思える。世界は生じ、刻一刻と展開する。そこであなたは手を止め、巣に貼りついた蜘蛛に目をやる。敏捷に踊る光、ものが正確に縁取られているという感覚、湾内を走る光沢の縞。こういうときこそ、人はいつになくはっきりと自分が何者であるかを知る。過ぎ去った嵐のあとの陽射しの強い日に。ほんの小さな落ち葉でさえもが自意識に貫かれているような日に。風が音を立て松並を通り抜けるとき、世界が出現する。もう元には戻せないものとして。巣の網間で蜘蛛は風に揺られている。(7)

ビッグバンさながら嵐によってすべてが創生され、もはや遡行できないものとして時の経過が前景化され、ものの輪郭がいつになく鮮明になる。それとともに、自分が何者であるのかといった自意識が唐突に先鋭化し始める。このような啓示的瞬間を詩的な文体で提示したのち、場面は、一見何の変哲もない中年夫婦の朝食風景へと移行する。

とりたてて何か事件が起こるというわけではないが、冴えわたった筆致で描かれた二人の会話にはどこかちぐはぐで張り詰めたところがあり、そこには、日常性を異化する不安定要素が萌芽として内包されている。とりわけ、妻ローレンが異物として口の中から取り出した一本の髪の毛は、[4]彼らの会話に拭い難い不安な影を投げかける。住まいのあらゆる事物が夫婦のいずれのものであるか峻別されているこの家庭にあって、正体不明の他者の毛髪は、ボディ・アーティストの主体を脅かす予兆として言及される。

のちに彼女が身をもって体験することになる変容を予示する様々な兆しが、彼らの家庭には満ちている。流し始めると決まって数秒後に気泡で白濁する水道水。どことなく体臭を思わせる大豆粉の匂い。ブルーベリーの鮮烈な青という色の感触。至近距離で家の中を覗き込むアオカケスのはっと息を呑むような姿。bとrの文字で表記できそうな鳥の羽音。密かに壁から漏れ聞こえる不気味な物音。こうした一見瑣末とも思える事柄を実存に関わる問題としていつになく明晰に意識する一方で、新聞の日曜版を読み耽るローレンは、記事の中に易々と取り込まれていく。その結果彼女は、地球の裏側で拷問を受けている人々や、自分の知らない言語を話す人々の世界に白昼夢のように耽溺する。『マオⅡ』のカレンさながら、メディアの向こうの側に没入し、[5]「この場に居ながらにして他の場にもいる」(23) ローレンの「頭の中にはある声…すなわち新聞記事から流れ出る声が響いていた。それは彼女自身の声であり、対話であり、独白でもあった」(16)。こうした現象は、ときおり彼女が無意識に口にする夫の呻き声とあいまって、痕跡としての「声」とローレンの親密な関係を暗示している。

いずれにしても、この朝の二人のやり取りが、その日先妻のアパートで自殺を遂げた夫との最後の会話だったことがまもなく判明する。映画監督であった夫レイの衝撃的な自殺を伝える死亡記事がその直後に挿入され、読者は、葬儀を終えたローレンが、借りていた別荘に一人で舞い戻り、耐え難く孤独な日常と折り合いをつけようと孤軍奮闘する姿を目の当たりにする。夫に先立たれた「彼女は、レイの紫煙の中に消えてしまいたかった。死んで彼になってみたかった」(34)。そこでローレンは、ヨガを思わせるボディ・ワークを通じて生をこのうえなく透明かつシンプルなものにし、自分を際限なく零に近づけようと試みる。呼吸の基本に立ち返って自らの身体と外界との関係を根本的に見直すとともに、裸身でボディ・ワークに励むローレンは、自分の新陳代謝さえもが忌避すべきおぞましいものであるかのように、髪を切り、爪を研ぎ、身体を磨く。

服喪中のこうした彼女の営みは、脅威に曝された主体の輪郭をなす身体の境界を最小限に縮小し、「計画を立てることで、再び生きられるようになるまで時間を組織しようとする」(37) 身振りに他ならない。自らのアイデンティティの基盤を成す身体を切り詰めることで、彼女は、余りある時間の恐怖を分節化し、夫の死によってもたらされた危機を乗り切ろうとしたわけである。だが、こうした目論見とは裏腹に、彼女の「隠れたシステム」(84)

としての「おぞましきもの《アブジェクト》」(6)は完全に払拭されたわけではなく、表象不可能な亡霊として彼女に取り憑く。かくしてローレンは、〈象徴界〉から徐々に離脱し、分節化できない空虚にして過剰な〈現実界〉と向き合わざるを得なくなったのである。

やがて彼女は、自分を取り巻くすべてのものに微かな変容の兆しを感じ始める。そればかりか、自分の身体にもどことなく違和感を覚えるようになった彼女は、もはや自分がかつての自分ではなく、存在の次元を異にしているように感じる。「自分でも不可解なことに、彼女の身体はこれまでとは違ったように感じられた。はっきりとはわからなかったが、どこか張り詰めていて、枠にはめられたみたいで、ちょっと違和感があり、馴染んでいない感じがした。どこか違っているというか、希薄な感じがした」(33)。

このように「ボディ・コズモス」の微妙な変化を敏感に感じ取り、「自分の内側で世界が失われてしまった」(37)という喪失感を払拭できないローレンの唯一の慰めは、地球の裏側のフィンランドのコトゥカという寒村に設置されたカメラが映し出す深夜の田舎道の映像を、ウェブキャムで見ることである。たまに通り過ぎる車がコンピュータ画面に現地時間のデジタル表示とともに映し出されるだけの閑散としたこの別世界の映像ほど、彼女の孤独のメタファーに相応しいものもないだろう。意味を剥ぎ取られ、静寂が支配するこの光景を儀式のように毎日眺めることは、彼女を無の極限に近づける一方で、「浮遊する詩」(38)さながら刻々と映し出される現地の映像とリアルタイムで繋がっているがゆえに、彼女に奇妙な安堵感をもたらす。情報を限りなく削ぎ落とすことで自己抹消を図り、それでいて自己の身体性の及ばぬ別世界と繋がっていたいと思う彼女にとっては、無味乾燥なその風景と生身の自分が今まさに繋がっているという事実こそが意味をもつ。ウェブを通じた自己抹消のための自己拡張。こうしたローレンの矛盾を孕んだ眼差しは、結びつけると同時に切り離す、蘇らせると同時に消滅させる、透明化すると同時に皮膜で被うという、メディアに内在する性質を実は反復したものに他ならない。

これと同じ脈絡で言えば、レイの死亡記事のすぐあとを受けて始まる、第二章の冒頭のハイウェイをめぐる叙述は、喪に服し、身体性を最小限に押さえ込んだローレンが、次第にテクノロジーと親和関係を結んでいく可能性を簡潔にして鮮明なイメージで提示している。霞がかったハイウェイをスムーズに走行する車の流れが、傾斜面に差し掛かった瞬間、おしなべて停止したように朦朧と一体になり、惰性でゆっくりと表面を滑走するかのように、白く無気味な走行音に取り込まれていく。このように催眠的なハイウェイへの言及は、彼女が、この章の終わりに文字通りノイズとして感知される不可思議な人物と滑らかに接合されていくことを暗示している。実際ローレンは、自分の喪失感を具現するかのように異界から姿を現したこの人物を媒介として、今は亡き夫を「声」として現前させるメディア空間へと滑り出していくことになる。(7)

零度の身体とメディア

まずもって、この得体の知れない謎めいた人物は、階上から密かに漏れ聞こえてくる無気味なノイズとして立ち現れる。ローレンが直観的に「現れるべくして現れた」(41) と感じる下着姿のこの「屋根裏の狂人」は、まさに固有名を欠いた「鬼《イット》」に他ならず、彼女の「ボディ・コズモス」の風景を一変させることになる。ローレンは、恐怖を感じるというよりもむしろ、どことなくこの人物には「捨てられてまた見つけ出された、拾い子のようなところ」(43) があることに気づく。どこかの精神病院か施設から脱走してきたかのような自閉症気味のこの男は、姓名はおろか年齢さえ同定し難く、新生児のように未だ書き込まれざる零度の身体を曝している。(8)

この幽霊じみた寄生者の第一「発見者」(43) を自負する彼女は、ジェンダーすら未分化のこの他者を可視化しようと、高校時代の科学の教師の渾名に因んで「ミスター・タトル」と命名を施す。言わば男性主体の女性に対する眼差しを反転させたような、彼女のこの名づけ行為は、彼を呼び止め、教化し、イデオロギーに組み込もうとする身振りに他ならない。この「屋根裏の狂人」を、クリニックか警察に通報しようという彼女の押さえ難い衝動は、彼女の命名行為がバイオポリティカルなスピーチ・アクトと紙一重であることを物語っている。皮肉にもローレンは、自らを誘う〈現実界〉より立ち現れたこの男の「おぞましさ《アブジェクト》」を、言葉を通して分節化することにより、〈象徴界〉へと回収しようと試みたのである。

　このように、新大陸を植民地化する帝国主義的主体を模倣するかのように彼を発見し、命名し、占有することにより、欲望の主体を演じるミセス・ハートキは、彼が「深夜、自分のコンピュータのスクリーンから立ち現れ、サイバースペースから抜け出てきたのではないか」(45)と想像を逞しくして、ひとり悦に入る。だが、ウェブで繋がった「フィンランドのコトゥカからやってきた」(45)かのようなこの男が、失語症とも見紛うほど言語不明瞭でありながら、「声」という現前性を保持しつつ、亡霊性を帯びた分裂症的な身体的痕跡を留めていることに彼女は薄気味悪さを覚える。[9]

　とりわけ彼女を驚嘆させたのは、シニフィエを欠いた純粋な鳥のさえずりにも似た彼の声が突然、ローレンが夫と生前交わした会話の断片をそっくり再現し始めたときである。記憶に頼るわけでもなく、まるで精巧なヴォイスレコーダーか九官鳥と化したかのように、彼がトランス・ジェンダー的に二人の声色を巧みに使い分け、身振り手ぶりを交えてレイとの最後の会話を現前させたとき、ローレンは驚愕のあまり言葉を失う。

　あたかも「墓場の向こうから聞こえる断片的な寝物語《ピロー・トーク》」(Adams par. 9)を盗み聞きしていたかのように、その内容を再現できる彼には、「あたかも〜のように」(45, 78)というヴァーチャルなメディア性が常に付きまとう。であればこそ彼の擬声は、現前に依拠する音声中心主義やロゴスとは無縁であり、自らの起源を横滑りさせ、ズラし、転覆させかねない危うさを秘めている。このように瞬時に消滅するからこそ特権化されてきた「音声」を逆手に取って擬するという点で、彼は、声色を自在に使い分ける『マオⅡ』のカレンや、『アンダーワールド』に登場するコメディアン、レニー・ブルースの系譜に連なる。

ミスター・タトルのこのように特異なメディア的特性を考察するうえで、レイの遺品であるヴォイスレコーダーと、外界との唯一の交信手段である電話という、二つのテレフォニックな音声メディアが果たす奇妙な役割にここで手短かに触れておこう。そもそもこのレコーダーは、映画監督であったレイが、生前、煙草を片手に二階を歩き回りながら、脚本家に伝えるべき構想を吹き込むために使用していたものである。この習慣のため、ローレンは常に彷徨する音声として夫の存在を階上に意識し、彼が亡くなったのちも、彼の肉声がまだそこに痕跡をとどめているように感じる。ところが興味深いことに、彼女が夫の形見であるこのレコーダーを意識し始めたのは、タトルがレイの擬声を発することができるという衝撃的な事実を知ってからのことである。

かくして、彼の出現により、これまで休眠していたメディアが再稼動し始め、ローレンは、在りし日の夫と自分の言葉を一言一句聞き漏らすまいとヴォイスレコーダーに吹き込み、保存しようとする。一方、タトルは、自分の声がメディアに再回収されることを嫌い、録音ボタンを切り、また彼女がスイッチを入れ直す。こうしたせめぎ合いの末、彼らの間にメディアを媒介として再生可能なさらなる会話空間が生じるようになる。やがてヴォイスレコーダーを肌身離さず持ち歩くようになった彼女は、「かどわかされたエイリアン」(83) みたいな彼と、「SF映画に登場する黒のスパンデックスに身を包んだ人物のような」(56) 自分との間に交わされた会話に、限りなく引き込まれていく。

「屋根裏の狂女」の誕生

こうしたプロセスにおいて、いつの間にかローレンは、タトルを無条件で「歓待」せざるを得ない状況に追い込まれていく。この小説の妙味は、タイラー・ケセルがデリダを援用して論じたように、歓待する者とされる者の間に見られるまさにこの逆転にある。ローレンは、タトルの擬声を夫のヴォイスレコーダーに回収し、その音源を慈しむだけでなく、彼女自身が、自分たちに対する彼の攪乱的な模倣をさらに模倣することで、次第に「屋根裏の狂女」へと変貌を遂げていく。このことは、タトルが、擬態《ミミクリ》を通じてローレンに「呼びかけ《インタペレーション》」を行い、彼女を感化し始めたことを意味する。

こうして生じたローレンの変貌は、作品中幾度となく言及される電話に対する彼女の眼差しにその徴候を見て取ることができる。不意に「呼びかけ《インタペレーション》」を行う電話に対して彼女は、最初のうちは、「映画の中で人がよくやるようにそちらの方を見ることもなく」(34)、受話器を取ることもないが、やがてタトルと共振し始めた彼女は、「自分の声ではなく、ためらいがちに捻りを効かせた他人の声色」(36) を使って電話に出るようになる。そればかりか、親友のマリエラに電話をかけたローレンは、彼女の留守番電話の自動応答メッセージの無機質的な電子音に魅せられ、幾度となく彼女の家に電話をかける。「ピーと／いう／音の／あとに／メッセージを／お残し／下さい」(67) という人工音声が、ぎこちなく寸断されつつも、「量子飛躍」(67) のようにメッセージを繋ぐ。ローレンは、「異なった七人の声というか、さもなければ七つの時間サイクルをなす一人の男性の声というか、あるいは正確には男性の声ですらなく、単語というよりはむしろ音節として、はたまたそのいずれでもなく」(67) メッセージが流れてくるさまに魅了され、乾いた音声の虜となってしまう。

このようにコミュニケーションを変質させたり、無化したりする変声機《ヴォイス・チェンジャー》としての電話とローレンの関わりには、タトルと彼女の関係が転移していると考えられる。不意にローレンの住まいに出現し、留守番電話の人工音声よろしく七色の声色を使い分け、他者の声を再現できる彼には、トランス・ジェンダー的声帯を持つ異形のアンドロイドをどことなく思わせるところがある。とは言え、その一方で「何段階もの知覚のレベルをくぐりぬけ、人が他人の言葉にどのように耳を傾けてきたかについての社会史全体とも関わる」(50) 彼の身体には、進化を遂げた身体というにはほど遠い、母胎回帰的な退行性がつきまとう。

そのようなタトルを幼子に接するがごとき情愛をもって慈しむローレンは、彼を外部に曝すことなく占有し、親密なスキンシップを実現すると同時に、臨床医のように彼の身体を分節化し、馴致していく。彼女は、自分が産み落とした赤子のように丁寧な沐浴を施す一方で、解剖医がボディ・マップを作成するかのように彼の身体の各部位に番号を振り当てては、その名称を心の中で唱えていく。ここに見られるのは、知を占有するファロゴセントリックな主体としての男性医師と、客体としての解剖台の女性という伝統的な図式の逆転である。そうかと思えば彼女は、幼子のように無防備なタトルにフランス語で子守唄を歌ってやり、寝物語風に本さえ読み聞かせる。ところがその本が、人間の体の成り立ちと出産に至るまでの生命の神秘をイラスト入りで解説した「人体の本」(60) であってみれば、タトルの零度の身体は、彼の巧みな擬声と齟齬をきたしつつ、慈母と医師の視線に同時に曝されることになる。

彼のこうした零度の身体と、洗練された擬声を橋渡しするのが、おうむ返しの返答や声色を発していないときの彼の声である。「透明で混じり気のない鳥のさえずり」(75) にも似たその「歌声」(74) に彼女は知らず知らずのうちに引き込まれていく。「自分を厄介な思考から解きほぐし、ほとんどコントロールの及ばないどこかへと誘う安らぎを肉体に感じた」(74) 彼女は、「感覚的に心地よく、それでいて虚ろな」(75) 音の効果につり込まれるように笑い声をあげる。挙句の果てに彼女は、「エクスタシーへの楔」(75) を打ち込むそのような声の戯れに自らを重ね合わせてみたいとさえ願う。と同時に彼女は、いずれは自分までもが、声だけの虚ろな存在へと退行していくのではないかと微かに不安を抱き始める。

時の異邦人

　このように、文脈も指示対象も欠いた声を発するタトルを介して馴致不可能な他者を抱え込んでいくローレンの変容を考察するうえで見逃せないのは、他者の声の中に生きる彼の無時間性、もしくは超時間性である。流れ行く時の経過とは無関係に生起するという点で、彼はヴォイスレコーダーによる反復と、鳥の「さえずり」のリフレインを同時に具現している。彼は、「われわれが『現在』と呼んでいるものに対して、自分をどう合わせたらよいのかわからず」(66)、全く異なる時間体系に基づいた「別種のリアリティ」(64)を生きていると言ってよい。ローレンによれば、レイの声を発するタトルは、決して記憶に頼っているわけではなく、その声が身体性を帯びて「今まさに生起している」(87)。かくして彼女は、タトルが専ら本質を欠き、変幻自在に「他人の声の中に生きようとする」(90)彼との「会話には、時間の感覚がないということを理解し始める」(66)。

　ウォルター・J・オングの言う「一次的な声の文化」にすら未到達の鳥の「さえずり」と、「二次的な声の文化」を表象するヴォイスレコーダーをこのように同時に具現できるタトルは、「物語の性質を持ち合わせない別種の時間を生きている」(65)。だからこそ彼は、ローレンが推察するように、いとも簡単に「時間の中に入り込み、時間の外へ抜け出す」(74)ことができる。「行ったり、来たり、僕は去っていく」(74)という、いかにも要領を得ない彼の言辞は、はからずもそのことを言い当てている。「ここにいると同時にかしこにもいて、過去であるとともに未来でもある」(64)彼は、本質的に区切りというものが存在しない時間と時間のインターフェイスを事もなげに横滑りし、「彼女の経験へ、そしてすべての人々の経験へと滑り込んでいく」(83)。

　このように彼が、「名前もないある状態から別の状態へと横切っていく」(83)ことが可能なのは、彼にとって時間が、互いに前後の脈絡のない断片的な瞬間の寄せ集めとしてしか存在し得ないことによる。「生じることもなく、単純に圧倒的な存在感をもってそこにある」（77）彼の時間は、「確実な連続体となって経過し、流れ、生起する時間のありよう」（77）とは全く無縁である。その結果、「名前や日付けや区分け」（77）といったものによって識別されない彼の世界においては、すべての瞬間が、いかなる符牒によっても名づけされないまま、時間の論理とは無関係に、同時に同等にアクセス可能なものとして措定される。[10] 切れ目のない連続体をなす現実を「恣意的に区切る」（91）ことのできない分裂症患者のように、時間を切り取る術を知らないタトルは、「別の存在範囲へと、すなわち別の時間存在へとひたひたと押し寄せ、染み出していく」（92）。

既に指摘したように、テレフォニックな「声」としてタトルは、ローレンの内部に他者として侵入することにより、過去、現在、未来という時間相をもすり合わせ、電子メディアさながら、「未来を現在と共存させ重合させること」（大澤 37）ができる。本来、未来というものが、「時空に対するわれわれの知覚と言語が交差する非在の場」（99）であるとしても、「その交差点において異邦人であり」（99）、未来を「既にそこにある」（98）ものとして知覚するタトルは、[11]『マオⅡ』のカレンのように、[12] 言葉に頼ることなく「未来を記憶する」（100）ことができる。

こうしてローレンは、「時間が、何かに護られることもなく、全く剥き出しのかたちで、時間そのものとしか言いようのない、別構造、別文化の中にいる」（92）タトルに限りなく同調していくことで、彼に書き込まれ、逆占有されていく。彼女は、「レイのいない寂しさを感じ、彼の不在や喪失に思いを致すときにはいつも、ミスター・タトルのことを考えずにはいられない」（82）。この時点で彼女は、彼の特異な時間のウェブに絡め取られ、レイとの生活において自らが育んできた「幻想の横断」を遂行し始めたと言ってよい。時間こそが「あなたがどういう人間であるかを告げる力であり…時間が人間の存在を規定している」（92）とすれば、「重なり合ういくつもの現実を生きる」（82）タトルのリフレインの虜となったローレンは、「歩いたり話したりする連続体」（91）としての主体のありようを根底から揺さぶられたに等しい。

第六章の結末において読者は、タトルの導きにより、時空を超えて〈現実界〉における自らの声を発見したローレンの消滅の技法を垣間見ることになる。[13] 彼女が限りなくタトル化していく臨界点が、彼が永遠に姿を消してしまうこの章の末尾に設定されているのは、決して偶然ではない。彼の失踪後、再び電話に出るようになったローレンは、最初は留守番電話の電子合成音のような、「誰のものでもない総称的で中性的な」（101）声色で話すが、やがては「彼の声で、舌のうえで奏でられる鳥のハミングのような、かん高く乾き、それでいて虚ろな響きの声」（101）で応答する。彼女自身が「さえずる機械」と化したこの瞬間こそ、彼女の身体が、複数の声の通過する虚ろな身体として、言い換えれば、いかなる書き込みをも許す零度の身体として、顕現し始めた決定的瞬間に他ならない。

攪乱的反復実践としての『ボディ・タイム』

だが、ボディ・アーティストである彼女の身体が、タトルの失踪後、主体と擬態《ミミクリ》との関わりにおいてもう一捻り劇的な変容をきたすには、『ボディ・タイム』と称する彼女の一人芝居を待たねばならない。このパフォーマンスにおいてタトルと合一化した「彼女は、トラウマによって異質になり見慣れなくなったものを再占有し、再表象した」（Di Prete 506）と言ってよい。第六章と第七章の間に挿入されたマリエラの劇評は、第一章と第二章の間に挿入されたレイの死亡記事と形式的に照応関係をなしている。このことは、この公演が、夫の死によって喪のアポリアに陥ったローレンが苦境を逆手に取って演出した自らの「死亡広告」にも等しいことを暗に物語っている。『ボディ・タイム』という名称がいみじくも示すように、このパフォーマンスは、『ボディ・アーティスト』のテクストそれ自体に対する、メタナラティヴとしても機能している（Di Prete 509）。「ボディ・メモリー」に依拠する彼女の変容について、マリエラは、アラブ・カフェでローレン自身が語った言葉を散りばめつつ、臨場感溢れる文体で綴っている。「ボディ・アートの極限―遅々として、無駄がなくそれでいて痛々しい」と銘打った彼女の劇評によれば、テロリストのように髪を刈り込み、アルビノのように「色もなく、血の気もなく、齢さえもない」(103)ローレンは、本質的に「自分の身体を削ぎ落とそうとするボディ・アーティスト」(104)に他ならない。彼女は、「いつでも他人になるプロセス、もしくはアイデンティティの根幹を探求するようなプロセスにおいて演技する」(105)アーティストとして捉えられている。

かつてローレンは、「思春期の男女や、ペンテコスト派の説教師や、ヨーグルトを食べて一〇二歳まで生き長らえた老婆や、最も忘れ難いところでは妊娠した男の身体」(109)を演じたことがあり、彼女が演じる多分に攪乱的で境界侵犯的なパフォーマンスは、恣意的に捏造されたジェンダー、エスニシティ、及びエイジの反復的な模倣の構造それ自体を炙り出し、脱自然化する。ホログラムのように変幻自在に擬声を使い分ける彼女の一人芝居は、がらんとした舞台で、初老の日本女性が能の所作を行うところから始まり[14]、タトルを思わせるやつれた失語症の裸体の男が必死で何かを伝えようとする場面で終わる。一切の余剰を削ぎ落としつつも、様式化された能を儀式的に演じる白髪の日本女性から、言語も文化も剥奪され、別種の現実へと身を震わせて滑走を試みる裸身の青年への退行劇。舞台の奥には、閑散としたフィンランドの寒村道路の映像が時間のデジタル表示とともに投影され、いずこからともなく流れる留守番電話の人工音声とタトルの録音テープが、時間のインスタレーションとも言うべき彼女のソロ・パフォーマンスと絶妙に絡み合う。

ローレンの言によれば、何がおこるでもなく、痛々しいまでに遅々とした時の経過を実感させるこの公演は、時の流れをぎりぎりまで食い止めることによって、主体を極限まで剥ぎ取り、今まさに時が停止したかに見えるとき、一体何が残るのかを探求しようとした究極の試みであるという。この公演に二回立ち会ったマリエラは、このパフォーマンスが、「汝と我についての物語であり、…自分たちが何者であるか、リハーサルをしていないときに、われわれはいったい何者なのか」(110)を問うものだと、手記を締め括っている。

この言葉は、ローレンのボディ・アートが、アプリオリに措定されがちな主体や固有の身体に対して疑義を突きつけようとしたものであったことを示唆している。結局のところローレンは、脱主体化の身振りによって喪を乗り越えようとした自己が、他者タトルの擬態《ミミクリ》のさらなる擬態《ミミクリ》によって根底から揺さぶられ、変容していくプロセスを零度の身体を用いて表現したと考えられる。ジェンダー規範のズレを孕んだ模倣の反復を通じて、ハイブリッドな対抗身体を模索する彼女は、夫の死を蝶番にして主体化が孕むパフォーマティヴィティそれ自体を自意識的に暴き出したのである。

以上のようなローレンの身振りは、ジュディス・バトラーの言う「アイデンティティを構築するものでありながら、またそれゆえにその反復実践に異を唱える内在的な可能性を提示するような反復実践」(188) として捉えることが可能である。「ときとして女性性を神秘的かつ強烈なものとするので、それが両性を包含し、数々の名状し難い状態を現出する」(109) 彼女のパフォーマンスは、「単一の男根的な肉体の概念を、多様にして両性的な概念に置き換えることに成功」(Longmuir 541) している。言い換えればそれは、「反復しつつ、その反復を可能にしているジェンダー規範を、ジェンダーのラディカルな増殖をとおして、どのように置換していくか」(Butler 189) という問題意識を、身体を用いて具現してみせたものに他ならない。つまるところ、一見、共犯的にステレオタイプを再生産するように見えながら、差延を孕んだ攪乱的な反復によって内部からそれを書き換え、何にも還元不可能なものにしていく彼女のアートは、起源なき模倣の効果、すなわち「自然がパフォーマティヴでしかないことを明らかにする不調和で脱自然化されたパフォーマンス」(Butler 186) と見なすことができよう。

ではこうしたパフォーマンスは、デリーロの主人公たちを魅了しつつも畏怖させてきたメディアの抗い難い反復のアウラを解毒しようとする試みとどのような関係にあるのだろうか。その原型を、『ホワイト・ノイズ』におけるバベットの歩行・姿勢レッスンにまで遡ることができるとすれば、デリーロは、八〇年代に探り当てたボディ・ワークというモチーフを九〇年代以降どのように発展させたのか、ここで少し振り返っておくのもよいだろう。

『アンダーワールド』に描き込まれたラジオ・シティ・ミュージック・ホールのロケッツのパフォーマンスは、封じ込められざる異形の身体の表出という点において、ローレンのパフォーマンスと通底する。エイゼンシュタインの幻の映画、『ウンターウェルト』の試写会の前座として登場する、「服装倒錯的」(428)なダンサーたちのパフォーマンスは、トランス・ジェンダー的[15]であるのみならず、サディスティックにしてマゾヒスティックでもあり、「アメリカの娯楽とロシアのプロパガンダ」(Nel, *AU* 429)という二項対立さえもが、セクシーなダンスと軍隊的規律の混交によって液状化した、エピローグの「資本論《ダス・キャピタル》」的世界を予示している。イデオロギー増幅装置としてのメディアの機械性を揶揄しつつ、モンタージュの手法を用いて、歴史の闇に葬り去られた人々の声なき声を映像化する『ウンターウェルト』もまた、振り付けや音楽に「同性愛的要素」(444)が見られる。

　前作におけるこうしたトランス・ジェンダー的パフォーマンスと共振するかのように、口コミで広まったローレンの一人芝居が、一種の「ウンターウェルト」と言うべきボストン芸術センターの地下スペースで敢行されたという事実は注目に値する。彼女の一人芝居が、ロケッツより複雑な奥行きと捻りを内包しているとすれば、それは彼女が、時間と主体の関係性を根本的に問い直すことで新たな文脈に身を開き、主体なるものと自らの隔たりを可視化することに成功しているからである。「時間を止めるか、引き延ばすか、あるいは曝け出す」(107)ことによって、「カンバスに描かれた静物画ではなく、生きている静物画」(107)を描こうとしたローレンが、生成し続ける身体を演じ切ったことで、無限に差異のダイナミズムを孕んだ静謐の時を前景化した意義は大きい。

　そのような意味で、「いずれでもあると同時に、いずれでもない」彼女の消滅の技法は、それ自体が起源も宛名も欠いたメッセージの漂泊であるにせよ、メディアが醸し出す抗い難い反復のアウラにも、それ自体を揺るがす契機が潜んでいることを、反復実践を通じて示したものに他ならない。であればこそ、ローレンは、結末において、『サルガッソーの広い海』(一九六六年)のバーサのごとく屋敷に火を放つこともなく、部屋の窓を開けて海の匂いを吸い込み、再び時の流れを体内に取り入れることができたのである。

第十八章

「崇高」という病

――「享楽」の『コズモポリス』横断

「資本主義経済には一種の崇高さがある。」

ジャン＝フランソワ・リオタール「崇高と前衛」

〈死〉への長い旅路

『ボディ・アーティスト』（二〇〇一年）の主人公ローレンが、ボディワークを通じて限りなく主体を削ぎ落とそうと試みたのとは対照的に、『コズモポリス』（二〇〇三年）の主人公エリック・パッカーは、弱冠二八歳ながら金融市場に君臨し、グローバルなサイバー資本を限りなく増殖させることによって莫大な富を築き上げている。物語の冒頭において、睡眠不足の彼が、夜明けの薄明に浮かび上がる摩天楼を俯瞰するイーストサイド・マンハッタンのペントハウスは、世界一の高さを誇る超高層ビルの最上部に位置し、四八もの部屋を備えた彼の住居には、プール、ジム、瞑想室は言うに及ばず、ペットのサメを泳がせる水槽やボルゾイ犬の特製の檻まで設えられている。贅の限りを尽くし、最新のハイテク装置を完備したこの超豪華トリプレックスへと通じるエレベーターを二台までも専有するエリックは、ボディガードに護衛され、巨大な繭のように死を寄せつけぬこのタワーから世界を睥睨する。「死が訪れても、彼が果てることはないだろう。世界が果てるのだ」(6)。

ヴァーチャルなマネーゲームを通じて今や地上の富を占有しつつある彼が、二〇〇〇年四月のある朝、昔馴染みの理髪店で散髪をしてもらうことを思い立ち、特注のストレッチリムジンに乗り込んだとき、運命の一日が始まる。この小説に取り組み始めたデリーロは、ほどなくしてこの一日が、「ある時代の終焉を告げる最後の日でなくてはならない」ことに気づいたという。「すなわちその時代とは、冷戦の終結と現在のテロの時代の始まりの合間に位置する一〇年間、主として一九九〇年代ということになる。この時代、文化はカネで沸騰し、市場へは資本が殺到した。多国籍企業が政府よりも活気を帯び、影響力をもち始めたように思えたし、最高経営責任者がグローバルな有名人となり、庶民もまたそれぞれが一攫千金を夢見た。ダウ平均は常に右肩上がりで、インターネットがぐっと速くなり、充実し始めた時代だった。こうしたことすべてが、「あの小説におけるように」終焉を迎え始めたのが、二〇〇〇年四月だった」(Gediman par. 3)。

このように『コズモポリス』には、ポスト冷戦期のアメリカが、ドット・コム・ブームと呼ばれる好景気に見舞われ、祝祭性を帯びた経済的「崇高」[1]が日常化し、未来への傾斜が一気に加速された九〇年代の「ファイナンススケープ」(Appadurai 296)を総括しておきたいという意図が込められている。高度に集積された資本とテクノロジーが投機的に結びつくことにより、時空が溶解し、膨大な金融資本が自己増殖を求めて狂躁的に地球を駆けめぐった九〇年代。「富が資本そのものへと変質し、資本蓄積のプロセスそれ自体が自律化するとともに、商品の生産と消費の論理を超えたそれ自身の論理を主張する」(Jameson, *CT* 152)傾向がより顕著になったこの時代こそ、行き場を失った後期資本主義のエントロピーが蓄積され、死へのカウントダウンが密かに始まった時期だったのである。『マオII』(一九九一年)が、冷戦終結の年、一九八九年に照準を合わせ、テロリストが覇権を握ろうとするポスト冷戦時代の不吉な青写真を予示したのに対し、同じくニューヨークを舞台とするこの作品は、束の間のアメリカの繁栄が二〇世紀最後の年に内破し、九・一一を起点とするテロの時代へとまさに突入していく瞬間を捕捉しようとする。この運命の日を逆照射するにあたり、デリーロは、コズモポリスがネクロポリスへと変貌を遂げる歴史の分水嶺を際立たせるには、「ある一人の男のある一日」に焦点を絞り、しかもその男の辿る死への軌跡が「多かれ少なかれ直線的で、一本の道筋に沿って」（Gediman par. 1）展開されねばならないことに思い至る。

かくして「この日」、主人公エリックは西に向かってマンハッタンを一直線に横断することになる。彼が進みゆく四七番通りは、国際機関が立ち並ぶイーストサイドを基点に、金融地区、ダイヤモンド街、ブロードウェイ、タイムズスクエアといった特徴的な町並みを貫通し、ヘルズキッチンを経て、やがてはハドソン川沿いの物寂しいジャンク・ヤードへと至る。ビッグ・アップルの断面を提示する彼の直線的な反探求の旅には、ブッシュを思わせるミッドウッド大統領の行列、超有名ラップスターの葬列、反グローバリズムを訴えるデモ隊、映画撮影現場など、道行きを阻む幾多の障害が待ち受けている。こうして彼の旅路を果てしなく遅延させる野外劇《パジェント》が、本作を恐らく史上最短の距離移動を誇るロード・ナラティヴにしているわけだが、全体として見れば、この一〇年の「時代思潮《ツァイトガイスト》」の終焉を告げるこの小説が、「総決算の日」の破綻へと着実に歯車を刻んでいることは疑いない。

「ポストモダンの崇高」と表象のアポリア

このように『コズモポリス』誕生の背景を概観するとき、同じくニューヨークを舞台に、投機の失敗の挙句、死へと誘引される「ある一人の男のある一日」を描いたベローのノヴェラ、『この日を掴め』（一九五六年）が想起される。巨万の富を瞬時にして動かす投資家エリックと、なけなしの七〇〇ドルを投資につぎ込むウィルヘルムとの格差を勘案するとしても、ともに「総決算の日」に死へと逢着する両作品には奇妙な照応関係が見られる。とは言え、『コズモポリス』はリメイクされた現代版『この日を摑め』ではない。両者の差異は、「ポストモダン、もしくはテクノロジーの崇高」(Jameson, *PCL* 37) という概念が、それぞれの作品の解釈の準拠枠として有効であるかどうかという一点に集約される。

リオタールによれば、ポストモダンの美学は、「モダンにおける表象自体の中の表象され得ないものを全面に出し、良き形式という慰め、つまり手に入らないものに対するノスタルジアの共有を可能にするような嗜好への合意を拒否する。そして、新たな表象を探求するが、それはその表象を享受するためではなく、表象不可能なものにより強い意味を与えるためである」(*PC* 81)。エリックを通じて、このような「世界全体に及ぶ今日の多国籍資本主義というシステム」(Jameson, *PCL* 37) の表象不可能性それ自体を表象しようとする『コズモポリス』には、いかなる形式にも物象にも回収され得ない提示不可能なものの提示というアポリアがつきまとう。と言うのも、彼が体現する「グローバリゼーションはむしろ、金融資本が究極的な脱物質化に到達した一種のサイバースペース」に他ならず (Jameson, *CT* 154)、電子マネーとしての「資本は、崇高な再現不能の〈物〉として機能し」、「見えない幽霊のような〈物〉という相貌を獲得」(Žižek *PF 103*) するからである。

ドゥルーズを援用しつつ、ジェイムソンが指摘するように、投資を通じて自己拡張を繰り返す金融資本が、「脱領土化」(*CT* 143, 152) により、抽象化と流動化の度合いを深めるならば、グローバルなサイバー資本を自在に司り、表象不可能な無限性を具現するエリックは、表象としての身体を予め賦与されているという点で、すぐれて逆説的な存在だと言わねばならない。しかも彼は、貨幣の物神崇拝を先鋭化させたサイバー資本の「崇高さ」を認識し畏怖する主体ではなく、それを体現するアウラの光源として措定されている。(2)

このように見てくると、他者なきサイバースペース上で永遠の生を享受する「大君《タイクーン》」に賦与された有限の身体というアポリアこそが、自らの「崇高」を切り崩す契機となる可能性が浮上する。だとすれば彼のマンハッタン横断は、後期資本主義という名の「イデオロギーの崇高な対象」である彼が敢行した「幻想の横断」（Žižek, *PF* 29）だったのではないか。表象を拒む「崇高」を身体において表象することは、「崇高」と似て非なる〈死〉の経験についてデリダの言う、「不可能性としての可能性」（*A* 70）というアポリアと通底する部分が少なくない。「死の贈与」（*GD* 33）を通じてデリダが横断不可能な死の横断を試みたのと同じように、デリーロは、表象をすり抜ける「崇高」を〈死〉と交差させることにより、九〇年代アメリカの「崇高」を脱構築的に横断しようと試みたのではないか。

こうした推論に基づき、本章では、表象不可能な「資本それ自体のあり方の第三段階とも言うべき脱中心化されたグローバルなネットワーク全体」（Jameson, *PCL* 38）の表象を担う、主人公のボディ・ポリティックスに着目し、「崇高」という彼の病が、「不可能な喪」（Derrida, *SM* 374）[3] を自らに取り込む過程において、いかに〈現実界〉と切り結ぶか、順を追って考察を進めていきたい。

「崇高なイデオロギーの対象」としてのサイバー資本

概ね好意的に受容されてきたこれまでのデリーロの作品とは異なり、『コズモポリス』に対する反応は、出版当初必ずしも芳しいものではなかった。ミチコ・カクタニの書評を筆頭に、主人公の人物造型が皮相的で共感を抱き難いとか、登場人物が作者のマウスピースになっているなどと、不満を述べた書評も少なくない。だが、狂躁的な九〇年代を一日に凝縮し、「経済と崇高の美学との間の相関関係」（リオタール、「崇高と前衛」283）を浮き彫りにするこの「ポストモダンの寓話」を、専らリアリズムの枠組みに準拠して批判することは果たして妥当であろうか。バベルの塔のように「天に向かって聳《そび》え立つタワーに住みながら、神に罰せられることのなかった」（103）エリックが、不死性を求めたがゆえに、「イカロス失墜」(202)さながら破滅するといった、いかにも寓話的な筋立てからして、彼が読者の共感を得られる厚みを備えた人物として創造されていないことは明らかである。「サイバー資本の輝き」(78)を帯びた彼は、実際のところ、「世界市民《コズモポリタン》」に期待される公共性を欠いた(Valentino 152)九〇年代の「マーケット・カルチャー」(90)、もしくは「ネオリベラリズム的な野心を実存的な寓話性で風刺する」(Sciolino 231)記号として表象されており、過剰な欲望を無限に増殖させる。彼が住居とする傲慢なタワーと「自分自身が繋がっているように感じた」(8)という記述どおり、「エリック自身、グローバルな経済的覇権の一枚岩的象徴である二本目のツイン・タワー」(Laist 258)として、途方もない「残忍性」(8)と「空虚性」(9)を具現している。そのような意味において、彼が自滅する「この日」は、物語の現在の翌年に起こるWTC倒壊の予表として捉えることもできよう(4)。

このように、中心に大いなる虚無を孕みつつも、グローバルな超「国家身体」を備えたサイバースペースの覇者として、カントの言う「数学的崇高」を市場で達成しつつある彼は、まずもって痛みや死とは無縁の存在である。彼は、市場を浮遊する不滅の資本データに他ならない自分が、いつの日か、そこで不滅の生を享受することを夢見る。かつて『ホワイト・ノイズ』の主人公ジャックが、医者から言い渡された「君はデータの総計なんだ」(141)という言葉は、彼にこそふさわしい。健康そのものであるにもかかわらず、毎日欠かさず医師の検診を受け、自分の身体情報を刻々と変化する金融データのように捉える彼は、お抱えの通貨分析家、マイケル・チンと言葉を交わしたのち、リムジンのモニター画面に映し出される市況を眺め、次のような思索に耽る。

> 数字やチャートが、制御し難い人間のエネルギーや、あらゆる類の切なる思いや、真夜中の汗などといったものを、冷たく圧縮していると思うのは浅薄な考えだ。それらが金融市場で明確に数値化されるなどと思うのは。実際のところ、データそれ自体が、魂を帯びて光輝き、生命のプロセスのダイナミックな局面をなしてい

る。これこそが、アルファベットと数字が織りなすシステムが雄弁に語りかけるものであり、電子的な形式において完全に実現されるものなのだ。零と一からなるデジタルな命令こそが、この地球上に生きる何十億もの生命の息づかいを規定する。ここにこそ、生物領域というもののうねりがあり、われわれの肉体と大海原が、知ることのできる全体としてあるのだ。（24）

このように「生物領域」と接合され、一日二四時間稼働する「資本とデータの電子的な運動」（スピヴァク 87）を称揚する彼が、そこにまばゆい永遠の未来を幻視したとしても不思議ではない。「利潤の蓄積と活発な再投資のための媒体として、人間の経験を無限に向かって拡張することこそ、サイバー資本の主眼」（207）だとすれば、マネーゲームを通じてヴァーチャルな〈象徴界〉の記号を司るエリックは不死を達成しつつある。暗殺の脅威に曝されつつも彼は、お抱えの理論家、ヴィジャ・キンスキーの甘美なポスト・ヒューマン的（Laist 269）言説に耳を傾ける。「人間はもう死なないの。これって新しい文化の教養みたいなものじゃないかしら。…よくわかんないけれど、亡くなるのはコンピュータの方かもね」（104）。「マイクロチップってあんなに小さいのに強力でしょ。人間とコンピュータが融合する。…こうして終わりのない生が始まるのね」（105）。

究極的にサイバースペースの覇者の不滅性を説く彼女のこうした言説は、富がそれ自身のありようを変質させ、専ら自己増殖のために市場を猛スピードで滑走する記号へと変化したからこそ、一定の説得力をもつ。「ディスク上に生きることができるのに、どうして死ななくちゃいけないの。お墓じゃなくてディスクなんだから。肉体を超越した観念ってところね。これまでとこれからのあなた全部が詰まった精神みたいなものだけど、疲れたり、混乱したり、損なわれたりすることがないの」（105）。彼女のこの言葉は、のちに死を前にしてエリックが口にした次のような自嘲めいた感慨と共鳴する。「彼は、いつも量子の粒になりたいと思っていた。肉塊としての自分、つまりは筋肉や脂肪といった骨を覆う柔らかな体組織を超越して、与えられた限界の外で生きるということ。チップの中やディスク上をデータとしてぐるぐる回り、輝かしくスピンしながら、彼は虚無から免れた意識として生きてみたかった」(206)。

こうした夢想が示すように、肉体を離脱し、自己言及的にサイバー空間をスピンし続ける資本の遍在性こそが、彼に「崇高な」不死性というアウラを賦与する。そのとき、彼自身に語りかけるデジタルな「資本は、それ自身にすべての欲望を添えることにより、夢という形式を取り始める」(Tabbi 18)。ここに、資本をめぐる物神崇拝の究極のイデオロギーが、自らを対象として完結する。「すべての富は、それ自身のための富になってしまった。…かつて絵画がそうだったように、お金は語りかける性質ってものを失ってしまったのよ。今や、それ自身に語りかけるってところかしら」(77)。ここに至って、カネ儲けはもはや究極の目的というよりは、永遠性を帯びた「電子データの流れに自らを浸透させるための手段」(Laist 259) へと変貌したのである。

その際、前景化されるのが、「ナノセコンド」、「ゼプトセコンド」(79) 単位で細分化され、猛スピードで未来に向かって加速されていく時間である。「シリコンチップの速度で」(スピヴァク 92) 作動するこうした不可視の時間が意義を帯びるのは、それがサイバー資本産出のマトリクスとして未来への先取権を行使するからである。「現在を見つけるなんて至難のわざね。…未来に道を譲るべくこの世から吸い取られているわけだから」(79)。かく言うキンスキーの言葉通り、「サイバー資本こそが未来を創造する」(79) なら、加速度的に圧しかかってくる不滅の未来においてのみ、人々は至福を感じることになる。エリックが、摩天楼や電子手帳のみならず (9)、コンピュータをはじめとする最新テクノロジーにすら時代錯誤感を抱くのは (104)、それらが不可視のものとして日常に浸透した未来に、既に彼が取り込まれてしまっているからに他ならない。その結果、輝けるコンピュータ画面は、「純然たるスペクタクルもしくは儀式的に解読不能にされた聖なる情報」(80) と化し、「一種の偶像崇拝」(80) 的な祭壇の様相を帯び始める。キンスキーが言うように、「未来はいつも完全で、すべて一様。そこではみんな背丈が高く、幸せ」(91) なのである。

「鼠」、または〈現実界〉の「仮想化しきれない残余」

だが、この小説の魅力は、ナルシシスティックなエリックが、先取りした未来において自己完結した瞬間、それまで隠蔽されてきた身体性によって内部から突き崩され、破滅に至るという逆説にこそ存在する。彼が、死へのこの長い旅路において、「象徴化から逃れる〈現実界〉の残滓」(Žižek, *SOI* 50) からの呼びかけに嬉々として応答し、主体の断裂をも厭わず、ラカン的な剰余の[5]「享楽」に身を委ねることは注目に値する。そもそもこの「総決算の日」に、幼少期を過ごした懐かしの街角の床屋で髪を切ろうとする彼の押え難い衝動は、〈象徴界〉の裂孔から漏れ出る分節不可能な「残余」へのノスタルジックな退行に彩られている。

身体との関連で言えば、「彼の前立腺は非対称だった」(8) という「この日」の朝のさり気ない叙述は、エリックの「崇高な」イデオロギーが、象徴化への抵抗というかたちで、悩ましい「症候」[6]となって彼の身体に発現していることを暗示している。これまで、「通貨の変動のなかに隠されたリズムを探り当て、そこに美と正確さを見出してきた」(76) 彼にとって、可視化されたこの「外傷的不均衡」(Žižek, *SOI* 181) こそが、彼の不滅の均衡美を破綻させる兆候となる。にもかかわらず彼は、「対称《シメトリカル》」という語に接頭辞の「a」をわずかに添えるだけで、それが一瞬にして「非対称《エイシメトリカル》」となり、余剰を孕んだ割り切ることのできない異物へと反転してしまうことに新鮮な悦びを覚える。

自らの内にサイバー資本の「崇高美」を幻視する彼にとって、まさしくこのような接頭辞「a」がもたらす「ひっかかり」、言い換えれば象徴化を拒む異物としての「対象a」の役割を果たすのが、ベノ・レヴィンことリチャード・シーツである。「ビン・ラディン」(Dix 130) が訛ったかのような偽名をもつ彼は、「資本とデータの中でのみ起こる」(Spivak 1) グローバリゼーションに敵対する他者として「亡霊」のように不意に立ち現れ、ストーカーとしてエリックの命を狙い続ける。パッカー・キャピタルの元従業員で、かつてタイの通貨バーツの分析に従事していたこの男の告白によれば、彼もまたエリックと同じく非対称の前立腺の持ち主であるという。だとすれば、エリックの「症候は剰余として生き延び、［自らへと］回帰」(Žižek, *SOI* 69) することになる。あたかもそれを予示するかのように、時系列を転倒して外挿されたベノの告白は、旅路の果てに射殺されたエリックの姿をフラッシュフォーワードによって提示している。この暗殺者の手記において前景化されるのが、頭髪が半ばしか刈り込まれていない非対称の髪型で息絶え、横たわる彼の死体である。こうして物語の早い段階で、読者は、「神経組織をデジタル上の記憶へと実際マッピングした」(207) かのような不死身のエリックと、汚辱にまみれた亡骸としてベノに占有される彼の死体の間に、埋め難いギャップがあることを知る。

かくも乖離した彼の二つの肖像を架橋するのが、ストレッチリムジンである。いかなる情報にもリアルタイムでアクセスできるこの動く司令塔こそ、マチズモの彼が身にまとうハイテクの自我の鎧と言ってよい。だが、ベノが最初の告白を終え、第二章へと差しかかったテクストがウエストサイドへと滑り出すとき、エリックは、〈象徴界〉のマトリクスでもあり残滓でもある〈現実界〉と向き合うことを余儀なくされる。その契機となるのが、タイムズスクエアを占拠し、反グローバリズムのスローガンを叫ぶデモ隊との遭遇である。暴徒がリムジンを取り囲み、狼藉の限りを尽くしたとき、彼のボディ・ポリティックスは、リムジンの「ボディ」・ポリティックスへと転移する。むろんこの時点で、彼はさほど身の危険を感じていないが、「これこそ市場のファンタジーってものじゃないかしら」(99) というキンスキーの発言に触発され、芝居がかった「デモ隊と国家の間に何となく取引めいた」(99) 共犯性があることに気づく。

その一方で、タイムズスクエアの電光掲示板に流れる次の二つのメッセージは、彼に一抹の不安を感じさせる。**「亡霊が世界に取り憑いている――資本主義という亡霊が」**(96) という『共産党宣言』をもじったフレーズと、「鼠が通貨単位となった」(96)というフレーズは、デモに動員された発泡スチロールの鼠とあいまって、エリックのグロテスクな身体性をアイロニックなかたちで暴き出している。とりわけ後者はエピグラフにも挙げられており、ポーランドの詩人ズビグニェフ・ヘルベルトの詩、『包囲された都市からの報告』(一九八三年)に、その典拠を求めることができる。エリックは、最近読んでいた詩にこの一節があったことを思い出す。貯えが尽き、行き場を失って貯蔵庫から逃げ出した鼠が通貨となり、陥落寸前の都市に蔓延って疫病をもたらすという状況は、ポーランドを蹂躙したナチズムを経由して、グローバリズムを揶揄する「資本主義宣言」へと容易に反転可能である。すなわち、横溢するシミュラークルによって封じ込められてきた穢れとしての「鼠」が、地球に熱死寸前の高エントロピーの疫病をもたらすという資本主義の悪夢がここに立ち現れる。結局のところ、「鼠が通貨単位となった」というスローガンは、「マルクスの亡霊」ならぬ「資本主義という亡霊」に取り憑かれた電子通貨エリックの「症候」が、〈現実界〉との交渉を通じて露わになることを暗示している。

のちに理髪店の店主、アンソニー・アブバトがふと漏らす、「こんな鼠みたいな髪を生やした人間にはお目にかかったことがない」(160)という言葉通り、エリックの身体には、物神性の幻想の残滓としての貨幣の穢れが紛れもなく刻印されている。ダイヤモンド街を通過したときに彼が目にしたユダヤ人たちの間で依然として有効な、「あまりにも時代遅れのお金の形態」(64)へと、彼自身が先祖返りしつつあると言ってよい。

このように「鼠」の刻印を施された彼が、さらに円を調達するよう指示しているとき、視界に飛び込んできた焼身自殺の男の衝撃的な姿は、文化の全領域に浸透したかに見える「マーケット・カルチャー」にも、決して回収しきれない「残余」があることを鮮明に彼に印象づける。ヴェトナム戦争に抗議して焼身自殺を遂げた仏教僧のように、結跏趺坐《けっかふざ》の姿勢で炎に包まれる男を見て、キンスキーは、「あれってオリジナルじゃないわ」と切り棄てる。だが彼は、「痛みを想像するんだ。あそこに座って感じるんだ」(100)と反論する。彼が、グローバリズムに抗してわが身を焼尽するこの男に、富を消尽しつつある自分を重ね合わせ、先取りされた自らの死を嗅ぎ取ったことは、この日の朝、暗殺されたアーサー・ラップに対する彼のサディスティックな反応と好対照をなす。やがて、電光掲示板を通じて、円が高騰し、パッカー・キャピタルのポートフォリオが限りなく零に近づきつつあることを知った彼は、自分のすべてが「浄化されていく」(106)かのようなマゾヒスティックな悦びに浸る。そして、暴徒によって汚損されたリムジンを尻目に、「性的」(106)悦楽にも似た感慨に浸りつつ雨に打たれるエリックは、この運命の日の果てに垣間見える暗殺の脅威を密かに確信するに至る。こうして本来「崇高さ」を具現しているはずのエリックは、混沌として耐え難い〈現実界〉の介入による一連のボディ・ポリティックスを通じてはじめて、死への欲動に彩られた「享楽」に身を委ねることになる。

「享楽」のボディ・ポリティックス

エリックのこうした自虐的な「享楽」的傾向は、第二部において、女性ボディガード、ケンドラ・ヘイズとの倒錯性を帯びた性的関係へと発展していく。彼のマゾヒズムは、「ビジネスを論理的に拡張していくと殺人になる」(113)という、彼のサディスティックな言説との相関関係において捉える必要がある。この言説は、『この日を摑め』におけるタムキンの、「連中は心の中で人を殺しながら取引をやるんだ」(10)という台詞を想起させるが、円に固執するエリックの攻撃性は彼の自虐的な欲動と表裏一体をなす。それを端的に示すのが、遺体《ボディ》を誇示するブラサ・フェズの葬儀と、ボディガード、トーヴァルの暗殺という、死を孕んだ「ボディ」をめぐる二つの事件である。

九番街で葬列に遭遇したエリックは、現場に居合わせたコズモ・トマスから、フェズがこの日の朝、心臓疾患で急逝したことを知らされる。彼の音楽を専用エレベーターに流すほどのファンであった彼は、この超有名ラップスターが、凶弾に倒れたのではないことを知って少なからず落胆する。その一方で彼は、「今日は、影響力のある人間が突然ぶざまな最期を迎える日なのではないか」（132）と勘ぐる。そして、破産の危機に瀕した自分のマゾヒスティックな悦びが、「ここにおいて祝福され、その真正さを証明された」（136）ように感じた彼は、柩に納められた己の姿を唐突に幻視する。それも束の間、彼は、自分の葬儀が威風堂々とボディガードを従えた眼前のスペクタクルには到底及ばないことを悟る。

それにもましてエリックの心と肉体を揺さぶったのは、ダルヴィッシュたちのブレイクダンスである。ラップに合わせて踊り狂う彼らのパフォーマンスに魅せられたエリックは、全身を震わせて嗚咽する葬送者たちと一体となり、胸を拳で激しく打ち慟哭さえする。こうしてフェズの死を伝統的な弔いの身振りで悼むことにより、彼は飼い慣らすことのできない自らの「症候」と向き合う。にもかかわらず次の瞬間彼は、柩が再び眼前を通過することを願い、「デジタルな死体」（139）へのフェティシズムを露呈する。そのような彼を待ち受けていたのは、「ディズニー・ワールドのTシャツ」（142）姿のアンドレ・ペトレシュである。有名人にゲリラ的にパイを投げつけるこの男の擬似暗殺行為は、ベノによるエリック殺害を予示している。彼の標的にされたエリックは、フェズの死体に対するサディスティックな欲動から、暗殺の汚辱に塗れた自分へのマゾヒスティックな欲動へと再び引き戻される。

ここで注目したいのは、エリックが次に、自分の忠実なボディガードを射殺するというサド／マゾヒスティックな行為によって、自らを窮地に追い込んでいくことである。彼は、声紋識別装置を装備したトーヴァルの銃を手に取り、「ナンシー・バビッチ」という女性名の暗証コードを聞き出すと同時に、ロックが解除された銃の引き金を彼に向けて引く。このとき彼は、言わば「イデオロギーの崇高な対象」としての自己に向かって発砲したに等しい。かくして、呪文じみたコードネームに応答した銃により、半ば意図的に半ば衝動的にもたらされたボディガードの暗殺は、彼のボディ・ポリティックスへと即座にフィードバックし、今や彼は迫りくる暗殺の脅威に無防備に身を曝すことになる。そののち、お抱え運転手イブラヒムとようやく床屋に辿り着いた彼が、猛烈な睡魔に襲われることは、根源的な欠如と剰余を孕んだ「享楽」への退行を示唆している。ほどなく眠りから蘇った彼は、「鼠みたいな髪」(160)を半分刈り残したままさらに西方へ向かうが、リムジンはもはや安全な避難所《アジール》ではなく、彼を地獄めぐりの旅へと誘うカロンの渡し船へと変貌する。

このことがさらに顕在化するのが、一一番街付近で彼が遭遇する映画撮影現場である。ニューヨークの街角を借景に、裸身のエキストラを総動員してダイイン風景を収録するこのスペクタクルに感応したエリックは、車を降り、全裸になって「死者」の群れに紛れ、汚れたアスファルトに身を埋める。「彼は地面に漂う排気ガスや、漏れたオイルや、タイヤの滑り跡や、夏の熱いタールの臭いを嗅いだ。仰向けになって、首を捩じらせ、腕を胸の上に置いて寝転んでみると、自分の体がここではバカみたいに感じられた。産業廃棄物に紛れた獣脂が、光沢を放って泡立っているみたいだった」(174)。こうして「この日」マネーゲームで一敗地に塗れた彼は、格好のボディ・ポリティックスの場に逢着し、処理不能なものとして、瀕死の鼠のように悶絶する。

ここで彼が、生ける屍となって地面に伏し、己の卑小な肉体性を実感するとともに、他者の群れから発散される肉体のアウラを体感するに至ったことは、逃れ得ない〈現実界〉との接触による「享楽」への限りない接近を物語っている。サイバースペースで彼が体現していた透き通った「崇高さ」の対極をなす、ホロコーストじみた「死者」の群れに身を埋めるエリックは、自分が、無規定で分節不可能な資本主義の「残余」としての肉塊と連なっていることを実感する。「彼は肉体の存在を感じた。ここにいるすべての人々の肉体。その息遣い、体温、血流を感じていた。それぞれ違っているはずの人々が今や同じになっていた。肉塊となり、生きながら死んだように皆一緒に積み重なって」(174)。

このように、シニフィアンのネットワークの埒外にある老若男女の群れに身を埋め、表象不可能な彼らの歪みや不完全さや猥雑さを己のものとして引き受けた彼は、『この日を摑め』でウィルヘルムがタイムズスクエアの地下道で唐突に幻視した「もっと大きな本体」への帰属意識のようなものを感じる。「彼はここで人々と一緒にいたかった。肉体そのものと言ってよい人々と」(176)。しかしながら、エリックのエピファニーは、「不快そのものによって獲得される逆説的な快感」（Žižek, *SOI* 202）をもたらすがゆえに、再びある種の「崇高さ」へと回収されかねない危険性を孕んでいる。それを象徴するかのように、タナトスに彩られたこの演劇空間で新妻と再会した彼は、流用した彼女の莫大な財が消尽したことを告げ、結婚後はじめてエロス的交合を路上にて成就させる。

旅路の果ての「亡霊」

かくして、瀕死の「サイバー通貨」エリックは、資本主義の煉獄に滞留する「死者」たちと連帯しつつ、「もっと大きな本体」へと「享楽」的に没入を遂げる。だが、最終的に彼を死の淵へと追いやるのはベノである。最初の告白において彼は、臭気を放ち始めた異形のエリックの死体に視線を投げかけ、彼から剥ぎ取った札について次のように述懐する。「やつのポケットのカネが欲しかったのは、そこにやつの個人的な性質が宿っているからだ。カネの価値のためなんかじゃない。おれはその親密さというか、感触が欲しかったのだ。やつの感触、やつが付けた手垢の穢れ。おれは札で顔を擦ってみたかったのだ。どうしておれがやつを撃ったかを思い出すために」（58）。ここで明らかなのは、エリックに対するベノのフェティシズムが、グローバルな電子マネーから手垢の付いたローカルな貨幣へと、先祖返りを指向していることである。「子供の頃、よくコインを舐めていた」（154）というベノは、物質性を帯びた「穢れた金銭」（Dix 130）へのフロイト的なフェティシズムを、ストーカーとしてエリックに探り当てたのである。

そもそも彼らは、物神性を孕んで流通する通貨という一点において、相互に認証し合う「主体」と「亡霊」、もしくは「主人」と「奴隷」のような、イデオロギーの共犯関係にあったと考えられる。以前ベノが、エリックを総帥とするパッカー・キャピタルの従業員として、通貨分析に従事していたという事実。その後バーツ担当へと降格され、やがては解雇されたにせよ、「キャッシュマシンは今もなお、自分に訴えかけるカリスマ性をもっている」(60) という言葉通り、彼がATMに対してフェティシュな執着をもっているということ。そして、自分の口座間で電子マネーの転送を繰り返す彼が、預金残高を確認し、悦に入っていたという事実。いずれを取っても、サイバー資本の流通を通じて物神崇拝的な幻想を肥大させてきた彼が、エリックの欲望を自らの欲望とし、ヒステリー的「症候」を呈していることは否めない。であればこそベノは、旅路の果てにおいて「主人」エリックを歓待する暗殺者、すなわち未だ「貨幣」の痕跡をとどめる「亡霊」として、彼を死へと切迫させることができるのである。

経済の実態とは懸け離れた「崇高」にして過剰なエリックに対するベノのストーカー行為は、まずサイバースペースにおいて始まる。常に時代に先んじ、「今より一歩進んだ文明であろうとする」(152) 彼の一挙一動を、ウェブサイトのライヴ映像で捕捉するベノは、やがて自分が彼の人生を生きているかのような錯覚に陥る。だがベノは、エリックがサイトを閉じ、彼との関係がオフラインの状態に置かれてから、自らをすり込むべき鏡像を見失う。こうした閉塞状況を打破するのが、オフラインでの彼との親密な接触である。彼の暗殺が、消失した彼のシミュラークルの向こう側にある実体に到達したいという、「貨幣」ベノのノスタルジックな衝動の帰結であることは疑いの余地がないだろう。

二人の邂逅は、あたかも恋人が約束の場所で待ち合わせるかのように実現する。格納庫に戻るリムジンを見送ったエリックは、愛車が収奪され炎上する姿を幻視したのち、死と落ち合うかのようにベノの待つ廃屋へと向かう。そして、フルネームで自分を名指しする彼の銃声に銃で応答したエリックは、彼の部屋へと足を踏み入れ、己の死へと切迫していく。このとき彼は、常に既に自分のもとへ回帰し続ける「亡霊」ベノを、自らの内部に招き入れたに等しい。

このように「呼び交わし《インタペレーション》」を経て達成される両者の出会い《ランデヴ》は、『ホワイト・ノイズ』におけるミンク襲撃の場面と奇妙な対照をなす。殺意を抱いてミンクのもとへ赴くジャックに対して、暗殺者ベノの召喚に応じるエリック。

優美な暗殺のシミュレーションを繰り返しながらも、反撃され負傷するジャックに対し、暗殺に先だって拳銃で自分の手を撃ち抜きベノに介護されるエリック。前者を特徴づけているのが、事前に何度もシミュレートされるミンクの殺傷風景だとすれば、後者のそれは、フラッシュフォーワードのかたちで腕時計に映し出される死後のエリックの姿である。床にうつ伏せに倒れ、アーチ型の「地下納骨堂」(206) に搬入され、身元不詳を意味する「男性Z」(206) の札を付けられて横たわる彼の死体が、不意に大写しで腕時計の画面に予示される。このように、自らの死の深淵を覗き込み、テクノスケープの「亡霊」へと変貌を遂げたエリックは、死の閾を通過しつつも、未だ死ぬことを妨げられ、未到来の死を待ち続ける。既視感《デジャヴュ》に彩られたこの宙吊りの瞬間においてこそ、彼は、銃殺される直前の囚人のように、「既に生起してしまった自分の死の内側から」(Derrida, *IMD* 45)、差し迫った現実の死の到来について不可能な証言を試みることができる。

こうした無条件の「死の贈与」を通じて、横断不可能な死の横断という、アポリアに身を委ねる彼が向き合わざるを得ないのが、いかなるデータにも置き換えることができない痛みである。ポトラッチ (193-94) を演じつつも、今や「痛みが世界そのものである」(201) と感じる彼は、通約不可能なこの痛みこそが、有限の生を実感させることに気づく。「痛みは、彼の不滅性を侵すものだった。それは彼という人間の個性に絶対なくてはならないものであり、無視するにはあまりにも強烈で、コンピュータにエミュレートすることでしのげるとも思えなかった」(207)。

いみじくもこの言葉が示すように、「翻訳不可能な痛みを通じて自分自身を知るに至った」(207) 彼は、ニューロンやペプチドが織りなす無数の化学反応の集積である自分の固有のアイデンティティが、〈象徴界〉より閉め出されてきた微妙な身体感覚と不可分の関係にあることを悟る。「母の乳房を吸ったときのあの失われた乳の味」、「使用中の窪んだ石鹸の匂いと感触が、自分を自分にしてくれるあのさま」、「何にも移し替え難い自分のペニスのあの垂れ下がり具合」(207)。生と死のインターフェイスにおいて、脳裏を過ぎるこうした曰く言い難い身体感覚に浸りながら彼は、「何かとてつもなく崇高なものへと変換できないもの、つまり限界を知らぬ頭脳が作り出すテクノロジーへと変換できない」(208) ものこそが、死すべき生命体としての自分の中核をなしていることを悟る。[7]

その一方で彼は、「四〇〇〇年も砂に埋もれたどこかの霊廟の壁画から抜け出したような」(208) ケンドラに防腐処理を施され、葬儀に臨むファラオのような自分を想像する。そうかと思えば彼は、自分が所有する旧ソ連製爆撃機に遺骸を搭載し、最高度まで到達させたのち、イカロスさながら砂漠に激突させることによって遺灰を散種し、荘厳な「ランド・アート」(209) を地上に残すことを夢想する。だが、結末において提示されるのは、「今、ここ」において、「崇高な」面持ちで死へと突入していくエリックでもなければ、サイバースペースへと遁走するエリックでもない。そこに提示されるのは、死の淵にあって、生きながら自らを弔い、果てしなく遅延された死へのカウントダウンの中で、〈死〉のアポリアに宙吊りに開かれた彼の姿である。

「これでおしまいというわけではないのだ。時計のクリスタル画面では死んでいるにしても、彼はまだもとからあるこの空間に生きているのだ。銃声が響くのを待ちながら」(209) という結語には、死が「それ自体として現れることの不可能性がそれ自体として現れることの可能性」(Derrida, *A* 76) が秘められている。「この死」を摑み損ね、「崇高」という病をかろうじてすり抜けたエリックは、こうして自らが横断を果たした〈現実界〉に、遺灰のように残ることなく滞留し続ける。そして彼は、自らの「亡霊」と対話を重ねつつ、九〇年代の終焉を告げる「この日」の旅路の果てに幻視される九・一一を、凶弾に引き裂かれるテクストの内側から永遠に見届けるのである。

第十九章
九・一一と「灰」のエクリチュール
――『フォーリングマン』における "nots" の亡霊

「おまえははじめるだろう。おのれの身体を灰から引きずりだすことを。」

ポール・オースター『発掘』

「だったら、死んだ人用の超高層ビルを下に向かって建てるのはどうだろう。」

ジョナサン・サフラン・フォア『ものすごくうるさくて、ありえないほど近い』

『コズモポリス』から『フォーリングマン』へ

「アメリカ」という人工的な神話システムを駆動させるにあたり、複合的に絡み合う広い意味でのメディアが重要な役割を果たしてきたことはこれまでもしばしば指摘されてきた。植民地時代にまで遡る「アメリカ便り」から、アメリカの日常に浸透するコマーシャルや、大統領の発する声明に至るまで、「アメリカ」は、多様なメディアを介して自らを規定する言説を準拠枠として直進的に進歩を遂げてきた。だがメディアは、なぜかくも特徴的に楽園「アメリカ」と親和性を孕み、共犯関係を結んできたのだろうか。このことは、メディアが未だ来ることのない「未来」を常に先取りし、現前させてきたことと無関係ではない。建国以来、「不可《ノット》能を忘れよ」、「死を忘れよ」と言わんばかりに、未来の囲い込みというオブセッションに取り憑かれた合衆国は、広告・消費メディアのみならず、空間・速度メディアと共振しつつ、パフォーマティヴに「未来」への先取権を行使し続けてきたのである。

四半世紀にわたってマンハッタンの地平線に君臨し続けた巨大な空間メディア、WTCを、こうした文脈に位置づけてみると、その記号性がいっそう鮮やかに浮き彫りになる。グローバリズムの化身とも言うべきこの双子のタワーは、膨大な空間性と反復性によって強迫的に、デリーロの言う「熾烈な未来」("Ruins" 34)を占有していたのである。そしてまた、ボードリヤールが「世界の暴力」において指摘したように、「オリジナルなものへの、あらゆる準拠枠の消失」(5)をもたらすクローン的な完璧な均衡美を湛えた「反復性《トートロジー》」こそが、ツインタワーを破壊するという誘惑を惹起したのである(7)。別の角度から言い換えればそれは、「それ自身への戦争布告」(Baudrillard, *ST* 7)であり、破局《カタストロフィ》に向かう「グローバルな自殺的状況」(Virilio 37)をも暗示している。

そのような文脈において、「ポストモダン・アメリカの完全な審美的実現」(Duvall 157)としてのWTCには、尋常ならざる強度を帯びた「未来」によって、自己崩壊の内圧が蓄積されてきたと言ってよい。世界を震撼させた九・一一は、未来に向かって圧縮された時空の臨界点を示すかのように、至高の空間メディア(WTC)と速度メディア(航空機)の合体によって反復的に引き起こされたアメリカ的「未来」の内破として捉えることができよう。

このように先取りされてきた「未来」が、非対称の亡霊に取り憑かれ、いつか内破する可能性を秘めていることは、ドット・コム・ブーム崩壊寸前の二〇〇〇年四月某日に照準を合わせたデリーロのプレ・九・一一テクスト、『コズモポリス』(二〇〇三年)のある情景が象徴的に暗示している。すなわち、特注のリムジンでマンハッタン横断中のエリックが、グローバリズム糾弾のデモ隊と遭遇し、タイムズ・スクエアの電子掲示板に流れる次のメッセージに惹きつけられるあの場面である。「**亡霊が世界に取り憑いている—資本主義という亡霊が**」(96)。『共産党宣言』の冒頭の文言をもじったこのメッセージは、対極をなす資本主義と共産主義が、現前せざる「亡霊」と歴史への関わりという点において、奇妙な鏡像をなす双子であることを的確に言い当てている。『共産党宣言』

が出された当時、まだこの世に現前しない未来の共産主義という亡霊が、冷戦の終結後、もはや現前しない過去の亡霊として回収されるとともに、未来を先取りする資本主義という亡霊へと転移したことがこの声明によって暴露される。逆に言えば、既に実現した未来から到来した資本主義の亡霊は、未来に生き未来に追い抜かれた共産主義インターナショナルという幽霊と、先祖返り的に重合するわけである。そのような意味で、共産主義の亡霊を厄払いした資本主義の亡霊もまた、幽霊の「悪魔払い」を願ったマルクスの亡霊たちの末裔に他ならない。

　このとき前景化されるのが、生き生きとした現在の自己同一的な現前を妨げ、脱臼し続ける亡霊的な「時間」という問題系である。ジャック・デリダの『マルクスの亡霊たち』（一九九四年）を引き合いに出すならば、彼の幽霊論の基盤をなす重要なキー概念の一つに、共時的な現前を脱構築する「錯時性」“anachrony”（7）がある。彼は、命名不可能な亡霊たちが時ならず到来する契機を、「現在の現前そのもののなかの脱節点、現前する時間の自分自身に対するこの種の非-同時性」（25）に求める。つまり、「こうした**生き生きとした現前のそれ自体への非-同時性**」（xix）こそが、本源的で固有のものとされる現前を突き崩し、「亡霊的な契機、もはや時間には所属しない契機」（xx）をもたらすという。

　デリダは、このように現前それ自体に亀裂を生じさせる「亡霊的契機」を考察するにあたり、「亡霊的な非対称性」に注意を促し、見られることなく生者を見る亡霊の一方的な眼差しが、錯時的な「眉庇《まびさし》効果」を喚起することを次のように強調する。「ここでは、ある亡霊的な非対称性がいかなる鏡像性＝思弁性をも遮断している。それは共時性を解体し、錯時性にわれわれをひきもどす。これを眉庇効果と呼ぶことにしよう」（6-7）。こうした錯時性と時間のエポケーを含みもつ彼の「憑在論」“*hauntology*”（51）においては、もはや現前しない死者たちのみならず、未だ現前せずこれから生まれ来る者たちまでもが必然的に射程に入ってくる。「亡霊には、いくつもの時間がある。亡霊なるものがあるとして、亡霊に固有なのは、生き生きとした過去から戻ってきて証言しているか、生き生きとした将来から戻ってきて証言しているのかわからないということである。というのも再来霊は、これから生を約束された者がはやくも亡霊として回帰した痕跡を示すこともあるからである」(99)。その結果、幽霊をめぐるデリダの論考は、「他者への関係という無限の非対称性を開く脱節」(22)により、過去ばかりでなく未来からも到来する他者への応答という問題系へとさらに接ぎ木されていく。

まさにそのような理由において、デリダの「憑在論」は、アメリカ的「未来」に取り憑く「亡霊」を寓話的に描出した『コズモポリス』を分析するうえで有効な視座を提供している。「未来に生きる」(78–79)不遜なサイバー資本の「大君《タイクーン》」、エリック[1]が、彼の暗殺者ベノと同じく非対称の前立腺(8, 54, 199)の持ち主であることは、この文脈において少なからぬ意味をもつ。前章で考察したように、結局のところエリックは、はじめて髪を切ってもらった昔馴染みの床屋で散髪を最後まで終えることなく、非対称の髪型で暗殺される。こうして、未来から到来したサイバー資本主義の「亡霊」エリックは、他者として過去から蘇った資本主義の「亡霊」ベノと〈死〉の邂逅を果たす。このことにより彼は、鼠のごとく穢れた通貨[2]へと先祖返りし、電子掲示板のさらなるメッセージ、「**鼠が通貨の単位となった**」(96)を体現することになる。

「喪」のアポリア

『コズモポリス』においてこのように、自らを追い抜いて亡霊化する「未来」を寓話的に予示した[3]デリーロほど、「崩れ落ちた未来」を可視化した九・一一を参照点として、メディアと「アメリカ」の共犯関係を考察するのに相応しい小説家もないだろう。事件当時『コズモポリス』を執筆中だった彼は、しばらく筆を止め、エッセイ「崩れ落ちた未来にて──テロ、喪失、九月の影に覆われた時間」を発表したが、六年の歳月を経て二〇〇七年五月に、九・一一をテーマとする『フォーリングマン』を上梓した。

九・一一で灰燼に帰した「タワー」から亡霊のごとく蘇った主人公キースと、別居中の妻リアンをめぐるこの物語は、まずタイトルからしてメディアと密接な関係にある。生還者の日常に焦点を絞り、トラウマティックなポスト九・一一的世界を精緻に描き出したこの作品のタイトルは、リチャード・ドルーの衝撃的な写真、「ザ・フォーリングマン」を下敷きにしている。「タワー」から次々に死のダイビングを試みる人々をカメラによって宙吊りにしたこの写真は、事件の翌日『ニューヨークタイムズ』紙に掲載され、世界へ配信されたものの、犠牲者への配慮に欠けるとしてすぐに削除される。その一方で、カメラが捉えた犠牲者の身元について、覗き見趣味的なメディアの執拗な詮索が熱を帯び始める。こうしたメディアの過熱ぶりをよそに、トム・ジュノッドが、『エスクァイア』誌にこの写真をめぐる長文のエッセイを寄稿し、さらにまたそれと連動するかのようにイギリスのドキュメンタリー映画、『ザ・フォーリングマン』が制作されたこともまだ記憶に新しい。

本章では、このように九・一一と連動するメディアを視野に入れ、ポスト九・一一を生きる『フォーリングマン』の登場人物の憑依性を帯びた反復的な振る舞いについてまず分析を試みる。そのうえで、死のダイビングをゲリラ的に反復するパフォーマンス・アーティスト、フォーリングマンに着目し、宙吊りの彼がいかに〈死〉のアポリアを前景化し、“nots”の亡霊を解き放つか、亡霊的形象としての「シャツ」を手掛かりに考察を進めていきたい。

本作の執筆にあたり、デリーロが最も心を砕いたのは、メディアが死のダイビングというスペクタクルの生々しい現前を通じて、反復的に惨劇を「再-固有化《リ・アプロプリエイト》」し、九・一一を誘発したグローバルなシステムそれ自体の中に弁証法的に回収してしまうことから、いかに小説家として距離を置くかということである。[4] そのために彼は、意識的に「ドメスティック・ナラティヴ」(from 543)という手段を用いた。惨劇を繰り返し再現する扇情的なメディアとは一線を画し、九・一一の「脱-固有化《イックス・アプロプリエーション》」を図ろうとするデリーロの戦略は、メディアが必ずしもうまく掬い取れない「灰」なるものに着目し、失われたものの亡霊的回帰を模索することにあった。

そのために彼は、事件の真っただ中に直接潜り込もうとする。興味深いことにこの小説は、灰燼の嵐から誰かの書類鞄を下げて生還したスーツ姿の男をもって着想された。[5] そのような意味で「灰」は、まさしく作品世界の原風景をなしているわけだが、果たして「灰」とはいかなるものなのだろうか。『火ここになき灰』(一九八七年)におけるデリダの考察によれば、触れるやいなや、脆くも崩れ去る「灰」は、固有の本質をもたないことが本質であり、「残っているものと存在するものとの間の差異」(37)に他ならない。彼によれば、「自分から消えていく運命」(60)にある「灰」は、「もう痕跡ですらないような痕跡を失うことによってのみ、痕跡を残す」(40)。

現前と不在という枠組みでは捉え難いこのような「灰」の問題系は、メディアが孕みもつ亡霊性と共振しつつ、「幽霊」や「喪」をめぐる問題系へと接合が可能である。もはや姿を留めず触れることもできない不完全な「喪」の形象としての「灰」は、「喪」の失敗をもたらすが、デリダはそれを『絵葉書』(一九八七年)において「半喪」“mid-mourning”[6](335)という言葉で捉えている。彼によれば「半喪」とは、死者を「口の中に含みもっていながら、他なるものとしてそれを保持することも放棄することもできず、自分に引き取ることも外に打ち捨てることもならず、吐き出しも消化もできず、現実化も概念化もできない」(*PC* 516)状態を指す。

ここには「贈与のアポリア」と同じく、死者との完全な合一の失敗によってのみ、真の意味で「喪」が成立するという「喪のアポリア」が存在する。デリーロの『フォーリングマン』には、このようにかたちをなさない「灰」と向き合い、「灰」を含みもつことにより、二度と帰り来ぬものの亡霊的到来に賭けようとする姿勢が貫かれている。語源的に見ても、“fall”が“chance”に通底することを勘案すれば、こうした「喪」[7]の宙吊りには、開かれたエクリチュールによってのみ可能になる非-自己同一的な反復のチャンスへの賭けが含意されている。

幻想としての「タワー」

デリダは、メディアそのものが本質的に孕む亡霊性について次のように指摘する。「このメディアという媒体それ自体が…生きているわけでも死んでいるわけでもなく、現前でも不在でもなく、亡霊化する作用をもつ」（SM 50–51）。このようにメディアに潜む亡霊性を空間的に考察すると、『フォーリングマン』を特徴づける「亡霊」は、まずもって死のダイビングを惹起するＷＴＣという巨大な空間メディアと密接な関係にある。テクストにおいてこの双子のビルが、固有名ではなく、「タワー」(8)という呼称でしばしば指示されていることもまた、天に向かって屹立するこの尊大な空間メディアが、本質的に「亡霊的な契機」を孕んでいることを暗示している。

全身血まみれになり、「タワー」からラザロのように蘇った主人公キースは、文字通り「死者たちの中から蘇り」(8)、別居中の妻リアンのもとに戻ってくる。この小説において、落下により犠牲となった「およそ二〇〇人の提喩として機能する」（Keskinen 73）キースは、死者の灰を一身にまとっている。「そこかしこに死者はいた。空中に、瓦礫の中に、そばの建物の屋上に、川からそよぐ微風の中に。死者は灰となり、沿道の窓辺に降り注いだ。彼の髪や衣服にも宿った」(25)。灰燼の嵐から蘇った彼は、崩落した「タワー」の瓦礫の灰と死者の灰を身に帯びたことにより、生きているとも死んでいるとも判別し難い「亡霊」性を物語の冒頭より賦与されている。もはや存在しない「タワー」から帰還した彼は、死者とこのうえなく親和性を帯びており、自己に対しても家族に対しても、未だ「さまよえる幽霊みたいな存在」(59)でしかない。

このように「自らの身体に死者が埋め込まれた」（Harack 325）キースの時ならぬ到来は、別居中の家族の日常に変化をもたらす。リアンは、夫を徐々に受け入れ始めるが、「夫が死者であるかのように」(104)彼の洗濯物を別に洗ってしまう。テロのメディア報道に神経過敏になり、イスラム的色彩を帯びるものに被害妄想を抱くようになった彼女は、隣家から漏れ聞こえる中近東風の音楽に苛立ちを覚え、隣人と一悶着を起こす。教育的配慮から惨劇のメディア映像を見る機会を奪われた彼らの小学生の一人息子、ジャスティンもまた例外ではない。標的の「タワー」が未だ崩落していないと頑なに言い張る彼は、さらなる飛行機の来襲を期待し、友達のゴジラ・アパートメントの高層階から双眼鏡で空を探索するのに余念がない。

既に「タワー」が倒壊したにもかかわらず、錯時的に「今度こそタワーは本当に倒れると言い張る」(102) ジャスティンは、テロの不可逆的なとどめの一撃を脱臼する不気味な言説によって「タワー」の亡霊を蘇らせ、リアンを言いようのない不安に陥れる。そればかりか少年たちは、(オサマ)・ビン・ラディンが転訛したビル・ロートンなるシミュラークル的人物を仲間内で密かに神話化し、その到来を待ち望むとともに、テロリストの言説を反復的に模倣することで、彼らの「単音節語の力」(166) にあやかろうとさえする。

こうしてパラノイア的傾向を深めていく妻子を尻目に、キースは、「タワー」から無意識に持ち帰った書類鞄の持ち主フローレンスと密会を繰り返す。他の誰とも共有できない秘密の保持者として「タワー」からの脱出体験を分かち合う二人の逢い引きは、彼らのみがなし得るセラピーの役割を果たしている。だがこの密会により、「二重の分身」(157, 161) を抱え込んだ彼は、堕落《フォール》への第一歩を踏み出す。事件を契機に、弁護士からギャンブラーへと転向した彼は、リハビリとジムでの機械運動を繰り返す一方で、「このうえなく人工的で場所感覚が欠如した」(Harack 325) ラスベガスへと頻繁に赴き、「人間型ロボット」(226) さながら、ギャンブルという儀式的セラピーを反復強迫的に繰り返す。

儀式的セラピーと言えば、リアンもまた、軽度のアルツハイマー患者向けの書記療法を主催することにより、かろうじて精神的安定を保っている。この病が、「ポスト九・一一的状況のメタファー」(Kauffman 368) だとすれば、日々低下《フォール》する記憶を文字にとどめようとするこの療法を誰よりも必要としているのは、リアン自身に他ならない。

このセッションを通じて彼女は、「他者と一体になりたいという欲望」(Harack 327) を満たしつつも、アルツハイマー病に脅え自殺した父の呪縛から逃れるべく、百から七つごとに数字をカウントダウンし、今にも亡霊化しそうな意識を利那的に確認せずにはいられない(9)。

皮肉にも、「ポスト・黙示録的なアダムとイブ」(Keskinen 71) さながら、一度はよりが戻った夫婦は、このようにそれぞれが反復的儀式に取り憑かれることにより、再び離反《フォール・アパート》し始めるが、一度だけ二人きりであの惨劇をビデオで見る場面がある。リアンは、オズワルド暗殺の実録ビデオに取り憑かれた『リブラ』のベリルよろしく、嫌悪を覚えながらも映像をいつも最後まで見届けてしまう。その都度、紺碧の空をバックに、旅客機が悪意を孕んだように「タワー」へと二度までもクラッシュする映像が自動再生され、その衝撃は彼女の皮膚の下まで浸透する(134)。テロリストと犠牲者がともに神の名を口にし、最期の瞬間を迎えるのを想像する彼女は、映像の彼方と此方に同時に存在する夫に当惑を隠せない。「タワー」の内部にいるはずの夫がテレビの薄暗い反射光に照らされ、亡霊のように彼女の手を取り、自らの死を慰めようとするかのような仕草を見せた瞬間、二人は時の蝶番を外され、グラウンド・ゼロに宙吊りとなる。

> 彼は一度だけ彼女と一緒に見た。飛行機が空を横切っていくのを眺め、彼女はこれほど誰かを近くに感じたこともないと思った。彼は壁際に立ち、椅子に手を伸ばして彼女の手を取った。唇を噛んでリアンはなおも見続けた。みんな死んでしまうのだ。乗客も、乗務員も、タワーに閉じ込められた何千もの人々も。体に伝わる重苦しい沈黙。この人はあそこにいるのだと、彼女は思った。信じられないことに、あのタワーの一方にいる。その彼の手が、今彼女の手を握っているのだ。青白い光の中で、彼の死を悼む自分をあたかも慰めようとするかのように。(134–35)

『テレビのエコグラフィー』（一九九六年）においてデリダの言う亡霊的な「幻肢」（25）が意識されるのは、まさにこのような瞬間である。反復された惨劇がビデオで再生され、かつまた生存者がそれを外部から見て論評するとき、「タワー」は、切断された幻の脚のようにヴァーチャルな残存感をもって観る者に取り憑く。「彼なのだ。ノースタワーと一緒に崩れ落ちているのは」（5）という記述が示すように、「キースや他の人物たちはタワーに言及するとき、決まって自らの肉体を意識する」（Harack 321）。その一方で、キースの「タワー」内部の記憶は、映像との断裂を孕んだまま、脳裏に焼きついたポーカー仲間、ラムジーの最期の姿へと反復的に回帰していく。

このように多様なレベルで亡霊性を孕む「タワー」について、リアンの母ニーナの愛人で元テロリスト、マーティンは、「富と権力の幻想」（116）として建設された双子の「タワー」が、挑発的な反復性を孕んでいたからこそ、破滅を招いたと主張する。

でも、そのためにタワーってものを建てたんじゃなかったのかな。富と権力の幻想として建設されたタワー。そんなの、いつか破滅の幻想にもなるよう建てられたんだ。違うかい？　壊れるのが見たくて、そんなものをこしらえたわけだろう。挑発するところは明らかだよ。でなきゃ、あんなに高くして、おまけに二つも建てる理由なんかありゃしない。反復する理由なんか。これは幻想なんだから、二度繰り返してもいいってことだろ？　こう言っているようなもんさ。さあ出来上り。ぶっ壊そうぜってね。（116）

この発言が示唆するように、倒壊の「灰」をそれ自体に内包し、不運な「落下」のチャンスを含んだ「タワー」は、あるときはキースが没頭する賭けポーカーのチップの「タワー」へと転移し（128）、またあるときにはニーナの居間に掛かったジョルジョ・モランディの二枚のくすんだ静物画「死せる自然《ナチュラ・モルタ》」へと姿を変えていく。モランディが、瓶や壺など一見何の変哲もない静物の様式美を繰り返し描き続けた画家であってみれば、死《モータリティ》を孕みつつ、カンバスに浮上する相似形の抽象オブジェは、マーティンが見立てたように「タワー」の反復強迫的な破滅性をメタフォリカルに浮き彫りにしている（49）。かと思えばこの静物画は、モランディを研究してきた母ニーナが言うように、「物体や物体のかたちより…観る者を内面に奥深く向け…人間が死すべき運命にある」（一一）ことを想起させる。

このようにドルーのリアルな写真とは対照的に（Carroll 124）、無限の「開け」（Derrida, *ET* 123）を孕んで転移する「タワー」という形象を念頭に置き、各部のタイトルを考察してみると、それとの関係において何らかの意味で亡霊性を孕んだ人物名が割り振られていることがわかる。第一部は、既に「タワー」が崩落したにもかかわらず、再度攻撃を目論んでいると子供たちが噂するビン・ラディンの亡霊じみたエイリアス、ビル・ロートン。第二部は、モランディの静物画に「タワー」を幻視する謎の元テロリスト、マーティンことアーンスト・ヘッキンジャー。第三部は、さながら犠牲者の亡霊のように、「タワー」から死のダイビングを再演するフォーリングマンことデイヴィッド・ジャニアックといった具合に、テクストは、「タワー」に亡霊のように取り憑く者たちの署名によって分節化されている。

宙ぶらりんの男――“nots”の「焦げ穴」

リアンが、そのような謎めいた亡霊的パフォーマーの一人、フォーリングマンに関心を抱くようになったのは、母ニーナを迎えにグランド・セントラル駅へ赴いたおり、彼のゲリラ的パフォーマンスを目撃したことが契機となっている。亡霊さながらいずこともなく立ち現れた彼は、パーシング広場を見下ろす建物から、巧みに偽装した命綱で宙吊りになり、スーツ姿で片足を曲げ、燃えさかる「タワー」から飛び降りた人々の姿を再演していたのである。このように確信犯的なフォーリングマンのパフォーマンスは、言うまでもなく九・一一をめぐる狂騒的なメディア・サーカスのありようを、メタ・メッセージとして暴き出さずにはおかない。だが、このあからさまな茶番劇に憤慨する野次馬の中に身を置くリアンは、そこにもっと根源的で名状し難い不気味な脅威を感じ取る。

彼女が次にフォーリングマンを目撃したのは、鉄道という速度メディアの近くである。彼の真下に居合わせたリアンは、つぶさに彼の行動を観察する。その結果、「ジャンプしてよ」(164) という子供たちの声に、彼が逡巡しているように見えたのは、現場を通過する列車にタイミングを合わせるためだったことが判明する。[10] 死のダイビングを果たしたのち、身じろぎ一つせず空中に宙吊りになったフォーリングマンと至近距離に置かれたリアンは、この光景を脳裏から払拭できなくなる。「引き延ばされた死と切迫する死の間で」(Keskinen 73) 宙吊りになる彼の様式化されたポーズは、「テロリストの暴力の再演であり…キースの経験を具現化し彼女に強要する」と同時に、「リアン自身の自由落下をも視覚化」(Apitzsch 99) するものでもあった。さらに言えば、「彼はこのパフォーマンスにおいて、死せる自然《ナチュラ・モルタ》から、不動の活人画《タブロー・ヴィヴァン》を逆説的に創造していた」(Keskinen 73) と言っても過言ではない。以上のことを勘案すれば、ピーター・ボックスウォルがソール・ベローのデビュー作に言及しつつ、間テクスト性を指摘するように、「フォーリングマン」は、実際のところ「宙ぶらりんの男《ダングリングマン》」と同義であり、"falling" と "dangling" の差異はさほど問題ではなくなる ("Slow Man" 175)。

いずれにしても、彼の姿を目撃してから三年後、リアンは六日遅れの新聞で偶然彼の死亡記事を目にする。彼が三九歳の若さで自然死したことに失望しつつも、彼女はネットで彼の情報を収集し、次の事実を把握する。すなわち、彼の本名がデイヴィッド・ジャニアックであること。マサチューセッツ州ケンブリッジで演劇を学んでいたこと。これまでたびたび高層ビルからパフォーマンスを繰り返し検挙されていたこと。彼の妙技が「地球の重力場に専ら従う肉体の理想的な落下運動」(221) を体現しているにもかかわらず、見かけ以上に肉体に負担を強いるものであること。そして彼が命綱なしのダイビングを最後に計画していたことが明らかになる。[11]

リアンは、タロットカード[12]にゴシック体で名前を刻印された彼の転倒した姿（221）を思い浮かべ、彼の一連のパフォーマンスが、ある犠牲者の空中姿勢を意図的に再現したか否かをめぐるネット上の議論に惹きつけられていく。そして、自ずと彼女の関心は、重力にのみ従う理想的な「自由落下《フリー・フォール》」（221）によって、死へと旅立った男を瞬間的に宙吊りにしたあの写真へと向かう。コンピュータを前に彼女は、事件の翌日、新聞であの写真を見たときの衝撃を今一度蘇らせる。

> それ以上読まなかったが、彼女は、説明文がどの写真のことを言っているのか、すぐにぴんときた。事件の翌日、はじめて新聞でその写真を目にしたとき、とんでもない衝撃を受けたのだ。ツインタワーを背にして真っ逆さまになった男。とてつもないタワーが、写真の背景を埋め尽くしていた。男が落ちていき、隣接するタワーが一体となって背景と化す。物凄い勢いで空に向かって走る縦線、垂直の柱の縞模様。男のシャツが血に染まっている、と彼女は思った。あるいは焦げ跡なのか。背景の柱が醸し出す絶妙の構図。手前のタワー、すなわち北棟の暗い縞模様と、向こう側のタワーの明るい縞模様。そして、何といってもタワーの途方もない大きさ。濃淡の二つの縞模様の列の真ん中に、ほとんど正確に配された男。真っ逆さまに、自由落下している、と彼女は思った。この写真は、彼女の心に焦げ穴を開けてしまった。ああ神よ、彼は堕ちていく天使なのか。鬼気迫るその美しさ。
>
> さらにクリックしてみると、くだんの写真が出てきた。彼女は視線を逸らし、キーボードを眺めた。あれこそ、理想的な落下運動の姿勢なのだ。（221–22）

ここで彼女の脳裏に蘇るのは、ドルーの写真が瞬間的に捉えた完璧としか言いようのない死のダイビングの耽美的な構図である。「自由落下《フリー・フォール》」を引き立てるかのように、遠近の濃淡をなすＷＴＣの縦縞が背景に配置され、まさにその境界線上を、犠牲者が「堕天使」さながら絶妙のポーズで落下していく絵柄は、リアンの心に焼きつき、ベンヤミンの言う「焦げ穴」(16)を残さずにはおかない。スクリーンに浮かび上がる「鬼気迫る」ほど美しいその絵柄から目を背ける一方、彼女は、自分が偶然目撃したあの日のフォーリングマンをサイバースペースから呼び出そうとする。そして、「落ちていく名もなき肉体を自分のものとして記録し、吸収した」(223)彼女は、あの光景をすべて取り込んだ自分こそが、あの瞬間、「写真の感光紙」(223)と化していたことに思い至る。

このように彼女の九・一一は、キースと一緒に見た「タワー」崩壊のビデオ映像、新聞写真、網膜に写真のように焼きついたフォーリングマンの再現パフォーマンスという、亡霊性を孕んだ三つの異なったメディアによって重層的にズレを孕んだかたちで提示される。その結果、彼女にとってあの惨劇は、決して明瞭に焦点を結ぶことなく、九・一一という日付もまた、「タワー」に宙吊りにされた同定不可能な「喪失」の喪失として立ち現れる。こうして、現前をもたらすはずのメディアが現前を妨げ、逆にエポケーを引き起こすとき、有効な視座を与えてくれるのが、マーク・C・テイラーが論じた "nots" の概念である。

> ノットについて考えるとは、ひとつの否定(negative)と戯れることである。その否定は、決して否定され得ないものであるとは言え、だからと言って、まったき否定とも言えぬものである。ノットとは非否定的でありながら、かと言って肯定的でもないような否定のごときものである。そう考えれば、ノットは存在しない。ノットは存在することがないのである。何かでもなく、無でもないノットは、存在と非存在の間にある。ノットについて考えないでは思考は思考できないはずなのに、西欧神学の存在論の伝統は、事実上、ノットについては考えない方向を目指してきた。(1)

デリダを援用しつつ、亡霊的な "nots" を生きることの重要性を説くテイラーの『ノッツ』(一九九三年)を敷衍すれば、何にも還元不能な“nots”とは、「灰」のように肯定でも否定でもなく、存在と非在の間にある「頼るべき無」(61)である。そのような有に取り憑いた無、無に取り憑いた有について思考することこそが、異化された「存在の横溢」(5)を作り出す。逆に「ノットを忘れよ」(6)と言わんばかりにすべてを現前してみせるメディアは、“nots”に憑依されているにもかかわらず、自らへの単一的な同一化により、“nots”が潜在的に含みもつ「開け」の可能性を閉ざしてしまう。

考えてみれば、WTCという空間メディアもまた、倒壊の「灰」という“nots”を秘めているが、同じことがリアンの見た写真「ザ・フォーリングマン」にも当てはまる。ちなみに、これを撮影したリチャード・ドルーは、ロバート・ケネディ暗殺の際も現場に居合わせたAP通信のカメラマンだが(Drew par. 13)、既に述べたように、彼が写した連続写真の一枚は、ツインタワーの濃淡の縦縞のシンメトリーを背景に自由落下する男の空中姿勢に、なおも残酷で亡霊的な均衡美を賦与してしまった。まさにその理由により削除されたこの写真の“nots”の美学を敢えて身をもって再現したフォーリングマンは、メディアの自主規制と覗き見趣味というアンビバレントな反応を暴き出してしまう。のみならず、死後ネット上で“nots”の亡霊と化した彼自身もまた神話化され、リアンの手をすり抜けていく。

このような“nots”の横溢は、『アンダーワールド』でマーヴィンが言及する「ドット理論」(175)、つまり写真を極小点まで精査すれば、いかなる情報も暴き出せるとする理論と対極をなす。「どのイメージにも結晶化したドットがひしめいている。写真はドットの宇宙」(177)。この理論を信奉するマーヴィンは、ホームランボールをドットさながら広大な時空より抽出しようとする。ニックの弟マットもまた、ヴェトナム戦争中、「ポケット」にて“dots”による軍事写真の解析に従事するが、結局こうした現前へのオブセッションは、還元不可能な“dots”が孕む「中心の空白」を露呈するばかりである。『フォーリングマン』においても、すべてはこのように固有の秘密を開示する“dots”へと収斂することはなく、脱-固有化された空白を孕む“nots”へと遠心的に開けていく。

反重力の虹——天翔ける屍衣《シュラウド》

このことを最も象徴的に表しているのが、物語の結末、「タワー」からかろうじて脱出を果たしたキースが仰ぎ見た空を舞うシャツである。「タワー」を背景に“nots”の亡霊として落下するシャツについては、既に冒頭の場面において、次のように重力に抗して一瞬浮上したのち落下するさまが描写されている。「それ以外のものがあった。これらすべての埒外にあり、そこに属していないものが。それが落ちてくるのを彼は眺めた。空高く立ち昇る煙の中からシャツが落ちてきた。煙で陰った光の中をシャツは舞い上がり、漂った挙げ句、また落下してきた。川の方に向かって」(4)。キースのみならずリアンもまた、写真「ザ・フォーリングマン」の男を、血染めもしくは焦げ穴のあるシャツ姿として記憶している(221-22)。こうした伏線を踏まえ、『フォーリングマン』は、キースにあたかも合図を送るかのように、腕を振って落下するシャツの次のような描写をもって終わる。「そのとき、シャツが空から落ちてくるのが見えた。歩きながら彼は、シャツが、この世ならぬもののように腕を振り、落ちてくるのを眺めた」(246; 傍点筆者)。

彼岸から此岸に向かってハローともグッバイとも取れる合図を送るこのシャツが、彼にとって特別な意味をもつのは、「タワー」の内部で、ポーカー仲間のラムジーを救出しようと抱き抱えたとき、窓の外を落下していくシャツが幾度となく彼の視界を過ったからである。

> 物が落下し始めた。…彼はラムジーを椅子から抱き起こそうとした。そのときだった。外で何かが動いたのは。何かが窓を過り、それから彼は気がついた。まず何かが視界を通り過ぎ、そのあとで彼はすぐ気づいて一

瞬目を凝らした。だがそこには何もなかった。彼はそこに立ち尽くすより他なかった。ラムジーの脇を抱えたまま。

それに気づかないわけにはいかなかった。二〇フィートばかり離れたところで、一瞬、何かが傾ぐように窓を過っていくのを。白いシャツが手を振りかざし、目撃する間もなく落下していったのだ。（242；傍点筆者）

ここで確認しておきたいのは、キースが垣間見た亡霊的形象としてのシャツが、ドルーの写真が捉えたツインタワーの縦縞の模様を背景に、自由落下する犠牲者の均衡美を乱すかのように、斜めに視界を過ることである。彼は、「タワー」の階段を降りて避難する際もまた、窓越しに斜めに落下するシャツ姿を目撃し、それがラムジーであるかのような錯覚に襲われる。「…その瞬間、彼はまた目撃した。それが窓を過るのを。このとき彼は、あれはラムジーだと思った。傾ぐように落ちていく男をラムジーと混同したのだ。指さすように腕を振り上げ、自分がどうしてそこではなく、ここにいるのかと訴えかけんばかりの男を」（244；傍点筆者）。ここで、彼岸と此岸の境界線上に佇み、不可能な浮上の "chance" を求めて落下する亡霊じみたシャツが、"chance" に賭けるギャンブラー、ラムジーと再びキースの意識のうえで重なり合うことは見逃すべきではない。

このように、主人公の視野に幾度となく立ち現れるシャツとしての「フォーリングマン」は、写真が捉えた自由落下の均衡美を脱構築するかのように、亡霊性を孕んだ屍衣《シュラウド》として現前と不在のインターフェイスを絶えず斜めにすり抜けていく。のみならずそれは、ラムジーの屍衣《シュラウド》として、あるいはまたこれから来るべき者たちと、既に過ぎ去った者たちの屍衣《シュラウド》として、それ自身の似姿を散種し続ける。"The Falling Man" から "a Falling Shirt" へというこの脱受肉化のベクトルは、資本主義の過去の亡霊と未来の亡霊を接合し、現前を空中分解させる「灰」のエクリチュールという意味において注目に値する。書かれた瞬間に消滅し、消滅した瞬間にまた変幻自在に浮かび上がる「灰」のエクリチュール。こうして「回帰する犠牲者の第三の空間」（Irom 540）において立ち現れる「灰」

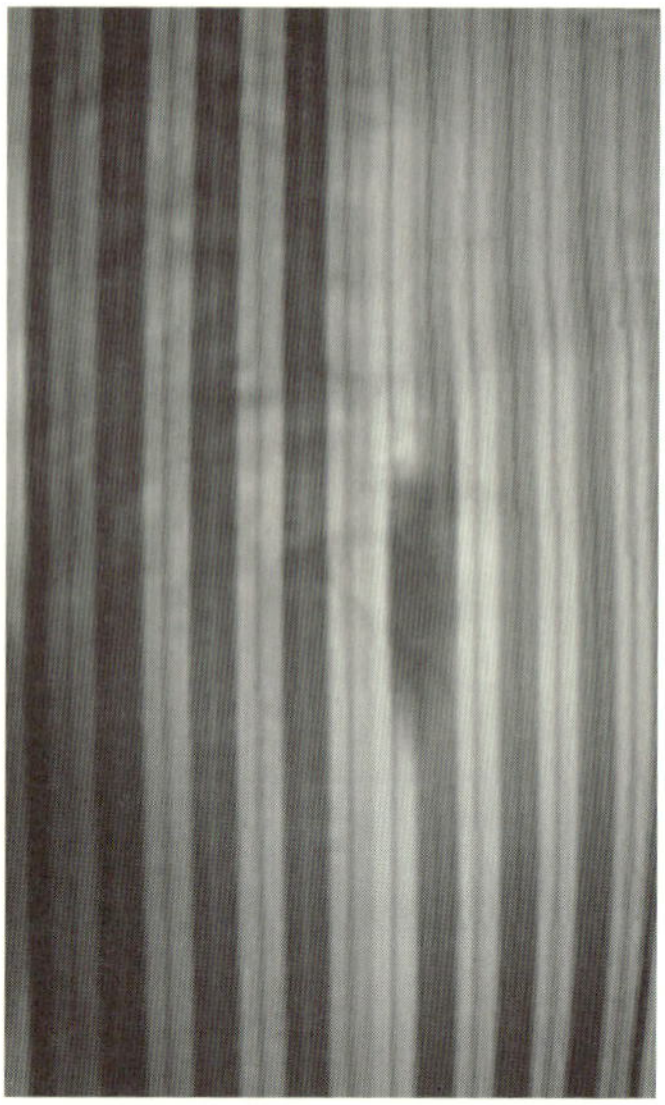

の形象は、「ドット理論」によっては現前しないメディアの亡霊を喚起し、“nots” が孕む可能性を無限に引き出すのである。

　以上の考察を踏まえ、「灰」のごとく「タワー」から舞い落ち、地上に降り立ったキースの視界を斜めに横断する屍衣《シュラウド》をさらなる文脈へと接ぎ木するにあたり、縞柄のシャツを思わせる上の二つの図版を最後に見比べてみよう。

　左の図版は、『ニューヨークタイムズ・ブックレヴュー』に掲載されたフランク・リッチによる『フォーリングマン』の書評に添えられたタイトルなしの図版である。明らかにドルーの写真がデジタル加工され、ぼかされている。右の図版は、ニューヨーク・シティ・コムのブロガーが、それをさらに写真に撮ってブログに転載したものであるが、新聞紙の歪みと写真術の未熟さによりシンメトリーが崩れ、全体が歪んだ布のような質感になっている。こうした重層的なメディアの加工にともない、ぼんやりとした染みと化した人影は、浮遊する “nots” の亡霊性をさらに色濃く帯びてくる。それは、銃弾のように「タワー」に突入した飛行機が残した不気味なブラックホールのようにも見え、かつまた星条旗に撃ち込まれた銃痕のようにも見える。と同時にそれは、写真を見たリアンの心の襞に残った焦げ穴のようにも見える。いずれにしても右の図版は、ドルーの写真が、突入と落下という時差を孕んだ亡霊的瞬間を多重に折り込んだ痕跡の織物へと逆に変換されたことを暗示している。そのように考えると、硬直した写真の“dots”から、“nots”の亡霊を孕むしなやかな灰色の織物《テクスタイル》への転換は、テクストの結末に翻るあのシャツの繊維ともめぐりめぐって符合する。

こうした事柄を踏まえ、最後に指摘しておきたいのは、被写体の身元特定が困難を極めたドルーの写真「ザ・フォーリングマン」が、パフォーマンス・アーティスト、フォーリングマンを経て、固有の現前の場をもたない定冠詞なしの小説『フォーリングマン』へと変容を遂げたことである。[13] デリダの言に準《なぞら》えれば、「もはや自分自身にとどまらない複数の身体をもつ不安定なファルマコン」（『火ここになき灰』63）と化したテクストの亡霊、「フォーリングマン」は、ボディを欠いた屍衣《シュラウド》の襞として異なった文脈に転移し、「灰」という「死せる自然《ナチュラ・モルタ》」を散種し続ける。反重力の象徴としての「タワー」が、皮肉にも重力に抗えない「フォーリングマン」という“nots”の亡霊たちを生み出したとすれば、小説『フォーリングマン』は、それを逆手に取って、重力によっても均衡美によっても回収不可能な「自由」落下を“chance”として提示している。[14] そのような意味において、「崩れ落ちた未来」の「存在論《オントロジー》」ならぬ「憑在論《ホントロジー》」を模索したデリーロの九・一一小説は、デリダの次の言葉と限りなく共振し続ける。「結局のところ、亡霊とは未来なのであり、常に来るべきものであり、来るかもしれぬもの、あるいは再-来するかもしれないものとしてしか、自らを現前させることはない」（*SM* 39）のである。

第二十章

時の砂漠

――惑星思考の『ポイント・オメガ』

「あらゆる細胞のあらゆる要素が、『もう十分!』と叫ぶときが来ているのだ。
この惑星はわれわれの母であるとともに、われわれの埋葬地でもある。」
ソール・ベロー『サムラー氏の惑星』

∞の詩学

『ポイント・オメガ』(二〇一〇年)は、ほとんど観念小説と言ってもよいほど、プロットらしいプロットの展開もなく、時と消滅をめぐる茫漠とした想念そのものが中心的なテーマとして浮上するよう仕組まれた問題作と言ってよいだろう。そこで焦点化されるのは、地質学、古生物学に通じた神父ピエール・テイヤール・ド・シャルダンの進化論、オメガ・ポイント理論である。(1)だが、彼の唱える進化した人類の叡知の究極点「オメガ・ポイント」が、このテクストにおいてはむしろ終末論的な色彩を帯び、惑星規模のマクロ的時間相へと折り返されていくことは注目に値する。カバー・ジャケットの崇高にして不気味な風景を背に、白字で鮮やかに浮き彫りにされた無限大記号

∞のループから顔を覗かせるタイトルが、「オメガ・ポイント」ではなく、「ポイント・オメガ」へと転倒されている所以でもある。『名前』（一九八二年）や『リブラ』（一九八八年）を引き合いに出すまでもなく、デリーロはアルファベットや記号の形象に秘められた意味を模索してきた作家であるが、薄明に映える山並みと天空を背景に、荒涼とした砂漠の上に浮上するこの謎めいたフィギュアには、一体どのような意味が込められているのだろうか。

もし仮にそこに人類の進化と破滅が互いをウロボロスのように飲み込む無限大の時間相が立ち現れているとすれば、このスリムな小説は、加速の一途を辿るグローバリズムにパラダイム転換を迫る広大なヴィジョンを内包していることになる。このような視座に立ち、地球カレンダーにおいてほとんど無に等しい人類の位相に思いを馳せるとき、惑星的な「深遠な時間」[2]（72）への回帰という人類の起源と終焉をも射程に入れた哲学的考察を導き出す『ポイント・オメガ』は、今もって根強いアメリカ例外主義という神話を再考するうえでも新たな導きの糸になるように思われる。本章では、メビウスの輪のように反転する進化と終末をめぐる主人公の省察が、文明の極限点に明滅する核の恐怖をいかに照射するのか、ガヤトリ・C・スピヴァクやワイ・チー・ディモックが提唱する「惑星思考《プラネタリティ》」を援用しつつ、帝国アメリカの黄昏を〈死〉のアポリアとの関係において炙り出してみたい。

リチャード・エルスターとイラク戦争

　議論に先立ち、まずこの小説の主人公リチャード・エルスターとイラク戦争の奇妙な関わりについて触れておく必要があろう。かつて「防衛知識人《ディフェンス・インテレクチュアル》」(28)としてイラク戦争に加担したエルスターは、作者デリーロと同じく七三歳になった現在、南カリフォルニアの砂漠の近くの小屋に引き籠り、若き映画製作者フィンレイにあの戦争が含みもつ危うい兆候について語りはじめる。九・一一を契機として、大義を振りかざしてイラク侵攻に踏み切ったブッシュ政権に請われ、ペンタゴン入りした学者エルスターは、イラク戦争を主導するにふさわしい斬新なコンセプトを案出する任務を負っていた。戦争という新たな「現実」を立ち上げ、それを円滑に遂行するために、「部隊展開や対ゲリラ戦」(19)のみならず、「捕虜の尋問テクニック」(33)といった事柄に至るまで、イラク侵攻のすべての面にわたって包括的に適用可能なコンセプトを発案することが、御用学者に求められたのである。国防総省の生え抜きでもなく、軍事アナリストや作戦参謀でもないにもかかわらず、ペンタゴンの最高機密に触れる特権を有する彼は、アメリカ例外主義によって発動されたあの戦争を、後知恵として「概念化するためにそこにいた」(19)ことになる。

　しかしながら、こうした彼の任務が、逆説に満ちていたこともまた事実であろう。と言うのも、高精度の誘導兵器を駆使することにより、味方の犠牲を最小限にとどめ、効率的に立案されたイラク侵攻それ自体が、常に既に抽象化された机上の空論に基づいて展開されたからである。彼自身の言葉を借りるならば、それは「戦闘員のみならず、戦争立案者や戦略家にとっても閉ざされた世界を創り出した。彼らにとっての戦争とは、頭字語、立案計画、予期される緊急事態、方法論といったものでしかなかった」(28)。その結果、「あの連中は自分たちが意のままにできるシステムによって麻痺し、彼らの戦争は抽象的なものになってしまった。連中は、地図上の場所に軍隊を送り込んでいると思い込んでいた」(28)。こうして戦地に赴くことさえない傲慢なペンタゴンの軍事テクノクラートによって立案されたあの戦争を、さらなる高みに立って概念化するという彼の任務自体、屋上屋を架す不毛な試みだったのである。

イラク戦争をめぐるこのような彼の役割は、「これは戦争だ」という独善的なレトリックをもって九・一一を捉え、アフガニスタン侵攻を経て、イラク戦争に突入していった合衆国の言説の揺らぎを如実に反映している。「予防的な先制攻撃の発動」という発想は、二〇〇二年九月に出された「ブッシュ・ドクトリン」において既に公式に表明されていたが、その一方で合衆国は、大量破壊兵器破棄についての違反と国連査察についての妨害を理由に国連決議を模索していた。それが不首尾に終わると、二〇〇三年三月一七日にイラクに突きつけた最後通牒において、ブッシュは「自国の安全を確保するために武力を行使する権利を有している」というまさに例外主義的なレトリックによって自衛権を主張するとともに、フセイン政権の「恐怖の構造を破壊し、イラク国民による自由で繁栄する新しいイラクの建設を支援する」という新たな大義名分のもとに侵攻を開始する。ネオ・コンが主導したイラク侵攻の口実をめぐるそうした揺らぎと苛立ちが政権中枢にフィードバックし、より説得力に富む戦争の大義名分を紡ぎ出す言説の案出者として、エルスターのような一風変わった軍事顧問が生み出されたわけである。

だが奇妙なことに、彼がこの戦争を正当化し推進するために、実際いかなるコンセプトを提起し、いかなる権力の言説を流通させたかは、具体的にはほとんど明らかにされていない。世界に仰ぎ見られる「丘の上の町」として範を示すべく、現実を先導する「地図」作成者エルスター自身が、どことなくリアリティを欠き、茫洋とした人物に見えるのはそのためである。やがて彼は政権を去り、カリフォルニアのアンザ・ボレゴ砂漠にほど近い寓居に引き籠ることになる。そんな彼からおりに触れイラク戦争をめぐる様々な想いを引き出していくのが、気鋭の映画製作者ジム・フィンレイである。辺境の地で隠遁生活を送る「族長」(23) エルスターにロングインタヴューをもちかけ、ドキュメンタリー映画を製作しようと目論むフィンレイは、彼のもとに逗留し、説得を試みる。

ちなみに、この野心的な映画プロジェクトは、アカデミー・ドキュメンタリー長編賞を獲得したエロール・モリスのロングインタヴュー、『フォッグ・オブ・ウォー』（二〇〇三年）を強く意識している。この映画で、ヴェトナム戦争や冷戦に深く関与したマクナマラ元国防長官は、カメラを前にして当時を振り返って赤裸々に告白を行った。それに触発されたかのようにフィンレイが、イラク戦争においてウォルフォウィッツばりの役回りを果たしたエルスターに同様の期待を抱いたとしても不思議ではない。質問もナレーションも戦闘シーンの挿入もなく、殺風景な壁を背に長回しの白黒の大写しで、彼にしか語りえないことを語りたいだけ語ってもらうという趣向のこのプロジェクトは、結局日の目を見ることはない。とは言え実際のところ、砂漠を背景に二人が交わす会話それ自体が、あの侵攻作戦を通じて生み出された彼の哲学的ヴィジョンをドキュメンタリー風に紡ぎ出すことになる。

砂漠のパースペクティヴ

エルスターは、「いまわの際の回心」（53）といった芝居がかった演出により、「インテリの愚かさと虚栄心」（53）を暴き立てたいのかとフィンレイに皮肉を述べつつも、自らの心に沈潜してきた想いを徐々に開陳し始める。このような二人の関係において、エルスターが、都市の喧騒を逃れ、時間の感覚を喪失させる砂漠に彼を呼び寄せたという事実は少なからぬ意義をもつ。核の温床とも言うべき地図上の空白のトポスであるにもかかわらず、「砂漠は千里眼なのである」（87）。「すべてを解きほぐし露わにし、過去のみならず未来をも知っている」（87）砂漠の地平を見渡し、文明から遠く隔たった無限の時に向き合ってはじめて、イラクの砂漠で引き起こされたあの戦争が含みもつ意味が、思いがけないパースペクティヴをもって浮かび上がるのである。

「フロンティア［消滅］の不安」（Wrobel viii）に駆られることもなく、日々飽きもせず砂漠を眺め続けるエルスターは、「俳句じみた戦争」"haiku war"（29）という奇抜な言葉を用いて当時を振り返る。彼によれば、「俳句」の神髄とは、切り詰められた詩句によってすべてを語り、「あらゆるものをはっきりと見えるように露わにする」（29）ところにある。「連中に言葉や意味を与えるためにおれはそこにいたわけだ。やつらが使ったことのない言葉と、斬新な思考方法や物の見方を与えるためにね」（29）。かく語る彼は、今や「軍事評議会の亡霊」（45）として、自分が果たした役割を再確認しつつも、それが戦争を正当化する国家の偽りの広告プロパガンダといかに紙一重のものであったか、次のように回想する。

これこそわれわれが、おっかなびっくりでやっていたことさ。人間が知覚するものは、創造された現実の物語なんだ。だけどこっちは、認識とか解釈の合意された限界を超えていろんなものをでっち上げようとしていた。嘘をつくことが必要だったわけさ。国家は嘘をつかねばならん。戦争や戦争準備にあたって、言い繕うことができない嘘なんて存在するはずもない。それどころか、おれたちは一夜にして新たな現実を創り出そうとした。広告のスローガンみたいに記憶に残って何度も反復されるようなセット・フレーズを注意深く使ってね。そういう言葉こそが、最終的に絵になって、三次元の現実として立ち上がっていくわけだ。（28–29）

だが、このように自嘲気味に語るエルスターは、「自己憐憫と自責の念の狭間」（31）で揺らぎ続けるものの、マクナマラ同様、自らが取った行動のすべてを否定したり悔やんだりしているわけではない。エルスターの次のような言葉は、彼がネオ・コンとさほど変わらぬ価値観をもち、思い上がった例外主義の思考回路から完全には脱却していないことを物語っている。「おれはまだ、戦争ってものが必要だと思っている。強い国は行動を起こさねばならん。ひどい打撃を受けたわけだから、未来を取り戻す必要があるんだ。意志の力というか、抗い難い本能的な必要性に迫られてというか。連中におれたちの世界や精神を形成させてなるものか。やつらが信奉するのは古臭くてどうしようもない専制的な伝統ばかり。こっちには生きた歴史がある。おれはまさにその中に自分がいると思ったわけさ」(30)。

その一方で彼は、冷戦がもはや過去のものとなった現在、合衆国が主導したイラク侵攻が、忍び寄る核の脅威を期せずしてもたらすのではないかという不安を払拭することができない。直観的に彼は、人類の未来に微かに明滅する核戦争の危険な兆しを探り当て、次のように告白する。「ある日おれは、連中に言ってやったんだ。イラクの戦争は何かを囁いているんじゃないかってね。微かな囁きかもしれんが。こんなふうにわれわれは、あっちこっちの政府を相手に核を弄んできたわけだから」(50)。彼が抱くこうした危惧は、ヴェトナム戦争さながら泥沼化していくイラク情勢を尻目に、彼が政権と袂を分かち、灼熱の砂漠の地平へと退いていくとき、一気にスパークし始める。

「深遠な時間」——進化と破滅のループ

専ら未来に向かって直線的に流れる合衆国の時間を無化するような広大無辺な砂漠を前に、エルスターは透徹した眼差しで「ここでは時間は盲目なのだ」(64)と漏らす。彼がここで言う惑星規模の地質学的な時間とは、「通常の恐怖」(44)を凌駕する「途方もないスケールの時間」(44)、言い換えれば「自分たちに先行し、自分たちの死後も流れる時間」(44)に他ならない。歴史の浅い合衆国など歯牙にもかけないこの「深遠な時間」(72)は、「国民国家の勃興や機械的時間の支配と結びついた…空疎で均質な」(Dimock 2)時間とは本質的に次元を異にする。彼にとって、「巷にあふれる言葉や数字としての時間」(44-45)、すなわち西洋文明に埋め込まれた計測可能な時間とは、平準化された「うすのろの時間」(45)でしかない。それらの「すべての表層を剥ぎ取り、覗き込んだとき、残るのが恐怖なのだ。それを癒すために文学というものがあるわけだ」(45)。このようにエルスターは、この惑星に取り憑く「盲目」なる「深遠な時間」によって炙り出される、〈死〉のアポリアと文学の分かち難い関係に思いを馳せる。

詰まるところ、こうした砂漠の時間から生じる桁違いの畏怖の念は、太古の「原初的世界」(20)と、その進化の果てに現出する人類の終末的な「絶滅」(20)という一見対極的な惑星のカオス的な時間相が、ループ状に捩《ねじ》り合わされるところから生じている。無機物から有機物である生物への進化と、その極限点において死滅する人類の無機物への回帰。そこには、地球という惑星の進化と絶滅のダイナミズムが、人知の及ばない盲目的な時間への畏怖の念として立ち現れている。「絶滅こそが目下彼が関心を抱いているテーマだった。ここの風景がそうしたテーマを鼓舞するのだ」(20)と、フィンレイが語るように、砂漠は文明のいかなるマッピングも痕跡なく消し去ってしまう。にもかかわらずエルスターが、進化の極限点において到来する絶滅[3]というアポリアに惹かれるのは、生命の起源と終焉をめぐって有機物と無機物が織りなす惑星規模のダイナミズムに心を動かされたからである。

「意識をもたない物質が分析を行う人間の思考にまでなったのだ。かくも美しく複雑な心を備えた」(52)と、生命が辿る進化の道筋を感慨深く振り返る彼は、有機物への飛躍こそが、生命の起源を探るうえで革命的な事件であったと言う。「原子構成要素のレベルから原子レベルへ、そして無機物の分子へと、物質のあらゆる段階を経て、われわれは外へと膨張し飛び出していった。それこそが、細胞が出現して以来、生命が辿った性質なのだ。細胞こそが革命だったのだ」(52)。だとすれば、そのような細胞の進化の最先端に位置する人類が、エントロピーの飽和によって絶滅の危機に瀕し、再び自意識を欠いた無機物へと逆戻りしてしまうというもう一つのシナリオもあながち否定できない。生物の進化の極限に織り込まれた絶滅の危機。まさに終末的とも言えるこうした逆説こそが、『ポイント・オメガ』におけるエルスターの思索の中核をなすわけだが、彼はそれを次のように「時間の衰亡」(72)というメタファーを用いて解説する。「時間の衰亡。それこそ俺がここで感じることだ。時間がゆっくりと老いていく。とてつもなく重ねられた歳月。日ごとの話じゃなく、これは深遠な時間の話。地質時代の時間の話。われら人類の生は太古の昔に遡る。遥か彼方、絶滅期の更新世の砂漠に」（72）。北米大陸において大型哺乳類が絶滅した更新世末期を引き合いに出し、彼は、これまで幾度か生命の大量絶滅を繰り返してきた惑星の時間が、今まさに疲弊の極みにあり、例外なくすべてを巻き込んで地質時代の始原的な時間へ回帰しようとしていると感じる。ここで彼が思い描くのは、物質から知性を備えた人間へという進化に逆行する、自意識なき物質への先祖返りのベクトルである。

一見、退行的とも思えるこの「非存在」への志向について、彼は次のように予言する。「言っておくが、これからは今まで通りにはいかん。何かが起こる。だが、これとて人間が望んだことじゃないかな。意識の重荷ってやつさ。われわれはみんな使い尽くされたわけだ。物質は自意識なんか失いたがっている。人間の知性にしても心にしても、もとはと言えば物質だったんだ。そろそろそういうのはみんなもうおしまいにしても良い頃だ。そういう気持ちに今や人間は駆り立てられている」（50）。この台詞が、「イラクの戦争は何かを囁いている」（50）という神託めいた言葉の直後に彼の口から発せられたことは、人間のみに許された「意識の重荷」から逃れたいという密かな願望が、核戦争による終末の到来や世界更新への期待と、いかにシンクロするかを示唆している(4)。

なおも畳みかけるように彼は、マクロ的な惑星の時間を意識しつつ、地球カレンダーにおける人類の位相について次のように主張する。この期に及んでもなお核を弄び続ける「人間は、かつてそうだったみたいに生命を欠いた物質であろうとしているわけだ。物質の進化において、われわれは一秒の最後の一〇億分の一に過ぎないわけだから」（50）。人間のみならず、すべての生物の大絶滅をもたらしかねない核の脅威は、彼にとっては、次のように人類という群れに予め組み込まれた「自己破壊の遺伝子」（52）のなせるわざであり、それはまさに無機物である物質への回帰を促すものなのである。

人間はわんさと群れたがる群衆なのだ。集団で考え群れで移動する。軍隊みたいな群れには自己破壊の遺伝子が備わっているものさ。爆弾一発ぐらいじゃとても十分じゃない。穢れたテクノロジー。まさにそこにおいて、神託を告げる者が戦争を画策する。と言うのも、今や内転が起こるからだ。テイヤール神父にはこれがわかっていた。オメガ・ポイントというやつだ。生物の領域からの跳躍と言ってもいい。次の問いを君自身に問うてみるがよい。われわれは未来永劫、人間でいなければならないかってね。人間の意識が疲弊した今、無機物である物質に戻ろうってことさ。これこそわれわれが望んでいることじゃないのかね。われわれは原野の石に戻りたいわけだ。(52–53)

「石」への回帰――「濫喩《カタクレーシス》」としての終焉

このように進化における無機物から有機物への「跳躍」を先祖返り的に反転させようとするエルスターの思索は、彼が言及するテイヤールの「オメガ・ポイント」理論を換骨奪胎し、転倒したものに他ならない。そこで焦点化されるのは、神の創造物が有機的に融合し、収斂する意識の至高点への「跳躍」ではなく、自意識を欠いた無機物への逆しまの「跳躍」である。完璧さに取り憑かれた文明の極みにおいて「人間の意識が疲弊した」結果、「自己破壊の遺伝子」にスイッチが入り、カオスへの先祖返りが始まるという見立てである。「彼［テイヤール］によれば、人間の思考は生き物みたいに循環するという。それで言うと、集団的な人間の思考という領域はそろそろ終焉を迎えつつあるわけだ。最後の迸りとでも言おうか。昔は北アメリカにラクダがいたものさ。それって今どこにいる?」(51)。このように皮肉たっぷりに彼は、疲弊した文明の「最後の迸り《ラスト・フレア》」として、核爆発の閃光の中に「人間の意識」の終焉を幻視する。「意識ってものは積み重なって、それ自身に反映される。

俺にとってこうしたことは、どこかほとんど数学的に思えるところがあるんだ。これまで全然思いつきもしなかった数学や物理の法則のようなもの。そこでは心がすべてを超越し内側へと方向づける。これがすなわちオメガ・ポイントなのだ」(72)。

エルスターの言うこの「オメガ・ポイント」の法則は、既に述べたとおり、文明の進化の行き着くところが逆説的に「人間の意識」の初期化をもたらすという点において、テイヤール神父の唱えた人類の進化の極みに現出する意識の至高点「オメガ・ポイント」の陰画《ネガ》に相当する。にもかかわらず両者に共通するのは、文明の果てに措定されたそのような極致点が、究極的にすべての光を吸引する「ブラックホール」(27)のような強度を孕んだものとして捉えられていることである。フィンレイに問われてエルスターは、それを「知性や心の崇高なる変容、またはこの世の痙攣のようなもの」(72)と表現する。彼によれば、その「痙攣」こそ、「われわれが起こってほしいと願っているもの」(72, 73)であり、それによって人類は「存在から完全に脱却し」(73)、無機物である「石」へと回帰する。

テイヤールの著作は、デリーロ自身も認めるように、「事実か形而上学かはたまた夢を通して」(DePietro par. 26)語っているのか判別し難いところがあり、現在ほとんど顧みられなくなっているが、彼は、敢えてそれを進化の極みに明滅する破滅の予感に手繰り寄せて読み解こうとしたわけである。[5] そこで彼は、「人間の意識が疲弊の地点に到達しつつあり、次に来るものが痙攣、もしくはとんでもなく崇高なものかもしれないという考え」(Alter par. 13)を抱くようになったという。エルスターの省察において、そのように自らにフィードバックする人間の意識の臨界点が、「激発」“paroxysm”(72, 73, 98)、「内転」“introversion”(52)、「痙攣」“convulsion”(72)といった、宇宙のダイナミズムを想起させる「濫喩《カタクレーシス》」によって表象されていることは注目に値する。[6] デリダによれば、「**一般に〈濫喩〉とは、最初或る観念にすでにあてられていた或る記号が新しい観念—言語のなかに固有の記号をそれ自体としてもっていなかったか、あるいは他に固有の記号をもはやもっていない新しい観念—にあてられることを言う。**したがって〈濫喩〉とは、その使用がやむをえず《フォルセ》必要な一切の〈転義〉のことであり、そこから純粋に拡張的な意味が結果してくる一切の〈転義〉のことである」（『哲学の余白 下』151）。こうした転義を通してエルスターは、イラク戦争が囁く終末の予感に震撼しつつ、崇高にして不気味な惑星的時間相の震えに、実験国家アメリカの例外主義の終焉を探り当てたのである。そこから浮かび上がるのは、輝かしい進化を遂げた人類が、文明の進化の旅路の果てに核によって内破し、生命を欠いた無機物のダストとして再び惑星に回帰するという終末的転回である。

「オメガ・ポイント」から「ポイント・オメガ」へ

だが、『ポイント・オメガ』には、このような人類の暗澹たるもう一つの「明白な運命《マニフェスト・デスティニー》」を裏書きするプロットが用意されているわけではない。それどころか、彼の惑星的ヴィジョンは、唐突に転がりこんできた娘ジェシーの失踪によって宙吊りにされてしまう。この事件を契機に彼は、お気に入りの形而上学を予言者のごとく披瀝するインテリ隠遁学者から、行方不明の娘の安否を気遣う等身大の父親に戻る。ストーカーじみたボーイフレンドから逃れるようにニューヨークからやってきた娘が忽然と砂漠へ姿を隠し、不発弾が散乱する「衝撃地帯《インパクト・エリア》」（91）と呼ばれる元軍事演習場の近くでナイフが発見されたとき、彼の思考の糧となっていた砂漠という領分は、死を孕んだ現実の脅威へと皮肉にも変貌する。ブラックホールさながらすべてを吸引する砂漠は、ジェシーを誘引することにより、砂漠の司祭、エルスターにもナイフの切っ先《ポイント》を突きつけたのである。「オメガ・ポイントは、今ここにおいて体を突き刺すナイフの先端へと矮小化されたのだ。人間のありとあらゆる壮大なテーマが、ローカルな悲しみへと、ゆくえも知れぬ一つの体へと注入されたのだ」（98）。フィンレイのこの言葉に集約されるように、局所化され、娘に突きつけられたこのナイフの切っ先こそ、エルスターの形而上学に破局的反転を迫る、彼自身の「ポイント・

オメガ」（98）だったのである。

彼が砂漠の風景を前に洞察した人類の滅亡という終末的な「明白な運命《マニフェスト・デスティニー》」は、こうして今や、不毛な砂漠の中に飲み込まれた娘の運命へとメビウスの輪のように反転する。「人類」という種から、一人の「人間」へと矮小化された危機の転換点「ポイント・オメガ」こそ、イラク戦争を立案した軍事テクノクラートを槍玉に挙げてきたインテリ隠遁学者エルスターが、はからずも陥った陥穽に他ならない。「人は自殺するために砂漠にやってくる」（89）という風説に怯えつつ、彼は、今や「無防備《ディフェンスレス》」な知識人《インテレクチュアル》として、彼自身の「ポイント・オメガ」（98）においてあたふたと取り乱すばかりである。

ジェシーは、「自分自身でも自分のことが想像上の人物」（71）のように思える二〇代半ばの女性である。『マオⅡ』の主人公ビル・グレイの小説から抜け出てきたようなカレンさながら実在感の乏しい彼女は、風のようにテクストを横切り、「生物の領域」から砂漠の彼方へと駆け抜けていく。フィンレイの性的ファンタジーの対象でもあった彼女は、「ニンフみたいに」（49）、「ページから抜け出て、非存在というもう一つの次元に移行するのを待ちきれなかった」（Ignatius par. 8）かのように、異相の時空へと越境を果たす。

こうして父を出し抜いて砂漠と同化し、「深遠な時間」（72）へと立ち戻った娘は、まさに「父の夢が具現した存在」（56）と言ってよい。惑星の太古の姿を想起させる砂漠において「非存在」と化した彼女は、無機的な「石」へ立ち戻ろうとしたエルスターの「消滅の夢」（36）を具現している。だが、皮肉にもジェシーは、「オメガ・ポイント」をめぐる父の直観を現実において試す「試金石《タッチ・ストーン》」となる。娘の失踪により、彼が束の間慣れ親しんできた砂漠というトポスは異化され、不気味で恐ろしい他なるものへと相貌を変える。彼にとって砂漠という我が家同様に「慣れ親しんだ空間の異化」（Spivak 77）がもたらされ、「『有史以前の人間性』の宿る場所が醸し出す不安」（Spivak 79）が現出するのである。有史以前の砂漠の彼方へ消失したジェシーは、スピヴァクがレイモンド・ウィリアムズを引用しつつ敷衍したように、「角を曲がったところで待ちかまえている出現以前のもの」（80）へと回帰したと考えてよい。逆説的ながら、ジェシーの「消失」は、「決定不可能で惑星的な他なるものの形象化」（Spivak 81）として「現出」することになる。

このように砂漠という始原的風景に飲み込まれたジェシーは、まさしく決定不可能で無機質的な「惑星的な他なるもの」として、父のもとへ亡霊的に回帰していく。人類の「出現以前のもの」へと後ろ向きに「跳躍」した彼女は、異化された存在として、同じ遺伝子を分かちもつ父に先祖返り的に取り憑き始める。そこで浮上するのが、この惑星が包摂する無機物と、それが進化を遂げた有機物としての生命が織りなす関係、すなわちエルスターが他者としての娘の中に見出した自己と、自己の中に見出した他者としての娘の関係である。このように「惑星的な他なるもの」をめぐって生起する「他者の中の自己」と、「自己の中の他者」との間に見られる包含関係は、何よりも『ポイント・オメガ』の要をなす無限大記号∞の結び目において表象として立ち現れる。

スピヴァクによれば惑星思考においては、惑星に由来する根源的なものとしての「他なるもの」と、惑星に寄生するわれわれ「主体」との関係のあり方が改めて問い直されるが、そこで強調されるのは、両者の弁証法的な止揚ではなく、次のように両者が境界侵犯的に織りなす「放擲《ほうてき》」／「内包」関係そのものである。

もしも私たちが、私たち自身を地球上にあっての行為者というよりは、むしろ惑星に住まう主体であると想像するならば、地球上の実体というよりむしろ惑星上の生物であると想像するならば、他なるものは私たちに由来するのではない根源的なものであり続けることになる。それは私たちによってなされる弁証法的な操作のもとにあっての否定態ではない。それは私たちを放擲《ほうてき》するとともに内包してもいる。このようなわけであるから、他なるものについて考えるということは、既にして、境界を逸脱／侵犯しているということなのだ。（73）

『二四時間サイコ』——光の微塵と惑星の時間

このような自他の境界を「逸脱／侵犯」するジェシーは、一見端役のように見えながら、進化と破滅をめぐるこの小説の形而上学的なメビウスの輪の結び目をなしている。中心の空白とも言うべき彼女は、父を危機に陥れる「オメガ∞ポイント」として機能しているのみならず、彼の物語をプロローグとエピローグに繋ぎとめる重要な役割をも果たしている。「匿名」、「匿名2」と命名されたこれらの二つの枠組みの物語と彼女を接合するのは、ヒッチコックの傑作『サイコ』である。シャワー・シーン、ナイフ、失踪、捜索、保安官、探偵、ミステリーといった彼女にまつわる記号はすべて『サイコ』からの転用であり、彼女は再利用されたジャネット・リーに他ならない。プロローグとエピローグの舞台となる美術館のギャラリーでは、この映画を一秒間に二コマという超スローモーションで二四時間に引き延ばしたコンセプチュアル・アート、『二四時間サイコ』が延々と映し出される。本作を執筆するにあたりデリーロは、長大な時間相を観想する手立てとして、互いに照応し合うこの二つのアート空間を、メタファーとしてエルスターの物語の外枠に配置したのである。

「およそ七〇億年という時間をかけて宇宙が死んでいくのを見守るようなものだ」(47)。フィンレイと一緒にこのギャラリーを訪れたエルスターが、のちに砂漠で失踪する娘に漏らしたこの言葉は、「深遠な時間」へと人類を誘う二つの学問、「地質学と天文学」(Dimock 6) の出会うところを皮肉にも暗示している。砂と光の粒子が織りなす極微小の瞬間の揺らぎがシンクロするリンボのごとき時間。会話もサウンドトラックもなく、両面スクリーンに映し出されるこの沈黙の映像は、もとの『サイコ』の「フィルムの語彙」(10) を解体するとともに、六日間連続で飽きもせずギャラリーに通いつめる匿名の視点的人物を、忘却の宇宙の彼方に潜む「サブリミナルな時間」(116)

へと誘う。そこで彼は、考古学者が砂漠の砂を丹念に掬い取るように、あるいはまた天文学者がわずかな星の光に目を凝らすように、「光の微塵」(DePietro par. 8) の変化に深遠な時間相を探り当てようとする。「見るという浅薄な習慣において簡単に見過ごしてしまう物事の深さ…によって催眠術にかかった」(13) この匿名の男こそ、MOMAで開催された『二四時間サイコ』に三度も足を運んだデリーロ自身の分身であろう(7)。

フィンレイがもちかけた企画さながら「壁を背にして」(13)、それ自体の中に差延を孕んだ光のアートに浸るこの黒子的人物は、知覚の限界線を引き直し、エルスターの形而上学をさらなる文脈へと転義させる役割を担っている。「因果関係が根源的に崩壊し」(14)、「沈黙と静寂がサスペンスを凌いで持続する」(14) このアート空間に連れ立って入ってきたエルスターとフィンレイに、最初彼は「稀有な仲間意識」(9) を抱く。にもかかわらず彼は、二人が暫くしてその場を立ち去ると落胆を隠せない。二人の退場はつまるところ、彼らが映画製作を断念し、砂漠から喧騒に満ちた都会へと回帰することの謂いでもある。

「フィルムの中へ思考するのか…はたまたフィルムが自分の中へと思考し、脳から流出した何かの液体みたいに自分の中へ流れ込んでくるのか」(109) と、自問し続けるこの黒子的人物にしてみれば、アート・ギャラリーにおけるエルスターたちの滞在は、彼らの砂漠における滞在と同じく、あまりにも短すぎたに違いない。あたかもそれを取り繕うかのように、エピローグのギャラリーにおいて彼は、砂漠へ失踪したジェシーと思しき女性(8)と遭遇し、言葉を交わす。「宇宙が収縮したみたいな」(47) このフィルム空間において、ほとんど時が静止するまでテンポを遅らせたいと願うこの男にとっては、砂漠の砂のように打ち砕かれ、スクリーン上で無限に乱反射する宇宙の「光の微塵」こそが、根源的に他なるものを召喚することができるのである。ジェシーと同じく、イラク戦争が囁く文明の到達点もまた、エルスターの手を離れ、「濫喩《カタクレーシス》」として限りなく転義《トロープ》を重ねるとき、密かに帝国の破滅を囁く「破局的反転《カタストロープ》の喩」(Derrida 67) となるのである。

終章

シネマの旅路の果て
――「もの食わぬ人」における「時間イメージ」

「人間存在はすべて光の幻影に過ぎない。」
ドン・デリーロ「もの食わぬ人」

デリーロ版『ナイン・ストーリーズ』

齢七五歳を迎えたドン・デリーロを言祝ぐかのように、二〇一一年に上梓された『エンジェル・エズメラルダ』は、これまでに発表された彼の主要な短編を三つのセクションに区分し年代順に並べたはじめての短編集だが、その最後を飾る「もの食わぬ人」（二〇一一年）は、とりわけ謎めいた作品と言ってよいだろう。ややもすると映画オタクの風変わりなストーカー物語として受容されかねないこの作品は、いったい何を物語っているのだろうか。

九つの短編を収めたこのデリーロ版『ナイン・ストーリーズ』は、出版時の書評において批評家たちに概ね好評を博してきたにもかかわらず、全体を束ねる有効な視座は今もって明確ではない。その要因の一つとして、全体の鍵を握る最後の短編、「もの食わぬ人」の位置づけが困難であることが挙げられる。この短編集をめぐるデリーロの発言に倣って言えば[1]、作家が登場人物たちにいかなる「パターン」を見出し、それをどのように「啓示的なもの」へと変容させたかについても、まだほとんど解明がなされていないと言ってよいだろう。

だが、前作『ポイント・オメガ』[2]（二〇一〇年）のプロローグとエピローグという二つの外枠物語を手掛かりにこの短編を読み直してみると、そこには、生成変化する開かれた時間をめぐってシネマによって喚起される思考が巧みに焦点化されていることがわかる。シネマというメディアに秘められた無限の時間相を浮き彫りにするにあたり、前作ではダグラス・ゴードンの映像インスタレーション『二四時間サイコ』の上映シーンが主人公エルスターの物語を包み込むように配置されていた。「もの食わぬ人」においては、そうした連関する二つの外枠物語それ自体が独立し、テーマ的発展が見られる。

シネマ・ロード・ナラティヴとも言うべきこの短編の主人公は、そのような意味において、『二四時間サイコ』に足繁く通った『ポイント・オメガ』の外枠物語の匿名の語り手の分身と見なすことができる。彼らはともに、暗闇に浮かび上がるシネマの純粋に光学的なイメージに誘引されるのみならず、そうした空間を自分と共有する女性に対して取り憑かれたストーカーじみた存在でもある。本章は、こうした共通項を導きの糸とし、これらの物語の向こう側に、時間をめぐるいかなる思考のマトリクスが浮上するのか、ドゥルーズのシネマ論を援用しつつ、〈死〉のアポリアの転義《トロープ》としてシネマの亡霊の地平を拓いてみたい。

破綻するシネマの地図作成法《カートグラフィ》

『ポイント・オメガ』の外枠物語がそれぞれ「匿名」、「匿名2」と名づけられ、登場人物の背景情報が提供されていないのとは対照的に、「もの食わぬ人」の主人公リオ・ゼレズニアクについては、おぼろげながら彼の人生の輪郭が浮かび上がるよう、寸描が施されている。物語の冒頭で提示される彼の姿は孤独そのものと言ってよい。簡素なアパートに引き籠る彼の人生には、何か思いがけない事件が起こり得る余地が全くと言ってよいほどない。だが、「そうした波乱のなさには瞑想めいたところがある」(183)という描写に続いて、彼が記憶の淵から鮮やかに蘇らせるのは、朝コーヒーを飲みながら宙を眺めていたとき、電灯が一瞬にして炎に包まれ、ランプの覆いが焼け落ちる光景である。

　魔術に由来するシネマトグラフのファンタズム性を象徴するかのようなこのエピソードは、彼のシネマとの関わりを鮮明に炙り出している。リオの人生はまさに平穏無事であり、彼の「密林の野獣」はもう一つの人生とも言うべきシネマ空間においてこそ躍動する。このことは、『ポイント・オメガ』の外枠物語の語り手が、現実において「視点の希薄な男」(*PO* 103)であればこそ、『サイコ』を超低速で再生した『二四時間サイコ』にリアリティを探り当てたことを彷彿させる。

　かつて八番街の郵便局の夜勤をしていたリオが、最終的に「フルタイム」(200)でシネマ三昧の生活を送ることができるようになったのは、父の遺産のおかげである。「彼は実際もう一つ別の人生を営んでいた」(194)。彼の元妻フローリーによれば、「自己否定と贖罪の要素を秘めた彼の企てには、どことなく聖人じみて狂気を孕んだところがある」(187)という。リオのシネマへの「修道僧のような献身ぶり」(200)は、長年にわたって彼が詳細に記し続けてきた鑑賞ノートが何よりも雄弁に物語っている。明けても暮れても彼は映画館に通い、そのたびに劇場名、タイトル、上映時刻、プロットや制作原理や各場面についてのコメント、個人的な解釈のみならず、観客への苦言まで事細かに記し続けたのである。

　彼の判読し難い文字を書き連ねたおびただしい数のノートが、「文化的年代記」(200)としてクローゼットを埋め尽くしていた。こうして苦行僧のようにシネマに傾倒し、時代の証言として映像を「失われた言葉で書かれた古代の手書き文字」(200)へと変換するリオの「試みの崇高さ」(187)にフローリーは魅了されてきた。ところが、ある日を境に彼は筆を折り、シネマを通じて網羅的に「世界のイメージの見取り図」(200)を作成するという彼の企てはあえなく潰えてしまう。リオがこのプロジェクトを放棄せざるを得なくなったのは、まさに「ノートを書くことが目的となり」(201)、「ノートが映画に取って代わりそうになった」(201)からである。「映画は彼がただ単にそこに居ることを必要としていた」(201)。にもかかわらず、彼はシネマの地図作成法《カートグラフィ》に固執し、光と闇が織りなす何にも還元不可能なシネマの生成力を十全に捕捉することができなかったのである。

断筆したのちも映画館に通い続けるリオに対してフローリーが発する次のような問いかけは、シネマに対する彼の目的論から存在論的な志向への転換を的確に言い当てている。「あなたは映画を観るために映画館に居るわけ?それとも、もしかしてもっと厳密で本質的な意味で映画館に居るだけなの?」(188)。こうしたリオの姿勢の変化は、二人の関係にも影を落とし始める。これを機に「彼女は投票に行くのをやめ、肉食をやめ、結婚を解消した」(194–95)。やがて彼らは互いに意味のある会話をやめ、意味のあるセックスをやめた。だが、「彼らは互いにここに居る必要があった」(195)。

かくして離婚後も同棲を続けるフローリーは「長い沈黙」(190)に身を委ね、ボディ・ワークに没頭し始める。『ボディ・アーティスト』(二〇〇一年)の主人公さながら、姿勢を保持し続ける彼女は、「自分の環境にほとんど飲み込まれ、視界から溶け出さんばかりに非物質化していくように思えた」(195)。このときフローリーは、ローレンが演じた「ボディ・タイム」よろしく、「生きた静物画《スティル・ライフ》」(*BA* 107)と化す。静止姿勢を保ちながらも定点化されることなく、彼女もまた自在に「時間を止めたり、引き延ばしたり、開いて曝け出したりする」(*BA* 107)ことにより、多様な時間相と戯れる。こうした彼女の姿を目撃したリオは、「人間存在はすべて光の幻影に過ぎない」(195)という、哲学の授業でかつて出会った言葉を思い起こす。

そもそもフローリーは映画女優志望であるにもかかわらず、ラジオの交通情報の案内係として番組の合間にお決まりのフレーズを猛烈な速さでまくしたてる「声」として存在した。リズミカルで抑揚に富んだ「早口ながら、クールに平静を装って」（191）事故を伝える彼女の声に、リオは加速する「世界崩壊の兆し」（191）さえ感じ取ってしまう。だが、リオの断筆とシンクロするかのように、彼女は一転して早口の「声」からスローな「生きた静物画《スティル・ライフ》」へと変貌を遂げる。あたかも闇から浮かび上がるモンタージュ映像のように、記憶と物質の狭間で揺らぐ「光の幻影」、フローリーの誕生である。

ここで彼女が、映画館から映画館へとリオが尾行を繰り返す女性といくつかの点において重なり合うことは着目に値する。作品の冒頭で、「くだんの女性が現れるずっと以前に」（183）という表現でこの女性に言及がなされたのち、次の段落でフローリーが、「彼と同居中のもう一人の女性」（183）として紹介される。このことは、シネマをめぐるリオとの関係において、二人の女性が相関関係にあることを暗示している。肉付きがよく現実的なリオという重しがなければ、「風に吹かれたように不安定で、気の向いたときにしか食事も睡眠も取らない」（194）フローリーもまた、もう一人の「もの食わぬ人」だったのである。

シネマの亡霊、「もの食わぬ人」

リオは彼女をアパートに残し、映画館に居るというただそれだけの目的のために、ニューヨークのそこかしこの映画館に足を運び続ける。そうしたシネマの巡礼の旅路に、同好の士の一人として突如として浮上し、彼の意識を占有し始めるのが「くだんの女性」こと「もの食わぬ人」である。(3) 彼によれば、何かに取り憑かれたかのように「映画館に足繁く通う常連には、観客がまばらなときなど、霊魂」（186）が浮遊しているような風情があるという。なかんずくこの女性には、他の連中とは一線を画する特異なアウラが付きまとう。あたかも幽体離脱したかのようにスクリーンを見据え、映写機が放つ光の微塵の中にのみ安住の場を見出すことができる霊魂のごとき存在。「彼はこの女性が、自分の内側で生きている人間だと思った。人から遠く隔たっていかんとも捉え難い存在。うつ向き加減の視線は外れ、何も見てない」(196)。『ポイント・オメガ』の外枠物語の語り手さながら、「視点の希薄な」(PO 103)この女性は、映画館の暗闇の中でアウラを放ち、「光の運動の無限、魂の運動の無底」(『シネマ2』328)を無言のうちに物語っていたのである。

好奇心をかき立てられたリオはあとをつけ、地下鉄に揺られて彼女が赴くまま次なる映画館に足を踏み入れる。大胆にも「首筋に息を吹きかけるくらい」(198)彼女の真後ろの座席に陣取った彼は、肉体性が希薄なこの女性を「まがうことのない魂だと思う」(198)。上映中の映画はもはや意味をなさず、今や映画館の暗闇に身を埋めた彼女のシルエットそれ自体が映像に取って代わる。かくして彼らは、通約不可能な〈死〉のアポリアを共有し合うかのように、暗闇の中で「一体となり、二人の目も一つに重なり合う」(198)。

ちなみにこのような願望は、既に前作『ポイント・オメガ』の外枠物語にも見られる。美術館の薄暗い展示室の壁際に佇み、インスタレーションのシネマ空間に立ち入った女性の動向を窺うくだんの語り手は、「自分たちのことを二つの似通った魂のように思いたかった」(PO 110)。『サイコ』の超低速ビデオから亡霊のごとく立ち現れるノーマン・ベイツに自らを重ね合わせる一方で、自分に亡霊のように寄り添う女性を希求するこの匿名の語り手こそ、リオの原型《プロトタイプ》だったのである。

彼が取り憑かれたこうした亡霊的イメージは、存在と非存在のインターフェイスとも言うべき、スクリーンの光輝と客席の暗闇の狭間で揺らぎ続ける。リオにとって「もの食わぬ人」はなによりもまず、シネマの妖精さながら、「自分自身の影から身を退ける」(199)一方で、「自らの居場所を見つけようとする希薄な存在」(199)でもあった。リオが想像する彼女は、「入浴も食事も忘れ、目を見開いてベッドに横たわっては、その日観た映画のシーンをワンショットごとに頭の中で再生してみせる。そういう能力を彼女はごく自然に生まれながらに身につけていた」

(198)。リオのさらなる妄想によれば、寝食を忘れシネマに身を捧げる彼女は、世界中を駆けめぐって秘蔵映像を突き止めたり、熱狂的な映画ファンのみが関心を抱く長大な映画や、散逸した巨匠の映画を発掘したりすることにも熱心である。他者と交わることもなく、買い物に行くことすら失念する彼女の耳には、「幻聴として、子供の頃観た映画の会話が聞こえてくる」(202)という。

「時間イメージ」のアポリア

このようにシネマと限りなくシンクロするこの女性がリオの興味をかき立てたとすれば、それは彼女が、生身の身体という定点を欠いた無機質的な属性を帯びているからである。ジル・ドゥルーズが提起したように、シネマの本質は、生ける現在という分割された個々の瞬間の総和ではなく、生成されると同時に修正される分割不可能な「動く切断面」(『シネマ1』22)において見出される。それは開かれた全体として有機的に空間化された「運動イメージ」ではなく、そうした枠組みをすり抜け、持続性を孕んだ「時間イメージ」として捉えられねばならない。秩序立った目的に向かって展開される「運動イメージ」に従属することなく、「映像の自己時間化」(『記号と事件』135)をもたらすこの「時間イメージ」こそ、不作為の世界そのもののイメージであり、ドゥルーズがアンリ・ベルクソンの『創造的進化』(一九〇七年)を批判的に援用して展開したシネマ論の根幹をなす概念である。ドゥルーズによれば、「時間イメージ」とは、「映写装置の『中』にある、非人称的で、一様で、抽象的で、不可視的あるいは知覚不可能な、或る運動あるいは或る時間」(『シネマ1』4)の謂いに他ならない。

「時間イメージ」につきまとうこうした非人称的な不可視性は、カットと多様な視点を駆使し、「任意の瞬間の機械的な継起」(『シネマ1』10)をもたらすカメラの自動性に由来する。この文脈において、「非合理的切断をもとにした連鎖の組みかえ」（『記号と事件』132-33）を前景化するシネマの特性が、リオを惹きつけてやまない「もの食わぬ人」の特質と符合することは注目に値する。食に無頓着で、無機質的なカメラ・アイを想起させる「この女性の表情と目つきは、どこか遠く時を隔てた人のそれのようだった。緩やかに襞なすカーテンが垂れた絵画の女性を彷彿させるところがあった」(207)。

　このようにモンタージュのように立ち現れる亡霊的存在「もの食わぬ人」は、シネマをシネマたらしめる通約不可能な生成の時間そのものを焦点化していると考えられる。「もの食わぬ人」とは、「運動イメージ」を介さずそうしたシネマの時間を、〈死〉をめぐる思考の地平に新たに召喚する転義《トロープ》だったのではないか。ニューヨークの都市空間を横切り、彼女を盲目的に追尾するリオは、「連続した自動的な世界の投射」（カヴェル 116）によって生成されるシネマという夢幻装置のダイナミズムを追体験しようとしたのである。彼女に選択の自由を委ねたリオの関心は、もはや個々の映画ではなく、このメディアが総体としてメタ的に喚起する「時間イメージ」の発生の場そのものに向けられている。

　だが、このように常に開かれた運動の力を孕みもち、生成変化の波動を繰り返す「時間イメージ」は、とりもなおさず「時間の蝶番を外す時間」に他ならず、それを自らの視点から通約し、俯瞰的に捉えようとする彼の企ては、本質的にアポリアを孕んでいる。ドゥルーズによれば、「時間イメージは、思考を、思考されないもの、喚起しがたいもの、説明できないもの、決定不可能なもの、通約不可能なものとの関係に導く。」（『シネマ２』297）。しかも、そうした非人称的な「時間イメージ」の追求は、シネマが含みもつ属性を限界まで引き延ばし、無条件でそれにぴったりと身を寄り添えようとする不可能な身振りによってしか達成されない。あたかも死者を弔うかのように、「もの食わぬ人」に自らを折り重ねるリオは、この逆説に直観的に気づいている。「ふと彼の心に次のような思いが過った。自分のやっていることは完全に意味をなすのだ。この生、つまり彼らの生を予め定めた限界まで推し進める存在として彼女を定義するならば」(202)。

彼がいみじくも探り当てたように「もの食わぬ人」はまさに「時間イメージ」そのものであり、「物のなかにあるような眼の、非人間的な眼の純然たるヴィジョン」（『シネマ1』144）として措定できる。リオが自分たちの生を「予め定めた限界まで推し進める」には、そのように可能性に向かって開かれた彼女の「物質の眼、物質のなかの眼」（『シネマ1』145）に自らを重ねるより他ない。旺盛な食欲が暗示するように、リオは、常ならばどうあがいても非人称的な眼としての「もの食わぬ人」にはなり得ない。「彼女は純粋な存在であり、彼はそうではなかった」（202）。にもかかわらず彼が、サブリミナルな知覚の臨界まで「彼女とともに考え、彼女が感じていることを感じようと努めた」（205）ところに、シネマを通して〈死〉の迷宮に漸近しようとするこの物語の意匠が窺える。

　リオは、このようにシネマが潜在的に孕みもつ無機質的な「時間イメージ」を、ドゥルーズの言う「非人間的な情動《アフェクト》を惹起するのに適した『情感のシステム』」（『シネマ1』195）によって捉えようとする。その萌芽は既に『ポイント・オメガ』の外枠物語に提示されていた。美術館で出会った女性を見送ったのち、再び『二四時間サイコ』の上映室に戻ったくだんの語り手を今一度思い起こしてみよう。「彼はもっとゆっくりとフィルムを回して欲しいと思った。眼と心がもっと深く没入しなくてはならないように。いつもながら自分が見たものが自分と意識を分かち合い、血の中に、濃密な感覚の中に通り抜けてくるように」（*PO* 115）。こうしてアンソニー・ホプキンズ扮するノーマン・ベイツとの一体化を模索する語り手は、「スクリーンの上ですべての動きが止まり、そこに映ったイメージが震撼し、消滅するところを想像してみる」（*PO* 116）。と言うのも、死を孕んだシャワー・シーンをはじめ、無限に引き延ばされたそのようなぎりぎりのインターフェイスにこそ、サブリミナルな時間の亀裂が潜んでいるからである。「現実の時間には意味がなく、それを表す言葉にも意味はない」（*PO* 115）。そう悟った語り手が、「サブリミナルな時間において…ノーマン・ベイツの姿の中に自分が溶解し、毛穴から毛穴まですっかり同化していくのを待つ」（*PO* 116）ところで『ポイント・オメガ』は結末を迎える。

第三の時間

以上見てきたように、前作の語り手の「サブリミナルな時間」意識を確認したうえで、話を再びリオの時間意識へと戻してみよう。『差異と反復』をはじめとする一連の著作においてドゥルーズが主張するところによれば、時間には三つのモデルが存在する。第一は、過去と未来がそれぞれ有機的に、知覚可能な幅をもった現在に双方から流れとして組み込まれていく時間。第二は、純粋な記憶として温存されながらも、現在と円環をなし、現在の組成的な基盤となるような過去の時間。第三の時間は、現在という中心を喪失することによりそのような二種類の時間を超越し、ひたすら無限の彼方に向かって進捗する空虚にして形式的ですらある未来の時間。ある種の狂気を孕み、予見不可能なまま開かれたこの第三の時間をドゥルーズは、「蝶番の外れた時間」もしくは「亀裂の入った時間」と呼び、タナトスとの類縁性を意識しつつ、結晶や地層といった多層的かつ無機質的なメタファーによって捉えようとした。

ドゥルーズは、そのように無限の遠点まで突き進み、何にも回収されることのない無機質的な時間に「強度」を探り当て、そこに逆説的に生々しい生成力が生起する場を措定したわけだが、この第三の時間こそ、リオが取り憑かれたシネマの「時間イメージ」と深い関係にある。現在という中心を喪失し、生が停止したかに見える未来の時間。「彼には最初から分かっていた。自分が一つの未来へ向かって進んでいるということが。給料日も休日も誕生日もなく、新月も満月もなく、まっとうな食事や世界のニュースとなるようなこともない未来。外部の感覚の刺激に一切煩わされることのない、生《き》成りの営みを彼は求めていた」(201)。この言葉に象徴されるように、人間の日常的な営みの埒外にあり、把持不可能な未来に対するリオの眼差しの向こうに、追い求めるものとして「もの食わぬ人」が浮上する。

個人の営みを超越したそのような時間意識は、すぐれて抽象的であるがゆえに、「もの食わぬ人」さながら名を欠いており、表象不可能なものとして立ち現れる。「今では一日が、始まった一時間後に終わってしまうように思えた。いつもきまって一日の終わり。そうした日々は名を欠いていた。それは構わなかったが、こうした名もなき週にはどこか落ち着きの悪さがあった。本源的な時間という感覚というよりも、すっかり空っぽになった時間という感覚」（201）。このように名もなき時間は、生きられた時間や運動の範疇外にあるからこそ、シネマの「映像の自己時間化」（『記号と事件』135）に通底するところがある。

リオにとってまさにこうした「時間イメージ」を喚起する「もの食わぬ人」は、微光に包まれたシネマ空間において亡霊のごとく浮遊し、亀裂の入った時間の深淵に彼を誘う。そこで二人は互いの心身が不可分の分身のように一体となり、「蝶番の外れた時間」に身を委ねる。「彼らは包み込まれ、超越されるべくここに居る。何かがさっと彼らのそばを通り過ぎ、また彼らを連れ戻しにやってくる」（205）。互いに似ても似つかぬ「もの食わぬ人」と共振しつつ、無機質的な時間の間隙に陥ったリオは、まず視覚的に彼女を占有しようとする。「彼が思うに、自分を除いて彼女は他の誰にも見られないよう生まれついたのだ。彼女はそうした意志をもち、そうした物腰を身につけていた」（204）。その一方で彼の視線は、彼女の中に触れ難い何かが潜んでいることを探り当てる。「用心深い眼差しと、ぴんと張りつめた肉体。彼女にはどこか内向きで触れ難いところがあった。そんな彼女に誰が手を触れるというのだ」（204）。

それでいて、シネマ空間に憑依し続ける「もの食わぬ人」は、タナトス的な自己破壊性を暗示することにより、彼を〈死〉の迷宮に誘う存在でもある。「彼女にはまた、常軌を逸したところ、自己破壊的といってもいいようなところがあった。時として壁に向かって身投げするようなところがあった」（202）。もし彼女が、ドゥルーズが言う「潜在的な微小運動」（『シネマ1』155）を反復するシネマの精のごとき存在だとすれば、その生成変化のプロセスは、映写機からスクリーンへ向かう映像の知覚不可能な光のロードの中に、より本質的なかたちで見出すことができる。スクリーンは、戯れつつ刻一刻と姿を変える光の粒子が、シネマの旅路の果てに「身投げする」ことにより可視化される壁に過ぎない。「映画が見せるのは、波であり、揺れ動く微粒子であり、それらによって映画は身体を擬装する」(『シネマ2』280)。スクリーンに投影されたイメージは、そのように本来不可視の光の戯れを一瞬のうちに切り取り、可視化してしまうという意味において自己破壊的である。と同時にそれはまた、永続的に後続の光の微塵によって逐次的に書き換えられ、更新され続けるという意味において自己生成的でもある。

シネマ・ロード・ナラティヴ

ここで興味深いのは、リオが彼女を尾行するロードにおいて、スクリーンへの投身という彼女の身振りが、逆しまのかたちで反復される瞬間が描き込まれていることである。それは、リオが彼女の赴くままマンハッタンから地下鉄に乗り込み、土地勘のないブロンクスで車両が地下の暗闇から抜け出すときに訪れる。「陽光が車両に差し込んだとき、彼は自分が剥き出しにされたような気がした。地表の下で自分を保護していた覆いというかアウラが剥ぎ取られたような気がした」(202)。

ブロンクスの陽光に身を投げ出し、戸惑いを隠せないリオとは対照的に、地上に出た「もの食わぬ人」は、一転して「想いをめぐらせて歩みを進めるごとに、物理的な存在へ変貌していくように見えた」(203)。ところが彼女は、一旦は自宅と思しき住居に戻ったものの、再び地下鉄で終着駅に向かい、そこからバスを乗り継いで次なる映画館へと向かう。こうしてリオは、「何か得体の知れないものに操作され、なすがままにされる犠牲者」(204)よろしく、ミステリアスなシネマ・ロードに再び身を委ねる。見失ったと思う瞬間もあれば、肩に彼女が触れんばかりだった瞬間もあったが、最終的に二人は、マンハッタンから遥かに隔たったとある映画館へと吸い込まれていく。旅路の果てにこのシネマ空間に逢着したリオは、「パニックの夢からさっぱり目覚めた男のように」（205）身を奮い起こし、彼女の一挙一動に注目する。だが、「映画というものが覚醒した夢であり、白昼夢」（187）であってみれば、映画を観る彼女を窃視するリオは、二重の意味での白昼夢に浸ることになる。こうして「彼女とともに考え、彼女が感じていることを感じようとする」（205）リオは、次のように自分たちの魂が一つに包摂し合うかのように、剥き出しの状態で保持されていることに気づく。

　この瞬間まで彼が決して見通そうとしなかった何か。すなわち、自分がどんな人間であり、自分がこんなことをどうして必要としていたか理解することの核心。彼はそれを彼女の中に感じ取った。二分された同じ生として、それがそこにあることを知った。二人にはいかなる他の自己もない。偽りの自己もうわべの見せかけもない。彼らは、自分たちという互いに一つに包摂し合う存在でしかあり得ない。他の者には自然に備わった表情を剥ぎ取られ、彼らは剥き出しの素顔を晒した剥き出しの魂なのだ。だからこそおそらくここに居るのだ。安全のために。世界は枠に収まってあちらの彼方にある。編集され、修正され、しっかりと捕捉され、スクリーン上にある。一方、彼らはここに居る。自らの居場所である孤立した暗闇の中に、あるがままの安全な状態で。（205）

　この境地は、ストーカーが夢想するトランス状態と見なすにはあまりにも多くのものを含んでいる。スクリーンの壁が、映写機から放たれた光のロードの終着点であるとすれば、その途上で何にも囚われることなく戯れ続ける光の微塵を思わせる二人は、煉獄をさまよう魂さながら、生成力を秘めた暗闇の「安全」の中に身を潜めるのである。

〈繋ぎ間違い〉のシネマ空間

リオが思うに、二人がこのように未分化のまま不可分の関係を保ちながら戯れ続けるのは、ドゥルーズが言うように、「フォトグラムがイメージの発生的要素であり、あるいは運動の差異的＝微分的要素である」（『シネマ1』148）からである。スクリーンに投影された映像の集積がシネマなのではなく、微分的な差延を孕みつつ、イメージを光輝のロードにおいて持続的に発生させるメディアがシネマなのである。だからこそ、リオが述懐するように、「シネマは暗闇の中で生起する。このことは、ちょうど今もって偶然めぐり合った不可解な真実のように思えた」（206）。やがて上映が終わり、クレジット・タイトルが流れ、他の観客が立ち去ったのちも、二人はしばらく客席を立とうとしない。「空席の列の中に紛れもなく自分の意思で身を沈めた二人。こここそ、まさに彼らの居場所なのだ」（206）。

映画が再び同じように終わり、彼女がトイレへと向かうと、彼は「真っ白になった頭以外、何も信じるものがない」（206）状態であとを追う。彼が足を踏み入れた女子トイレは白く煌めき、「死が取り憑いていた」（207）。それはまた、以前彼が別の映画館で足を運んだ「地下埋葬場みたいなトイレ」（186）ともリンクする。「遠く時を隔てた人を思わせる表情を浮かべた」（207）彼女に、「男子トイレの水道が出ないんだ」（207）と、リオは唐突に切り出す。ところが彼女は、身構えることもなく、声を発することもない。

そこでリオは、ある映画を観たときの情景に没入し、夢遊病のように饒舌に語り始める。かつて彼は煌びやかで巨大なCDショップの地下にある「墓みたいに気味の悪い」（208）映画館で、バス・ジャックを描いた日本のロード・ムービーをたった一人で観たことがあった。その名（青山真治監督の『ユリイカ』（二〇〇一年）を失念してしまったことを嘆く彼は、「誰か別人の言葉に耳を傾けているかのように」(208)、自分の声の奇妙な響きに戸惑う。『マオⅡ』(一九九一年)でビルが吹き込んだブリタへの留守番電話を思い起こさせるこの告白においてリオは、「眠りと記憶は絡み合っている」(208, 209)と幾度となく述べ、夢幻装置としてのシネマにはからずも言及する。そのとき浮上するのが、次のようなシュールな論理である。すなわち、彼がかの邦画を観たとき利用した映画館のトイレの蛇口が壊れていたので、「あのときの男性トイレの蛇口と、この男性トイレの蛇口」(209)が繋がり、この女性トイレを借りるに至ったという。

こうした「〈繋ぎ間違い〉」(『記号と事件』132)のモンタージュとしてのリオの独白は、背を向けた扉から女性と思しき第三者がトイレに入ってきたとき、幕切れとなる。「目撃者ともの食わぬ人、二人に男は何をしようというのだ」(210)。振り向くこともなくこう自問する彼は、狂気を孕み予見不可能なまま開かれたこの情景を、「彼自身がシネマの登場人物であるかのように」(Italie n. pag.)、「時間イメージ」として捉えようとする。ほどなく二人が立ち去ると、リオは、「無数の生の瞬間すべてがこの静止点に収斂する」(210)かのようにその場に立ち尽くす。[4]

宙吊りの世界、未知の身体

かくして「もの食わぬ人」とトイレでニアミスしたリオは、通約不可能な〈死〉と表裏一体をなして生成されるシネマの夜への長い旅路を終え、雨に濡れながら家路につく。いつもながら決まって「三つ目の踊り場から一歩踏み込んだとき」(210)に、前夜の同じ瞬間を重ね合わせ、「一日の終わりが次の一日の終わりに雪崩込んでいく」(210)のを感じるリオ。ようやく帰宅した彼の視線の彼方には、身動き一つせず均衡を保ち、ボディ・ワークに励むフローリーの姿が浮かび上がる。

それをじっと眺めながら、彼は、「時の経過とともに、彼女の取る姿勢がやがて意味を帯び、歴史性さえ帯びてくる」（211）ことに気づく。そこで彼は、自分も呼吸を整え、瞬きすることなく彼女とシンクロしようとする。「彼女の中に今まで自分が決して気づかなかった何か、彼女が何者かを自分に示してくれるような真実というか、深みを目撃しているのだと信じることができた。彼は一切の時間感覚を失い、彼女がじっとしている限り、微動だにせずにおこうと心に決めた。じっと見つめ、規則正しく呼吸を整え、決して過《あやま》つことなく。瞬き一つで、彼女は消えてしまうのだから」（211）。レイモンド・カーヴァーの短編「大聖堂」（一九八三年）の結末にも通底するこのエピファニックな場面においてリオは、もう一人のシネマの亡霊、フローリーから、シネマの「時間は時間そのものとして顕現し、〈偽りの運動〉を触発する」（『記号と事件』133）という、最後のレッスンを施されたと言っても過言ではない。

ドゥルーズが言うように、シネマは「『揺れ動く粒子』と『光り輝く粉塵』によって作動し、可視的なものに根本的な動揺をもたらし、あらゆる自然的知覚に反駁して世界を宙吊りにする」。と同時にそれは、「『まだ形象ではなく、まだ行動ではない見えるものの始まり』との関連で、身体の本源的な発生を操作する」（『シネマ2』280）。そのように考えると、「死せる自然《ナチュラ・モルタ》」ならぬ「生きた静物画《スティル・ライフ》」[5] よろしく自らを宙吊りにしたフローリーの身体は、いかなる表象にも回収されることなく、無限の彼方に向かって展開する生を、持続的な「時間イメージ」を通して示していたことになる。かくしてシネマの旅路の果てに二人の「もの食わぬ人」は重なり合い、「思考において思考されないものとして、われわれが頭蓋の背後にかかえている『未知の身体』」（『シネマ2』280）の誕生をリオに告げていたのである。

結論

楽園のこちら側
——〈死〉が滞留するところ

楽園「アメリカ」に取り憑いた死というノイズに耳を傾け、アメリカ的想像力がいかにして〈死〉のアポリアと向き合ってきたかを探ってきた本書も、ようやく旅路の果てに向かいつつある。振り返ってみれば、ベローの『雨の王ヘンダソン』における人類発祥の地、アフリカへの遡及の旅に始まり、惑星思考をも射程に収めたデリーロの『ポイント・オメガ』、「もの食わぬ人」に至るまで、およそ半世紀のタイムスパンを孕んだ長い旅路であった。この旅の終着点において、「楽園に死す」というアポリアが、どのようにアメリカ的想像力をかき立て、いかにテクストを駆動してきたか、全体的なパースペクティヴのもとに俯瞰しておくのもよいだろう。

序論で述べたように、ヘンダソンに取り憑く幻聴のノイズが、〈不死〉の楽園から発せられた救難信号だったとすれば、本書は、まさしく配達不能の郵便さながら、楽園「アメリカ」に死蔵《デッド・ストック》されたノイズを抽出し、そこから解読困難なメッセージを探り当てようとすることをもって起動したと言ってよいだろう。「未知の領域」“terra incognita”としての「アメリカ」は、フロンティアの消滅後も、そこにイメージとして賦与された楽園的な無垢により、逆説的に〈死〉という「未知の恐怖」“terror incognita”に取り憑かれ続けてきた。そうした「アメリカ」の化身とも言うべきヘンダソンにとって、〈死〉とは、主体が権能を及ぼす余地のない捉え難いものだった。それは、彼がかつて南仏の水族館で見た蛸の体表に浮かんでは消える斑点のブラウン運動のように、「宇宙的な冷ややかさを感じさせる」（*HR* 19）不定形なものとして立ち現れる。自宅の地下室に籠って父の形見のバイオリンを弾き、死者に語りかけても一向に〈死〉を中和することができない彼は、何にも還元不可能な荒ぶる〈死〉から逃れるかのように、アフリカへと旅立つ。

だが、ヘンダソンを悩ませるこのような不気味な〈死〉の形象は、ヘミングウェイ文学の虚無《ナダ》と通底するように見えながら、その間合いの取り方において、ベローとヘミングウェイの主人公の間には大きな隔たりがあることもまた確かである。ヘンダソンは、「今、ここ」という最期の瞬間に、主体として自らの〈死〉を掌握しようとするヘミングウェイのコード・ヒーローに大いなる懐疑を覚える。〈死〉を把持することによって実現する彼らの「真実の瞬間」は、ベロー文学においては現前不可能な「亡霊」的瞬間へと脱構築されていく。そこでは、可能性としての自らの〈死〉から閉め出された主人公が、それに対していかに身を開いていくかということが重要なテーマとして前景化される。不可能な「喪」を通じて、もっと正確に言うならば「喪」の失敗を通じて、〈死〉という横断不可能な経験に対して横断を試み、そこに複数の可能性として宙吊りになってみること。この姿勢こそ、ベローが、ヘミングウェイを反面教師として学び取った〈死〉への処方箋だったのである。

ここに見られるのは、自らの死を純粋で固有のものとして占有することにより自己実現を果たす主体から、不確かな喪を通じて他者から〈死〉を接種され、揺らぐ主体への転換である。換言すれば、死者と完全に一体化できずとも、死の淵に限りなく漸近してみること。そして無条件で自らを到達不可能な死者への贈与として差し出し、それが不可能であったとしても、自らの消尽に一旦は身を委ねてみること。こうした「死の贈与」を実現すべく、ベローは、不死を前提とする資本主義経済とは次元を異にする「死のエコノミー」を発動し、いかなる決済も救済も期待できない〈死〉のアポリアのエッジに主人公を宙吊りにしてみせる。まさにこの点において、「不可能なものの経験」をめぐるデリダの洞察は、ベロー批評に新風を吹き込むとともに、他の作家との関係において彼のテクストを新たな文脈において定位し直すのに有効な視座を提供することになる。

このようにベローの主人公が、〈死〉のアポリアと向き合うために通過を余儀なくされる「喪」は、決して予定調和的でも自己完結的でもなく、重ね書きされたアポリアに彼らを宙吊りにする不完全な「半喪」に他ならない。彼らは、死者に寄り添いつつも、死者との間に横たわる深淵を埋め戻すことの不可能性に突き当たってはじめて、言い換えれば死者の取り込みに失敗してはじめて、〈死〉のアポリアを潜り抜ける契機が浮上する。ここで強調しておきたいのは、ベロー文学においては、そのようなアポリアに向かって主人公が身を開いていくプロセスそのものに意味があるということである。

『この日を摑め』の「貨幣」、タムキンは、まさにそのようなプロセスへ主人公を誘うために機能している。経済的に破綻した挙げ句、見知らぬ他者の葬儀に紛れ込んで号泣するウィルヘルムは、結末において「悲しみよりもなおいっそう深いところへ沈んで」いくが、そこは決して予定調和的に導かれた究極の到達点ではない。タムキンに見放されたのち彼は、溺死者の亡霊さながらたゆたい、なおも水底に向かって「フォーリングマン」として沈み続ける。この下降運動は、着地点を見出せないという意味において、彼を永久にテクストに宙吊りにする。タムキンの詐術に身を委ねてみること、そして導かれるままに出口のない〈死〉のアポリアの深淵に沈み続けること。この迂遠なプロセスこそが、「この日」を摑み損なったシュレミールを脱-固有化し、聖性を帯びたヒーローへと変貌させる。

『サムラー氏の惑星』の老主人公が結末で甥へ捧げる弔辞もまた、郵便的不安を抱えたまま虚空を漂い、モノローグとして自らのもとへと回帰する。彼は、ホロコーストによる瀕死体験と、老いの到来により、二重の意味で死に取り憑かれ、彼岸と此岸の間のノーマンズ・ランドに半身を横たえる。放恣な若者たちを尻目に老サムラーが死者へ捧げたメッセージは、配達不可能な「デッド・レター」のようにテクストの闇へと放出され、〈死〉の郵便空間をさまよう。この小説の醍醐味は、このように異界から生還した老主人公が、通過不可能な〈死〉のアポリアに幾度となく直面し、存在論的不安を抱えたまま、テクストの闇に解き放たれるところにまさに存在する。

『フンボルトの贈り物』において時空を隔てて二人の文学者の間に見られる意思疎通のありようもまた、すぐには日の目を見ない遺言という「デッド・レター」を抜きにしては語れない。生死を隔て模索される二人の交感のプロセスは常に差延に満ちている。あらゆる点においてアンビバレントな彼らのメッセージの発信と受容には、いつも行き違いや齟齬といった郵便的不安がつきまとう。このように、届くでもなく届かぬでもなく郵便空間をさまよう「贈り物」は、すぐに現前することなく取り憑く亡霊さながら、「喪」の作業を引き延ばし、贈与が交換へと回収されることを阻み続ける。にもかかわらず、そのように自らの決定不可能性の中に、幻の現実を保持する「デッド・レター」には、いつの日か蘇り、使命を果たす可能性が秘められている。

『フンボルトの贈り物』に見られる二人の文学者の交感は、まさしくそうした緩慢な時の経過を経て実現するわけだが、『学生部長の一二月』においては、主人公が荒廃したシカゴで執筆した過去の記事が埋もれた妻と義母の小部屋が、文字通り「デッド・レター」の堆積空間として立ち現れる。彼の記事への書き込みに象徴されるように、重ね書きされたエクリチュールが滞留する郵便空間は、やがて火葬場、天文台という互いに代補し合う女たちの空間へと転移していく。義母の死を契機として、これら二つの照応関係をなす空間へと召喚されたコルドは、幾重にも身体的「書き込み」を施され、〈死〉のアポリアへと反復的に身を開いていくことになる。

このように、経験することも通過することも不可能な〈死〉に限りなく漸近するベローの主人公の「喪」は、存在論的に自らが孕む自らとの隔たりを複数の可能性として自らに突きつけるところに特徴がある。不確かな〈死〉の郵便空間へと自らを解き放つという点において、ベローの主人公が体験する「喪」は、テクストという〈不死〉の迷宮に幽閉されるメタフィクションの作中人物を苛む存在論的不安と、次元を隔てて相通じるところがある。一見、予定調和的に遂行されるベローの「喪」は、それ自体の不全性のうちに、亡霊性を帯びた郵便空間を内包していたのである。

このことを踏まえ、第二部で取り上げたメタフィクションのテクスト空間を顧みると、それらは、単一の大文字の「歴史」を脱臼する膨大な数の「デッド・レター」が堆積した郵便空間そのものであることがわかる。時の蝶番が外れたこれらのメタフィクションのテクスト空間は、差出人から受取人へと情報が劣化することなく届けられる郵便システムの神話を脱構築したデリダの郵便空間を自ずと彷彿させる。と言うのも、行方不明の「デッド・レター」が郵便空間に取り憑くように、死が排除された透明な生の楽園「アメリカ」には、共和国の亡霊たちが取り憑き、現前することのないエクリチュールを密かに散種し続けるからである。

新大陸に到達することなく、道半ばにして埋もれてしまった死者たち。楽園「アメリカ」の呪縛によって犠牲となった死者たち。ひいては楽園から永遠に追放された死者たち。あるいはまた未来からこの実験国家に到来するであろう未だ生まれざる人々。共和国の理想と現実の齟齬を棚上げにしたまま、パフォーマティヴに独立宣言を発した合衆国という「大文字の郵便局」には、こうした亡霊たちの悪夢がおびただしい数をなして滞留している。本書で取り上げた現代アメリカ作家たちのメタフィクションのテクスト空間は、歴史の闇に埋もれたこのような幾多のエクリチュールが、人知れず解き放たれる郵便空間でもあったのである。

『旅路の果て』の主人公を麻痺させる「コスモプシス」は、そのように死蔵《デッド・ストック》された共和国の亡霊たちのエクリチュールとのアナロジーにおいて考察することができる。この小説は、虚飾を剥ぎ取られた無垢な楽園において、完璧な「宇宙の創り方」を模索する「アメリカン・アダム」の悪夢の「自伝」的旅物語に他ならない。死という負の終点に行き着かないために始動を繰り返すジェイクは、あらゆる可能性に身を開くがゆえに、いかなる可能性も選択できず、「天気なし」の状態に陥る。ドクターが授けた「神話療法」の眼目は、無数の物語を包摂するテクストの迷宮から彼を救出することにあった。だが、エデン的世界を再創造しようとする彼の神話創りのパフォーマンスが破綻をきたすと、ジェイクは、テクスト空間に滞留する「小人」たちの集合体へとまた回収されてしまう。このように『旅路の果て』には、テクストに幽閉されることによって固有の〈死〉を奪われ、存在論的真空に宙吊りにされた「作中人物」の自意識が余すところなく描かれている。

『びっくりハウスの迷い子』においては、死ぬことが許されない「作中人物」を苛む郵便的不安は、既に死亡した者、未だ生まれざる者をも射程に入れ、創作をめぐるさらなる次元へとバロック的に増幅していく。その雛形とも言うべき「夜の海の旅」では、文字通り物語の種子としてテクストに放出された「亡霊」的主体が、死亡した無数の「仲間」たちを尻目に、彼岸へと誘われる自らの「歴史」をめぐる不安を「自伝」として後世に残そうとする。語り手／主人公はジェイクのように麻痺状態に陥ることはないが、断ち切るべき「歴史」に抗して散種される複数の言説は、作者、作中人物、読者といった多様なエージェントを巻き込み、メタフィクションのさらなる高次の〈夜の海の旅〉へと接合されていく。こうして、迂遠な旅路を経てテクストに重層的に取り憑く〈不死〉の亡霊たちの「デッド・レター」は、悲惨な〈旅〉の過程を呪いつつ、錯綜する間テクスト性の波間のうちに解き放たれていくのである。

『びっくりハウスの迷い子』は、かくも多元的に接ぎ木され、互いに呼び交わす反復的な〈旅〉のエクリチュールによって特徴づけられるが、語り手を悩ませる〈旅〉の目的地が、もし第一次世界大戦という未曾有の「死の舞踏」だったとしたらどうだろう。『舞踏会へ向かう三人の農夫』において、「視差」を孕んで展開する三つの物語は、「未来に向けて投函された記憶」としての写真をいかに自らに向けて折り返し、上書きするかという自意識において重なり合う。時空を越えて共振するこれらの物語において、被写体が没したのちもアウラを放ち続ける写真の観賞者は、被写体と見交す視線の向こうに、「死の舞踏」へと誘われた無数の死者たちと、未来の末裔たちの視線を幻視し、写真に自らの痕跡を刻んでいく。「可能性に住む」という言葉に集約されるように、こうした「自伝」的衝動は、〈旅〉の反復を呪う自らの痕跡を「君」に託すことをもって、悲惨な「歴史」の反復を阻止しようとした「夜の海の旅」の語り手とも相通ずる。フォード車から、兵器の大量生産への転換がいとも簡単に実現された時代なればこそ、「複製された亡霊」という複数の「仲間」をもつ写真プリントは、差延を孕んだ「自伝」を自在に散種することができるのである。

『囚人のジレンマ』においても、そのような無限の「可能性」に開かれた「自伝」を散種しようとするメタフィクショナルな郵便空間への欲望は顕著に現れている。進歩と完璧さを追求するあまり、「歴史」に弄ばれたこの小説の主人公に設定された〈旅〉の目的地は、彼が軍隊時代に被曝したニューメキシコ州の「爆心地《グラウンド・ゼロ》」である。被爆者として体内に緩慢な死を埋め込まれた彼は、死と向き合う旅路の果てに自ら遺灰《ダスト》を空中に撒き、終生彼を翻弄し続けた放射能の〈フェアリー・ダスト・メモリー〉を、ディズニーのディクタフォンに上書きする。「爆心地《グラウンド・ゼロ》」に立ち戻り、またそこから家族のもとへ回帰するエディは、文字通り彼岸と此岸の間を旅する亡霊的独裁者《ディクテイター》／口述者として、「囚人のジレンマ」の悪夢的世界の記憶を上書き可能なエクリチュールとして子供たちに託す。こうして父から、二〇世紀アメリカの「自伝」的核物語《ニュークリア・ナラティヴ》、「ホブズタウン」を遺贈された子供たちは、現代版「夜の海の旅」を語り継ぎ、さらにまたその上に彼らの物語を重ね書きすることになる。

　第二次世界大戦というさらなる「死の舞踏」に取り憑き、分岐したもう一つの二〇世紀が立ち現れる『黒い時計の旅』においても、メタフィクショナルな亡霊の旅は、自らに向けて折り返される「自伝」の上書きという点で重要な意義を帯びている。ヘンダソンさながら途方もないエネルギーを持て余し、合衆国を追放されたバニングもまた、旧大陸に活路を求め、二〇世紀の絶対的な脚本家、ナチス総統の夢物語を請け負う。これを契機に彼は、自らのペンが立ち上げたパラレル・ワールドというもう一つの「可能性に住む」。『囚人のジレンマ』と同じく、この小説においても亡霊的独裁者《ディクテイター》／口述者が決定的に重要な役割を果たす。老ヒトラーの覇権に自らの「自伝」の上書きを施す小説家バニングの営みは、一見ナチズムの亡霊の権力の簒奪《さんだつ》に見えるが、実際それはゲリに惑溺する独裁者の亡霊に自らを重ね合わせるプロセスに他ならない。デーニアにヒトラーの悪の種子を胚胎させようとする目論見を覆されたのち、文字通り浮浪者／亡霊と化した彼は、封じ込められざる歴史の亡霊が行き交うダヴンホール島へと逢着する。そこで彼は、最終的にデーニアの息子が司る二〇世紀の郵便空間としての幽霊たちの記憶のアーカイヴに、秘められた「自伝」を委ねることになる。

以上、第二部で論じた「メタフィクショナルな『亡霊』の旅」を、第三部のデリーロ文学の「スペクタクルの日常」とリンクするにあたり、浮上してくるのが、もう一つの郵便空間を形成する広告という、すぐれてアメリカ的な文化装置である。ダイレクトメールを引き合いに出すまでもなく、本質的に郵便的不安を孕みつつ、大量に散種される広告には、さながら自己増殖を繰り返す「複製された亡霊」といった趣がつきまとう。ここで注目したいのは、シミュラークルとしての広告が、楽園「アメリカ」に重層的に取り憑く「デッド・レター」と、ポジとネガの関係にあることである。反復的に〈不死〉の楽園を演出し現前してみせる広告の氾濫と、未だ読まれることなく楽園に滞留するエクリチュール。ともに亡霊性を帯びつつ、かくも鮮やかな対照をなす両者は、「楽園に死す」という文脈において興味深い相関関係を呈している。と言うのも、起源も死も欠いた広告は、仲間の「複製された亡霊」たちとともに、死を際限なく引き延ばすことにより、逆に死への畏れをかき立て、「楽園」に「デッド・レター」を滞留させ続けるからである。

デリーロ自身の言葉に拠れば、彼の「私的独立宣言」(Begley n. pag.)とも言うべきデビュー作、『アメリカーナ』は、まさにそのように表裏一体化した二つの郵便空間が織りなす錯綜とした関係を鮮やかに浮き彫りにしている。テレビ業界に身を置く主人公は、ネットワークの迷宮に幽閉される「生きながらの死」と、データとしての自分が一瞬のうちに抹消されてしまう恐怖から、真正なイメージのみに立脚した「自伝」的ロード・フィルムの製作を思い立つ。だがこのプロジェクトは、広告という「透明な表層」を悪魔祓いしようとする彼の無垢へのオブセッションにより破綻し、彼自身の「コマーシャル」へと回収されてしまう。自分の半生を振り返るこの旅において前景化されるのは、皮肉にも、イメージの世界に亡霊のように挿入された「反イメージ」としての「生/死の断面」である。結末において、この旅路の果てに彼がJFK暗殺の地を訪れるとき、彼の「二〇秒間のアート・フィルム」とザプルーダー・フィルムはさらなる次元において暗合し、テクストに不吉な陰影を投げかけることになる。

第三部では、デリーロ文学において広告がもつ意義を考察するうえで、重要な位相を占めるデビュー作と中期以降のテクストを中心に、スペクタクルと化した「広告のモノたちの国」のありようを分析した。ある意味でこれらの小説は、楽園「アメリカ」が陥った〈死〉のアポリアを炙り出し、そこに埋もれた「デッド・レター」を発掘しようとする現代版アメリカ便りだったと考えられる。それらは、日常に浸透する広告という文化装置が、ポストモダン消費文化に内側から鋭いメスを入れてきたデリーロ文学の単なる背景ではなく、その成立と発展に必要不可欠なマトリクスをなしてきたことを雄弁に物語っている。

換言すればこのことは、主体の欲望を予め規定し、再生産し続ける広告が醸し出す妖しいアウラへの問題意識が、デリーロ文学の原点であったということを意味する。テクストのそこかしこに反復的に織り込まれた広告言説との「クレオール的」言語接触、もしくは文学と広告のジャンル横断的交渉とでも言うべきものが、彼の詩神《ミューズ》に尽きることのない霊感を与えてきたことは想像に難くない。だがその一方で、そうした差異なき反復を断ち切り、突き崩そうとするダイナミックな瞬間こそが、彼の文学を特徴づけていることもまた指摘しておかねばならない。

そもそもデリーロは、大量のシミュラークルを流通させる後期資本主義に真っ向から挑みかかり、それを一気に粉砕しようするタイプの作家ではない。対テロ戦争を短兵急に宣言したブッシュ大統領の手法とは対照的に、彼は疑問視するシステムを逆手に取って、トロイの木馬のようにその内奥までゆっくりと寄り添い、いずれ内破を誘発しようとするタイプの作家である。「デリーロのレトリックに脱構築的な響き」（Hyde 16）が聞き取れるのはそのためである。そうした脱構築的試みにおいて、亡霊性を帯びた「生／死の断面」が、メディアと密接な関わりをもって密かにテクストに挿入されていることは注目に値する。(1)

もっとも、このように世界を一様に塗り込めるシミュラークルを逆手に取り、そこから生じるアウラに亀裂を生じさせるという彼の戦略に陥穽が潜んでいないわけではない。と言うのも、それはいつなんどき反転し、広告によって駆動する消費システムへと再び回収されるかもしれないからである。現実に取って代わる広告の神話的世界へとすべては回収され、楽園「アメリカ」というイデオロギーの再配置を強化するという危険が、そこには常につきまとうのである。そのとき現出するのは、それ自体消尽されることなく、永遠の現在を浮遊する広告によって稼働する終わりなき「スペクタクルの日常」とでも言うべき風景である。

しばしば誤解されるように、「デリーロは、ナラティヴの模倣《ミミクリ》に非常に長けているので、彼自身が再演するナラティヴによって取り込まれた声色使いなのではないかという懸念が生じることもある」（Parrish 212）。しかしながら彼は、このように死と穢れが完全に除去され、まばゆいイメージの反復が際限なく繰り返される「スペクタクルの日常」を是認しているわけでも、その再生産に無意識に加担しているわけでもない。そうではなく彼は、そこに占有不可能な異物として〈死〉のアポリアを突きつけ、歴史を無化するシミュラークルの同質性、機械的反復性を攪乱しようとする。そして彼は、そこから炙り出されてくる差延を潜在的に価値あるものとして引き出し、システム全体に対して投げ返していると言ってよい。このような彼の「マルチメディア的模倣《ミミクリ》」（Parrish 212）を通して、テクスト内に取り込まれたシミュラークルは、〈死〉によって揺さぶりをかけられ、思ってもみなかったパースペクティヴが、ダイナミックに開けてくる。

『マオII』においてブリタが撮影した、広告ビラとも見紛う微細な差異を孕んだビルの肖像写真群は、まさしく差異は反復に内在し、反復もまた差異に内在するというドゥルーズのテーゼを鮮やかに可視化するとともに、両者が織りなす創造的な生成の可能性を示唆している。一見失敗に終わったかに見えるデイヴィッドのフィルム製作の試みも、ビルの肖像写真撮影の試みも、白地の広告板にいずれは回収されてしまうエズメラルダのファンタスマゴリア的幻影もまた、結局のところ、差異を抹殺する均質なプラトン的反復ではなく、差異を強化しつつ互いに共鳴し合うニーチェ的反復を暗示していると言ってよいだろう。

『小説と反復』（一九八二年）において、ヒリス・ミラーは次のように言う。「第二の反復［ニーチェ的反復］は第一の反復［プラトン的反復］を破壊する幻《ゴースト》の存在となり、それは第一の反復をくりぬいて空《から》にする可能性としてすでに第一の反復の内部に常に存在しているのである」（13）。あたかもこの言葉を裏書きするかのように、デリーロは、ホワイト・ノイズ化した差異なき広告を逆手に取って文学へと取り込むことにより、平準化された反復のうちに潜む差異を顕在化させ、プラトン的反復を切り崩そうとする。ちなみにドゥルーズは、『差異と反復』（一九六八年）を次のような結語で締め括っている。「幾千もの声をもつ多様なものの全体のためのただひとつの同じ声、すべての水滴のためのただひとつの同じ大洋、すべての存在者のための存在のただひとつのどよめき。それぞれの存在者のために、それぞれの水滴のために、そしてそれぞれの声のなかで、過剰の状態に、すなわちそれらを置き換えかつ偽装し、そしておのれの可動的な尖端の上で回りながら、それらを還帰させる差異に達したのであれば」（450）。あるいはまた、蓮實重彦の言う「みずから円環状に一回転しながら、回帰する瞬間にきまって『他』へと変貌する遠心的で不実な運動」（113）を、ここで思い起こしてみてもよい。デリーロにとって、終わりなき「スペクタクルの日常」に彩られた楽園「アメリカ」は、一見そう思えるようにシミュラークルが無限に反復される閉じた空間では必ずしもない。むしろそこは、〈死〉のアポリアが思いもかけず表出し、不実にして豊穣な回転運動がシミュラークルの「反復」を「反覆」するダイナミックなエクリチュールの空間だったのである。

差異と反復をめぐって展開されるこのようなダイナミズムは、氾濫するシミュラークルをめぐって絶え間なく生起する反転運動を必然的に浮き彫りにする。デリーロの主人公は、自らが依存するシミュラークルと一体となることによって〈死〉の恐怖を克服しようとするが、そこには、現実において死を免れない「一人称」から、不滅性を帯びたフィクショナルな「三人称」への跳躍が含意されている。『ホワイト・ノイズ』の主人公は、いかなる記号とも交換不可能な死を飼い慣らすべく、ナチの崇高美学に彩られたキッチュなシミュラークルとしての「ヒトラー」への同一化を通して、ホワイト・ノイズを払拭しようとする。だが、このような試みは、周到にシミュレートされたミンク襲撃という、またとない自らの現前の場が内破することにより破綻をきたす。彼が暗殺を試みた標的が生身の他者として立ち現れるやいなや、彼のシナリオは崩れ、分節不可能な〈死〉のアポリアに彼は再び絡め取られることになる。とは言え、ホワイト・ノイズがその極みにおいて自壊するこの瞬間は、反復それ自体が差異へと反転する瞬間でもある。ジャックは、ホワイト・ノイズの化身とも言うべき標的と自ら身体を重ね合わせることによってはじめて、反復の呪縛から一時的にせよ逃れることができたのである。

『リブラ』は、シミュラークルをめぐるこうした反復と差異のダイナミズムが登場人物を翻弄するさまをさらに錯綜としたかたちで描いている。主人公オズワルドは、標的「JFK」と競うかのように、幾通りにも偽装された自分の名前とアイデンティティをシミュラークルとして流通させる一方で、エヴァレットがシミュレートする暗殺のシナリオにも誘引されていく。このように重層的に差異を孕みつつ増殖を繰り返す「亡霊」オズワルドは、零度の知名度を逆手に取り、パフォーマティヴに歴史の表舞台へと躍り出る。だが確固たるアイデンティティを欠き、「複数のオズワルド」の集積でしかない彼が、暴走し始めた筋書き《プロット》／陰謀に絡め取られ、「リー・ハーヴェイ・オズワルド」として暗殺されるとき、彼はジャックが陥ったよりも混沌とした〈死〉のアポリアに逢着する。シミュラークルの暗殺者であると同時に、シミュラークルとして「銃撃《シューティング》／撮影」された彼は、交錯する複数の眼差しを宙吊りにするとともに、さらなるアウラを孕んだ「亡霊」としてテクストに憑依し続ける。

オズワルドが醸し出すそのような妖しいアウラは、次作『マオⅡ』のカリスマ隠遁小説家、ビル・グレイへと受け継がれていく。ここでビルが、『リブラ』の歴史家ブランチさながら、自らが紡ぐテクストと果てしなく格闘を続ける孤独な物書きであったことは着目に値する。もはや怪物と化したエクリチュールをもて余す彼もまた、膨大な草稿が堆積するアーカイヴに埋没した書き手の一人なのである。この小説においては、メディアを通してスペクタキュラーな死を占有しようと目論むテロリストと、文字を通して〈死〉と向き合う小説家の奇妙に捩じれた共犯／相反関係が次第に浮き彫りになっていく。写真撮影というビルの身振りは、カミングアウトした隠遁作家が断行した決死のダイビングであると同時に、彼自身のシミュラークル化とさらなる神話化を促す契機ともなっていく。しかしながらこの物語の妙味は、こうした構図がビルの東方への旅を通じて徐々に内側から突き崩されていくところにある。人質の恐怖を想起し、それを文字として紡ぐプロセスにおいて彼は、作家として久しく覚えることのなかった忘我の境地を取り戻すものの、最終的に彼は、肖像写真と原稿を残したまま、眠るように死へと旅立っていく。明澄な筆致で描かれた彼岸への彼の静謐な旅立ちは、デリーロ文学における稀有な〈死〉のアポリア通過の瞬間を垣間見せるが、ビル自身はそれを知る由もない。

『マオⅡ』に続いてデリーロは、アメリカの世紀、二〇世紀を顧みる記念碑的大作『アンダーワールド』において核と死の影に怯える「スペクタクルの日常」を世紀末の視点から丹念に発掘し、冷戦の遺産が醸し出す妖しいアウラに抗するジャンク・アーティストの営みに光を当てている。名づけ得ぬホットな廃棄物と向き合い、それをアートへと転用する彼らの営みは、冷戦期に大量生産された「兵器」と「廃棄物」という「悪魔の双子」を悪魔祓いし、その禍々《まがまが》しくも崇高なスペクタクルを「落書き本能」をもって封じ込めようとする試みに他ならない。だが、そうした試みは必ずしもアートに収斂することなく、軍産複合体的システムとのせめぎ合いを通じて、弾力性《レジリアンス》を秘めた反復と差異の磁場を生み出す。彼らの「落書き本能」は、エージェントオレンジとメタフォリカルに通底するオレンジジュースの酸によって払拭される一方で、崇高美を湛えるオレンジジュースの広告板に遺棄された少女の・・・・・スペクターが上書きされるとき、逆しまのスペクタクルとして蘇る。この不気味なファンタスマゴリアは、通約不可能な冷戦の廃棄物の闇がメディアと共犯関係を結びつつ、崇高な亡霊的形象として蘇ることを暗黙のうちに物語っている。

「逆光のアメリカン・サブライム」とでも言うべきこのような亡霊的形象が、ダイナミックなかたちで立ち現れるもう一つの領域は、「撃つ／写す《シューティング》」をめぐる問題系である。そこで標的は、銃撃によって葬り去られると同時に、撮影によって第二の生を賦与されたかのようにフィルム上に蘇り、シミュラークルとして増殖し始める。視差と差延を孕んだ両者の関係は、銃によって表象される力の現前としての合衆国の神話を脱構築し、〈死〉のアポリアへの錯乱した眼差しを前景化する。クララが訪れるザプルーダー博物館のインスタレーションの場面が示すように、銃撃の撮影というシューティング・テクノロジーの反復を通じて、ジャンク・アーティストは、自らの「意識の亡霊」と向き合い、そこに〈死〉の予感を上書きしていく。こうした構図は、テキサス・ハイウェイ・キラーの場合においても繰り返される。猟奇的にして耽美性を孕んだ彼の一連の銃撃は、ビデオで錯時的に反復されることにより、多様な意識の重ね書き《パリンプセスト》となって銃撃者自身にフィードバックしていく。これらに共通して提示されるのは、銃が葬り去った他者に視差を利用して再び向き合い、そこに生じるポリフォニックな物語を重ね書き可能なエクリチュールとして自らの内に回収しようとする迂遠なデザインである。それは、直線的でモノフォニックな銃声によって支配されてきたアメリカの神話の負のスパイラルを、内側から捩じり返そうとする身振りとして捉えることもできよう。

こうした「撃つ／写す」《シューティング》の核心にあって、『アンダーワールド』を貫くもう一つの大きなテーマとして焦点化されるのが、若き日のニックが代理父とも言うべき人物に放った「弾丸」《ボール》である。頭部への銃撃という点で、ＪＦＫ暗殺、テキサス・ハイウェイ・キラーと明らかに類同性が認められるこのトラウマティックな暴力は、ドジャースの敗北とあいまって、ホームランボールを追い求めるニックに反復強迫的に取り憑き、彼に表象不可能な「鬼」《イット》という「刻み目」《ニック》を刻印する。その結果彼は、宇宙を支配する名状し難い不可知な力をめぐる名づけのアポリアへと駆り立てられる。名づけ得ぬものを名づけるという彼の試みは、固有名を欠いた「鬼」《イット》としての廃棄物の闇に分け入るという、彼が自らに課した天職と分かち難く結びついている。路地裏の幽霊たちに身を開き、彼らの記憶を神の闇への導きとする彼の探究は、スクリーン上に“Peace”の文字となってテクストの末尾に浮かび上がる。路上で遊びに興じる子供たちともシンクロしつつ、彼がようやく辿り着いたこの「亡霊」的な名づけの一語は、膨大な物語を統括する結語と言うよりはむしろ静謐な祈りに近い。テクストの余白から滲み出るニックの沈黙は、無数の襞をもつ未来に向かって時間の「尖端」として投げ出され、見果てぬ〈死〉とも共生し続ける。

『ボディ・アーティスト』において、ローレンをこのような何にも還元不可能な「尖端」的役割へと導くのが謎の人物タトルである。彼は文字通り非人称の「鬼」《イット》として、服喪中の彼女の前に不意に立ち現れる。ローレンは、この屋根裏部屋の他者を占有し、命名を施すが、中性的にして零度の身体をもつ彼は、鳥のさえずりのようにシニフィエを欠いた声として、彼女と亡夫の会話を再現してみせる。だがその声は、意味の不在というよりもむしろ、カオスと創造性を孕んだ過剰なる「無-意味」（ドゥルーズ『意味の論理学 上』135）として機能している。それはまた、ドゥルーズとガタリが『千のプラトー』において、パウル・クレーの『さえずる機械』を口絵に掲げて論じた「リトルネロ」、すなわち「リフレイン」の謂いでもある。文字通り身体性を極限まで剥ぎ取り、自らの存在の余白においてタトルの「リフレイン」を反復的に模倣することでローレンは、喪の通過を試みるものの、彼に逆占有され、喪のアポリアに陥る。そこで彼女は、彼に触発されるかのように、時の流れを極限まで食い止め、「鬼《イット》」と化した自分がいかに変幻自在に他者の身体へと身を開くことができるか、パフォーマンスを通じて模索しようとする。そこでボディ・アーティストは、あらゆる「リフレイン」の可能性に触発されると同時に、あらゆる可能性を触発する無類の「強度」を帯びた身体の「リフレイン」と化す。このようにして彼女は、均質化されたクロノスの文法を破綻させ、多次元的で不均等な全く別種の時間、すなわち死者の時間に寄り添うことができるのである。

ローレンが、家《オイコス》における掟《ノモス》を一日離れて、自らの身体の脱領土化をデザインしたボディ・アーティストだとすれば、『コズモポリス』の主人公は、通貨変動に生命のダイナミックなリズムを探り当て、そこに自律的な均衡美を見出したマネー・アーティストと言ってよいだろう。だが、無限に自己増殖する電子マネーを体現し、サイバースペース上で永遠の生を享受しようとする「大君《タイクーン》」のマンハッタン横断は、仮想化された世界から零れ落ち、自らの身体に取り憑いた原初的なカオスの残余を顕在化させる。彼が占有するタワーとサイバースペースを脱領土化する運命の一日の旅を通じて、〈現実界〉への回帰を余儀なくされる彼は、「享楽」のタナトスに身を委ね、旅路の果てに亡霊的「紙幣」、ベノと先祖返り的に遭遇する。その結果エリックは、「この日」を摑むことなく、経験不可能な〈死〉のアポリアに永遠に宙吊りにされる。結末において彼は、自らの〈死〉が到来する最期の瞬間に到達しないまま、自分と同じく非対称の前立腺をもつ分身、ベノが放つ銃声をひたすら待ち続けることになる。

このように「死そのものによって死ぬことを妨げられた」(Derrida 77)、エリックは、まさしく最期の瞬間まで、〈死〉のエッジに宙吊りにされたわけだが、『フォーリングマン』において、〈死〉のアポリアは、九・一一の写真「ザ・フォーリングマン」と密接な関わりをもつ。ツイン・タワーを背景に落下する男を瞬間的に宙吊りにした、かの有名な写真から醸し出されるアウラは、パフォーマンス・アーティスト、フォーリングマンによって反復されるとともに、落下姿勢の均衡美ゆえに脱受肉化され、空を舞うシャツへと転移していく。此岸に合図を送るかのように腕を振り、主人公の視野を幾度となく横切るこのスペクターは、反復のスペクタクルと化した「フォーリングマン」のアウラを祓い除け、未だ生まれざる者と既に逝った者たちの屍衣《シュラウド》として〈死〉のエッジに一瞬宙吊りになる。こうして楽園のこちら側に目配せをするこの亡霊的形象は、現前と非現前のインターフェイスをすり抜け、配達不可能な「デッド・レター」のように〈死〉の郵便空間へと姿を消す。

このように何にも還元不可能な"nots"の亡霊的形象のデザインは、『ポイント・オメガ』においてマクロ的な惑星の「深遠な時間」へとテーマ的発展を見る。そのとき幻視されるのが、文明の極限点において破滅の危機に瀕する人類の無機物への回帰である。進化の道筋を逆行し、「石」へ立ち戻ろうとした主人公の「消滅の夢」は実際にかなうことはない。しかしながら、「運動イメージ」では捉えられない『二四時間サイコ』のスクリーン上に光の粒子《ドット》が織りなす極微小の瞬間の揺らぎに、他なるものを召喚する深遠な時間相が立ち現れる。時が止まったかのように装い、それでいて忘却の宇宙の彼方に潜む「サブリミナルな時間」を可視化してしまう沈黙の映像。短編「ものくわぬ人」においてさらに緻密に追求された「時間イメージ」としてのシネマ空間もまた、〈死〉のアポリアの前に佇むデリーロ文学の「濫喩《カタクレーシス》」となる。かくしてアメリカ的想像力は、経験されざる経験としての〈死〉が滞留する時間の袋小路《デッド・エンド》に逢着してはじめて、楽園神話の呪縛を解かれ、無限に開かれたエクリチュールを育む生成のエッジへと変貌を遂げるのである。

あとがき

本書を書き終えて、スーザン・ソンタグの『火山の恋人』（一九九二年）の主人公カヴァリエーレのことがふと頭を過った。彼の火山への眼差しが、本書で論じたアメリカ作家たちの〈死〉をめぐる眼差しと、なぜかどこかで通底するように思えてならなかったのである。言うまでもなくこの小説は、一八世紀末、ヴェスヴィオ火山に魅せられ、溶岩の蒐集に並々ならぬ情熱を注いだナポリ駐在英国公使ウィリアム・ハミルトン卿をモデルとし、主人公の火山へ飽くなき情熱がマグマのようにテクストを貫いている。拙論「噴火・蒐集・生成―『火山の恋人』における歴史の創造／想像《ポイエーシス》」（『災害の物語学』中良子編、世界思想社、二〇一四年所収）でも論じたように、王立協会のフェローでもあったハミルトンは、しばしば画家を従えて危険を顧みず火口に接近し、刻々変貌を遂げる火山と溶岩を精緻に描いた図版集、『火の平原《カンピ・フレグラエイ》』を著した。

カヴァリエーレは、モンスターと化した火山から噴出する溶岩を蒐集し、その襞を丹念に拓くことにより、地下世界《アンダーワールド》に迫ろうとしたと言ってよい。生きているのか、死んでいるのか、はたまた眠っているのか、惑星的時間相においてのみ観想可能なヴェスヴィオ火山は、「不可触の闇の奥」へと彼を誘ったのである。山腹に腹這いになって地鳴りに聞き耳を立てるカヴァリエーレは、太古の昔より豊かな文明を育むと同時に破滅させもしたマグマの胎動に、眠れる死者の息遣いをいかに探り当てたのだろうか。

本書が描出したアメリカ的想像力における〈死〉のアポリアへの探求もまた、人知の及ばない火口への探求と通じるところがある。作家たちは、楽園に潜む〈死〉の火口から不意に到来する謎めいた噴石を慈しみ、褶曲する溶岩の襞の中に、豊饒な「創造／想像《ポイエーシス》」の鉱脈を発見したのである。本書の各章で取り上げた小説は、ソンタグのテクストに挿入されたハミルトンのカットアップさながら、アポリアのうちに折り畳まれた〈死〉の溶岩の襞を読み解こうとする標本だったと言えるかもしれない。こうした標本はいくら蒐集しようとも郵便的不安がつきまとい、噴煙を上げる火山の謎を決して総体として捉えることはできないかもしれない。だが、どれ一つとして同じ噴石がないように、ここにサンプリングされたテクストにはそれぞれ、奥行きと陰影に富むもう一つの楽園アメリカの歩き方が密かに聖刻文字《ヒエログリフィックス》として刻まれている。「フィールドワーク」としてはまだまだ不十分なことは否めないが、それぞれのテクストの襞を、自分なりに心ゆくまで慈しむことができたのは研究者冥利に尽きる。「あらゆるものは繋がっている」という、『アンダーワールド』の有名なフレーズさながら、執筆過程で、各章で扱ったそれぞれのテクストの間に、思ってもみなかったシンクロの回路が浮上してきたのも、筆者にとっては望外の幸せであった。

本書を上梓するにあたり、これまでお世話になった恩師の先生方に心より感謝を申し上げたい。大阪外国語大学英語学科で文学の面白さをご教示いただいた田川弘雄先生、大阪大学大学院文学研究科において暖かくご指導を賜り、研究者の道に導いていただいた故藤井治彦先生、関西学院大学名誉教授の大井浩二先生に出会うことがなければ、本書は日の目を見ることはなかったであろう。とりわけ、大学の大先輩にあたる大井先生からは、本書の出発点ともなった「アメリカ的想像力」のありようについて、ご講義やご著書を通して長年大いなる刺激を賜った。

この場を借りて、これまで学会でお世話になった諸先生方、同僚の先生方、大阪外国語大学、大阪大学の授業で本書のテーマにつきあってくれた院生や学部のゼミ生の皆さんにも、心からお礼申し上げたい。様々な機会を通して多くの方々からいただいたコメントに触発され、新たな発想が浮かんだり、視野が広がったりしたことも多々あったように思う。日米友好基金の助成により客員研究員を務めさせていただいたプリンストン大学の先生方、集中講義でお世話になった九州大学、広島大学、神戸市外国語大学、高知大学の先生方や学生の皆さんにも、感謝申し上げたい。

デリーロについての論考は、単独の作家論として出版することも考えられたが、「楽園に死す」という視座に立って補助線を引くことにより、これまであまり比較されることのなかったベローをはじめとする作家たちを、デリーロに引き寄せて論じてみたいという冒険的な思いもあり、本書のような構成になった。各章の基盤となった論文の初出は、以下の通りである。全体構想のもとに大幅な加筆を施した章がかなりあることをお断りしておく。学会で筆者が講師を務めたシンポジウム、学会発表が契機となり、執筆に至った章も少なくない。ここにそれらを付記し、一緒にお仕事をさせていただいた先生方、並びにフロアから貴重なコメントをいただいた多くの方々に謝辞を表したい。

序章　書き下ろし。

第一章　「〈癒し〉としての騙り—*Seize the Day* における「貨幣」、タムキンをめぐって」『英米研究』第二〇号、一九九五年。

第二章　「ソール・ベローにおける老いと弔い—『サムラー氏の惑星』と『フンボルトの贈り物』を中心に」『英米研究』第一六号、一九八八年。
日本英文学会第五八回全国大会シンポジウム「老いと文学」（司会、講師：谷口陸男氏、講師：原口遼氏、谷本泰子氏、渡邉克昭）、一九八六年五月一八日、関西学院大学。

第三章　「Saul Bellow における富と贈与交換—*Humboldt's Gift* を中心に」『アメリカ文学研究』第三一号、一九九五年。

第四章　「独房、火葬場、天文台—『学生部長の十二月』の構造」藤井治彦編『空間と英米文学』英宝社、一九八七年。

第五章　「メタフィクションとしての『旅路の果て』」『英米研究』第一七号、一九九〇年。

第六章　「〈反〉祝祭としての『ビックリハウスの迷い子』—「夜の海の旅」の反復をめぐって」『英米研究』第一九号、一九九四年。

第七章　「フレームの彼岸から自伝の暗室へ—『舞踏会へ向かう三人の農夫』における死と複製のヴィジョン」大井浩二監修、花岡秀、貴志雅之、渡邉克昭編『共和国の振り子—アメリカ文学のダイナミズム』英宝社、二〇〇三年。

第八章　「ホブズタウンより愛をこめて—『囚人のジレンマ』からフェアリー・ダスト・メモリーへ」貴志雅之編『二〇世紀アメリカ文学のポリティクス』世界思想社、二〇一〇年。

アメリカ学会第四四年次大会部会A「逆説のアメリカ—核政策と核意識を中心に」（司会：竹内俊隆氏、報告者：梅本哲也氏、黒崎輝氏、上岡伸雄氏、渡邉克昭）、二〇一〇年六月六日、大阪大学。

第九章　「ポストモダン文学への誘い—『黒い時計の旅』をめぐって」山下昇、渡邉克昭編『二〇世紀アメリカ文学を学ぶ人のために』世界思想社、二〇〇六年。

日本アメリカ文学会関西支部第三九回大会シンポジウム「最近のアメリカ小説を考える」（司会：伊藤貞基氏、講師：多賀谷悟氏、若島正氏、渡邉克昭）、一九九五年一二月九日、立命館大学。

第十章　「広告の物たちの国で—ドン・デリーロのスペクタクルの日常」『EX ORIENTE』第四号、嵯峨野書院、二〇〇一年。

第十一章　「ノイズから『ホワイト・ノイズ』へ—死がメディアと交わるところ」町田哲司、片渕悦久編『自己実現とアメリカ文学』晃洋書房、一九九八年。

日本アメリカ文学会関西支部第三九回大会シンポジウム（前掲）

第十二章　「ポストモダン・オズワルド、ポストモダン・アウラ—JFK暗殺とドン・デリーロの『リブラ』」『英米研究』第二三号、一九九九年。

「大統領と総統とシミュラクラ—デリーロとエリクソンに見る「アメリカ史」」『世界文学』第二号、一九九六年。

“Welcome to the Imploded Future: Don DeLillo’s *Mao II* Reconsidered in the Light of September 11.” *The Japanese Journal ofAmerican Studies* 第一四号、二〇〇三年。

第十三章　「「群衆」の時代と小説家の肖像—*Mao II* における死とメディアの神話学」『藤井治彦先生退官記念論文集』英宝社、二〇〇〇年。

日本アメリカ文学会第三七回全国大会研究発表、一九九八年一〇月一七日、広島女学院大学。

第十四章　「廃物のアウラと世紀末―封じ込められざる冷戦の『アンダーワールド』」山下昇編『冷戦とアメリカ文学―21世紀からの再検証』世界思想社、二〇〇一年。
日本アメリカ文学会第三九回全国大会シンポジウム「二つの世紀末―意識と表現」（司会：佐々木隆氏、講師：大井浩二氏、若島正氏、好井千代氏、渡邉克昭）、二〇〇〇年一〇月一五日、同志社大学。

第十五章　「蘇る標的―デリーロ文学の弾道」花岡秀編『神話のスパイラル―アメリカ文学と銃』英宝社、二〇〇七年。
日本アメリカ文学会第四三回全国大会シンポジウム「神話のスパイラル―アメリカ文学と銃」（司会、講師：花岡秀氏、中良子氏、貴志雅之氏、辻本庸子氏、渡邉克昭）、二〇〇四年一〇月一七日、甲南大学。

第十六章　「敗北の「鬼《イット》」を抱きしめて―『アンダーワールド』における名づけのアポリア」田中久男監修、亀井俊介、平石貴樹編『アメリカ文学研究のニュー・フロンティア―資料・批評・歴史』南雲堂、二〇〇九年。
日本英文学会関西支部第四回大会シンポジウム「〈伝・染〉と英米文学」（司会、講師：仙葉豊氏、講師：新妻昭彦氏、花岡秀氏、渡邉克昭）、二〇〇九年一二月二〇日、同志社大学。

第十七章　「メディア、ジェンダー、パフォーマンス―『ボディ・アーティスト』における時と消滅の技法」鴨川卓博、伊藤貞基編『身体、ジェンダー、エスニシティ―21世紀転換期アメリカ文学における主体』英宝社、二〇〇三年。
日本アメリカ文学会関西支部第四五回大会シンポジウム「身体、ジェンダー、エスニシティ―一九九〇年代以降のアメリカ文学に見られる主体の変容」（司会：鴨川卓博氏、コメンテイター：伊藤貞基氏、講師：古賀哲男氏、馬場美奈子氏、山本秀行氏、渡邉克昭）、二〇〇一年一二月一五日、立命館大学。

第十八章　「「崇高」という病―「享楽」の『コズモポリス』横断」玉井暲、仙葉豊編『病と身体の英米文学』英宝社、二〇〇四年。（抜粋を『英語青年』二〇〇四年六月号、第一五〇巻第三号に掲載。）

第十九章　「九・一一と「灰」のエクリチュール―『フォーリングマン』における "nots" の亡霊」山下昇編『メディアと文学が表象するアメリカ』英宝社、二〇〇九年。

日本アメリカ文学会第四六回全国大会シンポジウム「共振する／交錯するメディアとアメリカ文学」（司会：山下昇氏、講師：森岡裕一氏、田口哲也氏、山本秀行氏、渡邉克昭）、二〇〇七年一〇月一四日、広島経済大学。

第二十章　「時の砂漠―惑星思考の『ポイント・オメガ』」大井浩二監修、相本資子、勝井伸子、宮澤是、井上稔浩編『異相の時空間―アメリカ文学とユートピア』英宝社、二〇一一年。

終章　日本アメリカ文学会関西支部例会研究発表、二〇一〇年一一月六日、京都女子大学。
「シネマの旅路の果て―ドン・デリーロの「もの食わぬ人」における「時間イメージ」」花岡秀編『アメリカン・ロード―光と陰のネットワーク』英宝社、二〇一三年。

結論　書き下ろし。

本書の出版にあたり、原稿を子細に点検していただき、貴重なご助言をいただいた大阪大学出版会の川上展代氏、並びに校正を手伝ってくれた大阪大学大学院言語文化研究科、博士後期課程の平川和君、江藤知美さん、三宅一平君、植村真未さんに心から謝意を表したい。最後になったが、研究に打ち込める環境をいつも明るく整え続けてくれた妻、幸千代の心意気があってこそ、この仕事は達成できた。長年の心尽くしのサポートに改めて感謝し、本書を捧げたい。

＊本書は、平成二六年度大阪大学教員出版支援制度による助成を受けて出版された。

注

序章

（1）デリーロは、ペン・ソール・ベロー賞を受賞した際に受けたインタヴューにおいて、彼がはじめて読んだベローの小説が『犠牲者』であり、昔愛読した『ハーツォグ』の古びたペーパーバックを今も手元に置いていることを告白している。彼は、ベロー文学が、シンクレア・ルイスのいう「われわれの広大さに見合う文学」として、「アメリカ的経験の圧倒的な大きさに匹敵する」のみならず、それをしっかりと掌握していることを評価したうえで、彼の名を冠した賞を受賞した喜びを語っている（"Interview" par. 2, 4）。なお、ベローとデリーロを比較した数少ない批評書としては、ステファニー・S・ホールドーソンの『現代アメリカ・フィクションにおけるヒーロー――ソール・ベローとドン・デリーロの作品』（二〇〇七年）がある。この研究書においては、信じるものが失われた世界においていかに信を取り戻し、可能性を模索するかという観点から、ヒーローが演じる役割に重点を置いた論が展開されているが、議論の要となる二人の作家をテーマ的に接合しようとする視座は必ずしも明確でなく、いささか説得力に欠ける。

第一章

（1）この作品に関する批評家の関心もまた、水のイメジャリー（代表的な論文としてはクリントン・W・トロゥブリッジを参照のこと）や、ウィルヘルムの性格分析や、最後の場面における彼の覚醒をめぐるものから、間テクスト性（例えばS・リリアン・クレマー）や、タムキンのアイデンティティをめぐるものを経て、ホロコーストの影響（例えばエミリー・ミラー・バディック）や、歴史やポストモダン的文脈（例えばジュール・チャメツキー）へと移行してきた観がある。

（2）タムキンに賦与されたいかがわしさは、ウィルヘルムの怠惰さや愚昧性と照応関係をなしている。ベロー自身も、インタヴューで次のように述べたことがある。「この作品にただ一つ『滑稽さ』が見いだせるとすれば、それは、間抜けなウィルヘルムが、不器用ないかさま師、ドクター・タムキンにカモにされるところだ」（Gray 29）。

（3）ウィネバゴ族のトリックスター神話を分析したラディンによれば、北米インディアンのトリックスターには、最後の場面で医療儀式を行ったのちに姿を消すというパターンが概ね見られる。P・ラディン、K・ケレーニイ、C・G・ユング『トリックスター』（130, 180）参照。ちなみに、同書でユングは、トリックスター神話それ自体も、「多くの神話と同じく、治療的な効果をもつと考えられる」と述べている（271）。精神と肉体との相関関係において、トリックスターとしてのタムキンを論じた論文としては、モリー・S・ウィッティングやピーター・ウィトヴェルドを参照のこと。

（4）ある意味で彼らの盟約関係は、『雨の王ヘンダソン』（一九五九年）において賭けに負けてダフー王の食客となったヘンダソンと王との盟約関係の原型をなしている。タムキンには、ダフー王に見られる超然とした王者の風格が見事に欠落しているが、タムキンの俗物性は、ウィルヘルムの精神的背丈の低さに対応するものであり、ダフー王の求道者的な高貴さは、懊悩する巨人ヘンダソンの精神エネルギーの振幅の大きさに対応する。いずれにせよ主人公と彼らの間には、一種のホモソーシャルなパートナーシップが構築され、カウンセリングを施す精神分析医と患者といった単純な図式には決して収まらない、〈死〉を孕んだ「不可能な贈与」関係が生じる。

(5) 貨幣と死、並びに貨幣と犠牲の関係については、今西仁司『貨幣とは何だろうか』(一九九四年)が、貨幣の社会哲学の立場から示唆に富む議論を展開している。彼によれば、「貨幣は人間関係のなかの暴力性を一身に体現し、いわば関係のなかの犠牲者になり、そうすることで貨幣形式、つまりは関係の媒介者になる」(25)。このように貨幣のとの関係において考察してみると、「『この日を摑め』は、『犠牲者』とまさしく同じように、犠牲の文学である」(Kulshrestha 90)という、インタヴューにおけるベローの発言は、本章の文脈においても再考に値する。

(6) タムキンの弁舌は、患者の琴線に触れ信頼を得ようとする古典的な贋医者の修辞的技巧を踏襲している。技量の乏しいいかさま治療師にとっては、医療行為そのものよりも、自己を宣伝し売り込む客寄せ口上のレトリックにすべてがかかっていた。彼らの誇張された言辞は、言わば患者の心につけこむ説得の心理学であり、それらは経歴の詐称、治療した名士の列挙、偽装された科学もしくは神秘主義への傾倒、古典語や専門用語並びに格言の濫用、不治の病の治癒と万能薬の開発、無償治療の暗示などを特徴とする。タムキンのレトリックはこれらの要件をすべて満たしている。詳しくはロイ・ポーターの文献の第四章「ニセ医者の文化」を参照のこと。

(7) S・リリアン・クレマーは、このタムキンの帽子について、ジョゼフ・コンラッドの短編「秘密の共有者」(一九一〇年)との間テクスト性を指摘している(54)。

(8) マイケル・P・クラマーが考察するように、一九七五年の改訂版では、葬儀場のステンドグラスの「青いダビデの星」への言及が削除され、ユダヤ色が薄められている(4)。

(9) この結末をウィルヘルムの再生への「洗礼」として積極的に評価しようとする批評家としては、M・ギルバート・ポーター、マルカム・ブラドベリ、クリントン・W・トロゥブリッジなどを挙げることができる。一方、そのような楽観的な読みに異を唱える批評家としては、ロバート・F・カーナン、ラス・レイダー、マーヴィン・マドリック、ダリル・ハッテンハウアなどがいる。

(10) ラルフ・シアンシオやS・リリアン・クレマーなど、ユダヤ教的要素を丹念に読み込むことにより、この小説の結末を償いの成就として読み解く批評家も少なくない。だが、そのような批評家の一人、ゲイ・マッコラム・サイモンズが、L・ゴールドマンの論文を引用しつつ、自覚しているように、ユダヤ教の伝統に依拠したそうした読みの結果、「ますます虚無的になってくる世界とベローの楽観主義との『齟齬』」(48) がかえって前景化されてしまうこともまた否定し難い。マイケル・P・クラマーが、ある論文集の序論で述べているように、『この日を摑め』は、いかにしてこのうえなく強烈にユダヤ的であると同時にまた、このうえなくユダヤ的ではないのか」(4) という問いかけを引き出すテクストでもある。

(11) そのようにタムキンをパルマコンとして捉えると、ウィルヘルムを歴史の浅い「アメリカ」そのものとして措定することもできよう。エリザベス・フランクがメルヴィルの「書写人バートルビー」(一八五三年) を引き合いに出しつつ指摘するように、「再生と人間の完璧さに固執する宗教と愚かにも自己欺瞞的な情事に陥ったという点において、アメリカそれ自体が永遠のカモになり続けるのである」(80)。

第二章

(1) グローリア・L・クローニンのように、彼自身とサムラーのギャップを逆手に取ることにより、自らが置かれた西洋的な知的環境を見つめ直し、敢えてそれを脱構築しようとする作者の自己アイロニーを読み込むことも可能であろう (97-122)。

(2) 例えば、デイヴィッド・ギャロウェイの論文など、参照のこと。

(3) ちなみにベローは、あるインタヴューにおいて、ホロコーストから奇跡的に蘇ったサムラーのこのような永遠性への傾斜に関して、「サムラーがロマンティシズムにとりわけ耐性がないのは、ナチズムというものが極度にロマンティックな運動だったからだ」(Pinsker 96-97) と、両者の相関性について言及している。

(4) この見解は、この小説を一種のビルドゥングスロマンとして捉えるエウセビオ・L・ロドリゲスの視点とも重なる。

(5) ダニエル・フックスの草稿研究によると、ベローはサムラーの無力感と孤立感を高めるべく、改訂を重ねたようである (223)。

(6) サムラーもまた「宙ぶらりんの男」の系譜に連なっていることは、ジョナサン・ウイルソンも指摘している (151)。

(7) このことに鑑みると、この小説においてポストモダン的エージェントとして黒人スリが果たす役割と、ホロコーストが果たす役割を相互連関的に捉え、エスニックな身体を権力闘争の場と見なすジョシュア・L・チャールソンの論考は傾聴に値する。

(8) サムラーが蓄電池を意味するところから、ロバート・R・ダットンは、その不滅性によって人々を結びつけ、時代と時代の間を駆けめぐる火花を彼の中に見出している (144)。

(9) 赤坂憲雄『異人論序説』第一章、Ⅳ「聖痕・不具・逸脱」がこの点については示唆に富む。

(10) アンジェラのこの言葉は、ベローがインタヴューで語った次の発言を逆に想起させる。「真の問題は死の問題なのです。死と折り合いをつけるすべを知らなければ、魂は準備ができません。そうなると、永遠に若さを保ち、快楽を追い求め、さらなる性的、享楽的地平を追求するより他なくなるのです」(Howard 82)。

(11) この場面が、『この日を摑め』の結末の場面を思い起こさせることについては、M・ギルバート・ポーターが既に指摘している (178)。

(12) このフレーズについて、サムラーがようやく「話す主体」を確立し、他者に向かって発せられたとする批評家 (Austin 35) がいる一方、ベローの言う「意味深長な空間」(“A World Too Much With Us,” 7) の壁に閉じ込められ、空しく反響するばかりと考える批評家もいる (Bonca 12)。

(13) ベローは、あるインタヴューで「芸術とは、混沌のまっただ中に静謐を作り出すことと関わりがあるように思う。それは台風の目のように、祈りを特徴づける静けさでもある」と述べたことがある (Howe 358)。この発言は、現代の都市生活を特徴づける狂気と混迷ぶりが、ベローのような都市小説家の想像力にいかに訴えかけるかという旨の質問に対して答えたものであるが、彼の言う「混沌のまっただ中に静謐を作り出すこと」は、彼の後期の代表作である『サムラー氏の惑星』と『フンボルトの贈り物』においてとりわけ見事に実現されているように思われる。混乱の渦中にありながら、死者グルーナーへ静かに祈りを捧げるサムラー。カンニバルたちが奏でる狂騒曲のまっただ中で静かに瞑想に耽り、フンボルトを悼むシトリーン。彼らはともに、老いて混沌とした此岸に身を置いて翻弄されながらも、静寂が支配する他界への回路を暗中模索しようとする。

第三章

(1) 『フンボルトの贈り物』は、「その徹底した地上的特質をかかえたままで彼岸に向かって浮上することに成功している点で、すぐれてユダヤ的想像力の産物であると言える」と、渋谷雄三郎は指摘している (223)。ベロー自身は、この作品が専ら死を主題とする喜劇的な作品であることを、インタヴューにおいて何度か強調している (Clemons 127, Gray 221)。

(2) 本質的に贈与というものが友愛と脅迫を孕んでいることについては、ケネス・E・ボールディングの考察が示唆に富む (6–8)。

(3) あるインタヴューでベローは、次のように述べている。「この本を書いたときにデルモアの存在を非常に強く感じた。その一方でチャーリー・シトリーンの方はと言えば、完全に私の創作である」(Boyers 35)。

(4) このエコノミーは、『呪われた部分—有用性の限界』(一九四九年) においてバタイユの言う「富の『消費』(蕩尽)」が、生産に比して、第一目標となるような『普遍経済』の原理」でもある (12)。

(5) しばしばベローの小説には、主人公ともう一人の重要な男性との間に形成される共生・盟約関係を基軸に、試練を孕みつつ、プロットが展開していくというパターンが見られる。『犠牲者』(一九四七年) のレヴェンソールとオールビーとの間の緊張を孕んだ関係に始まり、『この日を摑め』（一九五六年）のウィルヘルムとタムキン、『ヘンダーソン雨の王』（一九五九年）のヘンダーソンとダフー王、『サムラー氏の惑星』（一九七〇年）や『心の痛みで死ぬ人々』（一九八七年）に見られる伯父・甥の関係（Watanabe 105）など、ベローが描く男性同士のパートナーシップにおいては、必ずといってよいほどパートナーの間にホモソーシャルな共生関係が生じている。そうしたアンビバレントな関係が揺らぐとともに、逆説的に生者と死者の間にシナジー効果が生じるわけだが、それをこのうえなく鮮やかなかたちで示しているのが、『フンボルトの贈り物』と言ってよいだろう。

（6）彼ら以外にもシトリーンの周囲には、ベリウム採掘の共同出資を持ちかけるスワイベルや、不動産業を営む富豪の兄ジュリアスなどがいて、彼を有利な投資に導こうとする人物には事欠かない。

（7）一見相容れないように見えるカンニバルたちによる撹乱とシトリーンの瞑想の深化は、言わば相関関係をなして、フンボルトの蘇りを促す。「瞑想が深まれば深まるほど、カンニバルたちが次々と登場し、ますますひどい『撹乱』を加えるようになる。しかもこれらの『撹乱』のほとんどすべてが、結局はフンボルトの霊を墓場のなかから掘り起こすという一事につながっていくように因果の鎖をなしている」（寺門 351）。

（8）ウィリアム・B・コールマンが、レスリー・フィードラーの『アメリカ小説における愛と死』（一九六〇年）を援用しつつ論じているように、女性や結婚生活の煩わしさから遁走する現代の「リップ・ヴァン・ウィンクル」としてシトリーンを措定することも可能である。

（9）シュタイナーの人智学に対するシトリーンの半ば冗談めかした傾倒ぶりと、彼のフンボルトに対する真摯な思慕の間に齟齬を感じる批評家もいる（Shattuck 200）が、前者を軽妙に描くベローの筆致があってこそ、シトリーンの死者への偽らざる思いが逆に説得力をもって浮上するという見方も成り立つ。

（10）ちなみにOEDは、“Pay” の意味の展開に関して、“The Sense ‘pacify,’ applied specifically to that of ‘pacify or satisfy a creditor,’ came in Com. Romanic to mean to ‘pay a creditor,’ and so ‘to pay’ generally” と記載している。

第四章

（1）テクストにおいても、「二都物語」という呼称は、コルドを批判するデューイ・スパングラーのコラムの題名として登場する。

（2）ベローは一九七四年、ルーマニア生まれのノース・ウエスタン大学数学教授アレクサンドラ・イオネスク・タルシアと結婚したが、この小説は、臨終の床にあった義母を見舞うために、彼がこの四度目の妻とルーマニアへと赴いた体験を下敷きにしている。二つの都市は密接に絡み合いながらも、ブカレストが小説のプロットの進展に関わる主要な舞台であり、主として過去の回想によって想起されるシカゴの挿話は物語の遠景に位置している（Bradbury 94）。古風なスラブ的な色彩を帯びたブカレストは、「シカゴについての本を書きたかった」（Roudané 238）ベローにとって、シカゴを浮き彫りにするのに必要なパースペクティヴを提供する格好の背景として浮上したのである。思想小説の系譜から、この小説におけるブカレストとシカゴの対比を、『サムラー氏の惑星』におけるホロコーストとニューヨークの対比との相同関係において捉えようとする批評家もいる（Goldman 36–37）。

（3）あるインタヴューでベローは、この小説におけるテーマについて次のように語っている。「私のテーマの一つは、本当の現実を拒絶し、そこから目を背けようとするアメリカ的な手練手管、言い換えればあまりにも明白で否定し難いものに向き合いたくないというわれわれの態度である。あの本は、そうした忌避や、幻想を与えるテクニックや、その手段となる様々なタブーへの服従に対する抗議に満ちている」（Roudané 238）。だが、ジョン・アップダイクやヒュー・ケナーの論評に代表されるように、出版当初出された書評は概して好意的でなく、のちに別のインタヴューにおいてベローは、アップダイクの書評について不満を表明している（Boyers 33–35）。

（4）ややもすると白人男性中心主義的な視点から、黒人の貧困層が深く関わるシカゴの諸問題をマッピングしようとするコルドのネオコロニアル的な眼差しについては、リチャード・ヒンチクリフの論文を参照のこと。

（5）ヴァレリアの死はコルドに自分の母親の死を想起させる。四〇年前の同じようなクリスマスの週に彼の母も亡くなったのである（241–42）。

（6）このことを空間的に表現すれば、「彼女の専門は無限の空間であり、彼の受け持ち区域は確固たる大地《テラ・フィルマ》」（261）ということになる。そのような視座から見れば、この小説の最後に描かれた天文台の場面は、ベローが言うように、両者の真の結び付きを示唆していると解釈することもできる（Roudané 238）。

（7）ジーン・ブラハムは、この小説にいくつかの二項対立を探り出し、ヘンリー・アダムズが聖母マリアとダイナモを対立させつつ合体させたように、ベローも火葬場と星を対置させながらも結びつけていると述べている（121）。さらにブラハムは、これら二つの象徴が表す、死への恐怖と死の超克の希求は、実は同じ源から発しているのだと主張する（122）。その一方で、象徴として描かれた天文台の場面が抽象的に過ぎ、そこに託された楽観主義はセンチメンタル以外のなにものでもないと批判する見解もある（Harmon 252）。

（8）この点については、ポール・レヴィンのように、二つの空間において「地獄と天国の間を漂うコルドは、終末と復活の間で均衡を保っている」（133）という、宗教的な解釈を施す批評家もいる。

（9）ダニエル・フックスは、この小説に描かれた女性たちが、一連の破滅的な出来事の前にはあまりにも無力であると苦言を呈しているが（306, 309）、本論で示したように、これらの寡黙な女性たちのコルドへの空間的な「書き込み」こそが、逆にこのテクストの基盤をなしていると考えることもできよう。

第五章

（1）自分自身も双生児であり、かつてはジュリアード音楽院でオーケストレーターを志したこともあるバースは、ジョン・ホークスとの対談で次のように述べている。「（自分は異性双子児なのだが、）ある日、嬉しいことに、自分の作品はすべて対になって世に出ていることに気づいた。…双子であることが基本的に自分の想像力にとって重要であったように、オーケストレーターになろうとした若き日の野望もまた、自分の想像力にとって重要だった。概して言えば、物語や何か他の文学的な約束事から取ったメロディーラインのような何かを受容して、それを自分の目的に合うように再構成《リ・オーケストレート》するのが自分の仕事だったような気がする」（LeClair 12–13）。

（2）リンダ・ハッチョンによれば、メタフィクションにおけるテクストは、読者にそのテクストが実は虚構なのだということを明確にすると同時に、読者が知的に想像力を働かせて、その虚構の世界を構築する共同作業に加担するよう要求する。したがってメタフィクションのパラドックスは、テクストがそれ自体の内部へと自己回帰していく一方で、読者という外部に対しても同じように働きかけるように方向づけられているところにある（7）。

（3）この版の序文においてバースは、「『旅路の果て』のジェイコブ・ホーナーは、一人称単数代名詞に先行する首尾一貫した存在を実感できないくらい、自己疎外に陥っているかもしれないという私の信念を体現している」と述べている（viii）。

（4）人種差別と受け止められることを懸念して、この怪しげな人物の設定を白人に変えるよう出版社から要請されたが、バースは拒否したという（Enck 12）。

（5）これらの恣意的な原則は、実存主義的な「選択」へのパロディであると同時に、冷戦期アメリカ文化を特徴づける膨大な種類の商品を前にして選択に悩む「消費者への手引き」（Conti 100）へのパロディでもある。

（6）デイヴィッド・モレルによれば、これには伝記的事実が反映されている。すなわち、ジェイクがこの物語を書き始めている一九五五年一〇月は、バースが『旅路の果て』を書き始めた時期と一致し、またジェイクが規範文法の教職に就いた一九五三年秋に、バースはペンシルヴァニア州立大学英文科で教えていた。このような時間的符合は、『水上オペラ』においても見られる（Morrell 24n.）。

（7）ジェイクは、自分が語りを操作しているという事実を読者に喚起すべく、自意識的に以下のような論評を語りに織り込む。「こんなふうに一度に、ジョーは首尾一貫した長台詞を口にしたわけではなかったかもしれないが…」（47）。「編集して、煎じ詰めて言えば、以上のようなことが彼女がぼくに言ったことだ」（57）。「モーガン家の家庭問題をめぐるこうしたいきさつは、ぼくがここで披露したように、あんなにすっきりと提示されたわけではないが…」（65）。

（8）この点については、既に多くの批評家が言及している（Kerner 62, Tharpe 24, Harris 32）。そのように考えると、彼らの図式的な三角関係も、「ホーナーのファウスト的な耽美主義」（Conti 81）の一環として捉えることができよう。

（9）この言葉を必ずしもジェイクの言葉ではなく、作者バースに引き寄せて、倫理性と耽美性の間に生じた相克の終焉として積極的に解釈しようとする批評家もいる（Tobin 52）。

第六章

（1）バースは、『酔いどれ草の仲買人』の出版後、当時奉職していたペンシルヴァニア州立大学の同僚、フィリップ・ヤングによってエベニーザー・クックの行動パターンがロード・ラグランの『英雄』で示された類型と合致するという指摘を受け、さらにオット・ランクやジョゼフ・キャンベルの著作に親しむようになったという（Morrell 60）。

（2）『金曜日の本』において、バースは次のような表を提示している。（44）

（3） C・G・ユング『人間と象徴―無意識の世界 上巻』一八七頁も参照のこと。

（4） 『フローティング・オペラ』においてトッドは、物語の終わりに「生きていく（あるいは自殺する）最終的な理由は見当たらない」という言葉をノートに書き付ける。

（5） これを図で示すとすれば、次のようになろう。

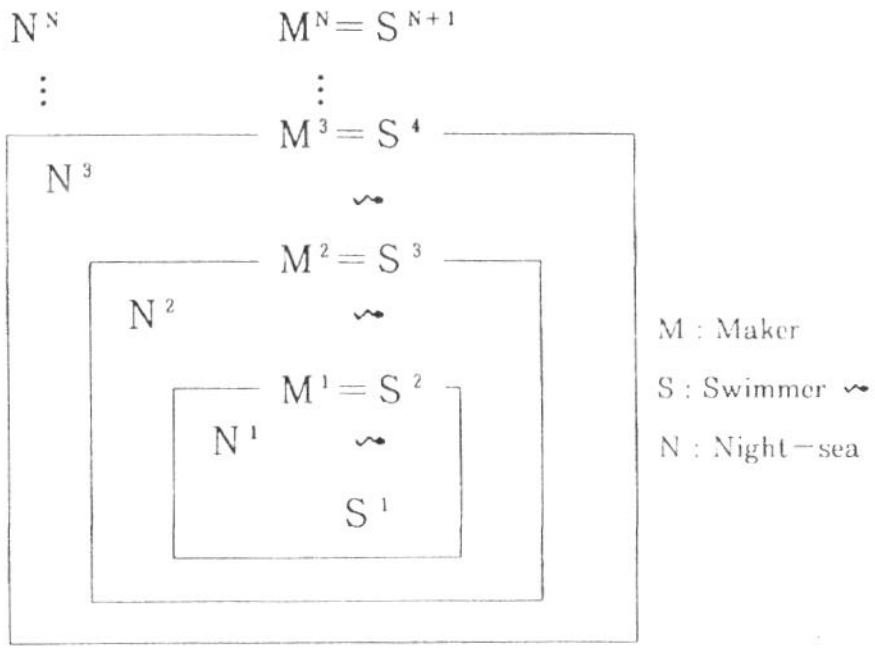

（6） 前章でも論じたように、多くのメタフィクションの登場人物は、自分たちが既に書物に書き込まれてしまっており、書物に終身幽閉され、そこから抜け出せないという自意識をもつ。彼らは、不滅性を孕む一方で、読者と遭遇することがなければ亡霊でしかなく、「読者が本を閉じるという決断をしない限り、自殺もできない」（Fogel and Slethaug 128）。そのような意味において彼らは、まさに出口のないアポリアそのものを体現している。「夜の海の旅」の語り手もまた、「存在しているとともに存在していない、非-存在の誰か」（Waugh 91）である。その一方で、アンブローズのように書き手となった「紙人間《ペイパー・パーソン》」にとっては、「書くという行為によって、自己がまさに存在するという感覚が育まれる。フィクションの世界で

は、ペンの運びによって、自らが選択したいかなるアイデンティティも身につけ、人々や場所を創造することも破壊することもできるからである」(Olson 58-59)。

(7) マックス・F・シュルツは、思春期を迎えたアンブローズの性的目覚めと、作家を志そうとする彼の審美的開眼が重なり合うことを指摘したうえで、『びっくりハウスの迷い子』全般に関わる「セクシャリティと物語を語ることが二重により合わさっている」ことの崩芽を「夜の海の旅」に見出している(7-16)。なお、この作品における「性」と「言語」の間の密接な相関関係については、既にチャールズ・B・ハリスが、エリアーデを援用しつつ詳細に論じている(106-26)。

(8)「ライフ・ストーリー」の前に位置する「二つの瞑想」や「タイトル」などの作品群は、作家アンブローズの言わば失敗作と見なすこともできる。「ライフ・ストーリー」を経て「無名抄」に至って、シリーズとしての作品集『びっくりハウスの迷い子』の受精は完了する。

(9) シュルツは、アンブローズの創作してきた作品の軌跡が、神話、リアリズム、モダニズム、ポストモダニズムという文学の辿った道筋と大体符合することを示唆している。彼によれば、アンブローズと同様に、物語の枯渇に苦悩する吟遊詩人は、神話の新たなる語り直しである「無名抄」において、「精妙にして複雑な、神話とメタフィクションとリアリズムの語りの融合」を成し遂げる(15)。

(10) ザック・ボウェンが言うように、「無名抄」に至って、「アンブローズと彼の生み出した創造主が、自己参照的な長いサイクルを経て円熟した」(64)ことは確かであろう。とは言え、すべてがループをなして起源に立ち返り、根元的な無垢が回復されたわけでもない。「作中人物たちは死の恐怖を昇華してくれる不死性が書かれることをまだ希求しており、バース自身も『びっくりハウスの迷い子』において補完の彼岸に到達したなどという自己欺瞞には陥っていない」(Tobin 97)。

第七章

(1) ポール・ヴィリリオの『速度と政治—地政学から時政学へ』(一九七七年)には、戦争というものが、軍隊同士が交戦する戦闘という従来の枠組みを逸脱し、あらゆる局面において数量化を伴う、国家的な総力戦、消耗戦の速度術と化し、クラウゼヴィッツの『戦争論』がもはや通用しなくなった一九一四年への言及が頻繁に見られる。例えば、パワーズが描いたパリの街路を疾走しマルヌ会戦へと向かったタクシー軍団については、既にヴィリリオが同著で言及している。ちなみに同年は、フォードが自動車オートメーション工場をほぼ完成させた年でもある。

(2) 姓の頭文字がPであること(203)を除いて、「私」の名前は一切明らかにされていない。「私」に加えて、三人の農夫の一人、ペーターと、ピーター・メイズ、さらに言えば作者リチャード・パワーズの頭文字がPであり、それらが互いにシンクロしていることは、改めて指摘するまでもない。だが、それよりもむしろそこに差異が埋め込まれていることにより、この作品に「視差」の効果が生じるという事実の方が、遥かに重要な意味をもつ。写真と同じタイトルをもつこの作品それ自体が、並置された三つの物語により、「視差」を孕んだ写真のような構造になっていると主張するジェイムズ・ハートは、「視差」という観点から、この作品とジェイムズ・ジョイスの『ユリシーズ』(一九二二年)の共通性に言及している(27–28)。

(3)パワーズはあるインタヴューで次のように述べている。「私の感覚では将来は今みたいに変化が人間存在を常に支配することは必ずしもなくなるだろう。われわれは、永遠に持続できない加速的な技術の時代に生きているわけだが、それを超えるといったい何が起こるのか」(Birkerts n.pag.)。

(4)ジョン・バージャーが指摘するように、スーツは、本来、職業的支配階級の衣服である。ザンダーの農夫たちは、「スーツに投影された自己像とその内部に息づく個的身体との間の…ズレを露呈する」とともに、自らの眼差しを「シャッターの瞬間に宙吊りにされ、カメラの眼差しによって裏切られる」(西村 124–25)。

(5)ザンダーは『時代の顔』において、「大地に根差した」人々の肖像を「農夫」「職人」「女性」「職業と社会的地位」「芸術家」「大都市」「最後の人たち」の七つの類型に範疇化したが、やがて「分類されたものは分類の範疇から逸脱し始める」(Cristofovici 45)。しかしながら、このことをパワーズは必ずしも否定的に捉えていない。この写真における「舞踏会」という非日常性を帯びた文脈は、「農夫」をステレオタイプから逸脱させるのに十分であり、その逸脱性こそがこの作品に命を吹き込んでいる。

(6)ミセス・シュレックと「私」の共同作業として、自動ピアノの「演奏」によって「再生」された複製ピアノロールのメロディーは、彼らなりの生きられた差延が織り込まれているからこそ、最終的に二人に「再生」をもたらす。ジョゼフ・デューイは、さらに包括的な観点から、想像力を駆使して三つの物語をより合わせ作品世界に参入する読者と、語り手を介して複製技術時代の芸術を模索する情熱的な芸術家とのエネルギッシュな協働それ自体に、「中年の再生というエマソン的モチーフ」を見出している(*U* 22, 24, 26)。

(7)二〇〇四年にニューヨークで開かれたザンダー回顧展において、ラック・サンテは、「この写真集には、被写体がその後どのような人生を送ったかを、何らかのかたちで鑑賞者に想起させせない写真はほとんどない。見る者はいつも、撮影日から足し算や引き算をしてしまう」と指摘している(qtd.in Cristofovici 47–48)。

(8)『舞踏会へ向かう三人の農夫』という作品それ自体も、パワーズにとっては「未来に向けて投函された記憶」となったようである。出版から一四年を経たインタビューで彼は、二四歳で執筆した当時、「絶対誰も読まないだろし…二度と小説を書く機会もないだろうと確信していた」ので、「自分がのちに展開させる多くのテーマを胚として秘めていた」あの作品を、今書こうとしても、あのようには書けないだろうと述べている(Neilson 14)。

(9)ここでは「遺伝子」はメタフォリカルな意味で用いられているが、文字通りの「遺伝子」の書き換えをめぐるテーマは、のちに『幸福の遺伝子』(二〇〇九年)において本格的に追求されることになる。『幸福の遺伝子』における遺伝子操作とメタフィクショナルな操作の関係については、拙論「『幸福』のこちら側―Richard Powers の *Generosity* に見る Exuberance と Resilience」(渡邉 31-55)を参照のこと。

(10) テクストにおいて幾度となく言及されるもう一枚の写真、「ジャックと豆の木」の一場面を演じていると思しき写真を、占領地の家宅捜査で発見し感銘を受けたアドルフは、その写真が「ゆっくりとした恩寵」を約束しているように感じ、敢えてそれを購って自分の手元におく。ちなみに、その写真で母親役を演じているのはサラ・ベルナール。その写真のオランダ語のキャプション、「ジャックの母は、豆の木を喜んでいない」には、「役に立つものが役に立つように見えるとは限らない」(142)という教訓が、アイロニックなかたちで示されている。さらに言えばこの台詞は、この写真の所有者アドルフが、脱走兵として射殺された最期の瞬間に漏らした言葉でもある(228)。

第八章

(1) ゲーム理論でたびたび取り上げられる「囚人のジレンマ」は、多様な次元において様々な状況に適用可能な概念だが、マッカーシー委員会に召喚された経験の持ち主、エディは、次のような喩え話で子供たちに「囚人のジレンマ」によって提示される問題系を突き付ける。すなわち、二人の男がアカの嫌疑をかけられ、マッカーシー上院議員に呼び出され、相手がアカであることをタレこむよう双方に要求する。もし一人が密告し、もう片方が黙秘した場合、タレこんだ方は自由放免で、沈黙を守った方は電気椅子送り。二人とも密告すれば、ともに一〇年の懲役刑。双方黙秘すれば、ともに二年の懲役刑。さてこのとき、黙秘するのが有利か、密告するのが有利か。理性的に「上から推論」(71)すれば、互いを疑わずともに黙秘するのが最も有利であるが、実際のところは、〈彼〉と〈われ〉の猜疑心のゲームに囚われ、「おのれの巣を心配するあまり自由を奪われ、その自己防衛は自分を防衛する以上に傷つけてしまう」(204)結果となることが少なくない。「完璧なセキュリティ」(203)を模索する少年エディのホブズタウンのプロジェクトもまた、娘のリリーが自らの閉塞的状況を引き合いに出しつつ述懐するように、「強迫観念的ドアノブテスト」(205)の様相を呈し始める。

(2) エディが、自らを幽閉する自己充足的な世界を、好んで消尽していくという意味において、ホブズタウンも、一種の「快楽の牢獄」"pleasure prisons"(Dewey 36, 46)であると言えよう。

(3) 最年少のエディ・ジュニアを除いて、世の中と没交渉のホブソン家の人々は、それぞれがエディの虜であると同時に、それぞれが「白雪姫のように」(Dewey 35, 41)、自らの矮小な「柩」の中に閉じ籠っている。

(4) 本作において「ジレンマは、ホブソン家のみならず読者にとっても、別の文脈で同じように参照点となっている」(Birkerts 55)。

（5）本書の文脈において言えば、「外国の岸から流れ着いた」瓶というテーマは、第六章で論じたバースの『びっくりハウスの迷い子』に収められた「海の便り」の郵便的不安を想起させる。と言うのも、「海はもたらしたもう」にもかかわらず、「海から届けられた薬をめぐる物語は、彼［アーティ］をいっそう宙ぶらりんにした」（25）からである。

（6）ここでは、無菌化された人工的な生の管理と監視という点で、いわゆる「ディズニー化」現象が、そもそもバイオ・ポリティクスを濃厚に反映しており、両者が抜き差しならない関係にあることを指摘しておきたい。『ディズニー化する社会』において、「管理と監視」に一章を割いたアラン・ブライマンは、自らが主張する「ディズニーゼーション」への導入として、ディズニー・パークと「都市計画の総合的アプローチ」の具現化をめぐるスタシー・ウォレンの論考に言及しつつ、「ディズニフィケーション」の定義を次のようにまとめている。「第一に万能の組織によって管理された社会秩序。第二に、『移住者に自分たちの生活を条件づけている現実の労働過程を目隠しさせるために生産過程を見えなくさせ、幾重にもファンタジーで消費を包み込むことで』達成される生産と消費の乖離。第三に、何よりも重要視されている居住者の消費能力」（29）。

（7）ネイチャーライティングの一種としてこの小説を読み解こうとするスコット・ハーマンソンは、環境論の立場から、二〇世紀を完全にマッピングしようと気負うエディのホブズタウンの壮大なプロジェクトを、『舞踏会へ向かう三人の農夫』に描かれたアウグスト・ザンダーの『二〇世紀の人間たち』のプロジェクトに喩えている（65）。彼によれば、「地球こそが出口のない牢獄」（72）であり、「エコ小説家としてのパワーズは、われわれのエコロジカルな相関関係に対するさらなる次元を示すために、ナラティヴを用いることができる」（72）。

（8）お伽噺やファンタジーに見られるように、こうして眠りを解く「ダスト」の効能は、言うまでもなく『白雪姫』の結末を想起させる。パワーズは、エディの遺灰《ダスト》を散種するにあたり、『白雪姫』をヒットさせたディズニーのアニメの魔法の手法を逆手に取り、パロディとして再利用している。

（9）「歴史がおまえをどこに据えたのかを理解しようとすればいいんだ」（15）と、常々子供たちに教えてきたエディは、本来、生きられた歴史というものに対してみずみずしく鋭敏な感覚をもっていたと考えられる。だが、「父さんの病気は、その第一日目から、父さんが過去を終ったと考えることを拒む北半球最後の人間であることから来ていたのだ。誰もが自分を護るために採っている、過去を平べったく抽象的にしてしまう習慣、過去を生殖力なき古風なものに変えてしまう戦術を、父さんはけっして選びとらなかった」（325）。この言葉通り、「人々が感覚《センス》を捨てて興奮《センセーション》に走り」（311）、歴史そのものが万博やテーマパークと化してしまうような世界にあって、彼は、歴史が無化された永遠の現在と歴史の重みのダブル・バインドの中で身動きがとれなくなってしまう。このように考えると、「父さんはずっと、歴史の赦しを乞うていたのだ」（154）という洞察は、正鵠を射ている。

（10）この結末を「パワーズの芸術の勝利」（Saltzman 112）と捉える批評家がいる一方で、ジョゼフ・デューイのようにエディが亡霊となって再登場するこの小説の結末に次のように苦言を呈する批評家もいる。「読者は、死は免れ得ないという法をこのように故意に宙吊りにすることを喜んで受け入れることができない。…パワーズは、今は亡き彼の霊の召喚がいかにお涙頂戴的であるかを読者に思い起こさせることによって、イマジネーションの力をパロディ化している」(47)。だが、遺灰《ダスト》となったエディの亡霊としての再登場には、勿忘草《フォゲット・ミー・ナット》的な洒脱な「軽み」があることもまた忘れてはならない。そもそも、核によって過去のみならず未来のトラウマをも抱えた(Grausam 130)彼は、「亡霊」的人物として措定されており、遺灰《ダスト》となったのち、憑き物が落ちたかのように彼が、何事もなかったように上機嫌でポーカーに加わろうとするところに、パワーズの想像力のしなやかさを見て取るべきであろう。

第九章

(1) バニングについてエリクソン自身は、「これまで自分が創作した中で恐らく最もどす黒い人物であり、個人的に付き合うとなると、いくつかの点で一番落ち着かない人物なのだが、創作ということになると恐らくお気に入りの人物でもある」と述べ、彼に愛着を感じていることを告白している(Trucks n. pag.)。一方ベローは、自らの登場人物の中ではヘンダーソンが一番お気に入りであると、インタヴューで答えたことがある(Steers 38)。

(2) 『黒い時計の旅』が、二〇世紀という脚本を書いたヒトラー総統の公的な暴力と私的なリビドーをパラレルにした寓話だとすれば、次作『Xのアーチ』(一九九三年)は、独立宣言を起草し合衆国をデザインしたジェファソン大統領のリビドーに、「アメリカ」の虚構性の起源を探り当てようとするメタフィクション仕立ての寓話であると言える。ヒトラーがゲリに魅了され、バニングがその化身であるデーニアに惑溺したように、ジェファソンは、自分の所有物であるはずの黒人奴隷サリー・ヘミングスに魅惑され、翻弄され続ける。独立宣言において彼が謳い上げた「幸福の追求」という言葉は、この小説において「アメリカ」と並んでしばしば繰り返されるジングルとなっているが、この文句ほど彼の掲げる共和国の崇高な理念と彼自身の矛盾を集約している言葉もないだろう。ロックの唱えた「生命、自由、財産」が「生命、自由、幸福の追求」へと変奏されたとき、本来、「財産」であるはずの黒人奴隷サリーは、白人のような肌をもつがゆえに、所有者のフェティッシュな「性的幸福の追求」の対象となったのである。その瞬間、ジェファソンの創ったシミュラークルとしての「アメリカ」は、根元的に癒し難い矛盾を孕み始める。「幸福は追求するに後暗きもの」(*Ad* 261)と彼自身が述懐するように、国家の起源にまつわるこのような矛盾こそが彼にしばしば猛烈な偏頭痛を引き起こし、抗し難い殺意をサリーに一度ならず喚起する。

(3) キャシー・アッカーは、『黒い時計の旅』の書評において、「ヒトラーは時というものを知らない。盲目のうちに彼は時を破壊し、エリクソン氏の二〇世紀の黒い時計を創造した。時がないところに存在するのは絶対的なるものだけだ」と述べたうえで、相対性を帯びたもう一つの二〇世紀に言及し、この小説が「絶対的なるものの文化に対する見事な反論になっている」と指摘している（29）。

（4）『Xのアーチ』においても、いくつかの「窓」から違った部屋を同時に眺めるかのように、われわれは、ジェファソンとサリーの位相がある時は転倒され、ある時はずらされ、夢とも現とも判別し難い様々なかたちで映し出されるのを目の当たりにする。そのときジェファソンは「王」であると同時に「奴隷」となり、サリーは「奴隷」であると同時に「女王」となる。その結果、「束縛」と「解放」、「愛」と「憎しみ」、「服従」と「反逆」、「意識」と「無意識」などといった二項対立も崩壊し、「頭」によって書かれる公の歴史と、「心」によって書かれる私的な秘史との境界線も揺らぎ始める。

（5）バニングのこの台詞は、意図は異なるものの、ペンとペニスによる歴史の創造と破綻という点で、『Xのアーチ』における「アメリカ」の発明をめぐるジェファソンの次の台詞と共鳴する。「おれは何かを創り上げた。おれの頭の中に宿った種子の中で、その着想は何よりも素晴らしく、奔放で、捉え難いものだった。それは、正義を愛する心により半ば熱狂的にもてはやされた発明であり、あたかも人類が愚かな獣であるかのように彼らにつけこんだ輩へのすさまじい敵愾心《てきがいしん》が潤滑油となって動く機械であった。おれはそれを世に放ち、世界を駆けめぐらせた。…だが、おれはそれに欠陥があることを知っている。そして、その欠陥がおれのせいであることを知っている。ちょうどおれの股間の白いインクがそれを生み出した霊感に火をつけたように、その同じインクがそれを消せという命令を書き殴ったのだ。署名はおれのものだった。おれがその名を書き、おれがそれをアメリカと呼んだのだ」（*Ad* 46）。ペニスの「白いインク」によって「アメリカ」を発明したジェファソンは、結局のところバニングと同じく、自分自身のペンによって裏切られ、サリーの書かれざる「アメリカ」によって彼自身の「アメリカ」の修正を迫られる。それにともない、『Xのアーチ』においても時空がたわみ、物語は、一八世紀のヴァージニア、革命期のパリ、近未来都市イオノポリス、壁崩壊後の一九九九年のベルリン、アメリカ西部のメサというように、異次元の時空を変幻自在に駆け抜ける。

（6）このことを別の角度から言えば、「この小説においてファンタジーと歴史がますますもつれ合うのと同じように、ヒトラーとジェーンライトのアイデンティティもまたもつれ合うことになる」（James 17）。

（7）エリクソン自身はインタヴューにおいて、デーニアとスロースロップの共通性を必ずしも意識していなかったと述べたうえで、デーニアが躍ることによって引き起こされる死を、彼女に対する男性の窃視や妄想と関連づけている（McCaffery and Tatsumi 417）。

（8）このようにバニングは、デーニアの名指しをもって、語り手としてクローンのように蘇る。ミチコ・カクタニは、書評において、『Xのアーチ』は「あたかも魔術的なクローンさながら、際限なく自分自身を再生する不気味な能力をもった登場人物たちに満ち溢れている」（17）と述べているが、この指摘は『黒い時計の旅』にもそのまま当てはまる。

（9）生と死が交錯する天文台というトポスについては、第四章で論じたベローの『学生部長の一二月』のパロマ天文台に関する考察も参照されたい。

(10) このことは、とりもなおさず歴史の空間化を意味する。『Xのアーチ』では、一九九九年一二月三一日と二〇〇〇年一月一日の間にあるという、歴史の巨大なブラックホールの一日Xが、書き直されるべき「アメリカ」を過去、現在、未来のすべての時間相から回収し、再編するメタファーとなっている。『黒い時計の旅』においては、二〇世紀という時間的な指標が空間として捉えられ、その出入口が繋がっているというループ構図が見られたが、『Xのアーチ』ではさらに捻りが加えられている。千年期の終焉とともにアーチが交わりスパークする時間相Xにおいて、歴史は崩れ落ち、かつてない密度で凝縮する。千年期をめぐって記憶と時間の関係に思いを馳せるスーロク博士は、言わば魂の「非線形的なカオスの物理学」(Murphy 457)を『Xのアーチ』に導入する端緒を示している。

(11) 記憶のアーカイヴというテーマもまた、『Xのアーチ』においてさらなる発展を見る。エッチャーは、イオノポリスにおいてサリーとただならぬ関係に陥るが、近未来神権制国家のアーカイヴから「無削除版、無意識の歴史」なる国家機密文書を盗み出し、声にならない「歴史の喘ぎ」に耳を傾けては、それを密かに書き変え、またもとに戻していく。彼のこの営みは、第八章で論じた『囚人のジレンマ』におけるエディのディクタフォンの上書きを想起させるが、エッチャーがその文書を書き変えるために保持している間、それに呼応するかのようにイオノポリスの風景は少しずつ変化を被る。それは、「心が表現するものについての歴史の密かなる追究」(*Ad* 209)が、現実へフィードバックしたものに他ならない。心の記憶に基づき「心のアジェンダ」(*Ad* 207)を充足しようとするエリクソンの登場人物たちは、様々なレベルで心の電弧《アーク》をスパークさせることにより、直線的な時間の集積としての歴史を解体し、記憶のアーカイヴを重層的に拡充する。

第十章

(1) このことを、ジョン・バージャーに拠って言い換えるならば、「労働者としての自分が消費者としての自分をうらやむ」(184)ということになろう。

(2) 他にも、ロバート・ベヴァリーの『ヴァージニアの歴史と現状』(一七〇五年)、ウィリアム・バードの『境界線の歴史』(一七二九年執筆)や、ベンジャミン・フランクリンの「アメリカへ移住しようとする人々への情報」(一七八四年)、トマス・ジェファソンの『ヴァージニア覚え書き』(一七八〇―八一年執筆、一七八七年出版)など、それぞれ趣きは異なるものの、初期アメリカ文学には、虚実を織り交ぜ、新世界へ読者を誘う「広告」文学の系譜が存在する。

(3) 端的に言えばその原因は、彼がフィルムというメディアを棄てきれなかったことに求めることができよう(Keesey 31)。この小説と彼のフィルムを特徴づける「アメリカン・ビジネスとアメリカン・アートの素っ気ないロマンス」(Veggian 30)を経て、「デイヴィッドのフィルムは、結局のところ彼を消費してしまったのである」(Veggian 33)。

（4）自らを主人公とする映画製作に励む若き日のデイヴィッドと、彼が敵意を示す未来のデイヴィッド、すなわち世紀末の一九九九年にその映画を見て、顛末を語るデイヴィッドの間に見られる齟齬（Boxall 20-21）は、このことを皮肉なかたちで物語っている。

（5）父クリントンとは対照的に広告を忌避する母アンは、穢されてしまったパストラル的な母なる大地（Martucci 36）、もしくは「アメリカ的イデオロギー装置によって抑圧されたすべてのものを表象し」（Donovan 35）、彼女を演じるサリヴァンもまた、スー族の長老、ブラック・ナイフの語りを媒介として、ネイティヴアメリカン的価値観を代理表象している。

（6）ダグラス・キーシーは、なおも取り憑かれたように何度も自分のフィルムに見入るデイヴィッドが語るこの物語の結末が、「というわけで、退屈で忌わしい年の暮れがまためぐってきた」という冒頭の一節とちょうどループ構造をなすと指摘している（32-33）。その一方で、このような結末を、「三人称の意識から自らを脱却すべく、彼が培った禁欲的な自己鍛錬」（199）として、積極的に評価するベンジャミン・バードのような批評家もいる。

（7）『アンダーワールド』のプロローグの言葉、「想いの大きな集合が歴史を作る」（11）ということが真実なら、ティモシー・パリッシュが述べているように、「歴史はコマーシャル化し、広告が姿を変えたものとなる」（712）。

第十一章

（1）ノイズは、文化的なメタファーとしても、コードを攪乱し、秩序を脅かすものとして、専ら排除するのが好ましいとされてきた。ところが、カオス理論をはじめとして、秩序はまさしくノイズというカオスから生じるといった逆転の発想から、そういったノイズの可能性に着目し、その潜在性や揺らぎを積極的に評価しようとする動きが多様な分野で顕著になってきた。例えば、ミシェル・セールの『パラジット』（一九八〇年）、『生成』（一九八二年）、イリア・プリゴジンらの『混沌からの秩序』（一九七九年）、ジャック・アタリの『ノイズ』（一九七七年）など、新たな視座に立つノイズ論の展開は七〇年代から八〇年代にかけて顕著に見られた。一九八五年に出版された『ホワイト・ノイズ』は、そのようなノイズをめぐる新たな眼差しを如実に反映している。ノイズがあってはじめてメッセージが立ち現れるならば、メッセージとノイズの関係は、生と死の関係へと位相転換することも可能だ。ジャックが相談をもちかけたウィニーが言うように、死というマトリクスがなければ生が際立つはずもなく、死というカオスを孕んだ裏地があればこそ「かけがえのない生の感触」（228）が現前する。ところが、奥行きのないイメージの消費によって駆動する後期資本主義において隠蔽された死は、「ホワイト・ノイズ」へと回収され、そこに否応なく〈死〉のアポリアが立ち現れる。

（2）ちなみにデリーロは、当初タイトルとして、遍在する音を意味する「パナソニック」を有力な候補としていたが、松下電器から商標使用の許諾を得ることができなかったという。さらにまた、この小説のある章が雑誌に掲載された際には、

「ウォークメン」というタイトルが冠されていた。こうした逸話は、現代アメリカ生活に密かに浸透する〈死〉の恐怖を前景化する際、彼がメディアを強く意識していたことを窺わせる。なお、タイトルとしては「アメリカの死者の書」を腹案としていた時期もあったようである（LeClair 228）。この作品に *Timor Mortis* の詩学を読み込もうとするデイヴィッド・コワートは、本作に影響を与えた書物として、アーネスト・ベッカーの『死の否定』（一九七三年）を挙げている（77）。

（3）このシラバスが示すように、ジャックはヒトラー・スタディーズにアカデミックな装いを施したうえで、ナチズムの耽美的側面を強調する。

（4）死を孕んだナチの祭典の政治学については、多木浩二『「もの」の詩学―家具、建築、都市のレトリック』（二〇〇五年）の第四章「ヒトラーの都市」、飯島洋一『グランド・ゼロと現代建築』（二〇〇六年）の第二部「マリネッティの予言」、「白い道と黒い道」が示唆に富む。

（5）マレイのプレスリー学とジャックのヒトラー学は互いに姉妹学であり、彼らが掛け合いで進行する講義に示されるように、死を孕んだ文化イコンとしての両カリスマのプロフィールは見事なまでに相似形をなす。逆に言えばこのことは、夜な夜な亡霊のごとくアメリカのテレビに登場するヒトラーもまた、ロックンロールの帝王、プレスリーを参照点として理解されねばならないことを意味する。

（6）現代アメリカ文学においてこの二つのメディアは、もはや物語の単なる背景や道具立てではなく、作品のテーマと密接に関わっている。トマス・ピンチョンは言うに及ばず、ロバート・クーヴァーの「ベビー・シッター」（一九六九年）では、様々なテレビのプログラムがナラティヴと交錯するように延々と流れ続ける。レイモンド・カーヴァーの短編「大聖堂」（一九八三年）においても、深夜テレビは、主人公に触覚を通しての視覚障害者とのコミュニケーションの契機を与えている。一方、スーパー・マーケットはと言えば、現代の文脈においてホイットマンを歌ったアレン・ギンズバーグの有名な詩「カリフォルニアのスーパー・マーケット」（一九五五年）が思い起こされる。この詩についてはコワートも、『ホワイト・ノイズ』論の中で言及し、*Memento Mori* としてのスーパー・マーケットの逆説的な役割を論じている（89）。また、ジョン・アップダイクには、アメリカの大手スーパーの名前を冠した「A＆P」という忘れ難い短編がある。

（7）メディアによるこの事件の命名と刻々と変化するその呼称は、メディア・イベントの生成プロセスを示すと同時に、事件そのものを馴致し、無害なものにしようとする身振りとしても捉えることができる（Saltzman 812）。また、事件で発生した雲を構成する人工的な化学成分に、スーパー・マーケットに並ぶおびただしい数の商品を幻視する批評家もいる（LeClair 219）。いずれにしても、「あたかも人々の経験がパッケージ化され、語られ、理想的なかたちで夕刻のニュースに供されるまで現実化されないかのように、メディアは、事件を現実化するとともに非現実化する機能を果たしている」（Weinstein 301–02）。

（8）『ロリータ』において犯行後にハンバートが引き起こした無謀なハイウェイの逆走に重ね合わせて、このエピソードを論じる批評家もいる（Barrett 107）。

（9）ジョゼフ・デューイはこの場面に、「『強力な』テクノロジーにほとんど汚されていない、生き生きとした宇宙の素晴らしいエネルギーとの再接合」（223）を見出し、「癒し」が提示されていると主張するが、ポストモダン・サンセットの不気味な鮮やかさと危険なテクノロジーの共犯関係を勘案すれば、そのような見解は必ずしも説得力をもたない。

（10）トム・ルクレアーによれば、このような関係を、「生者と死者が同時性を保ちもつループ」（226）として捉えることも可能である。

第十二章

（1）政治家以外では、同年六月に、アンディ・ウォーホルへの銃撃事件が起こっている。当時、映画制作にも手を染め、様々なメディアと積極的に関わったウォーホルに重傷を負わせたのは、彼の映画にも出演した女優ヴァレリー・ソラナス。

（2）デリーロ自身も、未遂事件も含めその後頻発した一連の暗殺事件が、ＪＦＫ暗殺の一部をなしているとの見解を表明している（Anrensberg 42）。

（3）「オズワルドは、ジョン・ヒンクリーとアーサー・ブレマーの先駆けである」とデリーロは述べている（Anrensberg 43）。ちなみに、ＪＦＫ大統領暗殺事件、ジョージ・ウォーレス知事狙撃事件、レーガン大統領狙撃未遂事件はいずれも、その実録映像が残っているが、それらはすべて、映画『フォレスト・ガンプ』の中に組み込まれ、物語の文脈をなす時代背景として再利用されている。

（4）デリーロは、ハードカバー版の巻末の「著者のノート」を、次のような言葉で締めくくっている。「しかしながらこの本は、これがまさに真実だということを主張しようとするものではなく、それ自体別個のものとして完結したものである。よってそれは、あやふやな事実によって身動きが取れなくなったり、いろいろな可能性や歳月を経るごとに溝が拡がるばかりの憶測の洪水によって圧倒されたりすることなく、この暗殺事件について考える方途となる。まさにそこに読者は逃げ場を見出すかもしれない。」国家的トラウマに対するデリーロのこのような姿勢を、「政治的責任の放棄」（Radford 226）と見なす批評家もいる。

（5）デリーロは、オズワルドとエヴァレットに加え、「小部屋の男たち」の一人として、元ＣＩＡ上級調査官で、後世の「歴史家」とでも言うべきニコラス・ブランチを配している。大量の資料が集積した小部屋でＪＦＫをめぐる秘史を執筆しようとするブランチは、孤独のうちに密かに筋書き《プロット》／陰謀を練るという点で、テロリストや隠遁作家とある種の共通性を分かちもつ。このテーマは、『マオⅡ』においてさらなる発展が見られる。

(6) オズワルドが、ケネディに倣ってジェームズ・ボンドの小説を愛読したにせよ、当初から彼が、ケネディのイメージに統一的な理想像を見出し、「鏡像段階」(Keesey 166) を経て、根源的な疎外感と攻撃性を抱くに至ったと考えるのはいささか深読みに過ぎよう。彼は、ケネディという有名人にあやかることで不安的な自己を統合しようとしたのではなく、むしろ「体制の中では零に等しい存在」でしかない無名の自己をさらにシミュラークル化するという、対象なき模倣によって積極的に自己を解体し、断片化し、増殖させようとしたのである。そうした試みが究極的に行き当たるところが、「JFK」というシミュラークルとの奇妙な暗合だったのである。

(7) この点について、フィリップ・E・サイモンズは、次のように指摘している。「オズワルドは一種のカメラ・オブスキュラとなり、心のスクリーンに投影されて現れた歴史のイメージのまわりに自己を必死でかたち作ろうとしている」(78)。

(8) 実際、ある番組に出演したオズワルドは、自らが設立した対キューバ公正促進委員会ニュー・オリンズ支部書記として登場するばかりか、番組終了後、録音テープのコピーをFBIに送りつけさえする。また、その数日前にも彼は、予てより派手に行っていたビラ配りが引き起こしたトラブルをめぐって、法廷の外でテレビ局によってその姿が撮影されている。

(9) ブランチにとって、いつしかオズワルドは解読不可能な暗号へと変貌し始める。それとともにブランチは、あたかも彼のアウラに取り込まれてしまったかのように、自分自身も、シミュラークルと化したオズワルドと同じく肉体のない存在になりかけているのではないかという不安に襲われる。「『リブラ』の歴史の崇高は、それと関連づけられた意識そのものの崇高の中にルーツがあるのかもしれない」(Bernstein par. 24) という指摘は、ブランチにもあてはまる。

(10) 作品構成の面から言っても、エヴァレットらの謀議するプロットは、日付をタイトルにした偶数章で主として扱われ、オズワルドの企むプロットは、場所をタイトルにした奇数章で主として扱われ、その両者が一九六三年一一月二二日ダラスという時空で交差し、収斂するように構成されている。こうして本来無関係であるはずの両者は、互いに牽制し合いながらも、JFK暗殺という「出来事」に向かって次第に「共鳴」の度合を深めていく。この点に関してジョン・ジョンストンは、ジル・ドゥルーズの「インテンシヴ・システム」を援用しつつ、「出来事」が、シミュラークルを引金として、様々な異なった要素の「内的共鳴」によって引き起こされると指摘している (203)。

(11) スキップ・ウィルマンは、デリーロが、JFK暗殺をめぐるいわゆる「陰謀説」と「偶発説」に関して、そのどちらか一方に組みすることなく、双方を "traverse" していると述べている ("Traversing" 407)。なおデリーロはインタヴューにおいて、「われわれは、一種の環もしくはそれに近いシステムの中に暮らしており、どこかの地点で交差し続けるリングの数はますます増えつつあるような気がする」(DeCurtis 61) と述べている。

(12) ジョゼフ・タビが示唆するように、決められた線路上を規則正しく走行するという点で、地下鉄というテクノロジーは、秩序と制御の源泉である一方で、いつ何どき密かに制御不能に陥り、乗客を閉じ込めたまま地下の暗黒世界を狂おしく暴走しかねないという危険がつきまとう（188–89）。さらに、『リブラ』の「登場人物たちは筋書き／陰謀《プロット》によって決定されるのみならず、その創造にも関わっている」（Rizza 177）ことを勘案すれば、地下鉄というインフラ・システムは、テクストの闇の中で互いに盲目的に駆動する複数の錯綜した筋書き／陰謀《プロット》のメタファーともなり得る。

（13）映画館というメディア空間それ自体も、本論で述べたような多重な意味において重要なトポスをなしており、そこで彼が逮捕されたことは、オズワルドの映像メディアとの親和性をはからずも物語っている。

（14）そのような観点から改めて振り返ってみると、『リブラ』は、「書く」という行為に拘泥しつつも、それを完結させぬまま、歴史の迷宮に囚われてしまったオズワルド家の人々の物語でもあることがわかる。難読症でありながら「歴史日記」なるものを悪筆で綴り、短編小説の執筆を夢見るオズワルド自身は言うに及ばず、息子についての手記の出版を目論む母マーガリート、妻マリーナ、兄ロバートに至るまで、ブランチ同様、歴史記述のプロセスにおいて、彼らは永遠に出口の見えないぬかるみの前に立ちつくす。

（15）ブランチについての次の記述は、いわゆる "history" と "his story" の不安的な相互関係のみならず、暗殺事件によって前景化された〈死〉のアポリアが、いかに〈歴史〉のアポリアと錯綜しつつ、この歴史家の前に立ちはだかったかを的確に物語っている。「ブランチは確かに行き詰まっている。ダラスでのあの瞬間、アメリカの世紀の屋台骨を挫いたあの七秒間を理解するために、これまで人生をかけてきたにもかかわらず…もちろん、ウォーレン報告書と何百万語もの証言と証拠書類からなる二六巻の付属文書もある。ブランチはこれを、ジェイムズ・ジョイスがもしもアイオワ・シティーに移ってきて百まで生きていたら書いていたであろうメガトン級の小説と考えている」（181）。

第十三章

（1）ケネディ暗殺事件を引き合いに出しつつ、デリーロは次のように述べている。「これから五〇年間、テロが起きたときにその場にいなかった人々までもが、その場にいたと主張するようになるだろう。時が経つうちに、それを本当に信じる者も出てくるだろう。また、実際にはそうでなくても、あの事件で友人や親戚を失ったと言い張る者も出てくるだろう」（"Ruins" 35）。

（2）新聞というメディアに併置された、何の脈絡もなさそうな写真や記事の組み合わせから小説の着想を得るというパターンは、次作『アンダーワールド』にも踏襲されていく。

（3）本来モダニスト的審美学に依拠するビルは、マーガレット・スカンランによれば、作家としての意識において「ロマン派詩人の末裔」（236）であり、彼にポストモダン文化において行き場を失った審美的モダニストの残滓を見ることもできよう（Tabbi 202–03）。

(4) 名声と孤独の追求というアメリカの芸術家の陥るジレンマに着目し、『グレート・ジョンズ・ストリート』(一九七三年)の主人公でロック・ミュージシャンのバッキーと比較してビルを論じる批評家もいる (Ireton n. pag.)。

(5) 自分の書いた文章の中に自分自身を見出すことができず、もはや「作家としての誠実さ」や「倫理的な力」(48) を見失ったビルは、作家を志したかつての若き日のビルではない。少年時代、架空の野球のラジオ実況中継ゲームに興じ、選手兼、アナウンサー兼、観客兼、聴衆として完全な虚構を創り上げることによって、純粋な忘我の瞬間に物語作者の醍醐味をはじめて味わったビルではあるが、そうした完全なる至福の時間はもはや彼から失われている。

(6) ビルの熱烈な愛読者であったスコットは、隠遁生活を送る彼に外部からはじめて接触を果たし、執事役として創作空間に集積する書類と作家の私生活をすべてにわたって管理している。ビルが「客人《ゲスト》」と「主人《ホスト》」の可逆性を語源的に解説してみせたように (67)、この隠れ家において事実上、「ビルはスコットの人質」(Keskinen 75) となっている。一方、スコットにカンザスの田舎街で拾われたカレンには、「ビルのフィクションから抜け出してきた登場人物」(80) といった趣きがある。

(7) 「誰でも一冊くらい素晴らしい小説を書くことができる」(159) という彼の発言は、「誰でも一五分だけ有名になれる」というウォーホルの言葉を想起させる。

(8) ビルの風体が浮浪者化するのみならず、群衆に紛れる彼の姿がテクスト中にさりげなく挿入されている。著書にサインすると言って書店へ闖入する浮浪者風の男、ジョージが口にする群衆の中の人民服姿のビル、カレンがビルと見紛う、路上に倒れ込んだホームレスの男などがそれにあたる。

(9) ウォーホルは一九四九年、故郷ピッツバーグを出てニューヨークに赴き、五〇年代を通して広告デザイナー兼イラストレーターとして活躍したことはつとに知られている。本名ウォーホラをウォーホルへと改名したのもこの頃。コマーシャル・アーティストという彼の出自が、ポップ・アート界入りし成功を収めた彼の作品群に拭い難い影を落としていることは確かである。ちなみに彼は、『ぼくの哲学』(一九七五年) において、「アートの次に商業の術が来る。ぼくは商業芸術家として出発したから商業芸術家として終わりたい」(126) と述べている。工業製品のように大量生産が可能なフォト・シルクスクリーンの技法の発見は、複製視覚技術時代の寵児とも言うべき広告アーティストとしての彼の経験の蓄積に負うところが少なくない。礼拝価値のある唯一絶対のオリジナルな作品ではなく、アーティストの独創性を極力排除したフォト・シルクスクリーンにこそ、逆説的にアウラと名声が生じる可能性を見出した彼は、際限なく複製される広告のアウラをいち早くアートに導入し、商業化に成功したという点で、先駆的であったと言える。

(10) 「マオ」シリーズの制作にあたりウォーホルが使用した毛の肖像写真が、部数一〇億を誇る『毛語録』に載った世界で最も流布した肖像であったということは、カリスマ的人物の「肖像」がいかに「群衆」に依拠し、モデルの「死」後、資本主義という異なる文脈でさらに「消費」されるかを物語っている。

(11) カレンは、ホメイニ師らしき要人の死亡を伝えるニュースが、ニューヨークのビルの回転電光掲示板というメディアから流れるのを走行中のタクシーという移動メディアから目撃し、即座に広場を埋め尽くす群衆を脳裏に思い浮かべる。そして彼女は、帰宅後テレビでこのカリスマ的指導者の葬送の模様に見入る。

(12) 『ボルヘス怪奇譚集』(一九六七年)に「学問の厳密さ」のタイトルのもとに所収されているお伽噺。原典はスアレス・ミランダ『周到な男たちの旅』第四書十四章。ボードリヤールが、『シミュラークルとシミュレーション』の巻頭で言及していることでも有名。

(13) ピーター・ブルッカーは、「ウォーホルとマオは、この小説において西側のポップと東側の共産主義におけるこうした超越的アイコンとなり、中東というまさにそれにうってつけの領域で合体している」と指摘したうえで、ベイルートとニューヨークは対抗関係ではなく、テレビ画面のインターカットのように表裏一体の関係にあると述べている(231)。

(14) トム・ルクレアーは、「私とマオⅡ」において、プロローグのヤンキースタジアムにおける合同結婚式と、エピローグの最後に描き込まれた荒れ果てたベイルートの街を練り歩く婚礼の行列にループ構造を見出している。

第十四章

(1) ファンの投げ入れた球場を漂う大量の紙屑は、のちにテクストを席巻する様々なゴミや廃棄物の言わば先触れ役を果たしている。インタヴューでデリーロは、「小説が進展していくにつれ、ゴミはますます荒ぶり、危険な存在になっていった」と述べている(Osen n. pag.)。

(2) このときフーヴァーは、ブリューゲルの『死の勝利』のモチーフを、中世のキリスト教的文脈から、二〇世紀の冷戦の政治的文脈へと大胆にシフトさせていく(Nel 734)。

(3) 核弾頭の中核と同じ大きさのこのホームランボールは、スタンドに飛び込んだ瞬間、ホロコーストをもたらしかねないソ連の核爆弾と互換性を孕み、ポロ・グラウンドから冷戦の歴史空間へと一挙に躍り出る。

(4) その一例を挙げるならば、典型的な中流家庭デミング家に照準を合わせた第五部、第二章「一九五七年一〇月八日」は、豊かな消費生活を営みつつも、家庭のいたるところに忍び寄る冷戦の無気味な影に微かな不安を抱く一家の様子を見事に描出している。主婦エリカが「型」に流し込んで作るジェローのゼリー、クリスパー(冷蔵庫の野菜室)やブリーズウェイ(建物と建物を結ぶ屋根付き通路)をはじめとする最先端の生活様式を約束する文明の利器、上空を通過するソ連の人工衛星スプートニクを彷彿させる未来型デザインの掃除機、ロケット燃料を想起させるハイドロックスという名前のクッキー、ミサイルのように暴発しかねないエリックの満たされぬ性欲と罪の意識を「封じ込める」コンドームなど、一見何気なく羅列された家庭用品にも、冷戦ナラティヴが深く浸透している。

（5）この点については、拙訳『マオⅡ』の解説（295）を参照のこと。

（6）ちなみにこの年に、主人公ニックは、人妻クララと初めて性的関係をもったばかりか、代理父的存在だったジャンキーのジョージを地下室にて偶発的に射殺してしまう。そのことにより、彼は無垢な少年時代に別れを告げ、混沌とした大人の世界へと否応なくイニシエイトされていく。

（7）下河辺美知子が言うように、「アメリカは無制限で、唯一無二、真実にして絶対的な権力にあこがれているからこそ、相手側にその欲望を投射して言い立てている」（134）。そのようなアメリカによって言説化された「コンテイメントとは、アメリカを容器としてその中にソヴィエトを内包しようとする、父親的権威確立のメタファー」（134-35）に他ならない。だとすれば、一転して冷戦の終結は、まさに父を喪失したニックによる冷戦の廃棄物の「コンテイメント」を逆に誘発する。

（8）高山宏の『テクスト世紀末』（一九九二年）が示すように、地下降譚の流行とあいまって地下鉄やトンネルの開通が一気に進んだ一九世紀末は、地層学、鉱山学、精神分析をはじめ、様々な分野で地下世界を可視化しようとする気運が高まった時代だった。一方、二〇世紀末は、その反動として人間を押し戻してやまない地下世界の闇と、逆の意味で向き合わざるを得ない時代だったと言える。

（9）肉体が必然的に孕む汚穢という観点から、クリステヴァを援用しつつ、この作品に見られる主体と客体の揺らぎと廃物のアウラの本質を考察したラス・ヘルヤーの論文は説得力に富む。また、歴史と肉体、あるいはモノと肉体との間の失われた関係を繋ぐものとして、廃棄物が位置づけられているとするステフン・ハントケの論考も参照のこと。

（10）その他にも、黒対白という二項対立を孕むものとしては、マットが子供の頃に没頭したチェス・ゲームや、一九六六年一一月二八日にカポーティが主催したかの有名な「黒と白の舞踏会」などを挙げることができよう。

（11）ウォールとベルリンの壁の関係について、デリーロはインタヴューにおいて次のように述べている。「ウォールの描写にあたっては、ベルリンの壁が崩壊した頃に時期設定しておいた。確かにはっきりと関連があるというふうではなく、それとなく暗示するように、囁きめいた書き方になっている」（Howard par. 34）。

（12）ともに境界なき砂漠を温床とする宗教とテクノサイエンスの、この小説における一見奇妙な照応関係については、ジェニファー・ピンコットも指摘している。マーク・C・テイラーによれば、「デリーロが描く不気味なアンダーワールドは、メルヴィルの鯨の後日版であり、それは決してわれわれがすべてを測り知ることができない世界規模のウェブの迷宮のうちに今や姿を現している」（225）。

（13）本来位相を全く異にするものを同一平面上に併置する、シュールリアリズムという観点から考えれば、核に依存する冷戦という秩序システムそれ自体も、そこに内包された矛盾により、少なからずシュールリアルな存在であったと言える（Nel 731）。

(14)『アンダーワールド』の様々なレベルにおいて保たれている絶妙のバランス感覚については、ジェス・カヴァドロの論考を参照のこと。

第十五章

(1) 匿名のテロリストが依拠する致命的《リーサル》な武器としての銃は、逆説的ながら、暗殺に有名性をもたらす撮影というもう一つのシューティング・テクノロジーによって代理的に補われない限り、パフォーマンスとしては不完全である。言い換えれば、「撃つ《シューティング》」と「写す《シューティング》」は、いずれもそれ自体では十全でありえず、互いを包含しつつも、互いを差異化する「撃つ／写す《シューティング》」という代補関係においてのみ、有効に機能する。

(2) 自らの手を汚すことなく、直接的に死を瞬時にして賦与することのできる銃の属性としてまずもって挙げられるのは、他者との（ひいては自己との）インタラクティヴな関係性を拒絶し、それ自体の刹那的かつ無媒介的な暴力の肯定性においてのみ存在するという意味での「即時／即自性」である。

(3) 視差とは、右目と左目のように二つの微妙に異なった視点から同一対象を見たとき生じる視線や網膜像のズレを指す。両眼でものを見る場合、脳による視差の調整により立体的な遠近の奥行きが生じる。本章では、標的を狙う狙撃者の眼差しと、狙撃シーンを捉えるカメラの目の微妙なズレに着目し、反復により時空を越えて増幅される両者の視差が、いかに標的へとフィードバックし、「亡霊」を召喚するかを明らかにしていきたい。

(4) ジャイアンツ対ドジャースのプレイオフ第三戦のウイニングボールを追い求めるマーヴィンは、「原子爆弾を製造するとき、いいかい、やつらは野球のボールとまったく同じ大きさの放射性核を作るんだ」(172)と、ブライアンに語る。『アンダーワールド』を貫通するこのボールは、ニックがジョージに放った銃弾《ボール》とも共振しつつ、原爆の核弾頭へとメタフォリカルに接合されていく。

(5)『コズモポリス』における暗殺者ベノと標的エリックの関係が、『ホワイト・ノイズ』におけるジャックとミンクの関係を下敷きにしつつ、転倒させたものであることについては、本書第十八章を参照のこと。

(6) ちなみに、二〇〇六年に出版されたペンギンのリプリント版への序文に、デリーロは、「暗殺のアウラ」というタイトルを付している。

(7) エピローグ「資本論《ダス・キャピタル》」のキーストロークーが焦点化するエズメラルダのエピソードにちょうど取って代わられるかのように、テキサス・ハイウェイ・キラーのエピソードは消費され、忘却されてしまう。「もはや誰もテキサス・ハイウェイ・キラーの話はしない。この名前、まったく耳にしなくなった。かつてこの名前はいつも空中に漂い、人々の舌先にのぼりかけていた。ラジオの周波数帯に再侵入し、自動車が行列する高速道路に束の間の興奮を巻き起こすのを待ち構えていた。が、銃撃事件は明らかに終息し、この名前は消え去った」(807)。
(8) ティモシー・パリッシュが言うように、そのような意味において『リブラ』は、ウォーレン報告書に対抗するナラティヴ」(214) となり得る。

第十六章

(1) ジョン・デュヴァルは、時が止まったかのようなあのノスタルジックな試合から醸し出される危険なアウラについて、「アメリカの冷戦勝利に隠れた代償を隠蔽し、人種と階級の差異の払拭に加担する審美的イデオロギーとして、プロローグは野球を考察している」(29) と述べている。「野球を信じることはアメリカを信じること」(36) という単純明快なイデオロギーは、「政治の耽美化」(ベンヤミン 107) を促すが、デュヴァルはそのような神話化に、「アメリカ文化の原初的なファシスト的衝動」(34) を探り当てている。
(2) ティモシー・パリッシュは、「フーヴァーの才能は、歴史のテクストが書かれる前にそれを読み解き、FBIの名のもとに自らのものとしてそれを書き換えるところにある」という考察を提示したうえで、この作品において「デリーロは、アーティストとしてフーヴァーの権力を簒奪しようとしている」(*FC* 220) と指摘している。
(3) 「国家と教会」(Osteen 259) を代理表象する二人のエドガーについては、第三のエドガーとしてのポーも絡め、アーヴィング・マリンとジョゼフ・デューイが詳細な分析を試みている。本章では名づけの観点より、頭字語へのシスター・エドガーの関心が、彼女をフーヴァーと冷戦に結びつけていることを指摘しておきたい。エミリー・アプターが論じているように、「頭字語と広告は、不吉なサブリミナル・メッセージを暗号化している」(374) とすれば、AZT、HIV、KGBといった「宙に漂う頭字語が何を意味するかを知っていた」(243) シスターは、FBI長官と秘密の回路をもっていたことになる。第五部でレーダー爆撃手のルイス・ベイキーが言うように、「頭字語抜きで戦争を戦うことなどできない」(606) 相談であり、「あまりにも重層的で、複雑に絡み合ったシステムを扱っているため、そこから生まれてくる言葉の配列は粉々にされ、構成し直され、切り詰められ、文字艶やかでないといけない」(606)。この文脈で言えば、ニックの父の愛用した煙草の宣伝文句、「L. S. /M. F. T. ラッキーストライクは美味なる煙草」(809) にもまた、不可知のシステムの闇に消えてしまった彼の「不吉なサブリミナル・メッセージ」が暗号化されている。
(4) デイヴィッド・コワートによれば、ニックに課せられた命名の使命は、「原初的な命名者アダムの神話的な遺産」を踏襲している (SB 50)。
(5) 「キーストローク1」において、エズメラルダの幽霊が浮かび上がるオレンジジュースの看板は、やがて白塗りにされ、「広告主募集」"Space Available" (824) というメタ・メッセージが記される。このことは、広告という名づけのスペースが、亡霊性を孕んでいるのみならず、組み替え命名された頭字語と同じように、「宙に漂う」(243) 浮遊性を孕んでいることを暗示している。このスペクタキュラーな広告スペースとそこに上書きされるキッチュな亡霊のスペースと対比されるのが、日常的な「平凡極まりないもの《クォティディアン》」のスペースと、それらへの名づけのエクリチュールのスペースである。デイヴィッド・H・エヴァンズは、「『アンダーワールド』という作品それ自体が、そのような日常的なものに対するスペースを利用可能にしようとする試みである。もっと正確に言えば、この小説そのものがそのようなスペースである」(131) と、述べている。

(6) マーク・C・テイラーによれば、「祈りの言葉は、言語そのものの『内部』にある一つの外界存在に (それを指示することなく) 向けられている」(23)。

(7) ジョゼフ・デューイは、提示された名そのものが、「脆弱であり、暫定的であり、必然的に修正が必要なことを自ら容認することによって、その目論見は皮肉なことに成功する」(124) と指摘している。

第十七章

(1) 例えばフィリップ・ネルは、この作品から欠落したデリーロ文学の商標《ホールマーク》とも言うべきテーマや特質を列挙し (DR 736)、マイケル・ゴラもまた政治性の欠如を指摘している (21)。それに対してアン・ロングミュアは、この小品を『アンダーワールド』の姉妹編として捉え (536)、主流文化をなす複製文化に取り込まれてしまうことに抗うローレンの身体美学に、逆に政治性を見出している (531)。

(2) デリーロ文学における女性アーティストの系譜を辿っていけば、デビュー作、『アメリカーナ』に登場する女性彫刻家サリヴァンまで遡ることができる。

(3) 群れることなく孤独のうちに黙々と糸を紡ぎ、芸術的な巣の意匠を創造する蜘蛛の営みとアメリカ的想像力については、岩瀬悉有『蜘蛛の巣の意匠—アメリカ作家の創造性』を参照のこと。なお、本作『ボディ・アーティスト』において表象されている蜘蛛の巣は、作品の展開とともに、インターネットのウェブのイメージへと巧みに接続され、新たな意味を帯び始める。『マオII』においても、主体の生成や喪失と時間の関係は大きなテーマの一つをなしており、テロリストに身柄を拘束されている人質のいつ果てるとも知れない耐え難い時間は、足を這い上がる蟻や壁に貼りついたまま動かない蜥蜴を通して可視化される。

(4) この一本の毛髪は、ローレンの主体を脅かす不透明な他者、タトルの出現を暗示する予兆として機能しているだけでなく、彼女自身の主体に取り憑いた恐怖の「アブジェクト」(注6参照) としても機能している。『マオII』にあっては、伝記作家でさえも窺い知ることのできない作家ビルの私的な身体性を象徴するものとして、タイプライターの底に埋もれた彼の髪の毛への言及が頻繁になされている。

（5）例えばカレンは、ホメイニ師の死を悼む群衆の姿をテレビで見て、メディアの皮膜性をほとんど意識することなく、彼の死を嘆き悲しむうら若きイランの女性たちの私生活へと易々と入り込み、彼女たちの心情と自分をシンクロさせることができる。

（6）「アブジェクト」（棄却すべきもの、おぞましきもの）の概念については、ジュリア・クリステヴァの『恐怖の権力―〈アブジェクシオン〉試論』による。語源的に言えば、「アブジェクト」は、ab（分離すべく）＋ject（投げ出されたもの）ということになるが、アブジェクトされた外部、言い換えれば未だジェンダー化されず、おぞましきものとして廃除された他者という範疇が主体に取り憑くことによって、逆説的に主体は成立する。そのような意味において主体は、「アブジェクト」を排斥しようとすると同時にそれに依存するというアンビヴァレントな関係にある。ローレンが自分の身体から執拗に拭い去ろうとする体組織や老廃物は、『マオII』のビルの身体から排出される分泌物や、『アンダーワールド』に克明に描かれた封じ込められざる廃棄物と一見無関係に見えながら、深層部で繋がっている。

（7）『ホワイト・ノイズ』では、「死者の魂が夢の片隅で囁くように、眠りの合間に遠くからいつも聞こえる呟き声」（4）という表現で、グラッドニー家を取り囲むホワイト・ノイズの一環として、催眠的なハイウェイへの言及が冒頭の章においてなされている。

（8）身体の零度とは、文化的もしくは医学的にマッピングを施されたり、書き込まれたり、加工されたりする以前の、何ら手が加えられていない身体を指す。言い換えるなら、医者の冷酷な視線に曝された無防備な身体。

（9）ローラ・ディ・プリートは、トニ・モリソンの『ビラヴィッド』を引き合いに出し（481）、『ボディ・アーティスト』において沈黙を余儀なくされていたトラウマが、亡霊的存在の声と肉体の協働によって回帰的に代理表象されるさまを詳細に論じている。

（10）タトルが、「現代フィクションにおける最初の量子論的登場人物」（Coale 287）と言われる所以でもある。

（11）台所で水の入ったグラスを床に落としたタトルに対して、ローレンが口にする「触らないで、あとで私が片付けるから」（81, 85, 93）という科白を、タトルは事が起こる前に幾度か彼女の声色で再現する。その結果、彼女がこの言葉を発したときには、奇妙な既視感《デジャヴュ》の効果が生じる。

（12）『マオII』においてビルは、カレンに面と向かって「君は未来からやってきたんだ」（85）と言い放つ。「彼女は未来のウィルスをもっているんだ」（119）というのも彼の謂い。

（13）タトルとの邂逅は、皮肉にも彼女のボディ・ワークを究極まで押し進め、彼女の主体をすり磨き、際限なく零へと接近させることになる。このとき、死に赴くレイとの最後の会話において彼女が口にした次の言葉、「そう言えば、何て言ったかしら、あれを買っておかなくっちゃね、そうそう磨き粉をね」（86）という台詞は、にわかに深い意味を帯び始める。

（14）テクストで何度か言及されている、今にも雨が降りそうな雲行きなのに、庭に水を撒いている白髪の日本人女性は、虚飾を削ぎ落とした様式美として、「時そのもののように」（Di Prete 507）、ローレンにインスピレーションを与える。公演を終えたのち、くだんの老婦人が寒さのため両腕を懐に入れ、すっぽりと隠している姿を見かけたローレンは、彼女の「不可解にもなくなってしまった手」（116）を、自分のパフォーマンスに取り入れておけばよかったと思い至る。

（15）この他にも、『アンダーワールド』第四部、「コックサッカー・ブルース」、第三章には、様々なトランス・ジェンダー的要素が指摘できる。例えば、ラジオ・シティ・ミュージック・ホールのロビーに設えられたたくましい男性の身体をもつイブの像（423）や、ベルリンのバイセクシュアル的アングラ世界で、女装した男たちとハリウッドの醜聞を楽しむエイゼンシュタイン（444）についての言及など。

第十八章

（1）ここで言う「崇高」とは、コンピュータ・テクノロジーによって実現された「資本それ自体のあり方の第三段階とも言うべき脱中心化されたグローバルなネットワーク全体」（Jameson, *PCL* 38）が本質的に孕んでいる、シミュラークルの桁違いの過剰性、遍在性、無規定性によって惹起される不安と畏怖の入り混じった感情を指す。「無限の富もしくは力に基づいて決定された」（リオタール、「崇高と前衛」284）後期資本主義にあっては、生産よりもむしろ「複製のプロセス」（Jameson, *PCL* 37）が意味をもち、「資本が、これまで商品化が及ばなかった領域にまで途方もなく浸透する」のみならず、「『自然』や『無意識』を貫き、それらの植民地化」（Jameson, *PCL* 36）を実現している。この「ポストモダンの崇高」は、専ら「自然」を対象とし理性の優位を説くカント的「崇高」とは一線を画するものであり、「自然」から「テクノロジー」へとダイナミックな変貌を遂げた「アメリカ的崇高」をめぐる通時的文脈の延長線上に捉えられるべきものである。なお、神から賦与された広大な空無を支配する「スペクタキュラーな力としてのアメリカの崇高」（202）については、ロブ・ウィルソンが、また、合衆国の偉大さを示す記号としてのテクノロジーの崇高については、デイヴィッド・E・ナイが詳細に論じている。

（2）ソーン＝レーテルを援用して、ジジェクが述べるところによれば、時間の力が及ばない「貨幣は経験的・物理的な素材でできているわけではなく、崇高な物質、すなわち物理的な実体が崩れ去った後も残る『破壊することのできない不変の』物質からできている」（*SOI* 18）。

（3）序論で述べたように、贈与が「贈与のアポリア」につきまとわれるのと同様に、喪の作業にもまたアポリアがつきまとう。と言うのも、「死者に死者を葬らせようとした瞬間、死者の他者性は無視され、他者としての死者は忘却される」（高橋 265）からである。『マルクスの亡霊たち』においてデリダは、「死者をして死者を葬らせることはできない。それは意味をもたず、不可能なことである。未だ死んでいない者だけが、生ける神々ではない生者だけが、死者を葬ることができる」（174）と述べている。

(4)『コズモポリス』が、九・一一後の二〇〇三年に出版されたことを勘案すると、二〇〇〇年の物語の現在において、「まもなく何かが起ころうとしている、おそらく今日にも…時間の加速を正すような何かが」(79)というキンスキーの台詞は、否応なく読者にあの九・一一の破局《カタストロフィ》を想起させる(Boxwall 229)。「恐らく今日こそ、すべてが起こるんじゃないかしら。よしにつけ悪しきにつけ、ドカーンって感じで」(106)という彼女の台詞についても、同様の見解が示されている(Laist 268)。

(5) ここで注意しなければならないのは、剰余享楽が残余として資本主義の外部に位置するのではなく、むしろ矛盾を孕んだ内部として、資本主義を内側から駆動する役割を担っているということである。ジジェクは、「資本主義的生産過程を駆動する『原因』である余剰価値と、欲望の対象—原因である余剰享楽との相同関係」(*SOI* 52-53)を指摘したうえで、「根本的な不能性のあらわれとしての…過剰なエネルギー」は、逆説的に「資本主義を永久的発展へと駆り立てる」と述べている。

(6) ジジェクによれば、マルクスが発見したとラカンが言うイデオロギーの「症候」とは、象徴化に抵抗する「享楽の現実的な核」(*SOI* 69)であり、「それ自身の普遍的基盤を崩してしまうような特定の要素、いわばおのれが属している類を滅亡させてしまう種である」(*SOI* 21)。

(7) ジョゼフ・デューイは、そのような点を論拠として、この小説が「魂それ自体の驚くべき回復力を描いた寓話」(148)であり、「主人公は再生を果たした」(149)と結論づけるが、死へのカウントダウンによって宙吊りになり、既に死亡した自らの姿を幻視し続けるエリックの亡霊性に鑑みれば、そうした見解は楽観的に過ぎよう。「この死」を摑み損ねて、テクストのエッジに滞留するエリックの死への眼差しは、本論の序章でも言及したハイデガーやヘミングウェイの実存主義的な死への眼差しとは必ずしも相容れず(Laist 271)、切迫する死の他者性との関係において、むしろレヴィナス的な捻りが加えられている(Chandler 245, 256)。

第十九章

(1) エモリー・エリオットは、未来を先取りしようとする不遜なエリックのオブセッションを、モビー・ディックを追跡するエイハブ船長のそれに準え、彼をエイハブの二一世紀のグロテスクな末裔と見なす(Elliott 14-15)。

(2) 理髪店の店主、アンソニーが、エリックの髪についてふと漏らした言葉通り、彼の身体には鼠のごとく穢れた貨幣の痕跡が刻印されている。

(3) 前章で論じたように、『コズモポリス』の結末において死へのカウントダウンを待つエリックは、暗殺される近未来の自分を腕時計の画面に幻視しつつ、壮大な夢想に身を委ねる。サイバー資本の覇者の座から一日にして滑り落ち、イカロスさながら火の玉となって失墜する主人公は、文字通り「フォーリングマン」として、自らの遺灰の散灰を幻視する。死を前にした彼の幻想は、イスラム風のターバン（209）を巻いて、堕天使のように落下していく自分をさながら自爆テロリストへと変貌させてしまう。九・一一の実行犯と犠牲者をキュービックに重ね合わせたかのようなこの奇妙な幻想のタブローは、亡霊化したアメリカ的「未来」の内破を暗示している。

（4）言い換えれば、「『フォーリングマン』においてデリーロは、現実を捉えた写真とそれに対する検閲がなし得なかったことを提示しようとした」（Apitzsch 101）のである。

（5）『ゲルニカ』誌とのインタヴューにおいてデリーロは、「事件の渦中に直接入っていこうと心に決めた」と述べ、この小説が「ある視覚的イメージ、すなわちスーツにネクタイ姿で書類鞄を抱え、煙と塵芥の嵐の中を通り抜けてきた男」をもって着想されたと明言している（Binelli par. 2）。

（6）「半喪」については、デリダ「Ja, ou le faux-bond」増田一夫・荻野文隆訳『現代思想』一九八六年、八・九月号も参照のこと。

（7）デリーロ文学における「喪」と言えば、『ボディ・アーティスト』（二〇〇一年）がまず思い浮かぶが、アウラを帯びた彼のメディアの迷宮には、ホログラムのように無数の分身を散種するシミュラークルという「亡霊」が取り憑いている。『リブラ』（一九八八年）のオズワルドの映像であれ、『アンダーワールド』（一九九七年）に描かれたザプルーダー博物館のJFK暗殺フィルムであれ、そうした「亡霊」が、「撃つ／写す《シューティング》」と不可分の関係にあることは既に論じた。このような問題意識とあいまって、デリーロが、「観客《スペクテイター》」の眼前に「スペクタクル」を現前させるメディアにそれ自体を反覆する「亡霊《スペクター》」が憑依することを見抜き、これら三つの“s”が織りなす危うい関係を追求してきたことは、『フォーリングマン』を読み解く際、とりわけ重要な意義を孕んでいる。

（8）『コズモポリス』においても、「タワー」は未来そのものを表象している。世界一の高さを誇る住居用ビルを所有し、文字通り世界を睥睨するサイバー資本の覇者エリックは、自分がこの「タワー」と不可分の存在であるかのように感じている。

（9）「この小説においては誰もがfall している」（Kauffman 371）という指摘の通り、キースもリアンも、九・一一以降、自らが抱える“fall”を、反復強迫的にセラピーで紛らせようとする。

（10）通過中の列車に突如としてキッチュな光景を突き付けるこのパフォーマンスは、『アンダーワールド』のエピローグに描かれた少女エズメラルダの亡霊とも共振する。通勤列車のヘッドライトに照らし出されるたび、広告看板に浮かび上がるこの少女もまた、スラム街のビルから転落死し、非業の最期を遂げた「フォーリングガール」であったことを思い起こせば、複合的にメディアと連動する亡霊という点で両者には通底するところがある。

（11）ジョン・デュヴァルは、実在のパフォーマンス・アーティスト、ケリー・スカーバッカが九・一一を意識して撮らせた落下写真との対比において、デリーロの描くフォーリングマンが九・一一の再表象ではなく、九・一一の恐怖そのものを提示していると評価している（159–62）。

（12）ここで言及されるタロットカードとは、「塔」、もしくは「吊るされた男」を指すものと推測される（Leps 196–98）。

（13）このことは、「そこで、定冠詞が燃え尽き、灰そのものを灰燼に帰する」（『火ここになき灰』50）というデリダの言葉を想起させる。このような定冠詞の消滅は、あらゆる角度から「デリーロが［九・一一の］表象を極限まで推し進めている」（Carroll 127）ことの証左ともなろう。その一方で、この小説において「歴史的なトラウマと構造的なトラウマがそのように合体することの危険性」（Versluys 47）を指摘する批評家もいないわけではない。

（14）このように考えるとこの小説はそれ自体、フォーリングマンの「再表象の倫理学にコミットした」一つの出来事であり、「このうえなく活気に満ちた政治学の場となっている」（Shonkwiler 279）と考えることもできる。

第二十章

（1）スティーヴ・R・ワトキンスが詳細に論じているように、オメガ・ポイントを唱えたテイヤールの思想は、カトリック作家フラナリー・オコナーの晩年の著作に多大な影響を与えた。リチャード・パワーズもまた、『幸福の遺伝子』（二〇〇九年）の執筆にあたり、テイヤールのオメガ・ポイントを強く意識している。トーマス・カートンがマントラのごとく信奉し、携行する手帳に書かれた言葉をトニア・シフが読み上げる映像シーンでは、テイヤールへの言及が見られる（24）。また、タッサとの関係においてもカートンは、「ミスター・オメガポイント」（135）という呼称で指示され、彼への傾倒ぶりが暗示されている。なお、この小説においてパワーズは、各挿話の区切りとして、無限大記号∞をテクストの段落の間に中央寄せで頻繁に挿入している。

（2）「深遠な時間」という言葉は、歴史の浅い合衆国がややもすれば無関心になりがちな非西洋的な時空意識へと合衆国を開放し、国家を超えた惑星規模の多様な生のありかたを前景化する言葉として、ワイ・チー・ディモックも用いている（3）。彼女は、一三世紀のモンゴル人侵入によるバクダッドの古文書の破壊と、それから七四五年隔たった二一世紀におけるアメリカ軍によるイラク国立図書館の破壊の間に相同性を見出し、それが、長大な歴史をもつ文明の破壊ということにおいて、「人類という種」全体に関わる事件であったことに注意を喚起している（Dimock 1–2）。

（3）インタヴューによれば、この小説の舞台アンザ・ボレゴ砂漠を一〇年前に訪れたデリーロは、執筆に先立って二〇〇六年九月にも再度足を運び、「進化と絶滅という観点から」、この砂漠から立ち現れる「地質学的時間」について詳細な考察を記したという（Alter par. 11, 12）。

（4）人類破滅の危機をもたらすハルマゲドンとしての核戦争が、逆説的に、世界の根源的な更新と贖いをもたらすという、核の「崇高さ」をめぐる宗教とテクノロジーの危険な共犯関係については、デイヴィッド・F・ノーブルが既に言及している

（*RT* 111）。

（5） インタヴューにおいてデリーロは、主人公の洞察に霊感を与えたテイヤール神父の『現象としての人間』（一九五五年）について、かつてフォーダム大学を卒業した頃に親しんだのみならず、『ポイント・オメガ』の執筆にあたり再び読み返したと、次のように振り返っている。「リチャード・エルスターが深めてきたある主題に関する思索が、超越をめぐるテイヤールの見解と関係があるかもしれないと思えてきた。再読して、このイエズス会の神学者とあの隠遁学者の間に直接繋がりを作り出すことにした」（DePietro par.40）。

（6）「惑星的なあり方」においてスピヴァクは、次のように、自らが用いた「惑星」という言辞もまた、「不可能なものの経験」を表象しようとする「濫喩《カタクレーシス》」に他ならないと述べている。「『惑星』というのは、ここでは、おそらくいつの場合もつねにそうであるように、集合的応答責任＝応答可能性を権利として記銘するための濫喩《カタクレーシス》なのである。その他者性、決定的な経験は、神秘的で不連続なものである。一言でいえば、それは不可能なものの経験なのだ」（Spivak 102）。そのような意味において、『ポイント・オメガ』における「不可能なものの経験」としての「オメガ・ポイント」という文彩もまた、転義《トロープ》を孕んだ「濫喩《カタクレーシス》」として機能している。

（7） スコットランドのビデオ・アーティスト、ダグラス・ゴードンの趣向を凝らしたこの映像インスタレーションは、二〇〇六年にMOMAで開催され、デリーロ自身も三度足を運んだという（Alter par. 9）。

（8） エピローグの匿名の語り手は、うかつにも彼女の名前を聞き忘れるが、子供の頃、読唇術に長けていたと告白するこの女性は（113）、幼い頃親から口写しで言葉を学ぶ際、父エルスターの唇の動きに合わせていつも自分の唇を動かしていたジェシー（48）を彷彿させる。

終章

（1）「もの食わぬ人」の初出は、『グランタ』一一七号（二〇一一年秋）、「恐怖」特集号である。だが、同誌とのインタヴューにおいてデリーロは、次のようにこの短編が必ずしも「恐怖」というテーマに収まりきらないことを示唆している。「『もの食わぬ人』は、変化のない人生を唯々諾々と送る不完全な男についての物語である。男の避難所は映画であり、彼の一日や一週間が分刻みでカウントダウンされることには、恐怖の要素が認められるかもしれない。けれども、本人にとってそれは単に一日のスケジュールの話であって、そこには永続的な安逸感さえ漂っている」。このように述べたうえでデリーロは、『エンジェル・エズメラルダ』に所収された短編の登場人物たちの奇妙なオブセッションについて、次のように共通した「パターン」があると述べている。「彼らはトランス状態にあるのではなく、自らの生活のパターンに従っているに過ぎない。すべての生活と同じく、そうした生活がときとしてオブセッションの要素を帯び、しばしば反復を引き起こすことがある。

作家はそうしたパターンを見つけ出し、それを何らかの啓示的、もしくは啓発的なものへと変容させたいと願うものだ」(Igarashi n. pag.)。

(2) チャールズ・バックスターは、『ポイント・オメガ』との関係においてこの短編を読み解こうとした数少ない批評家の一人である。彼は、最近のデリーロの小説に見られる時間のスローダウン化を「オメガ・ポイント」への接近として捉え、「トランス状態」に陥った登場人物たちが「ポストモダン的畏怖の念」を抱くことにより、永遠に到達し得ない覚醒の地平が提示されていると論じている(n. pag.)。

(3) 痩身のこの女性を見て、彼は真っ先に「拒食症」(196, 202)という言葉を思い浮かべるが、語感がいささか強過ぎるため、"The Starveling"という呼称に落ち着く。なお、時間論との絡みにおいて、この短編のタイトルが、ベケットの後期作品を思わせると指摘する批評家もいる(Boxall 28)。

(4) そののち彼は、儀式的とも思える入念さで手を洗い、かつて観た映画の一コマ、一コマを記憶から蘇らせるかのように、「次に起こる出来事を思い起こし」(210)、ペーパータオルを一枚ずつ取り出して手を拭う。

(5) ちなみにドゥルーズは、静物について、「小津の作品で有名な静物が十全に映画的なものになり得ているのは、感覚運動的関係を失った世界における不変の形態としての時間を発散しているからです」(『記号と事件』125)と、述べている。

結論

(1) 例えば、第十章で考察した『アメリカーナ』における主人公のフィルムに織り込まれた「反イメージ」としての老人、ワタナベの幻影。第十一章で取り上げた『ホワイト・ノイズ』のテクストに亀裂を走らせた、「空媒中毒事件《エアボーン・トクシック・イベント》」の暗雲。第十二章で論じた「シミュラークルの暗殺」としてのＪＦＫ暗殺と、その延長線上に措定されるオズワルド暗殺の映像。第十三章の『マオⅡ』における、隠遁カリスマ作家ビルの〈脱〉神話化の身振りとしての肖像写真撮影の試みと、それに続く死を孕んだ彼の東方への旅。さらに言えば、第十四章で分析した『アンダーワールド』のエピローグにおける、崇高美をたたえるオレンジジュースの広告板に今は亡き少女の似姿が神々しく浮かび上がる瞬間などがそれにあたる。いずれにもそこには、イメージ／反イメージがせめぎ合うインターフェイスに、メディアを通して映像化された「生／死の断面」が亡霊のごとく挿入されている。デリーロのテクストを読み進むということはとりもなおさず、「楽園」アメリカに埋め込まれたこうした断面の横断を試みることを意味する。

渡邉克昭（わたなべ・かつあき）

大阪大学大学院言語文化研究科教授
1958年京都府生まれ。大阪外国語大学英語学科卒業。

大阪大学大学院文学研究科博士後期課程単位取得退学。

専門は、ポストモダン・アメリカ文学・文化。

著書に、『災害の物語学』（共著、世界思想社、2014年）、『アメリカン・ロード』（共著、英宝社、2013年）、『異相の時空間』（共著、英宝社、2011年）、『二〇世紀アメリカ文学のポリティクス』、（共著、世界思想社、2010年）、『メディアと文学が表象するアメリカ』（共著、英宝社、2009年）、『アメリカ文学研究のニュー・フロンティア』（共著、南雲堂、2009年）、『神話のスパイラル』（共著、英宝社、2007年）、『二〇世紀アメリカ文学を学ぶ人のために』（共編著、世界思想社、2006年）、『共和国の振り子』（共編著、英宝社、2003年）、“Welcome to the Imploded Future” *The Japanese Journal of American Studies* 第14号（アメリカ学会、2003年）など。訳書に、ドン・デリーロ『マオII』（本の友社、2000年）、ウェイン・ブース『フィクションの修辞学』（共訳、書肆風の薔薇、1991年）など。

楽園に死す——アメリカ的想像力と〈死〉のアポリア

2016年1月29日　初版第1刷発行　［検印廃止］

著　者　渡邉克昭

発行所　大阪大学出版会
代表者　三成　賢次

〒565-0871　大阪府吹田市山田丘2-7
大阪大学ウエストフロント
TEL　06-6877-1614
FAX　06-6877-1617
URL：http://www.osaka-up.or.jp

印刷・製本　尼崎印刷株式会社

ISBN 978-4-87259-509-3 C3097

索　引

あ行

さ行

た行

な行

は行

ま行

や行

ら行

わ行

引用・参考文献

＊作品、並びに文献の訳出にあたって、準拠もしくは参考にした翻訳書がある場合は、その旨［　］内に記載した。本文中の表記との整合性に鑑み、筆者の判断で表現を調整したところもある。なお、引用頁は原書に拠る。

＊本文中に使用した文献の略号は、末尾の［　］内に併記した。

はじめに

Ariès, Philippe. *Western Attitudes toward Death: From the Middle Ages to the Present*. Trans. Patricia M. Ranum. Baltimore: Johns Hopkins UP, 1974.

Bellow, Saul. *Henderson the Rain King*. New York: Viking, 1959.

Derrida, Jacques. *Aporias*. Trans.Thomas Dutoit. Stanford: Stanford UP, 1993.

——. *Given Time: I. Counterfeit Money*. Trans. Peggy Kamuf. Chicago: U of Chicago P, 1992.

Lewis, R.W.B. *The American Adam: Innocence, Tragedy, and Tradition in the Nineteenth Century*. 1955. Chicago: U of Chicago P, 1975.

Marx, Leo. *The Machine in the Garden: Technology and the Pastoral Ideal in America*. 1964. Oxford: Oxford UP, 2000.

大井浩二『センチメンタル・アメリカ—共和国のヴィジョンと歴史の現実』関西学院大学出版会、2000 年。

——.『美徳の共和国—自伝と伝記のなかのアメリカ』開文社出版、1991 年。

西谷修『不死のワンダーランド』青土社、2002 年。

ベロー、ソール『雨の王ヘンダソン』佐伯彰一訳、中公文庫、1988 年。［本文中の訳文は本書に準拠した。なお、引用頁は原書に拠る。］

序章

Barth, John. *The End of the Road*. 1958. New York: Bantam Books, 1983.

——. *Lost in the Funhouse*. 1968. New York: Doubleday Anchor, 1988.

Bellow, Saul. *Dangling Man*. 1944. New York: Penguin, 1979.

——. *The Dean's December*. New York: Harper & Row, 1982.

——. *Henderson the Rain King*. New York: Viking, 1959.

——. *Humboldt's Gift*. New York: Viking, 1975. [*HG*]

——. *Mr. Sammler's Planet*. 1964. New York: Viking, 1970.

——. *Seize the Day*. 1956. London: Alison Press, 1985.

Cronin, Gloria L., and Blaine H. Hall, eds. *Saul Bellow: An Annotated Bibliography, Second Edition*. New York: Garland, 1987.

DeLillo, Don. *Americana*. 1971. New York: Penguin, 1989.

——. *The Angel Esmeralda: Nine Stories*. New York: Scribner, 2011.

——. *The Body Artist*. New York: Scribner, 2001.

——. *Cosmopolis*. New York: Scriber, 2003.
——. *Falling Man*. New York: Scribner, 2007.
——. "An Interview with Don DeLillo." *Pen America* 15 Sep. 2010. 〈http://pen.org/transcript-interview/interview-don-delillo〉.
——. "In the Ruins of the Future: Reflections on Terror and Loss in the Shadow of September." *Harper's* Dec. 2001. 33-40.
——. *Libra*. New York: Viking, 1988.
——. *Mao II*. New York: Viking, 1991.
——. *Point Omega*. New York: Scribner, 2010.
——. *Underworld*. New York: Scribner, 1997.
——. *White Noise*. New York: Viking, 1985. [*WN*]
Derrida, Jacques. *Aporias*. Trans.Thomas Dutoit. Stanford: Stanford UP, 1993.
——. *Given Time: I. Counterfeit Money*. Trans. Peggy Kamuf. Chicago: U of Chicago P, 1992. [*GT*]
——. *The Post Card: From Socrates to Freud and Beyond*. Trans. Alan Bass. Chicago: U of Chicago P, 1987. [*PC*]
——. *Psyche: Inventions of the Other, Volume I*. Ed. Peggy Kamuf and Elizabeth Rottenberg. Stanford: Stanford UP, 2007. [*P*]
——. *Specters of Marx: The State of the Debt, the Work of Mourning, and the New International*. Trans. Peggy Kamuf. New York: Routledge, 1994. [*SM*]
Erickson, Steve. *Arc d'X*. 1993. New York: Vintage, 1994.
——. *Tours of the Black Clock*. New York: Avon Books, 1989.
Halldorson, Stephanie S. *The Hero in Contemporary American Fiction: The Works of Saul Bellow and Don DeLillo*. New York: Palgrave Macmillan, 2007.
Hardt, Dale V. *Death: The Final Frontier*. Englewood Cliffs: Prentice-Hall. 1979.
Hawthorne, Nathaniel. *The Marble Faun: Or, The Romance of Monte Beni. The Centenary Edition of the Works of Nathaniel Hawthorne*. Vol. IV. Ed. William Charvat, et al. Columbus: Ohio State UP, 1968.
Hemingway, Ernest. *The Complete Short Stories of Ernest Hemingway: The Finca Vigía Edition*. New York: Scribner, 1987.
——. *For Whom the Bell Tolls*. 1940. New York: Scribner, 1995.
James, Henry. *Hawthorne*. 1879. New York: Cornell UP, 1967.
Melville, Herman. "Bartleby, the Scrivener: A Story of Wall-Street." *The Piazza Tales, and Other Prose Pieces, 1839-1860*. Ed. Harrison Hayford, et al. Evanston and Chicago: Northwestern UP and The Newberry Library, 1987.
——. *Moby-Dick: or The Whale*. Ed. Harrison Hayford, et al. Evanston and Chicago: Northwestern UP and The Newberry Library, 1988.
Powers, Richard. *Prisoner's Dilemma*. 1988. New York: Harper Perennial, 1996.
——. *Three Farmers on Their Way to a Dance*. 1985. New York: Harper Perennial, 1992.

東浩紀『存在論的、郵便的―ジャック・デリダについて』新潮社、1998 年。

――.『郵便的不安たち』朝日新聞社、1999 年。

ウィキー、ジェニファー・A『広告する小説』高山宏編、富島美子訳、国書刊行会、1996 年。

高橋哲哉『デリダ―脱構築と正義』講談社、2003 年。

デリダ、ジャック『他者の言語―デリダの日本講演』高橋允昭編訳、法政大学出版局、1989 年。

――.『マルクスの亡霊たち』増田一夫訳、藤原書店、2007 年。［本文中の訳文は本書を参考にした。なお、引用頁は英訳版に拠る。］

ハイデガー、マルティン『存在と時間Ⅰ、Ⅱ、Ⅲ』原佑・渡邊二郎訳、中央公論新社、2003 年。

第一章

Bach, Gerhard, and Gloria L. Cronin, eds. *Small Planets: Saul Bellow and the Art of Short Fiction.* East Lansing: Michigan State UP, 2000.
Bellow, Saul. *Seize the Day.* 1956. London: Alison Press, 1985.
——. *Henderson the Rain King.* New York: Viking, 1959.
——. *Humboldt's Gift*. New York: Viking, 1975.
Birindelli, Roberto. "Tamkin's Folly: Myths Old and New in *Seize the Day* by Saul Bellow." *Saul Bellow Journal* 7.2 (1988): 35-48.
Bradbury, Malcolm. *Saul Bellow*. London: Methuen, 1982.
Budick, Emily Miller. "Yizkor for Six Million: Mourning the Death of Civilization in Saul Bellow's *Seize the Day*." Kramer 93-109.
Chametzky, Jules. "Death and the Post-Modern Hero/Schlemiel: An Essay on *Seize the Day*." Kramer 111-23.
Ciancio, Ralph. "The Achievement of Saul Bellow's *Seize the Day.*" Bach and Cronin 127-67.
DeLillo Don. *The Body Artist*. New York: Scribner, 2001.
Frank, Elizabeth. "On Saul Bellow's *Seize the Day*: 'Sunk Though He Be Beneath the Wat'ry Floor'." *Salmagundi* 106-107 (Spring-Summer 1995): 74-80.
Foucault, Michel. *Madness and Civilization: A History of Insanity in the Age of Reason*. 1965. Trans. Richard Howard. New York: Vintage Book, 1988.
Goldman, L. H. "Saul Bellow and the Philosophy of Judaism." *Saul Bellow in the 1980's: A Collection of Critical Essays*. Ed. Gloria L. Cronin and L. H. Goldman. East Lansing: Michigan State UP, 1989. 51-66.
——. *Saul Bellow's Moral Vision: A Critical Study of the Jewish Experience*. New York: Irvington, 1983.
Gray, Rockwell, et al. "Interview with Saul Bellow." *TriQuarterly* 60 (1984): 12-34.
Hattenhauer, Darryl. "Tommy Wilhelm as Passive-Aggressive in *Seize the Day*." *The Midwest Quarterly* 36.3 (Spring 1995): 265-74.

Kiernan, Robert F. *Saul Bellow*. New York: Continuum, 1989.

Kramer, Michael P., ed. *New Essays on Seize the Day*. Cambridge: Cambridge UP, 1998.

Kremer, S. Lillian. "An Intertextual Reading of *Seize the Day*: Absorption and Revision." *Saul Bellow Journal* 10. 1 (1991): 46–56.

Kulshrestha, Chirantan. "A Conversation with Saul Bellow." *Conversations with Saul Bellow*. Ed. Gloria L. Cronin and Ben Siegel. Jackson: UP of Mississippi, 1994. 84–92.

Machida, Tetsuji. *Saul Bellow, A Transcendentalist: A Study of Saul Bellow's Transcendentalim in His Major Works from the Viewpoint of Transpersonal Psychology*. Osaka: Osaka Kyoiku Tosho, 1993.

Malin, Irving. "The Jewishness of Saul Bellow." *Saul Bellow*: A *Symposium on the Jewish Heritage*. Ed. Vinoda and Shiv Kuma. Warangal: Nachson, 1983. 47–55.

Morahg, Gilead. "The Art of Dr. Tamkin: Matter and Manner in *Seize the Day*." *Modern Fiction Studies* 25.1 (Spring 1979): 103–16. Rpt. in *Saul Bellow*. Ed. Harold Bloom. New York: Chelsea, 1986. 147–59.

Mudrick, Marvin. "Who Killed Herzog? or, Three American Novelists." *University of Denver Quarterly* 1.1 (1966): 61–97.

Muhlestein, Daniel. "Wrestling with Angels: Male Friendship in *Henderson the Rain King*." *Saul Bellow Journal* 21. 1–2 (Fall 2005/Winter 2006): 41–61.

Porter, M. Gilbert. "The Scene as Image: A Reading of *Seize the Day*." *Saul Bellow: A Collection of Critical Essays*. Ed. Earl Rovit. Englewood Cliffs: Prentice-Hall, 1975. 52–71.

Raider, Ruth. "Saul Bellow." *Cambridge Quarterly* 2 (1966–67): 172–83.

Simmons, Gaye McCollum. "Atonement in Saul Bellow's *Seize the Day*." *Saul Bellow Journal* 11.2 & 12.1 (Winster 1993): 30–53.

Simmons, Maggie. "Free to Feel: A Conversation with Saul Bellow." *Saul Bellow*. Ed. Tajiro lwayama. Kyoto: Yamaguchi Shoten, 1982.

Trowbridge, Clinton W. "Water Imagery in *Seize the Day*." *Critique* 9.3 (1967): 62–73.

Weber, Donald. "Manner and Morals, Civility and Barbarism: The Cultural Contexts of *Seize the Day*." Kramer 43–70.

Wieting, Molly S. "The Function of the Trickster in Saul Bellow's Novels." *Saul Bellow Journal* 3.2 (1984): 23–31.

Witteveld, Peter. "Tamkin the Trickster: Laughter and Trembling before the Immanence of the Essential in Saul Bellow's *Seize the Day*." *Saul Bellow Journal* 20. 2 (Fall 2004): 19–40.

今村仁司『貨幣とは何だろうか』ちくま新書、1994年。

岩井克人『ヴェニスの商人の資本論』筑摩書房、1985年。

デリダ、ジャック『死を与える』廣瀬浩司・林好雄訳、ちくま学芸文庫、2004年。

——.『他者の言語』高橋充昭訳、法政大学出版局、1989年。

フーコー、ミシェル『狂気の歴史―古典主義時代における』田村俶訳、新潮社、1975年。[引用頁は英訳版に拠る。]

ポーター、ロイ『健康売ります―イギリスのニセ医者の話 1660-1850』田中京子訳、みすず書房、1993 年。

ラディン、P.、K. ケレーニイ、C. G. ユング『トリックスター』皆河宗一・高橋英夫・河合隼雄訳、晶文社、1974 年。

第二章

Atlas, James. *Bellow: A Biography*. New York: Random House, 2000.
Austin, Mike. "The Genesis of the Speaking Subject in *Mr. Sammler's Planet.*" *Saul Bellow Journal* 10. 2 (1992): 25-36.
Bellow, Saul. "A World Too Much With Us." *Critical Inquiry*. 2.1 (Autumn 1975): 1-9.
——. *Mr. Sammler's Planet*. New York: Viking, 1970.
——. "The Old System." *Mosby's Memoirs & Other Stories*. New York: Viking, 1968.
Bonca, Cornel. "Significant Space and the Postmodern in *Mr. Sammler's Planet.*" *Saul Bellow Journal* 10. 2 (Winter 1992): 3-13.
Bradbury, Malcolm. *Saul Bellow*. New York: Methuen, 1982.
Charlson, Joshua L. "Ethnicity, Power, and the Postmodern in Saul Bellow's *Mr. Sammler's Planet.*" *The Centennial Review* 41.3 (Fall 1997): 529-36.
Cronin, Gloria L. "Searching the Narrative Gap: Authorial Self-Irony and the Problematic Discussion of Western Misogyny in *Mr. Sammler's Planet.*" *Saul Bellow: A Mosaic*. Ed. L. H. Goldman, Gloria L. Cronin, and Ada Aharoni. New York: Peter Lang, 1992. 97-122.
Cronin, Gloria L., and Ben Siegel, eds. *Conversations with Saul Bellow*. Jackson: UP of Mississippi, 1994.
DeLillo, Don. *White Noise*. New York: Viking, 1985.
Dutton, Robert R. *Saul Bellow*. Rev. ed. New York: Twayne, 1982.
Fuchs, Daniel. *Saul Bellow: Vision and Revision*. Durham: Duke UP, 1984.
Galloway, David. "*Mr. Sammler's Planet*: Bellow's Failure of Nerve." *Modern Fiction Studies* 19 (Spring 1973): 17-28.
Gordon, Andrew. "*Mr. Sammler's Planet*: Saul Bellow's 1968 Speech at San Francisco State University." *A Political Companion to Saul Bellow*. Ed. Gloria L. Cronin and Lee Trepanier. Lexington: UP of Kentucky, 2013. 153-66.
Harris, James Neil. "One Critical Approach to *Mr. Sammler's Planet.*" *Twentieth Century Literature* 18 (1972): 235-50.
Harris, Mark. *Saul Bellow: Drumlin Woodchuck*. Athens: U of Georgia P, 1980.
Howard, Jane. "Mr. Bellow Considers His Planet." Cronin and Siegel 77-83.
Howe, Irving, ed. "Saul Bellow: An Interview by Gordon Lloyd Harper." *Herzog: Text and Criticism*. New York: Viking, 1976.
Kiernan, Robert F. *Saul Bellow*. New York: Continuum, 1989.
Kulshrestha, Chirantan. "A Conversation with Saul Bellow." Cronin and Siegel 84-92.

Pifer, Ellen. *Saul Bellow Against the Grain*. Philadelphia: U of Pennsylvania P, 1990.
Pinsker, Sanford. "Saul Bellow in the Classroom." Cronin and Siegel 93-103.
Porter, M. Gilbert. *Whence the Power? The Artistry and Humanity of Saul Bellow*. Columbia: U of Missouri P, 1974.
Rodrigues, Eusebio L. *Quest for the Human: An Exploration of Saul Bellow's Fiction.* Lewisburg: Bucknell UP, 1981.
Siegel, Ben. "Saul Bellow and Mr. Sammler: Absurd Seekers of High Qualities." *Saul Bellow: A Collection of Critical Essays*. Ed. Earl Rovit. Englewood Cliffs: Prentice-Hall, 1975. 122-34.
Wilson, Jonathan. *On Bellow's Planet: Readings from the Dark Side*. Cranbury: Associated UP, 1985.
Zajdman, Joshua. "Sammler's Theater: Walking through Sammler's New York City." *Saul Bellow Journal* 24.1 (Spring 2011): 1-16.
赤坂憲雄『異人論序説』砂子屋書房、1985 年。
デリダ、ジャック『滞留［付／モーリス・ブランショ「私の死の瞬間」]』湯浅博雄監訳、郷原佳以・坂本浩也・西山達也・安原伸一朗訳、未来社、2000 年。[本文中の訳文は本書に準拠した。]
——.『盲者の記憶』鵜飼哲訳、みすず書房、1998 年。[本文中の訳文は本書に準拠した。]
林好雄、廣瀬浩司『デリダ』講談社選書メチエ、2003 年。
ベロー、ソール『サムラー氏の惑星』橋本福夫訳、新潮社、1974 年。[本文中の訳文は本書を一部参考にした。なお、引用頁は原書に拠る。]
ボーヴォワール、シモーヌ・ド『老い　下巻』朝吹三吉訳、人文書院、1972 年。

第三章

Bach, Gerhard, ed. *The Critical Response to Saul Bellow*. Westport: Greenwoods Press, 1995.
Bellow, Saul. *Henderson the Rain King.* New York: Viking, 1959.
——. *Him with His Foot in His Mouth and Other Stories*. New York: Harper & Row, 1984.
——. *Humboldt's Gift* . New York: Viking, 1975.
——. *More Die of Heartbreak*. New York: William Morrow, 1987.
——. *Mosby's Memoirs & Other Stories*. New York: Viking, 1968.
——. *Mr. Sammler's Planet*. 1964. New York: Viking, 1970.
——. *Seize the Day.* 1956. London: Alison Press, 1985.
——. *Something to Remember Me By*. New York: Viking, 1991.
——. *A Theft*. New York: Penguin, 1989.
——. *The Victim*. 1947. New York: Penguin, 1977.
Boyers, Robert. "Moving Quickly: An Interview with Saul Bellow." *Salmagundi* 106-107 (Spring-Summer 1995): 32-53.
Clemons, Walter and Jack Kroll. "America's Master Novelist: An Interview with Saul Bellow." Cronin and Siegel 122-31.
Coleman, William G. "Rip Van Citrine: Failure of Love and Marriage vs. Sanctity of Male

Relationships in *Humboldt's Gift.*" *Saul Bellow Journal* 8.1 (Winter 1989): 12-23.
Cowles, David L. "Gender and Self-Deception in *Humboldt's Gift.*" *The Critical Response to Saul Bellow*. Ed. Gerhard Bach. Westport: Greenwoods Press, 1995. 210-17.
Cronin, Gloria L. *A Room of His Own: In Search of the Feminine in the Novels of Saul Bellow*. Syracuse: Syracuse UP, 2001.
Cronin, Gloria L. and Ben Siegel, eds. *Conversations with Saul Bellow*. Jackson: UP of Mississippi, 1994.
DeLillo, Don. *White Noise*. New York: Viking, 1985.
Fiedler, Leslie A. "Literature and Lucre: A Meditation." Male 1-10. [LL]
——. *Love and Death in the American Novel*. New York, Criterion Books, 1960.
Fuchs, Daniel. *Saul Bellow: Vision and Revision*. Durham: Duke UP, 1984.
Gray, Rockwell, Harry White, and Gerald Nemanic. "Interview with Saul Bellow." Cronin and Siegel 199-222.
Male, Roy R., ed. *Money Talks: Language and Lucre in American Fiction*. Norman: U of Oklahoma P, 1981.
Rodrigues, Eusebio L. *Quest for the Human: An Exploration of Saul Bellow's Fiction*. Lewisburg: Bucknell UP, 1981.
Ryan, Steven T. "The Soul's Husband: Money in *Humboldt's Gift.*" Male 111-21.
Schraepen, Edmond. "*Humboldt's Gift*: A New Bellow?" Bach 203-09.
Shattuck, Roger. "A Higher Selfishness?" Bach 194-203.
Shell, Marc. *Money, Language, and Thought*. Berkeley: U of California P, 1982.
Watanabe, Katsuaki. "Saul Bellow's *More Die of Heartbreak*: A Companion Piece to *Humboldt's Gift.*" *Anglo-American Studies* 18 (1992): 101-30.
渋谷雄三郎『ソール・ベロー――回心の軌跡』冬樹社、1978 年。
寺門泰彦「ソール・ベロー『フンボルトの贈り物』―人智学とカンニバリズム」『文学とアメリカ II』南雲堂、1980 年。345-58 頁。
バタイユ、ジョルジュ『呪われた部分』生田耕作訳、二見書房、1973 年。
ベロー、ソール『フンボルトの贈り物　上下』大井浩二訳、講談社、1977 年。[本文中の訳文は本書に準拠した。なお、引用頁は原書に拠る。]
ボードリヤール、ジャン『象徴交換と死』今西仁司・塚原史訳、筑摩書房、1982 年。
ボールディング、ケネス・E『愛と恐怖の経済学―贈与の経済学序説』公文俊平訳、佑学社、1974 年。

第四章

Bach, Gerhard, ed. *The Critical Response to Saul Bellow*. Westport: Greenwoods Press, 1995.
Bellow, Saul. *The Adventures of Augie March*. 1953. New York: Viking, 1976.
——. *Dangling Man*. 1944. New York: Penguin, 1979.
——. *The Dean's December*. New York: Harper & Row, 1982.

——. *Herzog*. New York: Viking, 1964.
——. *Humboldt's Gift*. New York: Viking, 1975.
——. *Mosby's Memoirs & Other Stories*. New York: Viking, 1968.
——. *Seize the Day*. 1956. London: Alison Press, 1985.
——. *The Victim*. 1947. New York: Penguin, 1977.
Booth, Sherryl. "Living Your Own Experience: The Role of Communities in Saul Bellow's *The Dean's December*." *Saul Bellow Journal* 10.1 (1991): 13-24.
Boyers, Robert. "Moving Quickly: An Interview with Saul Bellow." *Salmagundi* 106-107 (Spring-Summer 1995): 32-53.
Bradbury, Malcolm. *Saul Bellow*. New York: Methuen, 1982.
Braham, Jeanne. *A Sort of Columbus: The American Voyages of Saul Bellow's Fiction*. Athens: U of Georgia P, 1984.
Chavkin, Allan and Nancy Feyl Chavkin. "Saul Bellow's 'Visionary Project.'" Bach 260-70.
DeLillo, Don. *Underworld*. New York: Scribner, 1997.
Derrida, Jacques. *The Post Card: From Socrates to Freud and Beyond*. Trans. Alan Bass. Chicago: The U of Chicago P, 1987.
Fuchs, Daniel. *Saul Bellow: Vision and Revision*. Durham: Duke UP, 1984.
Goldman, L H. "*The Dean's December*: A Companion Piece to *Mr. Sammler's Planet*." *Saul Bellow Journal* 5.2 (Spring-Summer 1986): 36-45.
Harmon, William. "*The Dean's December*." Bach 250-52.
Hinchcliffe, Richard. "Striking A Chorde: The Dean's Melancholy Vision of Blackness in Saul Bellow's *The Dean's December*." *Saul Bellow Journal* 16-17 (Summer-Winter 2001): 186-214.
Kenner, Hugh. "From Lower Bellowvia: Leopold Bloom with a Ph. D." *Harper's* Feb. 1982. 62-65.
Levine, Paul. "*The Dean's December*: Between the Observatory and the Crematorium." *Saul Bellow at Seventy-five: A Collection of Critical Essays*. Ed. Gerhard Bach. Tübingen: Gunter Narr Verlag, 1991. 125-36.
Marlin, Irving. "Seven Images." *Saul Bellow and the Critics*. Ed. Irving Malin. New York: New York UP, 1967. 142-76.
Roudané, Matthew C. "An Interview with Saul Bellow." Bach 234-47.
Updike, John. "Toppling Towers Seen by a Whirling Soul." *New Yorker* 22 Feb. 1982. 8.
エリアーデ、ミルチャ『生と再生―イニシェーションの宗教的意義』堀一郎訳、東京大学出版会、1971 年。
片渕悦久『ソール・ベローの物語意識』晃洋書房、2007 年。
デリダ、ジャック『火ここになき灰』梅木達郎訳、松籟社、2003 年。
ベロー、ソール『学生部長の一二月』渋谷雄三郎訳、早川書房、1983 年。[本文中の訳文は本書を一部参考にした。なお、引用頁は原書に拠る。]

第五章

Barth, John. *The End of the Road*. 1958. New York: Bantam, 1983.

——. *The Floating Opera*. 1956. New York: Anchor, 1967.

——. *The Floating Opera and The End of the Road*. New York: Doubleday Anchor, 1988.

——. *Giles Goat-Boy*. 1966. New York: Anchor, 1987.

——. *The Sot-Weed Factor*. 1960. New York: Anchor, 1987.

Bowen, Zack. *A Reader's Guide to John Barth*. Westport: Greenwood Press, 1994.

Conti, Christopher. "The Aesthetic Alibi in *The End of the Road*." *Modern Fiction Studies* 58.1 (Spring 2012): 79-111.

Enck, John. "John Barth: An Interview." *Wisconsin Studies in Contemporary Literature* 6. 1 (Winter-Spring 1965): 3-14.

Fogel, Stan and Gordon Slethaug. *Understanding John Barth*. Columbia: U of South Carolina P, 1990.

Harris, Charles B. *Passionate Virtuosity: The Fiction of John Barth*. Urbana: U of Illinois P, 1983.

Hutcheon, Linda. *Narcissistic Narrative: The Metafictional Paradox*. 1980. London: Methuen, 1984.

Kerner, David. "Psychodrama in Eden." *Chicago Review* 13 (Winter-Spring 1959): 59-67.

LeClair, Tom, and Larry McCaffery, eds. *Anything Can Happen: Interviews with Contemporary American Novelists*. Urbana: U of Illinois P, 1983.

Majdiak, Daniel. "Barth and the Representation of Life." *Criticism* 12.1 (Winter 1970): 51-67.

Morrell, David. *John Barth: An Introduction*. University Park: Pennsylvania State UP, 1976.

Noland, Richard W. "John Barth and the Novel of Comic Nihilism." *Wisconsin Studies in Contemporary Literature* 7 (Autumn 1966): 239-57.

Prince, Alan. "An Interview with John Barth." *Prism* (Spring 1968): 42-62.

Smith, Herbert F. "Barth's Endless Road." *Critique* 6.2 (1963): 68-76.

Tanner, Tony. *City of Words: American Fiction 1950-1970*. London: Jonathan Cape, 1971.

Tharpe, Jac. *John Barth: The Comic Sublimity of Paradox*. Carbondale: Southern Illinois UP, 1974.

Tobin, Patricia. *John Barth and Anxiety of Continuance*. Philadelphia: U of Pennsylvania P, 1992.

Walkiewicz, E. P. *John Barth*. New York: Twayne, 1986.

Waugh, Patricia. *Metafiction: The Theory and Practice of Self-Conscious Fiction*. New York: Routledge, 1984.

Ziegler, Heide. *John Barth*. London: Methuen, 1987.

オースター、ポール『壁の文字―ポール・オースター全詩集』飯野友幸訳、TO ブックス、2005 年。

富山太佳夫「手法としての失敗」、『ユリイカ』1981 年 4 号（特集ジョン・バース）、155-63 頁。

バース、ジョン『旅路の果て』志村正雄訳、白水社、1984 年。［本文中の訳文は、本書に準拠したが、一部表現を調整したところもある。なお、引用頁は原書に拠る。］

若島正「書物としての世界―ジョン・バース『水上オペラ』号見物」、『関西アメリカ文学』第 20 号（1983 年）、34-46 頁。

第六章

Bakhtin, Mikhail. *Rabelais and His World*. Trans. Helene Iswolsky. Bloomington: Indiana UP, 1984.
Barth, John. *The End of the Road*. 1958. New York: Bantam, 1983.
——. *The Floating Opera*. 1956. New York: Anchor, 1967.
——. *The Friday Book: Essays and Other Nonfiction*. Baltimore: Johns Hopkins UP, 1984.
——. "The Literature of Exhaustion." *Atlantic Monthly* 220 (August 1967): 29-34. Rpt. in *The Friday Book*. Baltimore: Johns Hopkins UP, 1984. 62-76.
——. "The Literature of Replenishment: Postmodernist Fiction." *Atlantic Monthly* 245 (January, 1980): 65-71. Rpt. in *The Friday Book*. 193-206.
——. *Lost in the Funhouse*. 1968. New York: Anchor, 1988.
——. *The Sot-Weed Factor*. 1960. New York: Anchor, 1987.
Bowen, Zack. *A Reader's Guide to John Barth*. Westport: Greenwood Press, 1994.
Conti, Christopher. "The Aesthetic Alibi in *The End of the Road*." *Modern Fiction Studies* 58.1 (Spring 2012): 79-111.
Eliade, Mircea. *Myth of the Eternal Return*. Trans. Willard R. Trask. Princeton: Princeton UP, 1974.
Fogel, Stanley and Gordon Slethaug. *Understanding John Barth*. Columbia: U of South Carolina P, 1990.
Fulmer, James Burton. "'First person anonymous': Sartrean Ideas of Consciousness in Barth's *Lost in the Funhouse*." *Critique* 41.4 (Summer 2000): 335-47.
Harris, Charles B. *Passionate Virtuosity: The Fiction of John Barth*. Urbana: U of Illinois P, 1983.
Jung, Carl G. *Aion: Researches into the Phenomenology of the Self*. Trans. R. F. C. Hull. London: Routledge & Kegan Paul, 1959.
Kiernan, Robert F. "John Barth's Artist in the Funhouse." *Studies in Short Fiction* 10 (1973): 373-80.
Morrell, David. *John Barth: An Introduction*. University Park: Pennsylvania State UP, 1976.
Olson, Carol Booth. "Lost in the Madhouse." *The Review of Contemporary Fiction* 10.2 (Summer 1990): 56-63.
Schulz, Max F. *The Muses of John Barth: Tradition and Metafiction from* Lost in the Funhouse *to* The Tidewater Tales. Baltimore: The Johns Hopkins UP, 1990.
Tobin, Patricia. *John Barth and the Anxiety of Continuance*. Philadelphia: U of Pennsylvania P, 1992.
Waugh, Patricia. *Metafiction: The Theory and Practice of Self-Conscious Fiction*. London: Routledge, 1984.
エリアーデ、ミルチャ『永遠回帰の神話—祖型と反復』堀一郎訳、未来社、1963年。
オースター、ポール『壁の文字—ポール・オースター全詩集』飯野友幸訳、TOブックス、2005年。
志村正雄「ジョン・バース—語りのメタフィジシアン」、『海』中央公論社、1979年9月号、321-28頁。
デリダ、ジャック『滞留［付／モーリス・ブランショ「私の死の瞬間」］』湯浅博雄監訳、郷原佳以・坂本浩也・西山達也・安原伸一朗訳、未来社、2000年。

バース、ジョン「夜の海の旅」、『アメリカ幻想小説傑作集』志村正雄訳、白水Uブックス、1985年。[本文中の訳文は本書に準拠した。なお、引用頁は原書に拠る。]
幡山秀明「ジョン・バースの『ファンハウスで迷って』―混沌からの虚構再生」、『外国文学』63号、2014年、45-55頁。
バフチーン、ミハイール『フランソワ・ラブレーの作品と中世・ルネッサンスの民衆文化』川端香男里訳、せりか書房、1973年。
ユング、C. G.『人間と象徴―無意識の世界　上巻』河合隼雄監訳、河出書房新社、1975年。

第七章

Berger, John. *About Looking*. New York: Pantheon,1980.
Birkerts, Sven. "An Interview with Richard Powers." *Bomb* (Summer 1998): 59-63. 〈http://bombmagazine.org/article/2165/richard-powers〉.
Burn, Stephen J. "An interview with Richard Powers." *Contemporary Literature* 49.2 (Summer 2008): 163-79.
Cristofovici, Anca. "August Sander and *Three Farmers on Their Way to a Dance*." *Intersections: Essays on Richard Powers*. Ed. Stephen J. Burn and Peter Dempsey. Champaign: Dalkey Archive Press, 2008.
Dawes, Greg. "The Storm of Progress: *Three Farmers on Their Way to a Dance*." *Review of Contemporary Fiction*. 18.3 (Fall 1998): 42-50.
DeLillo, Don. *Mao II*. New York: Viking, 1991.
Dewey, Joseph. "Dwelling in Possibility: The Fiction of Richard Powers." *The Hollins Critic* 33.2 (April 1996): 2-16.
——. *Understanding Richard Powers*. Columbia: U of South Carolina P, 2002. [*U*]
Hurt, James. "Narrative Powers: Richard Powers as Storyteller." *Review of Contemporary Fiction* 18.3 (Fall 1998): 24-28.
Neilson, Jim. "An interview with Richard Powers." *Review of Contemporary Fiction* 18.3 (Fall 1998): 13-23.
Powers, Richard. *Generosity: An Enhancement*. New York: Farrar, Straus and Giroux, 2009.
——. *Three Farmers on Their Way to a Dance*. 1985. New York: Harper Perennial, 1992.
Sante, Luc. "Sander's Human Comedy." *New York Review of Books* 23 Sept. 2004: 14-18.
Sayre, Robert F. "Autobiography and the Making of America." *Autobiography: Essays Theoretical and Critical*. Ed. James Olney. Princeton: Princeton UP, 1980.
ヴィリリオ、ポール『速度と政治―地政学から時政学へ』市田良彦訳、平凡社、2001年。
小林康夫『身体と空間』筑摩書房、1995年。
ザンダー、アウグスト『アウグスト・ザンダー写真集　肖像の彼方』、バーバラ・ゲブラー編、池田裕行訳、アルス・ニコライ出版、1993年。
——.『20世紀の人間たち　肖像写真集　1892-1952』山口知三訳、リブロポート、1991年。
ソンタグ、スーザン『写真論』近藤耕人訳、晶文社、1979年。

西村清和『視線の物語・写真の哲学』講談社選書メチエ、1997年。

パワーズ、リチャード『舞踏会へ向かう三人の農夫』柴田元幸訳、みすず書房、2000年。[本文中の訳文は本書に準拠した。なお、引用頁は原書に拠る。]

パワーズ、リチャード、スヴェン・バカーツ「対話　二つの孤が交わるところ」板野由紀子訳、『パワーズ・ブック』柴田元幸編、みすず書房、2000年。

ベンヤミン、ヴァルター『図説、写真小史』久保哲司編訳、ちくま学芸文庫、1998年。

——.『複製技術時代の芸術作品』野村修訳、岩波文庫、1994年。

渡邉克昭「『幸福』のこちら側—Richard Powersの*Generosity*に見るExuberanceとResilience」『英米研究』第39号、大阪大学英米学会、2015年、31-55頁。

第八章

Appelbaum, Stanley. *The New York World's Fair 1939/40 in 155 Photographs*. New York: Dover, 1977.
Birkerts, Sven. "Stepping into History: *Prisoner's Dilemma*." *Intersections: Essays on Richard Powers*. Ed. Stephen J. Burn and Peter Dempsey. Champaign: Dalkey Archive Press, 2008. 52-59.
DeLillo, Don. *Underworld*. New York: Scribner, 1997.
Dewey, Joseph. *Understanding Richard Powers*. Columbia: U of South Carolina P, 2002.
Grausam, Daniel. *On Endings: American Postmodern Fiction and the Cold War*. Charlottesville: U of Virginia P, 2011.
Hermanson, Scott. "Just Behind the Billboard: The Instability of *Prisoner's Dilemma*." Birkerts 60-74.
Hurt, James. "Narrative Powers: Richard Powers as Storyteller." *Review of Contemporary Fiction* 18. 3 (Fall 1998): 24-41.
Kihlstedt, Folke T. "Utopia Realized: The World's Fairs of the 1930s." *Imagining Tomorrow: History, Technology, and the American Future*. Ed. Joseph J. Corn. Cambridge: MIT P, 1986. 97-118.
May, Elaine Tyler. *Homeward Bound: American Families in the Cold War Era*. 1988. Rev. ed. New York: Basic Books, 1999.
McFarland-Wilson, Beth. "The Hobson Family System in Richard Power's *Prisoner's Dilemma*." *Style* 44 (Spring 2010): 99-122.
Morrow, Bradford. "A Dialogue: Richard Powers and Bradford Morrow." *Conjunctions* 34, *American Fiction: States of the Art* (Spring 2000): 1-12.
〈http://www.conjunctions.com/archives/c34-rp.htm〉.
Nye, David E. *American Technological Sublime*. Cambridge: MIT P, 1994.
Poundstone, William. *Prisoner's Dilemma: John Von Neumann, Game Theory, and the Puzzle of the Bomb*. New York: Anchor, 1993.
Powers, Richard. *Prisoner's Dilemma*. 1988. New York: Harper Perennial, 1996.

——. *Three Farmers on Their Way to a Dance.* 1985. New York: Harper Perennial, 1992.
The Queens Museum. *Dawn of a New Day: The New York World's Fair 1939/40.* New York: New York UP, 1980.
Ross, Andrew. *The Celebration Chronicles: Life, Liberty, and the Pursuit of Property Value in Disney's New Town.* New York: Ballantine, 1999.
Rydell, Robert W. *World of Fairs.* Chicago: U of Chicago P, 1993.
Saltzman, Arthur M. *The Novel in the Balance.* Columbia: U of South Carolina, 1993.
Warren, Stacy. "Disneyfication of the Metropolis: Popular Resistance in Seattle." *Journal of Urban Affairs* 16. 2 (1994): 89-107.
市野川容孝「生-権力再論—餓死という殺害」『現代思想』第 35 巻 11 号、2007 年、78-99 頁。
大井浩二『ホワイト・シティの幻影—シカゴ万国博覧会とアメリカ的想像力』研究社出版、1993 年。
柏木博『ユートピアの夢—20 世紀の未来像』未来社、1993 年。
原克『流線形シンドローム—速度と身体の大衆文化史誌』紀伊國屋書店、2008 年。
パワーズ、リチャード『囚人のジレンマ』柴田元幸・前山佳朱彦訳、みすず書房、2007 年。[本文中の訳文は本書に準拠した。なお、引用頁は原書に拠る。]
フーコー、ミシェル『性の歴史 I 知への意志』渡辺守章訳、新潮社、1986 年。
——.『ミシェル・フーコー思考集成 VII 知/身体』蓮實重彦・渡辺守章監修、筑摩書房、2000 年。
ブライマン、アラン『ディズニー化する社会—文化・消費・労働とグローバリゼーション』能登路雅子監訳、森岡洋二訳、明石書店、2008 年。

第九章

Acker, Kathy. "I Was Hitler's Pornographer: *Tours of the Black Clock* by Steve Erickson." *New York Times* 5 Mar. 1989: BR 29.
Bellow, Saul. *Henderson the Rain King.* New York: Viking, 1959.
DeLillo, Don. *White Noise.* New York: Viking, 1985.
Derrida, Jacques. *Specters of Marx: The State of the Debt, the Work of Mourning, and the New International.* Trans. Peggy Kamuf. New York: Routledge, 1994.
Dickinson, Emily. *The Poems of Emily Dickinson.* Ed. R.W. Franklin. Cambridge: Belknap, 1998.
Erickson, Steve. *Arc d'X.* 1993. New York: Vintage, 1994.
——. *Tours of the Black Clock.* New York: Avon, 1989.
Faulkner, William. *Light in August.* 1932. New York: Penguin, 1979.
James, Caryn. "The Missing Conscience of the 20th Century." *The New York Times* 7 Jan. 1989: 17.
Kakutani, Michiko. "What a Millennium Hides at the Very End." *New York Times* 6 Apr. 1993: C17.
Kincade, Paul. "Defying Rational Chronology: Time and Identity in the Work of Steve Erickson." *Foundation: The Review of Science Fiction* 58 (Summer 1993): 27-42.
——. "Secret Maps: The Topography of Fantasy and Morality in the Work of Steve Erickson."

Foundation: *The Review of Science Fiction* 57 (Spring 1993): 26–48.

McCaffery, Larry, and Takayuki Tatsumi. "An interview with Steve Erickson." *Contemporary Literature* 38.3 (Fall 1997): 395–421.

Murphy, Jim. "Pursuits and Revolutions: History's Figures in Steve Erickson's *Arc d'X*." *Modern Fiction Studies* 46.2 (Summer 2000): 451–79.

Pynchon, Thomas. *Gravity's Rainbow*. New York: Viking, 1973.

Spinks, Lee. "Jefferson at the Millennial Gates: History and Apocalypse in the Fiction of Steve Erickson." *Contemporary Literature* 40.2 (1999): 214–39.

Steers, Nina A. "'Successor' to Faulkner?" *Show* 4 (September 1964): 36–38.

Tate, Greg. "You Look Fabulist." *The Village Voice* 3 Apr. 1990: 75.

Trucks, Rob. "A Conversation with Steve Erickson." *The Blue Moon Review*. 1998. 〈http://www.thebluemoon.com/4/ericksoniv.html〉.

エリクソン、スティーヴ『黒い時計の旅』柴田元幸訳、福武書店、1990年。[本文中の訳文は本書に準拠した。なお、引用頁は原書に拠る。]

越川芳明編『スティーヴ・エリクソン』彩流社、1996年。

第十章

Allen, Woody, dir. *The Purple Rose of Cairo*. 1985. DVD.

Auster, Paul. *In the Country of Last Things*. New York: Viking, 1987.

Baudrillard, Jean. *Simulacra and Simulation*. Trans. Sheila Faria Glaser. Ann Arbor: U of Michigan P, 1994.

Bird, Benjamin. "Don DeLillo's *Americana*: From Third- to First-Person Consciousness." *Critique* 47.2 (Winter 2006): 185–200.

Boxall, Peter. *Don DeLillo*: *The Possibility of Fiction*. New York: Routledge, 2006.

Cowart, David. *Don DeLillo*: *The Physics of Language*. Athens: U of Georgia P, 2002.

DeLillo, Don. *Americana*. 1971. New York: Penguin, 1989.

——. *Libra*. New York: Viking, 1988.

——. *Mao II*. New York: Viking, 1991.

——. *Underworld*. New York: Scribner, 1997.

——. *White Noise*. New York: Viking, 1985.

Donovan, Christopher. *Postmodern Counternarratives*: *Irony and Audience in the Novels of Paul Auster, Don DeLillo, Charles Johnson, and Tim O'Brien*. New York: Routledge, 2005.

Fitzgerald, F. Scott. *The Great Gatsby*. 1925. New York: Penguin, 1976.

Jameson, Fredric. *Postmodernism, or, the Cultural Logic of Late Capitalism*. Durham: Duke UP, 1991.

Keesey, Douglas. *Don DeLillo*. New York: Twayne, 1993.

Knight, Peter. "Everything Is Connected : Underworld's Secret History of Paranoia." *Modern Fiction Studies* 45. 3 (1999): 811–36.

LeClair, Tom. *In the Loop: Don DeLillo and the Systems Novel*. Urbana: U of Illinois P, 1987.
Martucci, Elise A. *The Environmental Unconscious in the Fiction of Don DeLillo*. New York: Routledge, 2007.
Marx, Leo. *The Machine in the Garden: Technology and the Pastoral Ideal in America*. 1964. Oxford: Oxford UP, 2000.
Osteen, Mark. *American Magic and Dread: Don DeLillo's Dialogue with Culture*. Philadelphia: U of Pennsylvania P, 2000.
Parrish, Timothy. "From Hoover's FBI to Eisenstein's *Unterwelt*: DeLillo Directs the Postmodern Novel." *Modern Fiction Studies* 45. 3 (Fall 1999): 696-723.
Schuster, Marc. *Don DeLillo, Jean Baudrillard, and the Consumer Conundrum*. Youngstown: Cambria Press, 2008.
Veggian, Henry. *Understanding Don DeLillo*. Columbia: U of South Carolina P, 2015.
White, Patti. *Gatsby's Party: The System and the List in Contemporary Narrative*. West Lafayette: Purdue UP, 1992.
ウィキー、ジェニファー・A『広告する小説』高山宏編、富島美子訳、国書刊行会、1996年。
ドゥボール、ギー『スペクタクルの社会—情報資本主義批判』木下誠訳、平凡社、1993年。
バージャー、ジョン『イメージ、視覚とメディア』伊藤俊治訳、パルコ出版、1986年。
ベンヤミン、ヴァルター『パサージュ論Ⅲ—都市の遊歩者』今西仁司他訳、岩波書店、1994年。

第十一章

Barrett, Laura. "'How the dead speak to the living'": Intertextuality and the Postmodern Sublime in *White Noise*." *Journal of Modern Literature* 25.2 (Winter 2001/2002): 97-113.
Becker, Ernest. *The Denial of Death*. New York: Free Press, 1973.
Bellow, Saul. *Seize the Day*. 1956. London: Alison Press, 1985.
Bloom, Harold, ed. *Don DeLillo's White Noise*. Philadelphia: Chelsea House, 2003.
Boxall, Peter. *Don DeLillo: The Possibility of Fiction*. London: Routledge, 2006.
Buell, Lawrence. *Writing for an Endangered World: Literature, Culture, and Environment in the U.S. and Beyond*. Cambridge: Harvard UP, 2001.
Cantor, Paul A. "'Adolf, We Hardly Knew You.'" Bloom. 51-72.
Carver, Raymond. *Cathedral*. 1983. New York: Vintage, 1989.
Champlin, Charles. "The Heart is a Lonely Craftsman." *Los Angeles Times* "Calendar," 29 July 1984: 7.
Conroy, Mark. "From Tombstone to Tabloid: Authority Figured in *White Noise*." Bloom 153-68.
Conte, Joseph M. *Design & Debris: A Chaotics of Postmodern American Fiction*. Tuscaloosa: U of Alabama P, 2002.
Coover, Robert. "The Babysitter." *Pricksongs & Descants*. New York: New American Library, 1969.
Cowart, David. *Don DeLillo: The Physics of Language*. Athens: U of Georgia P, 2002.
DeLillo, Don. "Walkmen." *Vanity Fair* (August 1984): 74-77.

——. *White Noise*. New York: Viking, 1985.

Dewey, Joseph. *In a Dark Time: The Apocalyptic Temper in the American Novel of the Nuclear Age*. West Lafayette: Purdue UP, 1990.

Duvall, John N. "The (Super) Marketplace of Images: Television as Unmediated Mediation in DeLillo's *White Noise*." *Arizona Quarterly* 50. 3 (Autumn 1994): 127-53. Rpt. in Bloom 169-94.

Engles, Tim, and John N. Duvall, eds. *Approaches to Teaching DeLillo's White Noise*. New York: The Modern Language Association of America, 2006.

Ferraro, Thomas J. "Whole Families Shopping at Night!" Lentricchia, *New Essays* 15-38.

Ginsberg, Allen. "A Supermarket in California." *Howl and Other Poems*. San Francisco: City Lights Books, 1956.

Goodheart, Eugene. "Some Speculations on Don DeLillo and the Cinematic Real." Lentricchia, *Introducing* 117-30.

Green, Jeremy. "Disaster Footage: Spectacles of Violence in DeLillo's Fiction." *Modern Fiction Studies* 45.3 (1999): 571-99.

Harack, Katrina. "Embedded and Embodied Memories: Body, Space, and Time in Don DeLillo's *White Noise* and *Falling Man*." *Contemporary Literature* 54.2 (Summer 2013): 303-36.

Hemingway, *The Complete Short Stories of Ernest Hemingway: The Finca Vigía Edition*. New York: Scribner, 1987.

Holland, Mary K. *Succeeding Postmodernism: Language and Humanism in Contemporary American Literature*. New York, Bloomsbury, 2013.

LeClair, Tom. *In the Loop: Don DeLillo and the Systems Novel*. Urbana: U of Illinois P, 1987.

Lentricchia, Frank, ed. *Introducing Don DeLillo*. Durham: Duke UP, 1991.

——, ed. *New Essays on White Noise*. Cambridge: Cambridge UP, 1991.

——. "Tales of the Electronic Tribe." Bloom 73-95. [T]

Martucci, Elise A. *The Environmental Unconscious in the Fiction of Don DeLillo*. New York: Routledge, 2007.

McHale, Brian. *Constructing Postmodernism*. London: Routledge, 1992.

Moses, Michael Valdez. "Lust Removed from Nature." Lentricchia, *New Essays* 63-86.

Nabokov, Vladimir. *Lolita*. 1955. New York: Vintage, 1989.

Packer, Matthew J. "'At the Dead Center of Things' in Don DeLillo's *White Noise*: Mimesis, Violence, and Religious Awe." *Modern Fiction Studies* 51.3 (Fall 2005): 648-66.

Pifer, Ellen. *Demon or Doll: Images of the Child in Contemporary Writing and Culture*. Charlottesville: UP of Virginia, 2000.

Saltzman, Arthur M. "The Figure in the Static: *White Noise*." *Modern Fiction Studies* 40.4 (Winter 1994): 807-26.

Schuster, Marc. *Don DeLillo, Jean Baudrillard, and the Consumer Conundrum*. Youngstown: Cambria Press, 2008.

Updike, John. "A & P." *The New Yorker* 22 July 1961 : 22-24.

Weinstein Arnorld. *Nobody's Home* : *Speech, Self, and Place in American Fiction from Hawthorne to DeLillo*. Oxford : Oxford UP, 1993.

Wilcox, Leonard. "Baudrillard, DeLillo's *White Noise*, and the End of Heroic Narrative." Bloom 97-115.

アタリ、ジャック『ノイズ―音楽/貨幣/雑音』金塚貞文訳、みすず書房、2012年。

飯島洋一『グラウンド・ゼロと現代建築』青土社、2006年。

シヴェルブシュ、W『光と影のドラマトゥルギー―20世紀における電気照明の登場』小川さくえ訳、法政大学出版局、1997年。

セール、ミシェル『生成―概念をこえる試み』及川馥訳、法政大学出版局、1983年。

――.『パラジット―寄食者の論理』及川馥・米山親能訳、法政大学出版局、1987年。

多木浩二『「もの」の詩学―家具、建築、都市のレトリック』岩波書店、2006年。

プリゴジン、イリア、イザベル・スタンジェール『混沌からの秩序』伏見康治・伏見譲・松枝秀明訳、みすず書房、1987年。

ベンヤミン、ヴァルター「複製技術の時代における芸術作品」『ボードレール他五編　ベンヤミンの仕事2』野村修訳、岩波書店、1994年。

ボードリヤール、ジャン『パワー・インフェルノ―グローバル・パワーとテロリズム』塚原史訳、NTT出版、2003年。

第十二章

Arensberg, Ann. "Seven Seconds." *Vogue* (August 1988) : 336-39. Rpt. in *Conversations with Don DeLillo*. Ed. Thomas DiPietro. Jackson : UP of Mississippi, 2005. 40-46.
Barth, John. *The End of the Road*. 1958. New York : Bantam, 1983.
Bernstein, Stephen. "*Libra* and the Historical Sublime." *Postmodern Culture* 4.2 (Jan. 1994) : 25 pars.
Berry, Joseph P. Jr. *John F. Kennedy and the Media* : *The First Television President*. Lanham : UP of America, 1987.
Boorstin, Daniel J. *The Image* : *Or, What Happened to the American Dream*. New York : Atheneum, 1962.
Boxall, Peter. *Don DeLillo* : *The Possibility of Fiction*, London : Routledge, 2006.
Carmichael, Thomas. "Lee Harvey Oswald and the Postmodern Subject : History and Intertextuality in Don DeLillo's *Libra, The Names,* and *Mao II*." *Contemporary Literature* 34.2 (Summer 1993) : 204-18.
Civello, Paul. *American Literary Naturalism and Its Twentieth-century Transformations* : *Frank Norris, Ernest Hemingway, Don DeLillo*. Athens : U of Georgia P, 1994.
Courtwright, David T. "Why Oswald Missed : Don DeLillo's *Libra*." *Novel History* : *Historians and Novelists Confront America's Past (and Each Other)*. Ed. Mark C. Carnes. New York : Simon & Schuster, 2001. 77-91.
Cowart, David. *Don DeLillo* : *The Physics of Language*. Athens : U of Georgia P, 2002.

DeCurtis, Anthony. "'An Outsider in This Society': An Interview with Don DeLillo." *South Atlantic Quarterly* 89.2 (1990): 281-304. Rpt. in Lentricchia, *Introducing* 43-66.

DeLillo, Don. "American Blood: A Journey through the Labyrinth of Dallas and JFK." *Rolling Stone* 8 Dec.1983: 21 +.

——. *Libra*, New York: Viking, 1988.

——. *Mao II*. New York: Viking, 1991.

——. *White Noise*. New York: Viking, 1985. [*WN*]

Desalm, Brigitte. "Masses, Power and the Elegance of Sentences." Trans. Tilo Zimmermann. *Koelner Stadtanzeiger* 27 Oct. 1992. 〈http://perival.com/delillo/interview_desalm_1992. html〉.

Dewey Joseph. *Beyond Grief and Nothing: A Reading of Don DeLillo*. Columbia: U of South Carolina P, 2006.

Johnston, John. *Information Multiplicity: American Fiction in the Age of Media Saturation*. Baltimore: Johns Hopkins UP, 1998.

Keesey, Douglas. *Don DeLillo*. New York: Twayne, 1993.

Lentricchia, Frank, ed. *Introducing Don DeLillo*. Durham: Duke UP, 1991.

——. "*Libra* as Postmodern Critique." Lentricchia, *Introducing* 193-215.

Parrish, Timothy. *From the Civil War to the Apocalypse: Postmodern History and American Fiction*. Amherst: U of Massachusetts P, 2008.

Radford, Andrew. "Confronting the Chaos Theory of History in DeLillo's *Libra*." *The Midwest Quarterly* 47.3 (Spring 2006): 224-43.

Rizza, Michael James. "The Dislocation of Agency in Don DeLillo's *Libra*." *Critique* 49.2 (Winter 2008): 171-84.

Simmons, Philip E. *Deep Surfaces: Mass Culture and History in Postmodern American Fiction*. Athens: U of Georgia P, 1997.

Sjöholm, Cecilia. "Fiction Saves Us from Confusion." Trans. David Thomson. July 1994. 〈http://www.perival.com/delillo/ddinterviews.html#swedish〉.

Tabbi, Joseph. *Postmodern Sublime: Technology and American Writing from Mailer to Cyberpunk*. Ithaca: Cornell UP, 1995.

Weinstein Arnold. *Nobody's Home: Speech, Self, and Place in American Fiction from Hawthorne to DeLillo*. Oxford: Oxford UP, 1993.

Willman, Skip. "Art after Dealey Plaza: Don DeLillo's *Libra*." *Modern Fiction Studies* 45.3 (Fall 1999): 621-40.

——. "Traversing the Fantasies of the JFK Assassination: Conspiracy and Contingency in Don DeLillo's *Libra*." *Contemporary Literature* 39.3 (1998): 405-33.

Zemeckis, Robert, dir. *Forrest Gump*. 1994. DVD.

オースター、ポール『壁の文字―ポール・オースター全詩集』飯野友幸訳、TO ブックス、2005 年。

デリダ、ジャック『マルクスの亡霊たち』増田一夫訳、藤原書店、2007 年。

デリーロ、ドン『リブラ―時の秤　上下』真野明裕訳、文藝春秋、1991年。［本文中の訳文は本書に準拠した。なお、引用頁は原書に拠る。］
ドゥルーズ、ジル『批評と臨床』守中高明・谷昌親・鈴木雅大訳、河出書房新社、2002年。

第十三章

Barber, Benjamin. "Jihad vs. McWorld." *Atlantic* 269.3 (March1992) : 53-65. 〈www.theat-lantic.com/politics/foreign/barberf.htm.4.〉.

Barrett, Laura. "'Here, But Also There': Subjectivity and Postmodern Space in *Mao II.*" *Modern Fiction Studies* 45.3 (Fall 1999) : 788-810.

Bizzini, Silvia Caporale. "Can The Intellectual Still Speak? The Example of Don DeLillo's *Mao II.*" *Critical Quarterly* 37.2 (Summer 1995) : 104-17.

Brooker, Peter. *New York Fictions*: *Modernity, Postmodernism, the New Modern*. New York: Longman, 1996.

Cowart, David. *Don DeLillo*: *The Physics of Language*. Athens: U of Georgia P, 2002.

DeCurtis, Anthony. "'An Outsider in This Society': An Interview with Don DeLillo." *Introducing Don DeLillo.* Ed. Frank Lentricchia. Durham: Duke UP, 1991. 43-66.

DeLillo, Don. *Great Jones Street*. 1973. New York: Vintage, 1989.

——. "In the Ruins of the Future: Reflections on Terror and Loss in the Shadow of September." *Harper's* Dec. 2001. 33-40.

——. *Libra*, New York: Viking, 1988.

——. *Mao II*. New York: Penguin, 1992.

——. *Underworld*. New York: Scribner, 1997.

——. *White Noise*. New York: Viking, 1985.

DePietro, Thomas, ed. *Conversations with Don DeLillo*. Jackson: UP of Mississippi, 2005.

Grimonprez, J. *Dial H-I-S-T-O-R-Y*. DVD and Booklet with texts by Hans-Ulrich Obrist and Slavoy Žižek. Stuttgart, Germany: Hatje Cantz, 2003.

Hardack, Richard. "Two's a Crowd: *Mao II*, Coke II, and the Politics of Terrorism in Don DeLillo." *Studies in the Novel* 36.3 (Fall 2004) : 374-92.

Hardt, Michael and Antonio Negri. *Empire*. Cambridge: Harvard UP, 2000.

Ireton, Mark. "The American Pursuit of Loneliness: Don DeLillo's *Great Jones Street* and *Mao II.*" Online. 3 May 1998. 〈http://perival.com/delillo/ireton_essay.html〉.

Karnicky, Jeffrey. "Wallpaper Mao: Don DeLillo, Andy Warhol, and Seriality." *Critique* 42.4 (Summer 2001) : 339-56.

Keesey, Douglas. *Don DeLillo*. New York: Twayne, 1993.

Keskinen, Mikko. "6,500 Weddings and 2,750 Funerals: *Mao II, Falling Man*, and the Mass Effect." *Terrorism, Media, and the Ethics of Fiction*: *Transatlantic Perspective on Don DeLillo*. Ed. Peter Schneck and Philipp Schweighauser. New York: Continuum, 2010. 67-80.

LeClair, Tom. "Me and *Mao II.*" Case Western University, Cleaveland, OH. 11 March 1993. Lecture.

〈http://perival.com/delillo/meandmaoii.html〉. Last accessed 14 Nov. 1996.
Leith, William. "Terrorism and the Art of Fiction." *The Independent* 18 Aug. 1991. Sec. Sunday Review Page: 18-19.
Nadott, Maria. "An Interview with Don DeLillo." Trans. Peggy Boyers. *Salmagundi* 100 (1993): 86-97. Rpt. in DePietro 109-18.
Osteen, Mark. *American Magic and Dread: Don DeLillo's Dialogue with Culture.* Philadelphia: U of Pennsylvania P, 2000.
Passaro, Vince. "Dangerous Don DeLillo." *New York Times Magazine* 19 May 1991: 34-36, 38, 76-77. Rpt. in DePietro 75-85.
Powers, Richard. *Three Farmers on Their Way to a Dance.* 1985. New York: Harper Perennial, 1992. [*TF*]
Scanlan, Margaret. "Writers among Terrorists: Don DeLillo's *Mao II* and the Rushdie Affair." *Modern Fiction Studies* 40.2 (Summer 1994): 229-52.
Simmons, Ryan. "What Is a Terrorist? Contemporary Authorship, the Unabomber, and DeLillo's *Mao II*." *Modern Fiction Studies* 45.3 (Fall 1999): 675-95.
Smith, Les W. *Confession in the Novel: Bakhtin's Author Revisited.* London: Associated UP, 1996.
Sontag, Susan. *On Photography.* New York: Anchor Books, 1973.
Tabbi, Joseph. *Postmodern Sublime: Technology and American Writing from Mailer to Cyberpunk.* Ithaca: Cornell UP, 1995.
"Transcript of Osama bin Laden Videotape." issued by the U.S. Department of Defense. CNN. com, 13 Dec. 2001. 〈http://www.cnn.com/2001/US/12/13/tape.transcript/〉.
Wilcox, Leonard. "Terrorism and Art: Don DeLillo's *Mao II* and Jean Baudrillard's *The Spirit of Terrorism*." *Mosaic* 39.2 (2006): 89-105.
Yaeger, Patricia. "Rubble as Archive, or 9/11 as Dust, Debris, and Bodily Vanishing." *Trauma at Home: After 9/11.* Ed. Judith Greenberg. Lincoln: U of Nebraska P, 2003. 187-94.
今村仁司『群衆―モンスターの誕生』ちくま新書、1996年。
ウォーホル、アンディ『ぼくの哲学』落石八月月訳、新潮社、1998年。
デリーロ、ドン『マオⅡ』渡邉克昭訳、本の友社、2000年。[本文中の訳文は、本書に準拠した。なお、引用頁は原書に拠る。]
バルト、ロラン『明るい部屋―写真についての覚書』花輪光訳、みすず書房、1997年。
ボードリヤール、ジャン『シミュラークルとシミュレーション』竹原あき子訳、法政大学出版局、1984年。
――.『透きとおった悪』塚原史訳、紀伊國屋書店、1991年。
ボルヘス、ホルヘ・ルイス『ボルヘス怪奇譚集』柳瀬尚紀訳、晶文社、1976年。

第十四章

DeLillo, Don. *Libra.* New York: Viking, 1988.
――. *Mao II.* New York: Viking, 1991.

——. *Underworld*. New York: Scribner, 1997.

——. *White Noise*. New York: Viking, 1985.

Duvall, John N. "Introduction from Valparaiso to Jerusalem: DeLillo and the Moment of Canonization." *Modern Fiction Studies* 45.3 (Fall 1999): 559-68.

Evans, David H. "Taking Out the Trash: Don DeLillo's *Underworld*, Liquid Modernity, and the End of Garbage." *The Cambridge Quarterly* 35.2 (2006): 103-32.

Fitzgerald, Scott F. *The Great Gatsby*. 1925. New York: Penguin, 1976.

Hantke, Steffen. "Lessons in Latent History." *Electronic Book Review* (Summer 1998). ⟨http://www.electronicbookreview.com/thread/imagenarrative/recyclable⟩.

Helyer, Ruth. "Refuse Heaped Many Stories High: DeLillo, Dirt and Disorder." *Modern Fiction Studies* 45.4 (Winter 1999): 987-1006.

Howard, Gerald. "The American Strangeness: An Interview with Don DeLillo." *Hungry Mind Review* 43 (Fall 1997): 13-16.

Kavadlo, Jesse. "Celebration & Annihilation: The Balance of *Underworld*." *Undercurrents* 7 (Spring 1999).

——. "Recycling Authority: Don DeLillo's Waste Management." *Critique* 42.4 (Summer 2001): 384-401.

Knight, Peter. "Everything Is Connected: *Underworld*'s Secret History of Paranoia." *Modern Fiction Studies* 45.3 (Fall 1999): 811-36.

Kristeva, Julia. *Powers of Horror. An Essay on Abjection*. 1980. Trans. Leon S. Roudiez. New York: Columbia University Press, 1982. ⟨http://seas3.elte.hu/coursematerial/RuttkayVeronika/Kristeva_-_powers_of_horror.pdf⟩.

LeClair, Tom. "An Underhistory of Mid-Century America." *Atlantic Monthly* 280 (Oct. 1997): 113-16. ⟨http://www.theatlantic.com/issues/97oct/delillo.htm⟩.

Nadel, Alan. *Containment Culture: American Narratives, Postmodernism, and the Atomic Age*. Durham: Duke UP, 1995.

Nel, Philip. "'A Small Incisive Shock': Modern Forms, Postmodern Politics, and the Role of the Avant-Garde in *Underworld*." *Modern Fiction Studies* 45.3 (Fall 1999): 724-52.

O'Hagan, Andrew. "National Enquirer: Don DeLillo Gets under America's Skin." *Village Voice Literary Supplement* 16 Sep. 1997: 8-10.

Osen, Diane. "Window on a Writing Life: A Conversation with National Book Award Winner Don DeLillo." The BOMC Reading Room. Book of the Month Club. Last accessed 23 July 2001. ⟨http:// www.pubweekly. com / NBF/ docs / wwl_curri_DeLillo.htm⟩.

Osteen, Mark. *American Magic and Dread: Don Delillo's Dialogue with Culture*. Philadelphia: U of Pennsylvania P, 2000.

Parrish, Timothy. "From Hoover's FBI to Eisenstein's *Unterwelt*: DeLillo Directs the Postmodern Novel." *Modern Fiction Studies* 45.3 (Fall 1999): 696-723.

Pincott, Jennifer. "The Inner Workings: Technoscience, Self, and Society in DeLillo's *Underworld*."

Undercurrents 7 (Spring 1999).
Taylor, Mark C. *Rewiring the Real: In Conversation with William Gaddis, Richard Powers, Mark Danielewski, and Don DeLillo*. New York: Columbia UP. 2013.
ウィキー、ジェニファー・A『広告する小説』高山宏編、富島美子訳、国書刊行会、1996 年。
クリステヴァ、ジュリア『恐怖の権力―〈アブジェクシオン〉試論』枝川昌男訳、法政大学出版局、1984 年。[引用頁は英訳版に拠る]
下河辺美知子『グローバリゼーションと惑星的想像力―恐怖と癒しの修辞学』みすず書房、2015 年。
高山宏『テクスト世紀末』ポーラ文化研究所、1992 年。
デリーロ、ドン『マオⅡ』渡邉克昭訳、本の友社、2000 年。
ドゥボール、ギー『スペクタクルの社会』木下誠訳、平凡社、1993 年。
ベンヤミン、ヴァルター『パサージュ論Ⅰ―パリの原風景』今村仁司他訳、岩波書店、1993 年。

第十五章

Barbie, Zelizer. *Covering the Body: The Kennedy Assassination, the Media, and the Shaping Collective Memory*. Chicago: U of Chicago P, 1992.
Cowart, David. *Don DeLillo: The Physics of Language*. Athens: U of Georgia P, 2002.
DeLillo, Don. *Americana*. 1971. New York: Penguin, 1989.
——. *The Body Artist*. New York: Scribner, 2001.
——. *Cosmopolis*. New York: Scribner, 2003.
——. *Libra*. New York: Viking, 1988. New York: Penguin, 2006.
——. *Mao II*. New York: Viking, 1991.
——. "The Power of History." *New York Times Magazine* 7 Sept. 1997: 60-63. 〈http://www.nytimes.com/library/books/090797article3.html〉.
——. *Underworld*. New York: Scribner, 1997.
——. *White Noise*. New York: Viking, 1985.
Goodheart, Eugene. "Some Speculations on Don DeLillo and the Cinematic Real." *Introducing Don DeLillo*. Ed. Frank Lentricchia. Durham: Duke UP, 1991. 117-30.
Green, Jeremy. "Disaster Footage: Spectacles of Violence in DeLillo's Fiction." *Modern Fiction Studies* 45.3 (1999): 571-99.
Grimonprez, J. *Dial H-I-S-T-O-R-Y*. DVD and Booklet with texts by Hans-Ulrich Obrist and Slavoy Žižek. Stuttgart, Germany: Hatje Cantz, 2003.
LeClair, Tom. *In the Loop: Don DeLillo and the Systems Novel.* Urbana: U of Illinois P, 1987.
Lubin, David M. *Shooting Kennedy: JFK and the Culture of Images*. Berkley: U of California P, 2003.
McGowan, Todd. "The Obsolescence of Mystery and the Accumulation of Waste in Don DeLillo's *Underworld*." *Critique* 46.2 (Winter 2005): 123-45.
Mexal, Stephen J. "Spectacularspectacular!: *Underworld* and the Production of Terror." *Studies in the*

Novel 36.3 (Fall 2004): 318-35.

Moss, Maria. "'Writing as a Deeper Form of Concentration': An Interview with Don DeLillo." *Sources* 6 (Spring 1999): 82-97.

Osteen, Mark. *American Magic and Dread: Don DeLillo's Dialogue with Culture*. Philadelphia: U of Pennsylvania P, 2000.

Parrish, Timothy. *From the Civil War to the Apocalypse: Postmodern History and American Fiction*. Amherst: U of Massachusetts P, 2008.

Sontag, Susan. *On Photography*. New York: Anchor Books, 1973.

Sturken, Marita. *Tangled Memories: The Vietnam War, the AIDS Epidemic, and the Politics of Remembering*. Berkeley: U of California P, 1997.

Trask, Richard B. *Pictures of the Pain: Photography and the Assassination of President Kennedy*. Danvers: Yeoman Press, 1994.

Willman, Skip. "Art After Dealey Plaza: DeLillo's *Libra*." *Modern Fiction Studies* 45.3 (Fall 1999): 621-40.

スターケン、マリタ『アメリカという記憶—ベトナム戦争、エイズ、記念碑的表象』岩崎稔・杉山茂・千田有紀・高橋明史・平山陽洋訳、未来社、2004年。[引用頁は原書に拠る。]

デリーロ、ドン『アンダーワールド　上下』上岡伸雄・高吉一郎訳、新潮社、2002年。[本文中の訳文は、本書に準拠した。本文中の表記との整合性に鑑み、一部表現を調整したところもある。なお、引用頁は原書に拠る。]

花岡秀編『神話のスパイラル—アメリカ文学と銃』英宝社、2007年。

第十六章

Apter, Emily. "On Oneworldedness: Or Paranoia as a World System." *American Literary History* 18 (2006): 365-89.

Boxall, Peter. *Don DeLillo: The Possibility of Fiction*. New York: Routledge, 2006.

Cowart, David. *Don DeLillo: The Physics of Language*. Athens: U of Georgia P, 2002.

——. "Shall These Bones Live?" Dewey, Kellman, and Malin 50-67. [SB]

DeLillo, Don. *Underworld*. New York: Scribner, 1997.

Derrida, Jacques. "*Sauf le nom* (Post-Scriptum)." Trans. John P. Leavey, Jr. *On the Name*. Ed. Thomas Dutoit. Stanford: Stanford UP, 1993. 35-85.

Dewey, Joseph. *Beyond Grief and Nothing: A Reading of Don DeLillo*. Columbia: U of South Carolina P, 2006.

Dewey, Joseph, Steven G. Kellman, and Irving Malin, eds. *Underwords: Perspectives on Don DeLillo's* Underworld. Newark: U of Delaware P, 2002.

Duvall, John. *Don DeLillo's Underworld: A Reader's Guide*. New York: Continuum, 2002.

Evans, David H. "Taking Out the Trash: Don DeLillo's *Underworld*, Liquid Modernity, and the End of Garbage." *The Cambridge Quarterly* 35.2 (2006): 103-32.

Fitzpatrick, Kathleen. "The Unmaking of History: Baseball, Cold War, and *Underworld*." Dewey,

Kellman, and Malin 144-60.
Knight, Peter. "Everything Is Connected: *Underworld*'s Secret History of Paranoia." *Modern Fiction Studies* 45. 3 (Fall 1999): 811-36.
Kristeva, Julia. *Powers of Horror. An Essay on Abjection*. 1980. Trans. Leon S. Roudiez. New York: Columbia University Press, 1982.
Malin, Irving, and Joseph Dewey. "'What Beauty, What Power': Speculations on the Third Edgar." Dewey, Kellman, and Malin 19-27.
O'Donnell, Patrick. "*Underworld*." *The Cambridge Companion to Don DeLillo*. Ed. John Duvall. Cambridge: Cambridge UP, 2008. 108-21.
Osteen, Mark. *American Magic and Dread*: *Don DeLillo's Dialogue with Culture*. Philadelphia: University of Pennsylvania Press, 2000.
Parrish, Timothy. *From the Civil War to the Apocalypse*: *Postmodern History and American Fiction*. Amherst: U of Massachusetts P, 2008. [*FC*]
——. "From Hoover's FBI to Eisenstein's *Unterwelt*: DeLillo Directs the Postmodern Novel." *Modern Fiction Studies* 45. 3 (Fall 1999): 696-723. [FH]
Taylor, Mark C. *Nots*. Chicago: U of Chicago P, 1993.
Wilcox, Leonard. "Don DeLillo's *Underworld* and the Return of the Real." *Contemporary Literature* 43.1 (2003): 120-37.
Žižek, Slavoj. *The Sublime Object of Ideology*. London: Verso, 1989.
下河辺美知子『グローバリゼーションと惑星的想像力—恐怖と癒しの修辞学』みすず書房、2015年。
デリーロ、ドン『アンダーワールド　上下』上岡伸雄・高吉一郎訳、新潮社、2002年。[本文中の訳文は本書に準拠した。なお、引用頁は原書に拠る。]
ベンヤミン、ヴァルター「複製技術の時代における芸術作品」野村修訳、『ボードレール他五編　ベンヤミンの仕事2』岩波書店、1994年。

第十七章

Adams, Tim. "The library in the body." *The Observer 11* Feb. 2001. 〈http://www.theguardian.com/books/2001/feb/11/fiction.dondelillo〉.
Althusser, Louis. "Ideological State Apparatuses." *Lenin and Philosophy and Other Essays*. Trans. Ben Brewster. New York: Monthly Review Press, 1971.
Butler, Judith. *Gender Trouble*: *Feminism and the Subversion of Identity*. New York: Routledge, 1990.
Coale, Samuel Chase. "Quantum Flux and Narrative Flow: Don DeLillo's Entanglements with Quantum Theory." *Papers on Language and Literature* 47.3 (Summer 2011): 261-93.
Cowart, David. *Don DeLillo*: *The Physics of Language*. Athens: U of Georgia P, 2002.
DeLillo, Don. *Americana*. 1971. New York: Penguin, 1989.
——. *The Body Artist*. New York: Scribner, 2001.

——. *Mao II*. New York: Viking, 1991.
——. *Underworld*. New York: Scribner, 1997.
——. *White Noise*. New York: Viking, 1985.
Di Prete, Laura. "Don DeLillo's *The Body Artist*: Performing the Body, Narrating Trauma." *Contemporary Literature* 46.3 (2005): 483-510.
Gorra, Michael. "Voice Off." *Times Literary Supplement* 16 Feb. 2001: 21.
Gray, Paul. "Shadows from Beyond." *Time* 29 Jan. 2001: 65.
Grosz, Elizabeth. *Volatile Bodies: Toward a Corporeal Feminism*. St. Leonards: Allen & Unwin, 1994.
Kakutani, Michiko. "*The Body Artist*: A Marriage Replayed Inside a Widow's Mind." *New York Times* 19 Jan. 2001.
Kessel, Tyler. "A Question of Hospitality in Don DeLillo's *The Body Artist*." *Critique* 49.2 (Winter 2008): 185-237.
Kipen, David. "DeLillo's Bursts of Brilliance." *San Francisco Chronicle* 7 Feb. 2001.
Leonard, John. "The Hunger Artist." *New York Review of Books* 22 Feb. 2001.
Longmuir, Anne. "Performing the Body in Don DeLillo's Artist." *Modern Fiction Studies* 53.3 (2007): 528-43.
Mansfield, Nick. *Subjectivity: Theories of the Self from Freud to Haraway*. St. Leonards: Allen & Unwin, 2000.
Morrison, Toni. *Beloved*. New York: Knopf, 1987.
Nealon, Jeffrey T. *Alterity Politics: Ethics and Performative Subjectivity*. Durham: Duke UP, 1998.
Nel, Philip. "*Amazons* in the *Underworld*: Gender, the Body, and Power in the Novels of Don DeLillo." *Critique* 42.4 (Summer 2001): 416-36. [*AU*]
——. "Don DeLillo's Return to Form: The Modernist Poetics of *The Body Artist*." *Contemporary Literature* 43 (2002): 736-59. [DR]
Ong, Walter J. *Orality and Literacy: The Technologizing of the Word*. New York: Routledge, 1989.
Osteen, Mark. "Echo Chamber: Undertaking *The Body Artist*." *Studies in the Novel* 37.1 (Spring 2005): 64-81.
Pile, Steve, and Nigel Thrift, eds. *Mapping the Subject: Geographies of Cultural Transformation*. New York: Routledge, 1995.
Rhys, Jean. *Wide Sargasso Sea*. 1966. New York: Penguin, 2000.
Yehnert, Curtis A. "'Like Some Endless Sky Waking Inside': Subjectivity in Don DeLillo." *Critique* 42.4 (Summer 2001): 357-66.
岩瀬悉有『蜘蛛の巣の意匠—アメリカ作家の創造性』英宝社、2003年。
大澤真幸『電子メディア論—身体のメディア的変容』新曜社、1995年。
柄谷行人『隠喩としての建築』講談社、1983年。
キットラー、フリードリヒ『グラモフォン・フィルム・タイプライター』石光泰夫・石光輝子訳、筑摩書房、1999年。

クリステヴァ、ジュリア『恐怖の権力―〈アブジェクシオン〉試論』枝川昌雄訳、法政大学出版局、1984 年。

ジョーダノヴァ、ルドミラ『セクシュアル・ヴィジョン』宇沢美子訳、白水社、2001 年。

デリダ、ジャック『歓待について―パリのゼミナールの記録』廣瀬浩司訳、産業図書、1999 年。

——.『ユリシーズグラモフォン』合田正人・中真生訳、法政大学出版局、2001 年。

バトラー、ジュディス『ジェンダー・トラブル―フェミニズムとアイデンティティの攪乱』竹村和子訳、青土社、1999 年。[本文中の訳文は本書に準拠した。なお、引用頁は原書に拠る。]

吉見俊哉『「声」の資本主義―電話・ラジオ・蓄音機の社会史』講談社、1995 年。

第十八章

Appadurai, Arjun. "Disjuncture and Difference in the Global Cultural Economy." *Theory, Culture & Society* 7 (June 1990): 295-310.
Bellow, Saul. *Seize the Day*. 1956. London: Alison Press, 1985.
Boxall, Peter. *Don DeLillo: The Possibility of Fiction*. New York: Routledge, 2006.
Chandler, Aaron. "'An Unsettling, Alternative Self': Benno Levin, Emmanuel Levinas, and Don DeLillo's *Cosmopolis*." *Critique* 50.3 (2009): 241-60.
DeLillo, Don. *The Body Artist*, New York: Scribner, 2001.
——. *Cosmopolis*, New York: Scriber, 2003.
——. *Mao II*, New York: Viking, 1991.
——. *White Noise*, New York: Viking, 1985.
Derrida, Jacques. *Aporias*. Trans. Thomas Dutoit. Stanford: Stanford UP, 1993. [*A*]
——. *The Gift of Death*. Trans. David Wills. Chicago: U of Chicago P, 1995. [*GD*]
——. *Instant of My Death & Demeure: Fiction and Testimony*. Trans. Elizabeth Rottenberg. Stanford: Stanford UP, 2000. [*IMD*]
——. *Specters of Marx*. Trans. Peggy Kamuf. New York: Routledge, 1994. [*SM*]
Dewey, Joseph. *Beyond Grief and Nothing: A Reading of Don DeLillo*. Columbia: U of South Carolina, 2006.
Dix, Andrew, Brian Jarvis, and Paul Jenner. *The Contemporary American Novel in Context*. London: Continuum, 2011.
Gediman, Paul. "A Day in the Life of the Present." *Inside Borders* (April 2003). 〈http://www.bordersstores.com/features/features.jsp?file=delillo〉.
Herbert, Zbigniew. *The Collected Poems: 1956-1998*. Trans. Alissa Valles. Hopewell: Ecco Press, 2007.
Jameson, Fredric. *The Cultural Turn: Selected Writing on the Postmodern, 1983-1998*. London: Verso, 1998. [*CT*]
——. *Postmodernism, or, the Cultural Logic of Late Capitalism*. Durham: Duke UP, 1991. [*PCL*]

Kakutani, Michiko. "Headed Toward a Crash, of Sorts, in a Stretch Limo," *New York Times* March 24 2003.
Laist, Randy. "The Concept of Disappearance in Don DeLillo's *Cosmopolis*." *Critique* 51.3 (2010): 257-75.
Lyotard, Jean-Francois. "Answering the Question: What is Postmodernism?" Trans. Régis Durand. *The Postmodern Condition: A Report on Knowledge*. Trans. Geoff Bennington and Brian Massumi. Minneapolis: U of Minnesota P, 1984. 71-82.
——. "A Postmodern Fable," *Postmodern Debates*. Ed. Simon Malpas. New York: Palgrave, 2001.
Nye, David E. *American Technological Sublime*. Cambridge: MIT P, 1994.
Philipp, Sven. "Words and Syllables." *The Electronic Book Review* June 28 2003.
Sciolino, Martina. "The Contemporary American Novel as World Literature: The Neoliberal Antihero in Don DeLillo's *Cosmopolis*." *Texas Studies in Literature and Language* 57. 2 (Summer 2015): 210-41.
Shonkwiler, Alison. "Don DeLillo's Financial Sublime." *Contemporary Literature* 51.2 (Summer 2010): 246-82.
Spivak, Gayatri Chakravorty. *An Aesthetic Education in the Era of Globalization*. Cambridge: Harvard UP, 2012.
Tabbi, Joseph. *Postmodern Sublime: Technology and American Writing From Mailer to Cyberpunk*. Ithaca: Cornell UP, 1995.
Valentino, Russell Scott. "From Virtue to Virtual: DeLillo's *Cosmopolis* and the Corruption of the Absent Body." *Modern Fiction Studies* 53.1 (Spring 2007): 140-62.
Varsava, Jerry A. "The 'Saturated Self': Don DeLillo on the Problem of Rogue Capitalism." *Contemporary Literature* 46.1 (Spring 2005): 78-107.
Wilson, Rob. *American Sublime: The Genealogy of Poetic Genre*. Madison: U of Wisconsin P, 1991.
Žižek, Slavoj. *The Indivisible Remainder: An Essay on Schelling and Related Matters*. London: Verso, 1996.
——. *The Plague of Fantasies*. London: Verso, 1997. [*PF*]
——. *The Sublime Object of Ideology*. London: Verso, 1989. [*SOI*]
宇波彰『力としての現代思想』論創社、2002年。
スピヴァック、G・C『いくつもの声』星野俊也編、本橋哲也・篠原雅武訳、人文書院、2014年。
高橋哲哉『デリダ』講談社、2003年。
リオタール、ジャン=フランソワ「崇高と前衛」『現代思想』特集「フーコーの十八世紀―表象の臨界とサブライム」1988年11月号。

第十九章

Apitzsch, Julia. "The Art of Terror—The Terror of Art: DeLillo's Still Life of 9/11, Giorgio Morandi, Gerhard Richter, and Performance Art." Schneck and Schweighauser 93-108.

Baudrillard, Jean. *The Intelligence of Evil or the Lucidity Pact*. Trans. Chris Turner. Oxford: Berg, 2005.

——. *The Spirit of Terrorism and Requiem for the Twin Towers*. Trans. Chris Turner. London: Verso, 2002. [*ST*]

Bellow, Saul. *Dangling Man*. 1944. New York: Penguin, 1979.

Binelli, Mark. "Intensity of a Plot: An Interview with Don DeLillo." *Guernica* July 2007. 〈http://www.guernicamag.com/interviews/373/intensity_of_a_plot/〉.

Boxall, Peter. *Don DeLillo: The Possibility of Fiction*. New York: Routledge, 2006.

——. "Slow Man, Dangling Man, Falling Man: DeLillo and the Ethics of Fiction." Schneck and Schweighauser 173-83.

Carroll, Hamilton. "'Like Nothing in this Life': September 11 and the Limits of Representation in Don DeLillo's *Falling Man*." *Studies in American Fiction* 40.1 (Spring 2013): 107-30.

Conte, Joseph M. "Don DeLillo's *Falling Man* and the Age of Terror." *Modern Fiction Studies* 57.3 (Fall 2011): 560-83.

DeLillo, Don. *Cosmopolis*. New York: Scribner, 2003.

——. *Falling Man*. New York: Scribner, 2007.

——. "In the Ruins of the Future: Reflections on Terror and Loss in the Shadow of September." *Harper's* Dec. 2001: 33-40.

——. *Libra*. New York: Viking, 1988. New York: Penguin, 2006.

——. *Underworld*. New York: Scribner, 1997.

Derrida, Jacques. *The Post Card: From Socrates to Freud and Beyond*. Trans. Alan Bass. Chicago: The U of Chicago P, 1987.

——. *Specters of Marx: The State of the Debt, the Work of Mourning, and the New International*. Trans. Peggy Kamuf. New York: Routledge, 1994. [*SM*]

Derrida, Jacques, and Bernard Stiegler. *Echographies of Television*. Trans. Jennifer Bajorek. Cambridge: Polity Press, 2002. [*ET*]

Drew, Richard. "The Horror of 9/11 That's All Too Familiar." *Los Angels Times* 10 Sept. 2003: B13 +. Rpt. Los Angels Times Online. 27 Aug. 2009. 〈http://articles.latimes.com/2003/sep/10/opinion/oe-drew10〉.

Duvall, John N. "Witnessing Trauma: *Falling Man* and Performance Art."*Don DeLillo: Mao II, Underworld, Falling Man*. Ed. Stacey Olster. New York: Continuum, 2011. 152-168.

Elliott, Emory. "Terror, Aesthetics, and the Humanities in the Public Sphere." *The Japanese Journal of American Studies* 19 (2008): 7-23.

Foer, Jonathan Safran. *Extremely Loud and Incredibly Close*. Boston: Houghton Mifflin Harcourt, 2005.

Greenberg, Judith, ed. *Trauma at Home: After 9/11*. Lincoln: U of Nebraska P, 2003.

Harack, Katrina. "Embedded and Embodied Memories: Body, Space, and Time in Don DeLillo's *White Noise* and *Falling Man*." *Contemporary Literature* 54.2 (Summer 2013): 303-36.

Irom, Bimbisar. "Alterities in a Time of Terror: Notes on the Subgenre of the American 9/11 Novel." *Contemporary Literature* 53.3 (Fall 2012): 517-47.
Junod, Tom. "The Falling Man." *Esquire* 140.3 (September 2003): 177-81, 198-99. 〈http://amlit.mssd14.wikispaces.net/file/view/Junod-Tom-The + Falling + Man +-+ Esquire.pdf〉.
Kauffman, Linda S. "The Wake of Terror: Don DeLillo's 'In the Ruins of the Future,' 'Baader-Meinhof,' and *Falling Man*." *Modern Fiction Studies* 54.2 (Summer 2008): 353-77.
Keskinen, Mikko. "6,500 Weddings and 2,750 Funerals: *Mao II, Falling Man*, and the Mass Effect." Schneck and Schweighauser 67-80.
Leps, Marie-Christine. "*Falling Man*: Performing Fiction." Schneck and Schweighauser 184-203.
New York City. com. "Assorted Memorial Day Reflections, LFAQs ETC." *Teddyvegas* May 29 2007. 〈http://www.nyc.com/people/Teddyvegas/blog/archive/2007/5.aspx〉.
Rich, Frank. "The Clear Blue Sky." *New York Times Book Review* May 27 2007.
Rubin, Derek, and Jaap Verheul, eds. *American Multiculturalism after 9/11: Transatlantic Perspective*. Amsterdam: Amsterdam UP, 2009.
Schneck, Pete, and Philipp Schweighauser, eds. *Terrorism, Media, and the Ethics of Fiction: Transatlantic Perspectives on Don DeLillo*. New York: Continuum, 2010.
Shonkwiler, Alison. "Don DeDillo's Financial Sublime." *Contemporary Literature* 51.2 (Summer 2010): 246-82.
Taylor, Mark C. *Nots*. Chicago: U of Chicago P, 1993.
Versluys, Kristiaan. *Out of the Blue: September 11 and the Novel*. New York: Columbia UP, 2009.
Virilio, Paul. *Ground Zero*. Trans. Chris Turner. London: Verso, 2002.
オースター、ポール『壁の文字―ポール・オースター全詩集』飯野友幸訳、TOブックス、2005年。
テイラー、マーク・C『ノッツ　nOts―デリダ・荒木修作・マドンナ・免疫学』浅野敏夫訳、法政大学出版局、1996年。[本文中の訳文は本書に準拠した。なお、引用頁は原書に拠る。]
デリダ、ジャック「Ja, ou le faux-bond」増田一夫・荻野文隆訳『現代思想』1986年、8/9月号。
――.『火ここになき灰』梅木達郎訳、松籟社、2003年。
ハーバーマス、ユルゲン、ジャック・デリダ、ジョヴァンナ・ボッラドリ『テロルの時代と哲学の使命』藤本一勇・澤里岳史訳、岩波書店、2004年。
ベンヤミン、ヴァルター『図説、写真小史』久保哲司編訳、ちくま学芸文庫、1998年。
ボードリヤール、ジャン「世界の暴力」『ハイパーテロルとグローバリゼーション』宇京頼三訳、岩波書店、2004年、3-31頁。

第二十章

Alter, Alexandra. "What Don DeLillo's Books Tell Him." *The Wall Street Journal* 30 Jan. 2010. 〈http://online. wsj. com/article/SB10001424052748704094304575029673526948334. html? mod

= WSJ_LifeStyle_Lifestyle_11〉.

Auster, Paul. "Unearth." *Ground Work: Selected Poems and Essays 1970–1979.* London: Faber and Farber, 1990.

Bellow, Saul. *Mr. Sammler's Planet*. 1964. New York: Viking, 1970.

Bush, George W. "Bush Ultimatum to Saddam: Text." BBC. 18 Mar. 2003. 〈http://news.bbc.co.uk/2/hi/americas/2859269.stm〉.

——. "The National Security Strategy of the United States." The White House. 17 Sept. 2002. 〈http://www.whitehouse.gov/sites/default/files/rss_viewer/national_security_strategy.pdf〉.

Cowart, David. "The Lady Vanishes: Don DeLillo's *Point Omega*." *Contemporary Literature* 53.1 (Spring 2012): 31–50.

DeLillo, Don. *Libra*. New York: Viking, 1988.

——. *Mao II*. New York: Viking, 1991.

——. *The Names*. New York: Knopf, 1982.

——. *Point Omega*. New York: Scribner, 2010.

DePietro, Thomas. "Don DeLillo: A Conversation with Thomas DePietro." *Barnes and Noble Review* 1 Feb. 2010. 〈http://bnreview.barnesandnoble.com/t5/Interview/Don-DeLillo/ba-p/2144〉.

Derrida, Jacques. *Psyche: Inventions of the Other.* Stanford: Stanford UP, 2007.

Dimock, Wai Chee. *Through Other Continents: American Literature across Deep Time*. Princeton: Princeton UP, 2006.

Dimock, Wai Chee, and Lawrence Buell, eds. *Shades of the Planet: American Literature as World Literature*. Princeton: Princeton UP, 2007.

Gordon, Douglas. *24 Hour Psycho*. 1993. Film.

Ignatius, David. "Book World: David Ignatius reviews 'Point Omega' by Don DeLillo." *TheWashington Post* 16 Feb. 2010. 〈http://www.washingtonpost.com/wp-dyn/content/article/2010/02/15/AR 2010021502642.html〉.

Morris, Errol, dir. *The Fog of War: Eleven Lessons of the Life of Robert S. McNamar*. 2003. DVD.

Noble, David F. *Death of a Nation: American Culture and the End of Exceptionalism*. Minneapolis: U of Minnesota P, 2002.

——. *The Religion of Technology: The Divinity of Man and the Spirit of Invention*. New York: Penguin, 1999. [*RT*]

Powers, Richards. *Generosity: An Enhancement*. New York: Farrar, Straus and Giroux, 2009.

Spivak, Gayatri Chakravorty. *Death of a Discipline*. New York: Columbia UP, 2003.

Watkins, Steven R. *Flannery O'Connor and Teilhard de Chardin: A Journey Together Towards Hope and Understanding About Life*. New York: Peter Lang Publishing, 2009.

Wrobel, David M. *The End of American Exceptionalism: Frontier Anxiety from the Old West to the New Deal*. Lawrence: UP of Kansas, 1993.

佐伯啓思『砂上の帝国アメリカ』飛鳥新社、2003 年。

ジャック、デリダ『哲学の余白　下』藤本一勇訳、法政大学出版局、2008 年。

スピヴァク、G・C『ある学問の死—惑星思考の比較文学へ』上村忠男・鈴木聡訳、みすず書房、2004 年。[本文中の訳文は本書に準拠した。なお、引用ページは原書に拠る。]
テイヤール・ド・シャルダン、ピエール『現象としての人間』美田稔訳、みすず書房、2011 年。

終章

Amend, Christoph and Georg Diez. "I Don't Know America Anymore." *Die Zeit* 11 Oct. 2007. 〈http://dumpendebat.net/static-content/delillo-diezeit-Oct2007.html〉.
Amis, Martin. "Laureate of Terror: Don DeLillo's Prophetic Soul." *The New Yorker* 21 Nov. 2011. 〈http://www.newyorker.com/arts/critics/books/2011/11/21/111121crbo_books_amis?currentPage=1〉.
Baxter, Charles."A Different Kind of Delirium."*The New York Review of Books* 9 Feb. 2012. 〈http://www.nybooks.com/articles/archives/2012/feb/09/different-kind-delirium/?pagination = false〉.
Boxall, Peter. *Twenty-First-Century Fiction: A Critical Introduction.* Cambridge: Cambridge UP, 2013.
Bradshaw, Peter. "Why Don DeLillo's The Starveling Resonates with Me." *The Guardian Film Blog* 9 Dec. 2011.
〈http://www.guardian.co.uk/film/filmblog/2011/dec/09/don-delillo-the-starveling-film〉.
Carver, Raymond. *Cathedral.* 1983. New York: Vintage Books, 1989.
Connolly, Kevin. "An Interview with Don DeLillo." *Conversations with Don DeLillo.* Ed. Thomas DePietro. Jackson: UP of Mississippi, 2005. 25-39.
DeLillo, Don. *The Angel Esmeralda: Nine Stories*. New York: Scribner, 2011.
——. *The Body Artist*. New York: Scribner, 2001. [*BA*]
——. *Mao II*, New York: Viking, 1991.
——. *Point Omega*. New York: Scribner, 2010.
Gordon, Douglas. *24 Hour Psycho*. 1993. Film.
Herren, Graley. "Don DeLillo's Art Stalkers." *Modern Fiction Studies* 61.1 (Spring 2015): 138-67.
Igarashi, Yuka. "Interview: Don DeLillo." *Granta* 10 Jan. 2012.
〈http://www.granta.com/ New-Writing/Interview-Don-DeLillo〉.
Italie, Hillel. "Don DeLillo Discusses *The Angel Esmeralda*." *The Salt Lake Tribune*, 18 Nov. 2011. 〈http: //www. sltrib. com/sltrib/entertainment/52950086-81/delillo-says-wanted-novels. html. csp〉.
青山真治『ユリイカ』ジェネオン エンタテインメント、2008 年、DVD。
カヴェル、スタンリー『眼に映る世界—映画の存在論についての考察』石原陽一郎訳、法政大学出版局、2012 年。
ツェーラム、C.W.『映画の考古学』月尾嘉男訳、フィルムアート社、2009 年。
ドゥルーズ、ジル『記号と事件—1972-1990 年の対話』宮林寛訳、河出書房新社、2007 年。
——.『差異と反復』財津理訳、河出書房新社、1992 年。
——.『シネマ 1 *運動イメージ』財津理・齋藤範訳、法政大学出版局、2008 年。

――.『シネマ2 ＊時間イメージ』宇野邦一・石原陽一郎・江澤健一郎・大原理志・岡村民夫訳、法政大学出版局、2006年。

ベルクソン、アンリ『創造的進化』合田正人・松井久訳、筑摩書房、2010年。

結論

Begley, Adam. "Don DeLillo: The Art of Fiction No. 135." *Paris Review* 35.128 (Fall 1993): 274-306. 〈http://www.theparisreview.org/interviews/1887/the-art-of-fiction-no-135-don-delillo〉.
Derrida, Jacques. *Instant of My Death & Demeure: Fiction and Testimony.* Trans. Elizabeth Rottenberg. Stanford: Stanford UP, 2000.
Hyde, Michael J. "The Rhetor as Hero and the Pursuit of Truth: The Case of 9/11." *Rhetoric &Public Affairs* 8.1 (Spring 2005): 1-30.
Parrish, Timothy. *From the Civil War to the Apocalypse: Postmodern History and American Fiction.* Amherst: U of Massachusetts P, 2008.
ドゥルーズ、ジル『意味の論理学 上』小泉義之訳、河出書房新社、2007年。
――.『差異と反復』財津理訳、河出書房新社、1992年。
ドゥルーズ、ジル、フェリックス・ガタリ『千のプラトー――資本主義と分裂症』宇野邦一・田中敏彦・小沢秋広訳、河出書房新社、1994年。
蓮實重彦『フーコー・ドゥルーズ・デリダ』河出書房新社、1995年。
ミラー、ヒリス『小説と反復―七つのイギリス小説』玉井暲他訳、英宝社、1991年。